DAG VAN BEKENTENIS

ALLAN FOLSOM

DAG VAN BEKENTENIS

1998 – De Boekerij – Amsterdam

Oorspronkelijke titel: Day of Confession (Little, Brown)
Vertaling: William Oostendorp & Joost van der Meer
Omslagontwerp: Hesseling Design, Ede

ISBN 90-225-2404-3

Voor Karen en Riley, en voor Ellen...

Personages

Harry Addison
Pater Daniel Addison, Harry's jongere broer, priester in het
   Vaticaan en privé-secretaris van kardinaal Marsciano
Pleegzuster Elena Voso, een Italiaanse non
Hercules, de dwerg

HET VATICAAN
Giacomo Pecci, paus LEO XIV
De *uomini di fiducia* , de vertrouwensmannen van de paus
   Kardinaal Umberto Palestrina
   Kardinaal Nicola Marsciano
   Kardinaal Joseph Matadi
   Monseigneur Fabio Capizzi
   Kardinaal-vicaris Rosario Parma
Priester Bardoni, een assistent van kardinaal Marsciano

DE VATICAANSE POLITIE
Rechercheur Moordzaken Otello Roscani
Rechercheur Moordzaken Gianni Pio
Rechercheur Moordzaken Scala
Rechercheur Moordzaken Castelletti

GRUPPO CARDINALE, speciale eenheid, opgezet op last van het
   Italiaanse ministerie van Binnenlandse Zaken, met als
   opdracht het onderzoeken van de moord op de kardinaal-
   vicaris van Rome
Marcello Taglia, hoofdaanklager en hoofd van de Gruppo
   Cardinale

DE CHINEZEN
Li Wen, staatsambtenaar en ingenieur die de waterkwaliteit
controleert voor de centrale regering
Yan Yeh, president van de Volksbank van China
Tjiang Yoemei, de Chinese ambassadeur in Italië
Zjoe Yi, Jiangs gezant van Buitenlandse Zaken
Tsjen Yin, bloemenhandelaar

DE REST
Thomas José Álvarez-Ríos Kind, internationaal terrorist
Adrianna Hall, correspondent voor World News Network
James Eaton, eerste secretaris van de adviseur voor politieke
aangelegenheden, Amerikaanse ambassade, Rome
Pierre Weggen, Zwitserse investeringsbankier
Miguel Valera, Spaans communist

Proloog

Vandaag noemde hij zichzelf *S*. Hij leek als twee druppels water op Miguel Valera, de 37-jarige Spanjaard die in de hoek van de kamer in een licht, door slaappillen opgewekt dutje wegzakte. Het appartement stelde weinig voor: slechts twee kamers plus een piepklein keukentje en een badkamer, gesitueerd op de vijfde verdieping. Het meubilair was versleten en goedkoop, wat normaal was voor appartementen die per week werden verhuurd. De twee meest in het oog springende zaken waren de verbleekte fluwelen bank waarop de Spanjaard uitgestrekt lag en het kleine, opklapbare tafeltje onder het raam van waarachter *S* naar buiten staarde.

Het appartement op zich stelde dus weinig voor. Wat echter de doorslag had gegeven, was het uitzicht – het lommerrijke Piazza di San Giovanni met aan de overkant de imposante middeleeuwse basiliek van St. Jan van Lateranen: de kathedraal van Rome en 'moeder aller kerken', gesticht door keizer Constantinus in het jaar 313. Vandaag overtrof het uitzicht vanachter het raam zelfs alle verwachtingen. Binnen in de basiliek vierde Giacomo Pecci, paus Leo XIV, zijn 75ste verjaardag met een hoogmis en een enorme menigte bevolkte het plein waardoor het leek alsof heel Rome de verjaardag meevierde.

Terwijl hij met zijn hand door zijn zwartgeverfde haar streek, wierp *S* een blik naar Valera achter zich. Diens ogen zouden zich over tien minuten openen. Nog eens tien minuten later zou hij klaarwakker zijn, klaar om te handelen. Zijn ogen flitsten naar het kleine, ouderwetse zwartwittoestel in de hoek. Op het scherm was de directe registratie te volgen van de mis vanuit de basiliek.

Tijdens zijn preek keek de paus, gekleed in een wit liturgisch gewaad, naar de gezichten van zijn gelovigen voor hem. Enthousiast, vol van hoop en spiritualiteit, staarden zijn ogen in de hunne. Hij beminde hen, zij aanbaden hem en ondanks zijn leeftijd en langzaam verslechterende gezondheid, leek het wel alsof hij zich opeens weer een stuk jonger voelde.

Nu draaiden de camera's weg en zochten tussen het publiek in de volgepakte basiliek naar de vertrouwde gezichten van politici, beroemdheden en belangrijke industriëlen. Vervolgens gleden de ogen van de camera's verder en zoemden een moment in op de vijf geestelijken, gezeten achter de paus. Dit waren zijn vertrouwde adviseurs, zijn *uomini di fiducia*, zijn vertrouwensmannen. Als groep waren zij waarschijnlijk het meest invloedrijk binnen de rooms-katholieke Kerk.

– Kardinaal Umberto Palestrina, 62 jaar. Een wees die opgroeide in de straten van Napels en het uiteindelijk tot minister van het Vaticaan wist te schoppen. Zeer populair binnen de Kerk en tevens door de seculiere internationale diplomatieke gemeenschap op handen gedragen. Ook in fysiek opzicht een markante figuur: bijna twee meter lang en 122 kilo zwaar.

– Rosario Parma, 67 jaar. Kardinaal-vicaris van Rome en afkomstig uit Florence. Een strenge kerkvorst, lang van stuk, en evangelisch geïnspireerd. Het was in zijn diocese en kerk waar de mis werd gevierd.

– Kardinaal Joseph Matadi, 57 jaar. Hoofd van de congregatie van bisschoppen, geboren in Zaïre. Breedgeschouderd, joviaal, bereisd, veeltalig en diplomatiek behendig.

– Monseigneur Fabio Capizzi, 62 jaar. Directeur-generaal van de Vaticaanse bank, geboren in Milaan en afgestudeerd aan de universiteiten van Oxford en Yale, selfmade-miljonair alvorens op dertigjarige leeftijd toe te treden tot het seminarie.

– Kardinaal Nicola Marsciano, 60 jaar. Oudste zoon uit een Toscaans boerengezin, opgeleid in Zwitserland en Rome, hoofdbeheerder van de kerkelijke goederen van de Heilige Stoel en als zodanig de belangrijkste toezichthouder op het investeringsbeleid van het Vaticaan.

Klik.
De inmiddels in een handschoen gestoken hand van *S* schakelde de tv uit, waarna hij opnieuw naar het tafeltje voor het raam liep.

Achter hem kuchte Miguel Valera eens, en in zijn slaap draaide hij zich om op de bank. S wierp een korte blik achterom en keek daarna weer door het raam naar buiten. Er waren politieafzettingen neergezet om het met kasseien bedekte stukje vlak voor de basiliek vrij te kunnen houden. De bereden politie nam nu aan weerskanten van het bronzen toegangshek haar positie in. Achter en links van de agenten, uit het zicht van de menigte, zag S een stuk of tien donkerblauwe busjes met daarvoor – ook uit het zicht maar indien nodig direct inzetbaar – de mobiele eenheid die in slagorde stond opgesteld. Een colonne van vier donkere, onopvallende Mercedessen van de Polizia di Stato, de politie-eenheid belast met de bescherming van de paus en zijn kardinalen buiten de grenzen van het Vaticaan, kwam voor de trappen van de basiliek abrupt tot stilstand om de kerkvorsten zo meteen weer naar het Vaticaan te brengen.

Opeens zwaaiden de bronzen hekken open en steeg er een gejuich op uit de menigte. Op datzelfde ogenblik leek het wel alsof alle kerkklokken in Rome begonnen te luiden. Een paar tellen leek er niets te gebeuren, maar vervolgens hoorde S een tweede golf van gejuich boven het kabaal van de klokken uitstijgen, waarna de paus verscheen. Zijn witte liturgische gewaad stak messcherp af tegen de zee van rood die werd gevormd door de mannen van eer vlak achter hem. Rond deze groep schaarde zich een kordon van veiligheidsfunctionarissen, allemaal met zonnebril en in het zwarte pak.

Valera kreunde, knipperde met zijn ogen en wilde zich omdraaien. Even keek S om, maar dat duurde slechts een tel. Daarna draaide hij zich weer om en trok vanuit de donkere plek naast het raam een voorwerp tevoorschijn dat in een gewone badhanddoek gewikkeld zat. Hij plaatste het ding op het tafeltje, trok de handdoek weg en bracht zijn oog naar het vizier van een sluipschuttersgeweer van Finse makelij. Meteen werd het uitzicht op de basiliek honderd maal dichterbij gebracht. Op datzelfde moment deed kardinaal Palestrina een stap naar voren waarna zijn hoofd het vizier volledig opvulde en de kruisdraden perfect op zijn brede glimlach rustten. S hapte snel wat lucht naar binnen, hield vervolgens zijn adem in en vlijde het leer van de handschoen rond zijn wijsvinger tegen de trekker.

Plotseling deed Palestrina een stap opzij, waarna het vizier zich op de borst van kardinaal Marsciano vastpinde. Achter zich hoorde S opnieuw een gekreun vanaf de bank. Hij negeerde het en zwaaide de loop langs een zee van kardinaalrood naar links totdat het witte, pauselijke gewaad van Leo XIV opeens voor zijn vizier verscheen. Nog geen halve tel later centreerden de kruisdraden zich tussen de ogen van de paus, en vlak boven de brug van diens neus.

Achter zijn rug slaakte Valera een kreet. Ook nu negeerde *S* hem. Zijn vinger duwde steviger tegen de trekker nu de paus vastberaden langs een veiligheidsfunctionaris heen een stap naar voren zette en glimlachend naar de menigte wuifde. Opeens zwaaide *S* om onverklaarbare reden de loop naar rechts waarna de kruisdraden van het vizier op het gouden borstkruis belandde van Rosario Parma, de kardinaal-vicaris van Rome. *S* vertrok geen spier. Driemaal haalde hij de trekker over waarop de donderende ontlading het vertrek op zijn grondvesten deed schudden en tweehonderd meter verderop paus Leo XIV, Giacomo Pecci, en tevens het omringende gezelschap volledig werden ondergespat met het bloed van een vertrouwensman.

1

Los Angeles, donderdag 2 juli, negen uur in de avond.

De stem op zijn antwoordapparaat zinderde van angst.

'Harry, je spreekt met je broer, Danny... Ik... vind het echt heel vervelend om je zo te moeten bellen... na zo'n lange tijd... maar... ik kan met niemand anders praten... Ik ben bang, Harry... Ik weet niet wat ik moet doen, of... wat er nu zal gebeuren... God sta me bij. Als je thuis bent, neem dan alsjeblieft op – Harry, ben je daar? – waarschijnlijk niet, dus... Ik probeer je later terug te bellen.'

'Shit.'

Harry Addison verbrak de verbinding van zijn autotelefoon, liet zijn hand even op het toestel liggen, pakte het apparaat opnieuw op en toetste het telefoonnummer van zijn broer. Even was het stil, daarna klonken de afgemeten zoemtonen van het Italiaanse telefoonnet die aangaven dat het toestel aan de andere kant van de lijn overging.

'Kom Danny, neem nou op...'

Na de twaalfde zoemtoon legde hij het toestel weer terug en keek naar buiten. Het licht van de koplampen van de tegenliggers danste over zijn gezicht en een ogenblik wist hij even niet meer waar hij zich bevond, namelijk samen met zijn chauffeur in een limousine, in volle vaart op weg naar het vliegveld om de nachtvlucht van tien uur naar New York nog te kunnen halen.

In Los Angeles was het negen uur in de avond, in Rome zes uur in de ochtend. Waar kon een priester 's ochtends om zes uur uithangen? De vroegmis? Misschien was dat wel de reden waarom hij niet opnam.

'Harry, je spreekt met je broer, Danny.

Ik ben bang, ik weet niet wat ik moet doen. God sta me bij.'
'Jezus Christus.' Hij voelde hoe de paniek en de hulpeloosheid zich gelijktijdig van hem meester maakten. Jarenlang van beide kanten geen woord, geen briefje, niets, en nu opeens de stem van Danny op Harry's antwoordapparaat, plotseling, tussen al die andere boodschappen. En niet zomaar een stem, maar een van iemand die in grote problemen verkeerde.

Harry had wat geruis opgevangen, alsof Danny aanstalten maakte de hoorn op de haak te leggen, maar zijn stem had weer geklonken en hij had zijn telefoonnummer achtergelaten met het verzoek hem zo snel mogelijk terug te bellen. Voor Harry was dat slechts enkele momenten geleden, toen hij bezig was de boodschappen op zijn antwoordapparaat af te luisteren. Maar voor Danny was dat al twee uur daarvoor: iets na zevenen, Californische tijd; even na vieren Romeinse tijd. Hoe snel moest 'zo snel mogelijk' voor hem in vredesnaam zijn geweest?

Opnieuw pakte Harry de telefoon en draaide nu het nummer van zijn advocatenkantoor in Beverly Hills. Daar was zojuist een belangrijke bijeenkomst van compagnons achter de rug. Misschien dat er nog wat mensen waren.

'Joyce, je spreekt met Harry. Is Byron...?'

'Die is net weg, meneer Addison. Zal ik kijken of ik hem in zijn auto kan bereiken?'

'Graag...'

Hij luisterde naar de statische ruis, terwijl de secretaresse van Byron Willis het nummer van diens autotelefoon draaide.

'Het spijt me, maar hij neemt niet op. Hij zei iets over een etentje. Zal ik even naar zijn huis bellen?'

Een gloed van koplampen. Harry voelde hoe de limousine even overhelde nu de chauffeur de Ventura Freeway afsloeg om via het klaverblad op de San Diego Freeway in te voegen en de weg in zuidelijke richting naar de luchthaven van Los Angeles te vervolgen. Harry, beheers je, dacht hij bij zichzelf. Wie weet moet Danny een mis opdragen, of hij is aan het werk of bezig aan een wandeling. Ga nou geen onnodige paniek zaaien als je zelf niet eens weet wat er aan de hand is.

'Nee, laat maar. Ik ben op weg naar New York. Ik spreek hem morgenochtend wel. Dank je.'

Na de verbinding verbroken te hebben, aarzelde hij even en draaide opnieuw het nummer in Rome. Dezelfde stilte en de inmiddels vertrouwde zoemtonen. Nog steeds werd er niet opgenomen.

2

Italië, vrijdag 3 juli, tien voor halfelf in de ochtend.

In zijn plaats aan het raam, bijna achter in de touringcar, zat Daniel Addison wat te soezen en concentreerde zich doelbewust op het zachte snorren van de dieselmotor en het gonzen van de banden, terwijl de bus in noordelijke richting over de autostrada naar Assisi reed.

Hij was in burger; zijn priesterkleed en toiletbenodigdheden zaten in een kleine tas op het bagagerek boven zijn hoofd, zijn bril en identiteitspapieren weggestopt in de binnenzak van het nylon windjack dat hij droeg boven een spijkerbroek en een overhemd met korte mouwen. Daniel was drieëndertig en kon net zo goed een postdoctoraal student of een doodgewone toerist zijn die in zijn eentje reisde. En zo wilde hij ook overkomen.

Als Amerikaanse priester was hij benoemd bij het Vaticaan; hij woonde nu negen jaar in Rome en was een regelmatig bezoeker van Assisi, het oude stadje in de Umbrische heuvels, de geboorteplaats van de nederige priester die heilig verklaard was, de plek die hem een besef van loutering en genade had geschonken en hem meer dan andere steden die hij ooit bezocht had, in contact bracht met zijn eigen spirituele reis. Maar nu was deze reis een janboel, zijn geloof lag in puin. Verwarring, afgrijzen en doodsangst overheersten alles. Het was een zware psychologische strijd om toch nog een greintje gezond verstand te behouden. Maar hij zat in de bus en was onderweg. Zonder te weten wat hij bij aankomst zou doen of zeggen.

Vóór hem zaten de ongeveer twintig andere passagiers die kletsten of lazen, of rustten, net als hij, genietend van de koelte van de airconditioning. Buiten zinderde de zomerhitte in golven over het landschap, deed de gewassen rijpen, maakte de druiven zoet en deed het handjevol oude wallen en vestingen die hier en daar nog overeind stonden en zichtbaar waren in de verte, heel geleidelijk aan vervallen.

Daniel stond zichzelf toe weg te dommelen en zijn gedachten gingen naar Harry en de boodschap die hij in de uren vlak voor zonsopgang op diens antwoordapparaat had ingesproken. Hij vroeg zich af of Harry de boodschap wel had opgevangen. En of hij in dat geval misschien gepikeerd was geraakt en met opzet niet teruggebeld had. Dat risico had hij genomen. Sinds hun tienertijd waren Harry en hij van elkaar vervreemd geraakt. Het was acht jaar geleden dat ze elkaar gesproken hadden, tien jaar geleden dat ze elkaar gezien hadden. En dat was maar eventjes geweest, toen ze naar Maine teruggegaan waren voor de begrafenis van hun moeder. Harry was toen 26 en Danny 23. Het was niet onredelijk aan te nemen dat Harry zijn jongere broer inmiddels had afgeschreven en totaal onverschillig jegens hem was geworden.

Maar het was op dat moment niet belangrijk geweest wat Harry dacht of wat hen uit elkaar had gehouden. Danny wilde alleen Harry's stem horen, hem op een of andere manier raken en om hulp vragen. Het telefoontje was net zozeer uit angst als uit liefde geweest, en omdat hij verder nergens anders terecht kon. Hij was betrokken geraakt bij een verschrikking waarvandaan geen weg terug was. Een verschrikking die alleen maar verdorvener en obscener zou worden. En daardoor wist hij dat hij best wel eens zou kunnen sterven zonder ooit nog zijn broer aan te zullen raken.

Een beweging in het gangpad schudde hem wakker uit zijn gepeins. Er kwam een man op hem afgelopen, begin veertig, fris geschoren en gekleed in een licht sportjasje en kakibroek. De man was op het laatste moment ingestapt, net toen de bus de vertrekplaats in Rome verliet. Even dacht Daniel dat hij hem voorbij zou lopen, naar het toilet achter in de bus. Maar hij bleef staan bij zijn stoel.

'U bent Amerikaan, klopt dat?' zei hij met een Brits accent.

Daniel keek even langs de man heen. De andere passagiers zaten er nog net zo bij als daarnet, naar buiten kijkend, pratend, zich ontspannend. De dichtstbijzijnde reiziger zat ongeveer vijf plaatsen vóór hem.

'Ja...'

'Dat dacht ik al.' Een brede grijns. Hij was vriendelijk, joviaal zelfs. 'Mijn naam is Livermore. Ik ben Engelsman, mocht u dat niet doorhebben. Hebt u er bezwaar tegen als ik even plaatsneem?' Zonder een antwoord af te wachten liet hij zich in de stoel naast Daniel zakken.

'Ik ben weg- en waterbouwkundig ingenieur. Op vakantie. Twee weekjes Italië. Volgend jaar wordt het de States. Ben ik nog nooit geweest. Wanneer ik yanks tegen het lijf loop, vraag ik ze wat

16

ik zoal moet gaan zien.' Een praatziek type, ietwat opdringerig zelfs, maar op een sympathieke manier; het leek gewoon zijn aard.
'Hebt u er bezwaar tegen als ik vraag waar u precies vandaan komt?'
'Maine...' Er klopte iets niet, maar Daniel wist niet precies wát.
'Op de kaart ligt dat iets boven New York, toch?'
'Een behoorlijk stuk...' Opnieuw wierp Daniel een blik naar voren door de bus. Nog steeds hetzelfde gezicht als zo-even. De passagiers waren druk bezig met wat ze aan het doen waren. Niemand die omkeek. Zijn blik gleed juist op tijd weer naar Livermore om te zien dat deze vluchtig in de richting keek van de nooduitgang bij de stoelen vóór hen.
'Woont u in Rome?' vroeg Livermore vriendelijk glimlachend. Waarom had hij naar de nooduitgang gekeken? Waarvoor was dat? 'U vroeg of ik een Amerikaan ben. Waarom zou u denken dat ik in Rome woon?'
'O, omdat ik daar zelf af en toe kom. U komt me bekend voor, meer niet.' Livermores rechterhand rustte in zijn schoot, maar zijn linker was uit het zicht. 'Wat doet u voor de kost?'
Het gesprek was onschuldig van karakter, maar toch ook weer niet. 'Ik ben schrijver...'
'Wat schrijft u zoal?'
'Voor de Amerikaanse televisie...'
'Helemaal niet.' Livermores houding veranderde op slag. Zijn ogen verhardden zich en hij leunde voorover, waarbij hij zich nu tegen Daniel aan drukte. 'U bent priester.'
'Wát?'
'Ik zei dat u priester bent. U werkt bij het Vaticaan. Voor kardinaal Marsciano.'
Daniel staarde de man aan. 'Wie bent u?'
Livermores linkerhand kwam omhoog. Hij hield een klein automatisch pistool vast; aan de loop zat een geluiddemper geschroefd. 'Uw beul.'
Op hetzelfde ogenblik sprong onder de bus een digitale timer op 00.00. Een fractie van een seconde later gevolgd door een oorverdovende explosie. Livermore was opeens verdwenen. De ruiten werden naar buiten geblazen. Zittingen en lichamen vlogen door de lucht. Een vlijmscherp stuk staal maaide als een zeis het hoofd van de chauffeur af, waardoor de bus naar rechts denderde en een witte Ford tegen de vangrail plette. De bus ketste terug en

stortte zich weer in het verkeer als een gillende, tollende, twintig ton zware vuurbal van brandend staal en rubber. Een motorrijder verdween onder zijn wielen. Vervolgens schampte de bus de achterkant van een grote takelwagen, zwaaide opzij, boorde zich in een zilvergrijze Lancia en duwde deze in volle vaart door de middenberm, waardoor de auto direct in de baan van een tegemoetkomende benzinetankwagen belandde.

De chauffeur van de tankauto reageerde krachtig, ging op de rem staan en gaf het stuur een ruk naar rechts. Wielen blokkeerden, banden gierden, de reusachtige truck gleed naar voren en opzij en stootte tegelijkertijd de Lancia als een biljartbal los van de bus waardoor de brandende touringcar van de snelweg werd geduwd en een steile helling af dook. Overhellend op twee wielen bleef hij zo nog even hangen om vervolgens over de kop te slaan, waardoor de lichamen van de passagiers, vele in stukken gereten en brandend, naar buiten, het zomerse landschap in geworpen werden. Vijftig meter lager kwam het voertuig tot stilstand, waarna het droge gras om de touringcar heen knisperend vlam vatte.

Luttele seconden daarop explodeerde de benzinetank. Vlammen en rook werden hemelwaarts geworpen in een vuurstorm die woedde tot er niets meer over was dan een gesmolten, uitgebrand karkas en een kleine, onbeduidende rookpluim.

3

Delta Airlines, vlucht 148 van New York naar Rome.
Maandag 6 juli, halfacht in de ochtend.

Danny was dood. Harry was onderweg naar Rome om het lichaam naar de VS te brengen voor de begrafenis aldaar. Het laatste uur van de reis had onwerkelijk geleken, zoals eigenlijk de hele vlucht. Harry had gezien hoe de eerste zonnestralen de Alpen raakten, hoe het zonlicht schitterde op de golven van de Tyrrheense Zee nadat ze waren gedraaid en omlaaggleden over het Italiaanse boerenland en aanvlogen op de internationale luchthaven Leonardo da Vinci in Fiumicino.

Harry, je spreekt met je broer, Danny...
Danny's stem op het antwoordapparaat was het enige dat hij
hoorde. In gedachten draaide hij het bandje ontelbare keren af,
alsof begin en eind aan elkaar waren geplakt. Een stem vol angst,
radeloos, en nu zwijgend.

Harry, je spreekt met je broer, Danny...
Na met een beleefd handgebaar een kop koffie van de glimlachende, parmantige stewardess te hebben afgeslagen, leunde hij
achterover tegen de pluchen leuning van zijn stoel in de business
class, sloot zijn ogen en liet de tussenliggende episode nogmaals
de revue passeren. Tijdens de vlucht van L.A. naar New York had hij tweemaal geprobeerd Danny te bereiken. En daarna nóg eens na het inchec-
ken in het hotel. Zonder resultaat. Met groeiende ongerustheid
belde hij direct naar het Vaticaan in de hoop Danny daar gewoon
aan het werk te treffen, om – na eerst in gebrekkig Engels, daarna
Italiaans en ten slotte een combinatie van beide – van het ene departement naar het andere te worden verwezen en te vernemen
dat de priester 'tot maandag afwezig' was.

Voor Harry betekende het dat zijn broer gedurende het week-
einde weg was. Harry's gemoedstoestand ten spijt, het was een le-
gitieme reden waarom Danny niet opnam. En dus had Harry een
boodschap op zijn antwoordapparaat achtergelaten met daarop
het nummer van zijn hotelkamer in New York, mocht Danny terugbellen zoals hij had beloofd.

Daarna had Harry, ietwat opgelucht, zijn dagelijkse werk weer
opgepikt en zich geconcentreerd op de reden van zijn bezoek aan
New York: een spoedberaad met de marketing- en distributiebon-
zen van Warner Brothers over de première, het afgelopen week-
einde op Onafhankelijkheidsdag, van *Dog on the Moon*, de grote
zomerfilm van Warner's. Het was het verhaal van een hond die tijdens een NASA-experiment naar de maan wordt geschoten en
daar per ongeluk achterblijft. Een jeugdhonkbalteam hoort ervan
en vindt een manier om het dier terug te halen. De film was bedacht en geregisseerd door zijn 24-jarige cliënt Jesús Arroyo.

Harry Addison, alleenstaand en aantrekkelijk genoeg om zelf
voor filmster te kunnen doorgaan, was niet alleen een van de
meest begeerde vrijgezellen binnen de entertainmentwereld, hij
was tevens een van haar meest succesvolle advocaten. Zijn firma
vertegenwoordigde de crème de la crème van Hollywood, goed
voor miljarden guldens. Zijn eigen clientèle had zelf geschitterd in

of was verantwoordelijk voor een aantal van de grootste film- en tv-successen van de afgelopen vijf jaar. Zijn kennissenkring bestond uit louter bekende namen, dezelfde mensen die je wekelijks vanaf de omslagen van de landelijke bladen aanstaarden. Volgens een recent artikel in het showbizz-blad *Variety* was zijn succes te danken aan 'een combinatie van scherp verstand, hard werken en een temperament dat opvallend verschilt van de moordende concurrentiedrang die we zien bij jonge impresario's en juristen voor wie "de deal" een heilige graal is en die over slechts één strategie beschikken: het "afschieten" van de concurrent. De methode-Harry Addison – met inbegrip van Ivy League-kapsel, wit overhemd en donkerblauw Armani-pak – stelt echter dat de mensen het meest zijn gebaat bij zo min mogelijk bloedvergieten. Ziehier de verklaring voor zijn succes, waarom zijn cliënten met hem weglopen, hij door de filmstudio's en tv-stations wordt gerespecteerd en een miljoen dollar per jaar opstrijkt.'

Verdomme, wat betekende dat allemaal nog? De dood van zijn broer overschaduwde alles. Wat had hij verzuimd te doen om Danny te helpen? Het was het enige waar hij nu nog aan kon denken. Moest hij de Amerikaanse ambassade bellen, of de politie van Rome en hen naar het appartement van zijn broer sturen? Hij wist niet eens waar Danny woonde. Daarom had hij na het horen van Danny's boodschap meteen vanuit de limousine zijn baas, mentor en beste vriend Byron Willis, gebeld. Wie kenden ze in Rome die zou kunnen helpen? Dat was wat hij Byron had willen vragen, maar hij had zijn baas niet aan de lijn gekregen. En dan nog, stel dat ze in Rome hulp hadden gekregen, was Danny daarmee gered? Waarschijnlijk niet. Er zou te weinig tijd zijn geweest. Shit.

Hoe vaak had hij door de jaren heen eigenlijk contact gezocht met Danny? Na de dood van moeder wisselden kerst- en verjaardagskaarten nog een tijdje formeel van adres. Totdat de kerst voor het eerst werd overgeslagen, en daarna nog een keer. Uiteindelijk volgde taal noch teken. En Harry, druk met zijn leven, zijn carrière, had het maar zo gelaten, had het aanvaard als een van die dingen die nu eenmaal gebeurden. Broers en elkaars tegenpolen. Kwaad, soms zelfs vijandig jegens elkaar, allebei levend in hun eigen wereldje, zoals het altijd zou blijven. Met voor allebei waarschijnlijk wel eens zo'n schaars moment van rust waarop zich de vraag aandiende wie van de twee het initiatief moest nemen om het contact te herstellen. Maar geen van tweeën had ooit die stap gezet.

En op zaterdagavond, terwijl hij in het kantoor van Warner's in New York het kassucces van *Dog on the Moon* had gevierd – een opbrengst van 19 miljoen dollar na de dag van de première, met zondag en maandag nog voor de boeg, wat neerkwam op een geschatte weekendrecette van 38 tot 42 miljoen dollar – kreeg hij een telefoontje van Byron Willis uit Los Angeles. Het aartsbisdom van Rome had geprobeerd Harry te bereiken, maar had geen boodschap bij zijn hotel willen achterlaten. Via Harry's kantoor was men doorverbonden met Willis die zich vrijwillig had opgeworpen Harry te bellen. Danny was dood, waren zijn kalme woorden, omgekomen na wat ogenschijnlijk een bomaanslag op een touringcar op weg naar Assisi was geweest.

In de emotionele maalstroom die daarop volgde, cancelde Harry zijn plan om naar L.A. terug te vliegen en boekte hij eigenhandig een vlucht voor zondagavond naar Italië. Daar zou hij heen gaan om Danny persoonlijk op te halen. Het was het enige en laatste wat hij nog kon doen.

Op zondagochtend belde hij naar het ministerie van Buitenlandse Zaken met het verzoek om de ambassade in Rome een ontmoeting te laten regelen met het team dat de bomaanslag onderzocht. Danny was bang en radeloos geweest. Misschien konden zijn woorden enige helderheid scheppen in de gebeurtenis en wie daarvoor verantwoordelijk was. Daarna, en voor het eerst sinds hij het zich kon herinneren, was Harry naar de kerk gegaan. Hij had er gebeden, en gehuild.

Onder hem hoorde hij het geluid van het landingsgestel dat werd uitgeklapt. Hij keek naar buiten en zag hoe de landingsbaan opdoemde en het Italiaanse landschap voorbijschoot. Velden, sloten, nog meer velden. Hij voelde een bons en ze waren geland. Daarna remmen, draaien en taxiën naar de lange, lage, door de zon beschenen gebouwen van luchthaven Leonardo da Vinci.

De geüniformeerde vrouw achter het glazen douaneloket vroeg hem te wachten en pakte de telefoon. Harry keek naar zijn spiegelbeeld in het glas en wachtte. Hij droeg nog altijd zijn blauwe Armani-pak en wit overhemd, precies zoals hij in *Variety* was beschreven. In zijn koffer zaten nog een ander pak en overhemd, plus nog een trui, wat trimkleding, een poloshirt, spijkerbroek en joggingschoenen. Dezelfde tas die hij voor zijn reis naar New York had gepakt.

De vrouw hing op en keek hem aan. Even later verschenen er

twee met uzi's bewapende agenten. Eén van de twee stapte het douanehokje binnen en wierp een blik op zijn paspoort. Daarna keek hij even naar Harry en gebaarde hem door te lopen.

'Komt u even met ons mee, alstublieft?'

'Natuurlijk.'

Terwijl ze wegliepen, zag hij dat de eerste agent zijn uzi naast zich trok en zijn rechterhand om het handvat legde. Onmiddellijk voegden zich nog twee geüniformeerde agenten bij het gezelschap, waarna ze door de aankomsthal liepen. Reizigers stapten snel opzij om, eenmaal op veilige afstand, snel een blik over hun schouder te werpen.

Helemaal achter in de hal aangekomen, bleven ze staan voor een beveiligde deur. Een van de agenten tikte een cijfercode in op het toetsenbordje van een verchroomd kastje. Er klonk een zoemer, waarna de agent de deur opende. Vervolgens liepen ze een trap op en daarna een gang in. Even later stopten ze voor een tweede deur. De eerste agent klopte aan, waarna ze een raamloos vertrek betraden waarin ze al werden opgewacht door twee mannen in burger. Een van hen kreeg Harry's paspoort overhandigd waarna de agenten vertrokken en de deur achter hem gesloten werd.

'U bent Harry Addison...'

'Ja.'

'De broer van de Vaticaanse priester Daniel Addison.'

Harry knikte. 'Bedankt dat u me bent komen ophalen...'

De man die zijn paspoort vasthield was rond de vijfenveertig, lang, gebruind en zeer afgetraind. Hij droeg een blauw pak, met daaronder een lichtblauw overhemd en een zorgvuldig gestropte, kastanjebruine das. Zijn Engels was niet accentloos, maar goed te volgen. De andere was iets ouder en bijna net zo lang, maar iets tengerder en had peper-en-zouthaar. Zijn overhemd was geruit, zijn pak lichtbruin, net als zijn das.

'Ik ben *ispettore capo* Otello Roscani, *Polizia di Stato*. Dit hier is *ispettore capo* Pio.'

'Aangenaam...'

'Wat komt u hier in Italië doen, meneer Addison?'

De vraag maakte dat Harry even van zijn stuk was. Ze wisten waarom hij hier was, want anders hadden ze hem niet opgehaald.

'Ik ben hier om het lichaam van mijn broer op te halen, en om met u te spreken.'

'Wanneer was u van plan naar Rome te komen?'

'Ik was helemaal niet van plán te komen...'
'Geef antwoord op de vraag, alstublieft.'
'Zaterdagavond.'
'Niet eerder?'
'Eerder? Nee, natuurlijk niet.'
'U hebt zelf voor de boekingen gezorgd?' Pio had nu voor het eerst het woord genomen. Zijn Engels klonk bijna accentloos, alsof hij zelf Amerikaan was of daar een flinke tijd had doorgebracht.
'Ja.'
'Op zaterdag?'
'Zaterdagavond. Dat zei ik net.' Harry liet zijn blik van de ene naar de andere man glijden. 'Ik begrijp uw vragen niet. U wist dat ik zou komen. Ik heb de ambassade hier speciaal verzocht om een ontmoeting met u.'
Roscani liet Harry's paspoort in zijn zak glijden. 'We willen u vragen met ons mee te komen naar Rome, meneer Addison.'
'Waarom? We kunnen toch ook hier praten? Zoveel is er niet te vertellen.' Er was iets niet in de haak, maar Harry tastte vooralsnog in het duister.
'Misschien dat wij dat mogen bepalen, meneer Addison?'
Opnieuw keek hij beide mannen één voor één aan. 'Wat is hier aan de hand? Wat verbergen jullie voor me?'
'We willen gewoon even met u verder praten, meneer Addison.'
'En waarover?'
'Over de moordaanslag op de kardinaal-vicaris van Rome.'

4

Ze stopten Harry's bagage in de kofferbak en reden vervolgens drie kwartier in stilte – er viel geen woord, er werd geen blik uitgewisseld – met Pio aan het stuur van de grijze Alfa Romeo, Roscani achterin met Harry, rijdend over de autostrada vanaf het vliegveld naar de oude stad. De rit voerde door de buitenwijken van Magliana en Portuense en vervolgens langs de Tiber en eroverheen naar het hart van Rome. Harry dacht dat ze op een gegeven moment het Colosseum passeerden, maar zeker weten deed hij het niet.

De *Questura*, het hoofdbureau van politie, was een verouderd, vijf verdiepingen tellend gebouw van roodbruine zandsteen en graniet aan de Via di San Vitale, een nauwe straat met kasseien om de hoek van de Via Nazionale in het centrum. Ze kwamen bij de hoofdingang van het politiebureau via een poort die werd bewaakt door gewapende agenten en bewakingscamera's. Zo kwamen ze binnen; de agenten salueerden, terwijl Pio de Alfa onder de poort door stuurde en het binnenplein opreed.

Pio stapte als eerste uit en ging hen voor, het gebouw in en liep langs een groot, glazen wachthok van waaruit nog eens twee geüniformeerde agenten niet alleen de deur maar ook een rits monitors in de gaten hielden. Vervolgens ging het naar beneden door een felverlichte gang en namen ze een lift naar boven.

In de lift keek Harry de mannen aan en staarde vervolgens naar de vloer. De rit vanaf de luchthaven was als in een waas aan hem voorbijgetrokken, nog eens verergerd door het stilzwijgen van de politiemannen. Het had hem echter wel de tijd gegeven om het wat, het hoe en het waarom van het gebeurde in perspectief te plaatsen.

Hij wist dat de kardinaal-vicaris van Rome acht dagen geleden was vermoord door een sluipschutter die vanuit het raam van een appartement had gevuurd – een misdaad die in Harry's geboorteland gelijkstond aan moord op de president of een ander alom gevierd persoon – maar verder wist hij niets. Zoals ook voor enkele miljoenen anderen gold, was zijn informatie beperkt tot wat hij op tv of in de krant had gezien. Dat Danny kort daarna was omgekomen bij een bomaanslag op een bus, was, vooral gezien de teneur van zijn telefoontje naar Harry, een voor de hand liggende, zelfs logische gebeurtenis. Danny was priester geweest in het Vaticaan en de vermoorde kardinaal was een belangrijke figuur binnen de Kerk. De politie wilde weten of er enig verband bestond tussen de moordenaar van de kardinaal en de verantwoordelijken voor de bomaanslag op de bus. En misschien was er inderdaad een verband. Maar wat dachten ze nu dat híj wist?

Dit was duidelijk foute boel en het duizelde de politie toch al voor de ogen. Immers, deze openlijke en schandelijke misdaad had plaatsgevonden in hun stad, terwijl zij verantwoordelijk waren voor de veiligheid, en was ook nog eens rechtstreeks te zien geweest op televisie. Dat betekende dat ieder detail van hun onderzoek zich zou afspelen onder nauwkeurig toezicht van de media en daarom een nog grotere emotionele lading zou krijgen dan toch al het geval zou zijn geweest. Harry kwam tot de slotsom dat hij maar het beste zijn eigen gevoelens opzij kon zetten en gewoon zo goed mogelijk antwoord moest geven op hun vragen. Hij wist niets meer dan wat hij hun in eerste instantie had willen vertellen, en daar zouden ze spoedig achter komen.

5

'Wanneer werd u lid van de Communistische Partij, "meneer Addison"?' Roscani boog zich wat over zijn bureau. Een blocnote lag naast zijn rechterhand.
'De Communistische Partij?'
'Ja.'
'Ik ben absoluut geen lid van de Communistische Partij.'
'Hoe lang was uw broer al lid?'
'Ik heb nooit geweten dat hij dat was.'
'U ontkent dat hij een communist was?'
'Ik ontken niets. Maar als priester zou hij zijn geëxcommuniceerd.'
Harry kon zijn oren niet geloven. Wat had dit te betekenen? Hij wilde opstaan en vragen waar ze dit allemaal vandaan haalden, waar dit alles op sloeg. Maar hij deed het niet. In plaats daarvan bleef hij zitten in zijn stoel in het midden van het grote kantoor en deed hij zijn best zich te beheersen en het spel maar mee te spelen.
Vóór hem stonden twee bureaus tegenover elkaar opgesteld. Roscani zat achter het zijne – met daarop een ingelijste foto van zijn vrouw en drie tienerzoons naast een computer waarvan het scherm werd bevolkt door een legertje van felgekleurde icoontjes. Een aantrekkelijke vrouw met lang rood haar zat aan het andere en was bezig om het gesprek woord voor woord in haar eigen computer in te voeren, net als een stenografe in een rechtszaal. Het getik op de toetsen klonk als een dof staccato tegen het luid-

ruchtige en constante decor van een aftandse, zwoegende aircon-ditioner die onder het enige raam in het vertrek was gemonteerd en waar Pio tegen de muur leunde, de armen gevouwen, het gezicht uitdrukkingsloos.

Roscani stak een sigaret op. 'Vertel me eens iets over Miguel Valera.'

'Ik ken geen Miguel Valera.'

'Hij was een goede vriend van uw broer.'

'Ik ben niet bekend met de vrienden van mijn broer.'

'Hij sprak nooit over Miguel Valera,' sprak Roscani terwijl hij het op zijn blocnote noteerde.

'Niet tegen mij, in ieder geval.'

'Weet u dat zeker?'

'Inspecteur, mijn broer en ik waren niet close met elkaar... We hebben elkaar al in jaren niet gesproken...'

Even staarde Roscani voor zich uit, draaide zich vervolgens om naar zijn computer en riep iets op. Hij wachtte even totdat de informatie op het scherm verscheen en richtte zich daarna weer tot Harry.

'Uw telefoonnummer is 310-555-1719.'

'Klopt...' Harry's argwaan was opeens gewekt. Zijn privénummer stond nergens vermeld. Natuurlijk konden ze erachter komen, maar waarom?

'Uw broer heeft u afgelopen vrijdag om zestien over vier 's ochtends, Italiaanse tijd, geprobeerd te bereiken.'

Dat was het dus. Ze hadden een lijst van Danny's telefoontjes.

'Dat klopt, maar ik was niet thuis. Hij heeft toen iets op mijn antwoordapparaat ingesproken.'

'Een boodschap, bedoelt u?'

'Ja.'

'En die was?'

Harry sloeg een been over het andere, telde tot vijf en keek Roscani aan. 'Dat is dus precies waar ik het met u over wilde hebben.'

Roscani zweeg, wachtte slechts opdat Harry verder zou praten.

'Hij was bang. Hij vertelde dat hij niet wist wat hij moest doen, of wat er verder zou gebeuren.'

'Wat bedoelde hij met dat laatste?'

'Weet ik niet. Daar zei hij niks over.'

'En wat nog meer?'

'Hij verontschuldigde zich voor de plompverloren manier waarop hij belde en zei dat hij me terug zou bellen.'

'Deed hij dat?'

'Nee.'

'Waar was hij dan zo bang voor?'

'Weet ik niet. Maar het was in ieder geval erg genoeg om mij na acht jaar weer eens te bellen.'

'U had hem in geen acht jaar gesproken?'

Harry knikte.

Roscani en Pio wisselden een blik.

'Wanneer hebt u hem voor het laatst gezien?'

'Bij de begrafenis van onze moeder, twee jaar daarvoor.'

'U hebt uw broer dus al die tijd niet gesproken, en vervolgens belt hij u op en kort daarna is hij dood.'

'Ja...'

'Was er een bepaalde reden voor waarom u gebrouilleerd was?'

'Een incident in het bijzonder? Nee. Sommige dingen voltrekken zich geleidelijk aan.'

'Waarom was ú uitgerekend degene die hij nu belde?'

'Hij zei... dat er niemand anders was met wie hij kon praten...'

Opnieuw keken Roscani en Pio elkaar eens aan.

'We zouden zijn boodschap graag eens willen horen.'

'Heb ik uitgewist.'

'Waarom?'

'Omdat het bandje vol was. Anders zouden er geen andere boodschappen meer zijn opgenomen.'

'Dan is er dus geen bewijs dat er inderdaad een boodschap is achtergelaten, of dat u dan wel iemand anders bij u thuis niet met hem heeft gesproken.'

Met een ruk schoot Harry overeind uit zijn stoel. 'Wat insinueert u eigenlijk?!'

'Dat u misschien niet helemaal de waarheid vertelt.'

Harry moest zich uit alle macht beheersen om niet uit zijn vel te springen. 'Ten eerste was er niemand thuis toen hij belde. Ten tweede, toen hij belde, zat ik in de filmstudio's van Warner Brothers in Burbank, Californië, om daar te onderhandelen over een filmcontract voor een scenarioschrijver c.q. regisseur die ik vertegenwoordig en om de premièredatum te bepalen voor zijn nieuwste film die, als u het wilt weten, afgelopen weekend in première is gegaan.'

'En hoe heet die film?'

'*Dog on the Moon*,' antwoordde Harry op neutrale toon.

Even staarde Roscani hem aan, krabde wat op zijn hoofd en maakte een notitie.

'En de naam van deze "scenarioschrijver c.q. regisseur"?'
vroeg hij zonder op te kijken.
'Jesús Arroyo.'
Nu keek Roscani wel op van zijn blocnote.
'Een Spanjaard?'
'Een Amerikaan van Spaanse afkomst. Voor u dus een Mexicaan. Geboren en getogen in East L.A.' Harry's woede groeide. Ze waren bezig hem onder druk te zetten zonder hem in te lichten. Ze gedroegen zich alsof niet alleen Danny, maar ook hijzelf schuldig was aan iets.

Roscani drukte zijn peuk uit in een asbak die vóór hem stond.
'Waarom heeft uw broer kardinaal Parma vermoord?'
'Wát?!' Harry viel bijkans van zijn stoel. Het overviel hem volledig.

'Waarom heeft uw broer Rosario Parma, de kardinaal-vicaris van Rome, vermoord?'
'Dit is absurd!' Harry keek naar Pio. Een gesloten boek. Nog precies hetzelfde als zo-even, de armen over elkaar, leunend tegen de muur bij het raam.

Opnieuw trok Roscani een sigaret tevoorschijn en hield deze even tussen zijn vingers. 'Voordat Daniel priester werd, diende hij als commando bij de Amerikaanse marine.'
'Ja.' Harry's hoofd tolde nog altijd. Wanhopig probeerde hij greep te krijgen op de omvang van de beschuldigingen. Helder nadenken was onmogelijk.

'Hij kreeg een eliteopleiding en was gedecoreerd scherpschutter.'
'Er zijn duizenden gedecoreerde scherpschutters. In godsnaam, hij was príester!'
'Een priester die de kunst verstond om iemand op een afstand van tweehonderd meter met drie schoten in de borst te treffen.' Roscani keek hem indringend aan. 'Uw broer was een uitstekend schutter. Hij won wedstrijden. We hebben zijn dossiers, meneer Addison.'
'Dat maakt hem nog geen moordenaar.'
'Ik vraag u opnieuw naar Miguel Valera.'
'Ik zei u dat ik nog nooit van de man heb gehoord.'
'Volgens mij wel...'
'Nee. Nooit. Totdat u zijn naam te berde bracht.'
De vingers van de stenografe dansten gestaag over het toetsenbord. Alles werd genoteerd; wat Roscani zei, wat hij zei, alles.

'Dan zal ík het u vertellen. Miguel Valera was een Spaanse communist uit Madrid. Twee weken voor de aanslag huurde hij een appartement aan het Piazza di San Giovanni. De schoten die kardinaal Parma het leven kostten, werden vanuit dat appartement afgevuurd. Valera was er nog toen wij binnenkwamen. Hij hing aan een buis in de badkamer, aan een riem om zijn hals...' Roscani tikte met het filteruiteinde van zijn sigaret op zijn bureaublad. 'Ooit wel eens van een Sako TRG 21 gehoord, meneer Addison?'

'Nee.'

'Een sluipschuttersgeweer van Finse makelij. Het wapen waarmee kardinaal Parma om het leven is gebracht. We vonden het in een doek gewikkeld achter de bank in hetzelfde appartement. Compleet met Valera's vingerafdrukken.'

'Alleen de zijne...?'

'Ja.'

Harry leunde achterover, de handen gevouwen voor zijn kin, zijn blik op Roscani gericht. 'Hoe kunt u dan mijn broer van deze moord beschuldigen?'

'Er was nog iemand anders in het appartement geweest, meneer Addison. Iemand met handschoenen aan. Iemand die ons graag wil doen geloven dat Valera in zijn eentje werkte.' Met de lucifer nog altijd brandend tussen zijn vingers bracht Roscani traag zijn sigaret naar zijn mond. 'Hoeveel kost een Sako TRG 21?'

'Ik heb geen idee.'

'Ongeveer vierduizend dollar, meneer Addison.' Hier zwaaide Roscani de brandende lucifer eventjes tussen duim en wijsvinger heen en weer en liet hem in de asbak vallen.

'De huurprijs van de flat bedroeg bijna vijfhonderd dollar per week. Valera betaalde in contanten... Miguel Valera was al zijn hele leven communist. Hij was metselaar en had maar weinig werk. Hij had een vrouw en vijf kinderen en kon zijn gezin maar ternauwernood onderhouden.'

Vol ongeloof staarde Harry hem aan. 'Wilt u hiermee suggereren dat de enige andere aanwezige in die kamer mijn broer was? Dat hij dat geweer kocht en Valera het geld voor de huur gaf?'

'Maar hoe, meneer Addison? Uw broer was priester. Hij was arm, kreeg maar een kleine bezoldiging van de Kerk. Uw broer had zeer weinig geld, had niet eens een bankrekening, laat staan vierduizend dollar voor een geweer. Of het equivalent van vijfhonderd dollar aan contanten voor de huur van een appartement.'

29

'U spreekt uzelf voortdurend tegen, inspecteur. U vertelt me dat de enige vingerafdrukken op het moordwapen afkomstig zijn van Valera, en tegelijkertijd wilt u me doen geloven dat mijn broer de trekker overhaalde. Om vervolgens breedvoerig uit te leggen dat hij zich noch het geweer noch het appartement kon veroorloven. Wat wilt u nou eigenlijk?'

'Iemand anders zorgde voor het geld, meneer Addison.'

'En wie dan wel?' Harry wierp een woedende blik in de richting van Pio, en vervolgens naar Roscani.

Die staarde hem even aan om vervolgens zijn rechterhand, met daarin zijn sigaret, omhoog te brengen en met een paar priemende vingers naar Harry te wijzen.

'U, meneer Addison.'

Harry's mond voelde opeens kurkdroog. Hij probeerde te slikken, maar hij kon het niet. Dít was dus de reden waarom ze hem op de luchthaven hadden onderschept en voor verhoor hadden meegevoerd. Hoe dan ook, Danny gold inmiddels als een hoofdverdachte en nu waren ze bezig om ook hem erbij te lappen. Nou, dat konden ze wel vergeten. Plotseling stond hij op en duwde zijn stoel achteruit.

'Ik wil de Amerikaanse ambassade bellen, en wel nu meteen.'

'Vertel het hem maar,' sprak Roscani in het Italiaans.

Pio bewoog zich weg van het raam en liep door het vertrek. 'We wisten dat u naar Rome zou komen, en met welke vlucht, maar om een andere reden dan u denkt.' Pio's verhoortactiek was ontspannender dan die van Roscani, de manier waarop hij stond, het ritme van zijn spraak – of misschien kwam het gewoon omdat hij zo Amerikaans klonk.

'Zondagavond verzochten we de FBI om hulp. Toen ze u hadden gelokaliseerd, was u al onderweg.' Pio nam nu plaats op de rand van Roscani's bureau. 'U hebt het volste recht om contact op te nemen met de ambassade. Maar onthoud wel dat u in dat geval bijzonder snel met de "jurats" te maken krijgt.'

'Maar niet zonder een advocaat.' Harry wist waar 'jurats' voor stond: dit waren de juridisch attachés, de verzamelnaam voor speciale FBI-agenten die op overzeese ambassades waren aangesteld om samen te werken met de plaatselijke politie. Het dreigement veranderde echter niets. Geschokt en overdonderd als hij was, weigerde hij om wie dan ook, de politie van Rome dan wel de FBI, een dergelijk verhoor voort te laten zetten zonder dat hij werd bijgestaan door iemand die de ins en outs van het Italiaanse strafrecht tot in de vingertoppen beheerste.

'*Fare venire mandato di cattura.*' Roscani keek naar Pio.
Harry reageerde woest. 'Praat Engels, man!'
Roscani stond op en slenterde om zijn bureau. 'Ik verzocht
hem een arrestatiebevel te halen.'
'Wat is de aanklacht?'
'Ogenblikje...' Pio keek naar Roscani en gaf een knikje in de
richting van de deur. Roscani negeerde het en bleef Harry aanstaren, alsof hij hoe dan ook de moordenaar van kardinaal Parma
was. Pio nam Roscani even terzijde en mompelde iets in het Italiaans. Roscani aarzelde. Daarna zei Pio nog iets waarop Roscani
inbond en beiden verdwenen.
Harry keek hoe de deur achter hen dichtviel en keek weer voor
zich uit. De vrouw met de lange haren staarde hem nu vanachter
haar toetsenbord aan. Hij negeerde haar en liep naar het raam.
Een beetje afleiding. Vanachter het dikke vensterglas zag hij de
smalle geplaveide straatjes beneden en een bakstenen gebouw
aan de overkant. Het gebouw helemaal aan het eind leek een
brandweerkazerne te zijn. Hierbinnen leek het wel een gevangenis.
Waar was hij in vredesnaam in verzeild geraakt? Stel dat ze gelijk hadden en dat Danny inderdaad iets met de moordaanslag te
maken had gehad? Het was te gek voor woorden. Of niet? Als tiener lag Danny al overhoop met de wet. Niet ernstig, een beetje.
Zoals zoveel rusteloze jochies. Kruimeldiefstallen, vandalisme,
vechten, jezelf in de nesten werken. Het was een van de redenen
waarom hij zich bij de mariniers had aangemeld, om wat meer
discipline in zijn leven te brengen. Maar dat was al jaren geleden
geweest. Hij was allang volwassen en al heel lang priester toen hij
stierf. Om hem nu als een moordenaar te moeten zien, was onmogelijk. En toch – Harry dacht er liever niet aan, maar het viel
niet te ontkennen – bij de mariniers had hij geleerd te doden. En
dan dat telefoontje. Stel dat hij daarom had gebeld. Stel dat hij het
dus toch gedaan had en met niemand anders erover had kunnen
praten.
Er klonk een geluid waarna de deur weer openging en Pio in
zijn eentje binnenkwam. Harry keek langs hem heen in de veronderstelling dat Roscani zou volgen, maar dat gebeurde niet.
'Hebt u een hotel gereserveerd, meneer Addison?'
'Ja.'
'Waar?'

'In het Hassler.'
'Ik zal zorgen dat uw koffers daarheen worden gebracht.' Hij reikte in zijn colbertzak, trok Harry's paspoort tevoorschijn en gaf het hem terug. 'U zult dit nodig hebben bij het inchecken.' Harry staarde hem aan. 'Dus ik kan gaan...?' 'U zult wel moe zijn – moe na al het verdriet en de vliegreis.' Pio glimlachte meelevend. 'En na een confrontatie met de politie waar u niet bepaald op voorbereid was. Wat ons betreft wellicht noodzakelijk, maar niet erg gastvrij. Ik zou u graag willen uitleggen wat er allemaal is gebeurd en gaande is... onder vier ogen. Een rustige plek aan het eind van de straat. Houdt u van Chinees?'

Harry bleef hem aanstaren. Goeie smeris, klotesmeris, het kon verkeren. Net als in de VS. En op dit moment bleek Pio nu net de goeie, de vriend die aan zijn kant stond. Daarom had Roscani de ondervraging geleid. Het was echter wel duidelijk dat ze nog lang niet klaar waren met hem. Het verhoor werd alleen op een andere manier voortgezet. Waar het op neerkwam was dat hij geen keus had. Punt uit.

'Ja,' antwoordde hij ten slotte, 'ik houd van Chinees...'

6

'Vrolijk kerstfeest van de Addisons'.

Harry zag de kaart nog vóór zich, de opgetuigde boom op de achtergrond, de geposeerde gezichten en de gemaakte glimlachjes, allemaal een kerstmuts op het hoofd. Thuis had hij ergens een kopie liggen, weggestopt in een la, met ooit levendige kleuren, nu langzaam bijna tot pasteltinten vervaagd. Het was de laatste keer dat ze allemaal bij elkaar waren. Zijn ouders moesten ergens rond de 35 zijn geweest. Hij was elf, Danny acht en Madeline bijna zes. Haar zesde verjaardag was op nieuwjaarsdag en ze stierf twee weken later.

Het was op een zondagmiddag. Het was helder weer en ijskoud. Hij, Danny en Madeline speelden op een dichtgevroren vijver vlak bij huis. Een paar oudere kinderen waren aan het ijshockeyen. Een aantal van hen schaatste op hen af, achter de puck aan. Harry kon het scherpe gekraak van het ijs nog horen. Het leek wel een pistoolschot. Hij zag hoe de hockeyende kinderen opeens allemaal stopten. En het moment daarop zakte Madeline pardoes door het ijs. Ze gaf geen kik, ging gewoon kopje onder. Harry schreeuwde naar Danny om hulp te gaan halen, gooide zijn jas uit en ging achter haar aan het water in. Maar er was niets dan een ijzige donkerte.

Toen de duikers van de brandweer haar omhooghaalden, was het al bijna donker; de hemel boven de bladerloze bomen achter hen was één grote, rode veeg.

De jongens stonden met hun ouders en een priester te wachten in de sneeuw toen ze over het ijs op hen af kwamen. De korpschef, een grote man met een snor, had haar lichaam van de duikers overgenomen, haar in een deken gewikkeld en hield haar in zijn armen terwijl hij hen voorging.

Langs de kant, op een veilige afstand, keken de hockeyende kinderen, hun ouders, broertjes en zusjes, buren en vreemden zwijgend toe.

Harry maakte aanstalten het ijs op te lopen, maar zijn vader pakte hem stevig bij de schouders en hield hem tegen. Toen hij bij de kant was, hield de korpschef de pas in en vervolgens diende de priester, zonder de deken op te lichten, Madeline de laatste sacramenten toe. Daarna liep de korpschef, gevolgd door de duikers met hun zuurstoftanks en wetsuits, verder naar een wachtende witte ambulance. Madeline werd erin gelegd, de portieren werden gesloten en de ambulance reed de duisternis tegemoet.

Harry volgde de rode achterlichten tot ze uit het zicht verdwenen. Ten slotte draaide hij zich om. Daar stond Danny, acht jaar oud, bibberend van de kou, naar hem te kijken.

'Madeline is dood,' zei hij alsof hij probeerde het te bevatten.

'Ja…' fluisterde Harry.

Het was zondag, vijftien januari 1973. Het was in Bath, Maine.

Pio had gelijk: Yu Yuan, het Chinese restaurant aan de Via delle Quattro Fontane, was inderdaad een rustige eetgelegenheid aan het eind van de straat. Het was in ieder geval rustig waar hij en Harry zaten – aan een glimmend tafeltje ver van de voordeur met rode lantaarn en de stroom gasten met een lunchafspraak – met een pot thee en een grote fles mineraalwater tussen hen in.

'Weet u wat semtex is, meneer Addison?'

'Een explosief.'

'Cyclotrimethyleen, pentaerythritoltetronitraat en plastic. Na ontploffing laat het een kenmerkend nitraatrestant en plastic deeltjes na. Ook scheurt het metaal aan kleine stukjes. Deze stof werd gebruikt om de bus naar Assisi op te blazen. Dit feit werd vanmorgen vroeg bevestigd door de technische experts en zal vanmiddag openbaar worden gemaakt.'

Harry was zich ervan bewust dat de informatie die Pio hier aan hem doorspeelde, vertrouwelijk was, zoals Pio hem deels beloofd had. Maar het vertelde hem weinig tot niets over de zaak die zij tegen Danny voerden. Pio deed slechts wat Roscani ook al gedaan had: hem net genoeg informatie geven om het onderzoek gaande te houden.

'U weet waarméé de bus werd opgeblazen. Weet u ook door wie?'

'Nee.'

'Was mijn broer het doelwit?'

'Dat weten we niet. Het enige wat we zeker weten, is dat we nu twee verschillende onderzoeken hebben lopen: de moord op een kardinaal en de bomaanslag op een touringcar.'

Een wat oudere oosterse ober kwam naar hun tafeltje, wierp een blik op Harry, grijnsde en wisselde in het Italiaans wat aardigheden uit met Pio. Laatstgenoemde bestelde uit het hoofd iets voor hen beiden en de ober klapte in de handen, boog kordaat en liep weg. Pio keek Harry weer aan.

'Er zijn, beter gezegd, wáren vijf kardinalen binnen het Vaticaan die de naaste adviseurs van de paus zijn. Kardinaal Parma was daar één van. Kardinaal Marsciano is een andere...' Pio vulde zijn glas met mineraalwater en keek Harry aan, wachtend op een reactie die uitbleef. 'Wist u dat uw broer de privé-secretaris van kardinaal Marsciano was?'

'Nee...'

'Zijn positie verschafte hem directe toegang tot het interne functioneren van de Heilige Stoel, waaronder het reisplan van de paus, zijn afspraken – waar, wanneer, voor hoe lang. Wie zijn gasten zouden zijn. Waar hij gebouwen betrad en verliet. De veiligheidsmaatregelen. De Zwitserse Garde, de politie of beide, hoeveel manschappen – de eerwaarde vader Daniel sprak hier nooit over met u...?'

'Ik zei al dat we niet zo close waren.'

Pio nam hem aandachtig op. 'Waarom niet?'

Harry gaf geen antwoord.

'U had acht jaar lang niet met uw broer gesproken. Wat was de reden daarvoor?'

'Het heeft geen zin daarover te praten.'

'Het is anders een eenvoudige vraag.'

'Dat heb ik toch verteld. Zoiets groeit met de jaren. Oude dingen. Dingen die te maken hebben met ons gezin. Het zal u niets zeggen, het heeft nauwelijks met moord te maken.'

Een ogenblik deed Pio niets, vervolgens pakte hij zijn glas en nam een slok water. 'Is dit voor het eerst dat u in Rome bent, meneer Addison?'

'Ja.'

'Waarom nu?'

'Ik ben gekomen om zijn lichaam mee naar huis te nemen... Dat is de enige reden. Dezelfde die ik al eerder noemde.'

Harry voelde hoe Pio begon aan te dringen, zoals Roscani eerder had gedaan, op zoek naar iets doorslaggevends. Een tegenstrijdigheid, het afwenden van de ogen, een aarzeling. Alles wat maar suggereerde dat Harry iets achterhield of dat hij glashard loog.

'Inspecteur!'

Grijnzend kwam de ober aangelopen, net zoals daarvoor. Hij maakte op het tafeltje ruimte vrij voor vier dampende schotels en zette deze al Italiaans kakelend tussen de mannen in.

Harry wachtte tot de man klaar en verdwenen was en keek Pio recht in de ogen: 'Ik vertel u de waarheid, zoals ik de hele tijd al heb gedaan... Waarom houdt u zich niet aan uw belofte en vertelt u me eens dat wat u tot nu verzwegen hebt, de bijzonderheden over waarom u denkt dat mijn broer betrokken was bij de moord op de kardinaal.'

Gezeten achter de dampende schalen gebaarde Pio Harry om op te scheppen. Maar deze schudde zijn hoofd.

'Goed.' Pio haalde een gevouwen vel papier uit zijn jasje tevoorschijn en overhandigde het hem. 'De politie van Madrid trof dit aan toen ze Valera's appartement doorzochten. Bekijk het eens goed.'

Harry vouwde het papier open. Het was een vergrote kopie van wat op een bladzij uit een persoonlijk adressenboekje leek. De namen en adressen waren met de hand en in het Spaans geschreven, de telefoonnummers stonden rechts. De meeste leken in Madrid te zijn. Onderaan stond een enkel telefoonnummer, met rechts daarvan de letter 'R'.

Hier kon hij geen wijs uit worden. Spaanse namen, Madrileense nummers. Wat had dit ermee te maken? Behalve dan misschien dat de 'R' onder aan de bladzij voor Rome stond, maar bij het nummer stond geen naam. Op dat moment begon het te dagen.

'Jezus,' zei hij met ingehouden adem en hij bekeek het nog eens. Het telefoonnummer naast de 'R' was het nummer dat Danny op zijn antwoordapparaat had ingesproken. Plotseling keek hij op. Pio staarde hem aan.

'Niet alleen zijn telefoonnummer, meneer Addison. Ook telefoontjes,' zei Pio. 'In de drie weken voor de moordaanslag pleegde Valera met zijn zaktelefoon een tiental telefoontjes naar het appartement van uw broer. Eerst vanuit Madrid en later, na zijn aankomst, hier vanuit Rome. Tegen het einde belde hij steeds vaker, én korter, alsof hij instructies bevestigde. Voorzover wij hebben kunnen achterhalen, waren dat de enige telefoontjes die hij pleegde tijdens zijn verblijf hier.'

'Maar dat maakt iemand nog geen moordenaar!' Harry geloofde zijn eigen oren niet. Was dit nu alles wat ze hadden?

Een stel dat net plaats had genomen, keek in hun richting. Pio wachtte tot ze zich weer omdraaiden en sprak toen met zachte stem.

'U is verteld dat er bewijs is van een tweede persoon in de kamer. En dat het volgens ons die tweede persoon is en niet Valera die kardinaal Parma vermoordde. Valera was een communistische onruststoker, maar er is nooit bewezen dat hij ooit een wapen afvuurde. Mag ik u er nog even op wijzen dat uw broer een door het leger getrainde en onderscheiden scherpschutter was?'

'Dat is een feit, geen verband.'

'Ik ben nog niet klaar, meneer Addison... Het moordwapen, de Sako TRG 21, wordt normaliter gebruikt met een .308 Winchester-patroon. In dit geval was het geladen met Hornady-puntkogels van Amerikaanse makelij. Die koop je hoofdzakelijk in speciaalzaken en worden gebruikt voor de jacht... Drie van die kogels werden verwijderd uit het lichaam van kardinaal Parma... Het magazijn van het geweer bevat tien kogels. De resterende zeven zaten er nog in.'

'Dus?'

'Valera's persoonlijke adresboekje bracht ons op het spoor van het appartement van uw broer. Daar werd hij niet aangetroffen. Kennelijk was hij naar Assisi vetrokken, maar dat wisten wij niet. Dankzij Valera's adresboekje kregen wij een huiszoekingsbevel...' Harry luisterde en zweeg. 'Een standaardmagazijn bevat twintig patronen. Een magazijn met daarin tien Hornady-patronen werd aangetroffen in een afgesloten la in het appartement van uw broer. Verder lag er een tweede magazijn voor hetzelfde geweer.' Harry voelde de grond onder zich wegzakken. Hij wilde reageren, iets zeggen ter verdediging van Danny. Hij kon het niet. 'Ook lag er een kwitantie voor één miljoen zevenhonderd duizend lire – iets meer dan duizend dollar, meneer Addison. De huurprijs voor het appartement die Valera contant betaalde. Op de kwitantie stond Valera's handtekening. Het handschrift was hetzelfde als dat op de telefoonlijst die u daar hebt. Inderdaad, indirect bewijs. En als uw broer nog leefde, dan konden we hem ernaar vragen en hem de gelegenheid bieden het tegendeel te bewijzen.' In Pio's stem klonken nu woede en hartstocht door. 'Dan hadden we hem ook kunnen vragen waarom hij deed wat hij deed. En wie er verder nog bij betrokken was. En of hij eigenlijk de paus had willen doden... Uiteraard kunnen we dat wel vergeten...' Pio ging achteroverzitten, frunnikte wat aan zijn glas mineraalwater en Harry zag dat de emoties langzaam wegzakten.

'Wie weet ontdekken we dat we het bij het verkeerde eind hadden. Maar dat geloof ik niet... Ik ga al een tijdje mee, meneer Addison, en dichter bij de waarheid zullen we niet komen. Vooral niet wanneer je hoofdverdachte dood is.'

Harry's blik dwaalde af en het vertrek werd als een waas. Tot nu toe was hij ervan overtuigd geweest dat ze fout zaten, dat ze de verkeerde man hadden, maar dit veranderde alles.

'Hoe zit het met die bus...?' Hij keek weer naar Pio, zijn stem nog nauwelijks een fluistering.

'Wat voor communistische factie er ook achter de moord op Parma heeft gezeten: een zelfmoordactie om hem het zwijgen op te leggen, de maffia die het eens over een heel andere boeg gooit, een ontevreden werknemer van de busmaatschappij met beschikking over en kennis ván explosieven? We weten het niet, meneer Addison. Zoals ik al zei, de aanslag op de bus en de moord op de kardinaal zijn twee verschillende onderzoeken.'

'Wanneer zal alles openbaar worden gemaakt...?'

'Vermoedelijk niet zolang het onderzoek loopt. Daarna zullen we ons naar alle waarschijnlijkheid voegen naar het Vaticaan.'

Harry vouwde zijn handen voor zich en staarde naar het tafeltje. Hij werd overspoeld door emoties. Het was alsof je te horen kreeg dat je aan een ongeneeslijke ziekte leed. Ongeloof en ontkenning, het maakte geen verschil; de röntgenfoto's, de MRI- en CAT-scans logen er toch absoluut niet om.

Maar toch, ondanks alles – ondanks al het bewijsmateriaal dat de politie had aangevoerd, het ene overtuigende bewijs op het andere stapelend, beschikten ze nog altijd niet over onweerlegbare bewijzen, zoals Pio ook had toegegeven. Bovendien was Harry de enige die Danny's stem had gehoord, ongeacht wat hij hun verteld had over de inhoud van zijn telefonische boodschap. De angst, het leed en de wanhoop. Niet de stem van een moordenaar die om genade roept bij het laatste bastion dat hij kent, maar die van iemand die gevangenzit in een vreselijke situatie van waaruit hij niet kan ontsnappen.

Om een of andere reden, hij wist niet waarom, voelde Harry zich nu inniger verbonden met Danny dan hij zich sinds hun jeugd had gevoeld. Misschien kwam het doordat zijn broer eindelijk een handreiking had gedaan. En misschien was dat belangrijker voor Harry dan hij besefte, omdat het zich niet als een gedachte had geopenbaard maar als een plotselinge golf van diepgewortelde emotie; een golf die hem zo raakte dat hij bijna op het punt stond op te staan en weg te lopen. Maar dat deed hij niet, want het moment daarna was hij nog iets gaan beseffen: dat hij niet van plan was Danny de geschiedenis in te laten gaan als de man die de kardinaalvicaris van Rome vermoord had, niet voordat de onderste steen boven en het bewijs absoluut onomstotelijk en onweerlegbaar was.

'Meneer Addison, het zal nog wel minstens een dag, misschien meer, in beslag nemen voordat de identificatiehandelingen voltooid zijn en het lichaam van uw broer kan worden vrijgegeven... Logeert u tijdens uw hele verblijf in Rome in het Hassler?'

'Ja...'

Pio haalde een kaartje uit zijn portefeuille en overhandigde het aan hem. 'Ik zou het op prijs stellen als u me van uw gangen op de hoogte houdt. Voor als u de stad uit gaat of ergens heen gaat waar u moeilijk bereikbaar bent.'

Harry nam het kaartje aan, liet het in zijn jaszak glijden en richtte zijn blik weer op Pio.

'U zult geen moeite hebben mij te vinden.'

7

De Euro-nachttrein van Genève naar Rome. Dinsdag 7 juli,
tien voor halftwee in de nacht.

In het donker luisterde kardinaal Nicola Marsciano naar het rit-
mische geklik van de wielen nu de trein op snelheid kwam en vanuit Milaan in zuidoostelijke richting koers zette naar Florence,
met als eindbestemming Rome. Buiten zette het vale schijnsel van
de maan het landschap in een zwakke gloed die voor de kardinaal
voldoende was om te weten dat hij zich inmiddels buiten de stad
bevond. Even moest hij denken aan de Romeinse legioenen die
hier eeuwen geleden onder het licht van diezelfde maan waren
opgerukt. Ze waren nu slechts schimmen uit het verleden, en hem
wachtte hetzelfde lot: zijn leven, net als het hunne, zou nauwelijks
een verstoring van de tijd zijn.

Trein nummer 311 had die avond om vijf voor halfnegen het
perron van Genève verlaten, was vlak na middernacht de grens
met Italië gepasseerd en zou pas om acht uur de volgende ochtend in Rome arriveren. Tamelijk omslachtig als je bedacht dat de
hele reis per vliegtuig slechts twee uur in beslag nam, maar Marsciano wilde alleen zijn en had tijd nodig om na te denken.

Als dienaar van God ging hij normaliter gekleed in zijn liturgisch ambtsgewaad, maar vandaag reisde hij in een zakenkos-
tuum om geen aandacht te trekken. Om diezelfde reden had hij
zijn eersteklas privé-coupé in het slaaprijtuig gereserveerd onder
de naam N. Marsciano. Eerlijk en anoniem. De coupé was klein,
maar bood alles wat hij nodig had: een slaapplek, mocht hij de
slaap nog vatten; maar bovenal een rijdende plek waar hij mobiel
kon worden gebeld zonder bang te hoeven zijn dat het telefoontje
onderschept zou kunnen worden.

Hier, in zijn eentje in het donker, probeerde hij vooral niet aan
pater Daniel te denken – aan de beschuldigingen door de politie,
de bomaanslag op de bus. Ze behoorden tot het verleden en hij
durfde er niet bij stil te staan, ook al wist hij dat er een moment
zou komen waarop hij de gebeurtenissen persoonlijk opnieuw onder ogen moest zien. Het zou allemaal te maken hebben met zijn
toekomst, die van de Kerk en of beide het zouden overleven.

Hij wierp een blik op zijn horloge. De digitale cijfers lichtten groen op in de duisternis.

1.27

De zaktelefoon op het kleine tafeltje zweeg nog altijd. Zijn vingers trommelden op de smalle leuning van zijn stoel en gleden vervolgens door zijn zilvergrijze haar. Ten slotte boog hij zich voorover en schonk het laatste beetje Sassicaia in zijn glas. Zeer droog, en mooi rond. Deze statige rode wijn was niet alleen prijzig, maar ook nog eens tamelijk onbekend buiten Italië. Onbekend, want de Italianen hielden hem geheim. Italië zat vol geheimen. En hoe ouder je werd, hoe talrijker en gevaarlijker ze leken te worden. Vooral als je zelf een machtige en invloedrijke positie bekleedde, wat voor de zestigjarige Marsciano geheel en al opging.

1.33

De telefoon zweeg nog altijd. Inmiddels bekroop hem de angst dat er iets mis was gegaan, maar hij stond zichzelf niet toe aan deze gedachte toe te geven voordat hij het zeker wist.

Terwijl hij aan zijn wijn nipte, gleden zijn ogen van de telefoon naar het koffertje dat naast hem op de couchette lag. Erin, netjes opgeborgen in een envelop onder zijn papieren en persoonlijke bezittingen, bevond zich een nachtmerrie: een cassettebandje dat hij tijdens een lunch afgelopen zondagmiddag in Genève had ontvangen. Op het postpakket prijkte de mededeling *Urgente* en het was bezorgd door een koerier zonder afzender of aanwijzing wie het had gestuurd. Na het bandje eenmaal te hebben afgeluisterd, wist hij echter meteen waar het vandaan kwam en waarom.

Als hoofdbeheerder van de kerkelijke goederen van de Heilige Stoel was kardinaal Marsciano de man die de scepter zwaaide over de miljardeninvesteringen van het Vaticaan. In deze hoedanigheid behoorde hij tot het uitgelezen clubje dat precies bekend was met de omvang van het Vaticaans vermogen en in welke bedrijven er was geïnvesteerd. De functie die hij bekleedde, was een eerbiedwaardige en gewichtige en van nature zeer gevoelig voor de dingen waarop mannen in hoge functies altijd erfrecht lijken te hebben: de corruptie van geest en ziel. Degenen die aan zulke verleidingen ten prooi vielen, werden meestal beneveld door hebzucht, arrogantie, of beide. Marsciano was echter van beide verschoond. Zijn eigen lijden werd veroorzaakt door een onbarmhartige vermenging van diepgewortelde trouw aan de Kerk, een navrant misplaatst vertrouwen en een liefde voor de mensheid; en dat alles werd zo mogelijk nog eens verergerd door zijn eigen positie binnen het Vaticaan.

Het cassettebandje – bezien in het licht van de moord op kardinaal Parma en het moment van bezorging – dreef hem alleen maar dieper en dieper de duisternis in. Behalve de ondermijning van zijn eigen veiligheid, riep het andere, veel indringender vragen op: wat was er nog meer bekend? Wie kon hij vertrouwen? Het enige geluid in de coupé was dat van de cadans van de wielen over de rails, terwijl Rome geleidelijk aan dichterbij kwam. Waar bleef dat telefoontje? Er moest iets mis zijn gegaan. Hij wist het nu zeker.

Opeens tjirpte het apparaat.

Marsciano schrok op en een moment zat hij als verstijfd. Opnieuw klonk er getjirp. Nu pakte hij het toestel op.

'*Si*.' Zijn stem klonk gedempt, angstig. Met een bijna onzichtbaar knikje luisterde hij verder. '*Grazie*,' fluisterde hij ten slotte en schakelde uit

8

Rome, dinsdag 7 juli, kwart voor acht 's ochtends.

Jacov Farel was een Zwitser.

Ook was hij *Capo del Ufficio Centrale Vigilanza*, hoofdcommissaris van de Vaticaanse politie, en die functie bekleedde hij al meer dan twintig jaar. Om vijf over zeven had hij Harry gebeld, hem wakker geschud uit een diepe slaap en hem laten weten dat ze absoluut moesten praten.

Harry had afgesproken hem te ontmoeten en werd nu, veertig minuten later, door een van Farels mannen dwars door Rome gereden. Na de Tiber overgestoken te hebben, reden ze een paar honderd meter langs de oever ervan om vervolgens de met een zuilenrij omzoomde Via della Conciliazione in te slaan waar de onmiskenbare Sint-Pieter in de verte al opdoemde. Harry wist zeker dat hij daarheen gereden werd, naar het Vaticaan en daarbinnen, diepverscholen, Farels bureau. Maar de chauffeur sloeg opeens abrupt rechtsaf, passeerde een poort in een eeuwenoude muur en stuurde de wagen door een buurt met nauwe straatjes en oude flatgebouwen. Twee huizenblokken verder maakte hij een scherpe bocht naar links om op Borgo Vittorio voor een Italiaans eethuisje tot stilstand te komen. Na te zijn uitgestapt opende hij het portier voor Harry en begeleidde hem naar binnen.

Binnen stond een man in een zwart pak, met zijn rug naar hen toe, in zijn eentje aan de bar, zijn rechterhand rustend naast een koffiekopje. Hij was ongeveer een meter negentig, misschien iets langer, zwaargebouwd en het weinige haar dat hij misschien nog had, was tot op de schedel weggeschoren; hierdoor glom zijn hoofd in het neervallende licht alsof het was opgepoetst.

'Meneer Addison, dank u voor uw komst.' Het Engels van Jacov Farel werd gekleurd door een Frans accent. Hij had een hese stem, alsof hij jarenlang kettingroker was geweest. Langzaam gleed de hand weg van het koffiekopje en hij draaide zich om. Vanachteren had Harry het imposante postuur van de man niet kunnen zien, maar nu kon hij dat wel. Het geschoren hoofd, het brede gezicht met de platte neus, de stierennek, de forse borstkas strak tegen zijn witte overhemd. Zijn handen, groot en sterk, zagen eruit alsof ze het grootste deel van hun pakweg vijftig jaar het handvat van een pneumatische boor hadden omklemd. En dan die ogen: diepverscholen in hun kassen, grijsgroen, onverzoenlijk – plots schoten ze naar de chauffeur. Zonder een woord deed die een stap naar achteren en vertrok; het enige geluid kwam van de klink van de dichtgetrokken deur. Farels blik gleed nu naar Harry.

'Mijn verantwoordelijkheden verschillen van die van de Italiaanse politie. Zij beschermen een stad. Het Vaticaan is een staat in de staat. Een land binnen Italië. Derhalve ben ik verantwoordelijk voor de veiligheid van een natie.'

Instinctief wierp Harry een blik om zich heen. Ze waren alleen. Geen ober, geen barkeeper, geen klanten. Alleen hij en Farel.

'Het bloed van kardinaal Parma spatte op mijn overhemd en gezicht toen hij werd neergeschoten. Ook kwam het terecht op de paus, het besmeurde zijn liturgische gewaad.'

'Ik ben hier om alles te doen wat in mijn macht ligt om te helpen.'

Farel nam hem aandachtig op. 'Ik weet dat u met de politie hebt gesproken. Ik weet wat u hun hebt verteld. Ik heb de transcripties van het verhoor gelezen. Ik las het rapport dat inspecteur Pio schreef na zijn persoonlijk onderhoud met u... Maar wat mij interesseert, is wat u ze niet vertelde.'

'Wat ik ze niet vertelde?'

'Of wat ze u niet vroegen. Of wat u wegliet toen ze dat wél deden, opzettelijk of omdat u het zich niet herinnerde of misschien omdat het niet belangrijk leek.'

Farels aanwezigheid, die in eerste instantie indringend genoemd kon worden, leek nu zelfs de hele ruimte te vullen. Harry's handen waren opeens klam en zweetdruppels parelden op zijn voorhoofd. Opnieuw keek hij om zich heen. Nog steeds niemand. Het was na achten. Hoe laat ging het personeel aan het werk? Of kwamen de mensen van buiten voor een ontbijt of een kop koffie? Of was het restaurantje alleen voor Farel opengegaan?

'U lijkt zich niet op uw gemak te voelen, meneer Addison...'

'Misschien komt dat doordat ik het zat ben om met de politie te moeten praten terwijl ik niets heb gedaan en iedereen net doet alsof dat wél het geval is... Ik was verheugd u te ontmoeten, omdat ik van mening ben dat mijn broer onschuldig is. Om u te laten zien dat ik absoluut bereid ben mee te werken.'

'Dat is niet de enige reden, meneer Addison...'

'Wat bedoelt u?'

'Uw cliënten. Die moet u immers beschermen. Als u de Amerikaanse ambassade gebeld had, wat u dreigde te doen – of een Italiaanse advocaat geregeld had om u bij te staan tijdens uw gesprekken met de politie – dan wist u dat de kans groot was dat de media erachter zouden komen... Niet alleen zouden onze verdenkingen van uw broer openbaar worden gemaakt, ze zouden ook van u vernemen wie u bent, wat u doet en wie u persoonlijk vertegenwoordigt. Mensen die absoluut niet in verband gebracht willen worden, hoe ver ze zich ook bevinden of hoe onschuldig ze ook zijn, met de moord op de kardinaal-vicaris van Rome.'

'Wie denkt u dat ik vertegenwoordig die zou...?'

Farel onderbrak hem abrupt en ratelde achter elkaar een half dozijn van zijn superstercliënten uit Hollywood op.

'Moet ik nog even doorgaan, meneer Addison?'

'Hoe komt u aan die informatie?' Harry was geschokt en woedend. Over de identiteit van de cliënten van zijn advocatenkantoor werd zorgvuldig gewaakt. Het betekende dat Farel niet alleen zijn gangen was nagegaan, maar ook connecties had in Los Angeles die hem alles konden geven waar hij maar om vroeg. Macht die zo ver reikte, was op zich al beangstigend.

'Uw broers schuld of onschuld even daargelaten, zaken hebben zo hun praktische kanten... Dat is de reden waarom u met mij praat, meneer Addison, zonder advocaat en uit vrije wil, en net zo lang tot ik klaar ben met u... U bent gedwongen uw eigen succes te beschermen.' Zijn linkerhand vond een weg omhoog om het plekje op zijn schedel net boven zijn linkeroor te betasten. 'Het is een mooie dag, waarom gaan we niet even een wandelingetje maken...'

Buiten was de ochtendzon begonnen haar licht te laten schijnen op de bovenste verdiepingen van de gebouwen om hen heen. Farel sloeg linksaf, naar de Via degli Ombrellari – een smalle straat met kasseien zonder trottoirs; de flatgebouwen werden hier en daar afgewisseld door een café, een restaurant of een drogisterij. Aan de overkant liep een priester. Verderop laadden twee mannen voor een restaurant met veel kabaal lege wijn- en mineraalwaterflessen in een bestelwagen.

'Een zekere meneer Byron Willis, een partner binnen uw advocatenkantoor, bracht u op de hoogte van uw broers overlijden.'

'Ja...'

Dat wist Farel dus ook al. Hij deed hetzelfde als Roscani en Pio hadden gedaan: proberen hem te intimideren en te overrompelen, hem laten voelen dat hij nog altijd een verdachte was, ongeacht wat iedereen zei. Dat Harry wist dat hij onschuldig was, deed er niet toe. Door zijn rechtenstudie was hij meer dan anderen bekend met de lange geschiedenis van gevangenissen en zelfs galgen die respectievelijk bevolkt en behangen waren geweest met onschuldigen: mannen en vrouwen die beschuldigd waren van misdrijven die veel minder zwaar waren dan hetgeen hier werd onderzocht. Het was ontmoedigend, zo niet angstaanjagend. En Harry wist dat het hem aan te zien was en hij vond het maar niets. Bovendien, Farels gewroet in zijn professionele achtergrond gaf een berekende draai aan alles. Eentje die de Vaticaanse politieman nog meer macht schonk, omdat hij nu doordrong tot Harry's persoonlijke leven, een bewijs dat de laatste geen kant op kon.

Harry's zorg om de mogelijke golf van publiciteit was een van de eerste dingen die hij de dag daarvoor had aangepakt, direct na zijn gesprek met Pio en na aankomst in zijn hotel, door Byron Willis thuis in Bel Air te bellen. Aan het eind van hun gesprek hadden ze bijna woord voor woord de redenen opgesomd die Farel net had gegeven waarom Harry moest proberen niet al te veel op te vallen. Danny was, hoe tragisch ook, nu eenmaal dood en aangezien zijn mogelijke betrokkenheid bij de moord op kardinaal Parma werd stilgehouden, was het voor iedereen het beste dat dit zo bleef. Het risico dat Harry's cliënten onthuld zouden kunnen worden en zijn situatie uitgebuit, was iets waar zij, noch hij, noch het kantoor behoefte aan had, vooral niet nu de media alles leken te regeren.

'Wist deze meneer Willis dat de eerwaarde vader Daniel contact had gezocht met u?'

'Ja... Dat vertelde ik hem toen hij me belde om me op de hoogte te stellen van wat er was gebeurd...'

'U vertelde hem wat uw broer had gezegd.'

'Een deel ervan... Het meeste... Wat ik gezegd heb, staat in de transcripties van wat ik gisteren tegenover de politie heb verklaard.' Harry voelde de woede in zich opkomen. 'Wat maakt het uit?'

'Hoe lang kent u meneer Willis al?'

'Tien, elf jaar. Hij hielp me op weg in het vak. Hoezo?'

'U hebt een goede band met hem.'

'Tja, dat lijkt me wel...'

'U bent zijn beste vriend?'

'Ik denk van wel.'

'Wat betekent dat u hem dingen zou kunnen vertellen die u verder niemand anders vertelt.'

'Waar wilt u heen?'

Farels grijsgroene ogen pinden zich vast op Harry's ogen. Uiteindelijk gleed zijn blik weer af en ze liepen verder. Langzaam, welbewust. Harry had geen flauw idee waar ze heen liepen of waarom. Hij vroeg zich af of dat ook voor Farel gold, of het eenvoudig zijn manier van ondervragen was.

Achter hen draaide een blauwe Ford de hoek om, reed een half blok langzaam verder om vervolgens langs de kant tot stilstand te komen. Er stapte niemand uit. Harry wierp een blik opzij naar Farel. Als hij zich bewust was van de auto liet hij het niet merken.

'U hebt nooit rechtstreeks met uw broer gesproken?'

'Nee.'

Verderop waren de twee mannen klaar met het laden van de flessen en hun bestelwagen trok op van de stoeprand. Erachter stond een donkergrijze Fiat geparkeerd. Voorin zaten twee mannen. Harry wierp een blik over zijn schouder. De andere auto stond er nog. Het was een niet al te lang huizenblok. Als de mannen in de wagens bij Farel hoorden, dan betekende het dat ze de straat volledig afgegrendeld hadden.

'En de boodschap die hij op uw antwoordapparaat achterliet... die wiste u.'

'Dat zou ik niet gedaan hebben als ik geweten had hoe de zaken gingen lopen.'

Farel hield plotsklaps zijn pas in. Ze waren bijna bij de grijze Fiat en Harry zag dat de twee mannen voorin naar hen keken. De man achter het stuur was jong en zat bijna smachtend voorover gebogen, alsof hij hoopte dat er iets zou gebeuren.

'U doet net alsof u niet weet waar we zijn, meneer Addison.'

Langzaam verscheen er een glimlach op Farels gezicht, vervolgens maakte hij een zwierig handgebaar naar het vier verdiepingen hoge flatgebouw vóór hen, opgetrokken uit gele bakstenen en met afbladderende verf.

'Zou ik dat moeten weten dan?'

'Via Orfeo Ombrellari, nummer 127 – weet u het niet?'

Harry keek de straat af. De blauwe Ford stond er nog steeds. Vervolgens keek hij Farel aan.

'Nee.'

'Het flatgebouw waar uw broer woonde...'

9

Danny's appartement was op de begane grond. Het was klein en zeer Spartaans ingericht. Het huiskamertje, formaat paskamer, bood uitzicht op een piepkleine achtertuin. Het meubilair bestond uit een rechte stoel, een klein bureau, een schemerlamp en een boekenkast die er allemaal uitzagen alsof ze op een vlooienmarkt waren buitgemaakt. Zelfs de boeken waren tweedehands, de meeste ervan oud en handelend over de geschiedenis van het katholicisme, met titels als *The Last Days of Papal Rome 1850-1870, Plenarii Concilii Baltimorensis Tertii, The Church in the Christian Roman Empire.*

De slaapkamer leek zelfs nog Spartaanser: een eenpersoonsbed met dekens en een klein ladekastje dat als nachttafeltje diende met daarbovenop een telefoon en een lamp. Zijn klerenkast had net zo weinig inhoud. Een traditioneel priestergewaad: zwart overhemd, zwarte pantalon en zwart colbert, allemaal op één hanger; verder een spijkerbroek, een houthakkersoverhemd, een versleten, grijs trainingspak en een paar oude joggingschoenen. Het ladekastje bevatte een witte priesterboord, diverse paren afgedragen ondergoed, drie paar sokken, een opgevouwen trui en twee T-shirts, waaronder een met het logo van Providence College.

'Alles is nog precies als toen hij naar Assisi vertrok,' zei Farel zacht.

'Waar lagen de patronen?'

Farel ging hem voor naar de badkamer en trok een deurtje van een antieke commode open. Erin zaten verscheidene laden die er allemaal uitzagen alsof ze waren opengewrikt, waarschijnlijk door de politie.

'De onderste la. Helemaal achterin achter wat toiletpapier.'

Eventjes staarde Harry naar de plek, draaide zich om en liep langzaam weer uit de slaapkamer naar de zitkamer. Op de bovenste plank van de boekenkast stond een kookplaatje. Hij had het nog niet eerder opgemerkt. Daarnaast een mok met een lepel, en een pot oploskoffie. Dat was alles. Geen keuken, geen fornuis, geen koelkast. Het had net zo goed een goedkope studentenkamer op Harvard kunnen zijn, de enige die hij zich als beursstudent zou kunnen veroorloven.

'Zijn stem...'

Harry draaide zich om. Farel stond in de deuropening van de slaapkamer, zijn kaalgeschoren hoofd leek opeens veel te groot voor zijn lichaam.

'De stem van uw broer op het antwoordapparaat. U zei dat hij bang klonk.'

'Ja.'

'Alsof hij vreesde voor zijn leven?'

'Ja.'

'Noemde hij nog namen? Mensen die u allebei zou kennen? Familie, vrienden?'

'Nee, geen namen.'

'Denk goed na, meneer Addison. U had al lange tijd niets meer van uw broer gehoord. Hij zat in zak en as.' Al verder pratend kwam Farel een stap dichterbij. 'Mensen vergeten wel eens dingen als ze aan iets anders denken.'

'Als ik namen wist, had ik ze heus wel aan de Italiaanse politie doorgegeven.'

'Heeft hij nog iets gezegd over zijn vertrek naar Assisi?'

'Geen woord.'

'Iets over een andere stad misschien?' Farel bleef aandringen. 'Waar hij was geweest of van plan was heen te gaan?'

'Nee.'

'Een datum, een dag? Een tijdstip dat misschien belangrijk kan zijn...'

'Nee. Geen data, geen tijdstip. Niets.'

Opnieuw keken Farels ogen hem onderzoekend aan. 'U bent er dus absoluut zeker van, meneer Addison...'

'Ja, absoluut zeker.'

Een luide klop op de voordeur trok nu hun aandacht. Het was de gedienstige chauffeur van de grijze Fiat – Farel noemde hem Pilger – die nu binnenkwam. Hij bleek zelfs nog jonger dan Harry zich aanvankelijk had voorgesteld, met een babyface, alsof hij amper oud genoeg was om zich te scheren. Hij was in het gezelschap van een priester: nog geen dertig, net als Pilger, lang en met donkere krullen en donkerbruine ogen die schuilgingen achter een bril met zwart montuur.

Farel sprak hem aan in het Italiaans. Er volgde een kort onderonsje, waarna Farel zich weer tot Harry richtte.

'Meneer Addison, dit hier is Eerwaarde Bardoni. Hij werkt voor kardinaal Marsciano. Hij kende uw broer.'

'Ik spreek Engels, in ieder geval een beetje,' klonk het op zachte toon. 'Mag ik u mijn diepste medeleven betuigen...'

'Dank u...' Harry knikte dankbaar. Het was voor het eerst dat iemand naar Danny verwees op een manier die even niets met een moordenaar te maken had.

'Eerwaarde Bardoni is net terug van de begrafenisonderneming waar de stoffelijke resten van uw broer zijn heengebracht,' sprak Farel. 'De papierwinkel wordt nu afgehandeld en morgen kunt u de documenten ondertekenen. Eerwaarde Bardoni zal u naar de begrafenisonderneming en morgenochtend naar het vliegveld vergezellen. Er is inmiddels een eersteklas-ticket voor u gereserveerd. Het lichaam van Daniel zal zich ook aan boord bevinden.'

'Dank u...' zei Harry opnieuw. Op dit moment wilde hij niets liever dan vanonder de aanmatigende schaduw van de politie wegglippen en Danny mee naar huis nemen om hem daar te kunnen begraven.

'Meneer Addison,' waarschuwde Farel, 'het onderzoek is nog niet afgerond. De FBI zal het van ons overnemen zodra u terug bent. Ze zullen u daar verder willen ondervragen, met meneer

Willis willen praten, de namen willen hebben van kennissen, vrienden, militaire collega's en anderen die u broer misschien heeft gekend of met wie hij zaken heeft gedaan.'

'Er zijn geen familieleden meer, meneer Farel. Danny en ik waren de laatsten uit onze familie. Wat zijn vrienden of collega's betreft, daar kan ik niets over zeggen. Daar ken ik zijn leven gewoon te weinig voor... Ik kan u echter één ding zeggen: ik ben net zo nieuwsgierig naar wat er is gebeurd als u. Misschien nog wel nieuwsgieriger. En ik ben vast van plan erachter te komen.'

Hier keek Harry Farel nog even nadrukkelijk aan. Met een knikje naar Bardoni keek hij voor de laatste keer de kamer rond. Nog een laatste blik, een laatste tel om te zien waar en hoe Danny had geleefd, waarna hij zich in de richting van de voordeur begaf.

'Meneer Addison.'

Achter hem klonk opeens de stem van Farel en hij draaide zich om.

'Bij onze ontmoeting vertelde ik u dat ik vooral ben geïnteresseerd in wat u me nog niet hebt verteld... Dat is nog steeds zo... Als jurist behoort u te weten dat het onbeduidendste detail vaak de sleutel tot alles is... Dingetjes die ogenschijnlijk zo onbelangrijk zijn. Iemand kan je die dingen doorvertellen zonder er zelf erg in te hebben.'

'Ik heb u alles verteld wat mijn broer tegen me heeft gezegd...'

'Dat is mij bekend, meneer Addison.' Farel kneep zijn ogen wat dichter en pinde zijn blik op Harry vast. 'Ik werd gewassen met het bloed van een kardinaal. Ik wens niet te moeten baden in het bloed van een paus.'

10

'Geweldig! Geweldig! Klinkt me als muziek in de oren! – Of hij gebeld heeft? – Nee, dat leek me niet waarschijnlijk. Waar is hij... Ondergedoken?'

49

Harry stond in zijn kamer en lachte hardop. Met de telefoon in de hand, zijn overhemd open bij de hals, de mouwen opgerold en de schoenen uitgetrokken draaide hij zich om en leunde tegen de rand van het antieke bureau bij het raam.

'Kom op zeg, hij is vierentwintig, hij is een ster, laat hem zijn gang gaan.'

Na het gesprek te hebben beëindigd, hing Harry op en zette de telefoon op het bureau tussen de stapel blocnotes, faxberichten, potloodstompjes, half opgegeten broodjes en verfrommelde aantekenvelletjes. Wanneer had hij voor het laatst gelachen of daar zin in gehad? Maar zojuist had hij gelachen en het gaf een goed gevoel.

Dog on the Moon was een daverend succes. Achtenvijftig miljoen dollar omzet in het lange weekend rond Onafhankelijkheidsdag, zestien miljoen meer dan de hoogste schattingen van Warner Brothers. De cijferaars bij de filmstudio raamden een landelijke totale brutowinst die kon oplopen tot 250 miljoen dollar. En wat de scriptschrijver/regisseur betrof – Jesús Arroyo, het vierentwintigjarige, Spaanse joch uit East L.A. dat Harry zes jaar geleden had ontdekt in een speciale cursus scenarioschrijven voor kansloze stadsjongeren en sindsdien had bijgestaan als raadsman – diens carrière nam nu een hoge vlucht. In iets meer dan drie dagen was hij het nieuwe enfant terrible geworden en was zijn gouden toekomst verzekerd. Hij kreeg tal van filmcontracten aangeboden die miljoenen waard waren. Net zo talrijk waren de verzoeken om gastoptredens bij iedere belangrijke talkshow op tv. En waar zat de benjamin van de filmscene? Lekker brassen in Vail of Aspen of onroerend goed bekijken langs de kust bij Montecito. Nee? Hij was... óndergedoken!

Harry moest weer lachen om de puurheid ervan. Hoe intelligent, volwassen en overtuigend Jesús was als filmmaker, in zijn hart was hij eigenlijk een verlegen jongetje dat, na het grootste weekend van zijn carrière, onvindbaar bleek voor de media, voor zijn vrienden, zijn laatste vriendin en zelfs voor zijn agent – met wie Harry zojuist telefonisch had gesproken. Niemand.

Alleen Harry.

Harry wist waar hij zat. Jesús Arroyo Manuel Rodríquez heette hij voluit en hij bevond zich bij zijn ouders thuis in Escuela Street in East L.A. Hij was bij zijn moeder en zijn vader de ziekenhuisbeheerder, en zijn broers en zussen, neefjes en nichtjes, ooms en tantes.

Jazeker, Harry wist waar hij was en hij kón hem opbellen, maar dat wilde hij niet. Laat Jesús toch een moment met zijn familie zijn. Hij zou heus wel op de hoogte zijn. Als hij contact wilde, dan zou hij dat wel zoeken. Je kon hem veel beter op zijn eigen manier laten feestvieren. Al dat andere, inclusief de gelukwensen van zijn advocaat, kwam later wel. Zijn leven werd nog niet beheerst door zaken zoals dat bij Harry het geval was en bij bijna iedereen die succes had in de entertainmentindustrie. Toen hij gisteren had ingecheckt, wachtten er al achttien telefoontjes op hem. Hij had nog nergens op gereageerd, was gewoon zijn bed ingekropen en had vijftien uur geslapen; hij was emotioneel en fysiek gesloopt. *Business as usual?* Onmogelijk. Vanavond echter, na zijn rendez-vous met Farel, was werk een welkome afleiding geweest. En eenieder met wie hij gesproken had, had hem gefeliciteerd met het grote succes van *Dog* en de schitterende toekomst van Jesús Arroyo; iedereen had zich vriendelijk en meelevend getoond over zijn eigen persoonlijke tragedie, zich verontschuldigend voor het gepraat over zaken onder deze omstandigheden en was vervolgens – na al die dingen gezegd te hebben – tot dat gepraat over zaken overgegaan.

Even werkte het enerverend, ja zelfs troostend, omdat het zijn gedachten afleidde. Maar vervolgens, na het laatste telefoontje, realiseerde hij zich dat niemand van degenen met wie hij gesproken had ook maar enig idee had dat hij te doen had met de politie of dat zijn broer de hoofdverdachte was van de moordaanslag op de kardinaal-vicaris van Rome. En hij kon het hun niet vertellen. Hoezeer het ook vrienden waren, het waren zakenvrienden en daar bleef het bij.

Voor het eerst drong tot hem door hoe eenzaam zijn leven eigenlijk was. Met uitzondering van Byron Willis – die getrouwd was, twee jonge kinderen had en nog altijd net zoveel uur werkte als Harry en misschien nog wel meer – had hij geen echte vrienden, geen boezemvriend. Zijn leven speelde zich in een te hoog tempo af om een dergelijke relatie te kunnen laten groeien. Voor de vrouwen gold hetzelfde. Hij maakte deel uit van de kliek van Hollywood waar je overal mooie vrouwen zag. Hij gebruikte hen en zij gebruikten hem; dat hoorde erbij. Een screening onder vier ogen, daarna een etentje, seks en vervolgens weer zaken; vergaderingen, onderhandelingen, telefoongesprekken. Soms zag hij wekenlang achter elkaar geen levende ziel in zijn vrije tijd. Zijn langste verhouding was met een actrice geweest en die had iets langer dan een halfjaar standgehouden. Hij had het te druk gehad, was te afwezig geweest. En tot nu toe had het normaal geleken.

Zich wegdraaiend van het bureau begaf Harry zich naar het raam en hij keek naar buiten. De laatste keer dat hij had gekeken, was de stad één grote schittering geweest van de vroege avondzon, nu was het avond en Rome fonkelde. Beneden hem krioelde het van de mensen op de Spaanse trap en het Piazza di Spagna – een grote schare van mensen die kwamen en gingen, of er gewoon waren, met hier en daar een groepje geüniformeerde agenten die zorgden dat het nergens uit de hand liep.

Verder weg zag hij hoe smalle straatjes en stegen bij elkaar kwamen, met daarachter de oranje- en crèmekleurige daken van appartementen, winkeltjes en kleine hotels die uitwaaierden in aloude, ordelijke blokken tot aan het zwarte lint van de Tiber. Aan de overkant van de rivier zag hij de verlichte koepel van de Sint-Pieter, dat deel van Rome waar hij eerder op de dag was geweest. Aan de voet ervan lag het domein van Jacov Farel, het Vaticaan zelf: residentie van de paus, zetel van gezag voor de 950 miljoen roomskatholieken op de wereld. En de plaats waar Danny zijn laatste levensjaren had doorgebracht.

Hoe kon Harry weten hoe die laatste jaren waren geweest? Waren ze een persoonlijke verrijking of puur van academische aard geweest? Waarom had Danny de overstap gemaakt van de mariniers naar het priesterschap? Het was iets wat hij nooit begrepen had. Wat op zich geen verrassing was, want destijds wisselden ze nauwelijks een woord, dus hoe had hij er überhaupt naar kunnen vragen zonder direct afkeurend over te komen? Maar nu, starend naar de in het licht badende koepel van de Sint-Pieter, moest hij zich wel afvragen of het niet iets daarbinnen in het Vaticaan was wat Danny ertoe had bewogen hem te bellen en wat hem nadien de dood in had gejaagd.

Voor wie of wat was hij zo bang geweest? En waar kwam het vandaan? Op dit moment leek de bomaanslag op de bus de sleutel te zijn. Als de politie de dader en het motief kon achterhalen, dan zouden ze weten of Danny zelf het doelwit was geweest. En als dat zo was en als de politie wist wie de verdachten waren, dan zou dit hen allemaal een stuk dichter bij de bevestiging brengen van wat Harry in zijn hart nog steeds geloofde: dat Danny onschuldig was en de schuld in de schoenen geschoven kreeg. Om welke onbekende, vage reden dan ook.

Opnieuw hoorde hij de stem en de angst.

'Ik ben bang, Harry... Ik weet niet wat ik moet doen... Of...
wat er nu zal gebeuren... God sta me bij.'

11

Dezelfde avond, halftwaalf.

Harry had de slaap niet kunnen vatten en wandelde omlaag over
de Via Condotti naar de Via Corso en verder. Hij staarde in de eta-
lageruiten en slenterde mee met het avondvolk. Voordat hij zijn
hotel had verlaten, had hij Byron Willis in L.A. gebeld om hem te
vertellen over zijn ontmoeting met Jacov Farel, hem te attenderen
op een mogelijk bezoekje van de FBI en een uiterst persoonlijk onderwerp te bespreken, namelijk waar Danny begraven moest worden.

Dat laatste – iets wat Harry door alle commotie was ontgaan –
had zich aangediend in de vorm van een telefoontje van Bardoni,
de jonge priester die hij in Danny's appartement had ontmoet.
Deze vertelde hem dat de priester, voorzover iedereen wist, geen
testament bezat. De begrafenisondernemer van de plaats waar
Danny zou worden begraven diende door diens collega in Rome
echter te worden ingelicht over de aankomst van het stoffelijk
overschot.

'Waar zou hij begraven willen worden?' was de voorzichtige
vraag van Willis geweest. Harry's enige antwoord was: 'Ik zou het
niet weten...'

'Hebben jullie een familiegraf?' had Willis vervolgens gevraagd.

'Ja,' was het antwoord. Thuis in Bath, Maine. Op een kleine begraafplaats met uitzicht over de rivier de Kennebec.

'Zou hij dat een mooie plek vinden?'

'Byron... Ik weet het niet...'

'Harry, je weet, ik ben dol op je en ik weet dat je het moeilijk
hebt, maar dit is toch echt jouw pakkie-an.'

Daarmee was Harry het eens. Hij bedankte hem, had opgehangen en had het hotel verlaten. Nu liep hij over straat, peinzend, verward, zich zelfs schamend. Byron Willis was zijn allerbeste vriend en toch had Harry in meer dan oppervlakkige zin wel eens over zijn familie gepraat. Het enige wat Byron wist, was dat Harry en Danny in een klein kuststadje in de staat Maine waren opgegroeid, dat zijn vader dokwerker was geweest en dat Harry op zijn zeventiende een studiebeurs voor Harvard had gekregen. Feitelijk praatte Harry nooit in detail over zijn familie. Niet met Byron, niet met zijn medestudenten op de campus, niet met vrouwen. Met niemand. Niemand wist van de tragische dood van hun zusje Madeline. Of dat hun vader nog geen jaar later een dodelijk ongeluk op de scheepswerf had gekregen. Of dat hun moeder, hulpeloos en verward achterblijvend, nog geen tien maanden later hertrouwd was en dat ze met zijn allen ingetrokken waren bij een weduwnaar – vertegenwoordiger in diepvriesproducten – die zelf vijf kinderen had, maar nooit thuis was en die slechts was getrouwd om zo over een huishoudster en een babysitter in zijn donkere Victoriaanse huis te kunnen beschikken. Of dat Danny als jonge tiener de ene na de andere confrontatie met de politie had gehad.

Of dat beide broers een verbond hadden gesloten om van die plek zo snel mogelijk te vertrekken en die lange, grimmige jaren voorgoed naar het verleden te verbannen. Vertrekken om nooit meer terug te komen, en elkaar daarbij te helpen. En hoe hun dat, ieder op zijn eigen manier, was gelukt.

Dus hoe kon hij Byron Willis' suggestie over het familiegraf nu serieus nemen? Stel dat Danny nog leefde, dan zou dit hem wel de das omdoen! En anders zou hij eigenhandig uit zijn graf klimmen, Harry bij de strot grijpen en hém in dat gat werpen! Waar moest het stoffelijk overschot, na aankomst in New York de volgende dag, naartoe? Wat moest hij de begrafenisondernemer vertellen? In een andere situatie zou zoiets misschien licht amusant, ja zelfs grappig zijn. Maar nu niet. Hij had tot morgen de tijd om een antwoord te bedenken. En op dit moment had hij totaal geen idee.

Een halfuur later was hij terug in het Hassler, warm en zweterig van zijn wandeling, liep naar de balie om zijn sleutel te vragen en had nog steeds geen oplossing weten te bedenken. Het enige dat hij wilde, was naar boven gaan, zijn bed inkruipen en opgaan in de totale bevrijding van een diepe, droomloze slaap.

'Er is hier een vrouw die u wil spreken, meneer Addison.'

Een vrouw? De enige mensen die Harry hier in Rome kende waren politiefunctionarissen. 'Weet u dat zeker?'

54

De baliemedewerker glimlachte. 'Jazeker, meneer. Zeer aantrekkelijk, in een groene avondjurk. Ze wacht in de patiobar.'
'Dank u...' Harry liep weg. Misschien kende iemand van kantoor een jonge actrice die hier toevallig op bezoek was en misschien had hij of zij haar verzocht hem met een bezoekje te vereren voor wat afleiding. Op een dag als deze was het wel het laatste waar hij naar verlangde. Het interesseerde hem niet wie ze was of wat ze wilde.

Ze zat in haar eentje aan de bar toen hij binnenkwam. Het lange kastanjebruine haar en de smaragdgroene ogen brachten hem even van zijn stuk, maar al meteen daarna herkende hij het gezicht. Hij had haar al ontelbare keren op tv gezien, met haar baseballpet en het legerjack die haar handelsmerk waren, verslag uitbrengend midden tussen het artillerievuur in Bosnië, bij de nasleep van een terroristische bomaanslag in Parijs of in vluchtelingenkampen in Afrika. Dit was geen actrice. Dit was Adrianna Hall, Europese topcorrespondent voor WNN, World News Network.

Normaal gezien zou voor Harry geen zee te hoog zijn om haar te kunnen ontmoeten. Ze waren ongeveer van dezelfde leeftijd, zij iets jonger misschien, ze was rechtdoorzee, avontuurlijk en, zoals de baliemedewerker al had gezegd, zeer aantrekkelijk. Maar Adrianna Hall vertegenwoordigde tevens de media, en de pers was wel het laatste waar hij op dit moment mee te maken wilde hebben. Hij had geen idee hoe ze hem gevonden had, maar het was haar toch gelukt en hij moest nu iets bedenken. Hoewel... Hij hoefde zich alleen maar om te draaien en weg te lopen, wat hij dan ook prompt deed, ondertussen nog even rondkijkend alsof hij iemand zocht die hier niet bleek te zijn.

Hij was bijna bij de balie aanbeland toen ze hem inhaalde.
'Harry Addison?'
Hij bleef staan en draaide zich om.
'Adrianna Hall, WNN.'
'Weet ik...'
'U wilt niet met me praten...?' Er verscheen een glimlach rond haar lippen.
'Klopt.'
Die avondjurk oogde veel te formeel voor haar. 'Ik had een etentje met een vriend en wilde net vertrekken toen ik u uw sleutel bij de balie zag afgeven... U ging een wandelingetje maken, hoorde ik. Ik gokte erop dat u niet al te ver zou gaan...'

'Mevrouw Hall, het spijt me, maar ik praat liever niet met de media.'

'U vertrouwt ons niet?' Ditmaal waren het haar ogen die naar hem glimlachten. Het was een soort natuurlijke fonkeling die uitdagend werkte.

'Ik wil gewoon niet praten... En als u het niet erg vindt, het is al laat.'

Harry wilde zich omdraaien, maar ze greep hem bij zijn arm. 'Wat is er voor nodig om uw vertrouwen te winnen – of in ieder geval te vergroten?' Ze stond dicht tegen hem aan en ademde ontspannen. 'Als ik u nu eens vertel dat ik het weet van uw broer? Dat u door de politie op het vliegveld werd opgepikt? Dat u vandaag een ontmoeting had met Jacov Farel...?'

Harry staarde haar aan.

'U hoeft me niet zo aan te gapen. Het is gewoon mijn werk om te weten wat er allemaal gebeurt... Maar ik heb aan niemand iets verklapt, behalve aan u, en ik zal mijn mond houden totdat ik van u officieel toestemming krijg.'

'Maar u wilt natuurlijk weten uit wat voor hout ik gesneden ben.'

'Misschien...'

Harry aarzelde even, en glimlachte vervolgens. 'Dank u, maar zoals ik al zei, het is al laat...'

'En als ik u nu eens vertel dat ik u zeer aantrekkelijk vind en dat ik daarom op u heb gewacht?'

Harry probeerde niet te grijnzen. Dit was typisch iets wat hem thuis zo vaak overkwam: een directe en zeer zelfverzekerde seksuele invitatie door man of vrouw die de tegenpartij de vrije keus liet er met humor op in te gaan of het au sérieux te nemen. In feite wierp je op speelse wijze een lijntje uit. Wie weet werd er toegehapt, of niet.

'Aan de ene kant zou ik me gevleid voelen, aan de andere kant zou ik het een tamelijk onderhandse en politiek incorrecte manier vinden om een verhaal los te krijgen.' Harry kaatste de bal terug en hield voet bij stuk.

'O ja?'

'Ja.'

Een ouder drietal verliet de bar en belandde al pratend naast hen. Adrianna Hall wierp het drietal een korte blik toe, keek vervolgens weer naar Harry, bracht haar hoofd iets omlaag en fluisterde ten slotte: 'Goed, eens kijken of ik het over een iets andere boeg kan gooien, meneer Harry Addison... Er zijn soms momenten dat ik gewoon eens lekker met een vreemde wil neuken.' Hierbij bleef ze hem recht in de ogen aanstaren.

Haar appartement oogde als haar borsten: klein en proper. Het bekende verhaal, seks die zich vanuit het niets aandient, de lust is er zomaar ineens. Iemand strijkt een lucifer aan en de vlam slaat in de pan. Al meteen na zijn reactie – 'ik ook' – maakte Harry haar duidelijk dat zowel Danny als de moord op de kardinaal-vicaris van Rome een verboden gespreksonderwerp was. Ze ging akkoord.

Ze hadden een taxi genomen en waren daarna nog een half huizenblok verder gelopen, kletsend over Amerika, hoofdzakelijk over politiek en sport – Adrianna Hall was in Chicago opgegroeid, op haar dertiende naar Zwitserland verhuisd, haar vader was een verdediger voor de Chicago Blackhawks en later coach voor het Zwitserse nationale team – waarna ze bij haar deur waren aanbeland.

Met een klikje sloot ze de deur achter zich. Daarna draaide ze zich om en liep in het donker naar hem toe, haar mond open, haar lippen hartstochtelijk op de zijne plantend, met haar tong naar de zijne tastend. Vaardig en zacht dwaalden de ruggen van zijn handen over de bovenkant van haar avondjurk, haar borsten prikkelend. Voelden hoe de tepels onder de stof verstijfden. Haar handen ritsten zijn gulp open, trokken zijn onderbroek omlaag, pakten zijn harde vlees beet, streelden het. Daarna trok ze haar jurk over haar hoofd en wreef ze haar zijden ondergoed tegen hem aan, hem ondertussen kussend alsof haar leven ervan afhing. En Harry, die vervolgens haar slipje uittrok, haar jurk over haar hoofd trok, haar beha losmaakte en hem in het donker wierp, terwijl ze hem naar de sofa leidde, zijn onderbroek over zijn enkels trok en wegwierp, zich omlaag liet glijden en zijn penis in haar mond nam. Hij liet zijn hoofd achterovervallen, liet haar begaan, en bracht zich, steunend op zijn ellebogen, overeind om toe te kijken. Zo groot was hij nog nooit geweest, was zijn gedachte. Na een paar minuten duwde hij voorzichtig haar hoofd weg, tilde haar op, zocht zich een weg door de ordentelijke woonkamer – wat gegiechel in het donker terwijl ze hem de weg wees – en daarna door een kleine gang naar haar slaapkamer. Wachtend, zichzelf beheersend eigenlijk, terwijl zij een condoom uit een laatje trok – binnensmonds vloekend omdat het folie niet één-twee-drie openscheurde – waarna het haar toch nog lukte het ding eruit te nemen en het aan te brengen.

'Draai je om,' fluisterde hij.

Haar glimlach bracht hem in verrukking, terwijl ze hem gehoorzaamde en met haar gezicht naar het hoofdeinde staarde. Hij besteeg haar vanachteren, betrad haar omklemmende warmte waarna het langzame in en uit bewegen kon beginnen, een tempo dat hij bijna eeuwig kon volhouden. Haar gekreun bleef hem nog lange tijd bij. In twee uur tijd was hij achtmaal klaargekomen, volgens zijn eigen telling. Of en hoe ze haar eigen orgasmen had bijgehouden, wist hij niet. Het enige wat hij zich herinnerde was dat ze hem verbood hier in slaap te vallen. Ze gaf hem nog een laatste kus met de mededeling dat hij zijn hotel weer moest opzoeken, want over twee uur wachtte haar weer een nieuwe werkdag.

12

Woensdag 8 juli, twee over halfvijf 's ochtends.

Het was Harry's laatste blik op de wekker. De tijd kroop voort. Of hij eigenlijk wel sliep, wist hij niet. Hij rook nog steeds Adrianna's parfum, een bijna mannelijke geur, een mix van citrusvruchten en rook, daar leek het op. Eerst opstaan en dan over twee uur naar mijn werk, had ze gezegd. Niet gewoon naar werk zoals de meeste mensen, maar naar de luchthaven voor een vlucht naar Zagreb en daarna het Kroatische achterland in voor een reportage over schendingen van de mensenrechten door Kroaten tegen Kroatische Serviërs die uit hun huizen waren verdreven en waren afgeslacht. Dat was wie ze was, wat ze deed.

Hij herinnerde zich dat hij op een gegeven moment tijdens hun liefdesspel zijn eigen regel had overtreden om niet over Danny te praten en haar had gevraagd wat zij wist van het onderzoek naar de bomaanslag op de bus naar Assisi.

En ze had direct geantwoord, zonder in haar stem ook maar

iets van een beschuldiging te laten doorklinken dat hij haar probeerde te gebruiken. 'Ze weten niet wie het gedaan heeft...'

In het donker had hij haar aangekeken – haar heldere ogen die in de zijne keken, het zachte op en neer deinen van haar borsten terwijl ze ademde – in een poging te achterhalen of ze hem de waarheid vertelde. En de waarheid was dat hij het niet wist. Dus liet hij het maar zo. Over twee dagen zou hij hier weg zijn en de enige keren dat hij haar weer zou zien, zou op tv zijn, met haar baseballpetje op en in haar legerjack, verslag gevend van een of andere oorlog. Nu hij naar haar keek, zich liet zakken om haar borst te strelen en zijn tong rond de tepel te laten kringelen, wilde hij haar nog één keer. Dat was het enige wat er nu toe deed. En daarna wilde hij nog een keer. En toen nog eens, tot hij volkomen leeg was, alles uit zijn hoofd verdreven behalve dit object dat Adrianna heette. Egoïstisch, ja. Maar dat was hij niet alleen. Het idee was immers van haar geweest.

Terwijl hij zijn vingers langzaam langs de binnenkant van haar dij omhoog had laten glijden en haar zachte geluidjes had opgevangen, bereikte hij het plakkerige vocht van waar haar benen samenkwamen. Volledig opgewonden kwam hij iets overeind, stond op het punt haar te bestijgen toen zij zich plotseling omdraaide, hem omrolde en boven op hem klom en zijn stijve lid agressief naar binnen trok.

Achteroverhangend boorde ze haar voeten in het zachte dekbed en boog zich voorover, de handen aan weerszijden van zijn hoofd, de ogen wijdopen, hem aankijkend. Langzaam begon ze haar werk, op en neer glijdend langs zijn volle lengte. Meesterlijk, met haar volle gewicht achter iedere weloverwogen stoot. En daarna pakte ze, als een roeister die naar de cadans van haar stuurman luistert, het ritme op. Sneller en sneller. Als de jockey die het beest onder haar volledig op de proef stelt. Luidkeels, hard en zonder genade. Totdat zij zelf het volbloed paard werd. Stampend langs de binnenreling. De overwinning ruikend en woest op de finish af denderend. In een oogwenk had zij het tot een nieuw spel gemaakt. Wat zonet nog begeerte was geweest, was nu plotseling een razende wedstrijd geworden.

Met haar keuze voor Harry had ze evenmin een fout gemaakt. Lang geleden had hij gezworen zich de schone schermkunst meester te maken en nu bekeek hij iedere beweging van haar om vervolgens stap voor stap met haar mee te gaan. Stoot voor stoot. Beest tegen beest. Een hartverscheurende, intensieve wedloop.

Een kans van één op duizend wie er als eerste tot uitbarsting zou komen.

Ze kwamen tegelijk de finishlijn over. Een brullende, zwetende fotofinish van orgastisch vuurwerk dat hen uitgestrekt, zij aan zij en happend naar lucht achterliet, compleet opgebrand, volkomen op en rillend in het donker.

Harry had geen idee waarom, maar op dat moment nam hij diep vanbinnen wat afstand van haar en vroeg zich af of Adrianna hem toevallig had uitgezocht – niet omdat hij wel eens een hoofdrolspeler in een belangrijk verhaal zou kunnen zijn en het heimelijk haar aanpak was om in een pril stadium een persoonlijke relatie aan te gaan – en ook niet omdat ze gewoon graag de koffer in dook met vreemdelingen – maar om een volkomen andere reden... Omdat ze bang was om naar Zagreb te gaan, omdat het deze keer misschien wel een keer te veel kon zijn, er iets zou gebeuren en ze ergens in het Kroatische landschap zou omkomen. Misschien wilde ze voor haar vertrek nog even een laatste zucht van het leven opsnuiven, zoveel ze maar kon. En toevallig was Harry degene die ze had uitgekozen om haar daarbij te helpen.

4.36

De dood.

In de pikdonkere kamer 403 van Hotel Hassler waren de luiken gesloten, de gordijnen dichtgetrokken tegen de naderende zonsopgang en toch kon Harry de slaap maar niet vatten. De wereld draaide, gezichten dansten voorbij.

Adrianna.

De rechercheurs, Pio en Roscani.

Jacov Farel.

Bardoni, de jonge priester die hem en Danny's stoffelijk overschot naar het vliegveld zou begeleiden.

Danny.

De dood.

Genoeg! Harry knipte het licht aan, gooide de dekens van zich af en stond op om naar het kleine bureau naast de telefoon te lopen. Hij pakte zijn aantekeningen, herlas de zakendeals waaraan hij de uren voordat hij was weggegaan had gewerkt – een tv-contract om een soapster voor een vierde jaar bij te laten tekenen tegen een salarisverhoging van vijftigduizend per aflevering. Een overeenkomst voor een topscenarist om een maand lang te schaven aan een script dat al viermaal was herschreven. Honorarium voor de schrijver: een half miljoen dollar. Een deal waaraan al twee maanden werd gewerkt voor een 'A'-regisseur om op locatie in Malta en Bangkok een actiefilm te schieten tegen een vast honorarium van zes miljoen dollar plus tien procent van de eerste kassaopbrengsten, die nu eindelijk was afgerond. Vervolgens een half uur later weer geannuleerd, omdat de mannelijke ster om onbekende redenen zich abrupt terugtrok. Twee uur en een half dozijn telefoontjes verder deed de ster toch weer mee, maar nu nam de regisseur andere aanbiedingen in overweging. Daarna nog een belletje naar de ster die aan de lunch zat in een trendy restaurant in West L.A., eentje naar het studiohoofd in diens auto ergens in de San Fernando Valley, en nog eentje naar de impresario van de regisseur, dat uitdraaide op een telefonische vergadering over vier lijnen met de regisseur thuis in Malibu. Veertig minuten later was de regisseur weer in beeld en maakte zich gereed om de volgende ochtend naar Malta af te reizen.

Tegen de tijd dat hij klaar was, had hij onderhandeld over deals die, pakweg, zevenenhalf miljoen dollar waard waren. Vijf procent daarvan, pak hem beet 375.000 dollar, ging naar zijn firma Willis, Rosenfeld & Barry. Niet echt pover voor iemand die functioneerde op stress, de automatische piloot en heel weinig slaap in een hotelkamer ergens halverwege de wereld. Het was waarom hij was wie hij was en deed wat hij deed... en waarom hij betaald kreeg wat hij betaald kreeg, plus de bonussen, plus winstdeling, plus... Harry Addison was op een grootse manier aan zijn geboortestadje ontkomen... Opeens voelde het allemaal heel erg leeg en onbelangrijk aan.

Plotseling knipte hij het licht weer uit en sloot zijn ogen tegen de duisternis. Op dat moment kwamen de schimmen. Hij probeerde ze te verjagen, aan iets anders te denken, maar ze bleven komen. Schimmen die traag over een verre, regenboogkleurige muur gleden, zich opeens omdraaiden en op hem af kwamen. Geesten. Eén, twee, drie en daarna nummer vier.

Madeline.

Zijn vader.

Zijn moeder.

En vervolgens Danny...

13

Woensdag, 8 juli, tien uur in de ochtend.

Hun voetstappen klonken gedempt nu Harry Addison, Bardoni en *signore* Gasparri, de begrafenisondernemer, de trap afkwamen. Beneden aangekomen sloeg Gasparri linksaf en voerde het gezelschap door een lange, mosterdkleurige gang die was opgesierd met Italiaanse landschapschilderijen.

Harry voelde expres even aan zijn colbertzak om zich ervan te vergewissen of de envelop die Gasparri hem bij binnenkomst had overhandigd, er nog in zat. Daarin zaten de weinige persoonlijke bezittingen van Danny die op de plek van de bomaanslag waren aangetroffen: een geblakerd Vaticaan-pasje, een bijna ongeschonden paspoort, een bril waarvan het linkerglas gebroken was en het rechterglas ontbrak en ten slotte zijn polshorloge. Van deze vier, was het horloge nog het meest onthutsende bewijs van alle verschrikkingen. Het bandje was doorgebrand, het roestvrijstalen huis geblakerd en het glas versplinterd. De tijd die het aangaf, was 3 juli, acht voor elf in de ochtend, slechts enkele seconden nadat de semtex afgegaan en de bus geëxplodeerd was.

Eerder die ochtend had Harry bepaald waar de begrafenis zou plaatsvinden. Danny zou worden begraven op een kleine begraafplaats in het westen van Los Angeles. Hoe je het ook wendde of keerde, Los Angeles was de stad waar Harry werkte en woonde en ondanks de emotionele toestand waarin hij zich nu bevond, zag hij weinig aanleiding om te verhuizen. Bovendien werkte de gedachte dat Danny nu vlak bij hem zou zijn, vertroostend. Op gezette tijden kon hij het graf bezoeken, zorgen dat de plek er netjes bij lag, ja misschien zelfs wel even met hem praten. Zo zouden ze zich allebei niet eenzaam of alleen achtergelaten hoeven voelen. En misschien zou de fysieke nabijheid van Danny ironisch genoeg iets wegnemen van de jarenlange afstand tussen hen beiden.

'Meneer Addison, ik smeek u...' De stem van pater Bardoni klonk zacht en vol medeleven, 'voor uw eigen bestwil. Kies toch voor de herinnering zoals die nu is.'

'Ik wou dat ik het kon, eerwaarde...'

De gedachte aan het openen van de kist om hem nog een laatste keer te mogen zien, had zich pas op het allerlaatste moment aangediend. Het was wel het laatste dat Harry wilde, maar hij wist dat hij het anders voor de rest van zijn leven zou betreuren. Vooral als hij wat ouder zou zijn en op deze episode terug kon kijken.

Voor hen bleef Gasparri staan, opende een deur waarna ze in een klein, sfeervol verlicht vertrek werden binnengeleid. Rechte stoelen stonden in een paar rijen opgesteld tegenover een eenvoudig altaar. Gasparri mompelde iets in het Italiaans en verdween.

'Hij vroeg ons even te wachten...' Vanachter zijn zwarte montuur staarden Bardoni's ogen hem opnieuw smekend aan en Harry wist dat de priester hem opnieuw zou vragen van gedachten te veranderen.

'Ik weet dat u het goed bedoelt, Eerwaarde. Maar toe, ik verzoek u...' Even staarde hij de priester aan om de boodschap nog eens duidelijk over te laten komen en liet zijn ogen vervolgens door het vertrek glijden.

Net als in de rest van het gebouw had de tijd ook hier zijn sporen achtergelaten. De gepleisterde muren, bobbelig en vol scheuren, waren op diverse plekken met nieuwe stuc bedekt en hadden dezelfde mosterdkleur als de gang. Vergeleken met het donkere hout van het altaar en de stoelen leek de terracottavloer bijna wit, door de jaren, zo niet eeuwen, heen bijna ontdaan van alle kleur. Mensen kwamen hier slechts binnen om even te zitten, voor zich uit te staren en daarna weer te vertrekken, om plaats te maken voor anderen die hier om dezelfde reden kwamen: een persoonlijke aanschouwing van de dode.

Harry liep naar een van de stoelen en ging zitten. Op verzoek van de Italiaanse regering – nog steeds geschokt door de moord op kardinaal Parma – was het weerzinwekkende proces van het identificeren en het zoeken naar resten van explosieven op de lichamen van de slachtoffers van de bomaanslag in Assisi snel en accuraat door een extra uitgebreid team uitgevoerd. Daarna waren de resten vanuit het mortuarium – het *Instituto di Medicina Legale* aan de universiteit van Rome – naar de diverse plaatselijke begrafenisondernemers gestuurd om daar in verzegelde kisten te worden overgebracht en naar de familieleden verzonden te worden om te worden begraven. Ondanks het onderzoek dat zich om hem heen voltrok, was Danny niet anders behandeld. Hij bevond zich hier, ergens op een plek in dit gebouw, zijn verminkte lichaam, net als dat van de anderen in een verzegelde kist voor transport en een laatste rustplaats.

63

Harry had het hierbij kunnen laten, móeten laten misschien. De kist dicht laten, gewoon terug naar Californië voor de begrafenis. Maar hij kon het niet. Niet na alles wat er gebeurd was. Hij moest hem nog een laatste maal zien, zodat hij nog een laatste gebaar kon maken. *Het spijt me dat ik er niet was toen je me nodig had, dat we zijn vastgeroest in verbittering en onbegrip, dat we er nooit over hebben gepraat, het zelfs niet eens geprobeerd hebben te begrijpen...* Om gewoon te kunnen zeggen: vaarwel. Ik houd van je, ook toen, ongeacht wat.

'Meneer Addison...' Bardoni stond opeens naast hem. 'Ik wil u waarschuwen... Ik heb gezien hoe anderen, net zo sterk en vastberaden als u, verschrompelen bij het zien van wat niet in woorden valt uit te drukken... Aanvaard toch alstublieft de weg van God. Besef toch dat uw broer het liefst wil dat u hem zich herinnert in zijn oude gedaante.'

Achter hen klonk nu het geluid van een deur die werd geopend, waarna een man met zilvergrijs stekelhaar binnentrad. Hij was knap, bijna twee meter lang. Hij had iets aristocratisch over zich, en tegelijkertijd ook weer iets menselijks. Hij droeg het zwarte gewaad en de rode sjerp van een kardinaal. Op zijn hoofd droeg hij een rode kalot en een gouden borstkruis hing aan een ketting om zijn nek.

'Eminentie...' Pater Bardoni maakte een lichte buiging.

De man knikte en zijn blik gleed naar Harry. 'Meneer Addison, ik ben kardinaal Marsciano. Ik ben gekomen om u mijn diepste medeleven te betuigen.'

Marsciano's Engels was uitstekend en hij leek het met gemak te beheersen. Hetzelfde gold voor zijn houding, zijn ogen, zijn lichaamstaal. Alles aan hem had iets troostends, iets geruststellends.

'Dank u, Eminentie...' Harry, vriend van politieke mannetjesputters en wereldsterren, had heel zijn leven nog nooit in de aanwezigheid van een kardinaal mogen verkeren, laat staan in die van iemand met de statuur van een Marsciano. Hoe areligieus, nietkerkelijk zijn katholieke opvoeding ook was geweest, Harry was diep onder de indruk. Het leek wel alsof hij bezoek kreeg van een staatshoofd.

'Pater Daniel was mijn privé-secretaris, al vele jaren...'

'Dat weet ik...'

'En nu wacht u hier, in deze kamer, omdat u nog eenmaal zijn gezicht wenst te zien...'

'Ja.'

'Wat u niet kon weten, is dat de eerwaarde Bardoni me belde toen u bij *signore* Gasparri was. Hij opperde dat ik misschien meer succes zou hebben u over te halen dan hij.' Eventjes trok er een zweem van een glimlach over zijn mond. 'Ik heb hem gezien, meneer Addison. Ik heb de verschrikking van zijn dood mogen aanschouwen. De politie verzocht mij het lichaam te identificeren. Wat de arrogante gedachtekronkels der mensheid al niet kunnen uitrichten.'

'Het heeft geen zin...' Harry's besluit stond vast. Hetgeen hij verkozen had te doen, was iets heel indringends en persoonlijks. Iets tussen Danny en hemzelf. 'Ik hoop dat u het kunt begrijpen.'

Marsciano zweeg een paar lange tellen. Daarna: 'Ja, ik begrijp het...'

Bardoni aarzelde even en verliet de kamer.

'U lijkt erg veel op hem,' zei Marsciano zacht. 'Dat is een compliment.'

'Dank u, Eminentie...'

Onmiddellijk daarna werd er een deur bij het altaar geopend, waarna Bardoni het vertrek betrad, op de voet gevolgd door Gasparri en een gezette man in een kraakwit colbertje die een brancard voor zich uitduwde. Daarop was een kleine houten kist geplaatst die net groot genoeg was voor een kind. Harry voelde hoe zijn adem stokte. In die kist lag Danny, of wat er van hem over was. Hoe bereid je je op zoiets voor? Hoe doet een mens dat? dacht hij. Ten slotte wendde hij zich tot Bardoni.

'Vraag hem de kist te openen.'

'Weet u het zeker?'

'Ja.'

Harry zag Marsciano knikken. Gasparri aarzelde even, om zich daarna met één beweging naar voren te buigen en het deksel te verwijderen.

Een seconde lang verroerde Harry zich niet. Daarna vermande hij zich, deed een stap naar voren en keek omlaag. Op dat moment hoorde hij zichzelf naar adem snakken. Het lag op zijn rug. De rechterromphelft was grotendeels verdwenen. Waar normaal een gezicht zou moeten zijn, restte nu slechts een verbrijzelde schedel, wat samengeklit haar en een gapend gat waar zijn rechteroog had moeten zitten. Beide benen waren ter hoogte van de knie afgerukt. Hij zocht naar de armen, maar die waren er niet. Wat het helemaal zo obsceen maakte, was dat iemand een onderbroek over het lichaam had geschoven, alsof de toeschouwer moest worden beschermd tegen de onbetamelijke aanblik van de genitaliën, of die nu nog aanwezig waren of niet.

'O, god!' hijgde hij. 'O godallemachtig nog aan toe!' Afschuw, walging en de schok van het verlies overspoelden hem. Hij trok wit weg en moest steun zoeken om niet flauw te vallen. Ver weg ving hij wat Italiaans geratel op en het duurde een moment voordat hij besefte dat het Gasparri was.

'*Signore* Gasparri verontschuldigt zich voor de aanblik van uw broer,' zei Bardoni. 'Hij wil de kist graag weer afsluiten om uw broer weer mee te nemen.'

Harry sloeg zijn blik op naar Gasparri. 'Zeg hem nog even te wachten. Nog even...'

Zijn hele lijf kwam in opstand, maar toch draaide hij zich opnieuw om en bekeek de verminkte torso opnieuw. Hij moest zichzelf vermannen. Om na te denken. Om in alle stilzwijgen tegen Danny te zeggen wat gezegd moest worden. Vervolgens zag hij hoe kardinaal Marsciano gebaarde en Gasparri met het deksel in de aanslag naar de kist liep. Op dat moment klikte er iets in zijn hoofd.

'Nee!' riep hij waarop Gasparri als versteend bleef staan. Harry bracht zijn hand omlaag naar de koude borst en liet zijn vingers onder de linkertepel glijden. Opeens voelden zijn benen aan als elastiek.

'Alles goed met u, meneer Addison?' Bardoni liep naar hem toe.

Harry deinsde terug en keek op. 'Dit is hem niet. Dit is niet mijn broer.'

14

Harry wist niet wat hij moest denken of voelen. Dat het wel eens iemand anders zou kunnen zijn in de lijkkist dan Danny was geen moment in hem opgekomen. Dat ze na alles – het politiewerk, de navorsingen door tal van instanties, de teruggevonden persoonlijke voorwerpen, de identificatie van het lichaam door kardinaal Marsciano, de overlijdensakte – een dergelijke vergissing konden hebben gemaakt, was onmogelijk.

Kardinaal Marsciano legde een hand op zijn mouw. 'Meneer Addison, u bent vermoeid en vervuld van verdriet. In omstandigheden als deze staan ons hart en onze emoties ons niet altijd toe helder na te denken.'

'Eminentie,' sprak Harry op scherpe toon – allemaal staarden ze hem aan: Marsciano, Bardoni, Gasparri en de man in het gesteven witte jasje. Ja, hij was moe. Ja, hij was vervuld van verdriet. Maar zijn denkvermogen was nog nooit zo optimaal geweest als nu.

'Mijn broer had een soort enorme moedervlek onder zijn linkertepel. Zoiets noemen ze een derde borst. Ik heb hem ontelbare malen gezien. Onder medici staat het verschijnsel bekend als een extra tepel. Als kind dreef Danny mijn moeder tot razernij door dat ding aan iedereen te laten zien. Wie er ook in die kist ligt, hij heeft geen moedervlek onder zijn linkertepel. Die persoon is niet mijn broer. Zo simpel is het.'

Kardinaal Marsciano sloot de deur van Gasparri's werkkamer en gebaarde naar een paar sierlijke stoelen voor het bureau van de begrafenisondernemer.

'Ik sta liever,' zei Harry.

Marsciano knikte en nam plaats.

'Hoe oud bent u, meneer Addison?'

'Zesendertig.'

'En hoe lang is het geleden dat u uw broer voor het laatst zag zonder of, voor mijn part, mét overhemd? Daniel werkte hier niet alleen, hij was ook een vriend. Vrienden praten wel eens met elkaar, meneer Addison... U had hem al vele jaren niet gezien, toch?'

'Eminentie, die persoon is niet mijn broer.'

'Moedervlekken kun je weg laten halen. Zelfs die van priesters. Mensen doen niet anders. Ik zou me kunnen voorstellen dat u, gezien uw vak, dat beter zou weten dan ik.'

'Danny niet, Eminentie – vooral Danny niet. Zoals bijna iedereen was hij onzeker in zijn jeugd. Wanneer hij iets had wat anderen niet hadden, had hij een beter gevoel over zichzelf. Of wanneer hij dingen anders deed dan mensen om hem heen. Hij maakte mijn moeder altijd gek als hij zijn overhemd opendeed en dat ding aan mensen liet zien. Hij dacht graag dat het een of ander geheim baronnenkenmerk was en dat hij echt van adellijke afkomst was. En tenzij hij sindsdien radicaal en gigantisch veranderd is, zou hij de moedervlek nooit hebben laten verwijderen. Het was een ereteken, hij onderscheidde zich ermee.'

'Mensen veranderen, meneer Addison,' sprak kardinaal Marsciano op vriendelijke en zachte toon. 'En Daniel veranderde enorm in de jaren dat ik hem kende.'

Een lang moment staarde Harry zwijgend voor zich uit. Toen hij weer het woord nam, was hij rustiger, maar niet minder onvermurwbaar. 'Is het niet mogelijk dat er in het lijkenhuis een vergissing is gemaakt? Dat een andere familie misschien zonder het te weten Danny's lichaam in een verzegelde kist heeft... Dat is toch niet ondenkbaar?'

'Meneer Addison, de stoffelijke resten die u zag, zijn de resten die ik identificeerde.' De reactie van de kardinaal klonk bits, verontwaardigd zelfs. 'Mij getoond door de Italiaanse autoriteiten.' Marsciano was niet langer de trooster, maar klonk plotseling bitter en autoritair.

'Meneer Addison, er zaten vierentwintig mensen in die bus. Acht overleefden het. Vijftien van de doden werden geïdentificeerd door hun eigen familieleden. Zo bleef er slechts één over...' Heel even keerden Marsciano's mededogen en menselijkheid terug. 'Ook ik koesterde de hoop dat er een vergissing was gemaakt. Dat het iemand anders was. Dat Daniel misschien ergens onderweg was, zich niet bewust van wat er gebeurd was. Maar ik werd met de neus op de feiten en het bewijs gedrukt.' Marsciano's geprikkelde toon was weer terug. 'Uw broer bezocht Assisi zeer regelmatig en meerdere personen die hem kenden, zagen hem op de bus stappen. Het transportbedrijf stond de hele tijd in radiocontact met de chauffeur. Zijn enige stop was bij een tolstation. Nergens anders. Nergens waar een passagier, voorafgaand aan de explosie, had kunnen uitstappen. En dan zijn er nog zijn persoonlijke bezittingen die in het wrak zijn aangetroffen: zijn bril, die ik maar al te goed kende door de vele keren dat hij die op mijn bureau liet liggen, en zijn identiteitspasje van Vaticaanstad dat in de zak zat van een aan flarden gescheurd jasje dat nog om het stoffelijk overschot heen zat... We kunnen de waarheid niet veranderen, meneer Addison, de waarheid is dat hij dood is... wat er over is van zijn lichaam zijn de stoffelijke resten die u hebt gezien...' Marsciano zweeg nu en Harry zag hoe zijn stemming opnieuw omsloeg en zijn blik iets onheilspellends kreeg.

'U hebt een ontmoeting gehad met de politie en met Jacov Farel. Net als wij allemaal... Beraamde hij de moord op kardinaal Parma? Of misschien zelfs op de Heilige Vader? Was hij het die de schoten loste? Was hij misschien heimelijk een overtuigde communist die ons allen verachtte? Ik weet het antwoord niet... Wat ik u wel kan vertellen, is dat hij de jaren dat ik hem kende een vriendelijk en fatsoenlijk man was en heel goed was in wat hij deed, mij in de gaten houden.' Een zweem van een glimlach en weg was het weer.

'Eminentie,' zei Harry intens. 'Wist u dat hij slechts uren voor zijn dood een bericht achterliet op mijn antwoordapparaat?'

'Ja, mij werd verteld...'

'Hij was doodsbenauwd, bang voor wat er nu zou gaan gebeuren... Hebt u enig idee waarom?'

Marsciano deed er lang het zwijgen toe. Ten slotte sprak hij direct en op zachte toon. 'Meneer Addison, neem uw broer mee, weg uit Italië. Begraaf hem in zijn eigen land en houd de rest van uw leven van hem. Denk zoals ik denk, namelijk dat hij vals beschuldigd werd en dat dit op een goede dag bewezen zal worden.'

Pater Bardoni bracht de snelheid van de kleine, witte Fiat terug, bleef nog even hangen achter een toerbus voor hen en draaide vervolgens de Ponte Palatino op; hij reed Harry terug van Gasparri en weer over de Tiber naar zijn hotel. Rome op klaarlichte dag was een gekkenhuis, met een felle zon en druk verkeer. Maar Harry zag en hoorde alleen wat er zich in zijn hoofd afspeelde.

'Neem uw broer mee uit Italië en begraaf hem in zijn eigen land.' Dat had Marsciano nog eens herhaald toen hij door een ander van Farels in zwart gestoken mannen werd afgevoerd in een donkergrijze Mercedes.

Marsciano had niet zonder opzet over de politie en Jacov Farel gesproken; ook het uitblijven van een antwoord op Harry's vraag was welbewust geweest. Zijn barmhartigheid had gezeten in zijn indirectheid, toen hij Harry de ruimte schonk om de rest zelf in te vullen – een kardinaal was vermoord en de priester die verdacht werd, was dood. Zo ook zijn medeplichtige. Zo ook de 23 anderen die in de bus naar Assisi hadden gezeten. En of Harry het nu wilde geloven of niet: de stoffelijke resten van die priester, de verdachte moordenaar, waren officieel en zonder enige twijfel die van zijn broer.

Om er zeker van te zijn dat de boodschap overkwam, had kar-

69

dinaal Marsciano op het laatste moment nog één ding gedaan; bij het afdalen van de trap naar zijn auto had hij zich omgedraaid en Harry streng aangekeken. Het was een blik die meer verried dan alles wat hij gezegd of geïmpliceerd had. Hier was sprake van gevaar en van deuren die beter niet geopend konden worden. En het beste wat Harry kon doen, was eieren voor zijn geld kiezen en zo snel en stilletjes mogelijk vertrekken. Zolang hij nog de kans had.

15

Ispettore Capo, Gianni Pio, Questura di Roma, sezione omicidi.

Terug in zijn hotelkamer staarde hij naar het visitekaartje van inspecteur Pio en keek op de achterzijde. Bardoni had hem vlak voor de middag voor het hotel afgezet met de mededeling dat hij hem de volgende ochtend om halfzeven zou ophalen om hem naar het vliegveld te brengen. Danny's kist zou daar al klaarstaan, met alle formulieren ondertekend. Het enige wat Harry hoefde te doen, was instappen.

Het probleem was echter dat hij zich er niet toe kon zetten, zelfs niet in het grimmige licht van Marsciano's waarschuwing. Hij kon onmogelijk een stoffelijk overschot mee naar huis nemen om het daar te begraven alsof het Danny was, terwijl hij diep vanbinnen wist dat dit niet klopte. Bovendien zouden de rechercheurs de zaak van de moord op de kardinaal-vicaris van Rome dan gemakkelijk voor gesloten kunnen verklaren, een daad die Danny hoe dan ook als de moordenaar zou brandmerken. En dat was iets wat volgens Harry na zijn ontmoeting met Marsciano inmiddels pertinent onjuist was.

Het probleem was wat hij eraan kon doen en hoe snel.

In Rome was het nu halféén 's middags, in Los Angeles halfvier in de ochtend. Wie kon hem daar op dit uur daadwerkelijk hulp bieden zonder alleen maar te luisteren? Zelfs al wist Byron Willis of iemand anders op kantoor voor hem een prominente Italiaanse advocaat te regelen, dan nog zou dat uren gaan duren.

En zelfs dan, wat dan nog? Er zou een afspraak worden gemaakt, Harry zou de zaak uitleggen, en weer terug bij af zijn. Het ging hier niet om slechts een onjuist geïdentificeerd lichaam. Het ging hier om een moord op hoog niveau. De media zouden er in no time bovenop duiken en hij, zijn kantoor en zijn cliënten zouden wereldnieuws zijn. Nee, hij moest een andere manier zien te vinden. Onderzoek van binnenuit. Iemand inschakelen die al wist hoe de vork in de steel zat.

Opnieuw staarde hij naar Pio's visitekaartje. Waarom deze Italiaanse rechercheur Moordzaken niet geprobeerd? Ze hadden inmiddels al iets van een onderlinge verstandhouding ontwikkeld en Pio had al gezinspeeld op verder overleg. Hij zocht een vertrouwensman en wilde graag geloven dat Pio daarvoor de aangewezen persoon was.

12.35

Een medewerker op het bureau liet hem in het Engels weten dat inspecteur Pio niet aanwezig was, maar noteerde Harry's naam en telefoonnummer met de mededeling dat de inspecteur terug zou bellen. Dat was alles. Dat hij terug zou bellen. Hij had geen idee hoe laat.

12.55

Wat te doen als Pio niet terugbelde? Harry wist het niet. Het enige wat hem restte was te vertrouwen op de rechercheur en diens professionalisme en hopen dat hij voor halfzeven de volgende ochtend toch nog terugbelde.

13.20

Harry had zich gedoucht en stond zich net te scheren toen de telefoon rinkelde. Onmiddellijk pakte hij de hoorn op die terstond werd besmeurd met scheergel van Ralph Lauren.

'Meneer Addison...'

Het was Jacov Farel. Die stem stond inmiddels in zijn geheugen gegrift.

'Er is zojuist een nieuw feit over uw broer aan het licht gekomen. Ik dacht dat het u wel zou interesseren.'

'En dat is?'

'Ik denk dat u het beter met uw eigen ogen kunt zien, meneer Addison. Mijn chauffeur zal u ophalen en naar een plek in de buurt van de plaats van de busexplosie brengen. Ik wacht daar op u.'

'Hoe laat?'

'Over tien minuten.'

'Goed. Tot over tien minuten.'

De chauffeur heette Lestingi of Lestini, hij had het niet helemaal goed verstaan en informeerde er ook niet naar, want klaarblijkelijk sprak de man geen Engels. Met een pilotenzonnebril op zijn neus en gekleed in een gebroken wit poloshirt, spijkerbroek en joggingschoenen nam hij plaats op de achterbank van de kastanjebruine Opel. Terwijl de chauffeur gas gaf, liet hij zich achteroverzakken en keek hoe Rome als een waas aan zijn raam voorbijtrok.

Alleen al de gedachte aan opnieuw een ontmoeting met Farel was al vervelend genoeg, maar het gissen naar wat het precies was dat hij op de plek had aangetroffen, verontrustte Harry nog meer. Het was duidelijk dat het niet in Danny's voordeel zou zijn.

Lestingi of Lestini, gekleed in het traditionele zwarte uniform van Farels legionairs, minderde vaart nu hij een tolplein naderde, pakte het kaartje uit de automaat en reed de autostrada op. Onmiddellijk verdween de stad achter hen uit het zicht. Vóór hen doemden wijngaarden, boerderijen en het open landschap op.

Terwijl de Opel zich noordwaarts spoedde, met slechts het gezoem van de banden en het gejammer van de motor als geluidsdecor, passeerden ze de stadjes Feronia, Fiano en Civitella San Paolo. Ondertussen dwaalden Harry's gedachten af naar Pio en wenste hij dat het de rechercheur, en niet Farel, was geweest die hem had gebeld. Pio en Roscani waren niet de makkelijkste politiemannen, maar ze hadden tenminste nog iets menselijks. Farel, met zijn indringende aanwezigheid, zowel letterlijk als figuurlijk, zijn raspende stem en die glazige starende blik waarmee hij dwars door je heen leek te kijken, had eigenlijk meer weg van een beest, meedogenloos, zonder geweten.

En misschien kon hij niet anders. Misschien kwam het, zoals hij zelf zei, omdat hij verantwoordelijk was voor de veiligheid van de natie, en die van een paus. En wie weet veranderden zulke dingen een man geleidelijk aan in iets wat hij diep vanbinnen eigenlijk niet was.

16

Twintig minuten later draaide Farels chauffeur de wagen van de autostrada af en betaalde de tol, waarna de rit verder voerde over een grote weg over het platteland, langs een benzinestation en een groot gebouw waarin landbouwwerktuigen waren ondergebracht. Vervolgens waren er niets anders dan de weg en graanakkers aan weerszijden ervan. Ze reden verder, één, twee, drie kilometers gleden voorbij. De bus was opgeblazen op de autostrada en ze begaven zich in volle vaart in tegengestelde richting.

'Waar gaan we heen?' vroeg Harry opeens.

De chauffeur wierp een blik in het achteruitkijkspiegeltje en schudde zijn hoofd. *'Non capisco inglese.'*

De afgelopen minuten waren ze geen ander verkeer gepasseerd. Harry keek over zijn schouder, vervolgens door de voorruit naar buiten. Het graan stond er weelderig bij, hoger dan de auto. Zandweggetjes liepen naar boerderijen links en rechts van de weg, maar zij reden rechtdoor. Inmiddels al zo'n tien kilometer. Harry voelde zich steeds onbehaaglijker. Nu voelde hij hoe de auto vaart minderde. Hij zag de snelheidsmeter teruglopen, 80 kilometer per uur, 60, 40, 20. Plotseling stuurde de chauffeur naar rechts, verliet de grote weg en draaide een lange landweg vol wielsporen en hobbels in. Instinctmatig wierp Harry een blik op de portiersloten om te zien of die ingedrukt waren, of de chauffeur die elektronisch regelde voorin.

Deze ontbraken.

Hij zag slechts de gaten in de kunstlederen bekleding waar ze gezeten hadden. Op dat moment realiseerde hij zich dat dit een politieauto was en dat achterbanken van politieauto's nooit portiersloten hadden, altijd op slot zaten en alleen van de buitenkant geopend konden worden.

'Waar gaan we heen?' vroeg Harry nu op luidere toon. Hij voelde het gebonk van zijn hart tegen zijn borstkas, het plakkerige zweet in zijn handen.

'Non capisco inglese.'

Opnieuw keek de chauffeur even naar hem via zijn spiegeltje. Harry zag nu hoe zijn voet het gaspedaal dieper indrukte. De auto kreeg meer snelheid en schoot schokkend en stotend over de oneffen weg. Graanhalmen flitsten voorbij. Achter hen werd een stofgordijn opgeworpen. Met één hand zocht Harry naar evenwicht. Het zweet sijpelde onder zijn oksels vandaan. Voor het eerst in zijn leven voelde hij echte angst.

Zonder waarschuwing nam de weg een wending en ze namen de bocht. Voor hen doemde een open plek op met daarop een modern huis van twee verdiepingen. In het droge gras stond een grijze Alfa Romeo geparkeerd naast een klein, driewielig landbouwwerktuig. De Opel minderde vaart en kwam vervolgens tot stilstand. De chauffeur stapte uit en liep om de auto heen, zijn schoenen knarsten in het grind. Hij trok het portier open en gebaarde Harry uit te stappen.

'*Fuck*,' vloekte Harry binnensmonds. Langzaam stapte hij uit, keek ondertussen naar de handen van de man en probeerde te beslissen wat hij zou doen als de man ze bewoog. Toen zag hij dat de deur van het huis openging. Er kwamen twee mannen naar buiten. Farel en – nu voelde Harry een golf van opluchting door zich heen trekken – Pio. Achter hen volgde een man met twee jongens. Harry keek opzij en slaakte hetzelfde moment een diepe zucht. Achter het huis, aan de andere kant van een bomenrij, denderde het verkeer voort over de autostrada. Vanaf de grote weg hadden ze alleen maar een grote cirkel gemaakt om aan de achterzijde van het huis uit te komen.

17

'De hoofdinspecteur zal het u vertellen.' Farel hield zijn ogen op Harry gericht, maar dat duurde slechts een moment waarna hij zich omdraaide en zich met Pio naar de achterzijde van de Alfa Romeo begaf. Pas toen Pio de kofferbak opende, realiseerde Harry zich dat beide mannen chirurgische handschoenen aanhadden en dat Pio iets in een doorzichtige plastic zak bij zich droeg.

Nadat Pio de zak, met wat het ook mocht wezen, in de kofferbak had gelegd, trok hij zijn handschoenen uit en pakte een notitieboek. Hij vulde een formulier in, ondertekende het en overhandigde het aan Farel die er zijn krabbel onder zette, het origineel eraf scheurde, het opvouwde en in zijn colbertzak liet glijden.

Na de man die hen vanaf de boerderij had gevolgd een knikje te hebben gegeven, wierp Farel nog een laatste blik op Harry en stapte in zijn Opel. Een brullende motor, grind spoot op vanonder de wielen, en Farel en de man die Harry in Rome had opgehaald, waren verdwenen. Alleen het opdwarrelende stof leek nog te suggereren dat ze hier waren geweest.

'*Grazie*,' zei Pio tegen de man en twee jongens. '*Prego*,' antwoordde de man die nu met de twee jongens weer naar binnen ging.

Pio keek naar Harry. 'Zijn zoons. Die hebben het gevonden.'

'Wat gevonden?'

'Het wapen.'

Pio maande hem te volgen naar de auto en toonde hem wat hij zojuist in de kofferbak had gelegd. Het was wat ooit een pistool moest zijn geweest, geseald in een doorzichtig zakje voor bewijsstukken. Door het plastic heen kon hij een klein automatisch pistool met demper onderscheiden. Het staalblauwe metaal was geblakerd, de plastic vulstukken op de kolf waren zo goed als gesmolten.

'Het is nog steeds geladen, meneer Addison.' Pio keek hem aan. 'Waarschijnlijk is het naar buiten geslingerd toen de bus over de kop sloeg. Anders zou het wapen wel zijn afgegaan en in de brand vernietigd.'

'Maakt u hieruit op dat het wapen van mijn broer is geweest?'

'Ik maak niks op, meneer Addison. Alleen, de meeste pelgrims naar Assisi dragen nu eenmaal geen automatische pistolen met dempers bij zich... Als u het wilt weten, het is een Llama xv, klein model.' Pio smeet de kofferbak dicht. 'Spaans fabrikaat.'

Zwijgend reden ze terug. Langs de hoge maïskolven, over de landweg, met de Alfa stuiterend over geulen en kuilen en opdwarrelende stofwolken achter hen. Eenmaal op de binnenweg sloeg hij linksaf naar de snelweg.

'Waar is uw collega?' probeerde Harry de stilte te verbreken.

'Heeft vandaag vrij genomen. Zijn zoon doet zijn eerste communie.'

'Ik heb u nog gebeld...'

'Weet ik. Waarom?'

'Het gaat over mijn bezoek aan de begrafenisonderneming...'

Pio reageerde niet, maar reed onverstoorbaar verder, alsof hij wachtte tot Harry zijn zin zou afmaken.

'U weet het dus niet?' Harry was oprecht verbaasd. Hij wist zeker dat Farel op de hoogte was en op zijn minst Pio geïnformeerd zou hebben.

'Wat zou ik moeten weten?'

'Ik bezocht de begrafenisonderneming, heb het stoffelijk overschot van mijn broer bekeken. Het is niet zijn lichaam.'

Pio keek hem aan. 'U weet het zeker?'

'Ja.'

'Dan hebben ze daar waarschijnlijk een vergissing gemaakt...' klonk het half schouderophalend. 'Dat komt helaas voor. Is op zich wel te begrijpen gezien de omst–'

Harry onderbrak hem. 'De stoffelijke resten zijn dezelfde als die welke kardinaal Marsciano heeft geïdentificeerd in het mortuarium.'

'Hoe weet u dat?'

'Hij was er ook en heeft me dat verteld.'

'Marsciano kwam naar de begrafenisondernemer?'

'Ja.'

Nu was het Pio die verbaasd leek. Zijn reactie was oprecht en onmiddellijk, voor Harry voldoende aanleiding hem ook de rest te onthullen. In een halve minuut vertelde hij over Danny's moedervlek en waarom hij die nooit had willen laten verwijderen; over zijn gesprek onder vier ogen met Marsciano in Gasparri's kantoor; over de volharding van de kardinaal dat het echt het lichaam van zijn broer was, dat Harry dat diende te accepteren en samen met het lichaam het land moest verlaten nu dat nog kon.

Pio stopte voor het tolhuisje, pakte zijn kaartje en voegde in op de autosnelweg naar Rome.

'U weet zeker dat het niet aan u ligt...?'

'Heel zeker.' Harry was niet te vermurwen.

'U weet dat zijn persoonlijke bezittingen naast het stoffelijk overschot zijn aangetroffen?'

'Ik heb ze hier bij me.' Hij wees even naar zijn jasje. De envelop die Gasparri hem gegeven had, zat nog steeds in zijn zak. 'Zijn paspoort, horloge, bril, het Vaticaanpasje. Het mogen dan misschien zijn spullen zijn geweest, het is niet zijn lichaam.'

'En u denkt dat kardinaal Marsciano dat ook weet...?'

'Ja.'

'U beseft dat hij een van de machtigste en meest prominente figuren binnen het Vaticaan is?'

'Dat gold ook voor kardinaal Parma.'

Pio keek Harry eens aandachtig aan, en wierp vervolgens een blik in de achteruitkijkspiegel. Een donkergroene Renault reed een meter of vijfhonderd achter hen, met dezelfde snelheid. Al enkele minuten lang.

De rechercheur keek weer voor zich op de weg, haalde een vrachtwagen die een lading hout vervoerde, in en voegde weer in op de rechterbaan.

'U weet wat ik zou denken als ik in uw schoenen stond.' Nog altijd staarde Pio recht voor zich uit.

'... Is mijn broer nog steeds in leven? En zo ja, waar hangt hij dan uit?'

Harry staarde even naar Pio en wendde zijn hoofd weer af. De gedachte dat Danny misschien nog leefde, had hem al direct bekropen op het moment dat hij besefte dat het lichaam niet het zijne was. Hij had het niet laten bezinken, had het niet kunnen laten bezinken. Danny had in de bus gezeten. Het aantal overlevenden klopte met de papieren. Dus Danny kon onmogelijk nog in leven zijn. Net zomin als toen Madeline, bekneld onder het ijs. Maar Harry was blijven kijken: een elfjarig jochie, bibberend in zijn doorweekte en bevriezende kleren, niet van plan naar huis te gaan en warme kleren aan te trekken terwijl de brandweerlieden hun werk deden. Ja, Madeline lag inderdaad in dat ijzige zwarte water, net zo verstijfd en nat als hij, maar ze leefde nog, hij wist het zeker. Alleen, dat was niet zo, en hetzelfde gold voor Danny. Als je erover nadacht, was het niet alleen onrealistisch, maar zelfs veel te pijnlijk en zelfondermijnend.

'Iedereen zou er zo over denken, meneer Addison. Zodra feiten zich veranderen, is er hoop. Stel dat hij nog steeds leeft. Daar zou ik ook best eens achter willen komen... Dus waarom proberen we niet om dat hoe dan ook uit te vinden?' Pio glimlachte, het was niet geheel zonder enige zelfingenomenheid, en wierp opnieuw een blik in de achteruitkijkspiegel.

Ze hadden inmiddels de voet van een lange heuvel bereikt en de vrachtwagen bijna anderhalve kilometer achter hen gelaten. Nu zag Pio hoe deze door een andere wagen werd ingehaald, die vervolgens accelereerde en weer rechts invoegde.

De groene Renault.

18

Het was na vieren toen ze de autostrada verlieten en in de verkeersstroom verder reden over de Via Salaria in de richting van het centrum. Pio was de hele tijd alert gebleven en had de groene Renault in zijn achteruitkijkspiegel niet uit het oog verloren. Hij had verwacht dat de auto hen via de toluitrit zou volgen en was gereed om in dat geval om assistentie te verzoeken. Maar de auto was op de autostrada gebleven.

Toch, de aanwezigheid ervan, de manier waarop de wagen zo lang achter hen had gereden, maakte hem nerveus en hij hield de weg achter hen in de gaten terwijl hij Harry zijn gedachten ontsluierde.

Het idee, zo vertelde hij, zou zijn om het wapen dat op de plek van het busongeluk was aangetroffen te gebruiken als een reden om Harry voor nader verhoor in Rome te houden en nogmaals de slachtoffers van de aanslag te bezoeken en de overlevenden te ondervragen om zo te bepalen of een van de passagiers een man met een wapen gezien had; een vraag die tot nu toe niet aan de orde was geweest, omdat er geen reden was een gewapend iemand te vermoeden en omdat de meesten nog steeds in een zekere mate van shock verkeerden. Uiteraard kon het zijn dat het wapen gebruikt was tegen een passagier, maar door de geluiddemper zouden de anderen dat niet gehoord hebben. Het zou een brutale zet zijn geweest, het werk van een professional. Goed uitgevoerd zou het naar alle waarschijnlijkheid nog gelukt zijn ook. Het slachtoffer, dat ogenschijnlijk slechts een dutje deed, zou pas zijn gevonden nadat de bus het eindpunt had bereikt en iedereen al uitgestapt en verdwenen was.

Met deze redenatie als geoorloofd uitgangspunt zouden ze in de gelegenheid zijn iedereen nog eens nauwgezet onder de loep te nemen. Zowel de levenden als de doden. Ze zouden beginnen bij de acht overlevenden en vervolgens verdergaan. Sommigen lagen nog in het ziekenhuis, anderen waren naar huis gestuurd. Bevond Daniel zich niet onder hen – en daar twijfelde Pio niet aan – dan zouden ze verdergaan met de doden met de mededeling dat ze op zoek waren naar schotwonden, iets wat, gegeven de toestand van de lijken en het kleine kaliber van het wapen, in een vroeger stadium gemakkelijk over het hoofd gezien kon zijn. Op die manier kon ieder stoffelijk overschot nogmaals nauwkeurig onderzocht worden, dit keer vanuit een andere hoek omdat ze op zoek zouden zijn naar één persoon in het bijzonder: pater Daniel. En stel dat zijn lichaam na dit alles nog steeds niet opdook, dan werd het zeer aannemelijk te vermoeden dat de beschuldigde moordenaar van de kardinaal-vicaris van Rome zich nog altijd ergens onder de levenden bevond.

Alleen Roscani zou op de hoogte zijn van hun ware bedoelingen. Verder zou het niemand anders worden verteld, zelfs Farel niet.

'Meneer Addison, in alle eerlijkheid moet ik u vertellen,' zei Pio terwijl hij voor een rood licht stopte, 'dat Farel er op een gegeven moment achter kan komen en zodra dat gebeurt, kan hij wel eens een punt zetten achter deze zaak.'

'Hoezo?'

'Vanwege datgene wat kardinaal Marsciano tegen u zei. Omdat als wat er gebeurd is te maken heeft met de Vaticaanse politiek, Farel er meteen een eind aan maakt. De zaak zal worden gesloten en wij zullen geen toestemming krijgen het onderzoek te vervolgen. Vaticaanstad is een soevereine staat en maakt dus geen deel uit van Italië. Het is onze taak samen te werken met de Heilige Stoel en ze zo goed mogelijk te helpen. En als ze ons niet binnen uitnodigen, kunnen we niet gaan.'

'En wat dan?'

Het licht sprong op groen en Pio navigeerde de handversnelling van de Alfa Romeo langs het schakelpad van de versnellingsbak. 'En dan niets. Tenzij u naar Farel stapt. En Farel, zo kan ik u verzekeren, zal u niet helpen.'

Harry zag Pio weer even in het spiegeltje kijken. Op de autostrada had hij dat ook al diverse malen gedaan en toen had hij er niets bij gedacht. Gewoon een chauffeur die voorzichtig is. Maar nu reden ze door de stad en dit was de derde keer de afgelopen paar minuten.

'Is er iets?'

'Ik weet het niet...'

Twee auto's achter hen reed een kleine, witte Peugeot Piccolo. Sinds ze de Via Salaria waren op gedraaid, had Pio voortdurend in zijn spiegel gekeken. Nu sloeg hij rechtsaf op de Via Chiana en vervolgens rechtsaf op Corso Trieste. De Peugeot maakte zich los uit het verkeer en bleef bij hen.

Vóór hen was een dwarsstraat langs een klein park en Pio sloeg deze met volle vaart in, schakelde plotseling terug en maakte, zonder zijn richtingaanwijzer te gebruiken, een scherpe bocht naar rechts. Met gierende banden helde de Alfa flink over. Direct daarop minderde Pio snelheid en hield zijn ogen op de spiegel gericht. De Peugeot kwam in zicht, maar sloeg de straat niet in en reed gewoon rechtdoor. 'Excuses.' Pio trok weer op. Ze reden door een rustige buurt die werd begrensd door het park. Oude en nieuwe gebouwen wisselden elkaar af. Hoge bomen, weelderige struiken en overal oleanders in bloei. Pio ging een hoek om en wierp opnieuw een blik in zijn spiegel. De Peugeot.

Deze was net weer uit een zijstraat verschenen en kwam nu snel naderbij. Instinctmatig schoof Pio een 9 mm Beretta uit een clip onder het dashboard en legde deze op de stoel naast hem. Tegelijkertijd ging een hand naar de mobilofoon. 'Wat is er aan de hand?' Harry werd gekweld door angst. 'Weet ik niet.' Pio keek vluchtig in de spiegel. De Peugeot zat nu vlak achter hen. De voorruit was donker getint. Je kon de chauffeur onmogelijk zien. Pio schakelde terug en trapte het gaspedaal diep in.

'Inspecteur Pio hier…' zei hij in de radiozender.

'Kijk uit!' schreeuwde Harry te laat.

Een vrachtwagen trok plotseling op vanuit een zijstraat en blokkeerde de weg. Een hels gegier van banden werd gevolgd door een oorverdovende klap nu de Alfa frontaal op de vrachtwagen knalde. Door de klap werd Pio naar voren gesmakt, zijn hoofd ketste tegen het stuur. Harry vloog naar voren, maar werd tegengehouden door zijn veiligheidsgordel.

Onmiddellijk werd het portier naast hem opengetrokken. In een flits zag hij een gezicht, vervolgens werd hij hard door iets geraakt en werd alles zwart.

Pio richtte zijn hoofd op en keek recht in de loop van zijn eigen pistool in de hand van een onbekende. Hij probeerde zich te bewegen, maar zijn gordel hield hem vast in zijn stoel. Vervolgens zag hij hoe zijn eigen wapen schokkend opveerde in de hand van de vreemdeling en dacht hij een donderende explosie te horen. Maar hij vergiste zich. Er was alleen maar stilte.

19

Het St. Caecilia-ziekenhuis. Pescara, Italië.Woensdag 8 juli,
tien voor halfzeven in de avond.

Pleegzuster ElenaVoso passeerde de man bij de deur en betrad de kamer. Haar patiënt lag er nog precies zo bij als op het moment dat ze de kamer was uitgelopen: slapend op zijn zij. Slapen, zo omschreef ze het, ook al opende hij zo nu en dan zijn ogen en lukte het hem om in antwoord op haar vraag of hij het kneepje in zijn vinger of zijn teen kon voelen, met zijn ogen te knipperen. Daarna sloten ze zich en lag hij er weer bij zoals nu.

Het liep tegen halfzeven het was tijd om hem weer om te draaien. De man bij de deur, ongeacht wie er op dat moment dienst had, zou haar daarbij wel even helpen. Dit moest om de twee uur gebeuren, want het mogelijk afsterven van spierweefsel veroorzaakte niet alleen doorliggen, maar was tevens schadelijk voor de nieren. Op haar wenken zou hij hem bij de schouders nemen, terwijl zij de voeten optilde en haar vracht voorzichtig van zijn rug op zijn zij legde. Daarbij moest goed worden opgelet dat het infuus, het verband om de brandwonden en zijn gebroken benen, gespalkt in blauw gips, niet in de verdrukking kwamen.

Michael Roark, 34 jaar. Iers staatsburger. Woonplaats: Dublin. Ongehuwd. Geen kinderen. Geen familie. Gezindte: rooms-katholiek. Op maandag 7 juli gewond geraakt bij een auto-ongeluk vlak bij deze kustplaats aan de Adriatische Zee: de dag na de verschrikkelijke bomaanslag op de bus naar Assisi.

Pleegzuster Elena Voso behoorde tot de congregatie van franciscaner zusters van het Heilig Hart. Elena, 27 jaar, was al vijf jaar pleegzuster en was werkzaam op de afdeling voor langdurig zieken van het St. Bernardinus-ziekenhuis in de Toscaanse stad Siena. Ze was pas gisteren gearriveerd in het kleine katholieke ziekenhuis dat uitkeek op de Adriatische Zee. Het nieuwe beleid binnen de zusterorde was erop gericht om jongere pleegzusters vertrouwd te maken met situaties ver weg van het klooster en hen voor te bereiden op een toekomst waarin ze ieder moment konden worden opgeroepen om zich halsoverkop waar dan ook te melden. Daarnaast had ze het vermoeden, ook al had niemand het gezegd, dat ze speciaal hierheen was gestuurd omdat ze Engels sprak en dus met de patiënt kon communiceren zodra hij herstelde, áls hij herstelde.

'Ik ben Elena Voso. Ik ben pleegzuster. U bent Michael Roark. U bevindt zich in een ziekenhuis in Italië. U was betrokken bij een auto-ongeluk.'

Het was een reeks van woorden die ze voortdurend afdraaide in een poging hem gerust te stellen, in de hoop dat hij het kon horen en begrijpen. Het was niet veel, maar het was wel iets wat ze zelf in een dergelijke toestand zou waarderen. Vooral aangezien hij geen familie had en er voor hem dus ook geen bekende gezichten waren.

De man die buiten voor de deur de wacht hield, heette Marco. Hij werkte van drie uur 's middags tot elf uur 's avonds. Hij was een jaar of twee ouder dan Elena, was sterk, knap en goed gebruind. Hij had verteld dat hij eigenlijk visser was en tijdens het laagseizoen hier in het ziekenhuis bijverdiende. Ze wist dat hij ooit *carabiniere*, agent bij de landelijke politie, was geweest, want dat had hij haar verteld. Eerder die dag, wandelend over de *lungomare*, de kustweg langs de zee, tijdens een kleine pauze, had ze hem met andere carabinieri zien praten. Ze had de bobbel onder zijn verplegersjasje gezien en wist dat hij daar een pistool droeg.

Nadat Michael Roark was omgedraaid, controleerde ze de vloeistof in het infuus, glimlachte naar Marco en bedankte hem. Daarna verdween ze naar de aangrenzende kamer waar ze kon slapen, lezen of brieven schrijven en op elk moment beschikbaar kon zijn.

Net als Roarks kamer was de hare een gewone ziekenkamer met toilet en douche, een klein kastje en een bed. Ze was vooral verguld met de eigen douche en toilet, waar ze nu eens helemaal alleen kon zijn, in tegenstelling tot de gezamenlijke doucheruimten in het klooster. Alleen met haar lichaam, haar gedachten, haar hele wezen, maar wél in aanwezigheid van God.

Terwijl ze de deur sloot en plaatsnam op het bed met de bedoeling een brief naar huis te schrijven, wierp ze een blik op de rode gloed van de geluidsmonitor op het nachtkastje naast haar. Het geluid van de rustig ademende patiënt was duidelijk hoorbaar, de elektronica zo geavanceerd dat het leek alsof hij vlak naast haar lag.

Liggend op het bed met haar hoofd op het kussen sloot ze haar ogen en luisterde naar zijn adem. Het klonk sterk en gezond, ja zelfs vitaal, en ze stelde zich voor dat hij hier naast haar lag, wakker en wel, en net zo gespierd en knap als hij volgens haar voor zijn ongeluk moest zijn geweest. Hoe langer ze luisterde, hoe sensueler zijn adem leek te klinken. Geleidelijk aan voelde ze hoe zijn lichaam tegen het hare aan drukte. Voelde hoe ze met hem meeademde, alsof het rijzen en dalen van hun borst één werd. Haar ademhaling werd intenser, oversteeg de zijne. Ze voelde hoe haar ene hand over haar borsten gleed en ze strekte haar arm uit om hem te kunnen aanraken en blijven aanraken, hem te verkennen op een manier die veel uitdagender en hartstochtelijker was dan toen ze zijn wonden had verzorgd.

'Hou op,' fluisterde ze vermanend tot zichzelf.

Meteen sprong ze op van het bed en verdween naar de badkamer om haar gezicht en handen te wassen. De Heer stelde haar opnieuw op de proef, zoals Hij al eerder, en gedurende de afgelopen twee jaar, steeds vaker had gedaan.

Wanneer het precies begonnen was, kon ze niet zeggen, en ook was er geen directe aanleiding voor geweest. De gevoelens hadden zich plots aangediend, ogenschijnlijk vanuit het niets. En ze hadden haar volkomen verrast: indringend, sensueel en erotisch. Een diepgeworteld lichamelijk en emotioneel verlangen dat ze nog nooit eerder had ervaren. Gevoelens waarover ze met niemand kon praten – en zeker niet met haar strikt gelovige familie, diepgeworteld in eeuwenoude Italiaanse familietradities, niet met de andere nonnen, en al helemaal niet met moeder-overste – maar de gevoelens hielden aan en maakten dat haar hart bonkte van een bijna ontembaar verlangen om naakt in de armen van een man te liggen en zich van top tot teen, in de diepste zin van het woord, vrouw te voelen. En steeds vaker niet zomaar een vrouw, maar een wilde, begerige furie, net als de Italiaanse vrouwen die ze in de bioscoop had gezien.

In het begin waren er momenten geweest dat ze haar gevoelens afdeed als de naweeën van een avontuurlijke geest; eentje die altijd al lichamelijk en dapper was aangelegd en soms ook té impulsief. Als tiener was ze tot grote afschuw van haar ouders ooit naar een auto gerend die net daarvoor in ernstige botsing was gekomen met een taxi. Vlak nadat ze de bewusteloze chauffeur uit het wrak had getrokken, was de auto in brand gevlogen en ontploft. Bij een andere gelegenheid, ze was inmiddels ouder, was ze tijdens een picknick met andere pleegzusters van het St. Bernardinus-ziekenhuis naar de top van een dertig meter hoge radiomast geklommen om een klein jongetje te ontzetten die daar na een weddenschap was beland en die, verstijfd van angst, nog slechts in staat was zich uit alle macht aan de metalen stangen vast te klampen en te huilen.

Uiteindelijk was ze tot de slotsom gekomen dat fysieke moed en seksueel verlangen twee verschillende dingen waren. En daarmee begreep ze opeens alles.

Dit was het werk van God!

Hij stelde haar innerlijke kracht, haar gelofte van kuisheid en gehoorzaamheid op de proef. Elke dag een beetje meer, zo leek het. En hoe vaker Hij dat deed, hoe moeilijker het werd om weerstand te bieden. Maar op de een of andere manier lukte haar dat altijd weer, alarmeerde haar onderbewustzijn haar op wat er gebeurde waardoor ze in staat was op het randje van de afgrond alsnog de stap terug te zetten. Net als nu. Het verschafte haar tegelijkertijd de durf en overtuiging te beseffen dat ze de kracht bezat om Zijn opzettelijke verleidingen te weerstaan.

En alsof ze het wilde bewijzen, liet ze haar gedachten afdwalen naar Marco die buiten voor de deur de wacht hield. Zijn strakke lijf, zijn heldere ogen. Zijn glimlach. Als hij getrouwd was, dan had hij daar niets over gezegd, maar hij droeg ook geen trouwring. Ze vroeg zich af of hij in zijn vrije tijd willekeurig het bed deelde met andere vrouwen. Hij was er in ieder geval knap genoeg voor. Maar als dat zo was, dan was het met andere vrouwen, en niet met haar. Voor haar was hij gewoon een man die zijn werk deed.

In dat licht bezien, wist ze dat ze in alle rust al haar gedachten over hem kon laten dwalen zonder dat het gevaar opleverde. Hij had verteld dat hij een opleiding als verpleegkundige had gehad, zoals blijkbaar ook de anderen. Maar waarom droeg hij dan een pistool? Die vraag bracht haar bij de anderen, de gedrongen Luca, die het om elf uur 's avonds altijd van Marco overnam, en Pietro, die om zeven uur 's ochtends begon als Luca klaar was. Ze vroeg zich af of zij ook gewapend waren. En zo ja, waarom? Wat voor gevaren kon je in zo'n vredig kustplaatsje in hemelsnaam verwachten?

20

Roscani liep om de auto heen. Verderop staarden de gezichten hem vanachter de politieafzetting aan, zich afvragend wie hij was, of hij belangrijk was.

In de bosjes vlak naast het trottoir en op nog geen zeven meter achter de Alfa was een tweede lichaam aangetroffen. Twee kogels. Eén in het hart, één boven het linkeroog. Een oudere man zonder legitimatie.

Roscani had het overgelaten aan Castelletti en Scala, de andere twee inspecteurs van Moordzaken. Zijn belangstelling ging vooral uit naar de Alfa Romeo. De voorruit lag aan gruzelementen, de neus had zich in de vrachtwagen geboord en had de benzinetank achter het portier van de chauffeur op een haar na gemist.

Op het moment dat hij arriveerde, was het lichaam van Pio nog ter plekke. Zonder het aan te raken had hij het onderzocht, laten fotograferen en op videoband laten vastleggen, waarna het, samen met het lichaam uit de bosjes, was afgevoerd.

Er had een derde lichaam moeten zijn, maar dat was er niet. De Amerikaan, Harry Addison, was met Pio meegereden, terug naar de stad na hun bezoek aan de boerderij waar ze het Llama-pistool van Spaanse makelij waren gaan ophalen. Maar Harry Addison was verdwenen, net als het pistool. De contactsleuteltjes zaten nog in het slot van de kofferbak, alsof iemand geweten had waar het wapen precies lag.

In de Alfa lag Pio's eigen 9 mm Beretta, blijkbaar het moordwapen, op de achterbank achter de plaats van de chauffeur alsof het daar achteloos neergegooid was. De bekleding van de passagiersstoel vertoonde bloedvlekken, boven op de zitting naast het portier, net onder de hoofdsteun. Op de vloerbekleding stonden schoenafdrukken – niet echt duidelijk, maar ze zaten er. Verder overal vingerafdrukken.

De technische recherche bestoof de boel om afdrukken te maken, nam monsters, merkte deze en stopte ze als bewijsmateriaal in plastic zakjes. Ook politiefotografen, twee man, bevonden zich op de plaats des onheils. De een nam foto's met een Leica, de ander maakte een video-opname met een aangepaste Sony Hi-8 camera.

En dan was er nog de vrachtwagen – een grote Mercedes besteltruck die eerder op de middag als gestolen was opgegeven en waarvan de chauffeur allang verdwenen was.

Inspecteur Otello Roscani kroop achter het stuur van zijn donkerblauwe Fiat en reed langzaam om de afzetting heen en langs de hem aangapende gezichten. De gloed van de werklampen van de politie verlichtte de plek als ware het een filmset, vulde de duisternis in voor de nieuwsgierige gezichten en leverde extra licht voor de mediacamera's, die er lustig op los zoemden.

'Ispettore Capo!'

'Ispettore Capo!'

Geschreeuw alom. Mannen en vrouwen. Wie heeft dit gedaan? Heeft het te maken met de moord op kardinaal Parma? Wie is er vermoord? Wie werd er verdacht? En waarom?

Roscani zag alles en hoorde alles. Maar het was niet belangrijk. Zijn gedachten waren bij Pio en bij wat er gebeurd was in de momenten direct voorafgaand aan zijn dood. Gianni Pio was er niet de man naar om fouten te maken, maar eind deze middag had hij zich op een of andere manier in gevaar laten brengen.

Op dit moment – zonder een autopsie, zonder rapporten van het lab – zat Roscani alleen maar met vragen. Vragen en verdriet. Gianni Pio was de peetoom van zijn kinderen en al meer dan twintig jaar zijn vriend en partner. En nu, terwijl hij terugreed door Rome naar de stadswijk Garbatella waar Pio woonde, om Pio's vrouw en kinderen op te zoeken – zijn eigen vrouw zou daar al zijn, wist hij, om waar ze maar kon troost te bieden – trachtte Otello Roscani zijn emoties uit te schakelen. Als politieman moest hij wel, ook uit respect voor Pio, omdat ze alleen maar in de weg zouden zitten van wat nu zijn hoofddoel was geworden.

Het vinden van Harry Addison.

21

Thomas Kind staarde vanuit het donker naar de man in de stoel. Er waren nog twee anderen in de kamer. Ze waren gehuld in overall en stonden iets achter hem. Hulpjes waren het, voor het geval dat – maar het liep allemaal op rolletjes – en het opruimen na afloop, een simpel karwei. Thomas Kind was 39 jaar, één meter zeventig lang en zeer slank. Hij woog hooguit 65 kilo, en verkeerde in topconditie. Zijn ravenzwarte haar was kortgeknipt. Ook zijn broek, schoenen en trui hadden dezelfde pikzwarte kleur, waardoor het moeilijk – zo niet onmogelijk – was hem in het donker te kunnen zien. Afgezien van zijn bleke huid vormden zijn diepblauwe ogen de enige kleur die hij leek te bezitten.

De man in de stoel verroerde zich iets, maar meer ook niet. Zijn handen en voeten waren vastgebonden en zijn mond was stevig dichtgeplakt met een dik stuk sporttape.

Thomas Kind deed een stap naar voren, sloeg de man eventjes gade en liep vervolgens om de stoel heen.

'Relax, kameraad,' sprak hij kalm. Geduld en kalmte, daar draaide het allemaal om. Het vormde de leidraad van zijn dagelijks leven: wees kalm en wacht het juiste moment af. Het behoorde tot de eigenschappen die hij, Thomas José Álvarez-Ríos Kind, geboren in Ecuador als zoon van een Engelse moeder, wellicht op zijn curriculum vitae zou kunnen vermelden: geduldig, nauwgezet, goed opgeleid, veeltalig. Daarnaast was hij ooit een blauwe maandag acteur geweest en gold hij nu als een van 's werelds meest gezochte terroristen.

'Relax, kameraad.' Opnieuw ving Harry het op. Een mannelijke stem, net als daarnet. Kalm zelfs. In niet geheel accentloos Engels. En het leek alsof iemand zich langs hem heen bewoog, maar dat kon hij niet met zekerheid zeggen. Het gebonk in zijn hoofd overstemde alles. Het enige wat hij wist was dat hij rechtop zat, met zijn handen en voeten vastgebonden en een stuk tape over zijn mond. En dat het stikdonker was. Toch zat er niets om zijn hoofd, geen blinddoek, geen kap, niets. Maar hoe hij ook wriemelde en zijn hoofd bewoog, om hem heen was alles stikdonker. Geen schaduwen, geen licht dat door een kier naar binnen viel. Enkel duisternis.

Hij knipperde met zijn ogen, knipperde opnieuw, draaide zijn hoofd van links naar rechts, er rotsvast van overtuigd dat zijn angst ongegrond was. Maar dat was niet zo. En opeens bekroop hem de angst dat, wat er ook gebeurd was, waar hij zich nu ook mocht bevinden en op welke dag, hij wel blind moest zijn!

'Nee!' schreeuwde hij. 'Nee! Nee!'

Thomas Kind kwam een stap dichterbij.

'Kameraad,' klonk het weer op dezelfde ontspannen, kalme toon. 'Hoe is het met uw broer? Ik heb begrepen dat hij springlevend is.'

Plotseling trok iemand met een ruk het stuk tape van Harry's mond. Hij slaakte een kreet, niet alleen van de schrik maar ook van de stekende pijn.

'Waar is hij?' De stem klonk nu dichterbij.

'Ik… weet niet… of hij nog leeft.' Zijn mond en keel voelden aan als schuurpapier. Hij probeerde voldoende speeksel te verzamelen om te kunnen slikken, maar het lukte niet.

'Ik vroeg iets over uw broer… over waar hij uithangt…'

'Mag ik alstublieft… wat water?'

Kind pakte een kleine afstandsbediening. Zijn duim gleed naar een tiptoets en raakte deze aan.

Onmiddellijk ontwaarde Harry een lichtpuntje in de verte en hij schrikte op. Was het echt, of was het slechts een illusie?

'Waar is uw broer, kameraad?' Ditmaal kwam de stem vanachter zijn linkeroor.

Het licht bewoog zich langzaam naar hem toe.

'Ik…' Harry probeerde opnieuw te slikken. 'Ik… weet het niet.'

'Ziet u het licht?'

'Ja.'

De lichtpunt kwam dichterbij.

'Mooi.'

Kinds duim gleed nu naar een andere tiptoets.

Harry zag hoe het licht van koers veranderde en slechts enkele millimeters opschoof. Het gleed nu naar zijn linkeroog.

'Ik wil dat u me vertelt waar uw broer is.' De stem had zich verplaatst en klonk nu naast zijn rechteroor. 'Het is heel belangrijk dat we hem vinden.'

'Ik weet het niet.'

Het licht centreerde zich volledig op zijn linkeroog en werd snel feller. Het verschrikkelijke besef van zijn blindheid had hem het gebonk in zijn hoofd doen vergeten. Maar met het verschijnen van het licht was het teruggekomen. Een traag, aanhoudend gebonk dat sterker werd naarmate het licht steeds feller werd.

Hij wilde zijn hoofd met een ruk opzij draaien in een poging zijn ogen af te wenden, maar iets hards hield hem tegen. Vervolgens naar de andere kant. Hetzelfde resultaat. Nog eens. Maar wat hij ook deed, het licht bleef.

'Tot dusver hebt u geen pijn gevoeld, maar dat komt nog.'

'Alstublieft...' Harry wendde het hoofd zo ver mogelijk af en kneep zijn ogen stijf dicht.

'Dat zal niet helpen.' De stem klonk opeens heel anders. Was het net nog een mannenstem, nu leek het wel die van een vrouw.

'Ik... heb... geen... idee of mijn broer... nog leeft. Hoe kan ik... nou weten... waar hij is?'

De lichtpunt verkleinde zich, de straal bewoog zich nu omhoog langs zijn linkeroog, zocht naar het middelpunt en pinde zich ten slotte vast op zijn pupil.

'Alstublieft, niet doen...'

'Waar is uw broer?'

'Dood!'

'Nee, kameraad. Hij leeft en u weet waar hij is...'

Het licht was nog maar enkele centimeters van hem verwijderd. Het werd feller en feller, priemender. Het gebonk in zijn hoofd werd erger. Het licht kwam naderbij, als een naald die ergens diep in zijn achterhoofd zijn hersens penetreerde.

'Stop!' schreeuwde hij. 'Mijn god, stop! Alstublieft!'

'Waar is hij?' Een mannenstem.

'Waar is hij?' Een vrouwenstem.

Thomas Kind schakelde van de ene stem over op de andere, speelde man en vrouw.

'Zeg het ons en het licht zal doven,' sprak de mannenstem.

'Het licht zal doven,' sprak de vrouwenstem.

Kalme stemmen, zacht zelfs.

Het gebonk groeide uit tot een overdonderend gedreun. Een harder geluid dan hij ooit had gehoord. Een beukende reuzentrommel in zijn hoofd. En het licht kroop naar het centrum van zijn hersenen, als een withete naald die zich een weg naar het geluid schroeide, in een vurig verlangen ermee samen te vloeien. Het tartte alles wat hij ooit had gezien, alles wat hij zich kon inbeelden. Feller dan een lasboog, de kern van de zon. Nu heerste de pijn. Het was zo erg dat hij ervan overtuigd was dat zelfs de dood hem niet uit zijn lijden zou kunnen verlossen. Tot in de eeuwigheid zou hij deze verschrikking met zich meedragen.

'Ik weet het niet! Ik weet het niet! Ik weet het niet! O god, o god! Stop! Stop! Alstublieft! Alstublieft, alstublieft!'
Klik.
Het licht ging uit.

22

Rome. De kamer van Harry Addison in Hotel Hassler, donderdag 9 juli, zes uur in de ochtend.

Er was niets aangeraakt. Harry's aktetas en aantekeningen lagen op het tafeltje naast de telefoon, precies zoals hij ze had achtergelaten. Hetzelfde gold voor zijn kleren in de kast en zijn toiletartikelen in de badkamer. Het enige verschil was dat er in allebei de telefoontoestellen, dat bij het bed en dat in de badkamer, een afluisterapparaatje was geplaatst en dat er achter de muurlamp tegenover de deur een kleine bewakingscamera was gemonteerd. Dit maakte deel uit van het plan dat in beweging was gezet door de *Gruppo Cardinale*, de speciale eenheid die op dringend verzoek van wetgevers, het Vaticaan, de carabinieri en de politie na de moord op de kardinaal-vicaris van Rome was opgezet op last van het Italiaanse ministerie van Binnenlandse Zaken.

De moord op kardinaal Parma en de bomaanslag op de bus met bestemming Assisi waren niet langer afzonderlijke onderzoeken, maar werden nu beschouwd als componenten van dezelfde misdaad. Onder de paraplu van de Gruppo Cardinale moesten speciale onderzoekers van de carabinieri, de mobiele eenheid van de Italiaanse politie en DIGOS – de speciale eenheid belast met onderzoek naar misdrijven met vermoedelijk politieke motieven – allemaal verantwoording afleggen aan hoofdaanklager Marcello Taglia, het hoofd van de Gruppo Cardinale; en hoewel de zeer gerespecteerde Taglia inderdaad alle activiteiten van de diverse politiediensten coördineerde, leed het voor niemand enige twijfel wie de echte *Il responsabile*, de echt verantwoordelijke man van de Gruppo Cardinales, was: inspecteur Otello Roscani.

Halfnegen in de ochtend.

Roscani keek, maar wendde vervolgens zijn blik af. Hij wist maar al te goed waar de cirkelzaag tijdens een autopsie voor werd gebruikt. De schedel werd opengezaagd en het kapje werd erafgenomen zodat de hersens verwijderd konden worden. En dan de rest nog; Pio werd bijna stukje bij beetje uit elkaar gehaald. Zo zocht de patholoog-anatoom naar iets wat hun meer zou vertellen dan ze al wisten. Wat dat zou kunnen zijn, wist Roscani niet want hij beschikte immers al over genoeg informatie om, naar hij dacht, zonder redelijke twijfel vast te stellen wie Pio's moordenaar was.

Pio's 9 mm Beretta was bevestigd als zijnde het moordwapen en er waren meerdere duidelijke vingerafdrukken op aangetroffen. De meeste van Pio zelf, maar twee ervan waren niet van hem – eentje net linksboven de kolf en een ander aan de rechterzijde rondom de trekker.

Een verzoek aan de FBI in Los Angeles had geresulteerd in een onderzoek in de dossiers van het *Department of Motor Vehicles* in Sacramento, Californië, naar een kopie van de duimafdruk in het rijbewijs van ene Harry Addison, 2175 Benedict Canyon Drive in Los Angeles, Californië. Binnen nog geen halfuur was er een met de computer vergrote kopie van Addisons duimafdruk gefaxt naar het hoofdkwartier van de Gruppo Cardinale in Rome. Het spiraalpatroon en de groeven kwamen perfect overeen met de afdruk die genomen was van de handgreep van het wapen waarmee Gianni Pio was omgebracht.

Voor het eerst in zijn leven maakte Roscani een grimas bij het horen van de cirkelzaag terwijl hij de deuren van het lijkenhuis achter zich sloot en de hal uit en de trap op liep van het *Obitorio Comunale*. Dit was iets waar hij in zijn loopbaan al ontelbare malen mee was geconfronteerd: de ontzielde lichamen van politiemensen. Van rechters. Van vermoorde moeders en kinderen. En tragisch als ze allemaal waren, hij was in staat geweest beroepshalve afstand te nemen. Maar dit keer niet.

Roscani was een smeris en smerissen werden voortdurend om zeep gebracht. Het was een feit dat er op de academie dag na dag werd ingehamerd. Dat je maar had te aanvaarden. Het was tragisch en triest, maar het was de werkelijkheid. En zodra het zich aandiende, werd je geacht voorbereid te zijn om er professioneel mee om te gaan. Je betoonde hulde en respect, en daarna pakte je de draad weer op; zonder woede, geweld of haat jegens de moordenaar. Het hoorde bij het vak waarvoor je was opgeleid en de loopbaan waarvoor je gekozen had.

En je dacht dat je daarvoor was opgeleid – tot de dag dat je rond het lichaam van je partner liep en het bloed, het verscheurde vlees en de versplinterde botten zag. Het groteske werk dat de kogels hadden aangericht. Vervolgens trok alles nog eens op je netvlies voorbij wanneer de pathologen-anatomen hun werk begonnen in het lijkenhuis. Dat was het moment waarvan je wist dat je er helemaal níet op voorbereid was. Niemand kon dat zijn, ongeacht je opleiding of wat iedereen zei. Het verlies en de woede verspreidden zich als een ziedende bosbrand door je hele lichaam en namen je helemaal in bezit. Dit was de reden waarom iedere politieman die in de gelegenheid was, uit ieder bereikbaar district, soms uit andere continenten, naar de begrafenis kwam wanneer er een smeris gedood was; waarom vijfhonderd motoragenten en -agentes geen ongewoon gezicht waren, rijdend in een plechtige stoet ter ere van een kameraad die misschien nog maar een jaar bij de politie zat, een groentje tijdens patrouille.

Kwaad schoof Roscani een zijdeur open en stapte de ochtendzon in. De warmte had een welkome opluchting moeten zijn na de kilte van de ondergrondse vertrekken, maar dat was ze niet. Hij nam een omweg rond het gebouw en probeerde zo wat af te koelen, maar zijn emoties bleven. Ten slotte sloeg hij een hoek om en liep een oprit af naar de straat waar hij zijn auto geparkeerd had. Verdriet, verlies en woede drukten zwaar op hem.

Hij liet zijn auto staan, stapte van het trottoir af, liet het passerende verkeer voorgaan, stak vervolgens de straat over en begon te lopen. Hij had behoefte aan wat hij *assoluta tranquillità* noemde, een soort luisterrijke stilte, dat moment van rust wanneer je alleen bent en eens goed kunt nadenken over de dingen. Vooral nu, een moment voor zichzelf om te proberen de emoties van zich af te lopen, om als een onderzoeker voor de Gruppo Cardinale te gaan denken, niet als de gebroken, woedende partner van Gianni Pio.

Een moment voor stilte en om na te denken.

Om te lopen en te lopen en te lopen.

23

Vanachter het raam keek Thomas Kind naar de mannen in overall die nu naar buiten kwamen en samen met Harry Addison de binnenplaats overstaken. Kind had gekregen wat hij zocht, of eigenlijk, zoveel als mogelijk was. Aan de mannen in overall de taak hem te lozen. Alleen door zijn rechteroog zag hij nog een beetje. Het waren meer schimmen dan beelden. Zijn linkeroog was compleet gevoelloos en totaal verblind. Zijn overige zintuigen vertelden hem dat hij zich nu buiten bevond en over een harde ondergrond liep en dat hij waarschijnlijk door twee mannen werd vastgehouden. Vaag herinnerde hij zich iets over een soort stoel waarop hij zat, over aanwijzingen die hij opvolgde en dat hij hardop woorden herhaalde die via een oordopje werden ingesproken door dezelfde stem die hij al eerder had gehoord. Hij herinnerde zich dat alleen maar vanwege wat gesteggel van degene die het apparaatje in zijn oor moest aanbrengen. Het was voor het grootste deel in het Italiaans, maar er was ook wat Engels bij. Het ding was te groot, het zou niet werken, je zou het kunnen zien zitten.

Plotseling zei een scherpe mannenstem iets in het Italiaans. Dezelfde die over dat oordopje ruziede, zo leek het. Even later voelde hij een duw vanachteren en hij struikelde bijna. Inmiddels waren zijn gedachten helder genoeg om te beseffen dat zijn handen nog steeds op zijn rug gebonden waren maar dat zijn voeten vrij waren. Hij liep zelfstandig en meende in de verte verkeer te horen. In zijn hoofd klaarde het nog wat verder op en zijn gedachten fluisterden hem in dat als hij kon lopen, hij ook kon rennen. Alleen, hij zag niets en kon zijn handen niet gebruiken. Opnieuw voelde hij een duw, hard. Hij viel, en slaakte een kreet nu hij zijn gezicht over de stenen voelde schuren. Hij probeerde weg te rollen, maar een voet plantte zich op zijn borst en hield hem daar op de grond. Ergens vlakbij hoorde hij het gehijg van een man, gerammel en een zwaar metalen geluid, als van ijzer op steen, dat langs zijn oor gleed. Vervolgens werd hij bij de schouders opgetild en over een richel geduwd. Zijn voeten voelden staal waarna hij via een ladder omlaag werd gedwongen. Het kleine beetje licht dat hij nog zag, vervaagde onmiddellijk en maakte plaats voor stank.

Verderop vloekte een tweede mannenstem. Het klonk hol. Hij hoorde het geruis van stromend water. De stank was ondraaglijk. Harry wist het opeens. Ze brachten hem naar het riool. Er werd Italiaans gesproken.

'*Prepararsi?*'

'*Si.*' De oordopjesstem.

Hij voelde gewriemel tussen zijn polsen. Een klik en zijn handen kwamen vrij.

Klik. Het onmiskenbare geluid van een pistool.

'*Sparagli.*' Schiet hem neer.

In een reflex bracht hij zijn handen voor zijn gezicht en deed een stap naar achteren.

'*Sparagli!*'

Onmiddellijk daarna klonk er een oorverdovende knal. Iets boorde zich met volle vaart in zijn hand, daarna in zijn hoofd. De kracht van de inslagen wierp hem achterover in het water.

Het gezicht van de schutter die zich nu over hem heen boog, kon hij niet zien, ook niet dat van de man met de zaklantaarn. Hij zag niet wat zij wel zagen: de enorme hoeveelheid bloed die de helft van zijn gezicht bedekte, zijn haar kleverig maakte, een klein straaltje dat door het water werd meegevoerd.

'*Morto,*' fluisterde een stem.

'*Si.*'

De schutter knielde naast hem neer en rolde zijn lichaam over de rand naar een dieper deel waar het water sneller stroomde, en keek hoe het lichaam wegdreef.

'*I topi faranno il resto.*'

De muizen doen de rest wel.

24

De Questura, het hoofdbureau van politie.

Daar zat Harry Addison, een verband over zijn linkerslaap, gekleed in het gebroken witte poloshirt, de spijkerbroek en de pilotenzonnebril die hij droeg toen hij de vorige middag om even over halftwee Hotel Hassler verliet. Bijna dertig uur geleden.

De vijftien seconden durende video-opname van de voortvluchtige Harry Addison was om kwart voor vier die middag anoniem afgeleverd bij *Sala Stampa della Santa Sede*, het persbureau van de Heilige Stoel, met het verzoek om rechtstreeks doorgestuurd te worden naar de paus. In plaats daarvan was het pakje met de band op een plank beland en pas rond tien voor vijf opengemaakt. Het was direct naar Farels kamer gebracht en na bezichtiging door een assistent naar Farel persoonlijk. Rond zes uur zaten aanklager Marcello Taglia van Gruppo Cardinale, Roscani, Castelletti en Scala, de rechercheurs van Moordzaken die de moord op Pio onderzochten, en een half dozijn anderen in het donker van een tv-kamer gezamenlijk de band te bekijken.

'*Danny, ik vraag je om je aan te geven... Om de strijd op te geven.*' Harry sprak in het Engels, een tolk van Roscani's bureau vertaalde het in het Italiaans.

Voorzover ze konden zien, zat Harry in zijn eentje op een hoge houten stoel in een verduisterde kamer. De muur achter hem leek bedekt te zijn met reliëfbehang. Dat behang, Harry, zijn donkere bril en het verband op zijn voorhoofd, was alles wat zichtbaar was.

'*Ze weten alles... Alsjeblieft, doe het voor mij... Geef jezelf aan... alsjeblieft... Alsjeblieft...*' Er volgde een onderbreking en Harry's hoofd kwam even omhoog, alsof hij nog iets wilde zeggen, waarna de band abrupt ten einde kwam.

'Waarom werd mij niet verteld dat de priester misschien nog in leven is?' Roscani keek naar Taglia en vervolgens naar Farel, terwijl het licht werd aangedaan.

'Dat wist ik ook niet, tot ik deze opname onder ogen kreeg,' zei Farel. 'Het incident vond gisteren plaats toen de Amerikaan vroeg of de kist opengemaakt mocht worden, en toen dit gebeurde, zwoer hij dat de stoffelijke resten niet die van zijn broer waren... Wie weet klopt het, wie weet is het een leugen... Kardinaal Marsciano was erbij. Hij had het idee dat de Amerikaan emotioneel overspannen was. Pas afgelopen middag, toen hij hoorde van de omstandigheden van Pio's dood, stuurde hij de eerwaarde vader Bardoni om mij op de hoogte te stellen.'

Roscani kwam overeind en beende door het vertrek. Hij was geagiteerd. Dit was iets wat hij onmiddellijk had moeten vernemen. Bovendien konden hij en Farel elkaar niet luchten of zien.

'En u en uw mensen hebben geen idee waar de videoband vandaan kwam?'

95

Farel keek Roscani doordringend aan. 'Als wij het geweten hadden, inspecteur, dan zouden we er iets aan gedaan hebben, denkt u ook niet?'

Taglia, slank en gekleed in een donker streepjespak en met een houding die een adellijke opvoeding deed vermoeden, kwam tussenbeide en sprak voor het eerst. 'Waarom zou hij zoiets doen?'

'Vragen of de kist open mag?' Farel keek naar Taglia. 'Ja.'

'Zoals ik gehoord heb, was hij overmand door emotie, wilde hij zijn broer zien om afscheid te nemen... Het bloed kruipt waar het niet gaan kan, zelfs bij moordenaars... Toen hij vervolgens zag dat het lichaam niet dat van zijn broer was, reageerde hij verrast, zonder erbij na te denken.'

Roscani liep weer terug door de kamer en deed ondertussen zijn best om Farels bazige toon te negeren. 'Stel dat het waar is en hij een vergissing maakte... Waarom neemt hij dan een dag later aan dat de man nog steeds leeft en smeekt hij hem om zich te melden, terwijl hij nota bene zelf wordt gezocht voor moord?'

'Het is een gok,' zei Taglia. 'Ze zijn ongerust dat hij wel eens dingen zou kunnen onthullen als hij nog leeft en gepakt wordt. Ze laten zijn broer vragen of hij zich wil melden zodat ze hem om kunnen brengen.'

'Dezelfde broer die zo emotioneel vroeg een blik te mogen werpen op een afzichtelijk lijk wil hem nu vermoorden?'

'Misschien.' Farel leunde achterover in zijn stoel. 'Misschien was het doortrapter dan het lijkt. Misschien had hij een gevoel dat alles niet helemaal was zoals het leek.'

'Waarom zei hij dat dan zo openlijk? Daniel was officieel dood verklaard. Waarom liet hij het daar niet bij? Het is niet erg waarschijnlijk dat de politie op zoek zou gaan naar een dode. Als hij nog leefde, had hij heimelijk achter hem aan kunnen gaan.'

'Maar waar te beginnen?' was Taglia's vraag. 'Waarom de politie niet laten helpen om hem te vinden?'

Roscani schudde een sigaret uit een pakje en stak hem op. 'Maar ze sturen de band naar de paus in plaats van naar ons. Waarom? Er is genoeg publiciteit geweest, ze weten wie we zijn.'

'Omdat,' zei Farel, 'ze willen dat de media lont ruiken. De Gruppo Cardinale zou het wel eens bekend kunnen maken, maar misschien ook niet. Door de video naar de Heilige Vader te sturen, hoopten ze dat hij persoonlijk in zou grijpen en mij zou verzoeken om op u druk uit te oefenen om de band vrij te geven. Heel Italië weet hoe geschokt en verafschuwd hij was door de moord op de kardinaal-vicaris en hoeveel het voor hem zou betekenen om de moordenaar te pakken en zijn verdiende straf te geven.'

'En verzocht hij u daarom?'

'Ja.'

Roscani staarde Farel een ogenblik aan en ijsbeerde weer verder.

'We moeten ervan uitgaan dat ze hun kansen hebben berekend. Ze weten dat als wij ervoor kiezen de band niet naar de media door te spelen wij een enorme kans zouden mislopen om de hulp van het publiek in te roepen om hem op te sporen. Doen we het wel en hij leeft en ziet het verhaal op televisie of leest erover in de kranten en beslist om te doen wat zijn broer vraagt, dan zouden we hem best wel eens eerder kunnen vinden dan zij en hem zo de kans kunnen geven precies dat te vertellen waar zij zo bang voor zijn.'

'Kennelijk is het een risico dat zij bereid zijn te nemen,' merkte Taglia op.

'Kennelijk...' Zijn sigaret uitdrukkend liet Roscani zijn ogen van Taglia naar Farel dwalen en vervolgens naar Castelletti, Scala en de anderen.

'Er is nog één punt.' Farel stond op en knoopte zijn jasje dicht. 'Als de media de video in handen krijgen, moeten wij met een foto van de priester komen en, belangrijker, met details van wat tot nu toe uiterst geheim is gehouden: een Vaticaanse geestelijke die een roomse kardinaal vermoordt... Ik heb beraadslaagd met de staatssecretaris, kardinaal Palestrina, en hij is het ermee eens dat als dit openbaar gemaakt wordt, de Heilige Stoel – ongeacht de persoonlijke gevoelens van de paus – zal worden blootgesteld aan een schandaal dat we in geen tientallen jaren meer hebben meegemaakt. En dat in een tijd dat de invloed van de Kerk niet bepaald populair te noemen is.'

'*Capo del Ufficio*, we hebben het hier over móórd.' Roscani keek Farel recht in de ogen.

'Hoedt u zich vooral voor persoonlijke sentimenten, inspecteur. U zult zich herinneren dat die onder andere de reden waren waarom u niet werd uitgekozen om het onderzoek te leiden.' Farel staarde Roscani een lang ogenblik aan om zich vervolgens tot Taglia te richten.

'Ik vertrouw erop dat u de juiste beslissing zult nemen...'
En met deze woorden liep hij de kamer uit.

25

Opnieuw kostte het Roscani enige moeite om Farel te negeren. De Vaticaanse politiefunctionaris kon, wanneer het hem zo uitkwam, nors, direct en kwetsend zijn. Alsof alles moest wijken voor de Heilige Stoel. Alsof dat, en alleen dat, het allerbelangrijkste was. Die indruk kreeg je als je met hem te maken had, vooral wanneer je deel uitmaakte van een politiemacht die buiten zijn jurisdictie viel en je, net als Roscani, vooral aan zelfonderzoek deed en veel minder werd gedreven door politieke motieven. Roscani's dagelijkse leven bestond uit doorbuffelen voor het best mogelijke resultaat, wat het ook was en wat daar ook voor nodig mocht zijn. Het was een eigenschap die hij van zijn vader had geërfd – een leermeester die lederwaren maakte en verkocht en die op tachtigjarige leeftijd in zijn werkplaats aan een hartaanval was overleden toen hij een aambeeld van vijftig kilo wilde verplaatsen. Het was die eigenschap die hij had geprobeerd op zijn zoons over te brengen.

Dus wanneer je besefte dat je zo in elkaar stak, deed je je best om figuren als Farel te negeren en je energie voor nuttiger en positievere dingen aan te wenden. Zoals bijvoorbeeld Scala's opmerking, nadat Farel was weggebeend, dat het verband om Harry Addisons voorhoofd op de videobeelden suggereerde dat hij gewond was geraakt nadat Pio op de vrachtwagen was gebotst. Als dat zo was, en stel dat hij door een arts was behandeld en stel dat ze die persoon konden opsporen, dan zouden ze ongeveer een idee hebben waar Addison heen gevlucht was.

En ook Castelletti wilde niet achterblijven. Hij had de videoband gepakt en de naam van de fabrikant plus de streepjescode die op de achterkant stond, genoteerd. Wie weet waar een dergelijk spoor heen kon leiden, wat het opleverde. Van fabrikant naar winkelketen naar desbetreffende winkel naar de verkoper die zich misschien nog een klant wist te herinneren aan wie hij de band had verkocht.

En daarmee was de bespreking ten einde. De kamer liep leeg en alleen Roscani en Taglia bleven achter. Taglia die een beslissing moest nemen, en Roscani die het aan moest horen.

'Jij wilt de video dus vrijgeven aan de media. Zodat het publiek ons als in een soort *Opsporing verzocht* kan helpen hem te vinden,' zei Taglia zacht.

'Soms werkt het.'

'En soms jaagt het voortvluchtigen nog verder van ons weg... Maar er zijn andere overwegingen. Waar Farel het over had. De delicate aard van de hele zaak. En de diplomatieke gevolgen voor Italië en het Vaticaan... de paus mag dan een persoonlijke wens hebben, maar Farel nam niet voor niets de naam van kardinaal Palestrina in de mond... Hij is de echte hoeder van de geest van het Vaticaan en het wereldwijde imago van de Heilige Stoel.'

'Met andere woorden, een diplomatiek schandaal is erger dan moord en je bent niet van plan die videoband vrij te geven.'

'Nee, dat zijn we niet van plan – de Gruppo Cardinale zal de jacht op voortvluchtigen als een vertrouwelijke zaak blijven beschouwen. Alle relevante dossiers zullen beschermd blijven.' Taglia stond op. 'Het spijt me, Otello. *Buona sera.*'

'*Buona sera...*'

De deur viel in het slot en Roscani bleef alleen achter: gefrustreerd, onthand. Misschien had zijn vrouw toch gelijk, dacht hij. Al zijn toewijding ten spijt was de wereld rechtvaardig noch perfect te noemen. En daar viel weinig aan te veranderen. Wat hij echter wel kon doen, was om er eens wat minder hard tegen te rebelleren; het zou zijn leven en dat van zijn gezin in ieder geval wat verlichten. Natuurlijk had zijn vrouw gelijk. Maar de realiteit, zo wisten ze allebei, was dat hijzelf net zo onveranderlijk was. Hij had destijds voor de politie gekozen, omdat hij niet in het bedrijf van zijn vader wilde stappen, omdat hij als kersverse echtgenoot eerst wat stabiliteit wilde alvorens een gezin te stichten, maar ook omdat het hem een opwindend en nobel beroep leek.

Maar er was nog iets. Zijn leven en dat van de slachtoffers begonnen zich meer en meer met elkaar te verweven. Verscheurde levens die als gevolg van het zinloze geweld en de inbreuk vaak niet meer te herstellen waren. Zijn promotie naar moordzaken maakte het alleen maar erger: om de een of andere reden begon hij de vermoorde slachtoffers, ongeacht hun leeftijd, te beschouwen als kinderen, zijn eigen kinderen, drie, vier, acht of twaalf jaar oud, met elk het recht zijn of haar leven tot het eind toe te voltooien, verschoond van welke vorm van verschrikkelijke en wrede verstoring dan ook. In dat opzicht was kardinaal Parma net zo goed een zoon van zijn moeder als Pio dat was geweest. Het maakte de jacht op de schuldigen alleen maar noodzakelijker. Vat ze in de kraag voordat ze opnieuw toeslaan. Maar hoe vaak was hem dat al niet gelukt, om daarna te moeten toezien dat ze door de rechtbank om welke reden dan ook werden vrijgesproken? Het had zijn rebellie tegen onrecht aangewakkerd, binnen de wet of daarbuiten. Hij vocht een oorlog die hij niet kon winnen, maar hij bleef gewoon doorvechten. En misschien was de simpele verklaring wel dat hij nu eenmaal de zoon van zijn vader was en net als hij tot een vechtersbaas was uitgegroeid.

Plotseling greep hij de afstandsbediening en richtte deze op de grootbeeld-tv. Met een klik werd het toestel ingeschakeld. Hij drukte op *rewind*, daarna op *play* en bekeek opnieuw de videoband, met Harry op de stoel, pratend vanachter zijn donkere bril.

'Danny, ik vraag je om je aan te geven... Om de strijd op te geven... Ze weten alles... Alsjeblieft, doe het voor mij. Geef jezelf aan... alsjeblieft, alsjeblieft...'

Roscani keek hoe Harry aan het eind even zweeg en vervolgens nog wat wilde zeggen op het moment dat de band stopte. Opnieuw drukte hij op de terugspoelknop en bekeek hem nog eens, en nog eens. En nog eens. Hoe langer hij keek, hoe meer de woede in hem aanwakkerde. Hij wilde kunnen opkijken en Pio door de deur binnen zien komen, glimlachend en ontspannen, zoals altijd, pratend over zijn gezin, hem vragend naar zijn eigen vrouw en kinderen. In plaats daarvan zag hij Harry, mister Hollywood met zonnebril, zittend op een kruk en zijn broer smekend zich aan te geven zodat hij kon worden vermoord.

Klik.

Roscani zette de tv uit. In het halfdonker kwamen zijn gedachten weer terug. Niet dat hij dat wilde, maar het gebeurde. Over hoe hij Harry Addison zou omleggen als hij hem te pakken had. En over dat laatste koesterde hij geen enkele twijfel.

Klik.

Hij zette de tv weer aan, stak een sigaret op en blies de lucifer hard uit. Zo diende hij niet te denken. (Hij vroeg zich af hoe zijn vader in zijn plaats zou hebben gereageerd.)

Afstand scheppen, dat was hard nodig. En dat lukte hem door

de band opnieuw af te spelen. En nog eens. En daarna nog eens. Hij dwong zichzelf koel en analytisch te kijken, als de ervaren politiefunctionaris op zoek naar de kleinste aanwijzing die hem verder zou helpen.

Hoe langer hij keek, hoe meer hij door twee dingen geïntrigeerd raakte: het reliëfbehang, net zichtbaar achter Harry en de allerlaatste seconden waarin Harry zijn hoofd omhoogbracht en zijn mond opende alsof hij nog iets wilde zeggen maar niet meer kon, omdat op dat moment de band stopte. Roscani trok een klein notitieboekje uit zijn jasje tevoorschijn en maakte een aantekening.

Laat met videocomputer het beeld vergroten – behang.
Laat Engelstalige liplezer onverstaanbare woord(en) analyseren.

Rewind.
Play.
Roscani zette het geluid af en bekeek de band nu in stilte. En nog eens.

26

Rome. De ambassade van het Vaticaan in Italië, Via Po. Zelfde tijdstip.

In hun eerste openbare optreden sinds de moord op de kardinaalvicaris van Rome mengden de overblijvende vertrouwensmannen van de paus – kardinaal Umberto Palestrina, kardinaal Joseph Matadi, monseigneur Fabio Capizzi en kardinaal Nicola Marsciano – zich vrijelijk onder de leden van de Ministerraad van de Europese Unie, in Rome bijeen voor een vergadering over economische betrekkingen met landen in opkomst. Ze waren uitgenodigd voor een informele cocktailparty, georganiseerd door aartsbisschop Giovanni Bellini, de pauselijke gezant in Italië.

Van het viertal was het de Vaticaanse staatssecretaris, de 62-jarige Palestrina, die zich het meest op zijn gemak leek te voelen. Niet gekleed in het geestelijk gewaad dat de anderen droegen, maar in een eenvoudig zwart pak met een witte roomse kraag, en zonder acht te slaan op de Zwitserse Garde in burger, begaf de kardinaal zich amicaal en druk kletsend van de ene gast naar de volgende.

Alleen al Palestrina's omvang – 122 kilo zwaar en bijna twee meter lang – eiste ieders aandacht op. Maar het was juist de onverwachte intensiteit die hij uitstraalde – de gratie waarmee hij zich bewoog, zijn brede glimlach en fascinerende grijze ogen onder een weerspannige bos zilvergrijze haren, de ijzeren greep van zijn hand als hij de jouwe schudde, je rechtstreeks aansprak en meestal in je eigen taal – die je zo overviel.

Als je hem zo door het vertrek zag schrijden en hem daar volledig in zag opgaan – oude vriendschappen nieuw leven inblazend, nieuwe vrienden makend, weer doorlopend naar de volgende gast – wekte hij meer de indruk van een politicus op verkiezingscampagne dan die van de op één na machtigste man binnen de katholieke Kerk die hij was. Toch was het als vertegenwoordiger van die Kerk, van de paus persoonlijk, dat hij en de anderen hier waren; zelfs in de schaduw van een ernstige tragedie was hun aanwezigheid vanzelfsprekend, de anderen eraan herinnerend dat de Heilige Stoel zich onvermoeibaar en aanhoudend verbonden voelde met de toekomst van de Europese Gemeenschap.

Aan de andere kant van de zaal wendde kardinaal Marsciano zich af van de ambassadeur van Denemarken en wierp een blik op zijn horloge.

19.50

Hij keek op en zag de Zwitserse investeringsbankier Pierre Weggen binnenkomen. In zijn gezelschap – dat direct alle aandacht opeiste en een stilte deed neerdalen in het vertrek – bevonden zich Tjiang Yoemei, de Chinese ambassadeur in Italië, zijn gezant van Buitenlandse Zaken Zjoe Yi, en Yan Yeh, de president van de Volksbank van China. Sinds de communistische machtsovername van China in 1949 onderhielden de Volksrepubliek China en het Vaticaan geen officiële diplomatieke betrekkingen meer. Maar ziedaar, hier kwamen de twee hoogste, in Italië geaccrediteerde diplomaten en een van de invloedrijkste zakenmannen van het nieuwe China *en public* met Weggen de Vaticaanse ambassade binnenstappen.

Bijna onmiddellijk schreed Palestrina op hen af om hen te begroeten, maakte een formele buiging, glimlachte breeduit en nam hen bij de hand om vervolgens om drankjes te wenken en opgewekt te kwebbelen, alsof ze zijn beste vrienden waren. Kwebbelend, zo wist Marsciano, in het Chinees.

China's ontluikende verhouding met het Westen, gepaard met zijn snelle opkomst als een formidabele economische macht, had op de zo goed als afwezige betrekkingen tussen Rome en Beijing weinig tot geen effect gehad. En hoewel er tussen deze twee naties dus geen sprake was van formeel diplomatiek verkeer, trachtte de Heilige Stoel, met gebruikmaking van Palestrina's behoedzame houding een voet tussen de deur te krijgen. Zijn directe doel was het regelen van een pauselijk bezoek aan de Volksrepubliek.

Het was een doel met verstrekkende gevolgen, want als zijn inleidend voorstel werd aanvaard, zou het een signaal zijn dat Beijing niet alleen de deuren opende voor de Kerk, maar in feite gereed was haar in de armen te sluiten. En dat was iets wat China niet van plan was te doen, niet vandaag of morgen en, naar alle waarschijnlijkheid, nooit; hetgeen zijn doel in het gunstigste geval dus uiterst ambitieus maakte. Toch was de staatssecretaris geen muurbloempje. En bovendien, de Chinezen waren hier, en verschenen in het openbaar.

Hun aanwezigheid was vooral te danken aan Pierre Weggen met wie ze jarenlang hadden gewerkt en die ze blind vertrouwden, voorzover de gemiddelde westerling op een dergelijk vertrouwen van oosterse zijde kon bogen. Weggen, zeventig jaar, lang van stuk en met een erudiet voorkomen, was een uitmuntend internationaal investeringsbankier. Als wereldberoemd en alom gerespecteerd man functioneerde hij voornamelijk als contactpersoon tussen grote, multinationale bedrijven die op wereldniveau samenwerkingsverbanden wilden aangaan. Tegelijk bleef hij werken als privé-adviseur van oude cliënten en vrienden; de mensen, bedrijven en organisaties die hem door de jaren heen hadden geholpen zijn reputatie op te bouwen.

Het was een cliëntenbestand waarmee de band altijd vertrouwelijk was geweest en nog steeds was. Daaronder was Vaticaanstad. En Nicola Marsciano, de man die verantwoordelijk was voor het investeringsbeleid van het Vaticaan, had zich de hele middag met Weggen en een stel advocaten en boekhouders die Weggen had meegenomen uit Genève, verschanst in een privé-appartement aan de Via Princiana.

Al meer dan een jaar waren Marsciano en Weggen bezig de portefeuille van de Heilige Stoel af te slanken en het scala van investeringen toe te spitsen op energie, vervoer, staal, de scheepvaart, zwaar materieel; verder vennootschappen, bedrijven en winstopleverende nevenbedrijven die zich specialiseerden in grootschalige ontwikkelingen op het gebied van de internationale infrastructuur – het aanleggen en heraanleggen van wegen en waterwegen, het bouwen en herbouwen van krachtcentrales en dergelijke in landen in opkomst.

De Vaticaanse investeringsstrategie vormde de spil van Palestrina's mandaat voor de toekomst van de Heilige Stoel en was de reden waarom de Chinezen hier waren uitgenodigd om zich onder de gasten te begeven en waarom ze ook waren gekomen: om te laten zien dat China een modern land was dat dezelfde economische zorgen deelde ten aanzien van de landen in opkomst als zijn Europese vrienden. De uitnodiging was uit welwillendheid verstuurd en verschafte de Chinezen aldus de gelegenheid zich onopvallend onder de gasten te mengen en zich tactvol op de kaart te zetten – en tegelijkertijd te worden gepaaid door Palestrina.

Maar op Palestrina's agenda viel niets te ontdekken over 'landen in opkomst'; het ging slechts om één natie: China zelf. Op een eliteclubje na – Pierre Weggen en de overblijvende vertrouwensmannen van de paus – had niemand, zelfs niet de paus, ook maar enig idee van het echte doel van de staatssecretaris: een beeld van het Vaticaan als een geheel anonieme, doch belangrijke partner en machtsfactor in de toekomst van de Volksrepubliek, economisch en anderszins.

Het handje schudden met de Chinezen vormde daartoe de eerste stap. De tweede zou vrijdag plaatsvinden, overmorgen, wanneer Marsciano voor een commissie van vier kardinalen, die samen met hem belast waren met het toezicht over en de ratificatie van de kerkelijke investeringen, de onlangs herziene *Investeringsstrategie voor landen in opkomst* zou presenteren.

Het beloofde een roerige zitting te worden, omdat de kardinalen conservatief waren en niet openstonden voor verandering. Aan Marsciano de taak om hen te overtuigen, om in uitputtende details te laten zien op welke regio's hun uitgebreide research gericht was geweest – Latijns-Amerika, Oost-Europa en Rusland. Uiteraard zou China daar ook bij zijn, maar dan verborgen onder de noemer 'Azië' – Japan, Singapore, Thailand, de Filippijnen, China, Zuid-Korea, Taiwan, India, enzovoort.

Probleem was dat het hier een opzettelijk verzinsel betrof. On-ethisch en immoreel. Een weloverwogen leugen om Palestrina precies dat te geven wat hij wilde, zonder er ruchtbaarheid aan te geven. Bovendien vormde dit slechts het begin van zijn plan. China, zo begreep de staatssecretaris maar al te goed, was ondanks al zijn openheid in wezen nog steeds een gesloten samenleving die strak gecontroleerd werd door een autoritaire communistische garde. Maar autoritair of niet, China moderniseerde in rap tempo en een modern China met een kwart van de wereldbevolking en de daarbij horende economische invloed zou ongetwijfeld in weinig tijd uitgroeien tot dé absolute grootmacht. En met dat gegeven werd alles ineens overduidelijk: beheers China en je beheerst de hele wereld. Dit vormde het hart en de ziel van Palestrina's plan – de overheersing van China in de volgende eeuw, de wederopstand van de katholieke Kerk en haar invloed in iedere plaats, van metropool tot klein dorp. En binnen honderd jaar de oprichting van het nieuwe Heilige Roomse Rijk. Zodra het Chinese volk niet langer naar Beijing luisterde, maar naar Rome, zou de Heilige Stoel uitgroeien tot de grootste supermacht op aarde.

Natuurlijk, het was krankzinnig – en voor Marsciano een al te duidelijke illustratie van Palestrina's steeds erger wordende gestoorde manier van denken – maar ze stonden allemaal machteloos. De paus was gecharmeerd van Palestrina en had absoluut geen weet van diens plan. Bovendien had de paus, gehinderd door een wisselvallige gezondheid en een afmattend dagelijks programma en vertrouwend op Palestrina zoals hij zichzelf zou vertrouwen, de wereldomvattende richtlijnen van de Heilige Stoel zo goed als overgedragen aan zijn staatssecretaris. Dus stapte je nu naar de paus, dan zou dat hetzelfde zijn als naar Palestrina zélf gaan, omdat de staatssecretaris, indien op het matje geroepen, alles zou ontkennen; waarna zijn aanklager op staande voet naar een of ander onbekende parochie zou worden verbannen en daarna zou er nooit meer iets van hem gehoord worden.

En hierin school de ware gruwel van dit alles. Want met uitzondering van Pierre Weggen, die in Palestrina het volste vertrouwen had, waren de anderen – Marsciano, kardinaal Matadi, monseigneur Capizzi, de drie overblijvende, invloedrijkste mannen binnen de katholieke Kerk – allemaal op een of andere manier doodsbenauwd voor Palestrina. Voor zijn fysieke verschijning, voor zijn eerzucht, voor zijn buitengewone vermogen om iemands zwakke punt te vinden en dit vervolgens te benutten voor zijn eigen doel, en – misschien wel het angstaanjagendste van alles – zijn overdonderend sterke karakter zodra je eenmaal het middelpunt van zijn aandacht werd.

Ook waren ze bang voor de gestoorde gekken die voor hem werkten, zoals Jacov Farel. De man die enerzijds de zeer bekende en uitgesproken baas was van de Vaticaanse politie en anderzijds de heimelijke en meedogenloze trawant van Palestrina's eerzucht. En zoals de terrorist Thomas Kind die Palestrina's aartsvijand, kardinaal Parma, had vermoord in hun bijzijn en in aanwezigheid van de paus, en tevens in aanwezigheid van Palestrina die hiertoe de opdracht had gegeven en vervolgens doodgemoedereerd naast het slachtoffer had gestaan toen dat werd neergeschoten.

Marsciano had geen idee hoe de anderen erover dachten, maar hij wist zeker dat geen van hen zijn eigen zwakte en angst meer verachtte dan hijzelf deed.

Opnieuw wierp hij een blik op zijn horloge.

8.10

'Eminentie.' Het was Pierre Weggen in gezelschap van Yan Yeh. De president van de Volksbank van China was vrij klein en slank, zijn donkere haar vertoonde toefjes grijs.

'U herinnert zich Yan Yeh vast nog wel,' merkte Weggen op.

'Maar natuurlijk.' Marsciano glimlachte en schudde de bankier stevig de hand. 'Welkom in Rome.'

Ze hadden elkaar één keer eerder ontmoet, in Bangkok, en behalve de enkele korte ogenblikken dat Palestrina de bankier had uitgedaagd te denken over de toekomst van de katholieke Kerk in het nieuwe China en koel, direct en autoritair te horen had gekregen dat de tijd nog niet rijp was voor een toenadering tussen Beijing en Rome, had Marsciano van Yan Yeh een indruk overgehouden van een voorkomende, hartelijke en zelfs geestige man met een zo op het oog oprechte bezorgdheid voor het welzijn van de mensen, wie zij ook waren.

'Volgens mij,' zei Yan Yeh met een knipoog, terwijl hij met een glas rode wijn met Marsciano klonk, 'moeten de Italianen ons maar eens een goede les geven in wijn maken.'

Op dat moment zag Marsciano de pauselijke gezant binnenkomen die vervolgens op Palestrina afstapte en hem even terzijde nam, weg van de Chinese ambassadeur en diens gezant van Buitenlandse Zaken. De twee voerden een kort gesprekje en hij zag hoe Palestrina even zijn kant op keek alvorens de zaal te verlaten.

Het was een onopvallend teken, onbeduidend voor anderen. Maar voor hem was het voldoende, want het betekende dat hij eruit was gepikt.

'Misschien,' zei Marsciano, terwijl hij zich weer tot Yan Yeh wendde, 'valt er wel iets te regelen.' Hij glimlachte.

'Eminentie.' De gezant gaf de arm van de kardinaal een tikje. Marsciano draaide zich om. 'Ja, ik weet het... Waar moet ik zijn?'

27

Marsciano hield even halt aan de voet van de trap, en liep vervolgens naar boven. Boven aangekomen liep hij door een smalle gang, stopte voor een rijkgelambriseerde deur, draaide de knop om en stapte naar binnen.

De late middagzon viel schuin door het enige raam. Hierdoor leek het alsof het vertrek in tweeën werd gesplitst, met Palestrina aan de ene kant, gedeeltelijk in de schaduw. De andere aanwezige was niet meer dan een silhouet, maar Marsciano hoefde niet nauwkeuriger te kijken om te weten wie het was: Jacov Farel.

'Eminentie... Jacov,' groette Marsciano en sloot de deur achter zich.

'Ga zitten, Nicola.' Palestrina gebaarde naar een groepje hoge, rechte stoelen die voor een oude, marmeren open haard stonden opgesteld. Marsciano stapte door de bundel zonlicht om aan Palestrina's verzoek te beantwoorden.

Daarna nam Farel plaats op een stoel tegenover hem, sloeg zijn benen over elkaar, knoopte zijn jasje dicht, sloeg zijn ogen op naar Marsciano en bleef hem aankijken.

'Ik wil je wat vragen, Nicola, en ik wil dat je naar waarheid antwoordt.' Met een vinger streek Palestrina lichtjes over de rugleuning van een stoel en draaide deze vervolgens om om daarna recht tegenover Marsciano plaats te nemen. 'Leeft de priester nog?'

Vanaf het moment dat Harry Addison had verklaard dat de

stoffelijker resten niet die van zijn broer waren, had Marsciano geweten dat het slechts een kwestie van tijd zou zijn voordat Palestrina hem deze vraag zou stellen. Hij was verrast dat het nog zo lang had geduurd. Maar het had hem in ieder geval de gelegenheid gegeven zich er zo goed mogelijk op voor te bereiden.

'Nee,' was het directe antwoord.

'De politie denkt anders van wel.'

'Dan hebben ze het mis.'

'Zijn broer ontkent het,' sprak Farel.

'Hij zei alleen dat het lichaam niet dat van zijn broer was. Maar hij had het mis.' Marsciano deed zijn best om koel en nuchter te blijven.

'De Gruppo Cardinale beschikt inmiddels over een videoband waarop te zien is hoe Harry Addison zijn broer vraagt zich aan te geven. Klinkt dat als iemand die het mis heeft?'

Even zei Marsciano niets. Toen hij vervolgens antwoordde, was dat alleen tegen Palestrina en op dezelfde toon als daarvoor. 'Jacov stond naast me in het mortuarium toen het lichaam werd geïdentificeerd.' Marsciano draaide zijn hoofd naar Farel. 'Dat klopt toch, Jacov?'

Farel zweeg.

Palestrina keek Marsciano eens aandachtig aan, stond op uit zijn stoel en begaf zich naar het raam dat nu geheel en al werd gevuld door zijn omvangrijke postuur waardoor het zonlicht volledig werd geblokkeerd. Daarna draaide hij zich om zodat hij van top tot teen een zwart silhouet vormde, waaraan niets te onderscheiden viel, behalve de enorme duistere omtrek van zijn lichaam.

'Een dekseltje wordt opgetild, een mot fladdert op en verdwijnt op de golven van een bries... Hoe kon het overleven waar het zat? Waarheen vloog het?' Palestrina liep weer naar zijn oude plek.

'Ik groeide op als een *scugnizzo*, een doodgewoon Napolitaans straatjochie. Mijn levenservaring was mijn enige leermeesteres. In de goot, met een gat in je hoofd omdat ze je hadden voorgelogen terwijl jij dacht dat ze je de waarheid hadden verteld... Maar je leerde ervan. En je zorgde er wel voor dat het je geen tweede keer gebeurde...' Achter Marsciano's stoel bleef hij staan en keek omlaag.

'Ik vraag het je nog één keer, Nicola, om bestwil van de Kerk. Leeft de priester nog?'

'Nee, Eminentie. Hij is dood.'

'Dan is hiermee de zaak afgedaan.' Palestrina wierp een blik op Farel en daarna verliet hij plotseling de kamer. Als verstijfd keek Marsciano hem na. Daarna, wetend dat, zodra hij vertrokken was, Palestrina zijn politiefunctionaris naar zijn reacties zou vragen, vermande hij zich en keek Farel aan. 'Hij is dood, Jacov. Dood.'

Een van Farels bewakers in burger stond beneden op het moment dat Marsciano de trap afliep. De kardinaal passeerde hem zonder blikken of blozen.

'Om bestwil van de Kerk,' waren Palestrina's woorden geweest, want hij wist dat de Kerk en haar heiligheid Marsciano's achilleshiel vormden, dat hij de Kerk bijna net zo aanbad als God zelf omdat ze voor hem bijna een en dezelfde waren. Geef me pater Daniel, en de Kerk zal het spektakel van een proces en een publiek schandaal bespaard blijven, om maar te zwijgen van een onvermijdelijk statusverlies als mocht blijken dat de priester inderdaad nog leeft en in handen van de politie valt. Daarin had hij gelijk, want in dat geval zou de doodgewaande priester eenvoudig van de aardbodem verdwijnen. Daar zouden Farel en Thomas Kind wel voor zorgen. Daniel zou door het hof van cassatie van het Vaticaan schuldig worden bevonden, en daarmee was de moord op kardinaal Parma afgedaan. Voor de rest van Italië resteerde alleen nog die ene schutter, de dode Spaanse communist, Miguel Valera, als de schuldige.

Maar om pater Daniel gewoon maar op te offeren, daar paste Marsciano voor. Onder de neus van Palestrina en Farel, en Capizzi en Matadi, stelde hij alles in het werk, voorzover dat nog kon, om het onmogelijke te kunnen klaren; pater Daniel moest worden doodverklaard, ook al wist Marsciano dat hij nog leefde. En als diens broer er niet was geweest, was het plan misschien wel gelukt ook. Maar dat was niet langer het geval. Hoe dan ook, hij had geen keus en moest deze schertsvertoning wel blijven volhouden in de hoop tijd te winnen. Maar hij had het er slecht van afgebracht en dat wist hij.

Zijn poging om, na Palestrina's vertrek uit de kamer, Farel ervan te overtuigen dat hij de waarheid sprak, was zwak en tegen dovemansoor gezegd geweest. De manier waarop Palestrina naar Farel had gekeken voordat hij uit de kamer verdween, liet niets te raden over. Met die blik had hij Marsciano zijn vrijheid ontnomen. Vanaf dat moment zou hij in de gaten worden gehouden. Waar hij ook was, met wie hij ook praatte, of het nu aan de telefoon was of ergens op een gang, ja zelfs thuis, hij zou worden afgeluisterd en het zou gemeld worden. Eerst aan Farel, die het meteen aan Palestrina zou melden. Huisarrest, daar kwam het op neer. En hij stond volkomen machteloos.

Opnieuw keek hij op zijn horloge.

8.50

Hij bad dat alles volgens plan was gegaan en dat ze inmiddels verdwenen waren, veilig weg van hier, zoals gepland.

28

Pescara.

Pleegzuster Elena Voso zat op een inklapbaar stoeltje achter in een grijze, onopvallende bestelwagen. Naast haar, in het schemerdonker, kon ze Michael Roark ruggelings op een draagbaar zien liggen, starend naar het infuus boven hem dat met de bewegingen van de wagen meezwaaide. Tegenover haar zat de knappe Marco, terwijl de zwaargebouwde Luca voorin achter het stuur zat en de wagen behoedzaam door de smalle straten manoeuvreerde, alsof hij precies wist waar hij hen heen bracht, hoewel niemand ervan gerept had.

Elena was er niet op voorbereid geweest toen haar moederoverste, iets meer dan een uur geleden, had gebeld vanuit haar klooster van de congregatie van franciscaner zusters van het Heilige Hart in Siena om haar te vertellen dat de patiënt onder haar hoede die avond per particuliere ambulance vervoerd zou worden en dat zij hem moest vergezellen en de zorg moest voortzetten. Toen ze vroeg waar hij naartoe gebracht werd, waar ze naartoe gingen, was het eenvoudige antwoord: 'naar een ander ziekenhuis'. Direct daarop was Luca gearriveerd met de ambulance en nu waren ze onderweg. Ze hadden het St. Caecilia-ziekenhuis snel en stilletjes verlaten, nauwelijks een woord wisselend, alsof ze vluchtelingen waren.

Na de rivier de Pescara overgestoken te hebben, reed Luca door een aantal zijstraatjes om uiteindelijk te belanden in een trage verkeersstoet over de Viale della Riviera, een hoofdverkeersweg parallel aan het strand. Het was een zwoele avond en tientallen mensen, gekleed in korte broeken en topjes, kuierden over het trottoir of bevolkten de pizzeria's aan de rand van het strand. Vanwege de route vroeg Elena zich af of ze misschien op weg waren naar een ander ziekenhuis in de stad. Maar toen sloeg Luca een andere richting in, weg van de zee, en ging het zigzag door de stad, langs het kolossale stationsgebouw en vervolgens in noordoostelijke richting over een grote weg de stad uit.

Al die tijd gleed Michael Roarks blik van het infuus naar haar, naar de mannen in de bus en vervolgens weer naar haar. Ze kreeg de indruk dat zijn verstand werkte, dat hij probeerde alle stukjes informatie in elkaar te passen en te begrijpen wat er gebeurde. Zijn fysieke toestand was zo goed als je mocht verwachten; zijn bloeddruk en hartslag bleven sterk, zijn ademhaling zo normaal als ze de hele tijd al was geweest. Ze had de ECG- en EEG-uitslagen gezien van tests die voorafgaand aan haar komst waren gedaan en deze gaven aan dat hij een sterk hart had en dat zijn hersenfuncties normaal waren. De diagnose luidde dat hij een acuut trauma had opgelopen; en dat, afgezien van de brandwonden en gebroken benen, een ernstige hersenschudding de grootste schade was geweest die de meeste aandacht vroeg. Er was een kans dat hij volledig genas of gedeeltelijk of helemaal niet. Het was haar taak om zijn lichaam te laten functioneren, terwijl de hersens trachtten zichzelf te genezen.

Ze beantwoordde Michael Roarks blik met een vriendelijke glimlach, keek op en zag dat Marco haar ook aanstaarde. Twee mannen die haar op hetzelfde moment aandachtig bekeken – de gedachte prikkelde haar en ze grijnsde. Snel wendde ze haar blik af, in verlegenheid gebracht dat ze zo openlijk had gereageerd. Nu zag ze voor het eerst dat de achterramen van het busje verduisterd waren met donkere gordijnen. Ze draaide zich om en keek Marco aan.

'Waarom zijn de ramen verduisterd?'

'De wagen is gehuurd. Zo kregen we hem.'

Elena aarzelde. 'Waar gaan we naartoe?'

'Mij is niets verteld...'

'Luca weet het.'

'Vraag het hem dan.'

Elena wierp even een blik naar Marco achter het stuur, maar keek vervolgens weer naar Marco. 'Zijn we in gevaar?'

Marco grijnsde. 'Wat een hoop vragen.'

'We krijgen opdracht om zomaar, bijna in het holst van de nacht, te vertrekken. We rijden alsof we vooral niet gevolgd mogen worden. De ramen zijn geblindeerd en jij... draagt een wapen.'

'Is dat zo...?'

'Ja.'

'Ik zei u toch dat ik carabiniere was...'

'Niet meer.'

'Maar ik ben nog steeds een invalkracht...' Opeens wendde Marco zich tot de man voorin. 'Luca, zuster Elena wil weten waar we naartoe gaan.'

'Naar het noorden.'

Marco sloeg zijn armen over elkaar, leunde achterover en sloot zijn ogen. 'Ik ga pitten,' zei hij tegen Elena. 'Doet u ook maar een dutje. We moeten nog een heel eind.'

Elena keek naar hem, vervolgens naar Luca achter het stuur en eventjes zag ze zijn gezicht terwijl hij een sigaret opstak. Toen hij haar had geholpen haar patiënt in de wagen te laden, had ze de bobbel onder zijn jasje gezien, de bevestiging van wat ze eerder al had vermoed: dat ook hij een wapen bij zich droeg. En hoewel niemand het had gezegd, wist ze dat Pietro, de man van de ochtendwacht, hen volgde in zijn auto.

Naast haar had Michael Roark zijn ogen gesloten. Ze vroeg zich af of hij droomde, en zo ja, hoe zijn dromen eruit zouden zien. En waar ze hem naartoe brachten. Of ging hij gewoon onwetend mee, net als zij, over een donkere weg naar een onbekende bestemming, in het gezelschap van gewapende vreemden?

En ze vroeg zich af, zoals ze al eerder had gedaan, wie hij was dat hij dergelijke mannen nodig had. Ja, wie was hij eigenlijk, vroeg ze zich af.

29

Rome, zelfde tijdstip.

Opeens leek het wel alsof honderden piepkleine pootjes over hem heen liepen. Trippelende, vlugge pootjes. Klein, als die van knaagdieren. Met wat aanvoelde als een bovenmenselijke inspanning opende Harry een oog en zag ze. Geen muizen.

Ratten.

Ze krioelden over zijn borst, zijn onderbuik, over beide benen. Volledig bij bewustzijn slaakte hij een kreet, schreeuwde, probeerde ze van zich af te schudden. Sommige verdwenen, andere bleven zich vasthouden, de oren gespitst, hem aanstarend met kleine rode ogen.

Daarna rook hij de stank.

En herinnerde zich het riool.

Overal klonk het geluid van stromend water. Hij voelde de nattigheid en realiseerde zich dat hij in het water lag en dat het langs hem heen stroomde. Hij kwam moeizaam overeind en keek om zich heen. Met zijn goede oog zag hij nog meer ratten. Honderden, iets hoger op het droge. Allemaal kijkend en wachtend. Ook zij wisten van het water, daarom bleven ze daar zitten. Alleen de dappersten hadden de ondiepe stroom getrotseerd.

Boven hem zag hij het oude gesteente dat de plafondboog vormde. Het gesteente, geschraagd door verweerd beton, bekleedde tevens de beide muren en de afwatering waarin hij lag. Hier en daar werd zijn beperkte gezichtsvermogen bijgelicht door flauwe gloeipeertjes in hun beschermkooitjes van staaldraad.

Gezichtsvermogen!

Hij kon zien!

In ieder geval een beetje.

Hij liet zijn hoofd weer achteroverzakken, kneep zijn rechteroog dicht en opeens vervaagde alles. Zo bleef hij even roerloos liggen, zette zich schrap en opende zijn linkeroog.

Pikzwart. Niets.

Meteen daarna opende hij ook zijn rechteroog en de wereld was weer terug. Gedempt licht, steen, beton, water.

Ratten.

Hij zag hoe de twee die zich het dichtst bij zijn goede oog bevonden langzaam naderbij kropen. Met een trillende snuit en ontblote tanden. De dappersten onder de dapperen. Alsof ze het wisten. Weg met dat ene oog en hij ziet niets meer. Hij was van hen. 'Donder op!' schreeuwde hij en probeerde overeind te krabbelen. Klauwtjes grepen zich dieper vast. Ze lieten zich niet verjagen.

'Donder op! Donder op! Donder godverdomme op!'

Als een gek maaide hij om zich heen. Zijn geschreeuw weerkaatste tegen de muren. Alles om ze maar van zich af te krijgen. Daarna viel hij zijwaarts in een diepere stroming. Hij voelde hoe hij werd overspoeld en door de kracht van het water werd meegesleurd. Hij wist zeker dat hij kon voelen dat ze van hem afgleden. Wist zeker dat hij het schrille gepiep kon horen, terwijl ze angstvallig het droge probeerden te bereiken. Wist zeker dat hij ook de verschrikkelijke uitbarsting van collectieve angst langs de kant hoorde. Hij opende zijn mond, schreeuwde dwars tegen de herrie in, wilde lucht happen, maar zijn mond vulde zich met water zodat hij het uitproestte terwijl hij weer werd meegesleurd. Het enige wat hem helder voor de geest stond, was de smaak ervan: goor en verzadigd van die van zijn eigen bloed.

30

10 juli. Eén uur in de nacht.

Een hand raakte Harry's gezicht aan en hij kreunde rillend. De hand trok zich terug om een moment later terug te keren met een vochtige doek om zijn gezicht af te vegen en de wond op zijn voorhoofd opnieuw te reinigen. Vervolgens wreef de hand zachtjes over het geronnen bloed dat in zijn haar kleefde.

Ergens vanuit de verte klonk een vaag gerommel en de grond begon te trillen; daarna hield zowel het geluid als de beweging opeens op. Hij voelde hoe iemand aan zijn schouders trok en opende zijn ogen, of beter gezegd, het oog waarmee hij nog kon zien.

Op dat moment deinsde hij terug. Een buitenmaats hoofd staarde op hem neer, de ogen fonkelend in het schemerige licht. *'Parla Italiano?'* Op de grond naast Harry zat een man, met een hoge stem en een vreemd, zangerig accent.

Langzaam draaide Harry zijn hoofd om hem aan te kijken.

'Inglese?'

'Ja...' fluisterde Harry.

'Amerikaan?'

'Ja...' fluisterde Harry opnieuw.

'Ik ook, ooit. Pittsburg. Ik kwam naar Rome om in een film van Fellini mee te spelen. Is nooit gebeurd. En ik ben nooit meer weggegaan.'

Harry hoorde het geluid van zijn eigen ademhaling. 'Waar ben ik...?'

Het gezicht glimlachte. 'Bij Hercules.'

Plotseling verscheen er een ander gezicht dat ook op hem neerkeek. Het was dat van een vrouw. Donkere huid, veertig jaar misschien, de haren verborgen onder een felgekleurde hoofddoek. Knielend raakte ze zijn hoofd aan, boog zich vervolgens voorover en tilde zijn linkerhand omhoog. Er zat een dik verband omheen. Haar ogen schoten naar de man met het grote hoofd en ze zei iets in een taal die Harry volslagen vreemd in de oren klonk. De man knikte. De vrouw keek weer vluchtig naar Harry, kwam toen opeens snel overeind en liep weg. Even later klonk er een geluid als van een zware deur die open- en weer dichtging.

'U kunt slechts met één oog zien... Maar het andere oog zal snel weer goed worden. Dat zei ze.' Hercules glimlachte weer. 'Ik moet uw wonden tweemaal per dag schoonmaken en morgen het verband om uw hand verwisselen. Het hoofdverband kan lange tijd blijven zitten... Ook dat zei ze.'

Opnieuw klonk daar het gerommel en opnieuw trilde de aarde. 'Dit is mijn huis. Dit is waar ik woon,' zei Hercules. 'Een met planken dichtgespijkerd deel van de metro, een oude werktunnel. Vijf jaar heb ik hier geleefd... en niemand weet het. Nou goed, uitgezonderd een enkeling zoals zij... Ziet er mooi uit, toch?' Hij lachte, stak vervolgens een hand uit en trok zichzelf overeind met behulp van een aluminiumkruk. 'Mijn benen doen het niet meer. Maar mijn schouders zijn gigantisch en ik ben beresterk.'

Hercules was een dwerg. Eén meter tien lang, op zijn hoogst één meter twintig. Hij had een enorm hoofd, bijna eivormig. En zijn schouderpartij was inderdaad gigantisch, net als zijn armen.

Maar meer was het niet. Zijn middel was smal en hij had spillebenen.

Hij hinkte naar een donkere wand achter hem en plukte hij er iets van los. Toen hij terugkeerde, had hij een tweede kruk.

'U werd neergeschoten...'

Harry staarde wezenloos voor zich uit. Hij herinnerde er zich niets van.

'U hebt veel mazzel gehad... Het was een klein kaliber. De kogel raakte uw hand en kaatste tegen uw hoofd... U lag in het riool. Ik heb u eruit gevist.'

Met zijn goede oog staarde Harry naar hem, niet begrijpend, zijn hersens vochten om weer te functioneren, als vanuit een diepe slaap, om vanuit een eindeloze droom weer in de werkelijkheid terug te keren. Om een of andere reden moest hij weer aan Madeline denken en hij zag haar, haar armen en benen wijd gespreid, het haar zwevend rond haar hoofd in het zwarte water onder het ijs, en hij vroeg zich af of dit hetzelfde was als wat zij had doorgemaakt – om van een soort angstaanjagende werkelijkheid over te gaan in een droomachtige toestand, heen en weer zwevend tussen het een en het ander totdat ze uiteindelijk in haar laatste diepe slaap viel.

'Hebt u geen pijn?'

'Nee...'

Hercules grijnsde. 'Komt door haar medicijnen. Ze is een zigeunerin met verstand van genezen. Ik ben geen zigeuner, maar kan wel goed met ze opschieten. Ze geven mij spullen, ik geef hun spullen. We helpen mekaar een beetje. Op die manier respecteren we elkaar en bestelen we elkaar niet...' Hij giechelde en liet zich even gaan, vervolgens werd hij weer serieus. 'En ik besteel u ook niet hoor, Eerwaarde.'

'Eerwaarde...?' Harry keek hem uitdrukkingloos aan.

'Uw papieren zaten in uw jasje, Eerwaarde Addison...' Hercules steunde op zijn krukken en zwaaide een hand opzij.

Harry's kleren hingen vlakbij aan een geïmproviseerd droogrek. Op de grond naast hem, zorgvuldig uitgespreid om ook te drogen, lag de envelop die Gasparri hem gegeven had. Daarnaast lagen Danny's persoonlijke bezittingen: zijn verschroeide horloge, zijn gebroken bril, zijn geblakerde identiteitspasje van het Vaticaan en zijn paspoort.

Als een acrobaat liet Hercules zich ineens langs zijn krukken op de grond naast Harry ploffen en kwam met zijn gezicht vlak

116

voor dat van Harry, net als zo-even. Alsof hij er plotseling een stoel bij had getrokken.

'Eerwaarde, we zitten met een probleem. U zult ongetwijfeld iemand op de hoogte willen brengen van uw toestand. Hoogstwaarschijnlijk de politie. Maar u kunt nog niet lopen en ik kan niemand vertellen dat u hier bent, omdat ze er anders achter komen waar ik woon. Snapt u?'

'Ja...'

'U kunt trouwens toch beter rust houden. Met een beetje geluk kunt u morgen op zijn vroegst staan en gaan waar u wilt.'

Plotseling herhaalde Hercules zijn eerdere beweging in omgekeerde volgorde en trok zich weer overeind aan zijn krukken. 'Ik moet even weg. Slaap gerust wat. U bent hier veilig.'

Hij draaide om zijn as en verdween in de duisternis; het geluid dat hij voortbracht, echode totdat er geknars van hout klonk, hetzelfde geluid als toen de vrouw wegging – een zware deur die openging en zich weer sloot.

Harry lag achterover en voor het eerst werd hij zich bewust van een kussen onder zijn hoofd en een deken over zijn lichaam. '...Dank u,' fluisterde hij. Opnieuw hoorde hij het vage gerommel en voelde hij de grond trillen terwijl in de verte een metrotrein passeerde. Op dat moment werd hij overmand door uitputting; hij sloot zijn ogen en alles vervaagde.

31

Beverly Hills, Californië. Donderdag 9 juli. De avond valt.

Byron Willis slaakte een diepe zucht en legde zijn zaktelefoon neer. Na vanaf Sunset Boulevard de Stone Canyon Road te zijn ingeslagen, ontstak hij de koplampen van zijn Lexus en zag hoe de met klimop begroeide muren rondom de grote elegante villa's oplichtten terwijl hij over de kronkelende weg voorbijreed. Wat er gebeurd was, kón gewoon niet. Harry Addison, zíjn Harry Addison, de knaap die hij zelf had binnengehaald en van wie hij hield alsof het zijn eigen broer was, bleek opeens op de vlucht in Italië, verdacht wegens moord op een rechercheur uit Rome. En zijn broer werd beschuldigd van de moordaanslag op de kardinaal-vicaris van Rome. Bam, bam; met de snelheid van een auto-ongeluk. Nu al hadden de media de aanval op de telefoonlijnen van het kantoor geopend, azend op een reactie van hem en de andere partners.

'Klootzak!' vloekte hij hartgrondig.

Wat er in vredesnaam ook gebeurd mocht zijn, Harry zou alle hulp nodig hebben die hij kon krijgen en hetzelfde gold voor het kantoor. De hele avond zouden ze de media op een afstand moeten houden, hun cliënten op de hoogte moeten stellen en ze instrueren hun mond te houden zodra de paparazzi zouden toeslaan. Ondertussen zou hij Harry proberen te vinden en ervoor zorgen dat hij de beste juridische bijstand in heel Italië kreeg.

Terwijl hij gas terugnam, zag hij de zendwagens en het legertje persmuskieten al voor het hek van zijn huis op Stone Canyon Road nummer 1500. Hij drukte op de afstandsbediening om het hek te openen, wachtte totdat iedereen de weg had vrijgemaakt en reed door, ondertussen vriendelijk glimlachend en zijn best doend iedereen te negeren. Verderop stopte hij om er zeker van te zijn dat niemand naar binnen glipte terwijl het hek zich sloot. Nu reed hij verder. Soepel baande het licht van zijn koplampen zich een weg door de duisternis en zette de vertrouwde lange oprijlaan naar zijn huis in het licht.

'Verdomme...' zuchtte hij.

De wereld van een vriend was in een flits compleet op zijn kop gezet en daardoor werd hij slechts nog meer doordrongen van zijn eigen situatie. Opnieuw een late vergadering, opnieuw pas 's avonds laat thuis. Zijn vrouw en hun twee jonge zoons verbleven een tijdje in hun skihut in Sun Valley. Een vrouw met twee jonge zoons die hij, ook al waren ze thuis, zelfs tijdens de weekeinden nauwelijks zag. God alleen wist welk nieuw avontuur er nu weer ergens om de hoek lag. Het leven was een schatkamer en diende zo intens mogelijk geleefd te worden. Het mocht niet zo zijn dat het werk zoveel van je leven opslokte. Op dat moment nam hij het besluit dat, zodra de toestand met Harry was uitgeplozen – en reken maar dat dat zou gebeuren – , het gedaan zou zijn met de lange kantooruren en dat hij dan zou gaan genieten van de alledaagse vreugden die het leven hem te bieden hadden.

Er volgde een tweede druk op de knop van de afstandsbediening waarna de automatische garagedeur openzwaaide. Gewoonlijk knipten dan ook de garagelichten aan, maar om de een of andere reden was dat nu niet het geval. Waarom wist hij niet. Hij duwde het portier open en stapte uit.

'Byron...' sprak een mannenstem in het donker.

Verschrikt draaide Byron Willis zich om en zag hoe een vaag silhouet op hem af liep.

'Wie bent u?'

'Een vriend van Harry Addison.'

Harry? Wat had dit in jezusnaam te betekenen? Plotseling schoot de angst door hem heen. 'Hoe bent u binnengekomen? Wat moet u van me?'

'Niet veel.'

Opeens danste er een vlam, begeleid door een piepklein geluid, alsof iemand spuugde. Willis voelde hoe iets hem hard in de borst raakte. Instinctief keek hij naar beneden, zich afvragend wat het was. Daarna voelde hij hoe zijn knieën begonnen te knikken. Opnieuw dat geluid. En nog een keer. De man stond vlak voor hem. Byron Willis keek op. 'Ik begrijp niet...'

Het zouden zijn allerlaatste woorden zijn.

32

Rome. Vrijdag 10 juli, zeven uur in de ochtend.

Thomas Kind liep over het voetpad boven de Tiber en wachtte vol ongeduld op het moment dat zijn mobiele telefoon in zijn binnenzak zou overgaan. Hij was gekleed in een beige seersucker pak en een overhemd met blauwe streepjes, waarvan het bovenste knoopje loszat. Een witte panamahoed hing scheef over zijn gezicht om hem te beschermen tegen de eerste zonnestralen en een mogelijk nieuwsgierige voorbijganger, iemand die hem zou kunnen herkennen en de autoriteiten zou alarmeren.

In de schaduw van de bomen wandelde hij nog een tiental passen naar een plek die hij bij het naderen had gezien, een punt waar de Tiber tegen de granieten wanden direct beneden hem klotste. Toen hij om zich heen keek en slechts het voorbijrazende vroege verkeer op de weg achter de bomen zag, knoopte hij zijn jasje open, reikte tussen zijn broeksband en haalde een voorwerp tevoorschijn dat in een witte zijden zakdoek gewikkeld was. Nonchalant vooroverbuigend rustte hij met zijn ellebogen op de balustrade boven het water, als een toerist die even halt hield om over de rivier te staren, en liet het voorwerp uit de zakdoek glijden. Even later hoorde hij de plons, rechtte langzaam zijn rug en veegde dromerig met de zakdoek langs zijn nek. Vervolgens liep hij door, terwijl de geblakerde resten van het Spaanse Llama-pistool ondertussen met de stroming mee over de rivierbodem schuurden.

Tien minuten later betrad hij een eethuisje net om de hoek van de Piazza Farnese, bestelde een koude espresso en nam plaats aan een tafeltje bijna achter in de zaak, ongeduldig wachtend op het telefoontje en de informatie die nog steeds niet gekomen was. Hij haalde de mobiele telefoon uit zijn zak, draaide een nummer, liet hem tweemaal overgaan, drukte vervolgens een driecijferige code in en schoof de antenne in. Achteroverzittend pakte hij zijn glas en wachtte totdat hij zou worden teruggebeld.

In 1984 had Thomas José Álvarez-Ríos Kind naam gemaakt met de moord op vier undercover antiterreuragenten van de Franse politie bij een mislukte inval in een Parijse voorstad en sinds die tijd was hij de lieveling van de media en de terroristische ondergrondse beweging. Hij was een – zoals journalisten dat graag noemden – moderne *Carlos de Jakhals* geworden, een terrorist van het fortuin, bereid om de hoogste bieder te dienen. En in de late jaren tachtig en daarna in de jaren negentig had hij hen allemaal gediend. Van restanten van de Italiaanse Rode Brigades tot het Franse Action Directe. Van Moe'ammar al Khaddafi tot Abu Nidal. En werk voor de Iraakse inlichtingendienst in België, Frankrijk, Groot-Brittannië en Italië. Vervolgens als schuldbetaler voor de top-*traficantes*, de leiders van het drugskartel van Medellín. En later keerde hij als gehuurde kracht voor de Cosa Nostra terug naar Italië om in Calabrië en Palermo maffiavervolgers te vermoorden, alsof ze hém daarvoor nodig hadden...

Dit alles stelde hem in staat publiekelijk de woorden te herhalen van Bonnot, de leider van een moordzuchtige bende die in 1912 in Parijs opereerde en later door Carlos zelf gebruikt werd: 'Ik ben een gevierd man.' En dat was hij. Door de jaren heen had zijn gezicht niet alleen de voorpagina's opgeluisterd van 's werelds grootste dagbladen, maar ook die van bladen als *Time, Newsweek* en zelfs *Vanity Fair.* Het tv-programma *Sixty Minutes* zond zelfs tweemaal een portret van hem uit. Dit alles bracht hem in een geheel andere klasse dan de lange reeks van andere freelancers die enthousiast voor hem gewerkt hadden.

Het probleem was dat hij er steeds meer van overtuigd raakte dat hij geestesziek was. In eerste instantie dacht hij dat hij gewoon het spoor bijster was. Zijn doel was ooit een revolutionair te worden in de zuiverste zin van het woord. In 1976 reisde hij als idealistische tiener van Ecuador naar Chili en nam in de straten van Valera een geweer ter hand om de afslachting van marxistische studenten door de soldaten van de fascistische generaal Augusto Pinochet, te wreken. Vervolgens brak er een ideologisch leventje aan in Londen bij de familie van zijn moeder en bezocht hij Britse scholen voordat hij in Oxford politieke wetenschappen en geschiedenis ging studeren. Direct daarop had er een clandestiene ontmoeting plaatsgevonden met een KGB-agent in Londen, gevolgd door een aanbod hem in Moskou op te leiden als een sovjetagent. Op weg daar naartoe had hij een tussenstop gemaakt in Frankrijk, waar dat akkefietje met de Parijse politie was voorgevallen. En vervolgens, en plotseling, was er de roem.

Maar de afgelopen maanden had hij het gevoel gekregen dat hij niet langer gedreven werd door een ideologie of revolutie, maar eerder door de daad van de terreur zélf of, meer expliciet, door het moorden zelf. Het was meer dan zomaar genot, het was seksueel opwindend en wel zozeer, dat het de geslachtsdaad helemaal was gaan vervangen. En hoewel hij het het liefst wilde ontkennen, werd het gevoel iedere keer intenser en bevredigender. Een minnaar vinden, besluipen en vervolgens afslachten op de meest ingenieuze manier die hem op dat moment maar te binnen schoot.

Het was afschuwelijk. Hij haatte het. Het idee joeg hem de stuipen op het lijf. Maar tegelijkertijd hunkerde hij ernaar. Dat hij wel eens ziek in zijn hoofd zou kunnen zijn, was een gedachte die hij wanhopig trachtte te weerleggen. Hij wilde graag denken dat hij alleen een beetje vermoeid was of, realistischer, dat hij dacht als iemand die tegen de veertig liep. Maar hij wist dat dit niet waar was en dat hem iets mankeerde, omdat hij zich steeds vaker uit zijn evenwicht voelde, alsof een deel van hem zwaarder woog dan de rest. Deze situatie werd nog eens verergerd doordat er helemaal niemand was tot wie hij zich kon wenden zonder de angst op een of andere manier gepakt, verraden of gecompromitteerd te worden.

Het plotselinge getjirp van zijn zaktelefoon bij zijn elleboog bracht hem met een schok terug in het heden. Onmiddellijk schakelde hij in.

'*Oui*,' zei hij, enkele malen knikkend. Het was nieuws waarop hij had gewacht en het kwam in twee delen: het eerste was een bevestiging dat een mogelijk probleem in de Verenigde Staten was opgeknapt – mocht Harry Addison opzettelijk of onbewust vervelende informatie hebben doorgespeeld aan Byron Willis, dan deed dit er niet langer toe: het sujet was geliquideerd.

Het tweede deel was iets ingewikkelder, omdat het een uitgebreid telefonisch onderzoek behelsde. Maar toch, de resultaten hadden veel langer op zich laten wachten dan hij gedacht had.

'Ja,' zei hij tot slot. 'Pescara. Ik vertrek meteen.'

33

'Warme thee.' Het was Hercules. 'Kunt u slikken?'

'Ja...' Harry knikte.

'Leg uw handen eromheen.'

Hercules plaatste het kopje in zijn handen en hielp Harry zijn vingers eromheen te leggen. Het verband om zijn linkerhand werkte als een bovenmaatse ovenhandschoen waardoor een op zich eenvoudige handeling opeens een hele onderneming werd.

Harry nam een slok en kokhalsde.

'Smerig, hè? Zigeunerthee. Sterk en bitter. Drink toch maar op. Het zal u helpen genezen en uw gezichtsvermogen weer herstellen.'

Harry aarzelde, maar werkte de thee met grote slokken naar binnen om er maar zo weinig mogelijk van te hoeven proeven. Ondertussen keek Hercules aandachtig toe en bewoog zich van links naar rechts, en terug, als een beeldend kunstenaar die een object bestudeert. Toen Harry klaar was, griste Hercules het kopje uit zijn handen.

'U bent niet wie u bent.'

'Wat?'

'U bent pater Daniel helemaal niet, maar zijn broer.'

Steunend op zijn elleboog richtte Harry zich op. 'Hoe weet jij dat?'

'Ten eerste vanwege de foto op het paspoort. Ten tweede omdat de politie naar u op zoek is.'

Harry schrok. 'De politie?'

'Het was op de radio. U wordt gezocht voor moord. Maar een ander dan die waar ze uw broer voor zoeken: de kardinaal-vicaris. Ja, dat is me wat. Maar uw zaak mag er anders ook wezen, hoor.'

'Waar heb je het over?'

'De politieman, meneer Harry Addison. Die inspecteur Pio.'

'Pio is dood?'

'Mooi staaltje werk.'

'Dus ík heb een...'

Onmiddellijk kwamen de beelden terug. Pio die een blik in de achteruitkijkspiegel van de Alfa Romeo wierp, en daarna zijn revolver tevoorschijn trok en het wapen op de zitting legde. Met op datzelfde moment de vrachtwagen direct vóór hen, en zijn stem die tegen Pio schreeuwde: 'Kijk uit!'

Maar er was nog meer. Iets wat hij zich pas nu voor het eerst herinnerde. Een geluid. Knalhard. Een snelle opeenvolging van een stel daverende knallen. Een pistool dat afgevuurd werd.

En daarna het gezicht. Daar, en opeens verdwenen, alsof het door een flitslampje een milliseconde in een gloed werd gezet. Bleek en wreed. Met een vage glimlach. En vervolgens, ook al kon hij niet zeggen waarom, herinnerde hij zich twee ogen, de diepstblauwe ogen die hij ooit had gezien.

'Nee...' klonk het nauwelijks hoorbaar. Volkomen geschokt gleed zijn blik naar Hercules.

'Ik heb het niet gedaan.'

'Maakt niks uit, meneer Harry. Of u het nu wel of niet hebt gedaan... Waar het om gaat, is dat de autoriteiten daar anders over denken. Italië kent geen doodstraf, maar de politie zal heus wel een manier vinden om u de das om te doen.'

Opeens sprong Hercules overeind. Steunend op zijn krukken keek hij omlaag naar Harry. 'Ze zeggen dat u een advocaat bent. Uit Californië. Dat u geld verdient aan filmsterren, en dat u steenrijk bent.'

Harry liet zich weer achteroverzakken. Dus dat was het. Hercules wilde geld en was van plan hem af te persen door met de politie te dreigen. En waarom ook niet? Hercules was maar een gewone, kleine straatcrimineel, levend tussen het vuil onder de metrolijn, en Harry was zomaar uit de hemel in zijn schoot gevallen. Wat ook de reden mocht zijn dat Hercules zijn leven had gered, door deze nieuwe wending was de drenkeling opeens een goudhaantje geworden.

'Ik zit aardig bij kas, ja. Maar ik kan daar niet bij komen zonder dat de politie het weet. Dus, ook al zou ik het je willen geven, dan nog kan ik het niet.'

'Geeft helemaal niks.' Hercules bracht zijn hoofd wat dichterbij en grijnsde. 'Er staat een prijs op uw hoofd.'

'Prijs?'

'De politie heeft een beloning uitgeloofd. Honderd miljoen lire. Ongeveer zestigduizend dollar. Een hoop centjes, meneer Harry – vooral voor iemand die niks heeft.'

Na zijn tweede kruk gepakt te hebben, draaide Hercules zich plotseling om en verdween zoals hij gekomen was, wegstrompelend in de duisternis.

'Ik heb hem niet vermoord!' schreeuwde Harry hem na.

'De politie maakt toch wel korte metten met u!' De stem van Hercules echode na totdat ze verdronk in het verre gerommel van een metro die passeerde aan het eind van zijn privé-tunnel, gevolgd door het geluid van de grote deur die werd geopend en met een donderende klap weer dichtviel.

Daarna restte alleen nog de stilte.

34

Cortona, Italië.

De plaats waar Michael Roark werd heengebracht was geen ziekenhuis, maar een particuliere woning – Casa Alberti, een gerestaureerde, uit stenen opgetrokken boerenhoeve, twee verdiepingen hoog, vernoemd naar een oud Florentijns geslacht. Zuster

Elena zag haar opdoemen in de ochtendmist, nu ze door het ijzeren hek kwamen en de lange oprijlaan met grind opreden.

Bij het verlaten van Pescara hadden ze de autostrada A14 omzeild, de A24 genomen en waren vervolgens weer de A14 in noordelijke richting opgereden. Rijdend langs de Adriatische kust naar San Benedetto en vervolgens Civitanova Marche waren ze even na middernacht in westelijke richting verdergegaan; ze passeerden eerst Foligno, Assisi en Perugia voordat ze de heuvels introkken om bij zonsopkomst even ten oosten van de oude Toscaanse stad Cortona Casa Alberti te bereiken.

Marco had het slot van het hek gehaald en het hek opengeduwd, en liep voor de wagen uit over de oprijlaan naar het huis. Volgend met zijn auto had Pietro het hek achter hen weer gesloten en was als eerste het huis binnengegaan om de boel zorgvuldig te controleren voordat hij het licht aandeed en hen binnenliet.

Zonder een woord te zeggen had Elena toegekeken hoe Marco en Luca even later de brancard over het opstapje en het huis in sjouwden waarna ze de trap opklommen naar de eerste verdieping, naar een grote suite die Michael Roarks ziekenkamer moest worden. Toen ze het luik voor het raam opende, zag ze in de verte juist hoe de rode bol van de zon net opsteeg boven het boerenland.

Beneden haar kwam Pietro het huis uit gelopen om zijn auto zo voor de bestelwagen te zetten dat hij de oprijlaan blokkeerde, waardoor het bijna onmogelijk was om er met een voertuig langs te komen en naar het huis te rijden. Vervolgens hoorde ze hoe de motor afsloeg en zag ze hoe Pietro naar de kofferbak liep en er een geweer uithaalde. Even later gaapte hij, kroop weer de auto in, liet het portier open, sloeg zijn armen over elkaar en ging slapen.

'Hebt u iets nodig?'

Marco stond achter haar in de deuropening.

'Nee.' Ze glimlachte.

'Luca zal in de kamer boven slapen. Ik ben in de keuken, mocht u me nodig hebben.'

'Dank u...'

Marco keek naar haar, liep weg en sloot de deur achter zich. Bijna op hetzelfde moment werd Elena zich bewust van haar eigen vermoeidheid. Tijdens de autorit was ze af en toe wat weggedommeld, maar haar zintuigen en gedachten hadden haar gespannen gehouden. Nu waren ze hier in Casa Alberti en de gedachte aan slaap overviel haar en was overweldigend verleidelijk.

Rechts van haar was een grote badkamer met een badkuip en afzonderlijke douche. Links was een hoekje met een bed en er stonden een kast en een kamerscherm voor wat privacy. Vóór haar lag Michael Roark in een diepe slaap. De reis, zo wist ze, had hem afgemat. Het grootste deel ervan was hij wakker gebleven. Zijn ogen gingen van haar naar de mannen in de wagen en vervolgens terug naar haar, alsof hij probeerde te begrijpen waar hij zich bevond en wat er gebeurde. Als hij bang was geweest, dan was het haar niet opgevallen; misschien kwam dat doordat ze hem voortdurend gerustgesteld had, steeds haar naam en de zijne had herhaald en die van de mannen die bij hen waren, vrienden die hem ergens heenbrachten waar hij kon rusten en herstellen. En vervolgens was hij een uur of twee voor hun aankomst bij de boerderij in een diepe slaap gevallen waarin hij nog steeds ver- keerde.

Ze opende het medicijnkistje dat Marco op de stoel had gezet, pakte de manchet met het pompje en de meter eruit en nam zijn bloeddruk op. Die bleek nog hetzelfde als hij de afgelopen middag was geweest, hetzelfde als toen ze voor het eerst in Pescara was ge- arriveerd. Niet beter. Niet slechter. Gewoon onveranderd. Ze no- teerde het op zijn grafiek, deed vervolgens haar habijt uit, trok haar lichtkatoenen nachtjapon aan en kroop in bed in de hoop dat ze drie kwartier of op zijn langst een uur haar ogen kon sluiten. Ze keek nog even op haar horloge.

Het was tien voor halfnegen in de ochtend, vrijdag 10 juli.

35

Rome, zelfde tijd.

Kardinaal Marsciano volgde de persconferentie op een klein tv- toestel in zijn bibliotheek. Het was een rechtstreekse uitzending vol woede en verontwaardiging. Toen Marcello Taglia, hoofd van de Gruppo Cardinale, op het terrein van het hoofdbureau uit zijn auto was gestapt, kon hij niets anders dan de directe confrontatie met de verslaggevers aangaan en antwoord geven op hun vragen. Nee, hij was niet bekend met de oorsprong van de videoband van de Amerikaanse advocaat Harry Addison. Ook had hij geen idee wie deze de pers had toegespeeld. En wie dat had gedaan met de foto's en speculaties omtrent Addisons broer, pater Daniel Addison, hoofdverdachte in de moord op de kardinaal-vicaris van Rome en vermeend slachtoffer van de bomaanslag op de bus naar Assisi, maar nu mogelijk toch nog in leven en ergens ondergedoken in Italië, daar kon hij ook geen antwoord op geven. En ja, het klopte dat er honderd miljoen lire was uitgeloofd voor informatie die zou leiden tot de arrestatie en veroordeling van één van de twee Amerikaanse broers, of allebei.

Plotseling werd er overgeschakeld naar de tv-studio waar een aantrekkelijke presentatrice vanachter een glazen presentatietafel de video van Harry aankondigde. Daarna verschenen foto's van beide broers op het scherm, plus enkele telefoonnummers die mensen die de Addisons mogelijk hadden gezien, konden bellen. Klik.

Marsciano zette het toestel uit en staarde nog even naar het lege scherm. Hoe langer hoe meer onweerswolken pakten zich nu boven zijn wereld samen. Een wereld die in de uren die komen gingen nóg onleefbaarder, zo niet ondraaglijk zou worden.

Nog even en hij zou plaatsnemen voor de vier andere kardinalen die tezamen de commissie vormden die toezicht hield op het investeringsbeleid van de Heilige Stoel en de nieuwe, en bewust misleidende beleidsnota ter ratificatie zou aanbieden.

Om halftwee zou de vergadering worden geschorst, waarna Marsciano zich van Vaticaanstad naar Armari – een kleine door een familie gedreven trattoria aan de Viale Angelico – zou begeven. Een wandeling van tien minuten. Daar, in een besloten vertrek op de eerste verdieping, zou hij Palestrina verslag uitbrengen van de afloop. Een afloop die niet alleen Palestrina's 'China-offensief' maar ook Marsciano's eigen leven op het spel zou zetten, en daarmee tevens dat van pater Daniel.

Doelbewust had hij geprobeerd deze gedachte te onderdrukken uit vrees dat ze hem anders zou verzwakken en hij tegenover de kardinalen een wanhopige indruk zou wekken. Maar naarmate de wijzers van de klok verder kropen, rukte de herinnering op. Hoe hij er ook tegen vocht, stapje voor stapje kwam ze dichterbij, ijzingwekkend, bijna alsof Palestrina het zo had bevolen.

En opeens was het er allemaal weer, als een golf die hem overspoelde. Zittend in Pierre Weggens kantoor in Genève op de avond dat de bus naar Assisi was opgeblazen. De telefoon had gerinkeld en de boodschap was voor hem.

Het was Palestrina die hem in één adem meldde dat pater Daniel zich onder de inzittenden had bevonden en naar alle waarschijnlijkheid een van de slachtoffers was en – Here God, ontfermt u zich over ons! – hij voelde nog altijd de verschrikkelijke doodssteek van Palestrina's woorden, met een stem zo kalm dat ze als van zijde leek: 'De politie heeft voldoende bewijs aangetroffen dat pater Daniel de dader moet zijn geweest van de moordaanslag op kardinaal Parma.'

Marsciano herinnerde zich zijn eigen verontwaardigde reactie en daarna Weggens stille grijns, alsof de investeringsbankier donders goed van de inhoud van Palestrina's telefoontje op de hoogte was. En de stem van Palestrina ging verder, onaangedaan.

'Bovendien, eminentie, indien u tijdens de bijeenkomst van het college het investeringsvoorstel niet aanvaard kunt krijgen, zal de politie snel over bewijzen beschikken die erop wijzen dat het spoor van het onderzoek niet bij de eerwaarde vader Daniel ophoudt, maar direct naar uw eigen voordeur zal leiden. En ik heb zo'n donkerbruin vermoeden dat de eerste vraag die de politie u zal stellen, is of u en de kardinaal-vicaris minnaars waren. Ontkennen zal uiteraard geen zin hebben; er zijn immers voldoende bewijzen voorhanden: briefjes, brieven van bizarre en uiterst persoonlijke signatuur en aangetroffen in de bestanden van uw pc's. Stelt u zich toch eens voor, eminentie: uw eigen gezicht, en ook het zijne, prijkend op de voorpagina van alle kranten en tijdschriften, op iedere tv, over de hele wereld... Denkt u eens aan de gevolgen die het zal hebben voor de Heilige Stoel en de ultieme schande waarin de Kerk zal worden gedompeld.'

Geschokt en vol afschuw, overtuigd van de identiteit van de echte dader achter de aanslag op de bus, had hij simpelweg de hoorn op de haak gelegd. Palestrina was overal, de duimschroeven aandraaiend, zijn greep verstevigend. Efficiënt, beheerst, meedogenloos. Reusachtiger, afschrikwekkender en verachtelijker nog dan alles wat Marsciano zich kon voorstellen.

Marsciano zwenkte zijn stoel en keek uit het raam. Aan de overkant van de straat kon hij de grijze Mercedes zien die wachtte om hem van zijn appartement naar het Vaticaan te vervoeren. Hij had een nieuwe chauffeur. Zijn naam was Anton Pilger, een van Farels lieverdjes, een babyface in burger die diende bij de Vaticaanse politie. Ook zijn huishoudster, zuster Maria-Catarina, was nieuw. Net als zijn secretarissen en bureaumanager. Van zijn oude staf was alleen pater Bardoni nog over, enkel omdat hij wist hoe je toegang moest krijgen tot computerbestanden en omdat hij de structuur van de *shared database* met Weggens kantoor in Genève kon doorgronden. Zodra de nieuwe beleidsnota eenmaal was aanvaard, zou ook pater Bardoni het veld moeten ruimen. Daarvan was Marsciano overtuigd. Bardoni was de laatste echte loyalist en na diens vertrek zou Marsciano volkomen alleen aan Palestrina's adders zijn overgeleverd.

36

Onzeker bewoog Harry zich door het donker, met een hoofd dat nog steeds zeer deed van de klap van de afketsende kogel, zijn rug tegen de ruwe tunnelwand en deze aftastend met gespreide vingers van zijn goede hand in een poging Hercules' grote deur te vinden. Hij moest hier uit zien te komen voordat de dwerg terugkwam. Wie wist wie hij mee zou brengen. Vrienden, de politie? Wat moet 60.000 dollar wel niet betekenen voor een schepsel als hij?

Waar wás die deur nou? Zo ver kon het toch niet zijn? Stel dat hij er in het donker langs was gelopen.

Hij stopte. Luisterde. Hopend op het verre gerommel van een metrotrein dat hem misschien een aanwijzing zou kunnen geven waar hij zich bevond.

Stilte.

Het grootste deel van zijn kracht had hij alleen al verbruikt om zich aan te kleden, Danny's spullen bij elkaar te pakken en uit Hercules' hol te komen. Wat hij moest doen zodra hij hier uit was, wist hij niet, maar alles was beter dan hier blijven en wachten op wat Hercules bekokstoofd had.

Voor en achter hem was alles zwart. Maar nu zag hij het. Een lichtpuntje in de verte. Het einde van de tunnel. Hij voelde de opluchting door zijn lijf trekken. Met de rug tegen de wand begon hij erheen te schuifelen. Het licht werd feller. Hij versnelde zijn pas. Nu stootte zijn voet tegen iets hards. Hij stopte, bracht zijn voet omhoog om het te betasten. Het was een spoorstaaf. Hij keek op. Het licht was dichterbij. Plotseling schoot het martelwerktuig hem weer te binnen dat degenen die hem overmeesterd hadden, hadden gebruikt. Dit kon toch niet hetzelfde zijn? Waar was hij? Was hij daar dan nooit weggegaan?

Op dat moment voelde hij de grond onder zijn voeten trillen. Het licht kwam nu in vliegende vaart op hem af. Toen wist hij het! Hij bevond zich in een heuse metrotunnel. Het licht dat als een pijl op hem af kwam, was van een metrotrein. Hij rende terug naar de plek waar hij vandaan gekomen was. Het licht werd feller en feller. Zijn linkervoet gleed weg over de rails en bijna viel hij. Hij hoorde het gegil van de treinfluit. Vervolgens het gierende geluid van staal op staal nu de machinist boven op de rem ging staan.

Plotseling werd hij door een paar ruwe handen gegrepen en tegen de tunnelwand gekwakt. Hij zag het licht in de metrotrein die nu op enkele centimeters afstand langs hem raasde, de verschrikte gezichten van passagiers. Toen was hij langsgeraasd, om 50 meter verderop gillend tot stilstand te komen.

'Bent u gek geworden?!'

Het hoofd van Hercules hing vlak voor zijn neus, de handen op Harry's jasje, en de dwerg hield hem in een ijzeren houdgreep.

Over het spoor klonk het geschreeuw van treinpersoneel. Ze klauterden de trein uit en kwamen met zaklantaarns in hun richting gelopen.

'Deze kant op!'

Hercules draaide hem rond en duwde hem een smalle zijtunnel in. Even later gaf hij hem een zetje een werkladder op en met de krukken aan één arm zwaaide hij als een circusartiest achter hem aan.

Achter hen hoorden ze het geschreeuw en geroep van het treinpersoneel. Hercules staarde hem kwaad aan en duwde hem vervolgens door een tweede smalle tunnel vol bedrading en ventilatieapparatuur.

Zo ging het verder, Harry voorop, Hercules direct achter hem, over een afstand die hij schatte op zo'n dikke achthonderd meter. Eindelijk hielden ze halt onder het licht van een ventilatieschacht.

Hercules zweeg een paar lange tellen, luisterde aandachtig om tevreden vast te stellen dat ze niet gevolgd werden en keek Harry vervolgens aan.

'Dit zullen ze aan de politie melden. Die zullen hierheen komen en de tunnels doorzoeken. Als ze mijn leefplek vinden, zullen ze weten dat u daar was. En ik zal geen plek meer hebben om te wonen.'

'Het spijt me...'

'Twee dingen weten we in ieder geval. U bent genoeg hersteld om te kunnen lopen, rennen zelfs. En u bent niet langer blind.'

Inderdaad, hij kon zíen. Hij had niet eens tijd gehad om daarbij stil te staan. Hij had in de duisternis gestaan. Vervolgens was daar het licht van de trein en had hij de passagiers zien zitten. Niet met één oog, maar met twee.

'Nou,' zei Hercules, 'u bent vrij.' Hij slingerde een klein bijeengebonden pakje van zijn schouder en hield het Harry voor.

'Maak open.'

Harry zette grote ogen op, maar deed toen wat de dwerg zei. Hij rolde de inhoud uit het pakketje. Zwarte broek, zwart overhemd, zwart jasje en het witte boordje van een priester, alles gedragen, maar bruikbaar.

'U zult uw broer worden, hè?'

Ongelovig staarde Harry hem aan.

'Goed, misschien niet uw broer, maar een priester. Waarom niet? U krijgt al een behoorlijke baard, uw uiterlijk verandert dus... Waar kun je je in een stad die uitpuilt van de priesters nu beter verstoppen dan op straat... In de broekzak vindt u een paar honderdduizend lire. Het is niet veel, maar genoeg om uw verstand bij elkaar te zoeken en uw volgende stap te overdenken.'

'Waarom?' vroeg Harry. 'U had me aan de politie kunnen overdragen en de beloning kunnen opstrijken.'

'Leeft uw broer nog?'

'Dat weet ik niet.'

'Vermoordde hij de kardinaal-vicaris?'

'Dat weet ik niet.'

'Nou, ziet u wel. Als ik u aan de autoriteiten had uitgeleverd, had u die vragen nooit kunnen beantwoorden – als uw broer nog leeft. Stel hij is een moordenaar, hoe kunt u dat dan weten zonder het eerst uit te vissen? Daarbij niet vergetend dat u zelf gezocht wordt voor de moord op een politieman. Dat maakt het dubbel zo interessant, toch?'

'U had genoeg geld kunnen hebben om het lange tijd uit te zingen...'

'Maar de politie zou het me wel moeten geven. En ik kan niet naar de politie stappen, meneer Harry. Want ik ben zelf een moordenaar... En stel dat ik iemand anders charterde en hem een of andere regeling aanbood, dan zou hij er misschien met het geld vandoor gaan en nooit meer terugkomen... u zou in de gevangenis zitten en ik zou niet beter af zijn dan nu... Wat heb ik daaraan?'

'Waarom dan?'

'Waarom ik u help?'

'Ja.'

'Om u hieruit te helpen, meneer Harry, en om te zien wat u kunt doen. Hoe ver uw verstand en moed u zullen brengen. Of u slim genoeg bent om te overleven. Om de antwoorden op uw vragen te vinden. Om uw onschuld te bewijzen.'

Harry nam hem aandachtig op. 'Dat is niet de enige reden, hè?'

Hercules schoof wat achteruit op zijn krukken en voor het eerst zag Harry iets van verdriet in zijn gezicht. 'De man die ik vermoordde, was rijk en dronken. Hij probeerde mijn hoofd te verbrijzelen met een baksteen vanwege mijn uiterlijk. Ik moest iets doen en deed dat ook.

U bent een knappe, intelligente man. Als u uw talenten weet te benutten, hebt ú een kans... Ik heb die helemaal niet. Ik ben een lelijke dwerg en een moordenaar, veroordeeld tot een leven onder de grond... Als u hier als winnaar uit komt, meneer Harry, zult u zich mij misschien wel herinneren en terugkomen. Gebruik uw geld en dat wat u weet om mij te helpen... Als ik dan nog leef, zal iedere zigeuner me weten te vinden.'

Harry werd bekropen door een gevoel van warmte en oprechte genegenheid en kreeg de indruk tegenover een buitengewoon mens te staan. Hij hield zijn hoofd schuin en glimlachte om het onvervalst kafkaëske verloop van alles. Een week geleden zat hij nog voor zaken in New York, een van de jongste, meest geslaagde advocaten in het entertainmentwereldje dat Hollywood heette. Hij leek een onbezorgd leventje te leiden. De wereld lag aan zijn voeten, hij kon alles aan. Zeven dagen later, in een onverwachte wending van het lot die ieder voorstellingsvermogen te boven ging, stond hij ingepakt in verband in een krappe luchtschacht boven de metro van Rome – met een prijs op zijn hoofd wegens de moord op een Italiaanse politieman.

Het was een nachtmerrie die je gezond verstand tartte, maar tegelijk ook de werkelijkheid weerspiegelde. En te midden van dit alles stond een man die wreed behandeld was door het leven, die weinig tot geen hoop had ooit weer vrij te zijn – een kreupele dwerg die hem had gered en verzorgd tot hij weer gezond was – steunend op zijn krukken vlak naast hem, in een diep clair-obscur, vragend om zijn hulp. Op een dag in de toekomst, als hij het zich kon herinneren.

Met zijn eenvoudige verzoek had Hercules hem diep geraakt en iets geopenbaard waarvan Harry nauwelijks het bestaan had vermoed: op zachte toon verkondigen dat hij oprecht geloofde dat iemand, als hij het wilde, dat wat hij in het leven geleerd had, kon aanwenden om voor een ander iets waardevols te betekenen. Het was puur en eerlijk en was gevraagd zonder de verwachting dat het ooit zou worden uitgevoerd.

'Ik zal mijn uiterste best doen,' zei Harry. 'Dat beloof ik.'

37

Een cafetaria in het Stazione Termini,
het eindpunt van alle treinen uit heel Italië, halftien in de ochtend.

Roscani zag hem naar de treinen lopen en opgaan in de menigte. Hij zou zijn koffie opdrinken en op zijn gemak wegkuieren om er zeker van te zijn dat niemand de indruk kreeg dat ze elkaar kenden of gelijktijdig waren opgestaan.

Enrico Cirelli was slechts een van de vele anonieme gezichten van mensen die hier een kop koffie hadden besteld. Hij had de koffie van de bar meegenomen naar het tafeltje waar Roscani met de koffie zat en de ochtendkrant las. Ze hadden niet meer dan tien woorden met elkaar gewisseld, maar het waren wel de woorden die Roscani wilde horen.

Cirelli, een elektricien, was pas gisteren na een klus uit het Noorden teruggekeerd. Voor Roscani was het wachten de moeite waard geweest. Als vooraanstaand lid van de Democratische Partij van de Linkervleugel, de nieuwe naam van de Italiaanse Communistische Partij, was Cirelli net zo vertrouwd met het uiterst linkse wereldje van Rome als Roscani met zijn eigen kinderen. En radicaal links, zo liet hij Roscani zonder omhaal weten, had niets te maken gehad met de moord op kardinaal Parma, de bomaanslag op de bus of de moord op *Ispettore Capo* Gianni Pio. Mochten er splintergroeperingen aan het werk zijn geweest, dan wist hij daar niets van. Maar als ze bestonden, dan zou hij daar achter komen. *'Grazie,'* was Roscani's reactie geweest waarna Cirelli gewoon was opgestaan en weggelopen. De partijleider had geen behoefte aan een blijk van waardering. Roscani stond nu bij hem in het krijt. Op een goede dag zouden de rollen omgedraaid zijn, zodra het nodig was.

Ten slotte stond ook Roscani op van zijn tafeltje en liep weg. Inmiddels zou de Harry Addison-video wel op alle tv-kanalen te zien zijn geweest. Negentig procent van alle Italianen zou zijn foto en die van zijn broer hebben kunnen zien.

Roscani bleef opzettelijk uit de buurt van het hoofdbureau en de spotlights. Hij had het besluit genomen nadat hij Taglia om drie uur in de nacht uit zijn bed had gebeld met de mededeling dat de Italiaanse tv de hand had weten te leggen op de videoband, plus een foto van pater Daniel, compleet met relevante bijzonderheden omtrent het onderzoek dat de Gruppo Cardinale naar hem had verricht. In zijn reactie had Taglia Roscani opgedragen uit te zoeken wie er naar de pers had gelekt. Dit moest rigoureus worden nagetrokken om zo de integriteit van de Gruppo Cardinale, om maar te zwijgen van die van de Italiaanse jurisprudentie, te kunnen blijven waarborgen. Beiden waren het er echter over eens dat het een lastig onderzoek zou worden dat hoogstwaarschijnlijk niets zou opleveren. Allebei wisten ze immers dat het niemand minder dan Roscani was geweest die het materiaal naar de pers had doorgespeeld.

Nu, lopend door het station, op weg naar de uitgang, zich snel een weg banend door de enorme vloed van reizigers, zag hij de talrijke politieagenten die op hun beurt alles en iedereen in de gaten hielden. En hij wist dat dit ook voor andere openbare plekken gold – luchthavens, treinstations, busterminals en havens – van Rome tot Sicilië en noordwaarts tot aan de grens met Frankrijk, Zwitserland en Oostenrijk. Hij wist ook dat de hele bevolking, dankzij de media, de ogen openhield.

Terwijl hij zich via de glazen draaideur in het felle zonlicht begaf en naar zijn auto liep, drong de enorme omvang van de klopjacht door de Gruppo Cardinale langzaam tot hem door. Automatisch kneep hij zijn ogen wat samen en merkte dat ook hij op gezichten ging letten. Dat was het moment waarop hij wist dat de gevoelens en de emoties waarvan hij dacht dat hij ze verdrongen had, weggedrukt onder het mom van professionele afstandelijkheid, hem geen moment hadden verlaten. Hij voelde hoe hij weer in de greep van hun intensiteit raakte.

Of pater Daniel nu dood was of nog leefde, over die vraag viel slechts te gissen. Maar Harry Addison liep vrij rond. Het zou slechts een kwestie van tijd zijn voordat hij werd ontdekt. En dan zou hij geschaduwd worden. Degenen die daarbij gevaar liepen, zouden stilletjes worden verwijderd. En daarna, zodra het moment daar was – waarschijnlijk na zonsondergang – zou één man de jacht openen. Hij zou gekleed gaan in een kogelvrij vest en gewapend zijn, niet alleen met een pistool, maar ook met de herinnering aan een gevallen kameraad. En die man zou Roscani zijn.

38

Vrijdag 10 juli, tien voor tien in de ochtend.

Aangekomen op station Manzoni stapte Harry Addison de metro uit en het felle zonlicht in. Hij droeg het kostuum dat Hercules geritseld had en zag eruit, zo nam hij aan, als een priester die een slechte nacht had gehad. Een stoppelbaard, een verband langs de haargrens bij zijn linkerslaap en een tweede om zijn linkerhand dat zijn duim, wijs-, middel- en ringvingers bij elkaar hield.

Wat hem met een schok tot de harde werkelijkheid terugbracht, was zijn foto, naast die van Danny, op de voorpagina van *Il Messagero* en *La Repubblica*, Italiaanse dagbladen die aan weerszijden van een kiosk nabij het station uitgestald stonden. Hij draaide zich om en liep de andere kant op.

Het eerste dat hem te doen stond, was zich opfrissen om niet steeds de aandacht te trekken. Vóór hem kwamen twee straten uit bij een klein café op de hoek. Hij ging naar binnen in de hoop een toilet te vinden waar hij zijn gezicht en handen kon wassen en zijn haar nat achterover kon strijken zodat hij tenminste wat toonbaarder over straat kon.

Binnen zaten een stuk of tien bezoekers, maar niemand keek op toen hij binnenkwam. De eenzame barkeeper stond bij de koffiemachine, met de rug naar zijn gasten. Harry liep langs hem heen, ervan uitgaand dat het toilet, indien aanwezig, achter in de zaak was. Hij had gelijk, maar het was bezet en hij moest wachten. Hij deed een stap naar achteren, leunde tegen de muur bij een raam en probeerde te bepalen wat hij moest doen. Ondertussen zag hij buiten twee priesters passeren. De een was blootshoofds, maar de ander droeg een zwarte bonnet die zwierig voorover en wat scheef hing, een beetje zoals een Parijse bohémien die in de jaren twintig kon dragen. Misschien was het wel zijn stijl, misschien ook niet, maar als één priester dat kon doen, waarom dan niet twee?

Plotseling ging de wc-deur open en een man kwam naar buiten. Even staarde hij Harry aan, alsof hij hem herkende, maar vervolgens liep hij door, het café in.

'*Buon giorno, padre*,' zei de man in het voorbijgaan.

'*Buon giorno*,' reageerde Harry over zijn schouder om vervolgens de wc in te stappen en met het gammele schuifslot de deur te vergrendelen. Hij draaide zich naar de spiegel.

Hij schrok van wat hij zag. Zijn gezicht was mager, zijn huid doodsbleek, zijn baard langer dan hij zich had gerealiseerd. Toen hij uit L.A. was vertrokken, was hij in goede conditie. Zesentachtig kilo voor zijn lengte van 1 meter 85. Hij was ervan overtuigd dat hij nu amper aan de tachtig kilo kwam. En onder het zwart van het priesterlijke gewaad zag hij er nog magerder uit. Met de baard gaf het drastische gewichtsverlies hem een aanzienlijk ander uiterlijk.

Zijn verbanden in acht nemend waste hij zijn gezicht en handen zo goed als hij kon. Hij maakte zijn haar nat en streek het achterover met zijn handen. Achter zijn rug hoorde hij een geluid en hij zag de deurknop rammelen.

'*Momento*,' zei hij instinctief, om zich plotseling af te vragen of dat wel het juiste woord was.

Van buiten werd een ongeduldige klop op de deur gevolgd door een geërgerd gerammel aan de deurknop. Hij ontgrendelde de deur en duwde hem open. Een verbolgen vrouw staarde hem aan. Dat hij een priester was, sorteerde absoluut geen effect. Ze had duidelijk haast. Met een beleefde knik wurmde hij zich langs haar heen, liep het hele café weer door en de straat op.

Twee mensen hadden nu zijn gezicht gezien, geen van beiden

had een woord gezegd. Toch was hij gezien en later – binnen enkele uren of slechts ogenblikken – zouden ze zijn foto wel eens ergens kunnen zien en zich hem herinneren, om vervolgens de politie te alarmeren. Wat hij nu moest doen, was zich zo snel en zo ver mogelijk van dit café verwijderen.

39

Roscani rende langs de spoorrails, met Scala en Castelletti vlak achter hem. Zoeklichten zetten de tunnel in een felle gloed. Overal liepen geüniformeerde agenten in kogelvrij vest en gewapend met lichte mitrailleurs. Hetzelfde gold voor metrobeambten. En ook was er de machinist van de metro die bijna in botsing was gekomen met de voortvluchtige.

'Ze waren met zijn tweeën: de Amerikaan, en nog een klein mannetje op krukken. Misschien een lilliputter of zo.'

Op weg van het treinstation naar het hoofdbureau had Roscani het bericht ontvangen. Het kwam pas laat, bijna een uur nadat de twee mannen waren gezien. Spitsuur, zo klaagde de machinist. Uit vrees dat hij de twee had geraakt, had hij de metro laten stoppen en was hij teruggelopen, maar had verder niets gezien. Daarna had hij het voorval gemeld en was weer verder gereden. Pas toen hij tijdens zijn pauze Harry's gezicht op de omslag van *Il Messagero* zag, besefte hij dat dit de man was die hij in de tunnel had gezien.

'U weet zeker dat dit de man was?' drong Roscani aan.

'Ik zag hem alleen maar in een flits in het licht van mijn koplampen, maar ik weet het zeker. Hij had een soort verband om zijn hoofd.'

Roscani wendde zich nu tot een lange, besnorde metro-beambte. 'Waar kan hij naartoe zijn gerend?'

'Overal heen. In dit deel zijn nog een hoop oude tunnels die om welke reden dan ook niet langer in gebruik zijn.'

Roscani aarzelde. De stations aan beide uiteinden van dit deel van de tunnel waren inmiddels gesloten, de passagiers werden onder toezicht van een compleet politieleger met bussen vervoerd. Maar nog even en het hele metronet zou van de afsluiting te lijden krijgen.

'Zijn er kaarten van deze tunnels?'

'Ja.'

'Halen.' Hij keek naar Scala. 'Ga naar Addisons hotelkamer. Kijk of je een gedragen kledingstuk kunt vinden wat nog niet gewassen is en breng het zo snel mogelijk hierheen.'

Scala staarde hem aan. Hij begreep het. 'Je wilt speurhonden inzetten.'

'Ja.'

Harry beende snel voort over het trottoir, nu al zwetend in de julihitte. Wegglippen uit het café was al enerverend genoeg geweest. Bij elke kiosk die hij passeerde, werd hij aangestaard door zijn eigen foto's in de kranten. Het was niet alleen om bang van te worden, het was zelfs gewoon bizar, alsof hij naar een andere planeet was getransporteerd waar hij door iedereen werd gezocht. Opeens, overdonderd door het geluid van zijn eigen stem, bleef hij stokstijf staan. Hij stond voor een elektronicawinkel. In de etalage stond een rij tv-toestellen, van grootbeeld tot klein. Op elk scherm prijkte zijn gezicht met zonnebril, zag hij zichzelf, zittend op een kruk, gekleed in het colbertje dat hij bij Hercules had achtergelaten. Zijn stem klonk uit een klein speakertje dat vlak boven de deur gemonteerd zat.

'Danny, ik smeek je om je aan te geven… Om de strijd op te geven… Ze weten alles… Alsjeblieft, doe het voor mij. Geef je aan… alsjeblieft, alsjeblieft…'

Daarna verscheen het interieur van een tv-studio. Een nieuwslezer zat achter een presentatiedesk en sprak Italiaans. Harry ving zijn naam en die van Danny op. Daarna volgde een korte reportage van de moordaanslag op de kardinaal-vicaris van Rome. Overal politie, ambulances, een glimp van Farel, een kort shot van de pauselijke Mercedes die in volle vaart wegstoof.

Plotseling merkte Harry dat ook andere voorbijgangers naar de beelden stonden te kijken. Hij wendde zijn hoofd af en glipte weg. Verward. Waar kwam die video opeens vandaan? Vaag stond hem nog iets bij van gedoe met een oordopje en een stem die in zijn oor praatte. En dat hij moest herhalen wat hem werd voorgezegd en dat hij opeens achterdocht kreeg en wilde protesteren. En daarna dat hij door iets werd geraakt en alles opnieuw weer zwart voor zijn ogen werd. Nu wist hij wat het was geweest. Ze hadden hem gefolterd in de hoop dat hij Danny's verblijfplaats zou onthullen. Maar toen ze eenmaal ontdekten dat hij van niets wist, hadden ze hem gedwongen mee te werken aan de video en was hij vervolgens weggevoerd om vermoord te worden.

Hij stapte het trottoir af, wachtte even voor een passerende auto en stak de straat over. De krantenfoto's waren al erg genoeg, maar inmiddels was zijn gezicht op alle tv's in Italië te zien. Ja, misschien wel wereldwijd. Goddank had hij die zonnebril op. Zo bleef hij tenminste nog een beetje onherkenbaar.

Vóór zich zag hij nu een boogportaal in een oude muur. Het deed hem denken aan een soortgelijke muur bij het Vaticaan waar hij samen met Farels chauffeur onderdoor was gereden voor de ontmoeting met de Vaticaanse politiefunctionaris. Hij vroeg zich af of dit misschien dezelfde muur was, of hij zich nu vlak bij het Vaticaan bevond. Hij kende Rome niet. Hij was gewoon ergens in het centrum uit een of ander metrostation opgedoken en was daarna maar gaan lopen. Dit had geen zin. Wie weet liep hij alleen maar in cirkels rond.

Vastberaden betrad hij de diepe duisternis van de doorgang. Even vormden de schaduw en de koelte een welkome bevrijding van de felle zon en de julihitte. Daarna bereikte hij de uitgang en liep opnieuw het zonlicht in. En weer, voor de tweede keer in tien minuten, bleef hij als verstijfd staan.

Nog geen half huizenblok verder stond een groepje politiewagens. De bereden politie hield een almaar groeiende menigte op afstand. Aan de ene kant stonden verscheidene ambulances en mediawagens waaronder twee zendwagens.

Mensen schoten opeens voorbij in de richting van de menigte. Hij deed een stap terug en probeerde een idee te krijgen waar hij zich bevond. Het had geen zin. Het enige wat hij zag, was een enorm kruispunt van samenkomende straten. De Via La Spezia, de Via Sannio, de Via Magna Grecia, en de Via Appia Nuova, waarop hij stond.

'Wat is er aan de hand, Eerwaarde?' Een jonge stem met een New-Yorks accent.

Harry schrok op. Een jongen in een T-shirt waarop de tekst 'The End of the Dead' en een afbeelding van Jerry Garcia prijkten, was naast hem komen staan, vergezeld door zijn vriendin met een vollemaansgezicht. Alletwee staarden ze naar de commotie verderop.

'Het spijt me, ik zou het niet weten,' antwoordde hij. Daarna draaide hij zich om en beende weg in de richting vanwaar hij gekomen was. Wat er aan de hand was, wist hij donders goed. De politie zocht hem.

Met bonkend hart versnelde hij zijn stappen, terwijl mensen links en rechts langs hem heen renden. Links, aan de overkant, lag een groot plantsoen met daarachter een grote en ogenschijnlijk zeer oude kerk.

Snel stak hij over. Op het moment dat hij het kerkplein wilde oversteken, raasden twee politiewagens met gillende sirene bumper aan bumper langs hem heen. Hij liep door.

Voor hem doemde de kerk op. Groot, eeuwenoud, lonkend. Een veilige haven tegen alle drukte achter hem. Mensen, ze zagen eruit als toeristen, zaten in groten getale op de treden. Sommigen hadden zich omgedraaid, in de richting vanwaar hij gekomen was, nieuwsgierig naar wat er allemaal aan de hand was. De aandacht van anderen was meer gericht op het kerkgebouw zelf. Wat kon je anders verwachten van een stad? Overal waren hier mensen. Hij moest het erop wagen, al was het maar voor even, om op te gaan in de menigte in de hoop niet te worden herkend.

Hij liep verder over de kasseien, beklom de treden en mengde zich tussen de menigte. Er werd nauwelijks acht op hem geslagen nu hij zich tussen hen door wrong naar twee enorme openstaande bronzen deuren.

Binnen was het ondanks de vele bezoekers nagenoeg stil. Hij bevond zich tussen een groepje nieuwsgierigen, als toerist en priester bekoord door de aanblik. Het middenschip dat zich voor hem uitstrekte, was minstens vijftien meter breed en zes maal zo lang. Boven hem verhief het met bladgoud versierde plafond zich een kleine dertig meter boven de even rijkversierde en glanzende marmeren vloer. De hoge, smalle ramen vlak onder het plafond zorgden voor een dramatische lichtval. Langs de muren werden twaalf apostelbeelden omgeven door sierlijke beeldjes en fresco's. Harry's enclave was niet zomaar een kerk, zo leek het, maar een prachtige kathedraal.

Links van hem bewoog een groepje Australische toeristen zich langs de muur in de richting van het enorme altaar achter in de kerk. Zwijgend sloot hij zich aan, voortslenterend, kijkend naar alle kunstwerken, zijn rol spelend als iemand van buiten de stad, net als alle anderen hier. Tot dusver had men hem maar één keer aangestaard. Het was een oudere vrouw die meer oog leek te hebben voor het verband om zijn hoofd dan voor hem.

Angstig, verward en uitgeput liet hij zijn gedachten afdwalen, voelde de adem van het eeuwenoude verleden en probeerde zich een beeld te vormen van al diegenen die hem hier in de loop der eeuwen waren voorgegaan, en onder wat voor omstandigheden. Hij hield zijn pas wat in en zag dat ze bij het altaar waren aanbeland. Een paar mensen uit het groepje Australiërs maakten zich los van de groep, sloegen een kruis, knielden neer in de banken voor het altaar en bogen hun hoofd in gebed. Harry volgde hun voorbeeld. Nadat ook hij was neergeknield, werd hij opeens overmand door emoties. Tranen sprongen in zijn ogen en hij moest zijn kaken opeenklemmen om een snik te onderdrukken. Nog nooit eerder had hij zich zo verloren, zo angstig en zo eenzaam gevoeld als nu. Hij had absoluut geen idee waar hij heen kon gaan of wat hem nu te doen stond. Dwaas genoeg wenste hij dat hij bij Hercules gebleven was.

Nog altijd geknield draaide hij zijn hoofd om en wierp een blik over zijn schouder. Zijn Australische groepje loste zich op, maar anderen kwamen nu binnen. Met hen ook twee bewakers. Ze sloegen de bezoekers gade, maakten hun aanwezigheid kenbaar. Ze droegen een wit overhemd met epauletten en een zwarte broek. Op een afstand was het moeilijk te zien, maar het leek erop dat ze walkietalkies aan hun broekriem droegen.

Harry keek weer voor zich. Blijf waar je bent, zei hij in zichzelf. Ze zullen echt niet in je buurt komen, tenzij je daartoe aanleiding geeft. Neem de tijd. Denk vooruit. Waar moet ik heen? Wat te doen?

Denk na.

40

Twaalf uur in de middag.

De honden snuffelden en rukten aan hun tuig, hun geleiders met zich mee trekkend – met Roscani, Scala en Castelletti op een drafje achter hen aan – door een reeks smerige, flauwverlichte tunnels om ten slotte aan het eind van een luchtkoker boven station Manzoni tot stilstand te komen.

Castelletti, de kleinste van de drie rechercheurs, trok zijn jasje uit en kroop in de luchtkoker. Aan het uiteinde merkte hij dat het deksel loszat. Hij schoof het opzij, stak zijn hoofd eruit en keek uit over een openbaar voetpad dat naar het station zelf voerde.

'Hij is er hier uit gegaan,' echode Castelletti's stem terwijl hij langzaam op ellebogen en knieën terugkroop.

'Zou hij ook zo binnengekomen zijn?' brulde Roscani terug.

'Niet zonder een ladder.'

Roscani keek naar de hondengeleider die de leiding had. 'Laten we op zoek gaan naar waar hij binnenkwam.'

Tien minuten later waren ze weer in de hoofdtunnel en volgden het pad dat Harry had genomen toen hij het onderkomen van Hercules verliet. De honden volgden het geurspoor dankzij een pull-over die de politie uit Harry's kamer in Hotel Hassler had gehaald.

'Hij is nog maar drie dagen in Rome, hoe weet hij hier in godsnaam de weg?' Scala's stem weerkaatste tegen de muren, de scherpe lichtbundel van zijn zaklantaarn sneed een pad achter de honden en hun geleiders wier eigen lantaarns de weg baanden voor hun dieren.

Opeens hield de voorste hond in, met de neus in de lucht, snuffelend. De andere stopten achter hem. Snel liep Roscani naar voren.

'Wat is er?'

'Ze zijn de geur kwijt.'

'Hoe kan dat nou? Ze kwamen al tot hier. We zitten midden in een tunnel. Hoe konden ze…?'

De voorste geleider liep langs zijn hond en snoof de lucht op.

'Wat is er?' Roscani kwam naast hem staan.

'Ruik maar.'

Roscani rook. En nog eens.

'Thee. Bittere thee.'

Hij deed een stap naar voren en bescheen de tunnelbodem met zijn lantaarn. Daar lag het, verspreid over de grond over een afstand van wel vijftien tot twintig meter. Theebladeren. Honderden, duizenden theebladeren. Alsof ze met handen tegelijk waren uitgestrooid, met als enig doel de honden te misleiden.

Roscani raapte wat van de bladeren op en bracht ze naar zijn neus. Vervolgens liet hij ze walgend vallen.

'Zigeuners.'

41

Het Vaticaan, zelfde tijdstip.

Geduldig luisterde Marsciano naar Jean Tremblay, kardinaal van Montreal, die citeerde uit het dikke dossier dat vóór hem lag.

'Energie, staal, constructiebouw, grondverzet- en graafmachines, mijnbouw, technische apparatuur, transport, zwaar kraanmaterieel.' Hier sloeg Tremblay de bladzijden langzaam om, de lijst met bedrijfsnamen voor het gemak even negerend met de bedoeling de nadruk te leggen op de aard van de bedrijfstakken. 'Zwaar materieel, bouw, bouw, en nog eens bouw.' Ten slotte sloeg hij het document dicht en keek op. 'De Heilige Stoel zoekt zijn heil nu in de bouw...'

'Zo zou je het kunnen zeggen, ja,' antwoordde Marsciano direct, worstelend met zijn kurkdroge mond, en deed een krampachtige poging het geluid van zijn eigen woorden niet te hoeven horen. Wetend dat als de anderen zijn angst roken, hij het spel zou hebben verloren. En met hem pater Daniel.

Kardinaal Mazetti van Italië, kardinaal Rosales van Argentinië, kardinaal Boothe van Australië, als leden van een hooggerechtshof hielden de mannen stuk voor stuk de handen gevouwen op de nu gesloten dossiers en staarden naar Marsciano.

Mazetti: 'Waarom heeft een evenwichtige portefeuille investeringen het veld moeten ruimen voor deze beleidsnota hier?'

Boothe: 'Het is veel te eenzijdig en te log van opzet. Ingeval van een wereldwijde recessie blijven wij, en met ons al deze firma's, in de modder achter. Fabrieken staan stil, materieel werkeloos geparkeerd. Nutteloos, net als al die duizenden betonsculpturen. Je kunt je er alleen nog maar aan vergapen en je verbazen over de torenhoge kosten.'

Marsciano: 'Dat is waar.'

Kardinaal Rosales glimlachte, plantte zijn ellebogen op tafel en liet zijn kin op zijn handen rusten. 'Groeiende economieën en politiek.'

Marsciano bracht een glas water naar zijn mond, nam een slokje en zette het weer neer. 'Correct.'

Rosales: 'Plus Palestrina's leidende hand.'

Marsciano: 'Zijne Heiligheid is de mening toegedaan dat de Kerk haar invloed, zowel in spirituele zin als in haar handelwijze, ook minder fortuinlijke landen moet aanmoedigen. Help deze landen een plek te verwerven op de groeiende wereldmarkt.'

Rosales: 'Zijne Heiligheid, of Palestrina?'

Marsciano: 'Beiden.'

Tremblay: 'Wij dienen dus de wereldleiders aan te moedigen opkomende landen voor de poorten van het nieuwe millennium te laten opgaan in de vaart der volkeren om tegelijkertijd van deze landen te kunnen profiteren?'

Marsciano: 'Je zou het ook anders kunnen bekijken, eminentie, namelijk dat we slechts gehoor geven aan onze opvattingen en daarmee een poging ondernemen deze landen te verrijken.'

De vergadering liep uit. Het liep tegen halftwee en het was tijd voor een pauze, maar Marsciano zag het niet zitten om Palestrina te moeten melden dat er tot dusver nog niet gestemd was. Bovendien wist hij dat als iedereen nu het vertrek zou verlaten zonder dat er een positieve unanimiteit was bereikt, ze de zaak tijdens de lunch onderling nog eens zouden moeten bespreken. En hoe meer discussie, hoe negatiever ze over het hele plan zouden gaan denken. Wie weet zouden ze zelfs argwaan krijgen, voelen dat er iets niet helemaal in de haak was, wat dat ook mocht zijn. Wie weet zou hun het vermoeden bekruipen dat hun instemming werd geëist voor iets wat een heel ander doel had dan waarvoor het voorbestemd leek.

Palestrina had zichzelf opzettelijk buiten schot gehouden. Niemand mocht iets bevroeden van zijn invloed in een zaak waaraan hij zogenaamd geen deel had. En hoe Marsciano hem ook verachtte, hij was maar al te bekend met de macht die in zijn naam besloten lag en het respect en de angst die deze naam opriep.

Marsciano schoof zijn stoel naar achteren en stond op. 'Het is tijd voor de lunch. In alle eerlijkheid dien ik u te zeggen dat ik zo meteen een lunchafspraak met kardinaal Palestrina heb. Hij zal willen weten wat we deze ochtend besproken hebben. Graag zou ik hem willen meedelen dat uw reacties over het algemeen positief zijn, dat het voorstel uw goedkeuring kan wegdragen en dat we het plan – met wat kleine aanpassingen – aan het eind van de middag kunnen aanvaarden.'

Zwijgend staarden de andere kardinalen hem aan. Marsciano had de anderen er welbewust in laten tuinen. In essentie kwamen zijn woorden hierop neer: 'Geef me nu waar ik om vraag, op straffe van een confrontatie met Palestrina persoonlijk.'

'En...?'

Alsof hij in gebed was, hief kardinaal Boothe zijn hand en staarde omlaag naar de tafel.

'Voor,' mompelde hij.

'Voor,' klonk het daarna uit de mond van kardinaal Tremblay.

'Voor,' sprak ook kardinaal Mazetti.

Rosales was de laatste in het rijtje. Ten slotte keek hij op naar Marsciano. 'Voor,' klonk het scherp, waarna hij opstond en boos de kamer uit beende.

Marsciano keek naar de anderen en knikte. 'Dank u,' sprak hij. 'Dank u.'

42

Nog steeds vrijdag 10 juli, kwart over vier in de middag.

Adrianna Hall zat in haar kleine werkkamer in het Romeinse bijkantoor van World News Network en bekeek de video-opname van Harry Addison waarschijnlijk al voor de tiende keer om te proberen er wijs uit te worden.

Ze had minder dan drie uur met hem doorgebracht – toegegeven, het waren drie zeer gepassioneerde en prikkelende uren geweest – maar in dat korte tijdsbestek, na alle mannen die ze had gekend, wist ze in ieder geval één ding zeker van Harry Addison: hij vermoordde geen politiemannen. Toch geloofde de politie het tegendeel en ze hadden zijn vingerafdrukken op het moordwapen om dit te staven. Ook wist Adrianna dat een Llama-pistool van Spaanse makelij, gevonden op de plek van de opgeblazen bus, nu vermist werd uit Pio's auto en de politie geloofde dat Harry het had meegenomen op zijn vlucht na de moord op Pio.

Plotseling legde ze beide handen plat op het bureaublad en duwde zich naar achteren in haar stoel. Ze wist niet wat ze ervan moest denken. Op dat moment ging haar telefoon en even wachtte ze voordat ze opnam.

'Meneer Vasko,' zei haar secretaresse. Hij belde nu al voor de derde keer in de afgelopen twee uur. Hij had geen telefoonnummer achtergelaten omdat hij op reis was, maar hij zou wel terugbellen. En nu was hij weer aan de lijn.

Elmer Vasko was een voormalig beroepsijshockeyer. Bij de Chicago Blackhawks was hij teamgenoot geweest van haar vader die later met hem gewerkt had toen hij het Zwitserse team coachte. In zijn piekjaren op het ijs noemde iedereen hem 'Moose'. Nu was hij een zachtmoedige reus, een soort verre oom die ze jarenlang niet had gezien. En nu belde hij haar op het slechtst denkbare moment, een moment waarop ze hét verhaal van haar leven kon maken.

Vroeg in de ochtend, toen het nieuws over Harry Addison bekend werd, was Adrianna op eigen verzoek uit Kroatië teruggekeerd. Ze had zich direct naar de *Questura* begeven om nog het staartje mee te maken van Marcello Taglia's geïmproviseerde persconferentie. Na afloop had ze nog geprobeerd hem in het nauw te drijven, maar zonder succes. Vervolgens had ze Roscani gezocht, met hetzelfde resultaat.

Ze was naar huis gegaan, had gedoucht, zich snel omgekleed en was net bezig haar haar te drogen toen het gedoe in de metrotunnel plaatsvond. Met de haren nog nat was ze achter op de motor van haar cameraman gesprongen en erheen gereden. Maar de media, alle media, werden uit de tunnels en van de actie weggehouden. Na een uur had ze zich teruggetrokken in de studio om aan haar verhaal te werken en voor het eerst de videoband van Harry Addison te bekijken. Daarna was ze even weggegaan en toen ze terugkwam, lagen de boodschappen van Elmer Vasko op haar te wachten. En nu belde hij alweer. Ze had geen andere keus dan het telefoontje aan te nemen.

'Elmer. Meneer Vasko. Hoe maakt u het?' Ze probeerde opgewekt en hoffelijk over te komen, ook al was ze dat niet. 'Meneer Vasko...'

Aan de andere kant bleef het stil en ze wilde al ophangen toen de stem kwam.

'Ik heb je hulp nodig.'

'O, *fuck*!' Adrianna's adem stokte.

Het was Harry Addison.

Hij bevond zich in een telefooncel vlak bij een klein café aan de Piazza della Rotonda en het aloude, ronde bouwwerk van het Pantheon. Hij beschikte inmiddels over een hoofddeksel, een zwarte bonnet die hij moeiteloos had aangeschaft in een buurt-winkel waar ze allerlei hoeden verkochten, en had dit over het ver-band boven op zijn voorhoofd getrokken. Zijn nog altijd ingepak-te linkerhand hield hij in zijn jaszak.

'Waar zit je?' De verrassing was verdwenen uit Adrianna's stem.

'Ik...'

Hij kon absoluut niet hebben geweten dat ze terug was uit Kroatië, maar hij had de gok genomen. Hij had haar gebeld, om-dat hij zijn opties had overwogen en tot de slotsom was gekomen dat zij de enige was die hij kon bellen, de enige die zou weten wat er aan de hand was en die hij durfde te vertrouwen. Maar nu hij haar aan de telefoon had, betwijfelde hij of hij eigenlijk wel ie-mand kon vertrouwen. Zij kende de politie en vertrouwde op haar relatie met hen om toegang te kunnen krijgen tot primeurs waar ze anders wel eens niet over zou kunnen beschikken. Stel dat zij ergens met hem wilde afspreken om vervolgens de politie mee te nemen?

'Harry, waar zít je?' Haar stem klonk nu dwingender.

Opnieuw aarzelde hij. Onzeker. Met nog steeds die doffe pijn achter in zijn hoofd die hem eraan herinnerde dat hij niet zo alert was als hij zou kunnen zijn.

'Als je niets zegt, kan ik je niet helpen.'

Een groep schoolmeisjes liep plotseling voorbij, giechelend en ginnegappend. Ze waren luidruchtig en hij wendde zich af om nog iets te kunnen horen. Op dat moment zag hij twee carabinieri te paard langzaam in zijn richting het plein oversteken. Ze hadden geen haast, waren gewoon op patrouille. Toch keek iedere agent in dit land naar hem uit en hij moest alle voorzorg nemen die hij maar kon om hen te vermijden. In dit geval kwam het er waar-schijnlijk op neer dat hij moest blijven waar hij was totdat ze ge-passeerd zouden zijn. Met de rug nu iets in hun richting gedraaid sprak hij in de hoorn.

'Ik heb Pio niet vermoord.'

'Zeg me waar je bent.'

'Ik ben doodsbang dat de Italiaanse politie me zal ombrengen.'

'Harry, waar zít je?'

Stilte.

'Harry, jíj belde mij. Ik neem aan omdat je me vertrouwt. Je kent Rome niet, je kent geen Italiaans en als ik jou vertel mij er-gens te ontmoeten, zul je iemand naar de weg moeten vragen en daarmee kun je je in de nesten werken. Als ik weet waar jíj zit, kan ik naar jou toe komen. Redelijk of niet?'

De carabinieri waren nu dichterbij. Een man en een vrouw. Beiden jong. Beiden op een groot wit paard. Beiden met een wapen op de heup. En ze waren niet zomaar op patrouille, de passanten werden aandachtig bestudeerd.

'Politie te paard komt op me af.'

'In godsnaam Harry, waar zít je?'

'Ik... weet het niet...' Hij keek om zich heen en deed zijn best niet naar de politie te kijken, maar een straatnaambordje te vinden, de naam van een gebouw, een café, iets wat hem zou kunnen vertellen waar hij zich bevond. Toen zag hij iets. Het was een gedenkplaat op een muur van een gebouw, zeven meter van hem vandaan.

'Iets met *rotunda*.'

'Piazza della Rotonda. Bij het Pantheon?'

'Ik geloof van wel.'

'Groot, rond gebouw met zuilen?'

'Ja.'

De carabinieri stonden bijna pal voor zijn neus, hun paarden bewogen traag, hun ogen zochten de menigte op het plein af, de mensen op de terrasjes van de cafés eromheen. Nu hield de agente haar paard in en beiden stopten, vlak naast de telefooncel.

'*Holy shit*,' fluisterde Harry.

'Wat is er?'

'Ze staan vlak voor me. Ik kan dat paard bijna aanraken.'

'Harry, kijken ze naar je?'

'Nee.'

'Negeer ze. Ze rijden zo weer door. Zodra ze verdwenen zijn, steek je het plein over naar de rechterkant van het Pantheon. Neem een zijstraat en loop twee blokken naar de Piazza Navona. Bij de fontein in het midden staan een paar banken. Het plein zal stampvol zijn. Zoek een bankje, dan vind ik je daar wel.'

'Wanneer?'

'Over twintig minuten.'

Harry keek op zijn horloge.

16.32

'Harry...?'

'Ja?'

'Vertrouw me nou maar.'

Adrianna hing op. Harry bleef staan waar hij stond, met de

hoorn in de hand. De bereden politie stond er nog steeds. Als hij ophing en zij zagen hem, moest hij weggaan. Hing hij niet op, dan nam hij het risico dat de telefoonmaatschappij misschien zou melden dat er plotseling een telefoon buiten dienst was, iets waar de politie in haar verhoogde staat van paraatheid misschien naar uitkeek. Hij keek over zijn schouder. En de moed zonk hem in de schoenen.

Er kwamen nog twee carabinieri te paard aangereden en ze praatten met de anderen. Vier agenten. Vlakbij. Langzaam hing hij op. Hij kon daar niet blijven hangen zonder te telefoneren en hij had verder niemand meer te bellen. Hij moest iets doen voordat iemand zijn kant op zou kijken en hem daar gewoon zou zien staan. Zo gedacht, zo gedaan. Hij stapte gewoon naar buiten en liep hen voorbij. Dwars over het plein naar het Pantheon.

Een van de carabinieri, de vrouw, zag hem gaan en keek hem zelfs even na, maar op dat moment trok haar paard aan het bit en moest ze het dier even in toom houden. Toen ze weer opkeek, was hij verdwenen.

43

Afwezig drukte Roscani zijn sigaret uit in de asbak voor hem. Hij was verdiept in een Italiaanse vertaling van een fax, afkomstig van Taglia's kantoor. Het was een bericht van geheim agent David Harris vanuit het FBI-hoofdkwartier in Los Angeles dat Byron Willis, oudste vennoot van Harry Addisons advocatenkantoor te Beverly Hills, de vorige avond voor zijn huis door een of meer onbekende aanvallers was gedood. Alles leek te duiden op roofmoord. Zijn portefeuille, trouwring en Rolex ontbraken. Rechercheurs uit Los Angeles onderzochten de zaak. Een autopsie was al gepland. Verdere gegevens zouden volgen.

Roscani wreef met een hand over zijn ogen. Wat had dit in jezusnaam nu weer te betekenen? Bij gebrek aan verdere informatie was hij genoodzaakt deze moord als toeval te beschouwen. Maar dat geloofde hij niet. Het zat te dicht op wat zich hier allemaal afspeelde. Trouwens, waarom zou iemand de zakenpartner van Harry Addison ombrengen? Wist hij soms iets over Harry? Of over pater Daniel?

In antwoord typte Roscani een memo op zijn computer, liet het door zijn secretaresse vertalen en naar Harris/FBI/Los Angeles versturen. Hij bedankte de FBI voor zijn medewerking en verzocht persoonlijk op de hoogte te worden gehouden omtrent verdere ontwikkelingen, met de suggestie – hoewel hij ervan overtuigd was dat de FBI hier al mee bezig was – intieme vrienden en compagnons van Harry Addison te ondervragen. Wie weet was er sprake van een rode draad, iets, een feit of wat dan ook, dat ze met zijn allen deelden. In dat geval konden de betrokkenen hierop worden geattendeerd, voor hun eigen persoonlijke veiligheid.

Net toen hij klaar was met lezen, ging de telefoon. Het was Valenti Gori, de logopediste en liplezeres die hij had gevraagd langs te komen om de Harry Addison-video te analyseren. Ze was beneden en had de band inmiddels een aantal keren bekeken. Of hij even bij haar kon komen?

Op het moment dat Roscani binnenkwam, prijkte Harry's gezicht als verstild op het tv-scherm. Hij nam Valentina's hand in de zijne en gaf haar een kus op de wang. Valentina Gori was vijftig, had rood haar, was onlangs oma geworden en zag er nog steeds zeer goed uit. Aan de universiteit van Leuven in België had ze destijds haar logopediestudie voltooid. Daarnaast had ze een studie gemaakt van mime in het Franse theater in de jaren zeventig en had gewerkt als actrice die voor de Italiaanse filmindustrie buitenlandse films nasynchroniseerde en tegelijkertijd zowel de carabinieri als de Italiaanse politie adviseerde over spraak en spraakpatronen. Ze was opgegroeid in dezelfde buurt van Rome als Roscani en kende zijn hele familie. Bovendien had ze als vierentwintigjarige hem op zijn vijftiende zijn maagdelijkheid ontnomen, enkel om te bewijzen dat hij zichzelf minder goed in de hand had dan hij wel dacht. Hun onderlinge band hield nog steeds stand. Behalve zijn vrouw was ze de enige die hem veelbetekenend in de ogen kon kijken en hem om zichzelf kon laten lachen.

'Volgens mij heb je gelijk. Het lijkt erop dat hij op het punt staat iets te zeggen, of probéért iets te zeggen nog voordat de band is afgelopen. Maar misschien richt hij gewoon zijn hoofd op.'

Ze hield de afstandsbediening op het scherm gericht en drukte op de pause/still-toets. Harry's mond ging open nu de band centimeter voor centimeter vooruitspoelde en Roscani hoorde het lage gegrom van de stem in slowmotion. Nu kwam het stukje met zijn laatste woorden. Hij sloot zijn zin af en wilde zich ontspannen, maar opeens sloeg hij zijn hoofd met een vreemde, plotselinge beweging naar achteren waarbij hij zijn mond opende. Dat was het moment waarop de band eindigde.

'Het lijkt bijna op een "i"...'

Er klonk een laag, sissend geluid, als de ademtocht van een snoevende, getergde reus.

'"I" wat?' Roscani hield zijn blik op Harry's verstilde beeltenis gevestigd.

'Misschien was hij gewoon wel móe. Volgens mij was hij klaar met zijn zin, en wilde hij gewoon uitademen.'

'Nee, hij probeerde nog iets te zeggen. Laat nog eens zien,' vroeg Roscani en Valentina draaide opnieuw de band af, in stopmotion en slowmotion. Vervolgens nog eens op halve snelheid en daarna normaal. Steeds weer op hetzelfde punt was er dat korte, sissende geluid waarna de band was afgelopen.

Roscani keek haar aan. 'Heb je nog andere vermoedens? Al die duizenden films die je in je leven al hebt gezien. Je hebt vast en zeker nog wel andere vermoedens over wat er op dat scherm gaande is?'

Valentina glimlachte. 'Wel duizend, Otello. Wel honderd scenario's. Maar ik kan slechts afgaan op wat ik zie. En op wat ik hoor. Met andere woorden, we hebben hier een vermoeide vent met een buil op zijn hoofd die gedaan heeft wat er van hem is verlangd en graag wil uitrusten, misschien zelfs een dutje wil doen.'

Met een ruk draaide Roscani zich naar haar om. 'Wat bedoel je met "wat er van hem is verlangd"?'

'Weet ik niet. Gewoon een gevoel dat ik heb.' Valentina knipoogde. 'Het overkomt ons allemaal wel eens dat er iets van ons wordt gevraagd waar we niet echt voor warmlopen.'

'We hebben het hier niet over seks, Valentina,' reageerde Roscani zonder omhaal.

'Nee...' Voor Valentina was dit niet het moment om door zijn pantser heen te breken en dat besefte ze. 'Ik ben geen psycholoog, Otello, gewoon een ouwe tante met wat levenservaring. Ik kijk naar dat scherm en wat zie ik? Een vermoeide man die klaarblijkelijk zegt wat hij op zijn lever heeft, maar op een manier die klinkt alsof hij iemand anders daarmee tevreden wil stellen. Net als een kind dat met tegenzin de tafel afruimt omdat het pas daarna mag gaan spelen.'

'Jij denkt dus dat hij die band tegen zijn zin heeft gemaakt?'

'Vraag me niet om meteen met allerlei conclusies aan te komen, Otello. Veel te moeilijk,' glimlachte Valentina en ze legde een hand op de zijne. 'En trouwens, dat is niet mijn werk, maar het jouwe.'

44

Harry zag haar aan komen lopen. Keek hoe ze nippend aan een plastic Coca-Cola-beker de Piazza Navona overstak naar de fontein. Een lichtblauwe rok en witte blouse, het haar opgestoken in een knot, donkere bril, rustige tred. Ze kon doorgaan voor een secretaresse of een toerist die zich misschien afvroeg of ze nu wel of niet haar minnaar moest opzoeken zoals ze had beloofd; allesbehalve een journaliste die op het punt stond de meest gezochte man in Italië te ontmoeten. Misschien dat ze politie had meegenomen, maar hij zag hen niet.

Nu zag hij hoe ze, een beetje vaag zijn kant op kijkend, om de fontein heen liep. Vervolgens keek ze op haar horloge en nam plaats op een stenen bankje op nog geen zeven meter van een man die een aquarel van het plein schilderde. Harry wachtte, nog altijd onzeker. Ten slotte stond hij op, ondertussen een blik werpend op de schilder. In een wijde boog liep hij achterlangs op haar af om op ongeveer een meter links van haar achteloos plaats te nemen, met het gezicht de andere kant op. Tot zijn verrassing deed ze niets meer dan even zijn kant op kijken om vervolgens haar blik weer af te wenden. Of ze was heel voorzichtig of zijn baard en uitdossing werkten beter dan hij dacht. Hoe slecht hij er ook voor stond, het idee dat zij misschien niet wist wie hij was, wond hem op en hij wendde zijn hoofd iets in haar richting.

'Hoe zou de dame het vinden om met een priester van bil te gaan?'

Ze schrok op en keek, en heel even dacht hij dat ze hem een klap zou verkopen. Maar in plaats daarvan keek ze hem strak aan en wees hem hardop terecht.

'Als een priester tegen een dame smerige praatjes wil uitslaan, dan zou hij dat moeten doen waar mensen hem niet kunnen zien of horen.'

Flat nummer 12, of *Piano 12* zoals op het versleten sleutelplaatje stond, was op de bovenste verdieping van een flatgebouw van vijf hoog aan de Via di Montoro 47, tien minuten lopen vanaf de Piazza Navona naar de Tiber. De flat behoorde toe aan een vriend die de stad uit was en het wel zou begrijpen, had Adrianna gezegd, waarna ze was opgestaan en weggelopen, de Coca-Cola-beker achterlatend. Daarin zat de sleutel.

Hij was het portaal binnengegaan, had de kleine lift genomen en trof nummer twaalf aan het eind van de hal.

Eenmaal binnen deed hij de deur achter zich op slot en keek om zich heen. Het was er klein maar comfortabel, met een slaapkamer, woonkamer, kleine keuken en badkamer. In de kast hing herenkleding – enkele colbertjes, broeken en twee pakken. In de ladekast tegenover het bed lagen een stuk of zes overhemden, een paar truien, sokken en ondergoed. In de woonkamer stonden een telefoon en een kleine tv. Een computer en printer stonden op een bureau in een hoekje bij het raam.

Harry begaf zich naar het raam en keek naar beneden op straat. Alles was nog steeds hetzelfde. Passerende auto's, scooters, zo nu en dan een voetganger.

Hij trok zijn jasje uit, wierp het over een stoel en liep de keuken in. In een kast naast de gootsteen vond hij een glas dat hij liet vollopen. Maar opeens moest hij het snel neerzetten. De kamer draaide voor zijn ogen en hij hapte naar lucht. De emoties en de uitputting hadden hem nu te pakken. Het was zelfs een wonder dat hij nog leefde. Dat hij hoe dan ook van de straat was, was een geschenk van de goden.

Uiteindelijk was hij genoeg gekalmeerd om wat water in zijn gezicht te spetteren en zijn ademhaling normaal te krijgen. Hoeveel uur was er verstreken sinds zijn afscheid van Hercules en zijn komst hier? Drie, vier? Hij wist het niet. Hij was alle besef van tijd kwijt. Hij keek op zijn horloge. Het was vrijdag, 10 juli, tien over vijf in de middag. Tien over acht 's ochtends in Los Angeles. Nog een keer rustig ademhalen en daarna gleden zijn ogen naar de telefoon.

Nee. Geen sprake van. Vergeet het maar. De FBI zou inmiddels iedere lijn naar zijn huis en kantoor aftappen. Als hij probeerde te bellen, zouden ze binnen een seconde weten waar hij was. Zelfs als hij iemand wist te bereiken zonder dat hij gepakt werd, wat konden die dan uitrichten? Inderdaad, niemand die iets kon uitrichten, zelfs Adrianna niet. Hij was verstrikt in een afschuwelijke droom die helemaal geen droom was. Het was je reinste, wreedste werkelijkheid.

En behoudens die paar vierkante meter flat waarin hij zat, was er geen plek waar hij heen kon zonder het risico te worden gepakt en overgedragen aan de politie. Zelfs hier, hoe lang was hij hier veilig? Hij kon hier niet eeuwig blijven.

Plotseling klonk er in de kamer een geluid. Een sleutel werd in het slot gestoken. Met bonkend hart drukte hij zijn rug tegen de keukenmuur. Daarna was er het geluid van de deur die openging.

'Meneer Addison?' vroeg een mannenstem op scherpe toon.

Harry zag zijn jasje op de stoel in de voorkamer. De indringer zou het ook zien. Snel wierp hij een blik door het keukentje. Dat was weinig groter dan een kast. Zoals hij was binnengekomen, moest hij er ook weer uit. Er was maar één uitgang.

'Meneer Addison?' riep de stem opnieuw.

Verdomme! Adrianna had hem natuurlijk verlinkt aan de politie. En hij was er ingestonken. Bij zijn elleboog stond een slagersblok met vleesmessen. Geen nut. Ze zouden hem binnen een tel neerschieten zodra hij met een mes tevoorschijn kwam.

'Meneer Addison – bent u daar?' De man sprak in ieder geval accentloos Engels.

Wat nu? Hij had geen antwoord op die vraag. Dan maar gewoon de keuken uit lopen en hopen dat Adrianna of iemand van de media erbij was zodat ze hem niet ter plekke dood zouden schieten.

'Ik ben hier!' zei hij op luide toon. 'Ik kom eruit. Ik ben ongewapend. Niet schieten!' Harry haalde diep adem, stak zijn armen in de lucht en stapte de kamer in.

Wat hij zag, was niet een agent, maar een man met zandkleurig haar, in zijn eentje, achter wie de deur dichtviel.

'Ik ben James Eaton, meneer Addison. Ik ben een vriend van Adrianna Hall. Ze wist dat u onderdak nodig had en…'

'Godallemachtig…'

Eaton was vermoedelijk een eind in de veertig of begin vijftig, van gemiddelde lengte en lichaamsbouw, gekleed in een grijs pak met streepjesoverhemd en grijze das. Het opvallendst aan hem, behalve dan dat hij alleen was, was zijn alledaagse voorkomen. Een vent die het maximale had gehaald uit zijn loopbaan bij de bank, nog steeds met het gezin naar Disneyland gaat en 's zaterdags het gras maait.

'Ik wilde u geen angst aanjagen.'

'Dit is uw flat…?' Vol ongeloof bracht Harry zijn handen omlaag.

'Min of meer…'

'Hoe bedoelt u min of meer?'

'Hij staat niet op mijn naam en mijn vrouw weet er niets van…' Dat was een verrassing. 'U en Adrianna.'

'Verleden tijd…' Eaton aarzelde, keek Harry aan, liep vervolgens door de kamer en opende een kast boven de televisie. 'Wilt u een borrel?' Harry wierp een blik op de voordeur. Wie was deze vent? Iemand van de FBI? Om te controleren of hij ongewapend en alleen was?

'Als ik de politie had verteld waar u zich bevond, dan zou ik u echt geen borrel aanbieden… Wodka of whisky?'

'Waar is Adrianna?'

Eaton pakte een fles wodka en schonk voor hen beiden een bodempje in.

'Ik werk op de Amerikaanse ambassade als eerste secretaris van de adviseur voor politieke aangelegenheden… Ik heb geen ijs, het spijt me.' Hij overhandigde Harry een glas, liep weer door de kamer en nam plaats op de bank. 'U zit diep in de nesten, meneer Addison. Adrianna dacht het wel nuttig zou kunnen zijn als wij eens praatten.'

Harry frummelde aan zijn glas. Hij was overspannen. Doodop. Eén brok zenuwen. Maar hij moest zich vermannen, zich voldoende bewust zijn van wat er gebeurde om zichzelf te kunnen beschermen. Eaton was dan misschien wel wie hij zei dat hij was, en hier om hem te helpen, maar misschien ook niet. Wie weet betrof het een diplomatieke missie, om ervoor te zorgen dat zijn overdracht aan de politie niet tot onnodig gekrakeel tussen de VS en Italië zou leiden.

'Ik heb die politieman niet vermoord.'

'Dat hebt u niet…?'

'Nee.'

'Hoe zit het dan met die videoband?'

'Ik werd gefolterd, vervolgens "gedwongen" mee te werken

door, naar ik vermoed, de moordenaars... Na afloop voerden ze me af... Vervolgens schoten ze me neer en lieten me voor dood achter...' Harry bracht zijn ingepakte hand omhoog. '... alleen: ik ging niet dood.'

Eaton ging achteroverzitten. 'Wie waren die mensen?'

'Dat weet ik niet. Ik heb ze niet kunnen zien.'

'Spraken ze Engels?'

'Soms... meestal Italiaans.'

'Ze vermoordden een agent en ontvoerden en folterden u?'

'Ja.'

Eaton nam een slok van zijn borrel. 'Waarom? Wat wilden ze?'

'Ze wilden iets weten over mijn broer.'

'De priester.'

Harry knikte.

'Wat wilden ze over hem weten?'

'Waar hij was...'

'En wat vertelde u ze?'

'Ik zei dat ik het niet wist, en ook niet of hij nog leefde.'

'Is dat waar?'

'Ja.'

Harry bracht het glas omhoog en sloeg in één keer de helft van de wodka achterover. Vervolgens leegde hij het glas en zette het op de tafel.

'Meneer Eaton, ik ben onschuldig en ik geloof ook dat mijn broer onschuldig is... En ik ben doodsbang voor de Italiaanse politie. Hoe kan de ambassade helpen? Er moet toch íets zijn?'

Een lang moment staarde Eaton hem aan, alsof hij nadacht. Ten slotte stond hij op en pakte Harry's glas. Bij de kast schonk hij voor hen allebei nog een borrel in.

'Meneer Addison, eigenlijk had ik direct de consul-generaal op de hoogte moeten brengen toen Adrianna mij belde. Maar vervolgens zou hij verplicht zijn geweest de Italiaanse autoriteiten te waarschuwen. Ik zou daarmee een vertrouwen hebben beschaamd en u zou achter de tralies zijn beland, of erger... En dat zou ons allebei weinig goeds hebben gedaan.'

Harry keek hem verbaasd aan. 'Wat wilt u daarmee zeggen?'

'Wij werken voor de informatie-industrie, meneer Addison, niet voor de misdaadbestrijding... De adviseur voor politieke aangelegenheden heeft als taak te weten hoe het gesteld is met het politieke klimaat van het land waar hij of zij gedetacheerd is. In ons geval geldt dat niet alleen voor Italië, maar ook voor het Vati-

156

caan... De moord op de kardinaal-vicaris van Rome en de sabotage van de bus naar Assisi, waarvan ik weet dat de politie gelooft dat ze op een of andere manier met elkaar te maken hebben, hebben betrekking op beide naties. Als privé-secretaris van kardinaal Marsciano had uw broer een bevoorrechte positie binnen de Kerk. Mocht hij de kardinaal-vicaris hebben omgebracht, dan is het meer dan waarschijnlijk dat hij dat niet op eigen houtje deed. In dat geval is er alle reden aan te nemen dat de moord geen op zichzelf staand incident was, maar deel uitmaakte van een groter complot dat plaatsvindt binnen de hoogste echelons van de Heilige Stoel...' Eaton liep bij de kast vandaan en reikte Harry zijn glas aan. 'Daar ligt onze belangstelling, meneer Addison, binnen het Vaticaan.'

'Stel dat mijn broer het niet heeft gedaan. Stel dat hij er helemaal niet bij betrokken was.'

'Ik moet afgaan op wat de politie gelooft, dat de bus maar om één reden werd opgeblazen: om uw broer om te brengen. De dader of daders dachten dat hij dood was, maar nu betwijfelen ze dat en zijn ze doodsbang voor wat hij weet en kan vertellen. En ze zullen alles in het werk stellen om hem te vinden en hem het zwijgen op te leggen.'

'Wat hij weet en kan vertellen...' Plotseling begreep Harry het. 'Ook u wilt hem vinden.'

'Inderdaad,' zei Eaton zacht. 'Nee, ik bedoel ú. Niet de ambassade. Zelfs niet uw superieur. U, uzelf. Dat is de reden waarom u hier bent.'

'Meneer Addison, ik ben eenenvijftig en nog steeds secretaris. Ik ben vaker voor een promotie gepasseerd dan u wilt weten... Ik wil niet als secretaris met pensioen gaan. Daarom móet ik iets doen waardoor ze gedwongen zullen zijn mijn positie te verbeteren. Iets blootleggen wat zich afspeelt diep in het Vaticaan zou daar wel eens voor kunnen zorgen.'

'En u wilt dat ik u daarbij help...' Harry geloofde zijn eigen oren niet.

'Niet alleen mij, meneer Addison, ook uzelf. Wat uw broer weet... hij is de enige die u uit de puree kan halen. Dat weet u net zo goed als ik.'

Harry zweeg en staarde voor zich uit. 'Als hij nog leeft en in doodsangst verkeert, hoe zou hij dan kunnen weten dat de band nep is? Hij weet niet beter dan dat u wilt dat hij zich aangeeft – en zodra hij echt wanhopig wordt, zal hij iemand moeten vertrouwen. Wie anders dan u?'

'Misschien… Maar dat doet er niet toe, omdat hij niet weet waar ik uithang. En ik weet niet waar híj zit. Niemand trouwens.'

'Denkt u niet dat de politie de personalia van de buspassagiers – zowel die van de levende als de dode – bijzonder nauwgezet zal natrekken om te kunnen nagaan wat er gebeurde en uit zal zoeken waar hij van plaats wisselde of waar iemand dat voor hem deed?'

'Wat levert mij dat op?'

'Adrianna…'

'Adrianna?'

'Zij is het toppunt van professionalisme. De eerste dag dat u naar Rome kwam, wist zij al wie u was…'

Harry's blik dwaalde af. Daarom had ze hem opgepikt bij het hotel. Hij had het haar zelfs kwalijk genomen en geprobeerd door te lopen. Maar ze had hem helemaal binnenstebuiten gekeerd. Al die tijd had ze hem bewerkt voor haar verhaal. Niet zozeer op dat moment, als wel om te zien waar het heen ging. Ja, zij was het toppunt van professionalisme, net zoals hij. En dat had hij zich de hele tijd al moeten realiseren, want voor beiden was dit hun leven. Dit, en bijna niets anders.

'Waarom denkt u dat ze na haar telefoontje met u meteen contact opnam met mij? Omdat ze wist wat ze wilde en wat ik nodig had en wat ik voor u zou kunnen betekenen. Ze wist dat als ze het goed speelde het in ieders voordeel zou uitpakken.'

'Krijg nou het heen en weer…' Harry streek een hand door zijn haar en liep weg. Vervolgens draaide hij zich om.

'U hebt het allemaal leuk bekokstoofd. Op één ding na. Zelfs al zouden we erachter komen waar hij zit, hij kan niet naar mij toe komen en ik niet naar hem.'

Eaton nam een slok van zijn borrel. 'U wel, als iemand anders… Met een nieuwe naam, nieuw paspoort, nieuw rijbewijs. Als u voorzichtig was, zou u kunnen gaan en staan waar u maar wilt…'

'En u kunt dat regelen…'

'Ja.'

Harry staarde hem aan. Kwaad, gemanipuleerd, verbaasd.

'Als ik u was, meneer Addison, zou ik een gat in de lucht springen. Immers, u beschikt nu over twee mensen die u willen helpen. En dat ook kunnen.'

Harry bleef de man aangapen. '… Eaton, jij vuile, godvergeten klootzak.'

'Correctie, meneer Addison. Ik ben een vuile, godvergeten ambtenaar.'

45

Elf uur in de avond.

Harry lag in bed in Eatons appartement, met de deur op slot en gebarricadeerd met een stoel die onder de deurknop was geklemd, voor het geval dat. Hij probeerde de slaap te vatten, te geloven dat het allemaal wel goed zat, dat Eaton gelijk had gehad. Tot nu had hij in zijn eentje voor een onmogelijke situatie gestaan, en van het ene op het andere moment beschikte hij over een schuilplaats en twee mensen die hem wilden helpen.

Eaton was vertrokken met de boodschap dat hij voor Harry wat te eten had besteld en had voorgesteld dat Harry ondertussen een douche zou nemen om zijn genezende wonden zo goed mogelijk te kunnen reinigen. Scheren mocht niet. Voor het moment bood zijn baard hem bescherming, deed hem er als iemand anders uitzien.

Maar Eaton wilde vooral dat Harry eens goed nadacht over zijn nieuwe identiteit, iemand met een achtergrond die hij kende, om niet voor verrassingen te komen te staan. Een hoogleraar aan een rechtenfaculteit of een journalist die schreef over de entertainmentwereld en toevallig in Italië op vakantie was, een aankomend scenario- of romanschrijver die informatie vergaarde over het oude Rome.

'Ik blijf wat ik was, een priester,' was zijn antwoord geweest toen Eaton verscheen met een pizza, een fles rode wijn en wat brood en koffie voor de volgende ochtend.

'Een Amerikaanse priester is nou net wat ze zoeken.'

'Het stikt hier van de priesters. En ik durf wel aan te nemen dat daar meer dan één Amerikaan tussen zit.'

Eaton had even geaarzeld, vervolgens simpelweg geknikt, was daarna naar de slaapkamer gegaan en weer verschenen met twee van zijn overhemden en een trui. Vervolgens haalde hij uit een la een 35 mm-camera tevoorschijn, deed er een fotorolletje in en zette Harry tegen een witte muur. Hij maakte achttien foto's, zes met Harry in het ene en zes in zijn andere overhemd, en nog eens zes met een trui aan.

Daarna was hij vertrokken met de boodschap dat Harry vooral binnen moest blijven en dat óf hij óf Adrianna de volgende middag zou terugkomen.

Waarom?

Waarom had hij ervoor gekozen priester te blijven? Had hij daar wel voldoende over nagedacht? *Ja*. Immers, een priester kon ook een gewone burger zijn. Daarvoor hoefde je je alleen maar om te kleden. En, zoals hij al had gesuggereerd, het zou wel heel toevallig zijn als je uitgerekend op een priester stuitte die Amerikaan bleek te zijn, zo had Hercules gezegd. De straat was de beste schuilplaats. Ga op in de menigte. Hij had het gedaan en het had gewerkt. Meerdere keren. Zelfs eenmaal pal onder de neus van de carabinieri.

Aan de andere kant had Eaton wel degelijk gelijk. De politie was op zoek naar Danny, en Danny was een Amerikaanse geestelijke. Een priester die Engels sprak met een Amerikaans accent zou een voor de hand liggende verdachte zijn. Mensen zouden hem aanstaren en zich afvragen of ze dat gezicht, maar dan zonder die baard, al eens eerder hadden gezien. En dan die beloning niet te vergeten. Honderd miljoen lire. Ongeveer zestigduizend dollar. Wie zou daarvoor niet een blunder willen riskeren en de politie bellen, ook al zou het naderhand de verkeerde blijken te zijn?

Belangrijker nog, wat wist hij van het ambt van priester af? Stel dat een confrère hem in een gesprek betrok. Stel dat iemand hem om hulp vroeg. Hoe dan ook, hij had zijn besluit genomen, de foto's waren gemaakt en, afgezien van zijn nieuwe papieren, zou Eaton hem vast en zeker ook een nieuwe achtergrond verschaffen.

Die van een priester.

Hij luisterde naar de geluiden van nachtelijk Rome. De Via di Montoro was een zijstraat en hier was het een stuk rustiger dan met het kabaal buiten zijn hotel boven aan de Spaanse trappen. Maar de herrie was ook hier nog te horen. Verkeer, het niet-aflatende geknetter van scooters, voorbijgangers.

Stukje bij beetje vervaagden de geluiden tot een achtergronddecor om uiteindelijk een uit de verte klinkende symfonie van het niets te worden. De douche, het schone bed, de hele beproeving, alles bracht Harry in een diepe slaap en dwong hem voorzichtig zijn ware uitputting te onderkennen. Misschien was dat de reden wel waarom hij priester wilde blijven. Gewoon omdat het zo eenvoudig was. En omdat het had gewerkt. Niet om die andere re-

den... namelijk dat hij op deze merkwaardige manier wilde ervaren wat voor persoon zijn broer nu eigenlijk was, om – wat Hercules zo achteloos had gesuggereerd – tenminste voor even, zijn
broer te worden.

Hij sloot zijn ogen en dommelde in. Opnieuw verscheen de
kerstkaart op zijn netvlies: de versierde boom achter de poseren-
de gezichten die gemaakt glimlachten vanonder hun kerstmut-
sen, moeder, vader, hijzelf, Madeline en Danny.

Vrolijk kerstfeest van de Addisons.

Vervolgens vervaagde het beeld en in het donker hoorde hij
Pio's stem die opnieuw de woorden fluisterde die hij op de terugweg naar Rome in de auto had gesproken. *'U weet wat ik zou denken als ik in uw schoenen stond... Is mijn broer nog in leven? En zo ja,
waar hangt hij dan uit?'*

Marsciano zat in zijn eentje in zijn bibliotheek. Zijn computer was
uitgeschakeld; de boeken, die de muren van vloer tot plafond aan
het gezicht onttrokken, vormden weinig meer dan decoratie. De
halogeenlamp op de rand van zijn houten bureau verschafte het
enige licht. Vóór hem, in het licht van de lamp, lag de envelop die
hem in Genève was bezorgd. Het was een spoedbestelling geweest. Het was dezelfde envelop die hij op zijn terugreis naar
Rome in de trein bij zich had. Erin zat een cassettebandje dat hij
eenmaal had afgeluisterd en daarna nooit meer. Waarom hij het
nu opnieuw wilde horen, wist hij niet. Toch leek de boodschap
hem opnieuw te lokken.

Hij trok een la open, zette een minicassettespeler op zijn bureau, opende vervolgens de envelop en duwde het bandje in het
apparaat. Even aarzelde hij. Vervolgens gleed zijn duim vastberaden naar de afspeeltoets en drukte deze in. Even klonk er wat dof
geruis toen het bandje begon te lopen. Daarna hoorde hij de
stem, gedempt maar uitstekend te verstaan.

'In de naam van de Vader, de Zoon en de Heilige Geest. Dat
God, die licht brengt in onze harten, u mag helpen uw zonden te
doorgronden en u te laten vertrouwen in zijn genade.'

'Amen,' sprak nu een andere stem.

'Geeft u mij Gods zegen, eerwaarde, want ik heb gezondigd,'
ging de nieuwe stem verder. 'Er zijn al heel wat jaren verstreken
sinds mijn laatste biecht. Luister naar mijn zonden...'

Onmiddellijk landde Marsciano's duim op de 'stop'-knop. Zo
bleef hij zitten, niet in staat verder te gaan, niet in staat om de rest
te horen.

Een biecht was op band vastgelegd zonder medeweten van zowel de zondaar als de priester. De zondaar, de biechteling, was hijzelf. De priester was de eerwaarde vader Daniel.

Vervuld van afschuw en walging, door Palestrina naar de afgrond van zijn eigen ziel gedreven, had hij toevlucht gezocht tot de enige plek waar hij zich veilig kon voelen. Pater Daniel was niet alleen een eerbiedwaardige confrère en de meest toegewijde vriend die hij ooit had gehad, hij was tevens een priester in naam van God. Ieder gesproken woord zou vallen onder het biechtgeheim en zou dus voor altijd binnen de vier wanden van het biechthokje bewaard blijven.

Alleen, dat laatste was niet gebeurd.

Want Palestrina had het opgenomen. En je kon er donder op zeggen dat Farel ook op andere plekken, al die plekken – besloten of niet – die door Marsciano of de anderen konden worden bezocht, afluisterapparatuur had geplaatst.

De staatssecretaris van het Vaticaan verkeerde in een toenemende staat van paranoia en was bezig zich op alle fronten in te dekken. Ondertussen speelde hij de rol van de bezielde militaire leider die in hem zat, zo had hij Marsciano ooit onthuld. Hij was toen dronken, maar had met veel trots en in alle ernst opgeschept dat hij, vanaf de dag dat hij oud genoeg was om dergelijke dingen te weten, geloofde de reïncarnatie te zijn van Alexander de Grote, de oude veroveraar van het Perzische rijk. Zo had hij zijn leven sindsdien geleid, en daarom had hij zich tot deze positie op deze plek weten op te werken. Of anderen hem nu wel of niet geloofden, maakte geen verschil, zolang hij het maar geloofde. En daarna moest Marsciano toezien hoe Palestrina zich meer en meer hulde in de mantel van een veldheer in oorlogstijd.

De snelheid en brutaliteit waarmee hij na het afluisteren van de opname had gehandeld! Donderdagavond laat was Marsciano te biecht gegaan en vrijdagochtend was pater Daniel in alle vroegte naar Assisi vertrokken, zonder twijfel vervuld van dezelfde afschuw en zoekend naar vertroosting. Voor Marsciano stond het buiten kijf wie Daniel had tegengehouden, wie de bus had opgeblazen en daarbij vele onschuldigen tot slachtoffer had gemaakt. Het was dezelfde meedogenloze minachting voor de mensheid als bij zijn strategie voor China, dezelfde kille paranoia die er niet alleen voor zorgde dat hij een wantrouwen jegens zijn naasten koesterde, maar zelfs jegens het biechtgeheim en daarmee jegens de canonieke wetten.

Marsciano had het kunnen weten. Hij had immers zelf gezien hoe het beest in Palestrina zich geleidelijk aan manifesteerde. Het schrikbeeld stond voor altijd in zijn geheugen gegrift, alsof het in staal was gestanst.

Op de ochtend na de grote openbare begrafenis van de kardinaal-vicaris had de staatssecretaris alle resterende en nog altijd diepge-schokte leden die zijn hofkliek vormden – Joseph Matadi, prefect van de congregatie van de bisschoppen, en Fabio Capizzi, direc-teur-generaal van de Vaticaanse bank – bijeengeroepen voor over-leg in een privé-villa in Grottaferata, even buiten Rome, een bui-tenverblijf dat door Palestrina vaak werd gebruikt voor 'introspectief overleg' en tevens de plek waar hij voor het eerst zijn 'China-offensief' had gepresenteerd.

Na aankomst waren de leden naar een kleine, rechthoekige binnenplaats begeleid, netjes ingebed tussen keurig gesnoeide struiken en op een kleine afstand van de villa. Daar werden ze op-gewacht door Palestrina, zittend aan een ijzeren tafeltje, nippend aan een kop koffie en tikkend op een laptop. Farel was er ook en had zich als een ijzeren butler achter Palestrina's stoel opgesteld. Er was nog een derde persoon aanwezig – een rustige, aantrekke-lijke man van nog geen veertig. Slank, van gemiddelde lengte, met ravenzwart haar, felblauwe ogen en gekleed – zo herinnerde Marsciano zich – in een blauwe blazer met twee rijen knopen, wit overhemd, donkere stropdas en grijze pantalon.

'U hebt nog niet kennisgemaakt met Thomas Kind,' sprak Pa-lestrina, terwijl het gezelschap plaatsnam. Hierbij maakte hij een handgebaar alsof hij een nieuw lid van een besloten club introdu-ceerde.

'Hij helpt ons bij het coördineren van de "situatie" in China.'

Nog steeds kon Marsciano zijn afschuw en het ongeloof voelen en hij zag dat dat ook voor de anderen gold: Capizzi's lippen die zich plotseling onwillekeurig verstrakten tot een dunne streep; de ernstige bezorgdheid in de ogen van de anders zo humorvolle Jo-seph Matadi nu Thomas Kind opstond en hen beleefd bij hun naam begroette, daarbij ieder een priemende blik toewerpend.

'*Buon giorno*, monseigneur Capizzi.'

'Kardinaal Matadi.'

'Kardinaal Marsciano.'

Marsciano herinnerde zich dat hij Kind hier een jaar geleden in

163

het gezelschap had gezien van een kleine Chinees van middelbare leeftijd, toen hij en pater Daniel een ontmoeting met Pierre Weggen hadden. Maar hij had hem slechts op een afstandje gezien, had geen idee wie de man was en had er verder, behalve de associatie met China, geen aandacht aan besteed. Hem nu van dichtbij te zien, te horen en vooral te beséffen wie hij was als hij je aankeek en je naam sprak, was een huiveringwekkende ervaring.

En Palestrina's heimelijke verrukking bij het zien van hun niet al te best verhulde reacties maakte het voor alle aanwezigen meer dan duidelijk door wie de kardinaal-vicaris en op wiens instigatie deze was vermoord. Het feit dat ze in de villa ontboden waren, was slechts bedoeld als een waarschuwing dat als een van hen heimelijk de opvattingen van de betreurde kardinaal-vicaris zou steunen, Palestrina's plan voor China zou afwijzen en erover dacht de zaak bij de paus dan wel het college van kardinalen aanhangig te maken, hij met Thomas Kind te maken zou krijgen. Het was een staaltje van pure Palestrina-terreur, een theatrale voorstelling van zijn almaar groeiende circus der verschrikking. Bovendien was het een duidelijk signaal dat zijn campagne om China onder de duim te krijgen elk moment kon beginnen.

Daarna, alsof het nog onbeschofter kon, had Palestrina hen met een simpel handgebaar door zijn zilvergrijze haar weer weggebonjourd.

Marsciano's ogen gingen open en staarden weer naar het gedempte licht van zijn studeerkamer en de minicassetterecorder op zijn bureau. In zijn biecht had hij pater Daniel verteld over de moordaanslag op kardinaal Parma en zijn eigen medeplichtigheid aan Palestrina's masterplan voor de expansie van de Kerk in China, een die niet alleen een onderhands gemarchandeer met Vaticaanse investeringen vereiste, maar erger nog, tot de dood van ontelbare onschuldige Chinese burgers zou leiden.

Met zijn biecht had hij zonder het te weten pater Daniel de doodssteek toegebracht. Bij de eerste keer had het noodlot toegeslagen of was er misschien sprake geweest van goddelijke interventie. Maar toen ze eenmaal zeker wisten dat hij nog leefde, was het Thomas Kind die de jacht zou openen. En Kind ontglippen, was zo goed als onmogelijk. Palestrina zou geen twee keer falen.

46

Thomas Kind zat achter het stuur van een gehuurde witte Lancia en wachtte tot iemand op nummer 1217, het adres van het particuliere ambulancebedrijf aan de overkant, de deur zou openen. Kijkend in het spiegeltje streek hij zijn haar glad en keek vervolgens weer naar de pui. Om halfacht ging het bedrijf open. Waarom zou iemand anders net zo vroeg op zijn als hij, en dan nog op een zaterdagochtend? Goed, dus hij zou wachten. Geduld was alles.

7.15

Een jogger passeerde nummer 1217. Zeventien seconden later reed er in tegengestelde richting een jongen op een fiets voorbij. Daarna niets. Geduld.

7.20

Opeens doemden er in zijn achteruitkijkspiegeltje twee motoragenten op. Thomas Kind vertrok geen spier. Langzaam kwamen ze dichterbij om vervolgens langs te rijden. De deur aan de overkant bleef dicht.

Achteroverleunend in het leer van zijn stoel dacht Thomas Kind na over wat hij tot dusver aan de weet was gekomen: een nieuw model Iveco-transportwagen, grijs, met het Italiaanse kenteken PE 343552, was woensdagavond om exact dertien minuten over halftien vertrokken van het St. Caecilia-ziekenhuis. In de wagen bevonden zich een mannelijke patiënt, een non – kennelijk ook verpleegster – en twee mannen, vermoedelijk verpleegkundigen.

De informatie waarom hij had verzocht en die hij uiteindelijk van Farel had gekregen, had aangetoond dat het St. Caecilia één van slechts acht ziekenhuizen in heel Italië was die de afgelopen week een anonieme patiënt hadden opgenomen. Om specifieker te zijn, het St. Caecilia bleek het enige ziekenhuis waarvan de patiënt van het mannelijk geslacht en begin tot half in de dertig was.

Na zijn aankomst gisteren vlak na het middaguur was hij rechtstreeks naar het St. Caecilia doorgereden. Na even rondgekeken te hebben, werd bevestigd waar hij al op had gerekend, namelijk dat het privé-ziekenhuis over een veiligheidssysteem van camera's beschikte waarmee niet alleen de gangen en openbare vertrekken werden bestreken, maar ook de in- en uitgangen. Het was, zo hoopte hij maar, net zo uitgebreid als het leek.

Na te zijn verwezen naar de bestuursvertrekken toverde hij een visitekaartje tevoorschijn waarmee hij zich identificeerde als een vertegenwoordiger van een in Milaan gevestigd bedrijf in veiligheidssystemen en verzocht hij om een gesprek met het hoofd beveiliging van het ziekenhuis.

De man was niet aanwezig, zo kreeg hij te horen, maar werd rond acht uur die avond weer terugverwacht. Thomas Kind had gewoon geknikt met de mededeling dat hij dan wel terug zou komen.

Om kwart over acht waren de twee in een geanimeerd gesprek verwikkeld in het kantoor van het hoofd beveiliging. Toen Kind terzake kwam, vroeg hij of het ziekenhuis, gezien de bomaanslag op de bus naar Assisi en de moord op de kardinaal-vicaris van Rome – die, zoals de regering vreesde, wel eens het begin van een nieuwe golf van terroristische aanslagen zou kunnen zijn – iets had ondernomen om de veiligheidssituatie te verbeteren.

Geen zorgen, had het zelfverzekerde en verrassend jonge beveiligingshoofd gezegd. Even later betraden de twee het bedieningscentrum beveiliging en namen plaats achter een batterij van zestien tv-schermen met daarop de beelden van bewakingscamera's die door het hele gebouw opgesteld stonden. Met name één daarvan trok de belangstelling van Thomas Kind. Het was de camera waar hij naar zocht, de camera die de parkeerhaven voor de ambulances bij de eerstehulp bestreek.

'Uw camera's draaien vierentwintig uur per dag, iedere dag?' informeerde hij.

'Klopt.'

'Houdt u van alles een videotape bij?'

'Daar.' Het hoofd beveiliging wees naar een smal portaal, het leek meer een kast, waar rode opnamelampjes van videorecorders opgloeiden in het schemerlicht.

'De banden worden een halfjaar bewaard en daarna gewist en opnieuw gebruikt. Ik heb het systeem zelf bedacht.'

Thomas Kind zag hoe trots de man was op zijn prestatie. Het was iets wat toegejuicht en vervolgens uitgebuit diende te worden. En dat deed Thomas Kind dan ook. Hij liet weten hoezeer hij onder de indruk was van het systeem, schoof enthousiast zijn stoel bij en verzocht om een demonstratie van het video-retrievalsysteem. Zo vroeg hij bijvoorbeeld of de man een opname kon laten zien van iemand die op een specifiek tijdstip op een bepaalde dag per ambulance arriveerde of vertrok – laten we zeggen, eh... afgelopen woensdagavond, 9 juli, circa halftien?

Het hoofd beveiliging was gewoon blij dat hij Kind dat plezier kon doen en drukte grijnzend een getal in op het moederboard. Voor hun neus sprong een beeldscherm aan. Rechtsboven in de hoek verscheen een tijd- en datumcode en vervolgens startte een video-opname van de achteringang van het ziekenhuis. Het hoofd spoelde de band snel door tot er voor de eerstehulppost een ambulance arriveerde. Het voertuig kwam tot stilstand, de begeleiders stapten uit en een patiënt werd uit de ambulance gereden en verdween naar binnen. Duidelijk in beeld waren de gezichten van de begeleiders, maar ook dat van de patiënt. Even later kwamen de mannen terug en reed de ambulance weg.

'Ik zie dat u over een pauzestand beschikt,' merkte Kind op. 'Stel dat er een probleem is en rechercheurs hebben een kentekenplaat nodig.'

'Kijk,' zei het hoofd, drukte op 'reverse' en bracht de ambulance terug in beeld. Vervolgens liet hij de knop los en liet het beeld in de pauzestand verstillen op een duidelijk herkenbaar nummerbord.

'Volmaakt,' glimlachte Kind. 'Zou ik nog iets meer kunnen zien?'

De band spoelde vooruit en Kind, met één oog aandachtig op de lopende tijdcode, hield het hoofd beveiliging aan de praat, terwijl de ambulances kwamen en weer gingen totdat er om 9.59 uur een beige Iveco-bestelwagen het beeld binnenreed.

'Wat is dat, een bestelwagen?' vroeg Kind terwijl hij keek hoe een zwaargebouwde man achter het stuur vandaan kroop en buiten het beeld van de camera het ziekenhuis inliep.

'Particuliere ambulance.'

'Waar is de patiënt?'

'Die pikt hij nu op. Kijk maar.' De band werd iets verder gespoeld totdat de man terugkeerde, dit keer vergezeld van een vrouw – ze leek op een pleegzuster –, een andere man – vermoedelijk een ziekenbroeder – en een patiënt op een brancard, dik in het verband en met twee infusen bungelend aan een standaard boven zijn hoofd. De zwaargebouwde man opende het achterpor-

167

tier. De patiënt werd naar binnen geschoven. De pleegzuster en de verpleegkundige stapten bij hem achterin. Vervolgens werd het portier gesloten, de potige man kroop achter het stuur en reed weg.

'Ik neem aan dat u dat kenteken ook kunt terughalen?' zei Kind, het hoofd beveiliging opnieuw paaiend.

'Tuurlijk.' De man stopte de band, spoelde iets terug en drukte vervolgens de pauzetoets in. Het kenteken was duidelijk in beeld: PE 343552. De tijd- en datumcode in de bovenhoek: 22.18/8 juli.

Kind glimlachte. 'PE is een voorvoegsel van Pescara. Het ambulancebedrijf komt uit de buurt.'

'*Servizio Ambulanza Pescara.*' De beveiligingsman glom weer van trots. 'U ziet het. We hebben alles onder controle.'

Thomas Kind glimlachte vol bewondering en activeerde nog éénmaal de ego-toets van het hoofd beveiliging en vond zo de naam die de anonieme patiënt had gebruikt – Michael Roark.

De omkaderde advertentie in het telefoonboek zorgde voor de rest. Servizio Ambulanza Pescara was gehuisvest aan de Via Arapietra nummer 1217, recht tegenover de straat waarin hij nu stond te wachten. De advertentie vermeldde ook de naam van de *direttore responsabile* van het bedrijf, eigenaar Ettore Caputo, en ernaast stond zijn foto afgebeeld. Eronder stonden de openingsuren. Van maandag tot en met vrijdag: 7.30 tot 19.30 uur.

Kind wierp een blik op zijn horloge.

7.25

Plotseling keek hij op. Aan de overkant was een man de hoek omgekomen die nu het huizenblok afliep. Thomas Kind nam de man aandachtig op en glimlachte. Ettore Caputo was vierenhalve minuut te vroeg.

47

De foto in het paspoort dat voor hem lag, was van hemzelf met baard, de baard die hij nog steeds droeg. Het paspoort zelf was versleten, de harde kaft gebogen en zacht geworden door het jarenlange gebruik. Het document was afgegeven op 11 maart 1991 in NewYork en zou op 10 maart 2001 verlopen zijn. Op de bladzijden binnenin prijkten de douanestempels van de Britse douane van Heathrow, 20 mei 1992; de Franse douane van Charles de Gaulle, 17 juni 1994 en de Amerikaanse douane van Dulles, 26 juli 1995. En daar bleef het bij, want op de meeste West-Europese luchthavens werd tegenwoordig niet meer gestempeld. De naam naast zijn foto was die van JONATHAN ARTHUR ROE, geboren 18-09-1965 te NewYork, VS.

Naast het paspoort lagen een rijbewijs, afgegeven in het district Columbia en een pasje voor de universiteit van Georgetown. Het rijbewijs vermeldde als residentie het Mulledy-gebouw op de campus van de universiteit van Georgetown, Washington, D.C. Ook deze twee documenten bevatten zijn foto.

In feite waren alle drie de foto's verschillend. Met Harry tweemaal in een van Eatons overhemden, en in diens trui. Geen van de drie gaven ze de indruk op dezelfde plek, in dezelfde kamer waarin hij nu stond, of op dezelfde tijd, de avond tevoren, te zijn genomen.

'Dit is de rest.' Adrianna Hall schoof een envelop over de koffietafel vóór haar. 'Er zitten ook contanten in, twee miljoen lire, ongeveer twaalfhonderd dollar. We kunnen voor meer zorgen, als het nodig is, maar ik moest je van Eaton waarschuwen: priesters hebben geen geld, dus spendeer het niet zoals je normaal doet.'

Harry keek haar aan, opende de envelop en haalde de inhoud tevoorschijn. Twee miljoen lire in biljetten van vijftigduizend en het velletje papier met drie keurig getypte paragrafen met regelafstand één.

'Hier staat wie je bent, waar je werkt, wat je doet, het hele verhaal,' legde Adrianna uit. 'In ieder geval voldoende om je ergens uit te bluffen wanneer iemand naar bijzonderheden vraagt. Je opdracht is om de gegevens vanbuiten te leren en het vel daarna te vernietigen.'

Eerwaarde Jonathan Arthur Roe, dat was vanaf nu Harry Addisons nieuwe naam, jezuïetenpriester en hoogleraar in de rechtsgeleerdheid, verbonden aan de universiteit van Georgetown, woonachtig in een jezuïetenverblijf op de campus en sinds 1994 werkzaam als docent. Hij was als enig kind opgegroeid in Ithaca in de staat New York. Beide ouders waren overleden. De rest vermeldde zijn achtergrond: de scholen die hij had bezocht, waar en wanneer hij zich op het seminarie had aangemeld, een beschrijving van het universiteitscomplex plus de omgeving, het Georgetown-district van Washington, tot en met een gedetailleerde beschrijving van het uitzicht over de rivier de Potomac vanuit zijn slaapkamer, maar alleen in de herfst en winter wanneer de bomen kaal waren.

Onder aan de bladzij aangekomen keek hij op naar Adrianna. 'Het lijkt erop dat ik als jezuïet een gelofte van armoede heb moeten afleggen.'

'Waarschijnlijk is dat de reden waarom hij je geen creditcard heeft gegeven...'

'Waarschijnlijk...'

Harry draaide zich om en liep door de kamer. Eaton had zich aan zijn belofte gehouden, hem alles verschaft wat hij nodig had. Het enige wat Harry moest doen, was de zaak tot een goed einde brengen.

'Het lijkt een beetje op een soort beroepenraadspel, vind je niet?' zei hij terwijl hij zich weer naar haar omdraaide. 'Je kruipt volledig in de huid van iemand met een ander beroep...'

'Je hebt weinig keus.'

Harry keek haar eens aandachtig aan. Dit was een vrouw zoals vele anderen, eentje met wie hij het bed had gedeeld maar die hij nauwelijks kende. Afgezien van dat ene moment in het donker waarop hij het gevoel kreeg dat iets in haar vreesde voor haar eigen sterfelijkheid en oprecht bang was – niet zozeer om te moeten sterven, als wel om niet meer verder te kunnen leven – realiseerde hij zich dat hij haar beter kende van de tv dan wanneer hij zich samen met haar in een en dezelfde kamer bevond.

'Hoe oud ben je eigenlijk, Adrianna? Vierendertig?'

'Zevenendertig.'

'Goed. Zevenendertig. Stel dat jij iemand anders kon zijn,' vroeg hij op serieuze toon, 'wie zou je dan kiezen?'

'Daar heb ik nooit over nagedacht...'

'Kom, doe eens een gooi, toe dan. Wie?'

Met een abrupt gebaar sloeg ze haar armen over elkaar. 'Ik zou niemand anders willen zijn. Ik ben wel tevreden met mezelf en met wat ik doe. En daar heb ik verdomd hard voor moeten werken.'

'Zeker weten?'

'Ja.'

'Moeder, echtgenote...?'

'Ben je mal?' Haar halve schaterlach was zowel oprecht als defensief, alsof hij een gevoelige snaar had geraakt die ze liever niet geraakt wilde zien.

Hij draafde door. Misschien wel iets te veel en een beetje oneerlijk, maar om de een of andere reden wilde hij meer van haar weten.

'Een hoop vrouwen combineren het, een carrière én een gezinsleven...'

'Niet deze vrouw.' Adrianna liet zich niet vermurwen, maar klonk zo mogelijk wat serieuzer. 'Ik heb je al gezegd dat ik het liefst met vreemden naar bed ga. En weet je waarom? Het is niet alleen opwindend, maar geeft je ook totale onafhankelijkheid. En voor mij is dat het allerbelangrijkste, want het stelt me in staat mijn werk zo goed mogelijk te doen, zo dicht mogelijk door te dringen tot de waarheid... Denk je nu echt dat ik als moeder vanaf een of ander slagveld tussen artillerievuur een beetje iemands burgeroorlog ga zitten verslaan? Of, om even wat dichter bij huis te blijven, een levenslange gevangenisstraf in een Italiaanse bajes riskeer, omdat ik een van de meest gezochte figuren in het land valse identiteitspapieren heb verschaft? Nee, Harry Addison, dat zou ik niet willen, want zoiets zou ik mijn kinderen niet willen aandoen... Ik ben een loner die dat wel lekker vindt zo... Ik verdien goed, slaap met wie ik wil, kom op plekken waar zelfs jij alleen maar van kunt dromen en heb toegang tot individuen bij wie zelfs staatshoofden het nakijken hebben... Ik krijg daar een kick van, en dat geeft me het lef om als enige de geschiedenis te verslaan op een manier zoals ze dat alleen vroeger deden. Is dat zelfzuchtig? Ik zou niet weten wat dat betekent... Maar het heeft niets te maken met journalistje spelen. Het is wat ik ben... En stel dat er iets gebeurt, en ik ben de klos, dan heb ik daar alleen mezelf mee...'

'Maar hoe moet dat dan als je eenmaal zeventig bent?'

'Dat moet je me dan nog maar eens vragen.'

Harry staarde haar nog een moment aan. Dat was precies

waarom ze op tv veel opener leek dan hier. Haar leven en haar emoties straalden af van het scherm. Dat was wie ze was en alles wat ze wilde zijn. En daar was ze een meester in. Een week geleden zou hij hetzelfde over zichzelf hebben gezegd. Vrijheid was alles. Die bood je enorme kansen, want je kon risico's nemen. Je vertrouwde op je vaardigheden en je speelde al je troeven uit, zo hard mogelijk. En als je verloor, dan verloor je... Maar nu werd hij bekropen door twijfels. Misschien kwam het omdat hij zijn vrijheid totaal verloren was. Misschien had de vrijheid wel haar prijs en had hij zich dat nooit gerealiseerd. Misschien was het inderdaad wel zo simpel... Maar misschien ook niet. En er was nog iets, iets waarvan hij wist dat hij het nog moest leren te begrijpen... En dit alles was een ontdekkingsreis om dat antwoord te vinden...

'Wat nu te doen... En wanneer...' hoorde Harry zich plotseling tot zijn eigen verrassing hardop zeggen. 'Met wie houd ik contact, met jou of met Eaton?'

'Met mij.' Ze deed haar tas open, haalde er een kleine zaktelefoon uit en gaf deze aan hem. 'Ik weet waar de politie mee bezig is en ik pleeg honderden telefoontjes per dag. Eentje meer of minder valt heus niet op.'

'En Eaton?'

'Zodra de tijd rijp is, breng ik hem op de hoogte...' Adrianna aarzelde even, en wendde haar hoofd iets af, net zoals ze voor de camera deed zodra ze op het punt stond iets uit te leggen. 'Jij hebt nog nooit van James Eaton gehoord... en hem zegt de naam Harry Addison helemaal niets, behalve dan wat hij uit de krant en van de tv, of misschien op de ambassade over jou heeft opgepikt... Ook mij ken je niet, behalve dan die ene keer toen we samen in dat hotel zijn gezien en ik een reactie van je wilde loskrijgen.'

'En dít dan?' Harry boog zich wat voorover en spreidde het paspoort van Jonathan Arthur Roe, het universiteitspasje en het rijbewijs over de tafel uit.

'Wat gebeurt er als ik linksaf sla in plaats van rechtsaf en regelrecht in de armen van de Gruppo Cardinale loop? Wat moet ik dan tegen Roscani zeggen? Dat ik altijd twee verschillende identificatiebewijzen bij me draag? Hij zal vast willen weten hoe ik eraan ben gekomen en waar.'

'Harry.' Op het gezicht van Adrianna verscheen nu een warme glimlach. 'Je bent nu toch wel oud genoeg om te weten wat links en wat rechts is. En anders zul je eerst even moeten oefenen, niet-waar?' Ze leunde wat voorover en gaf hem een vluchtige kus op de lippen. 'Niet de verkeerde weg inslaan,' fluisterde ze en liep de kamer uit. Toen ze bij de deur aangekomen was, zei ze alleen nog dat hij moest blijven zitten waar hij zat en dat ze hem zou bellen zodra ze nieuws had.

Hij keek hoe de deur zich achter haar sloot en hoorde de klik toen deze in het slot viel. Langzaam gleden zijn ogen naar de tafel waar alle identiteitspapieren lagen uitgespreid. Voor het eerst in zijn leven wenste hij dat hij acteerlessen genomen had.

48

Cortona, Italië, nog steeds zaterdag 11 juli, halftien in de ochtend.

Pleegzuster Elena Voso was klaar met winkelen en verliet het kruidenierszaakje aan de Piazza Signorelli met een grote tas vol verse groenten. Die had ze zorgvuldig uitgekozen, want de soep die ze wilde bereiden moest zo smakelijk en voedzaam mogelijk worden. Niet alleen voor de drie mannen die bij haar waren, maar ook voor Michael Roark. Het was onderhand tijd dat hij wat vast voedsel probeerde. Daarnet had ze zijn lippen bevochtigd en hij had in een reflex geslikt. Maar toen ze had geprobeerd hem met kleine teugjes een beetje water te laten drinken, had hij haar alleen aangekeken, alsof de inspanning te veel was. Toch, de geur van gepureerde warme groenten zou op zich misschien aanlokkelijk genoeg zijn om hem in ieder geval tot een paar hapjes te bewegen. Zelfs een lepel was beter dan niets. Het zou een begin zijn, en hoe eerder hij begon met vast voedsel, des te eerder kon ze hem van het infuus krijgen en hem helpen aan te sterken.

Marco zag haar de winkel uit komen en de smalle straat met keitjes oversteken naar het andere eind, waar ze de auto geparkeerd hadden. Normaal zou hij naast haar hebben gelopen en de tas gedragen hebben. Maar niet nu, niet hier vandaag in het felle zonlicht. En ook al zouden ze dan in dezelfde auto wegrijden, het was geen goed idee dat ze samen gezien werden. Het was iets wat iemand zich later zou kunnen herinneren. Goed, ze waren Italianen, maar hier in Cortona waren ze vreemden – een non en een man, duidelijk samen, die boodschappen aan het doen waren. Waarom? Waar waren ze mee bezig? Voor iemand misschien voldoende om te zeggen: 'Ja, die waren hier. Ik heb ze gezien.'

Marco zag dat Elena stilstond, over haar schouder keek, zich omdraaide en een winkeltje binnenging. Ook Marco hield zijn pas in en vroeg zich af wat ze deed. Links van hem liep een smal straatje steil naar beneden. Daar zag hij de verre vlakte en de wegen die voerden naar de oude ommuurde stad van de Umbriërs en Etrusken. Cortona was ooit een vesting geweest; hij hoopte maar dat hij het niet nog eens tot een vestingstad zou moeten maken.

Hij keek weer op en zag Elena naar buiten komen, haar hoofd naar hem draaien en vervolgens in de richting van de auto lopen. Vijf minuten later bereikte ze een kleine, zilverkleurige Fiat, de auto waarin Pietro hen vanuit Pescara naar het noorden had gevolgd. Even later was Marco er ook, liet even wat voetgangers passeren, nam toen de boodschappen van Elena over en stak de sleutel in het portier.

'Waarom ging u die winkel in?' vroeg hij toen ze wegreden.

'Mag ik dat niet?'

'Jawel, maar ik had er gewoon niet op gerekend.'

'Ik ook niet, en dat was ook de reden waarom ik naarbinnen ging.' Ze tilde een pak op uit de zak op haar schoot.

Maandverband.

Rond de klok van elf uur stond zowel de soep als de gepureerde groentenbrij te prutelen op het fornuis en bevond Elena zich met Michael Roark in de slaapkamer op de eerste verdieping. Hij zat voor het eerst rechtop in een leunstoel, een kussen onder elke arm geprop. Marco had hem uit bed en in de stoel geholpen en was vervolgens weggegaan, hunkerend om naar buiten te gaan voor een sigaretje. Boven hen lag Luca te slapen in een slaapkamer. Hij was de nachtwacht, net zoals hij dat was geweest in het ziekenhuis in Pescara, zittend in de bestelwagen van elf uur 's avonds tot zeven uur in de ochtend. Om de twee uur kwam hij binnen om Elena te helpen met het omdraaien van haar patiënt. Daarna ging hij weer naar buiten om te wachten en uit te kijken.

Waarvoor? Of voor wie? vroeg Elena zich opnieuw af, zoals ze steeds had gedaan.

174

Vanuit de slaapkamer zag ze Marco, trekkend aan een sigaret boven op een stenen muur met uitzicht over de zuidelijke omtrek van het terrein. Onder de muur liep de weg en iets verderop waren zich het hek en de oprijlaan die naar het huis voerde. Aan de overkant van de weg was een grote boerderij die zich in de zomerse nevels uitstrekte zo ver het oog reikte. Er reed nu een tractor die het stof deed opdwarrelen, terwijl hij achter het woonhuis een stuk akker omploegde.

Opeens verscheen Pietro, die tussen de cipressen voor het raam door naar Marco liep, zijn mouwen opgerold, het overhemd open tegen de toenemende hitte van de dag, het wapen in zijn broeksband niet langer verborgen. Hij bleef staan en de mannen kletsten wat. Na een paar tellen keek Marco even om naar het huis, alsof hij voelde dat er iemand naar hen keek.

Elena draaide zich om en keek naar Michael Roark. 'Zit je zo wel lekker?' vroeg ze.

Hij knikte heel licht, een lichte buiging van het hoofd. Maar het was beslist een reactie, veel dynamischer dan het eerdere knipperen van de ogen als reflex op haar knijpen in zijn duim of tenen.

'Ik heb iets te eten gemaakt voor je. Zou je willen proberen om iets binnen te krijgen?'

Dit keer kwam er geen reactie. Hij keek haar alleen aan en vervolgens dwaalden zijn ogen af naar het raam. Elena keek naar hem. Zijn hoofd, nu gedraaid naar het licht, gaf hem een profiel dat ze nog niet eerder gezien had, ondanks het verband. Ze aarzelde, bekeek hem nog een ogenblik aandachtig en liep toen langs hem naar het hoekje dat haar deel van de kamer was.

Ja, ze was de winkel binnengestapt voor maandverband. Maar dit was slechts een excuus geweest. Iets anders had haar aandacht getrokken: een krantenrek voor de winkelpui met kranten en een exemplaar van *La Repubblica* met de vette kop 'VOORTVLUCHTIGEN IN MOORD KARDINAAL PARMA NOG OP VRIJE VOETEN', en daaronder, in minder vette letters: 'Politie screent slachtoffers busexplosie Assisi'.

Allebei verhalen waarvan ze op de hoogte was, zij het in grove details. De moord op de kardinaal was uiteraard hét gesprek van de dag in het klooster, en vervolgens had die explosie plaatsgevonden in de bus naar Assisi. Kort daarna was ze naar Pescara afgereisd en sindsdien had ze geen krant of tv-programma meer gezien. Maar op het moment dat ze haar oog even op de koppen had laten vallen, was ze wakker geschud en had ze instinctief een verband gelegd tussen de krantenkop en Marco en de anderen – mannen die gewapend waren en haar en haar patiënt vierentwintig uur per dag bewaakten. Mannen die heel wat meer leken te weten over wat er gaande was dan zij.

In de winkel had ze de krant opgepakt en foto's gezien van de mannen die gezocht werden door de politie. Haar gedachten sloegen op hol. De busexplosie had op vrijdag plaatsgevonden. Michael Roarks auto-ongeluk op maandag in de bergen buiten Pescara. Dinsdagochtend had ze de opdracht gekregen naar Pescara te gaan. Een overlevende van de busexplosie kon best zwaar verbrand zijn en in coma liggen, misschien zelfs gebroken benen hebben, toch? Kon hij misschien in het geheim van het ene naar het andere ziekenhuis verplaatst zijn of wellicht zelfs voor een dag of wat naar een particuliere woning, voordat er maatregelen waren getroffen om hem naar Pescara te vervoeren?

Vlug had ze de krant gekocht. En daarna, bij nader inzien, het maandverband – als een manier om de krant te verbergen voor Marco en een onbetwistbaar excuus voor het feit dat ze de winkel was ingelopen – en had ze beide in dezelfde bruine, papieren zak gedaan.

Terug bij het huis had ze zich onmiddellijk in haar hoekje teruggetrokken en het pak maandverband vol in het zicht op een plank gelegd. Hierna had ze de krant zorgvuldig gevouwen en weggelegd onder kleding die nog in haar koffer zat.

Lieve god, dacht ze almaar, stel dat Michael Roark en de eerwaarde vader Daniel Addison één en dezelfde persoon zijn?

Na haar handen te hebben gewassen en een schoon habijt te hebben aangetrokken, wilde ze net de krant uit haar koffer pakken en deze naast haar patiënt houden om naar de foto te kijken en te zien of er enige gelijkenis was, maar op dat moment had Marco haar plotseling vanaf de trap geroepen en moest ze de krant terugleggen, de koffer afsluiten en naar beneden gaan om te kijken wat hij wilde.

Inmiddels waren Marco en Pietro buiten en lag Luca te slapen. Nu had ze even tijd.

Michael Roark keek nog steeds uit het raam, met zijn rug naar haar toe gedraaid toen ze binnenkwam. Ze liep op hem af, sloeg de krant open en hield hem omhoog zodat de foto van Daniel Addison op gelijke hoogte was met haar patiënt. Door het verband was het moeilijk te zien; bovendien werd Michael Roarks baard steeds langer, terwijl op de foto een pasgeschoren man te zien was, maar toch – het voorhoofd, de jukbeenderen, de neus, de manier waarop...

Plotseling draaide Michael Roark zijn hoofd en keek haar direct aan. Elena sprong op van schrik en trok de krant met een ruk achter haar rug. Een lang ogenblik leek hij haar woedend aan te kijken en ze wist zeker dat hij wist waar ze mee bezig was. Vervolgens ging langzaam zijn mond open.

'Wa – a – a – t – errr,' vervormde hij het woord met hese stem. 'Wa – a – a – terrrrr...'

49

Rome, zelfde tijd.

Waarom moest Roscani uitgerekend nú stoppen met roken? Toch had hij om zeven uur die ochtend zijn besluit genomen en was er gewoon mee gekapt, had zijn halfopgerookte sigaret in zijn asbak uitgedrukt en tegenover zichzelf verklaard dat hij vanaf dit moment officieel niet meer rookte. Sindsdien was de lege plek ingenomen door een reeks van artikelen: koffie, kauwgom, broodjes, opnieuw koffie en kauwgom. Op dit moment was het een softijsje met chocola dat hij in de julihitte tot zich nam en hij likte het gesmolten ijs van zijn hand terwijl hij te midden van de drukte naar het hoofdbureau terugliep. Maar noch het smeltende ijs noch het gebrek aan nicotine kon die ene gedachte in zijn hoofd bedwingen: het ontbrekende automatische Llama-pistool met demper.

De gedachte had hem midden in de nacht overvallen en hem voor de rest van de tijd uit zijn slaap gehouden. Het eerste wat hij die ochtend had gedaan, was het 'overdrachtsformulier voor bewijsstukken' bestuderen dat zowel door Pio als Farel was ondertekend op de boerderij. Hier had Farel het wapen, dat op de plek van de ontplofte bus was aangetroffen, aan Pio overgedragen. Netjes volgens voorschrift. Het betekende dat Pio wel degelijk over het pistool beschikte en dat het wapen na zijn dood in de handen van Harry Addison gekomen was. Maar dit behelsde slechts routinespeurwerk en was niet wat hem uit zijn slaap had gehouden en de hele ochtend al aan hem knaagde. Tot dusver had hij aangenomen dat de Llama van Spaans fabrikaat door pater Daniel was meegenomen en een definitieve schakel vormde tussen hem en de dode Spaanse communist Miguel Valera, de man die was geofferd om als hoofdverdachte te dienen van de moord op de kardinaal-vicaris van Rome.

Maar, en dit was nu het punt, stel dat dat pistool helemaal niet aan pater Daniel had toebehoord, maar aan iemand anders in die bus? Iemand die speciaal was meegereisd om hem te vermoorden? In dat geval zouden ze niet met één, maar met twee moorden zitten, de busaanslag én een poging tot moord op de priester.

23.30

Het was heet en plakkerig. De hoge temperatuur die zich de vorige week al had opgebouwd, had aangehouden en zelfs op dit late uur was het nog altijd zo'n negenentwintig graden.

In een poging wat verkoeling te krijgen, had kardinaal Marsciano zijn wollen ambtskleed verwisseld voor een kakikleurige broek en overhemd met korte mouwen en had daarna een plekje op de kleine binnenplaats van zijn appartement gezocht in de hoop dat een koel briesje de drukkende hitte wat zou verlichten.

Het licht dat door het raam van zijn bibliotheek naar buiten viel, verlichtte de tomaten- en peperstruiken die hij eind april had geplant. Hun vruchten waren al vroeg rijp geworden en konden bijna worden geplukt. Daar had de hitte voor gezorgd, maar dat was niet helemaal onverwacht geweest. Het was juli, en juli was gewoonlijk erg heet. Terugdenkend aan het kleine Toscaanse boerderijtje van twee verdiepingen waar hij en zijn vier broers en drie zussen waren opgegroeid, verscheen er even een kleine glimlach op zijn gezicht. De zomerse hitte betekende destijds twee dingen: uitputtend lange dagen waarop het hele gezin van voor zonsopgang tot na zonsondergang op het land werkte, en schorpioenen bij de vleet. Ze twee-, driemaal daags het huis uitvegen was een gewone dagelijkse routine. En je stapte nooit zomaar in bed, in je broek of in je schoenen, trok nooit je overhemd aan zonder de zaak eerst eens flink uit te schudden. De steek van een schorpioen bezorgde je een rode vlek en een brandende pijn die je nog lang zou heugen. Het was het eerste schepsel Gods dat hij oprecht verachtte. Maar dat was lang voordat hij Palestrina zou leren kennen.

Hij liet een gieter vollopen en besprenkelde de aarde van zijn moestuintje, zette hem weer terug op zijn oude plek en veegde het zweet van zijn voorhoofd. Nog steeds viel er geen zuchtje wind te bekennen en de avondlucht leek verstikkender dan ooit. De hitte. Hij probeerde haar uit zijn hoofd te bannen, maar het lukte hem niet, want hij wist dat met de hitte de klok voor Palestrina's China-plan was gaan tikken. Elke dag hield Marsciano de kranten bij, keek naar de weerberichten op de tv en surfde het Internet af naar nieuws omtrent het weer in Azië, net als Palestrina op dat moment deed, zo wist hij. Alleen, de secretaris zou over veel meer informatie beschikken dan hij. Dit kwam hoofdzakelijk doordat Palestrina in het kader van zijn 'China-offensief' zich aan een studie meteorologie had gezet en een hartstochtelijk student van de wetenschap van de weersvoorspelling was geworden... In nog geen jaar tijd had was hij uitgegroeid tot bijna een expert op het gebied van het interpreteren van computermodellen. Bovendien had hij contacten gelegd met een stuk of zes professionele meteorologen over de hele wereld die hij via e-mail om advies kon vragen. Als hij geen belangrijker agenda had gehad, zou de secretaris gemakkelijk een tweede carrière als belangrijkste weerman van Italië kunnen beginnen.

Waarop hij wachtte was een lange periode van heet en vochtig weer in Oost-China. Hierdoor zou het wateroppervlak al snel worden verstikt door welig tierende algengroei en hun giftige biologische uitscheidingsstoffen, waardoor de belangrijkste watervoorzieningen van dorpen en steden langs de kust zouden worden verontreinigd. Zodra de weerscondities goed waren en de algenplaag groot genoeg, zou Palestrina het startsein voor zijn 'offensief' geven. Oppervlaktewateren zouden op niet–traceerbare wijze worden vergiftigd, waardoor het zou lijken alsof de oorzaak moest worden gezocht bij de algenplaag en het falen van de gemeentelijke zuiveringsinstallaties.

Mensen zouden in groten getale sterven, waarna publieke verontwaardiging zou volgen. Bestuurders zouden heimelijk vrezen voor paniek in hun provincies en de indruk krijgen dat Beijing niet in staat was de watervoorziening te beheren. Er zou gedreigd worden met het verbreken van de band met de centrale overheid, waarmee de grootste angst van China werkelijkheid kon worden: de totale ineenstorting van het land, te vergelijken met die van de Sovjet-Unie. Zulke bestuurders zouden geporteerd raken voor een dringende, uiterst persoonlijke aanbeveling door een oude, vertrouwde en kredietwaardige bondgenoot dat een consortium van internationale constructiebedrijven, reeds werkend aan diverse projecten in het land, snel konden worden ingeschakeld om het landelijke halfverrotte, slechtgebouwde, bijna archaïsche waterhuishoudingssysteem in zijn geheel te vernieuwen, van kanalen en reservoirs en zuiveringsinstallaties tot dammen en waterkrachtcentrales.

Deze oude, vertrouwde, kredietwaardige bondgenoot zou natuurlijk niemand minder dan Piere Weggen zijn. Uiteraard zouden de betrokken firma's in het geheim door het Vaticaan worden geregeerd. Beheers China's waterwegen en je beheerst het land zelf. Dit vormde de kern van Palestrina's plan.

Om dat eerste mogelijk te maken, was heet weer vereist. Vandaag was het heet in Italië, en in Oost-China. En Marsciano wist dat, behoudens een abrupte weersverandering, boven Azië het slechts een kwestie van een paar dagen zou zijn voordat Palestrina het startsein zou geven en de verschrikkingen een aanvang namen.

Op het moment dat Marsciano zich omdraaide, ving hij een glimp op van een gezicht achter een van de bovenste ramen. Het was slechts een glimp, meer niet, daarna was het weer verdwenen, snel teruggetrokken. Het was zuster Maria Louisa die hem liet weten dat ze hem voortdurend in de gaten hield, dat wat hij ook deed, Palestrina over zijn schouder meekeek.

Weer binnen nam hij mistroostig plaats achter zijn bureau waar hij werkte aan de details van de laatste versie van de nieuwe investeringsnota die was goedgekeurd door het college van kardinalen. Maandagochtend zou hij Palestrina het document ter ondertekening voorleggen, waarna het deel zou uitmaken van het permanente document.

Al verder werkend, doemde in zijn gedachten een enorm zwart gat van vragen op dat diep in zijn ziel op de loer leek te liggen, alsof het hier een levend organisme betrof dat telkens de kop opstak zodra er zich een rustig moment aandiende om hem te kwellen: hoe kon het toch zo ver zijn gekomen dat ze Palestrina zijn gang hadden laten gaan en vooral, vanwaar toch zijn eigen verachtelijke onvermogen om eigenhandig in te grijpen? Waarom had hij de paus niet om een audiëntie verzocht, of het college van kardinalen een vertrouwelijk memo gestuurd waarin hij de gebeurtenissen onthulde en hen smeekte om hulp?

De tragiek was echter dat hij de antwoorden hierop allang voelde aankomen. Al talloze malen had hij ermee geworsteld. De Heilige Vader was oud, volkomen toegewijd aan zijn staatssecretaris, en zou hem door dik en dun steunen. En wie anders zwaaide de scepter over het college van kardinalen dan Palestrina? Zijn aanzien was enorm, zijn leger bondgenoten omvangrijk. Een beschuldiging van dergelijke omvang kon alleen maar stuiten op gehoon of pure verontwaardiging, alsof het hier heiligschennis betrof, alsof de aanklager niet goed bij zijn hoofd was.

Wat het helemaal onmogelijk maakte, was Palestrina's dreigement hém te ontmaskeren als het grote brein achter de moord op kardinaal Parma: het gevolg van een verachtelijke liefdesverhouding. En hoe kon Marsciano zich tegen een dergelijke leugen wapenen? Het antwoord was: met geen mogelijkheid, want Palestrina hield alle troeven in handen en kon het spel manipuleren naar eigen goeddunken.

Wat de zaak er nog gecompliceerder op maakte, was het feit dat al deze gebeurtenissen voortvloeiden uit een pauselijk verzoek een manier te vinden waarop de Kerk de volgende eeuw kon worden binnengeleid en dit was pas de laatste maanden in zijn geheel binnen de gewijde en besloten vertrouwenskring rond de paus bekokstoofd. Er waren al talrijke studies verricht, voorstellen gedaan, toen Palestrina zijn eigen plan met verve en volledig uitgewerkt presenteerde. En net als de anderen had ook Marsciano erom gelachen, het als een grap beschouwd. Maar het was geen grap. De secretaris was bloedserieus.

Tot Marsciano's afschuw stemde alleen kardinaal Parma tegen. De anderen, monseigneur Capizzi en kardinaal Matadi, hadden gezwegen. Achteraf gezien kon Marsciano dat maar al te goed begrijpen. Het was duidelijk dat Palestrina hen van tevoren uitvoerig had doorgelicht. Parma, exponent van de oude school, aartsconservatief en star, zou nooit met het plan hebben ingestemd. Maar de beide anderen – Capizzi, afgestudeerd aan Oxford en Yale en hoofd van de Vaticaanse bank; Matadi, prefect van de congregatie van kardinalen, wiens familie een van de prominentste van Zaïre was – golden als uiterst ambitieuze heren, twee politieke tijgers die hun hoge positie niet bij toeval hadden gekregen. Beiden waren uitzonderlijk gedreven en meer dan uitgekookt, en genoten een enorme aanhang binnen de Kerk. En wetende dat Palestrina het ambt van de paus niet ambieerde, aasden Capizzi en Matadi allebei op het pausschap, daarbij terdege beseffend dat alleen Palestrina's grillen en macht een van hen die begeerde positie kon bezorgen.

Marsciano zelf was uit heel ander hout gesneden, een man die zijn huidige positie te danken had aan zijn eigen intelligentie, die overtuigd apolitiek was en diep vanbinnen écht een 'man van vertrouwen'. Hij was een eenvoudige priester die geloofde in zijn Kerk en in God. En in die hoedanigheid kon hij zich niet indenken dat iemand als Palestrina ook binnen de moderne Kerk kon regeren. En daarmee beschikte Palestrina over een instrument om hem te kunnen manipuleren.

Plotseling sloeg hij hard met zijn vuist op tafel en vervloekte zichzelf, en daarmee tegelijkertijd zijn zwakheid en zijn naïviteit, ja zelfs zijn eigen *devotie*, zijn levenslange roeping. Als zijn woede en zelfbesef zich iets eerder hadden aangediend, zou hij misschien nog hebben kunnen ingrijpen, maar daarvoor was het al veel te laat. Het toezicht over de Heilige Stoel was door de Heilige Vader zo goed als overgedragen aan Palestrina en kardinaal Parma, de enige tegenstander, was vermoord. Capizzi en Matadi hadden om zeer persoonlijke motieven gebogen en meegebogen. Zo ook Marsciano zelf, hopeloos gevangen door het wezen van zijn eigen karakter. Met als gevolg dat Palestrina de teugels in handen had genomen, een verschrikking in gang had gezet die onomkeerbaar was en zou blijven. Het wachten was alleen nog op een zinderende hitte van een Chinese zomer.

50

Beijing, China. Hotel Gloria Plaza.
Zondag 12 juli, halfelf in de ochtend.

Op de zevende verdieping kwam de zesenveertigjarige Li Wen de lift uit en liep de gang op, zoekend naar kamer 886 voor zijn afspraak met James Hawley, een hydrobiologisch ingenieur uit Walnut Creek, Californië. Hij zag dat het regenen buiten was opgehouden en dat de zon nu door de bewolking brak. De rest van de dag zou warm en drukkend worden, zoals voorspeld, en het zag ernaar uit dat dit weerbeeld nog wel een paar dagen zou aanhouden.

Kamer 886 was halverwege de gang en de deur stond op een kier toen Li Wen er was.

'Meneer Hawley?' zei hij. Er kwam geen antwoord. Li Wen verhief zijn stem. 'Meneer Hawley.' Nog steeds niets. Hij duwde de deur verder open en ging naar binnen.

Binnen stond de kleuren-tv aan, er was een nieuwsuitzending, en op het bed lag een lichtgrijs pak dat bestemd was, zo leek het, voor een bijzonder lange man. Ernaast lagen een wit overhemd met lange mouwen, een streepjesdas en een boxershort. Links van hem stond de badkamerdeur open en hij hoorde het geluid van een stromende douche.

'Meneer Hawley?'

'Meneer Li.' De stem van James Hawley klonk boven het geluid van het water uit. 'Opnieuw moet ik me excuseren. Ik ben opgeroepen voor een dringende vergadering op het ministerie van Landbouw en Visserij. Waarover, weet ik niet. Maar het maakt niet uit, alles wat u nodig hebt, zit in een envelop in de bovenste la van het dressoir. Ik weet dat u een trein moet halen. De volgende keer nemen we samen wel een kop thee of een borrel.'

Li Wen aarzelde even, liep naar het dressoir en opende de bovenste la. Erin lag een hotelenvelop met daarop de met de hand geschreven initialen L.W. Hij pakte de envelop, opende deze, wierp een vluchtige blik op de inhoud, liet hem vervolgens in zijn jaszak glijden en sloot de la weer.

'Dank u, meneer Hawley,' zei hij in de richting van de dampende wolken die door de badkamerdeur de kamer binnendreven, en hij verdween vlug, de deur weer achter zich sluitend. De inhoud van de envelop was precies zoals beloofd en hij hoefde niet langer te blijven. Hij had iets meer dan zeven minuten om het hotel te verlaten, het verkeer op Jianguomennan–boulevard behendig te ontwijken en zijn trein te halen.

Was Li Wen iets vergeten en teruggekomen om het op te halen, dan zou hij in plaats van James Hawley een gedrongen, stevige Chinees, gekleed in een pak, de badkamer uit hebben zien komen. De man liep naar het raam, keek naar buiten en zag Li Wen voor het hotel de straat oversteken en snel in de richting van het station lopen.

Hij wendde zich af van het raam, pakte vlug een koffer onder het bed vandaan, legde James Hawleys voorzichtig uitgespreide kleren erin en vertrok vervolgens, de kamersleutel op het bed achterlatend.

Vijf minuten later zat hij achter het stuur van zijn zilverkleurige Opel, nam zijn mobiele telefoon ter hand en draaide de Tsjongwenmendong-straat op. Tsjen Yin grinnikte. Hij stond algemeen bekend als een geslaagde bloemenhandelaar, maar een heel andere kant aan hem was dat hij een meester was in de gesproken taal en het dialect. Waar hij met name heel veel plezier aan beleefde, was het gebruik van het Amerikaans Engels – te praten zoals iemand als James Hawley, een beleefde, zij het enigszins gekwelde hydrobiologische ingenieur uit Walnut Creek, Californië, gedaan zou kunnen hebben, als hij zou hebben bestaan.

51

Cortona, Italië. Zondag 12 juli, tien over vijf in de ochtend, tien over elf in de avond in Beijing.

'Mijn vriend, ik dank je,' zei Thomas Kind in het Engels. Daarna verbrak hij de verbinding en legde hij zijn zaktelefoon op de stoel naast hem. Tsjen Yins telefoontje was binnen het afgesproken tijdsbestek gekomen en het bericht was zoals hij had verwacht: Li Wen had de documenten bij zich en was op weg naar huis. Er was geen persoonlijk contact geweest. Tsjen Yin stond zijn mannetje. Betrouwbaar. En hij had Li Wen gevonden, en dat was geen sinecure: zoek en vind maar eens een happige pion, behept met alle reden en het talent om zijn superieuren tevreden te stellen, maar die tegelijkertijd het risico loopt om uit de partij te worden gezet of gevaar loopt op elk moment te worden geliquideerd, zodra de situatie dat vereist.

Tsjen Yin was vooraf betaald, als een voorschot in goed vertrouwen. Zodra Li Wen zijn klus had geklaard, zou hij de rest van het beloofde geld krijgen. Vervolgens zouden beide mannen van het toneel verdwijnen: Li Wen omdat hij niet meer nodig was en omdat alle sporen maar beter konden worden uitgewist; en Tsjen Yin omdat het verstandig zou zijn als hij het land een tijdje zou verlaten en omdat zijn geld toch al over de grens was, overgemaakt naar het Wells Fargo Bank-filiaal aan Union Square in het centrum van San Francisco.

Ergens in de verte kraaide een haan, wat Thomas Kinds aandacht meteen weer bij zijn taak terugbracht. Vóór hem kon hij het huis in de ochtendschemering ternauwernood onderscheiden. Het stond iets van de weg af achter een stenen muur. Een laagje mist hing over de geploegde akkers aan tegenover het huis. Hij zou na zijn aankomst, even na middernacht, al naar binnen hebben kunnen gaan. Hij had de elektriciteitskabels kunnen doorknippen en zijn nachtbril zou hem in het voordeel hebben gebracht. Maar dan nog zou hij in het donker hebben moeten moorden, en tegen drie man daarbinnen wist hij het zo net nog niet.

En dus had hij gewacht en had zijn gehuurde Mercedes ongeveer anderhalve kilometer verderop op een doodlopend weggetje geparkeerd. Daar had hij zich uitgekleed en in het donker zijn wapens gecontroleerd – twee Walther MPK's, kaliber 9 mm, machinepistolen met magazijnen voor dertig patronen. Hij rustte wat en zijn gedachten gingen terug naar de onfortuinlijke ontmoeting in Pescara waar Ettore Caputo, eigenaar van Servizio Ambulanza Pescara, en zijn vrouw hadden geweigerd hem informatie te verschaffen over de Iveco-ambulance die op woensdagavond vanuit het St. Caecilia-ziekenhuis met onbekende bestemming was vertrokken.

Koppigheid was een jammerlijke eigenschap van al zijn slachtoffers. Het echtpaar weigerde te praten en Thomas Kind was vastbesloten het antwoord boven tafel te krijgen. Eerder zou hij niet vertrekken. Zijn vragen waren eenvoudig: wie waren de inzittenden en wat was hun bestemming?

Pas toen Kind een tweepatroons Derringer .44 tegen signora Caputo's hoofd plaatste, kreeg Ettore opeens aandrang om te praten. Wie de patiënt of de passagiers waren, daarvan had hij geen idee. De chauffeur was een man die Luca Fanari heette, een ex-carabiniere en gediplomeerd ambulancechauffeur die zo nu en dan voor hem werkte. Eerder die week had Luca de ambulance voor onbepaalde tijd bij hem gehuurd. Waar hij nu uithing, wist hij niet.

Hierop had Thomas Kind zijn Derringer wat harder tegen het hoofd van signora Caputo gedrukt en zijn vraag herhaald.

'Bel verdomme Fanari's vrouw!' had mevrouw Caputo geroepen.

Anderhalve minuut later legde Caputo de hoorn weer op de haak. De vrouw van Luca Fanari had hem een telefoonnummer gegeven plus een adres waar haar echtgenoot te bereiken was, met de waarschuwing dat beide onder geen beding mochten uitlekken. Luca Fanari was met zijn patiënt, aldus Caputo, in noordelijke richting vertrokken, naar een woning, even buiten het stadje Cortona.

Onder de eerste zonnestralen die de hemel doorkruisten, klom hij over de muur en naderde het huis vanachteren. Hij droeg strakke handschoenen, een blauwe spijkerbroek, een donkere trui en zwarte joggingschoenen. Zijn ene Walther MPK lag in zijn hand, de andere hing aan een schouderriem. Beide waren voorzien van een demper. Hij zag eruit als een commando, wat hij op dit moment in feite ook was.

Vóór hem kon hij de beige Iveco-ambulance zien staan, geparkeerd naast de zijdeur. Vijf minuten later had hij het hele huis doorzocht. Het was volkomen leeg.

52

Rome, zeven uur in de ochtend.

Een uur eerder had Harry de video-opname gezien op een Engelstalig kanaal – deze bevatte een foto uit een vakblad in Hollywood met daarop Byron Willis, buitenopnamen van hun kantoorgebouw in Beverly Hills en van Byrons huis in Bel Air. Zijn vriend, baas en leermeester was donderdagavond bij thuiskomst doodgeschoten. Vanwege zijn band met Harry en de gelijktijdige gebeurtenissen in Italië had de politie het nieuws, hangende het onderzoek, achtergehouden. Nu was de FBI erbij betrokken en onderzoekers van de Gruppo Cardinale werden later op de dag in Los Angeles verwacht.

Verbluft en van afschuw vervuld had Harry het erop gewaagd,

naar Adrianna's werk gebeld en een boodschap achtergelaten om direct Elmer Vasko terug te bellen. En dat had ze gedaan, een uur later, vanuit Athene. Ze was net terug van Cyprus waar ze verslag had gedaan van een flinke confrontatie tussen Griekse en Turkse politici; ook zij had nog maar net het verhaal over Willis gehoord en ze had getracht meer aan de weet te komen voordat ze hem belde.

'Had het met mij te maken, met wat er hier in Italië verdomme allemaal aan de hand is?' Harry was kwaad en verbitterd en deed zijn uiterste best zijn tranen te bedwingen.

'Dat weet niemand nog. Maar...'

'Maar wát in godsnaam?'

'Ik heb begrepen dat het werk van professionals leek te zijn.'

'God, waarom?' fluisterde hij. 'Hij wist van niets.'

Zichzelf vermannend en vechtend tegen de duistere maalstroom van emoties informeerde Harry naar de stand van zaken in de jacht op zijn broer. Haar antwoord was dat de politie nog geen aanwijzingen had, dat de situatie onveranderd was. Dat was de reden waarom ze niet had gebeld.

Harry's wereld stortte compleet in. Hij had Barbara Willis, Byrons weduwe, willen bellen. Om met haar te praten, haar op een of andere manier te troosten en haar vreselijke leed te delen. Hij had Willis' oudste vennoten, Bill Rosenfeld en Penn Barry, willen bellen om erachter te komen wat er in godsnaam aan de hand was. Maar hij kon het niet. Niet per telefoon, niet per fax, zelfs niet per e-mail zonder bang te zijn dat de herkomst van zijn boodschap getraceerd zou worden. Maar stilzitten kon hij ook niet; als Danny nog leefde, was het slechts een kwestie van tijd voordat ze hem zouden pakken, net zoals ze dat met Byron Willis hadden gedaan. Onmiddellijk gingen zijn gedachten naar kardinaal Marsciano en de houding die hij had aangenomen bij de begrafenisonderneming toen hij hem opdroeg de verminkte resten te begraven alsof deze van zijn broer waren en hem daarna met klem afraadde de zaak verder op te pakken. De kardinaal wist duidelijk veel meer dan hij liet merken. Als iemand wist waar Danny zich nu bevond, zou hij het wel zijn.

'Adrianna,' zei hij op vastberaden toon, 'ik wil het privé-nummer van kardinaal Marsciano. Dus niet dat van zijn ambtelijke vertrekken, maar zijn privé-nummer. Zodat hopelijk alleen híj opneemt.'

'Ik weet niet of ik daaraan kan komen.'

'Doe je best.'

53

Nog steeds zondag, 12 juli.

De Via Carissimi was een straat met stijlvolle appartementen en herenhuizen, aan de ene kant begrensd door de uitgestrekte tuinen van de Villa Borghese en aan de andere kant door de fraaie, lommerrijke Via Princiana.

Vanaf halftien had Harry het met klimop begroeide, drie verdiepingen tellende appartementengebouw op nummer 46 met tussenpozen in de gaten gehouden. Tweemaal had hij kardinaal Marsciano's privé-nummer gedraaid. Tweemaal was een antwoordapparaat aangeslagen, tweemaal had hij de verbinding verbroken. Of Marsciano was niet aanwezig, of hij luisterde eerst naar wie er belde. Harry wilde geen van beide. Hij kon zich niet veroorloven een boodschap achter te laten of Marsciano de kans te geven hem aan de praat te houden terwijl iemand anders de verbinding natrok. Het beste was geduld hebben, althans voor even. Misschien dat als hij het op een later tijdstip nog eens probeerde, de kardinaal zelf zou opnemen.

Rond het middaguur draaide hij het nummer opnieuw en met hetzelfde resultaat. Gefrustreerd besloot hij een wandeling te maken in de tuinen van de Villa Borghese. Het was één uur toen hij plaatsnam op een parkbankje aan de rand van het villaterrein vanwaar hij duidelijk uitzicht had op de woning van de kardinaal.

Uiteindelijk stopte er om kwart over twee een donkergrijze Mercedes voor de deur. De chauffeur stapte uit en opende het achterportier. Een tel later stapte Marsciano uit, gevolgd door pater Bardoni. Samen liepen de twee geestelijken de trap op en verdwenen naar binnen. Meteen daarna kroop de chauffeur weer achter het stuur en reed weg.

Harry wierp een blik op zijn horloge, trok zijn zaktelefoon weer tevoorschijn, wachtte even totdat een jong stel voldoende uit de buurt was, drukte de herhaaltoets in en wachtte.

'*Pronto?*' – Hallo? De stem van de kardinaal klonk luid en duidelijk.

'Kardinaal Marsciano, u spreekt met Roe. Ik ben priester en verbonden aan de universiteit van Georgetown in –'

'Hoe komt u aan dit nummer?'

'Ik wil het graag eens met u hebben over een medisch probleem...'

'Over een wat?'

'Over een zogenaamde derde tepel.'

Opeens werd het even stil. Daarna hoorde hij een andere stem. 'U spreekt met pater Bardoni. Ik werk voor de kardinaal. Wat kan ik voor u betekenen?'

'Monseigneur Grayson van de rechtenfaculteit van Georgetown is zo vriendelijk geweest me voor mijn vertrek het nummer van de kardinaal te geven. Hij zei dat als ik hulp nodig had, Zijne Eminentie meer dan bereid zou zijn me te helpen.'

Harry bleef nog even zitten op het bankje totdat hij Bardoni de trap zag afdalen en daarna langs het huizenblok zijn kant op zag lopen. Hij stond op en slenterde naar een grote fontein waaromheen zich een menigte had geschaard die een vergeefse poging ondernam aan de drukkende hitte van deze julizondag te ontsnappen. Harry was slechts een van hen, een jonge, bebaarde priester die hetzelfde deed.

Hij keek achterom en zag hoe de jonge, lange priester met de donkere krullen het park inliep. Hij liep ontspannen, alsof hij een wandelingetje maakte. Toch kon Harry zien dat de priester in zijn richting keek in de hoop hem tussen de menigte rondom de fontein te kunnen ontdekken, maar op een manier die geen aandacht trok en die paste bij een man die onder druk stond en zich niet op zijn gemak voelde. Toch kwam hij en voor Harry was dat genoeg om te weten dat hij dus toch gelijk had. Danny leefde nog en Marsciano wist waar hij was.

54

Halfverscholen achter de kinderen die in de fontein aan het spetteren waren, keek Harry of pater Bardoni hem wist te vinden in de menigte. Uiteindelijk lukte het hem.

'U ziet er anders uit...' Bardoni kwam naast hem staan. Hij hield zijn ogen niet op Harry gericht, maar op de gillende en poedelende kinderen. Harry was inderdaad magerder geworden; daarbij hielpen de baard en ook het priesterlijke gewaad en de zwarte bonnet die schuin op zijn voorhoofd stond.

'Ik wil een ontmoeting met Zijne Eminentie.'

Beide mannen praatten op zachte toon, glimlachten wanneer dat gepast leek en genoten ondertussen van de fratsen van de kinderen.

'Ik vrees dat dat niet mogelijk is.'

'Waarom niet?'

'Daarom niet... Hij heeft een druk programma...'

Harry keek de priester nu aan. *'Bullshit.'*

Bardoni liet zijn blik langs Harry glijden. 'Meneer Addison, op het heuveltje achter u staan een paar carabinieri te paard. Iets dichterbij, rechts van u, staan nog eens twee motoragenten.' Zijn ogen richtten zich nu op Harry. 'U bent één van de twee meest gezochte mannen in Italië... Ik hoef me alleen maar in de richting van de politie te begeven en met mijn armen te zwaaien... Begrijpt u?'

'Eerwaarde, mijn broer leeft nog. En Zijne Eminentie weet waar hij is. Welnu, óf hij kan me zelf naar hem toe brengen óf we roepen die agenten daar en zorgen dat zij hem overtuigen hetzelfde te doen...'

Bardoni nam Harry aandachtig op, vervolgens ving zijn blik een man in een blauw overhemd op die aan de andere kant van de fontein naar hen stond te kijken.

'Misschien moeten we even een wandelingetje maken...'

Op het moment dat ze wegliepen, zag Harry hoe de man zich uit de menigte losmaakte en hen op een afstand volgde. Ze staken een open stuk gras over en liepen verder over een bestraat voetpad door het park.

'Wie is dat?' wilde Harry weten. 'Die man in het blauwe overhemd.'

Bardoni nam zijn bril af, wreef deze schoon op zijn mouw en zette hem toen weer op. Zonder de bril leek hij sterker en maakte hij fysiek meer indruk, en de gedachte bekroop Harry dat hij het ding helemaal niet nodig had, dat hij hem alleen maar droeg voor het effect, in een poging zijn uiterlijk te verzachten. Dat hij misschien meer een bodyguard dan een persoonlijke secretaris was.

Of, zo niet, iemand die veel meer betrokken was bij wat er gaande was dan hij leek te zijn.

'Meneer Addison...' Bardoni wierp een blik over zijn schouder. De man in het blauwe overhemd volgde hen nog steeds. Opeens hield hij halt en liet de man hen bewust inhalen. 'Hij werkt voor Farel...' zei hij op fluistertoon. De man was nu bij hen en knikte in het voorbijgaan. '*Buon giorno*.'

'*Buon giorno*,' zei Bardoni. Hij keek hoe de man doorliep en richtte zijn blik toen op Harry. 'U hebt geen idee wat er gaande is of waar u bij betrokken raakt.'

'Waarom vertelt u mij dat dan niet?'

Bardoni keek de man in het blauwe overhemd nog even na. Hij liep nog steeds verder over het pad, weg van hen. Opnieuw nam de geestelijke zijn bril af en richtte zich tot Harry.

'Ik zal overleggen met de kardinaal, meneer Addison,' stemde Bardoni voor dit moment toe. 'Ik zal hem vertellen dat u hem wenst te spreken.'

'Het is meer dan een wens, eerwaarde.'

Bardoni aarzelde, alsof hij Harry's vastberadenheid wilde peilen, en zette toen de bril weer op zijn neus. 'Waar verblijft u?' vroeg hij. 'Hoe kunnen we u bereiken?'

'Dat lijkt me niet zo'n goed idee, eerwaarde. Het is beter dat ik contact opneem met u.'

Aan het eind van het voetpad bleef de man in het blauwe overhemd staan en keek even om. Hij zag hoe de twee geestelijken elkaar de hand schudden en hoe Bardoni vervolgens in de richting liep vanwaar hij gekomen was. De andere priester, die met de zwarte bonnet, keek hem na en vervolgde daarna zijn weg over een ander pad.

55

Castelletti nam een sigaret uit het pakje dat voor hem op tafel lag en wilde hem aansteken. Opeens merkte hij dat Roscani hem aanstaarde.

'Je hebt liever dat ik buiten rook?'

'Nee.'

Roscani nam snel een hap van zijn wortel. 'Maak je zin af,' zei hij, wierp een korte blik naar Scala en staarde vervolgens weer naar het prikbord aan de muur naast het raam.

Ze bevonden zich in Roscani's kantoor. Jasjes waren uitgetrokken, overhemdsmouwen opgestroopt. De rechercheurs brachten Roscani verslag uit van hun afzonderlijke onderzoeken en deden daarbij hun best om boven het lawaai van de airconditioner verstaanbaar te blijven.

Castelletti had met behulp van de streepjescode op de Harry Addison-video de winkel aan de Via Frattina weten te achterhalen waar de band was verkocht. Het was nog geen vijf minuten van Hotel Hassler waar de Amerikaan verbleef.

Scala, speurend naar de oorsprong van het verband dat Addison om zijn hoofd droeg, had binnen een straal van zo'n achthonderd meter rondom de plek waar Pio was vermoord alle straten uitgekamd. In het gebied had hij 27 artsen en 23 klinieken gevonden. Niemand kon zich herinneren op de middag of avond van de moord iemand te hebben behandeld die voldeed aan Addisons signalement. Bovendien had Roscani's verzoek om de videobeelden door een computer te laten opwaarderen om het patroon van het reliëfbehang achter Addison beter te kunnen bestuderen, niets opgeleverd. Er kwamen gewoon te weinig details naar voren om er een duidelijk patroon uit te kunnen afleiden en een fabrikant te achterhalen.

Roscani hoorde het allemaal aan, knabbelend aan zijn wortel, de heerlijke geur van Castelletti's sigaret zo goed en kwaad als het ging negerend. Allebei hadden ze hun werk gedaan en hadden niets bruikbaars gevonden. Ook dat hoorde erbij. Het prikbord met de kaartjes van drie bij vijf centimeter met daarop de namen van 23 van de 24 slachtoffers van de bomaanslag op de bus was daarentegen veel interessanter. Hier en daar hingen ook foto's, re-cente maar ook oude, afkomstig uit familiealbums en meestal van de verminkte doden. Net als Scala en Castelletti had ook Roscani de foto's inmiddels ontelbare malen bekeken, voor het indutten, onder het scheren, onderweg achter het stuur. Als pater Daniel nog leefde, wiens plaats had hij dan ingenomen? Wie van de drieëntwintig anderen? Van de acht die de aanslag hadden overleefd en de zestien doden had men op één na – de lichamelijke resten waarvan men dacht dat ze van de priester waren – alle lichamen kunnen identificeren. Zelfs de vijf die onherkenbaar waren verbrand en alleen aan de hand van gebits- en medische gegevens konden worden geïdentificeerd.

Het enige ontbrekende slachtoffer, nummer vierentwintig, van wie op het bord geen kaartje, foto of naam hing, was het verkoolde lichaam in de kist geweest, aanvankelijk aangezien voor pater Daniel Addison. Tot dusver behoorde het lichaam toe aan een onbekende. Tests hadden geen littekens of andere herkenningspunten opgeleverd. Uit het kleine beetje wat er nog van de mond was overgebleven, was een gebitskaart samengesteld, maar er bleek geen vergelijkingsmateriaal voorhanden. Ook dossiers van vermiste personen hadden niets opgeleverd. En toch was het duidelijk dat er iemand ontbrak. Een blanke man, waarschijnlijk ergens achter in de dertig of begin veertig. Variërend in lengte van één meter zeventig tot een meter tachtig. Met een lichaamsgewicht ergens tussen...

Opeens staarde Roscani zijn rechercheurs aan.

'Stel dat er geen vierentwintig, maar vijfentwintig personen in die bus zaten. Hoe kun je in al die paniek en verwarring daarna nu precies weten hoeveel er waren? De overlevenden en de doden worden naar twee verschillende ziekenhuizen afgevoerd, er worden extra dokters en verpleegsters opgetrommeld, ambulances rijden af en aan alsof het spitsuur is. Mensen zijn verschrikkelijk verbrand, sommigen hebben zelfs geen armen en benen meer. De gangen staan vol met brancards. Verplegers rennen schreeuwend af en aan, proberen de boel onder controle en de slachtoffers in leven te houden. En alle andere spoedgevallen op dat moment even niet meegerekend... Wie kan in zo'n situatie de boel nog overzien? Om te beginnen is er al te weinig hulp.

En hoelang duurde het daarna? Bijna een hele dag van praten met reddingswerkers, het doorspitten van patiëntenlijsten, het achterhalen hoeveel buskaartjes er zijn verkocht. Daarna nog eens een dag om de identiteit van de slachtoffers te achterhalen. En uiteindelijk heeft iedereen, wij ook, een telling van vierentwintig slachtoffers aanvaard.

In zo'n chaos is het helemaal niet vreemd ervan uit te gaan dat iemand over het hoofd is gezien. Iemand die formeel zelfs niet eens deel uitmaakte van het gezelschap. Iemand die, stel dat hij ambulant genoeg was, gewoon heeft kunnen weglopen, de chaos de rug heeft toegekeerd, of misschien wel hulp heeft gehad om zich zo snel mogelijk uit de voeten te kunnen maken.

'Verdomme!' Roscani sloeg met zijn vlakke hand op het bureau. Al die tijd hadden ze gekeken naar wat ze hadden, en niet naar wat er nog ontbrak. Ze moesten weer terug naar de ziekenhuizen en alle opnamelijsten van die dag opnieuw bestuderen, iedereen ondervragen die toen dienst had. Er achter komen wat er met die ene patiënt was gebeurd, waar hij op eigen kracht heen was gegaan, of heen was gebracht.

Veertig minuten later bevond Roscani zich op de snelweg in noordwaartse richting naar Fiano Romano en het ziekenhuis aldaar. Hij voelde zich een jongleur die te veel ballen in de lucht moest houden, een puzzelaar verward door het enorme aantal stukjes. Zijn gedachten dwaalden af en hij probeerde bij de les te blijven. Even nergens aan denken, je onderbewuste het werk laten doen. Laat het zachte gezoem van de banden het decor van je *assoluta tranquillità*, je luisterrijke stilte, zijn.

Hij sloeg de zonneklep omlaag tegen het felle schijnsel van de ondergaande zon. God, wat verlangde hij naar een sigaret. Er lag nog steeds een vol pakje in het dashboardkastje. Op het moment dat hij zijn hand uitstak, betrapte hij zichzelf op waar hij mee bezig was en in plaats daarvan opende hij een bruine zak op de stoel naast zich, niet om een wortel te pakken die zijn vrouw voor hem had schoongemaakt, maar een grote biscuit, één uit een pak van twaalf stuks dat hij zelf had gekocht. Hij wilde net een hap nemen toen alle stukjes opeens op hun plaats vielen.

Tegen de anderen had hij niets verteld over zijn suggestie dat het Spaanse Llama-pistool dat op de plek van de aanslag was aangetroffen, misschien niet aan pater Daniel had toebehoord maar aan een andere passagier die de opdracht had hem te vermoorden. Waarom niet? Omdat feiten ontbraken en het een verspilling van tijd en energie zou zijn om zonder bewijzen deze gedachtelijn te blijven volgen. Maar stel, je koppelde die suggestie aan het idee van een extra slachtoffer, nummer vijfentwintig, en ziedaar je ontbrekende passagier, misschien iemand die enkele momenten voor de aanslag was ingestapt, had betaald, maar van de chauffeur nog geen afgestempeld kaartje had gekregen. Stel dat het zo was gegaan, en hij dus in die kist lag, dan zou dat meteen verklaren waarom niemand zich had gemeld om hem te identificeren.

Toch bleef het gissen. Aan de andere kant: het was een gevoel dat telkens weer terugkwam, vooral nu. Het was een donkerbruin vermoeden, hem ingefluisterd door zijn eigen jarenlange ervaring. Er wás een extra passagier aan boord geweest die de bedoeling had gehad pater Daniel te vermoorden. Maar als dat zo was – Roscani staarde naar de horizon – wie had die bus dan opgeblazen en waarom?

56

Sian, China. Maandag 13 juli, halfdrie in de nacht.

Li Wen stak een sigaret op en liet zich achteroverzakken, ondertussen zo ver mogelijk uit de buurt blijvend van de slapende, dikke man die de plaats naast hem volledig innam. Binnen een kwartier zou de trein in Sian aankomen. Hij zou er uitstappen en dan kon de dikke man wat hem betrof beide plaatsen bezetten. Li Wen had dezelfde reis al eerder gemaakt, eerst in mei en daarna opnieuw in juni. Alleen had hij die laatste keer eens flink met geld gesmeten en met de luxeuze Marco Polo-Expres gereisd, de groen- en crèmekleurige trein die het spoor van de oude Zijderoute volgt, ruim 3500 kilometer van Beijing naar Oeroemtsji, de hoofdstad van de provincie Sjen-Jang, en de eerste grote verbinding tussen Oost en West. Het was de trein waarvan de Chinezen hoopten dat hij dezelfde bemiddelde reiziger die dikwijls aan boord van de legendarische Oriënt-Expres van Parijs naar Istanbul was te vinden, tot een trip zou verlokken.

Maar deze nacht bevond Li zich in de met keiharde banken uitgeruste coupé van een stampvolle trein die al bijna vier uur achter op schema lag. Hij haatte de volgepakte treinen en hij haatte de harde muziek, de weersverwachtingen en het 'geen nieuws'-nieuws die onophoudelijk uit de luidsprekertjes schalden. Naast hem verschoof de dikke man zijn enorme massa een stukje, waarbij hij met zijn elleboog in Li's ribbenkast porde. Op datzelfde moment haalde de vrouw van middelbare leeftijd die tegenover hem zat eens flink haar neus op en spoog op de vloer; de fluim landde tussen de schoen van de man die naast haar in het gangpad stond en de jonge man die naast Li gepropt zat.

Li duwde eens tegen de elleboog van de dikzak en nam een stevige haal aan zijn sigaret. In Sian zou hij overstappen op een naar hij hoopte minder drukke trein en zijn weg vervolgen naar Hefei en zijn kamer in het Overseas Chinese Hotel om er misschien nog een paar uur slaap te kunnen pakken. Net zoals eerst in mei en daarna opnieuw in juni. En net zoals hij weer zou doen in augustus. Dit waren de maanden dat de warmte de algengroei zou stimuleren in de meren en rivieren die zorgden voor de drinkwatervoorziening in dit deel van Midden-China. Li Wen, een voormalig hoogleraar die bezig was aan een onderzoek op het Hydrobiologisch Instituut in Woehan, was een staatsambtenaar uit het middenkader, een ingenieur die de waterkwaliteit controleerde voor de centrale regering. Het was zijn taak de bacteriële inhoud in de gaten te houden van het water dat door waterzuiveringsinstallaties in de hele regio werd vrijgegeven voor openbaar gebruik. Vandaag zouden zijn taken in niets afwijken van andere dagen. 's Ochtends om vijf uur arriveren, daarna de hele dag en misschien ook nog de volgende besteden aan het inspecteren van de installatie, vervolgens zijn bevindingen en aanbevelingen rapporteren om deze door te zenden naar het centrale comité en dan doorgaan naar de volgende installatie. Het was een kleurloos bestaan, vervelend, saai en voor het grootste deel gespeend van gebeurtenissen. Tot nu toe in ieder geval.

57

Het Comomeer, Italië. Zondag 12 juli, tien over halfnegen in de avond.

Het schrille geluid van de motoren verzachtte tot een laag gezoem en pleegzuster Elena Voso voelde hoe de draagvleugelboot zijn snelheid vertraagde en de romp geleidelijk aan in het water zakte. Vóór hen aan de rand van het meer doemde een enorme stenen villa op. Ze voeren er recht op af. In de schemering zag ze hoe een man op de steiger, met een touw in de hand, hen al opwachtte. Marco kwam het trapje naar de stuurhut af en liep het dek op nu ze het aanlegpunt naderden. Achter Elena waren Luca en Pietro bezig de borgriemen los te maken waarmee de brancard tijdens de twintig minuten durende oversteek stevig was verankerd. De draagvleugelboot was groot. Er konden minstens zestig passagiers mee, schatte ze. De boot werd gebruikt als pendeldienst tussen twee stadjes langs de rand van het 45 kilometer lange meer. Maar op deze overtocht waren ze de enige passagiers: zij, Marco, Luca en Pietro. En ook Michael Roark.

De vorige dag hadden ze het huis in Cortona vlak voor het middaguur verlaten. Het was een haastig vertrek geweest, met achterlating van alle spullen, behalve Michael Roarks medische benodigdheden. Er was een telefoontje voor Luca en Elena had opgenomen. Luca sliep, had ze laten weten, maar de mannelijke stem aan de andere kant van de lijn had haar opgedragen hem wakker te maken; het was dringend. Luca had het toestel op de eerste verdieping genomen.

'Wegwezen, nu meteen,' had ze de stem horen zeggen toen ze weer in de keuken verscheen om daar de hoorn op te nemen. Ze wilde meeluisteren, maar Luca had het gehoord en beval haar op te hangen. Ze had het gedaan.

Meteen daarna was Pietro in zijn wagen weggereden, om drie kwartier later achter het stuur van een tweede bestelauto terug te keren. In nog geen vijftig minuten na het telefoontje zat de wagen vol en lieten ze het voertuig waarmee ze waren gekomen, achter.

Rijdend in noordelijke richting hadden ze de A1 naar Florence genomen en waren ze doorgereden naar Milaan waar ze in een buitenwijk de nacht en het grootste deel van de volgende dag in een privé-appartement hadden doorgebracht. Hier kreeg Michael Roark voor het eerst wat normaal eten te verteren: rijstpudding, door Marco in een buurtwinkel gekocht. Langzaam had hij het naar binnen gewerkt, telkens afgewisseld met een slokje water, maar het was gelukt en hij had het weten binnen te houden. Maar als volwaardige voeding was het niet voldoende en dus hield ze hem aan het infuus.

Door hun overhaaste vertrek was de krant met de foto van de eerwaarde Daniel Addison in het huis achtergebleven. Ze wist niet of Roark had gezien dat, toen hij zijn hoofd met een ruk naar haar had toegekeerd, ze snel de krant achter zich had verborgen. Het enige wat ze wist, was dat de vergelijking niet doorslaggevend was. Hij kon de Amerikaanse priester zijn, of niet. Haar hele inspanning was voor niets geweest.

Plotseling klonk er gebulder nu de propellers van stand veranderden en de kapitein het gas opentrok om de boot af te remmen. Vervolgens een kleine bons toen de boot de steiger raakte. Elena zag hoe Marco het meertouw naar de man aan de wal wierp en ze maakte zich los uit haar gemijmer om te zien hoe Luca en Pietro de brancard optilden en naar de valreep droegen. Ondertussen richtte Michael Roark zijn hoofd iets op en keek naar haar, waarschijnlijk enkel voor de zekerheid, om te kijken of ze ook meekwam, dacht ze. Na al die tijd kon hij slechts hese keelgeluiden voortbrengen en was hij nog steeds ontzettend zwak. Ze besefte dat ze zijn emotionele anker en tevens zijn verzorgster was geworden. Een aandoenlijke afhankelijkheid en ondanks al haar verpleegervaring raakte het haar op een manier die ze nog nooit eerder had gevoeld. Ze vroeg zich af wat het betekende, of ze misschien aan het veranderen was. Het zette haar aan het denken. Als hij inderdaad de voortvluchtige priester was, zou het dan enig verschil maken, was de vraag die ze zichzelf stelde.

Een paar tellen later hadden ze hem overeind en gereed en werd hij met Marco voorop over de valreep naar de wal geleid. Daarna volgde Elena die luisterde hoe het geluid van de motoren van de draagvleugelboot weer aanzwol. Ze draaide zich om om te zien hoe de boot in de alles omhullende duisternis wegvoer en keek naar de ontstoken boordlichten op de achtersteven, de Italiaanse vlag op de stuurhut wapperend in de wind. Het vaartuig versnelde zijn vaart waarna de boeg zich uit het water verhief zodat de boot als een grote, logge vogel op zijn stelten uit het water oprees. En zo verdween hij. Het zwarte water sloot zich weer aaneen, zijn sporen in zijn kielzog uitwissend. Alsof de boot er nooit geweest was.

'Zuster Elena!' riep Marco. Ze draaide zich om en volgde de anderen over de stenen trappen naar het licht van de immense villa boven hen.

58

Rome. Zelfde tijdstip.

Harry stond in Eatons kleine keukentje en staarde naar de mobiele telefoon op het keukenblad. Ernaast lag een deels opgegeten stuk brood en wat kaas dat hij bij een van de weinige zondagswinkels had gekocht. Marsciano zou inmiddels op de hoogte zijn van zijn onderhoud met Bardoni in het park. En hij zou weten wat hem te doen stond zodra Harry zou bellen.

Als Harry zou bellen.

'U hebt geen idee wat er gaande is of waar u bij betrokken raakt.' Deze waarschuwing van Bardoni echode nog ijzig na in zijn hoofd.

De man in het blauwe overhemd was een van Farels agenten geweest en hij was het geweest die Bardoni in de gaten had gehouden, niet Harry. Eaton was ervan overtuigd dat er zich binnen de hoogste echelons van de Heilige Stoel een of andere duistere intrige afspeelde. En wie weet had Bardoni het daar wel over gehad en had hij Harry gewaarschuwd dat zijn inmenging meer dan onwelkom was – zij was levensgevaarlijk. Wat suggereerde dat Harry iedereen meesleurde in het kielzog van zijn eigen verdrinkingsdood.

Harry wendde zijn blik af van de telefoon. Hij wist niet wat hij moest doen. Legde hij Marsciano het vuur na aan de schenen, dan kon hij alles nog erger maken dan het al was. Maar erger voor wie? Marsciano? Farels mensen? Een andere betrokkene? Wie?

Zonder aanleiding pakte hij het mes op waarmee hij het brood en de kaas had gesneden. Het was een gewoon keukenmes waarvan de snijkant, zoals bij de meeste messen, een beetje bot was. Als mes maakte het niet zoveel indruk, maar het deed zijn werk naar behoren. Hij hield het omhoog, draaide het in zijn hand en keek hoe het blad blonk in het licht van de lamp boven zijn hoofd. Vervolgens draaide hij zich om en liet het mes bijna zonder enige inspanning diep in het resterende stuk brood glijden. De veiligheid en het welzijn van zijn broer waren het enig belangrijke. De rest – het Vaticaan, zijn machtsstrubbelingen en -intriges – naar de hel ermee, wat hem betrof.

59

Het St. Johannes-ziekenhuis aan de Via dell'Amba Aradam.
Tien voor tien in de avond.

Harry was de enige in de kleine kapel. Hij zat in een kerkbank op de derde rij; zijn zwarte baret zat in zijn jaszak, en hij was met gebogen hoofd zogenaamd in gebed verzonken. Zo zat hij al een kwartier toen de deur openging en een man, gekleed in een overhemd met korte mouwen en wat leek op een bruine Levi's, binnenkwam en vlakbij plaatsnam.

Harry wierp een blik op zijn horloge en vervolgens naar de deur. Marsciano had hier al twintig minuten geleden moeten zijn. Pas op het moment dat hij besloot de kardinaal nog vijf minuten te gunnen, en meer niet, keek hij opnieuw naar de man die zojuist binnen was gekomen om daarna in verbazing vast te stellen dat het Marsciano was.

De kardinaal bleef een paar ogenblikken zwijgend in zichzelf verdiept, het hoofd gebogen. Ten slotte keek hij op, maakte oogcontact en knikte in de richting van een deur links van hen. Hij stond op, sloeg een kruis voor het altaar en verdween door de deur. Op datzelfde moment verscheen een jong paar dat voor het altaar knielde, een kruis sloeg en plaatsnam op de voorste rij.

Harry telde langzaam tot twintig, stond op, sloeg ook een kruis en verdween door dezelfde deur waardoor Marsciano verdwenen was.

Achter de deur bevond zich een smalle gang waar de kardinaal hem in zijn eentje opwachtte.

'Kom,' sprak Marsciano.

Begeleid door het geluid van hun holle voetstappen die weerkaatsten op de versleten, zwart–met–wit betegelde vloer leidde de kardinaal hem door de lege gang naar een ouder deel van het gebouw. Na nog een andere gang te zijn ingeslagen, opende hij een deur waarna ze een klein privé-vertrek betraden. Ook dit was een gebedsruimte voor stil gebed. De ruimte was flauw verlicht, sfeervoller dan de eerste, voorzien van een stenen vloer en een aantal glimmende houten banken met aan de muur ervoor een eenvoudig bronzen kruis. Links en rechts reikten hoge ramen tot aan het plafond, die nu donker afstaken tegen de avondhemel.

'U wenste mij te spreken. Welnu, hier ben ik, meneer Addison.'

Marsciano sloot de deur en stelde zich zo op dat het licht in het vertrek schuin op hem viel, zodat zijn hoofd in het donker bleef. Of dit nu opzettelijk was of niet, het onderstreepte zijn autoriteit en wees Harry er opnieuw op dat wie of wat Marsciano ook was, of mocht blijken te zijn, hij binnen de hiërarchie van de Kerk nog altijd een belangrijke figuur was. Een indringende, overweldigende persoonlijkheid.

Maar hoe indrukwekkend ook, Harry mocht zich er niet door laten intimideren. 'Mijn broer leeft nog, Eminentie. En u weet waar hij is.'

Marsciano zei niets.

'Voor wie houdt u hem verborgen, voor de politie?'

Harry wist dat Marsciano hem gadesloeg, twee onzichtbare ogen die de zijne zochten.

'Houdt u van uw broer, meneer Addison?'

'Ja...'

'Houdt-u-van-uw-broer?' vroeg Marsciano opnieuw. Dit keer nadrukkelijker, eisend zelfs. 'U vervreemdde van elkaar, sprak elkaar al jaren niet meer.'

'Hij is mijn bróer.'

'Veel mannen hebben broers.'

'Ik begrijp het niet.'

'U hebt hem al die tijd niet meer gezien? Waarom is hij nu opeens zo belangrijk voor u?'

'Gewoon, omdat hij dat is.'

'Maar waarom zet u dan zijn leven op het spel?'

Harry's woedende ogen schoten vuur. 'Zegt u me nou maar waar hij is.'

'En u?' Marsciano negeerde hem en ging gewoon door met zijn verhaal. 'Blijft u dan bij hem waar hij zit? Zult u zich samen met hem voor eeuwig verborgen houden? Vroeg of laat zult u beseffen dat u voor een concreet probleem staat: de politie. En dan, meneer Addison, zodra u naar buiten komt, zult u beiden worden vermoord. Uw broer om wat hij weet; u om het vermoeden dat uw broer het aan u heeft verteld.'

'Maar wát weet hij dan?'

Een lang ogenblik bleef het stil, daarna stapte de kardinaal uit de duisternis en viel het licht op zijn gezicht. Voor het eerst werden zijn ogen onthuld. De man die Harry nu vóór zich zag, was niet langer een pauselijke aristocraat maar een eenzame, gekwelde man, verscheurd door angst, een grotere angst dan volgens Harry een normaal mens kon verdragen. Hij werd er volkomen door verrast.

'Ze hebben hem al eens geprobeerd te vermoorden, en ze zullen het opnieuw proberen. Er is een sluipschutter op pad gestuurd om hem op te sporen.' Marsciano's blik hechtte zich vast aan Harry's ogen.

'De Via di Montoro nummer 47. Denk maar niet dat u zich vanmiddag onopgemerkt in uw appartement hebt kunnen terugtrekken. Denk maar niet dat u zich nog langer in uw priestergewaad anoniem kunt wanen. Ik zou u met klem willen waarschuwen: blijf uit de buurt! Want doet u dat niet, dan –'

'Waar ís hij. Wat wéét hij, verdomme!'

'Want doet u dat niet, dan zal ík ze vertellen waar hij zit. En dan zullen we allebei niets meer van hem vernemen.' Marsciano fluisterde nu. 'Zoveel staat er namelijk op het spel...'

'De Kerk...' Harry voelde de rilling, de overweldigende implicaties, zelfs op het moment dat hij de woorden sprak.

Heel even staarde de kardinaal hem nog aan, draaide zich toen plotseling om, trok de deur open en verdween in de gang. Voetstappen verdwenen in de verte en de stilte keerde terug.

60

Drie uur later, maandag 13 juli, tien voor halftwee in de nacht.

In zijn blootje, zo sliep hij altijd in warme zomernachten, nam Roscani het telefoontje. Hij keek even naar zijn vrouw, zette de beller in de wacht en schoot in een lichte ochtendjas. Even later pakte hij in zijn werkkamer de hoorn op en knipte het bureaulicht aan.

Een man van middelbare leeftijd en diens vrouw waren dood aangetroffen in een opslagcontainer achter het ambulancebedrijf dat ze runden in Pescara; ze waren neergeschoten en al bijna 36 uur dood toen ongeruste familieleden hen ontdekten. Plaatselijke onderzoekers dachten in eerste instantie aan moord en zelfmoord, maar na verhoor van kennissen en familie kwamen ze tot de slotsom dat dit naar alle waarschijnlijkheid niet klopte.

Pescara, halfvijf in de ochtend.

Roscani was op de plaats van het misdrijf, de opslagschuur achter *Servizio Ambulanza Pescara*. Ettore Caputo en zijn echtgenote hadden zes kinderen en waren 32 jaar getrouwd geweest. Ze maakten constant ruzie over van alles en nog wat, aldus de politie van Pescara. Het ging er doorgaans luidruchtig, heftig en gepassioneerd aan toe, maar nooit had iemand gezien dat één van de twee de ander in een woedeaanval te lijf ging. En nog nooit had Ettore Caputo een wapen in zijn bezit gehad.

Eerst was mevrouw Caputo doodgeschoten. Van dichtbij. En vervolgens had haar man het wapen op zichzelf gericht, zijn vingerafdrukken zaten er immers op. Het wapen was een .44 Magnum Derringer. Krachtig, maar klein. Het soort wapen waarvan weinig mensen het bestaan wisten tenzij ze vuurwapenliefhebbers waren.

Roscani schudde het hoofd. Waarom een Derringer? Het enige positieve eraan was het handzame formaat, gemakkelijk te verbergen. Teruglopend knikte Roscani naar een lid van de technische recherche; ze kwam naar voren met een plastic zak voor bewijsstukken om het wapen in mee te nemen. Hij liep de schuur uit en stak een parkeerterrein over naar het kantoor aan de voorzijde van het ambulancebedrijf. Op straat zag hij in het grijze ochtendlicht hoe een verzamelde menigte toekeek vanachter de politieversperring.

Roscani dacht terug aan de afgelopen avond en aan wat hij en zijn rechercheurs hadden opgestoken van hun bezoeken aan de ziekenhuizen buiten Rome. En dat was niets meer dan de mogelijkheid dat ze gelijk hadden. Dat er een 25ste buspassagier was geweest van wie nooit melding was gemaakt. Iemand die, als hij daartoe in staat was, te midden van alle verwarring gewoon weggelopen kon zijn of weggevoerd per auto of – bij het betreden van het kantoor wierp Roscani een blik op een reclamekalender aan de muur – per particuliere ambulance.

Toen hij binnenkwam, stonden Castelletti en Scala al te wachten. Ze rookten net een sigaret en drukten deze meteen uit.

'Alweer vingerafdrukken,' merkte Roscani op en wuifde nadrukkelijk de rook weg die nog in het vertrek hing.

'De vingerafdrukken van de Spanjaard op het geweer van de aanslag. Harry Addisons vingerafdrukken op het pistool dat Pio doodde. Nu weer de duidelijke afdrukken van iemand die naar verluidt nooit een wapen bezat, maar toch een moord pleegde en vervolgens de hand sloeg aan zichzelf. Iedere keer is het maar al te duidelijk wie de dader was. Nou, we weten dat dit niet het geval was bij de kardinaal-vicaris. Dus hoe zit het met de anderen? Stel dat we een *derde* persoon hebben die de moorden pleegt en vervolgens zorgt dat er vingerafdrukken op het wapen komen die hij wíl dat erop komen. Iedere keer dus dezélfde derde persoon. Dezelfde man of vrouw, misschien zelfs meerdere personen, die de kardinaal-vicaris vermoordde, Pio vermoordde. En dit karwei hier klaarde.'

'De priester?' vroeg Castelletti.

'Of onze dérde persoon, heel iemand anders.' Afwezig pakte Roscani een stuk kauwgom tevoorschijn, haalde de wikkel eraf en stopte het snoepgoed in zijn mond. 'Stel dat de priester er slecht aan toe was en per ambulance vanuit een van de ziekenhuizen buiten Rome naar Pescara werd vervoerd...'

'En dat deze derde persoon erachter kwam en hierheen kwam om hem te vinden,' zei Scala zachtjes.

Roscani staarde naar Scala, vouwde vervolgens de wikkel zorgvuldig dicht en stopte hem in zijn zak. 'En waarom ook niet...?'

'Trek je die lijn vervolgens door, dan werd Pio misschien niet door Harry Addison vermoord...'

Roscani liep weg, langzaam kauwend op zijn kauwgom. Hij keek naar de vloer, vervolgens naar het plafond. Door het raam zag hij de rode bal van de opkomende zon boven de Adriatische Zee. Hij draaide zich om.

'Misschien niet...'

'*Ispettore Capo*...'

De rechercheurs keken op nu een collega van de plaatselijke politie binnenkwam, het gezicht al gutsend van het zweet door de naderende hitte.

'Misschien dat we iets hebben. De lijkschouwer heeft zojuist het lichaam onderzocht van de vrouw die gisteravond omkwam bij een brand in een flat...'

Roscani wist het al. 'De brand blijkt niet de doodsoorzaak...'

'Inderdaad, meneer. Ze werd vermoord.'

61

Rome, halfzeven in de ochtend.

Met gebogen hoofd, zonder acht te slaan op het verkeer dat naast hem over de Via dei Fori Imperiali voorbijraasde, liep Harry in de richting van het Colosseum. In beweging blijven was op dit moment van essentieel belang. Het was de enige manier om het kleine beetje gezond verstand dat hij nog bezat, te bewaren. Auto's, bussen, scooters bulderden en knetterden langs. Een complete samenleving die haar eigen gang ging, met gedachten en gevoelens die zich in alle onschuld volledig richtten op een nieuwe dag, net zoals ook hij iedere ochtend had gedaan voordat hij naar Rome was gekomen. Routinematig en vertrouwd als een paar oude schoenen.

Opstaan om zes uur, een uurtje oefenen in het fitnesshok naast de slaapkamer, dan douchen, daarna een ontbijtmeeting met cliënten of mogelijke cliënten, en vervolgens naar kantoor. De mobiele telefoon steevast binnen handbereik, zelfs in de douche, en net zoals nu, in zijn zak, binnen handbereik. Alleen, dit was niet hetzelfde. Niets daarvan. De telefoon was er, maar hij dorstte het ding niet te gebruiken. Zijn telefoontjes naar welke mobiele ontvanger dan ook konden in een mum van tijd worden achterhaald. Voordat hij het wist, zou het overal krioelen van de politie.

Opeens veranderde het felle zonlicht in een donkere schaduw. Hij keek op en zag dat hij in de schaduw van het Colosseum stond. Net zo snel ving hij een beweging in de duisternis op en bleef staan. Een vrouw in een haveloze jurk sloeg hem gade vanonder een van de oude bogen. Opeens verscheen een soortgelijke vrouw naast haar, en een derde. Zij hield een baby vast. Zigeunerinnen.

Hij draaide zich om en zag dat er meer waren. Ten minste acht of tien, en ze begonnen hem in te sluiten. Dat gebeurde langzaam. Eerst één voor één, daarna in groepjes van twee en drie. Het waren allemaal vrouwen en de meesten hadden kinderen bij zich. Snel wierp hij een blik op de straat. Niemand te zien. Geen plantsoenwerkers, geen toeristen, niemand.

Opeens voelde hij een rukje aan zijn broek en hij keek omlaag. Een oude vrouw was bezig zijn broekspijp omhoog te trekken en naar zijn schoenen te kijken. Met een ruk trok hij zijn been los en deed een stap naar achteren. Het hielp niets. Een andere vrouw wachtte hem al op. Jonger, grijnzend. Haar voortanden ontbraken. Eén hand vroeg om geld, de andere gleed omlaag om over de stof van zijn broek te strelen. Dat hij op een priester leek, scheen niet uit te maken. Plotseling streek er iets over zijn rug en een hand gleed naar zijn portemonnee.

Met één beweging zwenkte hij om zijn as, waarna hij flink uithaalde, hard tegen een voorwerp botste en het vastgreep om daarna een hysterisch gillende vrouw tevoorschijn te trekken. De anderen deinsden bang terug, niet wetend wat te doen. Ondertussen maaide de vrouw in zijn greep nog steeds wild om zich heen en gilde alsof ze werd vermoord. Met een ruk trok hij haar naar zich toe, zijn gezicht slechts centimeters van het hare verwijderd.

'Hercules,' sprak hij kalm. 'Ik zoek Hercules.'

Met zijn ene hand op zijn heup en de andere onder zijn kin staarde de zittende dwerg Harry aan. Het was net na het middaguur en ze zaten op een bankje op een klein stoffig plein aan de overkant van de Tiber in de wijk Gianicolo. Het verkeer denderde voorbij over de boulevard aan het verste uiteinde van het plein. Maar dat was ginds. Met uitzondering van twee oudere mannen op een bankje verderop waren ze alleen. Behalve dan dat Harry wist dat ook de zigeuners hier, ergens uit het zicht, toekeken.

'Dankzij u heeft de politie mijn tunnel ontdekt. Dankzij u leef ik nu buiten op straat in plaats van binnen. U wordt bedankt.'

Hercules was kwaad en letterlijk murw.

'Het spijt me...'

'Maar daar zit u dan weer. Terug bij af, want ik neem aan dat u weer om hulp komt zeuren, in plaats van een ander eens te helpen.'

'Ja...'

Hercules wendde expres het hoofd af. 'Wat wilt u?'

'Ik wil jou, om iemand te volgen. Of liever, jou en de zigeuners.'

Hercules keek over zijn schouder. 'Wie?'

'Een kardinaal en een priester. Twee mensen die weten waar mijn broer is... die me naar hem toe zullen brengen.'

'Een kardinaal?'

'Ja.'

Plotseling trok Hercules een kruk onder zijn oksel en stond op. 'Nee.'

'Ik betaal je.'

'Waarmee?'

'Geld.'

'En hoe denkt u daaraan te komen?'

'Ik heb geld...' Harry aarzelde even en trok vervolgens Eatons geld uit zijn zak. 'Hoeveel wil je? Hoeveel voor jou en de anderen?'

Hercules staarde naar het geld, daarna naar Harry. 'Hoe komt u daaraan?'

'Gekregen... Hoeveel wil je?'

'Nou, meer dan dat.'

'Hoeveel meer?'

'Kunt u daaraan komen dan?' Hercules was verbaasd.

'Ik denk van wel...'

'Als dat zo is, waarom vraagt u die lui die het u geven dan niet om de kardinaal te volgen?'

'Zo simpel ligt het niet.'

'O? Zijn ze soms niet te vertrouwen?'

'Hercules, ik vraag je om hulp. Ik ben bereid ervoor te betalen. En ik weet dat je wel wat geld kunt gebruiken...'

Hercules zweeg.

'Je vertelde me eerder dat je de beloning niet kunt innen omdat je daarvoor naar de politie moet... Met geld kun je de straat vaarwel zeggen.'

'Om eerlijk te zijn, meneer Harry, wil ik eigenlijk helemaal niet met u worden gezien. U wordt gezocht. Ik word gezocht. We zijn slecht nieuws, en bij elkaar nog eens tweemaal zo slecht... Ik heb u nodig als advocaat, niet als geldschieter. Zodra u dat kunt, mag u terugkomen. En anders, *arrivederci*.'

Geïrriteerd greep Hercules naar zijn andere kruk, maar Harry was hem voor en griste hem weg.

Hercules' ogen schoten vuur. 'Dat zou ik niet doen, als ik u was.'

Maar Harry hield de kruk nog steeds bij Hercules weg. 'Je vertelde eerder dat je wel eens wilde zien wat ik kon, hoe ver mijn moed en gezond verstand me zouden brengen. Tot hier, Hercules. In een grote cirkel, terug bij jou... Ik heb alles geprobeerd, maar er is niks gelukt.' Zijn stem werd wat zachter en een paar tellen keek hij Hercules aan. Vervolgens gaf hij de man langzaam diens kruk terug.

'Ik red het niet in mijn eentje, Hercules... Ik heb je hulp nodig.'

Nog maar nauwelijks was hij uitgesproken of zijn mobiele telefoon tjirpte in zijn jaszak. De schrille onderbreking deed hen beiden opschrikken.

'Ja...' Harry reageerde wazig, spiedde om zich heen alsof het een list was en de politie hem elk moment kon insluiten.

'Adrianna!' Snel wendde hij zijn hoofd af. Met één hand bedekte hij zijn vrije oor tegen de verkeersgeluiden op de boulevard.

Hercules zwaaide overeind op zijn krukken en keek aandachtig toe.

'Wáár?' Hij knikte, en nog eens. 'Goed. Ja, ik begrijp het! Wat voor kleur? Oké, ik zal het vinden.'

Hij schakelde het apparaat uit, liet het in zijn jaszak glijden en staarde tegelijkertijd naar Hercules.

'Hoe kom ik op het Centraal Station?'

'Uw broer...?'

'Hij is gezien.'

'Waar?' Hercules voelde de opwinding.

'Ergens in het noorden. In een stadje aan het Comomeer.'

'Dat is vijf uur met de trein, dwars door Milaan. Veel te lang. U kunt toch niet riskeren dat u...'

'Ik ga niet per trein. Voor het station wacht iemand op me met een auto.'

'Een auto…'

'Ja.'

Hercules staarde hem hardvochtig aan. 'Zo, dus opeens hebt u andere vriendjes en ben ik overbodig, hè…?'

'Welnee, want je moet me vertellen hoe ik bij het station kom.'

'Bekijk het maar.'

Vol ongeloof staarde hij de dwerg aan. 'Eerst wil je niets met me te maken hebben, en nu ben je opeens kwaad omdat ik je niet nodig heb.'

Hercules zei niets.

'Dan vind ik het zélf wel!' Met een ruk draaide Harry zich om en beende weg.

'Verkeerde kant op, meneer Harry!'

Harry stopte en keek over zijn schouder.

'Ziet u wel, u hebt me dus toch nodig.'

Een bries waaide door zijn haren en het stof dwarrelde langs zijn schoenen. 'Goed, ik heb je nodig!'

'Helemaal tot aan het Comomeer!'

Harry keek woest. 'Jij je zin!'

In een tel stond Hercules rechtop, zwaaide op zijn krukken naar hem toe, liep hem voorbij en riep over zijn schouder: 'Deze kant op, meneer Harry. Déze kant op!'

62

Het Comomeer, Italië. Maandag 13 juli, halfvijf in de middag.

Roscani draaide zich om, keek naar Scala en Castelletti achter hem, daarna even naar de helikopterpiloot en staarde vervolgens weer uit het raam. Ze hadden bijna drie uur gevlogen, in noordelijke richting langs de Adriatische kust over de steden Ancona, Rimini en Ravenna, vervolgens landinwaarts naar Milaan en ten slotte weer naar het noorden om over de hoge heuvels te dalen en over het Comomeer naar het stadje Bellàgio te scheren.

Daar in de diepte zag hij de kleine witte schuimsporen achter de pleziervaartuigen die het diepblauw van het meeroppervlak als versieringen op een taart doorsneden. Een tiental weelderige villa's, omgeven door goed onderhouden tuinen, trokken links van hem een stippellijn langs de kust en rechts zag hij de hellingen die steil naar het meer afliepen.

Ze hadden zich nog steeds in Pescara bevonden, op de plek van de flatbrand, toen hij een dringend telefoontje had gekregen van Taglia. Iemand die voor pater Daniel Addison was aangezien, was de avond daarvoor per gecharterde draagvleugelboot overgebracht naar een particuliere villa aan het Comomeer, zo had de chef van de Gruppo Cardinale gezegd. De schipper had een van de voortdurend herhaalde tv-oproepen gezien en wist nagenoeg zeker wie zijn passagier was. Maar omdat het een tamelijk exclusieve villa betrof en hij bang was zijn baan te verliezen als hij het bij het verkeerde eind had en per ongeluk een of andere beroemdheid in de publiciteit bracht, had hij weinig zin om te praten. Op een gegeven moment had zijn vrouw hem deze ochtend echter weten over te halen om de autoriteiten op de hoogte te stellen en het door hen te laten bepalen.

Beroemdheid, nou en, dacht Roscani, terwijl de piloot de heli scherp naar links liet overhellen en lager over het water ging vliegen; wat kon het verdomme iemand schelen dat iets in de publiciteit kwam zolang zij maar op het juiste spoor waren? De tijd begon nu meer dan ooit te dringen.

Het in het puin aangetroffen lichaam was dat van Giulia Fanari, de vrouw van Luca Fanari, de man die een ambulance had gehuurd van de gruwelijk vermoorde eigenaars van het ambulancebedrijf in Pescara. Signora Fanari was al dood toen de brand uitbrak. Gedood door een scherp voorwerp, vermoedelijk een ijspriem, die bij de schedelbasis de hersenen binnengeduwd was. Feitelijk betrof het hier een 'laboratoriumdood', zoals een bioloog zou doen bij een kikker die hij wilde ontleden. 'In koelen bloede' was niet de juiste omschrijving. Dit hier leek voor Roscani eerder een daad te zijn geweest die bijna hartstochtelijk was uitgevoerd, alsof de moordenaar met volle teugen had genoten van iedere onwillekeurige stuip- en iedere spiertrekking van het slachtoffer terwijl diep in haar schedel haar hersenweefsel langzaam en welbewust werd kapotgereten. Misschien was het zelfs seksueel genot. Hoe dan ook, de vindingrijkheid waarmee de moord was gepleegd vertelde Roscani dat de dader moest worden bestempeld als iemand die absoluut geen geweten had. Een echte psychopaat die compleet onverschillig was voor de gevoelens, de pijn of het welzijn van anderen. Een mens die vanaf zijn geboorte al werkelijk kwaadaardig moest zijn geweest. En als deze psychopaat hun denkbeeldige *derde persoon* was, dan kon Roscani 'vrouw' of 'meerdere personen' wel doorstrepen, aangezien het enorm veel kracht vereiste om Giulia Fanari op deze manier te vermoorden; wat inhield dat het beest dat dit gedaan had bijna ongetwijfeld een man moest zijn. En als hij in Pescara pater Daniel op het spoor was geweest en via zijn doen en laten aldaar erachter was gekomen waar de eerwaarde vader naartoe was gebracht, dan zou dat betekenen dat hij Daniel dichter op het spoor was dan zij waren.

En dit was de reden waarom Roscani, die nu keek hoe de grond snel op hem af kwam en verduisterd werd door een stofwolk nu de helikopter landde aan de rand van een dicht bos vlak bij het meer, tot God bad dat de gewonde man die naar de villa was overgebracht inderdaad de priester was en dat zij er het eerst zouden zijn – vóór de man met de ijspriem.

63

Het vizier was een Zeiss Diavari C (1,5-4.5x). Thomas Kind gebruikte het om de donkerblauwe Alfa Romeo te volgen die de heuvel afreed in de richting van Bellàgio. De kruisdraden van het vizier doorsneden precies het midden van Castelletti's voorhoofd. Een beetje naar links en hetzelfde gold nu voor Roscani. Na nog een glimp van de politiefunctionaris achter het stuur te hebben opgevangen, werd hij door de wagen gepasseerd en hij deed een stap naar achteren. Hij twijfelde of hij zich opnieuw 'S' moest noemen, want hij wist niet zeker of de logistiek dan wel de omstandigheden hem zijn doelwit zouden opleveren.

'S' stond voor 'Sluipschutter', een naam die hij voor zichzelf had bedacht om zich mentaal en lichamelijk voor te bereiden op een voltreffer op afstand. Hij had hem ooit verzonnen als een manier om zichzelf bij een elitekorps te promoten, nadat hij zijn eerste slachtoffer had gemaakt, een fascistische soldaat die hij in 1976 in Valera, Chili, vanuit een kantoorraam had neergeschoten op het moment dat de presidentiële troepen het vuur hadden geopend op een samenscholing van marxistische studenten.

Hij bracht zijn vizier wat omlaag, daarna een stukje naar rechts en zag de commandopost die de carabinieri even buiten de lange oprijlaan naar het schitterende landgoed aan het meer, beter bekend als Villa Lorenzi, hadden ingericht. Nog een stukje naar rechts en nu verschenen drie patrouilleboten in het vizier, rustig dobberend op het water, ongeveer vierhonderd meter uit elkaar en zo'n honderd meter uit de kust.

Van Farel had hij vernomen dat Villa Lorenzi toebehoorde aan de befaamde Italiaanse schrijver Eros Barbu die zich op dat moment in West-Canada bevond en sinds oudejaarsavond niet meer in de villa was geweest. Hij had toen zijn jaarlijkse bal gegeven, een van Europa's meest illustere happenings. Alleen de huisbewaarder woonde er nu, een zwarte Zuid-Afrikaanse dichter die Edward Mooi heette en hier gratis inwoonde, de gebouwen onderhield en de scepter zwaaide over de twintig man huishoudelijke hulp en hoveniers die hier permanent in dienst waren. En Mooi had op instigatie van Eros Barbu de politie toestemming gegeven het terrein uit te kammen.

Een officiële verklaring van Barbu's advocaten stelde dat Barbu noch Edward Mooi ooit ene pater Daniel had gekend of van deze man had gehoord en dat zij noch het personeel op de hoogte waren van een bezoeker die per boot zou arriveren, laat staan iemand met een medische staf van vier personen die zich over hem moest ontfermen.

Na even een paar stappen achteruit te hebben gezet op zijn rotsachtige uitkijkpost boven op de heuvel die uitkeek op de villa, bracht hij opnieuw het vizier voor zijn oog en zag nu hoe Roscani's Alfa Romeo bij de commandopost arriveerde. Op hetzelfde moment verscheen Edward Mooi uit het hoofdgebouw aan het stuur van een aftandse driewieler met laadbak die eruitzag als een combinatie van een oude Harley-Davidson en een kleine kipwagen.

Kind glimlachte. De dichter was gekleed in een kakikleurig T-shirt, cowboyjeans en leren sandalen. Zijn lange haar, dat in een paardenstaart bijeengebonden was en tot op zijn schouders hing, vertoonde bij de slapen hier en daar wat toefjes grijs, waardoor je de indruk kreeg met een gedistingeerde hippie of een *biker* op leeftijd van doen te hebben.

Een moment keuvelden Mooi en Roscani wat, waarna de dichter weer op zijn voertuig klom en Roscani's Alfa plus de twee grote trucks met gewapende carabinieri voorging over de oprijlaan naar het eigenlijke villaterrein. Thomas Kind was ervan overtuigd dat de politie er niets zou aantreffen, maar ook dat zijn doelwit zich ergens op het terrein, of in de buurt, ophield. Hij zou dus afwachten en zijn ogen de kost geven om daarna zijn slag te kunnen slaan. Geduld, daar draaide het om.

Hefei, China. Het Overseas Chinese Hotel. Dinsdag 14 juli.

Rusteloos draaide Li Wen zich om. Het was warm en windstil en hij kon de slaap niet vatten. Een halve minuut later draaide hij zich opnieuw om en keek op de wekker. Halféén in de nacht. Nog drie uur en hij zou opstaan. Een uur later zou hij weer aan het werk zijn. Hij liet zich achterover in zijn kussen zakken. Juist nu had hij behoefte aan slaap, maar het lukte niet. Hij probeerde alle gedachten uit zijn hoofd te bannen, om niet te hoeven denken aan wat hem te doen stond of hoe Hefei er over 24 uur uit zou zien als hij de dodelijke formule van de Amerikaanse hydrobioloog James Hawley aan de plaatselijke bassins van vers gezuiverd water zou hebben toevertrouwd. Onverzadigde, polycyclische alcohol stond niet op de lijst van weg te zuiveren stoffen. Daarnaast was het onzichtbaar, smaak- en reukloos. In zijn bevroren, sneeuwbalachtige vorm zou de stof in het reeds gezuiverde water smelten, daarna oplossen en tot ernstige darmkrampen, hevige diarree en uiteindelijk interne bloedingen leiden. Met binnen zes tot vierentwintig uur de dood tot gevolg. De hoeveelheid, tien delen op één miljoen, opgelost in een normaal glas drinkwater, zou al voldoende zijn om honderdduizend bewoners dodelijk te besmetten.
Tien delen op één miljoen. Honderdduizend doden.
Li Wen probeerde zijn geest tot rust te brengen, maar het lukte hem niet. Daarna hoorde hij in de verte het bliksemgeknetter van een onweersbui. Op bijna hetzelfde moment voelde hij een zuchtje wind en zag dat de gordijnen voor het open raam ietsje opbolden. Er naderde een onweersfront dat wind en warme regen zou brengen. Zodra het tijd was om op te staan, zouden de buien al weer over zijn en morgen zou het zelfs nog zwoeler en heter zijn. Nog een bliksemschicht, niet meer zo ver weg nu. Eventjes zette hij zijn hotelkamer in een witte gloed. Acht tellen later klonk er een donderslag.

Hij steunde nu op een elleboog. Alert gleden zijn ogen door de kamer. In de hoek, naast zijn koffer, stond een kleine koelkast. Hotelkamers met koelkast waren een zeldzaamheid in China, vooral in kleinere steden als Hefei die enigszins uit de buurt van de grote centra lagen. Maar dit hotel was een uitzondering en dat was dan ook de reden waarom hij hier deze kamer had geboekt. Belangrijker nog, deze koelkast beschikte over een vriesvak. Hierin bewaarde hij de bevroren, polycyclische 'sneeuwballetjes' na eerst de grondstoffen met elkaar te hebben vermengd. En daar zouden ze blijven liggen totdat hij over ongeveer drie uur naar de waterzuiveringsinstallatie zou vertrekken.

Opnieuw een bliksemschicht. Even flikkerde het neonuithangbord vlak onder zijn raam, daarna sprong het weer aan. Li Wen was nu klaarwakker en staarde in het donker. Een stroomuitval was wel het laatste dat hij kon gebruiken.

64

Como, Italië. Nog steeds maandag 13 juli, zeven uur in de avond.

Een zorgelijke, gekwelde Roscani baande zich een weg door een volgepakt, inderhaast opgezet communicatiecentrum diep in het hart van het hoofdbureau van politie in Como. Een tiental geüniformeerde agenten bemande een batterij telefoons in het midden van het vertrek, terwijl eenzelfde aantal anderen driftig zat te tikken op de toetsenborden van hun computers die op elk plekje dat nog vrij was, waren neergekwakt. En daartussenin weer anderen – onrustig, paffend, koffiedrinkend. Het was een crisiscentrum dat in luttele uren was opgezet om een grootscheepse mensenjacht te coördineren, nadat een doorzoeking van Villa Lorenzi geen spoor van de voortvluchtige priester had opgeleverd.

Roscani's doel alhier was een reusachtige kaart van het gebied rond het Comomeer, die een hele muur besloeg. Met kleine Italiaanse vlaggetjes waren de verkeerscontroleposten aangegeven waar zwaarbewapende manschappen van de Gruppo Cardinale ieder passerend voertuig aanhielden en doorzochten – een enorme onderneming, gezien de variëteit van het landschap en het aantal wegen dat als vluchtroute gebruikt kon worden.

Bellàgio lag op het noordelijkste puntje van een driehoekige landmassa die in noordelijke richting het meer instak. Het meer zelf strekte zich verder uit naar het noorden, terwijl het zuidwaarts uiteenviel in twee lange uitlopers langs twee zijden van de driehoek, naar Lecco in het zuidoosten en Como in het zuidwesten; Chiasso en de Zwitserse grens lagen iets verder landinwaarts en ten noordwesten van Como.

Vanwege zijn ligging was Chiasso de meest voor de hand liggende uitwijkmogelijkheid en daarom was het inmiddels zwaarbemand, maar er waren andere plaatsen, nog binnen Italië, waar de voortvluchtigen zich konden schuilhouden tot na een eventuele zoektocht: de stadjes Mennagio, Tremezzo en Lenno aan de westelijke overkant van het meer, en Bellano, Gittana en Varenna aan de oostoever. En dan had je nog plaatsen als Vassena en Maisano, die binnen het driehoekige gebied lagen, en nog weer andere plaatsjes in het westen.

Het was een grootschalige en intense operatie die bijna ieder huishouden en bedrijf in de regio verstoorde; een toestand die nog eens werd verergerd door een enorme invasie van de media. Ze gokten erop dat de vermoedelijke moordenaar van de kardinaal-vicaris van Rome op het punt stond gearresteerd te worden en zonden alles live en wereldwijd uit.

Roscani had redelijk wat ervaring met grote operaties en de ontwrichtende, circusachtige sfeer hoorde erbij. Maar hoe goed de organisatie ook was, de omvang van dergelijke operaties werkte vertragend. De dingen kwamen razendsnel op je af, er moesten snel door tal van mensen knopen worden doorgehakt. Fouten waren onvermijdelijk. Als je onder vuur lag, had je niet de *assoluta tranquillità*, de luisterrijke stilte, om rustig te zijn en de dingen goed te overdenken om zo de logica en de aanpak te vinden die het verschil tussen succes en falen konden uitmaken.

Een plotseling geluid achter in het vertrek deed Roscani opkijken. Even zag hij hoe een roerig gezelschap persmuskieten buiten op de gang vragen begon af te vuren nu Scala en Castelletti binnenkwamen met twee bemanningsleden van de draagvleugelboot en de schipper die, naar beweerd werd, pater Daniel en zijn medische gevolg naar Bellàgio en Villa Lorenzi had overgevaren.

Roscani volgde hen door het vertrek naar een alkoof, waar een carabiniere een schuifgordijn dichttrok voor wat privacy.

'Ik ben hoofdinspecteur Otello Roscani; mijn excuses voor deze chaos.'

De schipper glimlachte en knikte. Hij was vermoedelijk een jaar of 45 en zag er fit uit. Hij droeg een donkerblauw marinejasje met twee rijen knopen boven een broek van dezelfde kleur. Zijn bemanningsleden droegen een lichtblauw overhemd met korte mouwen, epauletten op de schouders en dezelfde donkerblauwe broek.

'Wilt u koffie?' vroeg Roscani om hun overduidelijke nervositeit wat te doorbreken. 'Een siga...' Roscani hield zich plotseling in. 'Ik wilde u een sigaret aanbieden, maar ik ben zelf net gestopt. Ik ben bang dat ik in dit gekkenhuis mee zou doen als ik u liet roken.'

Roscani glimlachte opnieuw en zag dat de mannen zich al wat ontspanden. Van zijn kant was het een weloverwogen gebaar dat het beoogde effect opleverde, maar misschien was het ook welgemeend, dat betwijfelde hij. Zijn bekentenis had in ieder geval de mannen op hun gemak gesteld en de komende twintig minuten vernam hij de bijzonderheden van de reis van Como naar Bellàgio en kreeg hij het gedetailleerde signalement van de drie mannen en de vrouw die de man op de brancard hadden vergezeld. Ook vernam hij een ander feit: de draagvleugelboot was de dag vóór de reis gehuurd. Dit was gebeurd via een reisbureau in Milaan op verzoek van ene Giovanni Scarso, een man die beweerde de familie te vertegenwoordigen van een man die bij een auto-ongeluk zwaargewond was geraakt en die hem naar Bellàgio wilde laten vervoeren. Scarso had contant betaald en was daarna verdwenen. Pas toen ze Bellàgio waren genaderd, had een van de begeleiders van de gewonde hen weggeleid van de hoofdaanlegplaats en waren ze verder naar het zuiden gevaren, naar de ligplaats bij Villa Lorenzi.

Na de ondervraging twijfelde Roscani er niet aan dat de mannen hem naar waarheid hadden geïnformeerd en dat de patiënt die door de bemanning van de draagvleugelboot naar Villa Lorenzi was overgebracht, inderdaad pater Daniel Addison was.

Hij richtte zich tot Castelletti en vroeg hem de details nog eens door te nemen, bedankte de schipper en zijn mannen en stapte vervolgens weer vanachter het gordijn het tumult van het crisiscentrum in om meteen snel naar buiten door te lopen.

Hij liep door een smalle gang, betrad een toiletruimte, maakte gebruik van het urinoir, waste zijn handen en spetterde zijn gezicht nat. Omdat het in deze situatie onmogelijk was om na te denken zonder een sigaret drukte hij twee vingers tegen zijn lippen en inhaleerde hij diep. Hij zoog de denkbeeldige rook in zich op, voelde de ingebeelde nicotinestoot door zijn lijf trekken, leunde achterover tegen de muur en benutte de '*assoluta tranquillità*' van het toilet om na te denken.

Deze middag hadden Scala, Castelletti, twee dozijn carabinieri en hij iedere vierkante centimeter van Villa Lorenzi afgespeurd, maar niets gevonden. Geen spoor van de priester of zijn begeleiders. Dat een ambulance ergens op het terrein van de villa het gezelschap had opgewacht en dat de patiënt vervolgens eenvoudigweg ingeladen en ontkomen was, was onmogelijk want Villa Lorenzi beschikte over slechts twee toegangswegen: de hoofdoprijlaan en een dienstweg. En beide waren voorzien van een hek dat vanuit de villa bediend werd. Zonder de wetenschap en hulp van iemand binnen kon er geen voertuig in of uit. En volgens Mooi was dit niet gebeurd.

Natuurlijk, hoe behulpzaam Mooi ook had geleken, hij kon gelogen hebben. Bovendien was er altijd de mogelijkheid dat iemand anders, zonder dat Mooi het wist, de priester had helpen ontsnappen. En dan was er nog de laatste mogelijkheid, namelijk dat de priester er nog was, dat hij verborgen was en zij hem over het hoofd hadden gezien.

Roscani inhaleerde nog eens denkbeeldig de rook tussen zijn vingers door tot in het diepst van zijn longen. Morgenochtend vroeg zouden Scala, Castelletti en hij samen met een selecte politiemacht onaangekondigd teruggaan naar Villa Lorenzi en het terrein opnieuw doorzoeken. Dit keer zouden ze honden meenemen en dit keer zouden ze alles overhoop halen, al moesten ze de villa steen voor steen afbreken.

65

'Chiasso...' zei Hercules. Ze bevonden zich op de A9 vanuit Milaan en tussen het drukke zomerverkeer, met Harry achter het stuur van de donkergrijze Fiat die Adrianna aan de overzijde van het Centraal Station van Rome had achtergelaten, de sleuteltjes verborgen achter het linkerachterwiel, zoals ze had beloofd.

Harry reageerde niet. Zijn ogen waren op de weg gericht, zijn gedachten werden beheerst door de vraag hoe snel hij het stadje Como zou kunnen bereiken. Daar zou Adrianna hem opwachten waarna ze op een of andere manier het meer zouden oversteken naar Bellàgio waar Danny waarschijnlijk zat.

'Chiasso,' hoorde hij Hercules opnieuw zeggen. Met een ruk keek hij opzij en zag dat de dwerg hem aanstaarde.

'Wat klets je nou, man?'

'Heb ik u goed op weg geholpen of niet soms, meneer Harry? Eerst heb ik u Rome uit geholpen, daarna de snelweg op, toen naar het noorden, terwijl u eigenlijk naar het zuiden wilde... Zonder Hercules zou u nu op weg zijn naar Sicilië, in plaats van Como.'

'Je was geweldig. Ik sta volledig bij je in het krijt. Maar ik weet nog steeds niet wat je bedoelt.'

Opeens voegde hij rechts in achter een snelle Mercedes. De rit duurde veel te lang.

'Chiasso ligt aan de Zwitserse grens... Ik zou graag willen dat u me erheen brengt. Daarom ben ik meegekomen.'

'Opdat ik je naar Zwitserland zou brengen?' Harry kon zijn oren niet geloven.

'Ik word gezocht voor moord, meneer Harry.'

'Ik ook.'

'Maar ik kan me moeilijk als priester verkleden en voor iemand anders doorgaan. En onopgemerkt per bus of per trein reizen kan een dwerg ook wel vergeten.'

'Maar wel per eigen auto.'

Hercules glimlachte samenzweerderig. 'Die was eerst niet voorhanden, maar nu ligt dat anders...'

Harry staarde hem streng aan. 'Hercules, dit is niet bepaald een plezierritje. Ik ben hier niet op vakantie.'

'Klopt. U bent hier om uw broer te vinden. Net als de politie. Aan de andere kant, Chiasso is nauwelijks verder dan Como. Ik stap uit, u keert om en rijdt terug. Zo gepiept.'

'En stel dat ik nee zeg?'

Verontwaardigd richtte Hercules zich op. 'Dan bent u dus een man op wiens woord je niet kunt vertrouwen. Toen ik u die kleren gaf, vroeg ik uw hulp. U zei toen: "Ik zal mijn uiterste best doen, dat beloof ik."'

'Ik bedoelde juridisch gezien, en in Rome.'

'Gezien de omstandigheden denk ik dat het voor mij veel verstandiger is om die hulp nu te vragen, meneer Harry. Twintig minuutjes van uw leven, meer niet.'

'Twintig minuutjes...'

'En we staan quitte.'

'Goed, dan staan we dus quitte.'

Spoedig daarna passeerden ze de afslag naar Como en daarmee was de afspraak bezegeld. Vierenhalve kilometer voor Chiasso vertraagde het verkeer. In de verte volgde een wegversmalling tot één rijstrook. Daarna een file. Harry en Hercules staarden naar een eindeloos lint van rode achterlichten. Vervolgens zagen ze hen in de verte: met uzi's bewapende, in kogelvrije vesten gestoken agenten die langzaam hun kant op liepen en bij ieder voertuig naar binnen keken.

'Omdraaien, meneer Harry, snel!'

Harry reed een halve meter achteruit, ragde de wagen in de eerste versnelling, trapte het gaspedaal in, keerde met gierende banden en scheurde in tegengestelde richting terug.

'Jezus, wat was dat allemaal?' vroeg Harry, kijkend in zijn achteruitkijkspiegel.

Hercules gaf geen antwoord, maar zette de autoradio aan. Na wat stations te zijn afgelopen, belandde de naald bij een ratelende Italiaanse nieuwslezer. De politie had de grensovergang bij Chiasso omgetoverd tot een belangrijk controlepunt, vertaalde Hercules. In de jacht op de voortvluchtige priester werden alle voertuigen binnenstebuiten gekeerd. Pater Daniel Addison was de politie te Bellàgio op de een of andere manier te slim af geweest en het vermoeden bestond dat hij de Zwitserse grens probeerde over te steken.

'Te slim af geweest?' Harry keek eens opzij naar Hercules. 'Zou dat betekenen dat iemand hem dus werkelijk heeft gezien?'

'Dat zeiden ze er niet bij, meneer Harry...'

66

Como, tien over halfacht in de avond.

De Fiat was net de autostrada af en kwam tot stilstand op de hoofdweg naar Como. Hercules had Harry gevraagd om te stoppen en dat had Harry gedaan. En nu brak voor hen het laatste moment samen aan. Het zachte geel van de avondlucht vulde de auto met een delicaat licht dat in schril contrast stond met het felle schijnsel van de koplampen van het verkeer dat buiten doorraasde.

'Politie of niet, Chiasso ligt nu te dichtbij om het er niet op te wagen... Begrijpt u, meneer Harry...'

'Ik begrijp het, Hercules... Het spijt me dat ik niet meer kon doen...'

'Veel geluk dan, meneer Harry.' Hercules glimlachte en stak plotseling zijn hand uit die Harry aanvaardde.

'Jij ook...'

En toen was Hercules uit de auto en verdwenen. Harry keek hem even na, terwijl hij de weg overstak in de baan van het tegemoetkomend verkeer. Aan de overkant keek hij om, grinnikte, om zich vervolgens met een zwaai op zijn krukken de toenemende schemering in te begeven. Te voet, als dat voor hem de juiste uitdrukking was, op weg naar Zwitserland.

Tien minuten later parkeerde Harry de Fiat in een zijstraat om de hoek van het station en met een zakdoek wiste hij zijn vingerafdrukken van het stuur en de versnellingspook. Nadat hij behoedzaam was uitgestapt en de auto had afgesloten, begaf hij zich naar de Via Borsieri en vervolgens de Viale Varese en volgde hij de richtingborden naar het meer en de Piazza Cavour. In een poging op te gaan in de menigte en slechts de indruk te wekken van een priester die genoot van de warme zomeravond, vertraagde hij zijn tred tot die van de mensen om hem heen.

Zo nu en dan knikte of glimlachte iemand naar hem. En hij groette net zo vriendelijk terug om zich vervolgens even nonchalant om te draaien en te kijken of iemand hem herkend had, dit anderen vertelde of terugliep om hem nog eens te bekijken.

Terwijl hij een plein overstak en de richtingborden bekeek, werd hij zich opeens bewust van het feit dat de mensen nu langzamer liepen en de menigte samendromde. Verderop zag hij dat de meute zich verzamelde voor een kiosk. Toen hij dichterbij kwam, sprong als het ware Danny's gezicht hem van de laatste edities tegenmoet. Iedere krant had bijna dezelfde kop: FUGITIVO SACERDOTE DENTRO BELLÀGIO? Bevond de voortvluchtige zich in Bellàgio? Snel draaide hij zich om en liep door.

Harry sloeg een straat in, vervolgens nog een, en deed ondertussen zijn best wijs te worden uit de verwarrende aanwijzingen die hem naar het meer en de Piazza Cavour moesten leiden. Uitwijkend voor een kletsend koppel dat hand in hand liep, sloeg hij een hoek om en bleef staan. De straat vóór hem was afgesloten door politieversperringen. Erachter stonden politievoertuigen, mediawagens en satelliettrucks. Verderop zag hij het hoofdbureau van politie.

'Jezus.' Harry wachtte een halve tel, liep toen door en probeerde zijn kalmte te bewaren. Voor hem doemde een zijstraat op en in een impuls sloeg hij linksaf, ervan overtuigd dat hij weer op de versperringen zou stuiten, dan wel de kiosk of zelfs het station. In plaats daarvan zag hij het meer en het verkeer dat over de boulevard stroomde. Direct vóór hem stond op een richtingbord de Piazza Cavour aangegeven.

Nog een half blok en hij bevond zich op de boulevard. Aan zijn rechterhand stond het Palace Hotel, een reusachtig gebouw van roodbruine zandsteen met ervoor een druk caféterras. Er schalde feestmuziek. Mensen aten en dronken, kelners met witte schorten liepen tussen hen door. Normale, alledaagse mensen, bezig met alledaagse dingen, maar zich geen moment bewust van hoe dicht ze zich bij een potentiële climax van de eerste orde bevonden als slechts één van hen de passerende bebaarde priester met de bonnet zou herkennen en alarm zou slaan. Binnen enkele tellen zou de straat stampvol politie zijn. Het zou iets van een Amerikaanse actiefilm hebben. Een openlijke krachtmeting tussen de Gruppo Cardinale en de smeriskiller, de vogelvrij verklaarde broer van de moordenaar van de kardinaal-vicaris van Rome. Flitslampen. Helikopters. Stoere blokhoofden die gekleed in kogelvrije vesten en zeulend met machinegeweren af en aan renden. Een Lee Harvey Oswald-ritje in een pretpark. Kijk hoe de schurk het van alle kanten te verduren krijgt. Koop hier uw kaartje. Beleef het mee!

Maar niemand die hem herkende. En het volgende moment was Harry al verdwenen, als een gewone voorbijganger. Even later sloeg hij een hoek om en stond hij op de Piazza Cavour. Vlak voor zijn neus verrees het Hotel Barchetta Excelsior.

67

Harry drukte op de zoemer van kamer 525 en wachtte, zijn bonnet in de hand en drijfnat van het zweet, niet alleen van de zenuwen, maar ook vanwege de julihitte. Het was bijna acht uur in de avond en het liep nog steeds tegen de dertig graden.

Hij wilde net weer op de zoemer drukken toen opeens de deur openging en Adrianna verscheen, de haren nog nat van het douchen, haar lichaam gehuld in een witte badjas van het hotel, haar draagbare telefoon tegen het oor gedrukt. Snel stapte hij naar binnen, sloot de deur achter zich en deed hem op slot.

'Hij is er nu.' Adrianna stond bij het raam, trok de gordijnen dicht en praatte ondertussen in de telefoon. De tv naast het raam stond aan op een nieuwszender. Het geluid was weggedraaid. Een verslaggever stond voor het Witte Huis. Daarna werd opeens overgeschakeld naar een collega voor het Britse parlementsgebouw.

Adrianna liep naar een kaptafel en boog zich voor de spiegel om iets in een notitieboekje te krabbelen.

'Vanavond, goed… Staat genoteerd…'

Ze verbrak de verbinding en keek op. Harry staarde naar haar spiegelbeeld.

'Dat was Eaton…'

'Ja.' Ze draaide zich om en keek hem aan.

'Waar is Danny, verdomme?'

'Niemand weet het…' Haar ogen gleden naar de tv – voortdurend alert op nieuwe berichten, de eeuwige gewoonte en ziekte van elke verslaggever in het veld – en vervolgens terug naar Harry. 'Nog geen paar uur geleden hebben Roscani en zijn mannen de villa in Bellàgio doorzocht. Ze dachten hem daar met zijn toilettasje te kunnen vinden… Ze hebben niets gevonden.'

'En de politie weet zeker dat het om Danny gaat, en niet om iemand anders?'

'Zo zeker als maar kan zonder er zelf bij te zijn geweest. Roscani zit er nog, in Como. Dat zegt op zich al genoeg...' Ze dwong een nog nat, weerbarstig plukje haar terug achter haar oor. 'Je ziet eruit alsof je op het punt staat te smelten. Je mag best je jasje uitdoen, hoor. Wat drinken?'

'Nee.'

'Nou, ik wel...'

Ze liep naar een klein dressoir, opende het en trok er een miniflesje cognac uit. Ze schonk het leeg in een glas en draaide zich weer om.

Harry staarde haar aan. 'En nu? Hoe kom ik in Bellàgio?'

'Je bent boos op me, hè? Over wat er in Rome is gebeurd, over dat ik Eaton erbij heb gehaald.'

'Nee, dat heb je verkeerd. Ik ben jullie juist dankbaar. Zonder jullie hulp zou ik nooit zover zijn gekomen. Jullie hebben allebei je nek uitgestoken, weliswaar uit eigenbelang, maar toch... De seks maakte alleen dat ik me er wat lekkerder bij voelde.'

'Dat deed ik omdat ik het op dat moment echt wilde. En omdat jij het wilde. En omdat we het allebei lekker vonden... Ga me nou niet vertellen dat je dit nooit eerder overkomen is... Dit is jouw leven. Want anders was je allang getrouwd en vader van een stel kinderen.'

'Vertel me nou maar gewoon wat ik nu moet doen.'

'Goed...' Even staarde ze hem nog aan. Daarna leunde ze, met het glas in de hand, tegen de kaptafel.

'Je neemt de late draagvleugelboot naar Bellàgio. Daar neem je je intrek in het Hotel Du Lac, tegenover de aanlegsteiger. Je kamer is al geboekt – pater Jonathan Roe van de universiteit van Georgetown. Je krijgt het telefoonnummer van de beheerder van Villa Lorenzi. Hij heet Edward Mooi.'

'En die moet ik bellen?'

'Ja...'

'Waarom denk je dat hij weet waar Danny uithangt?'

'Omdat de politie dat denkt.'

'Dan zullen ze je telefoon geheid afluisteren.'

'En wat denk je dat ze geheid dan zullen horen?' Ze nam een slok van haar cognac. 'Een Amerikaanse pater die zijn hulp aanbiedt, gewoon omdat hij de kranten heeft gelezen en graag alles wil doen om maar te helpen...'

'Als ik hem was, dan zou ik denken dat de politie erachter zat. Een list.'

'Ik ook. Behalve dan dat hij in de tussentijd een fax heeft ontvangen van een religieuze boekhandel in Milaan. Aanvankelijk zal hij niet weten wat hij ermee aan moet – en ook de politie niet, mochten ze het onderscheppen, want het zal gewoon een advertentie lijken. Alleen, Edward Mooi is een belezen man. Na jouw telefoontje zal hij die fax opnieuw bestuderen, al moet hij hem uit de prullenbak vissen. En dan zal hij het begrijpen.'

'Wat voor fax?'

Adrianna zette haar glas neer, trok uit een versleten leren reistas een vel papier tevoorschijn en gaf het aan hem. Daarna plaatste ze een hand op haar heup en leunde weer tegen de kaptafel. Terwijl ze dat deed, viel haar badjas een stukje open. Niet veel, maar voor Harry genoeg om een deel van een borst en de donkere plek waar haar dijen samenkwamen te kunnen onderscheiden.

'Lees.'

Hij aarzelde even, en wierp een blik op het papier.

Lees!

'Genesis 4:9'
Een nieuw boek van
Jonathan Roe, predikant.

Dat was het. Netjes getypt. Meer niet.

'Je kent je bijbel toch wel, Harry... Genesis 4:9?'

'Ben ik mijn broeders hoeder?' Harry liet het velletje op het bed vallen.

'Hij is een belezen man. Hij zal het begrijpen.'

'En dan?'

'Dan wachten we af... Ik zal ook in Bellàgio zijn, Harry. Misschien nog wel eerder dan jij.' Haar stem klonk nu zacht, verleidelijk. Haar ogen vonden de zijne en priemden zich erin vast. 'En ik weet hoe ik je dan zal kunnen bereiken... Via je zaktelefoon. Je weet wel,' hier zweeg ze even, 'net als toen we... in Rome deden.'

Hij zweeg een paar tellen, staarde haar alleen maar aan. Ten slotte gleden zijn ogen over de gehele lengte van haar lichaam.

'Je kamerjas staat open...'

'Weet ik...'

Hij nam haar vanachteren, op de manier die ze fijn vond, net als toen in haar appartement in Rome. Alleen brandden nu de lampen en deden ze het staand in de badkamer. Met Adrianna iets voorovergebogen, steunend op de rand van de marmeren wasbak. Allebei zagen ze zichzelf, toekijkend in de spiegel. Hij zag hoe ze genoot toen hij bij haar binnendrong. En hoe het sterker werd bij iedere stoot. Hij zag zichzelf achter haar staan, met opeengeklemde kaken. Ferm. En almaar fermer nu de kracht en de snelheid van zijn gestoot toenamen. Om zijn eigen gezicht zo te kunnen zien, was eigenlijk een beetje gênant. Het was net alsof hij zichzelf aan het bevredigen was. Alleen, dat was niet zo. 'Ja!' hijgde ze. 'Ja!'

Hoe harder ze kreunde, hoe meer zijn eigen gehijg erin verdronk. Ze wierp haar hoofd in haar nek en nu zag hij alleen háár nog in de spiegel. Haar ogen sloten zich. Hij voelde hoe haar verborgen spieren hem omklemden, het genot voor beiden versterkend.

'Meer,' fluisterde ze. 'Meer. Harder, ja! Stoot toe, Harry. Stoot toe...!'

Hij voelde zijn hartslag versnellen en de hitte van haar lichaam die van het zijne aanwakkeren. Allebei glommen ze van het zweet. Het was net als toen, bij haar in bed in Rome. Vlokjes dansten voor zijn ogen. Zijn hart beukte. Haar gehijg klonk als gebulder en overstemde het zuigende geluid van lichaam tegen lichaam, stoot na stoot, zonder ophouden. Plotseling slaakte ze een gil en hij zag hoe haar hoofd tussen haar schouders omlaagzonk. Op dat moment kwam ook hij klaar, als een kanon zo leek het wel. Eentje die maar bleef vuren, als een snelvuurwapen, en compleet autonoom. Opeens voelden zijn knieën als van elastiek en moest hij zichzelf op de rand van de wasbak ondersteunen om zich staande te houden. Hij wist dat er niets meer in het vat zat.

Voor geen van beiden.

68

Li Wen kwam binnen zoals hij dat altijd deed, via de voordeur, een
zware leren aktetas in de ene hand, identificatiebadge vastgespeld
op de revers van zijn jasje en knikkend naar de half slapende vei-
ligheidsofficier van het Chinese leger aan het tafeltje om de hoek
van de ingang. Vervolgens kwam hij via een andere deur in een hal
en passeerde de hoofdcontrolekamer waar een vrouwelijke ingenieur in haar eentje een half oogje in het zeil hield bij een muur vol
meetapparatuur die onder andere de druk, de troebelheid, de
stroomsnelheid en chemische niveaus mat; haar aandacht werd
afgeleid door een tijdschrift dat ze aan het lezen was.
    'Goedemorgen,' zei Li Wen op autoritaire toon. Het tijdschrift
verdween direct.
    'Alles in orde?'
    'Ja, meneer.'
    Li Wen staarde haar nog even aan om haar te laten voelen dat
hij niet blij was met haar geblader in tijdschriften. Daarna draaide hij zich met een gezaghebbend knikje om, duwde een deur
open en daalde een lange trap af naar de zuiveringsafdeling op de
lagere verdieping: een lange ruimte van gewapend beton waar de
laatste fasen van het zuiveringsproces plaatsvonden voordat het
water werd weggepompt voor uitstroming naar de hoofdbuizen
van de drinkwatervoorziening van de stad. Deze ondergrondse
ruimte voelde direct koel aan, vergeleken met de warmte en vochtigheid die buiten en zelfs op de bovenverdieping heersten.
    De fabriek was drie jaar geleden bijna een halfjaar gesloten ge-
weest voor een renovatie, maar er was nog steeds geen airconditioning. Die, zo werd gezegd, zou bewaard worden voor de nieuwe zuiveringsinstallatie die na de eeuwwisseling moest worden
gebouwd. Hetzelfde gold voor de meeste waterbehandelings- en
zuiveringsinstallaties in heel China. Ze waren oud en verkeerden
hoofdzakelijk in vervallen staat. Een aantal, zoals deze, was ge-
renoveerd toen het grote waterrad in Beijing eindelijk draaide en
het Centraal Comité voor fondsen zorgde. Kleine fondsen, maar
met grote beloften voor de toekomst.

Feit was dat de toekomst in een aantal plaatsen al was gearriveerd; nieuwe bouwprojecten met hulp van westerse bouw- en machinebouwmaatschappijen, zoals het Chinees-Franse drinkwaterbedrijf ter waarde van 340 miljoen gulden in de stad Kwangtsjoe of het gigantische, 72 miljard kostende project van de Drieklovendam langs de rivier de Jangtsetjiang, waren in volle gang. Maar over het geheel genomen waren de Chinese drinkwatervoorzieningen en -zuiveringsinstallaties oud, kon een aantal zelfs als antiek worden bestempeld, met uitgeholde boomstammen als leidingen, en functioneerden ze slechts gebrekkig.

In bepaalde perioden van het jaar – zoals nu, hartje zomer wanneer de zon en de lange, warme dagen ideale omstandigheden vormden voor de wildgroei van algen en de daarmee gepaard gaande biologische toxinen – werden de waterzuiveringsinstallaties nagenoeg onbruikbaar en leverden ze de Chinese huishoudens weinig meer dan bedorven meer- of rivierwater.

Dit was uiteraard de reden voor Li Wens aanwezigheid hier: om toezicht te houden op de kwaliteit van het water uit het Tsjaomeer, de voornaamste waterbron voor de één miljoen bewoners van de stad Hefei. Het was een baan die hij nu bijna achttien jaar lang dag in dag uit had vervuld. Achttien jaar zonder te beseffen dat je hier geld uit kon halen. Echt geld, en genoeg om het land te ontvluchten en tegelijkertijd wraak te nemen op een regering die hij verachtte; een regering die in 1957 zijn vader had gebrandmerkt als 'contrarevolutionair' toen hij protesteerde tegen de incompetentie en het zelfbelang van Mao's Culturele Revolutie en hem gevangenzette in een werkkamp waar hij drie jaar later stierf; Li Wen was toen vijf. Li Wen groeide op, eerde de herinnering aan zijn vader en zorgde ondertussen plichtsgetrouw voor zijn moeder die het overlijden van haar man en de publieke hoon rond diens gevangenschap nooit meer te boven kwam. Alleen omdat hij aanleg had voor exacte vakken en gewoon het pad van de minste weerstand koos, werd Li Wen hydrobiologisch ingenieur. Voor zijn omgeving leek hij week en gezichtsloos, een man zonder passie of emoties. Vanbinnen werd hij verteerd door haat jegens de staat; hij had zich heimelijk aangesloten bij een groep Taiwanese sympathisanten die de omverwerping van het regime in Beijing beraamde en werkte aan de terugkeer van een nationalistisch bewind in China.

Als vrijgezel die altijd op reis was, beschouwde hij Tong Kwing, een ongeremde, 25-jarige computerprogrammeur annex kunste-

nares die hij twee jaar geleden tijdens een clandestiene bijeenkomst in Nanking had ontmoet, als zijn beste vriendin. Zij was
degene geweest die hem had laten kennismaken met de enthou-
siasmerende bloemenhandelaar Tsjen Yin die hij ogenblikkelijk
had gemogen. Via Tsjen Yins familiebetrekkingen binnen de centrale regering had hij volop kunnen reizen: een hydrobioloog die
tal van watervoorzieningen bezocht in Europa en Noord-Amerika om te zien hoe andere regeringen dit soort dingen voor elkaar
hadden. En via Tsjen Yin had hij kennisgemaakt met Thomas
Kind die hem had meegetroond naar de villa buiten Rome, waar
hij een korte ontmoeting had gehad met de man wiens missie hij
nu uitvoerde – een reus van een man die zich kleedde als een geestelijke en wiens naam hij nooit vernomen had, maar een man die
een hoge machtspositie bekleedde en voor de toekomst van de
Volksrepubliek een uniek plan had gesmeed.

Alleen al die ontmoeting zette Li Wens hele toekomst in beweging en had het afgelopen jaar tot de meest stimulerende periode
van zijn leven tot nu toe gemaakt. Eindelijk zou hij de dood van
zijn vader wreken en daar royaal voor worden betaald. En na afloop zou hij, via Tsjen Yin, het land uit worden gesmokkeld en
naar Canada afreizen, met een nieuwe identiteit en een nieuw leven vóór zich. Daar zou hij met leedvermaak de jaren laten verstrijken en toezien hoe de regering, die hem van zijn jeugd had beroofd en die hij tot in het diepst van zijn ziel verfoeide, langzaam
afbrokkelde onder de handen van de vurige revolutionair uit
Rome.

Li Wen zette zijn zware aktetas op een houten bankje en keek over
zijn schouder naar de deur waardoor hij zojuist was binnengekomen. Hij was alleen en naderde nu één van de vier inspectiegaten
van zestig vierkante centimeter waardoorheen hij rechtstreeks het
gezuiverde water kon volgen dat in de hoofdbuizen van de stads-
waterleiding werd gepompt. Het water stroomde snel, maar in
plaats van dat het helder was, zoals in de wintermaanden, was het
nu troebel en stonk het, het gevolg van de zomerwarmte en de algengroei in het Tsjaomeer. Dit was iets waar de regering niets aan
had gedaan en waarop hij gerekend had.

Hij draaide zich om, liep snel naar zijn aktetas, opende deze,
trok een paar dunne, chirurgische handschoenen aan en opende
vervolgens het grote, geïsoleerde binnencompartiment. Een half
dozijn bevroren, grijswitte 'sneeuwballen' lag in een soort styro-

foam eierdoos. De buitenkant begon al iets te smelten, waardoor ze fonkelden in het licht boven hem.

Hij wierp opnieuw een vluchtige blik naar de deur, pakte de eierdoos uit de aktetas en droeg deze naar de inspectiegaten boven het stromende water. Hij pakte de eerste 'sneeuwbal', boog voorover en wierp hem in het water; een gevoel van triomf trok door zijn hart. Vervolgens deed hij hetzelfde met de rest, wierp ze er één voor één in en keek hoe ze verdwenen in het kolkende, snelstromende, duistere water.

Even rap draaide hij zich weer om, stopte de eierdoos en de handschoenen in zijn aktetas en sloot deze af. Hij liep nog een keer naar de inspectiegaten, nam een flesje uit een metalen kist aan de muur en nam een watermonster. Rustig wijdde hij zich aan zijn taak: het testen van het water waarvan hij zeker wist dat het aan de officiële 'zuiverheidsnorm' voldeed.

69

Bellàgio, het Comomeer, Italië.
Maandag 14 juli, tien over halfelf in de avond.

Harry pakte het kleine koffertje dat Adrianna hem bij zijn vertrek uit het hotel in Como had gegeven. Samen met het handjevol passagiers verliet hij de draagvleugelboot en liep over de steiger in de richting van de straat. Vóór hem zag hij het verlichte loket van de *Navigazione Lago di Como*, onbemand op dit uur van de avond en verscholen onder het dichte bladerdak van de bomen langs de oever. Verderop kon hij de verlichte straat zien, met aan de overkant het Hotel Du Lac. Nog één, hooguit twee minuutjes, en hij zou er zijn.

De reis vanuit Como – met tussenstops in de stadjes Argegno, Lezzeno, Lenno en Tremezzo – was zenuwslopend geweest. Bij elke tussenstop vreesde hij dat gewapende agenten aan boord zouden stappen om de identiteitspapieren van de reizigers te controleren. Maar hij had geen agent gezien. Uiteindelijk, na de voorlaatste halte, had hij zich, net als de overige passagiers, wat kunnen ontspannen. Voor het eerst voelde hij nu eens geen gevaar, had hij niet het gevoel opgejaagd te worden. Er was enkel het geluid van de motoren en het ruisende water onder de romp. Het gevoel overheerste nog steeds nu hij achter de anderen de steiger opliep. Hij had net zo goed een toerist kunnen zijn, gewoon een van de passagiers die van een steiger liep en in een zwoele zomernacht verdween. Hij merkte dat hij moe was, emotioneel en lichamelijk uitgeput. Het liefst wilde hij in bed kruipen, het licht uitdoen en een week lang slapen. Maar dit was nauwelijks de plek daarvoor. Dit was Bellàgio, het middelpunt van het speurwerk door de Gruppo Cardinale. En Danny was niet de enige die ze zochten. Hij moest nu alerter en waakzamer dan ooit zijn.

'*Mi scusi, Padre.*'

Vanuit het donker verschenen opeens twee geüniformeerde agenten. Ze waren jong en droegen uzi's aan een riem over hun schouder.

Met een stap opzij versperde de voorste hem slim de weg. Harry bleef staan en de andere passagiers wurmden zich langs hem heen, waarna hij met de agenten achterbleef.

'*Come si chiama?*' Wat is uw naam?

Harry's blik gleed van het ene naar het andere gezicht. Dit was het moment. Of hij waagde de stap en speelde de rol die Eaton voor hem had ingevuld, of niet...

'*Come si chiama?*'

Hij was nog steeds broodmager, nog slungeliger dan de Harry Addison van de videoband. Met nog steeds de baard zoals op de pasfoto. Misschien was het afdoende.

'Sorry,' glimlachte hij, 'maar ik spreek geen Italiaans.'

'*Americano?*'

'Ja.' Hij glimlachte opnieuw.

'Loopt u even mee, alstublieft,' verzocht de tweede agent hem in het Engels. Harry volgde de twee over het trottoir naar het verlichte kaartloket.

'Hebt u een paspoort?'

'Ja, vanzelfsprekend.'

Hij reikte in zijn jaszak en voelde hoe zijn vingers Eatons paspoort aanraakten. Hij aarzelde.

'*Passaporto,*' klonk het nu kortaf uit de mond van de eerste agent.

Langzaam trok hij zijn paspoort tevoorschijn, overhandigde het aan de agent die Engels sprak en keek toe hoe beide agenten het document om de beurt bestudeerden. Aan de overkant van de straat, je kon het bijna aanraken, was het hotel. Het terras aan de voorzijde zat vol met avondvolk.

'*Sacco.*'

De eerste agent knikte naar zijn tas. Zonder te aarzelen gaf Harry die hem. Op dat ogenblik zag hij een politiewagen voor het hotel stoppen en de bestuurder hun kant op kijken.

'Jonathan Roe, predikant.' De tweede agent sloeg het paspoort dicht en hield het vast.

'Klopt...'

'Hoe lang bent u al in Italië?'

Hij aarzelde. Als hij zou zeggen dat hij eerst in Rome, Milaan of Florence was geweest, dan zouden ze vragen waar hij had overnacht. Welke plek hij ook zou noemen, als hij tenminste in staat was er een te bedenken, zou makkelijk te checken zijn.

'Ik ben vanmiddag per trein vanuit Zwitserland gearriveerd.'

Beide agenten keken hem vorsend aan, maar zeiden geen woord. Hij bad dat ze niet om een treinkaartje zouden vragen of waar precies hij in Zwitserland was geweest.

Uiteindelijk vroeg de tweede: 'Wat is de reden van uw bezoek?'

'Ik ben toerist. Al jaren droom ik ervan deze plek te bezoeken... Eindelijk,' zei hij glimlachend, 'heb ik de kans gekregen.'

'Waar logeert u?'

'In het Hotel Du Lac.'

'Het is al laat. Hebt u gereserveerd?'

'Dat is voor mij gedaan. Tenminste, dat mag ik hopen.'

De agenten bleven hem aanstaren, alsof ze nog niet helemaal overtuigd waren. Achter hen kon hij zien dat ook de chauffeur van de politiewagen hen nog altijd gadesloeg. Het was een hels moment, maar het enige wat hij kon doen, was afwachten wat ze nu zouden doen.

Opeens gaf de tweede agent hem zijn paspoort terug.

'Onze excuses, eerwaarde.'

De eerste gaf hem zijn tas terug. Daarna deden beiden een stap terug en gebaarden hem door te lopen.

'Dank u,' zei Harry. Daarna liet hij het paspoort weer in zijn colbertzak glijden, hees zijn tas over zijn schouder en liep langs de agenten heen. Even liet hij een scooter passeren en stak vervolgens de straat over naar zijn hotel, donders goed beseffend dat de agenten hem nog steeds in de gaten hielden.

Toen hij eenmaal voor de incheckbalie stond en de nacht-receptionist aan kwam lopen om hem in te schrijven, waagde hij het erop en keek achterom. Net op dat moment zag hij de politie-wagen wegrijden.

70

Een aantrekkelijke man met helderblauwe ogen zat aan een ach-teraftafeltje op het caféterras van het Hotel Du Lac. Hij was ach-ter in de dertig en droeg een ruimzittende spijkerbroek en een licht overhemd van dezelfde stof. Hij zat er al de hele avond, ont-spannen, zo nu en dan een slokje van zijn bier nemend en kijkend naar de passerende mensen.

Een kelner in een wit overhemd en zwarte broek hield de pas in en gebaarde naar zijn bijna lege glas.

'Graag,' reageerde Thomas José Álvarez-Ríos Kind en de kel-ner knikte en liep weg.

Thomas Kind had zijn oude uiterlijk afgeworpen. Zijn gitz-warte haar was nu opvallend blond geverfd, net als zijn wenk-brauwen. Hij leek wel een Scandinaviër of een wat oudere, maar nog altijd superfitte surfer uit Californië. Zijn paspoort was echter Nederlands. Eerder op de dag had hij zich in het Hotel Florence ingeschreven als Frederik Voor, een softwarevertegenwoordiger die woonachtig was in de Bloemstraat 95 te Amsterdam.

Ondanks de aankondiging van de Gruppo Cardinale drie uur daarvoor dat de voortvluchtige Amerikaanse priester Daniel Addison niet langer gezocht werd in Bellàgio en dat de melding dat hij was gezien, waarschijnlijk onjuist was, werden de wegen van en naar het stadje nog steeds nauwgezet in de gaten gehou-den. Dit betekende dat de politie het niet helemaal opgegeven had. Thomas Kind evenmin. Uit ervaring had hij deze plek uitge-kozen, de mensen observerend die de aanmerende draagvleugel-boten op en af liepen. Het was een basisconcept dat stamde uit de tijd dat hij als revolutionair en moordenaar in Zuid-Amerika ver-bleef. Weet naar wie je op zoek bent. Kies een plek waar hij hoogstwaarschijnlijk zou moeten passeren. Ga er vervolgens heen en maak gebruik van je vaardigheden als waarnemer, wees geduldig en wacht af. En vanavond, zoals al zo vaak was gebeurd, was het hem gelukt.

Van alle mensen die de afgelopen uren voorbij waren gekomen, was de bebaarde priester met de zwarte bonnet op zijn hoofd, die met de laatste boot was gearriveerd, veruit de interessantste.

De bijna kale nachtportier van middelbare leeftijd opende de deur naar kamer 327, knipte een bedlampje aan, zette Harry's koffer op een bagagerek ernaast en overhandigde Harry de sleutel.

'Dank u.' Harry reikte in zijn zak voor een fooi.

'Nee *Padre, grazie.*' De man glimlachte, draaide zich kwiek om en liep weg, de deur achter zich sluitend. Harry deed de deur op slot – inmiddels een gewoonte van hem – haalde eens diep adem en overzag de kamer. Deze was klein en bood uitzicht op het meer. Het meubilair was flink versleten, maar toch nauwelijks kaal. Een tweepersoonsbed, een stoel, een ladekast, een schrijftafel, een telefoon en een tv-toestel.

Hij trok zijn jasje uit en liep de badkamer in. Hij draaide de kraan open, wachtte tot het water goed koud was en bracht zijn natte handen vervolgens naar zijn nek. Ten slotte keek hij op en bekeek zichzelf in de spiegel. Het waren niet langer dezelfde ogen die zo strak in een andere spiegel hadden getuurd in wat nu een eeuwigheid geleden leek, kijkend hoe hij de liefde bedreef met Adrianna; zijn ogen stonden nu anders, angstig, eenzaam, maar ergens toch ook weer sterker en vastberadener.

Plotseling wendde hij zich af van de spiegel en liep de kamer weer in, ondertussen een blik werpend op zijn horloge.

23.10

Bij het bed opende hij de kleine koffer die Adrianna hem gegeven had. Erin zat iets wat de politie over het hoofd had gezien bij hun haastige visitatie. Een uit een notitieblok gescheurd velletje van het hotel Barchetta Excelsior in Como met daarop het telefoonnummer van Edward Mooi.

Hij pakte de telefoon naast het bed, aarzelde en draaide het nummer. Hij hoorde een telefoonbel overgaan. Eenmaal, tweemaal. Bij de derde keer werd er opgenomen.

'*Pronto.*' Een mannenstem.

'Edward Mooi, alstublieft... Sorry dat ik nog zo laat bel.'
Er volgde een stilte. Daarna: 'U spreekt met Edward Mooi.'
'Ik ben pater Jonathan Roe van de universiteit van George-
town. Ik ben Amerikaan en ben net in Bellàgio aangekomen...'
'Ik begrijp niet...' De man was op zijn hoede.
'Het gaat over de jacht op de priester Daniel Addison... Ik heb
tv zitten kijken...'
'Ik weet niet waar u het over hebt.'
'Als Amerikaanse priester dacht ik misschien te kunnen helpen
daar waar anderen dat niet konden.'
'Het spijt me, eerwaarde... Ik weet van niets. Het is allemaal
een vergissing geweest. Als u me nu wilt excuseren...'
'Ik verblijf in het Hotel Du Lac. Kamer 327.'
'Goedenavond, eerwaarde.'
Klik.
Langzaam legde Harry de hoorn neer.
Vlak voordat Edward Mooi ophing, ving Harry het bijna on-
hoorbare geknisper van statische ruis op. Het bevestigde zijn
bangste vermoeden: de politie had meegeluisterd.

71

Bellàgio. Dinsdag 14 juli, kwart over vier in de ochtend.

Pleegzuster Elena Voso stond in de hoofdtunnel van de grot en
luisterde naar het zacht klotsende geluid van het water tegen de
granieten wanden. Ze hoopte maar dat Luca en de anderen terug
zouden komen.

Boven haar rees het plafond ongeveer zes meter omhoog, misschien wel meer. En de brede tunnel eronder voerde zo'n dertig
meter terug naar de aanlegsteiger bij de ingang. Langs de gehele
lengte van beide wanden waren uit natuursteen primitieve banken uitgehakt, inmiddels met de jaren hier en daar afgebrokkeld
en versleten. Er zou plaats genoeg zijn voor zo'n tweehonderd
mensen. Ze vroeg zich af of deze banken daar ook inderdaad voor

dienden, om grote groepen mensen te kunnen verbergen. Als dat zo was, wie had ze dan gemaakt, en waarvoor? De Romeinen soms? Eerdere of latere volkeren? Hoe dan ook, het interieur van de grot – of eigenlijk het netwerk van grotten, want de ene ruimte liep over in de andere – was inmiddels helemaal aangepast aan de moderne tijd, met elektra, luchtgaten, waterleidingen, telefoons, een kleine keuken en een grote, centrale zitkamer die weer toegang bood tot drie luxe privé-suites, compleet met badruimten, massagekamers en slaapvertrekken. Ook moest zich hier ergens, maar waar precies wist ze niet, een van de grootste wijnkelders van heel Europa bevinden.

Zondagavond waren ze hierheen gebracht door de vriendelijke, welbespraakte Edward Mooi. Het was vlak na hun aankomst bij Villa Lorenzi geweest. In zijn eentje achter het stuur van een ranke, platte motorboot had Mooi hen, omhuld door de duisternis, in zuidelijke richting gevaren. De tocht voerde tien minuten langs de oevers van het meer waarna hij ten slotte een smalle inham was ingevaren. Hier leek het wel of ze tegen de rotswanden van een nauw ravijn opkeken. Vervolgens navigeerde hij de boot langs rotspartijen en overhangend gebladerte naar de ingang van de grot.

Eenmaal binnen had Mooi het grote zoeklicht aangezet en hen door een doolhof van tunnels gevoerd totdat ze de steiger hadden bereikt: een tien meter lang, in steen uitgehouwen platform aan het eind van de tunnel waarin ze nu stond. Daarna hadden ze hun spullen uitgeladen en waren zij en Michael Roark naar de suite gebracht waar hij zich nu bevond. Het waren twee grote vertrekken, een slaapkamer waar zij sliep en een kleine zit- en ontspanningsruimte waar Michael Roark was ondergebracht. Ertussen was een luxueuze badkamer uitgehakt, ingelegd met marmer en opgesmukt met verguld sanitair.

De grot, of *grotto*, zoals Mooi hun had verteld, lag op het terrein van Villa Lorenzi en was jaren geleden door de beroemde eigenaar, Eros Barbu, zelf ontdekt. Om te beginnen had hij er een immense wijnkelder in ondergebracht waarna hij de verschillende vertrekken eraan had toegevoegd. Het werk was uitgevoerd door bouwvakkers die speciaal uit het zuiden van Mexico waren overgevlogen, een manier om het bestaan ervan geheim te houden, vooral voor de buurtbewoners. Op zijn 64ste was Eros Barbu niet alleen een zeer succesvol en eminent schrijver, hij genoot tevens faam als een man wiens legende zich weerspiegelde in zijn voornaam. Zijn onderaardse grot werd een intieme en zeer discrete plek voor erotische spelletjes met 's werelds mooiste en meest vooraanstaande vrouwen.

Voor Elena bracht de grot echter alleen maar angst en eenzaamheid met zich. De afschuw en woede die uit Luca Fanari's wijdopengesperde ogen straalden toen hij de telefoon opnam, stonden haar nog helder voor de geest. Zijn vrouw was gemarteld en gedood, haar lichaam tot as verbrand in de vuurzee die het appartement, waar ze hun hele huwelijk hadden gewoond, had verwoest. Hij had nog niet opgehangen of was al verdwenen, terug naar Pescara voor de begrafenis en om samen te zijn met hun drie kinderen. Marco en Pietro waren meegegaan.

'God zegene jullie,' had ze hun toegewenst bij hun vertrek naar Bellàgio om vandaar de eerste snelboot naar Como te nemen. Een kleine sloep met buitenboordmotor was hun enige vervoermiddel geweest.

En nu was ze alleen met Michael Roark die nu in de aangrenzende kamer sliep. Ze bad dat het niet meer lang zou duren voordat ze het geluid van de buitenboordmotor weer zou horen. Maar vooralsnog vormde het zachte geklots van het water tegen de rotswanden het enige geluid.

Op het moment dat ze zich omdraaide om naar haar kamer terug te gaan, vastbesloten om moeder-overste in Siena te bellen met haar verhaal en haar om hulp te vragen, ving ze in de verte het zachte gesputter van een naderende motorboot op dat tegen de rotswanden weerkaatste.

Dat moesten Luca en de anderen zijn. Ze liep, nee, rende bijna door de tunnel naar de steiger. Daarna zag ze het felle schijnsel van het zoeklicht, hoorde hoe de motor werd afgezet, waarna de ranke romp van de motorboot verscheen. Het was Edward Mooi.

72

Gedrieën kwamen ze over het dolboord van de boot gelopen. Edward Mooi en een man en een vrouw die Elena nog nooit had gezien.

'De mannen zijn weg,' zei ze snel.

'Weet ik.' Moois blik was gespannen terwijl hij het paar aan haar voorstelde. Het waren oude werknemers van Eros Barbu. Ze waren te vertrouwen en zouden zich over Michael Roark ontfermen, terwijl zij naar Bellàgio ging.

'Bellàgio?' zei ze verbaasd.

'Ik wil dat je iemand opzoekt – een priester uit de Verenigde Staten – en hem hierheen brengt.'

'Hierheen, naar de grot?'

'Ja.'

Elena keek vluchtig naar de man en de vrouw, vervolgens staarde ze Edward Mooi weer aan. 'Waarom ik? Waarom gaat u zelf niet?'

'Omdat wij bekend zijn in Bellàgio en u niet...'

Opnieuw keek Elena naar de man en de vrouw. Salvatore en Marta, zo had Edward Mooi hen genoemd. Ze zeiden niets, staarden alleen terug. Het waren vermoedelijk vijftigers. Salvatore was zongebruind, de vrouw, Marta, niet. Wat betekende dat hij waarschijnlijk buiten de villa werkte, terwijl zij binnen haar taken had. Beiden droegen een trouwring, maar ze kon absoluut niet zeggen of ze met elkaar getrouwd waren. Maar het maakte geen verschil, hun ogen zeiden alles. Ze waren angstig en bezorgd, maar tegelijkertijd op hun hoede en vastberaden. Wat Edward Mooi ook van hen zou verlangen, ze zouden het doen.

'Wie is die priester?' vroeg Elena.

'Een familielid van Michael Roark,' zei Edward Mooi zachtjes.

'Nee, dat is hij niet.' Elena had haar eigen conclusies inmiddels al getrokken. Van angst was geen sprake, er was alleen de woede omdat ze het niet eerder vernomen had, van Luca, Marco of Pietro of van haar eigen moeder-overste.

'Michael Roark bestáát niet, en mocht hij wel bestaan, dan is het niet de man die daarbinnen ligt,' en ze wees naar de kamer waar haar patiënt sliep. 'Het is de eerwaarde vader Daniel Addison, de Vaticaanse priester die gezocht wordt voor de moord op kardinaal Parma.'

'Hij is in gevaar, zuster Elena, dat is de reden waarom hij hier is...' sprak Edward Mooi op kalme toon, 'en waarom hij een nieuwe identiteit kreeg en telkens werd verplaatst...'

Elena staarde hem aan. 'Waarom beschermt u hem?'

'Dat werd ons gevraagd...'

'Door wie?'

'Eros Barbu...'

'Een wereldberoemd auteur die een moordenaar beschermt?'
Edward Mooi zweeg.

'Wist Luca ervan? En de anderen? Mijn moeder-overste?' Elena staarde ongelovig voor zich uit.

'Ik... weet het niet...' Edward Mooi keek haar nu met toegeknepen ogen aan. 'Wat ik wél weet, is dat de politie alles in de gaten houdt wat wij uitspoken. Daarom vraag ik u naar Bellàgio te gaan. Als een van ons gaat en deze priester ontmoet, zullen ze ons óf ter plekke arresteren óf afwachten en ons heimelijk achtervolgen.'

'Die priester,' zei zuster Elena, 'is de broer van de eerwaarde Addison. Klopt dat?'

'Ik geloof van wel.'

'En u wilt dat ik hem hiernaartoe breng...'

Edward Mooi knikte. 'Over land, er is een andere weg die ik u zal laten zien...'

'Stel dat ik het niet doe en naar de politie stap.'

'U weet niet zeker of de eerwaarde vader Daniel een moordenaar is... En ik heb gezien hoe u voor hem zorgt...' Edward Moois ogen waren als die van een dichter. Onstuimig, maar tegelijkertijd vol vertrouwen en oprecht. 'U zult niet naar de politie stappen. Hij is immers uw patiënt.'

73

Villa Lorenzi. Zes uur in de ochtend.

Blootsvoets, de haren verward en gekleed in een badjas stond Edward Mooi in de deuropening van de beheerderswoning en haalde slechts zijn schouders op. Wat hem betrof konden Roscani en zijn leger – een team van speciale rechercheurs van de Gruppo Cardinale, zwaarbewapende carabinieri, een Italiaans legerteam met speurhonden, vijf Mechelse herders plus geleiders – voor de tweede maal hun gang gaan.

Opnieuw werden de paleisachtige woning, de aangrenzende vleugel met zestien logeervertrekken, de tegenoverliggende vleugel met Eros Barbu's privé-vertrekken, het souterrain en de kelders doorzocht. De speurhonden lieten geen plekje onbesnuffeld, zoekend naar luchtjes van kledingstukken die vanuit Rome waren overgebracht, afkomstig uit pater Daniels flatje aan de Via Orfeo Ombrellari en uit de door Harry Addison achtergelaten spullen in Hotel Hassler. Daarna werd de enorme koepel achter het woonhuis uitgekamd. Hier bevonden zich het overdekte zwembad, de tennisbanen en op de eerste verdieping de immense balzaal met bladgoudversieringen aan het plafond. Vervolgens waren de garage met acht wagens, de personeelsverblijven en de twee onderhoudsgebouwen en ten slotte de kas met een oppervlakte van een dikke drieduizend vierkante meter aan de beurt.

Roscani liep het hele terrein over, de stropdas los, en het bovenste knoopje van zijn overhemd open tegen de vroege ochtendhitte. Zo ging hij van de ene kamer naar de andere, het ene gebouw na het andere, als leider van de operatie, lettend op de reacties van de honden, zelf hier en daar een kastdeur opentrekkend, zoekend naar verborgen panelen, kijkend tussen muren, onder vloeren – niets ontglipte aan zijn aandacht. Tegelijkertijd dwaalden zijn gedachten voortdurend af naar de moorden in Pescara en de man met de ijspriem. Wie was het, wie zou het kunnen zijn? En daarmee waren zijn gedachten tevens aanbeland bij zijn dringende verzoek aan het hoofdkwartier van Interpol in Lyon om een Europese lijst van mogelijke terroristen en moordenaars op vrije voeten, compleet met mogelijke werkterreinen en, indien mogelijk, profielschetsen.

'Al een beetje uitgekeken, rechercheur?' Edward Mooi liep nog steeds in zijn badjas rond.

Roscani keek op, zich plotseling bewust waar hij zich bevond en van de twee mannen die boven aan een trap in het botenhuis stonden. Buiten schilderde het zonlicht een glinsterend kleurenpalet op het verstilde water van het Comomeer, terwijl beneden twee van de Mechelse herders al grommend de dolboorden van de grote motorboot besnuffelden die in het boothuis afgemeerd lag. Vier gewapende carabinieri keken aandachtig toe. Ook Roscani draaide zich nu om, en met hem Edward Mooi. Roscani wierp een blik naar de Zuid-Afrikaan.

Uiteindelijk gaven de honden het één voor één op. Verveeld slenterden ze door het botenhuis en snuffelden niet langer. Een van de geleiders keek op en schudde zijn hoofd.

'*Grazie, signore,*' bedankte Roscani Edward Mooi.

'*Prego,*' knikte de laatste, verliet het botenhuis en wandelde terug over het pad naar de villa.

'Dat was het!' riep Roscani tegen de hondengeleiders en keek hoe ze samen met de honden en de vier carabinieri weer de trap opkwamen om, net als Edward Mooi, in de richting van het huis en de stoet van geparkeerde politievoertuigen te verdwijnen.

Langzaam volgde Roscani. Meer dan twee uur hadden ze gezocht zonder ook maar iets te vinden. Twee uur verspilde tijd. Stel dat hij fout zat, dan moest hij dat maar aanvaarden. En doorgaan. Maar toch...

Hij keek nog eens om. Daar was het botenhuis, met daarachter het meer. Rechts kon hij de honden en de gewapende carabinieri zien die nu bijna het woonhuis hadden bereikt. Geen spoor van Edward Mooi.

Wat had hij over het hoofd gezien?

Links van de villa, gelegen tussen het woonhuis en het boothuis was een stenen aanlegsteiger met een versierde balustrade waar de kapitein van de draagvleugelboot naar eigen zeggen de voortvluchtige priester en de anderen aan wal had gezet.

Opnieuw staarde Roscani naar het botenhuis. Ongemerkt bewogen zijn vingers zich naar zijn mond en nam hij een trek van zijn denkbeeldige sigaret. Daarna, met de ogen nog steeds op het botenhuis gericht, wierp hij de denkbeeldige sigaret op de grond, trapte hem uit met de punt van zijn schoen, liep terug en stapte opnieuw naar binnen.

Hier boven aan de trap zag hij alleen de afgemeerde motorboot beneden en de bijbehorende spullen. Helemaal achterin was de rechthoekige uitgang naar het meer. Precies als daarnet.

Ten slotte daalde hij de trap af en liep over de steiger langs de boot. Van boeg tot achtersteven, en weer terug. Zoekend, maar naar wat? Daarna klom hij aan boord, bestudeerde aandachtig het interieur, de stoelen, de stuurhut. De honden hadden gejankt, maar niets ontdekt. En ook hem viel niets bijzonders op. Een boot was een boot en dit was tijdverspilling. Hij wilde net weer uit de boot klimmen toen hem op de valreep iets te binnen schoot. Hij begaf zich naar de achtersteven en staarde omlaag naar de twee Yamaha-buitenboordmotoren. Knielend liet hij zijn hand voorzichtig over allebei de schroefpoten omlaagglijden en raakte daarbij de zijpanelen van de motorhuizen boven het water aan. Beide panelen waren warm.

74

Acht uur in de ochtend.

Elena Voso stak het plein over en daalde de trappen af naar het meer. Winkeltjes die voornamelijk in de behoeften van toeristen voorzagen, omzoomden het brede wandelpad naar beneden. De meeste waren al geopend. Winkelbedienden en klanten waren opgewekt, glimlachten en leken de dag vrolijk tegemoet te zien.

Vóór haar zag Elena het meer en de boten die er kriskras overheen voeren. Aan de overkant van de straat, onder aan de trappen, zag ze de aanlegsteiger van de draagvleugelboten en ze vroeg zich af of de eerste al aangekomen was, of Luca, Marco en Pietro al in Como waren, of misschien op het station stonden, wachtend op de trein naar Milaan. Onder aan de trappen was nog iets anders – het Hotel Du Lac – en zelfs nu wist ze niet zeker wat ze zou doen zodra ze daar aankwam.

Nadat Edward Mooi de grot per motorboot had verlaten, had ze Salvatore en Marta meegenomen naar Michael Roark, of eigenlijk – en zo moest ze vanaf nu aan hem denken – de eerwaarde vader Daniel. Hij was wakker geweest, had op een elleboog gesteund en had hen aangekeken toen ze binnenkwamen. Elena had Salvatore en Marta voorgesteld als vrienden en gezegd dat ze korte tijd weg moest en dat zij hem zouden verzorgen tot ze terugkeerde. Hoewel Daniel zijn stembanden alweer bijna volledig kon belasten en korte perioden kon praten, had hij niets gezegd. In plaats daarvan hadden zijn ogen de hare gezocht, alsof hij op een of andere manier wist dat ze erachter gekomen was wie hij was.

'Je zult in goede handen zijn,' had ze hem ten slotte toevertrouwd toen ze hem achterliet met Marta die had opgemerkt dat zijn verbanden verschoond moesten worden en dat ze dat zelf zou doen, hiermee te kennen gevend dat ze ooit enige medische opleiding had genoten.

Salvatore had Elena vervolgens naar een deel van de grotten geleid dat ze nog niet eerder gezien had. Een doolhof van kronkelende stenen gangen die uiteindelijk uitkwamen bij een kooiachtige dienstlift die hen via een natuurlijke kloof in het graniet ongeveer honderd meter omhoogvoerde.

Boven werden ze omringd door dicht struikgewas, waarna ze een bospad waren afgelopen naar een brandweg. Daar had Salvatore haar in een kleine truck geholpen, verteld hoe ze in Bellàgio kon komen en wat ze moest doen zodra ze daar arriveerde.

Wel, ze was gearriveerd en bevond zich inmiddels aan de voet van de trap tegenover het Hotel Du Lac. Politie was het enige wat ze zag. Overal. Ze stonden vlak voor haar neus – met een ambulance, drie politiewagens en een menigte toeschouwers pal aan de overkant bij de aanlegsteiger aan de rand van het meer. Links van haar was het parkje waar de telefooncel stond die ze moest gebruiken om de broer van Daniel in het hotel te bellen.

'Iemand verdronken,' hoorde ze een vrouw zeggen en vervolgens wurmden andere mensen zich langs haar, haastig de trappen afdalend om te zien wat er gebeurd was.

Even sloeg Elena het tafereel gade om daarna snel een blik te werpen naar de telefoons. Pater Daniel was haar patiënt, had Edward Mooi gezegd. Dat kon wel zijn, maar haar verstand sommeerde haar direct naar de politie te gaan zodra ze de kans kreeg. Of haar moeder-overste wist wat er allemaal aan de hand was, deed er niet toe. En ook ging het haar niet aan wat Daniel al dan niet had uitgespookt. Daar hadden ze de wet voor. Hij werd gezocht voor moord, en zijn broer ook. Daar stond de politie. Ze hoefde alleen op hen af te stappen.

En dat deed ze. Ze liet de telefoons achter zich en stak de straat over in de richting van de politie. Bij de trottoirband aangekomen klonk er rumoer op van de verzamelde menigte aan de waterrand. Meer mensen haastten zich voorbij, nieuwsgierig om te zien wat er aan de hand was.

'Kijk!' riep iemand en Elena zag hoe politieduikers in het water vlak bij de aanlegsteiger een lichaam ophaalden uit het meer. Agenten aan de kant namen het over en legden het op de steiger. Een ander haastte zich om er een deken overheen te gooien.

En het was op dat ademloze moment, die milliseconde dat het publiek een glimp opvangt van de plots gestorvene en ogenblikkelijk de adem inhoudt, dat Elena Voso verstijfde. Het uit het meer geviste lichaam was dat van een man.

Het was Luca Fanari.

75

Harry keek nog even naar de politie en de menigte aan de overkant. Daarna liep hij weg van zijn hotelraam om weer naar het tv-scherm te kijken. Adrianna, compleet met baseballpet en legerjack, stond in de stromende regen buiten voor het hoofdkwartier van de Wereldgezondheidsorganisatie in Genève. Groot nieuws vanuit China druppelde stukje bij beetje binnen. Uit onbevestigde berichten vanuit de stad Hefei in Oost-China viel af te leiden dat zich een omvangrijk incident had voorgedaan bij de openbare watervoorziening aldaar: duizenden mensen zouden zijn vergiftigd en meer dan zesduizend mensen zouden inmiddels al zijn gestorven. Zowel *Xinhua*, het nieuwsagentschap van Nieuw China, als China's landelijke tv-zender deed de berichten af als onbevestigd.

Onmiddellijk draaide Harry het geluid weg waardoor Adrianna het zwijgen werd opgelegd. Wat moest die meid in vredesnaam in Genève met berichten over een 'niet bevestigd' incident?

Onrustig wierp hij nog eens een blik uit zijn raam, vervolgens op zijn wekker.

8.20

Geen telefoontjes, niets. Wat was er met Edward Mooi gebeurd? Had hij die fax soms niet herlezen? En nu zat Adrianna opeens in Genève terwijl ze hier in Bellàgio had moeten zitten. Gek genoeg voelde hij zich door iedereen verlaten, aan zijn lot overgelaten in een kleine hotelkamer, terwijl de rest van de wereld gewoon door draaide.

Hij draaide zich weer naar het raam. Op dat moment stopte direct aan de overkant van de straat een politiewagen. De portieren gingen open. Drie mannen in burger stapten uit en liepen naar de aanlegsteiger. Zijn hart bonkte opeens in zijn keel. De man die voorop liep was Roscani.

'Jezus.' Instinctief wendde hij zich af van het raam. Bijna gelijktijdig werd er op de deur geklopt. Elke zenuw verstijfde. Opnieuw geklop.

Snel liep hij naar het bed, opende zijn koffer en trok het vel papier met Edward Moois telefoonnummer tevoorschijn. Hij scheurde het aan stukken, liep naar de badkamer en spoelde het weg door het toilet.

Er werd een derde maal geklopt, zachter dit keer, niet het autoritaire geklop dat je met politieagenten associeerde. Natuurlijk, dat kon alleen maar Eaton zijn. Opgelucht liep hij naar de deur en deed open.

Er stond een jonge non voor de deur.

'Eerwaarde Jonathan Roe?'

Harry aarzelde. 'Ja?'

'Ik ben pleegzuster Elena Voso...' Haar Engels was doorspekt met een Italiaans accent, maar toch goed te volgen.

Onzeker staarde hij haar aan.

'Ik zou graag even binnenkomen.'

Hij wierp een blik langs haar heen de gang in. Ze waren alleen.

'Vanzelfsprekend...'

Hij deed een stap achteruit, sloot de deur en keek hoe ze zich omdraaide.

'U hebt Edward Mooi gebeld,' klonk het behoedzaam.

Harry knikte.

'Ik ben gekomen om u naar uw broer te brengen...'

Hij staarde haar aan. 'Ik begrijp het niet...'

'Geen zorgen...' Ze kon zijn argwaan voelen, zijn onzekerheid zien. 'Ik werk niet voor de politie...'

'Het spijt me, maar ik weet even niet wat u bedoelt.'

'Als u twijfelt... volg me dan naar buiten. Op de trap naar het dorp zal ik op u wachten. Uw broer is ziek... Alstublieft, meneer Addison.'

76

Harry nam haar mee via de achtertrap en opende op de beneden-
verdieping een deur naar een gang aan de achterkant van het hotel.

USCITA. Uitgang.

Het bordje met de pijl wees naar voren. Harry aarzelde – hij
wilde het liefst via een achter- of zijdeur het pand verlaten, alles
liever dan het hotel aan de voorzijde verlaten en de straat opgaan
waar Roscani zich bevond. Maar er was slechts één bordje, en hij
volgde het pijltje. Een minuut later gingen ze een deur door en
stonden ze in de lobby. De enige uitgang was via de voordeur.
'Verdomme,' fluisterde Harry. Aan de balie waren mensen bezig zich in en uit te checken. Iets verderop stond een gezette man
in geanimeerd gesprek verwikkeld met de conciërge. Harry keek
over zijn schouder. Als er een andere uitgang was, dan had hij
geen idee hoe hij die moest vinden. Op dat moment ging de liftdeur open en kwamen twee stellen en een portier met een bagagekarretje in hun richting gelopen. Als ze naar buiten gingen, dan
was dit het moment.

Harry nam Elena bij de arm en zorgde dat hij in de pas liep met
de portier. Bij de deur gebaarde hij de man om voor te gaan. De
portier knikte en duwde het bagagekarretje voor zich uit. Vlak
achter hem stapten Harry en Elena naar buiten. Het zonlicht was
verblindend. Harry sloeg meteen linksaf over het trottoir en
schaarde zich met Elena tussen de andere voetgangers.

'Buon giorno.' Een man groette hen met een tikje op zijn hoed.
Een jong stel glimlachte naar hen. Ze liepen door.

'Links de trappen op,' zei Elena op kalme toon.

Hij zag nu hoe Roscani van de waterkant in hun richting kwam
lopen, precies zoals hijzelf de afgelopen avond had gedaan. Roscani liep snel, met de andere twee agenten in burger in zijn kielzog. Harry ging wat dichter naast Elena lopen en hield haar tussen de politie en zichzelf.

Ze waren nu bijna op de hoek en Harry zag de trappen waar
Elena het over had. Plotseling sloeg Roscani de ogen op en keek
recht in de zijne. Op hetzelfde moment begon Elena in het Italiaans te babbelen. Hij had geen idee wat ze zei, maar ze gebaarde

vooruit en praatte alsof het enorm belangrijk was wat ze deden en waar ze naartoe gingen. Bij de trappen aangekomen stuurde ze hem opeens naar links en naar boven, nog altijd pratend, maar nu alsof ze hem een uitbrander gaf om vervolgens net zo snel te glimlachen naar een oudere man die net de trappen af kwam.

Het moment daarop waren ze omringd door een mensenmassa op de trappen. Ze wurmden zich een weg naar boven, langs winkeltjes en restaurants. Pas bovenaan keek Harry om. Niets. Geen politie. Geen Roscani. Alleen winkelende mensen. Burgers.

'Die mannen die van de aanlegplaats kwamen, waren van de politie,' zei Elena.

'Weet ik.' Harry keek haar aan en vroeg zich voor de eerste keer af wie zij was en waarom zij dit deed.

77

Tien over negen in de ochtend.

Met een knarsende versnellingsbak reed Harry de hoek om. Hij klemde zijn kaken opeen, schakelde opnieuw en scheurde een smalle straat door. De truck was oud en weerbarstig en Harry had sinds zijn autorijlessen niet meer met handversnelling gereden. Na de versnellingsbak nogmaals te hebben gemarteld, passeerde hij een park waarna ze de stad achter zich lieten.

'Vertel over mijn broer.' Met een afwachtende blik keek hij opzij naar Elena. Hij wilde haar testen.

'Zijn benen zijn gebroken en delen van zijn hoofd en bovenlichaam hebben brandwonden opgelopen. Hij heeft ook een zware hersenschudding gehad. Maar hij is aan de beterende hand, mag vast voedsel hebben en hij kan al een beetje praten. Zijn geheugen laat hem zo nu en dan nog in de steek, maar dat is normaal. Hij is nog zwak, maar hij gaat vooruit. Volgens mij zal hij het wel redden.'

Danny leefde dus nog! Harry voelde zichzelf naar adem snakken. Een golf van emoties overspoelde hem, nu de werkelijkheid tot hem doordrong. Plotseling keek hij weer vóór zich op de weg. Het verkeer minderde vaart en ze belandden in een file.

'Carabinieri,' stelde Elena vast.

Zijn hand gleed naar de versnellingspook. Meteen klonk er een luid geknars van elkaar vermalende tandwielen nu hij terugschakelde en vlak achter een witte Lancia tot stilstand kwam in een lange file die naar de controlepost leidde.

Twee geüniformeerde carabinieri, gewapend met Uzi's, hielden alle wagens stuk voor stuk aan om ze te controleren. Twee andere agenten keken vanaf de kant toe.

De wagen vóór hen mocht nu doorrijden en Harry ramde de truck in zijn versnelling. Opeens schokten ze vooruit en pas nadat een van de agenten snel opzij was gesprongen en hem met veel geschreeuw tot stoppen had gemaand, had hij eindelijk het rempedaal weten te vinden.

'Jezus Christus...'

Aan iedere kant naderde nu een agent.

Harry keek snel naar Elena. 'Praat met ze, doe iets.'

'*Buon Giorno.*' De agent staarde Harry achterdochtig aan.

'*Buon Giorno,*' glimlachte hij en Elena nam het woord. Ze barstte los in rap Italiaans, druk gebarend naar zichzelf, Harry en de truck, ratelend tegen beide agenten tegelijk. Binnen een paar tellen was de zaak beklonken. De carabinieri deden beleefd een stap naar achteren, salueerden en gebaarden dat ze door konden rijden. Met veel geratel en geknars en een schelle knal van de uitlaat reed hij weg. De vier agenten wendden snel het hoofd af tegen de dikke wolk van blauwe rook.

Harry wierp een blik in de achteruitkijkspiegel en vervolgens naar Elena.

'Wat heb je ze gezegd?'

'Dat we de truck hadden geleend en dat we op weg waren naar een begrafenis en dat we al laat waren... Ik hoop maar dat het niet zo is...'

'Ik hoop het met je.'

Hij keek weer op de weg die nu langzaam omhoogvoerde naar de klippen in de verte. Instinctief keek hij nog eens in de spiegel. Hij zag alleen de controlepost en auto's die één voor één werden doorgelaten.

Langzaam gleden zijn ogen van de spiegel naar Elena. Ze staarde voor zich uit naar de weg, kalm, ingetogen zelfs. Opeens draaide ze haar hoofd opzij en keek hem aan, alsof ze zijn gedachten kon lezen.

'De kloosterorde heeft me de zorg voor uw broer opgedragen.'

'Met andere woorden, u wist wie hij was?'

'Nee.'

'En uw medezusters?'

'Eh, dat weet ik niet.'

'Nee?'

'Nee.'

Hij keek weer vóór zich. Ze wist in ieder geval waar Danny nu uithing. Ze wist ook wie Harry was en had zichzelf in allerlei penibele situaties gemanoeuvreerd om hem maar veilig langs de politie te laten glippen.

'Mag ik u misschien een rare vraag stellen? Waarom doet u dit eigenlijk?'

'Dat heb ik mezelf ook afgevraagd, meneer Addison...' Even staarde ze voor zich uit. Plotseling keken haar bruine ogen hem indringend aan.

'U moet weten dat toen ik in Bellàgio aankwam, ik eigenlijk naar de politie wilde stappen om ze te vertellen over u en uw broer. Het scheelde maar weinig of... Het lichaam dat de politie tegenover uw hotel uit het meer opviste, was van een man die uw broer naar zijn huidige schuilplaats had geholpen... Pas enkele uren daarvoor hoorde hij dat zijn vrouw was vermoord. Daarna is hij onmiddellijk naar huis vertrokken...' Hier zweeg ze even, alsof de herinnering aan wat ze had gezien te gruwelijk was om over te praten. Harry zag hoe ze zich vermande, waarna ze haar verhaal vervolgde.

'Ze zeiden dat hij verdronken was, maar ik betwijfel of dat waar is... Er waren nog twee mannen mee. Ik weet niet waar die nu zijn of wat er met ze is gebeurd... Op dat moment nam... nam ik een besluit...'

'Een besluit waarover...?'

Elena aarzelde. 'Over mijn eigen toekomst, meneer Addison... God gaf me de taak me over uw broer te ontfermen... Het is een taak waarvan Hij me, ongeacht alles wat er is gebeurd, nog steeds niet heeft verlost... In feite was de keuze heel eenvoudig...' Nog even hield ze haar ogen op Harry gericht, daarna staarde ze weer voor zich uit op de weg. 'Achter die bomen verderop is rechts een kleine landweg. Rijd u die op, alstublieft.'

78

Kwart over tien in de ochtend.

Edward Mooi stond naakt in zijn badkamer, een handdoek in de hand, nog nadruipend van het bad.

'Wie bent u? Wat wilt u?'

Hij had de deur niet horen opengaan, noch had hij enig idee hoe de blonde man in de spijkerbroek en het lichte jasje zijn weg had gevonden naar het appartement op de eerste verdieping. Of hoe hij buiten langs de agenten van de Gruppo Cardinale om het gebouw had weten binnen te glippen, of zelfs op het terrein van Villa Lorenzi had weten te komen.

'Ik wil dat u mij naar de priester brengt,' zei de blonde man zachtjes.

'Wegwezen hier, nu! Of ik bel de bewaking!' Kwaad trok Edward Mooi de handdoek om zijn middel.

'Ik dacht het niet.' De blonde man haalde iets uit zijn jaszak tevoorschijn en legde het naast de dichter op de witte porseleinen wastafel.

'Wat moet ik daarmee?' Mooi staarde even naar wat er op de wastafel lag. Wat het ook mocht wezen, het was gewikkeld in wat leek op een donkergroen servet van een restaurant.

'Maak maar open.'

Edward Mooi staarde hem aan, pakte vervolgens langzaam het servet op en sloeg het open.

'Goeie god!'

Het was van een gruwelijk blauw. Bloederig. Grotesk opgezwollen, met pluisjes van de groene servetvezels eraan vastgekleefd: een keurig afgesneden mensentong. Half kokhalzend wierp Mooi het ding in de wastafel en deinsde geschokt achteruit.

'Wie bent u?'

'De chauffeur van de ambulance wilde niet praten over de priester. Hij wilde liever vechten.' De blonde man keek hem strak in de ogen. 'Maar u bent geen vechter... Volgens de tv bent u een dichter. Dat maakt u tot een intelligent man. Daarom weet ik dat u zult doen wat ik vraag en mij naar de priester zult brengen.'

Edward Mooi staarde voor zich uit. Dít was dus de man voor wie ze pater Daniel hadden verborgen.

'Er is te veel politie op de been. Daar zullen we nooit langsko-men...'

'We zullen zien wat we kunnen doen, Edward Mooi.'

Roscani bekeek het object – of objecten – een bijeengeklitte mas-sa van bloed, vlees en kleding die uit het meer was getrokken, ont-dekt door de oudere eigenaar van de villa op wiens netjes onder-houden terrein ze nu stonden. De aanwezige technische recherche nam foto's, maakte aantekeningen en verhoorde de vinder.

Die kon vertellen wie het waren, of waren geweest. Maar Ros-cani wist het al, net als Scala en Castelletti. Het waren de anderen – twee mannen, zo leek het – die aan boord waren geweest van de draagvleugelboot die pater Addison naar Villa Lorenzi had over-gebracht.

Verdomme, wat verlangde hij naar een sigaret. Hij overwoog er eentje te bietsen van een van zijn rechercheurs, maar in plaats daarvan trok hij een in folie verpakt chocoladekoekje uit zijn jas-je, maakte het open, beet er een stukje af en liep weg. Hij had geen idee hoe deze twee personen waren afgeslacht, hij wist alleen dat het zo was – afgeslacht. En hij zou er een jaarvoorraad chocolade-koekjes om verwedden dat dit het werk was van de man met de ijs-priem.

Hij liep naar de oever en keek uit over het meer. Er ontbrak iets. Iets van al deze gebeurtenissen moest hem toch iets meer kunnen vertellen?

'Moeder Gods!' Vlug draaide Roscani zich om en begon over het gazon terug te lopen naar de auto. 'We gaan! Nu!'

Scala en Castelletti maakten zich ogenblikkelijk los uit het groepje technische rechercheurs om hem te volgen.

Bijna rennend bereikte Roscani de auto. Hij stapte in en rukte de mobilofoon van het dashboard. 'Roscani hier. Ik wil dat Ed-ward Mooi voor zijn eigen veiligheid direct in hechtenis wordt ge-nomen! We zijn onderweg.'

Enkele tellen later stuurde Scala de auto al grind opspuitend in een brede boog over het pasgemaaide gazon. Roscani zat naast hem. Castelletti achterin. Alledrie zwegen ze.

79

Harry keek en luisterde, nu het zonlicht langzaam vervaagde tot een schemering en uiteindelijk plaatsmaakte voor algehele duisternis en de kooi van hout en staal piepend en knarsend tussen de rotswanden afdaalde. Ergens diep beneden zat Danny. Boven was het landweggetje dat verscholen lag tussen de bomen en de truck die ze bij de rand van de beboste cirkel aan het eind tussen het struikgewas hadden achtergelaten.

Eén, twee, drie minuten verstreken. Het gepiep van de kooi en het gezoem in de verte van de elektromotor waren de enige geluiden, terwijl de lift daalde en de spaarzame, in de rotswand gemonteerde waaklampen langs hen voorbijgleden. Bij iedere lamp ving Harry de bedekte nuances op van Elena's lichaam onder haar habijt, haar statige, ranke nek hoog boven haar schouders, de zachte glooiing van haar wangen die werd geaccentueerd door haar rechte neus, en een twinkeling in haar ogen die hem nog niet eerder waren opgevallen. Opeens trok iets anders zijn aandacht. Een mossig-bedompte geur, doordringend en zeer vertrouwd. Het was een geur die hij in geen jaren meer had geroken.

Onmiddellijk voerde zijn herinnering hem terug naar die middag van zijn dertiende verjaardag. Na school slenterde hij in zijn eentje door de bossen, bossen waarin precies dezelfde mossig-bedompte geur hing als die welke nu zijn neusgaten binnendrong. Het leven had hen allen in een maalstroom meegesleurd. In nog geen twee jaar hadden hij en Danny hun zus en vader bij twee tragische ongelukken moeten verliezen, was hun moeder hertrouwd, waarna ze allen in een huis vol chaos waren beland, met vijf andere kinderen en een vader die zich afzijdig hield. Verjaardagen en andere persoonlijke gebeurtenissen raakten verloren in een maalstroom van verwarring, onzekerheid en aanpassingen.

En hoewel hij het niet liet merken, voelde hij zich net zo verloren, zonder vaste bodem onder zijn voeten. Als oudste zoon, en grote broer, hoorde hij de huishouding te leiden. Maar hoe kon dat nu als zijn stiefvader al twee oudere zoons had die de boel leken te bestieren?

Het hele gedoe maakte hem gesloten, bang om uit zijn schulp te kruipen uit angst dat er iets zou gebeuren waardoor de situatie nog erger werd dan ze al was. Met als resultaat dat hij zich steeds verder stilletjes in zichzelf terugtrok. Hij beperkte zich meer en meer tot het kleine clubje vrienden van zijn nieuwe school, bracht zijn tijd hoofdzakelijk door met lezen, tv kijken als niemand anders dat deed, en vaker nog, gewoon wat buiten slenteren, zoals toen.

Vooral die dag was een moeilijke: de dag van zijn dertiende verjaardag, de dag dat hij officieel tiener was geworden en dus geen kind meer was. Hij wist dat er thuis geen feestje op hem wachtte – hij betwijfelde zelfs of de anderen wel zouden weten dat het vandaag zijn verjaardag was. Een cadeautje of twee van zijn moeder, met Danny erbij, net voor het slapen gaan als de anderen er niet bij waren, zou waarschijnlijk alles zijn waarop hij kon hopen. Het kwam, zo begreep hij, omdat zij zich net zo verloren voelde en in het bijzijn van haar echtgenoot en in de nu veel grotere gezinssituatie niet dorst te doen waartoe ze zich verschuldigd voelde: zich alleen op haar eigen kinderen richten. Desalniettemin kreeg zijn verjaardag er iets geheimzinnigs en verbodens door. Alsof hij het eigenlijk nauwelijks waard was. Of erger nog, alsof hij alleen in naam bestond. En dus restte hem niets anders dan zwervend in de bossen de dag door te komen, ondertussen proberend er maar niet te veel aan te denken.

Totdat hij de rots zag.

Van het pad af en halfverscholen tussen de struiken. Een opschrift trok zijn aandacht. Nieuwsgierig klauterde hij over een boomstronk en baande zich een weg door het struikgewas. Toen hij bij de rots was, kon hij de woorden lezen, groot, nog maar kortgeleden met krijt aangebracht.

IK BEN WIE IK BEN

Instinctief keek hij om zich heen of de schrijver ervan hem niet van dichtbij aan het bespieden was. Maar hij zag niemand. Hij draaide zich weer om en bestudeerde de woorden opnieuw. Hoe meer hij ernaar staarde, hoe meer hij ervan overtuigd raakte dat deze woorden hier speciaal voor hem waren aangebracht. Weer thuis kon hij zich er maar niet van losmaken. Vlak voordat hij ten slotte in bed stapte, noteerde hij de woorden in zijn schoolagenda. Daarmee waren ze nu van hem en hem alleen. Het was zijn eigen 'onafhankelijkheidsverklaring'. En op dat ene, monumentale ogenblik besefte hij dat hij nu een vrij man was.

IK BEN WIE IK BEN

Wie hij was en wat er van hem zou worden, dat bepaalde hij nu zelf en niemand anders. En hij was vastbesloten dat zo te laten en beloofde zichzelf dat hij zich nooit meer op iemand anders zou hoeven te verlaten.
En voor het grootste deel was dat gelukt.

Een fel fluorescerend licht rukte hem opeens los uit zijn gemijmer. Meteen daarna voelde hij een stevige bonk nu de kooi de bodem van de schacht bereikte en stopte.
Hij keek op en zag dat Elena hem aanstaarde.
'Wat is er?'
'U moet weten dat uw broer broodmager is. Schrik niet als u hem ziet...'
'Goed...' Hij knikte, stak zijn hand naar voren en schoof de kooideur open.

Hij volgde haar snel door een serie smalle gangen die aan weerszijden werden verlicht door rijkversierde bronzen muurkandelaars. Een lijn van groen Atheens marmer die in de vloer was ingelegd, wees de weg. Boven hen golfde het plafond zonder enige waarschuwing omhoog en omlaag en meermalen moest hij zich bukken om verder te kunnen.
Een paar korte, plotseling opdoemende zijgangen brachten hem ten slotte in een soort centraal gelegen, lange en brede doorgang met banken die over de gehele lengte in de rotswand waren uitgehouwen. Daarna sloeg Elena linksaf, liep nog zo'n zes meter door, waarna ze voor een gesloten deur belandden. Ze gaf een paar lichte klopjes, sprak wat in het Italiaans en duwde de deur open.
Salvatore en Marta sprongen overeind toen ze binnenkwamen. En nu kon Harry hem zien, iets verderop in het vertrek, slapend op een bed recht voor hen. Een infuuszak hing aan een stang. Zijn hoofd en bovenlijf zaten gedeeltelijk in het verband en net als Harry had hij inmiddels een baard. En, zoals Elena hem al had gewaarschuwd, hij was inderdaad eng mager.
Danny.

80

Langzaam naderde Harry het bed en hij keek omlaag naar zijn broer. Het leed geen twijfel wie het was. Nee, het kon onmogelijk iemand anders zijn. De tussenliggende jaren of hoe hij uiterlijk veranderd was, dat alles maakte geen verschil. Het was een gevoel, een vertrouwdheid die terugvoerde naar hun jeugd. Hij nam Danny's hand in de zijne. Deze was warm, maar er kwam geen reactie op zijn aanraking.

'*Signore.*' Met een blik naar Elena stapte Marta op Harry af. 'Ik... we moesten hem iets kalmerends geven.'

Ongerust draaide Elena zich snel om.

'Toen u weg was, werd hij bang,' vertelde Salvatore in het Italiaans terwijl zijn ogen van Harry naar Elena gingen. 'Hij had zichzelf uit bed opgetrokken en was bezig naar het water te kruipen toen we hem aantroffen, zijn benen achter zich aan slepend. Hij wilde niet luisteren. Ik probeerde hem overeind te krijgen, maar hij stribbelde tegen. Ik was bang dat hij zich pijn zou doen als ik hem liet gaan... of zou verdrinken als hij in het water viel... U had hier medicijnen, mijn vrouw wist wat ze moest doen.'

'Geeft niet...' zei Elena zacht en ze vertelde Harry wat er gebeurd was.

Harry keek weer naar zijn broer; langzaam kwam er een grijns over zijn gezicht. 'Hm, nog altijd een eigenwijs baasje, hè?' Hij keek Elena weer aan. 'Hoe lang zal hij uitgeteld zijn?'

'Hoeveel hebt u hem gegeven?' vroeg Elena in het Italiaans aan Marta. De vrouw gaf antwoord waarop Elena zei: 'Een uur, misschien iets langer...'

'Hij moet hier weg.'

'Maar waar naartoe...?' Elena keek naar Marta en Salvatore. 'Een van de mannen die pater Daniel hierheen brachten, werd in het meer gevonden. Verdronken.'

Op het moment dat het paar reageerde, klonk er een sirene. Elena wendde zich weer tot Harry.

'Ik geloof niet dat hij zomaar verdronken is. Volgens mij is dezelfde man die ook zijn vrouw vermoordde, hier op zoek naar uw broer. Dus voorlopig is het beter dat we hier blijven. Ik ken geen plek waar hij veiliger zou zijn.'

Edward Mooi stuurde de motorboot tussen de rotsen door naar de ingang van de grot. Eenmaal binnen knipte hij het zoeklicht aan.

'Doe uit!' De ogen van Thomas Kind flikkerden venijnig in het felle licht.

Onmiddellijk zette Edward Mooi een schakelaar om en het licht ging uit. Op hetzelfde moment voelde hij dat er iets langs zijn oor werd gehaald. Hij gilde, deinsde achteruit en bracht een hand naar zijn oor. Bloed.

'Een scheermes, Edward Mooi... Hetzelfde dat werd gebruikt voor de tong in uw overhemdzak.'

Mooi voelde hoe zijn hand het stuurrad omklemde, voelde de aanwezigheid van de hem maar al te bekende rotsen waar ze links en rechts voorbijgleden. Hij ging toch dood. Waarom had hij deze gek hiernaartoe gebracht? Hij had kunnen schreeuwen naar de politie, het op een lopen kunnen zetten en het erop wagen. Maar dat had hij niet gedaan. Het was puur uit doodsangst geweest dat hij de bevelen van de man had opgevolgd.

Hij had zijn leven gewijd aan de kracht van woorden en het scheppen van poëzie. Eros Barbu had zijn werk gelezen en hem gered van een nietig leven als griffier bij het rijksarchief in Zuid-Afrika, hem een plek gegeven om te wonen en de middelen om zijn werk voort te zetten. In ruil had hij alleen gevraagd zo goed mogelijk voor de villa te zorgen. En dat had hij gedaan, en beetje bij beetje was zijn werk bekend geworden.

En op een dag, tegen het eind van zijn zevende jaar in Villa Lorenzi, had Barbu hem om nog één gunst verzocht. Een man te beschermen die per draagvleugelboot zou aankomen. Hij had kunnen weigeren, maar had dit niet gedaan. Met als gevolg dat zowel hij als die man in kwestie op het punt stond zijn leven te verliezen.

Voorzichtig manoeuvreerde Edward Mooi de motorboot rond een rotspunt in het duister. Nog honderd meter. Nog maar twee bochten en ze zouden de lampen en vervolgens de aanlegsteiger zien. Hier was het water diep en roerloos. Langzaam ging de lange zwarte duim van de dichter omhoog om de dodemansknop in te drukken. De Yamaha-buitenboordmotoren zwegen.

De laatste daad in het leven van Edward Mooi was van buitengewoon korte duur. Zijn linkerhand die de sirene in werking stelde, zijn rechterhand die hij gebruikte om over de rand te springen. De haal van het scheermes langs zijn keel terwijl hij van boord viel, voelde aan als zijde. Het deed er niet toe. Hij had zijn laatste gebed voltooid.

81

Al bij de eerste gil van de bootsirene was Salvatore Daniels kamer uitgevlucht en via de centrale gang naar de aanlegsteiger gerend. Toen hij daar slechts duisternis trof en verder niets meer hoorde, ging hij terug.

Ze moesten onmiddellijk vertrekken, beval hij in het Italiaans. Afgezien van Eros Barbu wist alleen Edward Mooi hoe een boot hier binnen te loodsen, en die boot had de steiger niet weten te bereiken. De sirene was een signaal, een waarschuwing geweest.

Als Mooi hen had willen waarschuwen voor de naderende politie, dan zou die hier nu allang zijn: met Roscani, zijn legertje van Gruppo Cardinale-mensen en op de hielen gevolgd door de media. Maar de sirene had slechts plaatsgemaakt voor stilte. Mooi bedoelde dus iets anders.

'Salvatore heeft gelijk.' Harry keek nu plotseling naar Elena. 'We moeten wegwezen hier, en snel.'

'Maar hoe? We kunnen uw broer niet naar de lift brengen. En dan nog, die kooi is veel te klein voor hem.'

'Vraag aan Salvatore of er nóg een boot is.'

'Niet nodig, die is er niet. Luca en de anderen hebben de enige boot genomen die hier lag.'

'Vraag het hem toch maar!' Harry voelde hoe de tijd drong. 'Een vlot, iets wat drijft. Iets waarmee we Danny mee over water kunnen wegvoeren.'

Elena keek naar Salvatore en in het Italiaans herhaalde ze Harry's smeekbede.

'Forse,' antwoordde Salvatore. 'Forse.'

Misschien.

82

Een boot kon je het niet noemen, eerder een aluminiumpraam, een smal eenpersoonsbootje, vier meter lang en anderhalve meter breed, gemaakt om achter een boot gesleept te worden en voorraden te halen of vuil af te voeren. Salvatore had hem gevonden bij een kleinere aanlegplaats, net om een bocht in de watertunnel, een meter of honderd van de eerste steiger verwijderd, rechtopstaand tegen een wand vlak bij een zware deur die toegang bood tot Eros Barbu's legendarische wijnkelder. Er lagen twee roeiriemen bij en Harry en Salvatore droegen het ding naar het water en bonden het met een touw vast aan de steiger.

Harry stapte in de boot en probeerde hem uit.

De praam dreef, lekte niet en droeg de lading. Harry bukte zich, bracht de roeiklampen op hun plaats en liet de riemen erin glijden. 'Oké, nu hij erin.'

Salvatore en Harry duwden de brancard naar voren, hesen hem in de praam en plaatsten hem dwars op de achtersteven. Nu volgde een tas met een minimum aan geneesmiddelen. Daarna hielp Harry Elena in het bootje en ten slotte keek hij op naar Salvatore, maar de Italiaan en zijn vrouw deden een stap naar achteren.

De praam was te klein voor hen allemaal, zo zei hij, terwijl Elena tolkte. Op de wanden hoog boven het water waren streepjes aangebracht die hen de tunnels uit zouden gidsen. Volgden ze die, dan zouden ze zich wel redden.

'En jullie?' Harry keek bezorgd naar Salvatore.

Salvatore en Marta zouden weer met de kooi omhooggaan, tolkte Elena opnieuw. Ze spraken af elkaar weer te treffen met de truck bij een inham verder naar het zuiden van het Comomeer. Met een blik naar Elena legde hij uit hoe ze er moesten komen. Ten slotte keek hij Harry weer aan.

'*Arrivederci*,' zei hij bijna verontschuldigend, alsof hij hen aan hun lot overliet; vervolgens nam hij Marta vlug bij de hand en de twee verdwenen de grot in.

83

In de rotswand waren net boven de waterlijn, in groepjes van drie, streepjes gekerfd, precies zoals Salvatore had gezegd. Elena stond voorin en liet het licht van de zaklantaarn eroverheen dansen terwijl Harry de praam langzaam door de tunnel manoeuvreerde.

Harry zat in het midden, met zijn de rug naar Elena toegekeerd, en concentreerde zich op de riemen, om ze vooral niet te laten plonzen telkens wanneer hij ze weer in het water liet zakken.

'Sst, luister.' Plotseling knipte Elena haar zaklantaarn uit.

Harry hield op met roeien en hield de riemen boven het water. Maar het enige wat hij hoorde, was het zachte geklots van het water tegen de rotswanden terwijl de boot langsgleed.

'Wat was het?' vroeg hij zacht fluisterend.

'Ik... Daar.'

Nu hoorde hij het ook. Een gerommel in de verte dat tegen de rotswanden weerkaatste. Daarna hield het op.

'Wat is het?'

'Buitenboordmotoren. Eventjes draaien ze en dan worden ze weer stilgezet.'

'Maar door wie?'

'Door dezelfde persoon voor wie Edward Mooi ons wilde waarschuwen. Ze zijn hier, in de tunnels... Op zoek naar ons.'

Hefei, China. Waterzuiveringsinstallatie 'A'.
Dezelfde dag: dinsdag 15 juli, halfzeven in de avond.

Li Wen deed een stap achteruit, kalm de mensen gadeslaand die zich voor de wand hadden geschaard waarop meters en wijzers de druk, troebelheid, stroomsnelheden en chemische verontreiniging nauwlettend in de gaten hielden. Waarom ze daar nog steeds stonden, was hem een raadsel. Alle wijzers en meters stonden immers stil. De hele installatie was volkomen stilgelegd. Niets bewoog.

Zjoe Yoebing, hoofd van de provincie Anhwei, staarde slechts voor zich uit, net als Moe Kwiyan, plaatsvervangend hoofd van het water- en energiebedrijf van Anhwei. De boze woorden, de beschuldigingen, waren na de officiële verklaring gekomen: het

Tsjaomeer was niet opzettelijk vergiftigd, ook niet per ongeluk, niet door terroristen of wie dan ook. Ook was er geen sprake van vervuiling veroorzaakt door ongezuiverd afvalwater, afkomstig van plaatselijke boerderijen en fabrieken. De ramp was veroorzaakt door een wildgroei van algen als gevolg van de inwerking van zonlicht. Al jarenlang waarschuwden beide mannen dat de algengroei een tijdbom was die snel onschadelijk gemaakt moest worden. Tevergeefs. En nu staarden ze allemaal in shock naar deze ongelofelijke verschrikking. Dodelijk, besmet water dat uit alle kranen stroomde alvorens de leidingen waren afgesloten. Al die huishoudens, het was niet te geloven. Het Tsjaomeer: het waterreservoir voor bijna een miljoen inwoners. Het resultaat van de afgelopen tien uur: een officieel dodental van 27.508 en 55.000 ernstig zieken. Met nog eens een onbekend groot aantal mensen die nietsvermoedend van het water hadden gedronken. Het aantal zieken en doden steeg met de minuut en zelfs rampenteams van het Chinese leger konden niets uitrichten, behalve dan het afvoeren van de doden, het wachten en het tellen. Precies zoals Li Wen de mensen hier zag doen.

Het geklots van het water tegen de rotswand vormde het enige geluid. Dat, en Danny's regelmatige ademhaling. Elena stond als verstijfd voorin terwijl Harry de praam op de stroom liet meedrijven en deze met zijn handen van de muren afhield, zodat ze er niet tegen zouden schrapen, want dat zou geluid veroorzaken.

De duisternis was eindeloos, ondoordringbaar. Harry wist dat Elena hetzelfde dacht als hij. Uiteindelijk verbrak zijn gefluister de stilte. 'Bedek je zaklantaarn met je hand. Maak de lichtbundel zo klein mogelijk. Schijn hoog tegen de wand. Zet hem uit zodra je ook maar íets hoort.'

Harry wachtte even waarna een klein straaltje licht de duisternis doorkliefde en boven hen de granieten wand afzocht.

Een eeuwigheid leek de lichtpunt over het oeroude gesteente te kruipen, tevergeefs speurend naar markeringen.

'Meneer Addison...' Elena's gefluister was kortaf en voor het eerst hoorde hij angst in haar stem doorklinken.

'Houd je lamp in beweging.'

Meteen daarna duwde hij de praam van de rotswand af, liet behoedzaam de riemen in het water glijden en begon voorzichtig te roeien. Tegen een nauwelijks voelbare stroming in gleed het vaartuig verder.

Elena voelde het zweet in haar handen staan, terwijl ze keek hoe het staartje van licht vruchteloos langs de wand gleed.

Harry keek mee en probeerde maar niet te denken aan de mogelijkheid dat ze te veel in de duisternis waren afgedreven en dieper in het labyrint verstrikt raakten. Opeens gleed het licht van Elena's lantaarn over drie ingekerfde streepjes en hij hoorde haar een gilletje onderdrukken.

'Goed, we gaan nog steeds goed,' fluisterde hij.

Zes meter gleden voorbij, daarna tien. Opnieuw drie streepjes.

'Schijn eens door de tunnel.'

Elena deed het. Voorzover ze konden zien liep de rotsachtige tunnel rechtdoor.

'Doe maar uit.'

Onmiddellijk knipte ze de zaklantaarn uit, draaide zich weer om en tuurde in de duisternis voor zich uit in de hoop een lichtpuntje te ontwaren dat het eind van de tunnel en de uitgang naar het meer zou betekenen. Maar het bleef pikzwart voor haar ogen. Ze voelde nog steeds dezelfde kille vochtigheid in de lucht, hoorde niets anders dan het lichte geplons van de riemen, terwijl Harry verder roeide.

Zonder er erg in te hebben sloeg ze een kruis. De Heer stelde haar opnieuw op de proef. Alleen, dit keer had het niets te maken met mannen of begeerte, maar met haar eigen moed, haar vermogen om onder de moeilijkste omstandigheden het hoofd koel te houden en zich tegelijkertijd met heel haar ziel over haar patiënt te blijven ontfermen.

Ze begon binnensmonds te bidden. 'Zelfs al ga ik door een dal van diepe duisternis, ik vrees geen…'

'Zuster Elena!' echode Salvatores stem opeens vanuit de duisternis.

Ze schrok op. Harry verstijfde en duwde de riemen omhoog uit het water. De praam gleed verder.

'Salvatore,' fluisterde Elena.

'Zuster Elena!' Opnieuw de stem van Salvatore. 'Wees niet bang!' riep hij nu in het Italiaans. 'Ik heb de boot gevonden! Wie hier ook was, hij is weg!'

In de verte klonk een jamerend geluid, gevolgd door twee buitenboordmotoren die aansloegen. Het wit van Elena's ogen lichtte op in het donker nu ze zich naar Harry omdraaide en vertaalde wat Salvatore had gezegd.

'Zuster Elena, zeg me waar u zit!'

260

Harry vertrouwde het niet, haalde meteen de riemen binnenboord en greep zich aan de langsglijdende rotswand vast om de praam af te remmen, tot stilstand te brengen. Het motorgeluid klonk opeens harder. De boot voer hen door de tunnel tegemoet.

84

Terwijl de motorboot langzaam door het water gleed en het geluid van de buitenboordmotoren van de grotwanden weerkaatste, hield Thomas Kind het vlijmscherpe scheermes tegen Salvatores keel. Marta lag achter hen op het dek tussen de cockpit en de motoren. Uit een klein gaatje tussen haar ogen sijpelde nog altijd wat bloed.

Salvatore draaide zich iets om om Thomas Kind aan te kunnen kijken. De rechterkant van het gezicht van de blonde man zat onder het bloed op de plek waar Marta's nagels hem hadden opengehaald op het moment dat hij hen overmeesterde bij de liftkooi. Het handgemeen was van korte duur geweest. Maar ze had hem toegetakeld en dat alleen al vervulde Salvatore Belsito met grote trots.

Alleen, Salvatore was niet als zijn vrouw. Hij bezat niet haar moed of razernij. Het was al moeilijk genoeg geweest om te liegen tegen de politie toen die tot tweemaal toe Villa Lorenzi was binnengevallen. Om naar de grot te komen voor de voortvluchtige priester, terwijl de non op zoek ging naar diens broer. Salvatore Belsito was de hovenier van Villa Lorenzi, een zachtmoedige man die hield van zijn vrouw en alleen maalde om wat groeide en bloeide in de tuin. Eros Barbu had hun beiden een thuis en een baan geschonken voor zo lang ze maar wilden. Daarvoor was hij hem flink wat verschuldigd. Maar niet zijn leven.

'Nog eens,' dwong Thomas Kind hem.

Salvatore aarzelde, om vervolgens opnieuw Elena's naam uit te roepen.

De plotselinge uithaal van Salvatores stem weerkaatste van de granieten wanden. Het klonk als een effect in een spookhuis. Het klonk nu veel luider, veel dichterbij dan daarvoor. Opeens werd het geluid overstemd door het pruttelende gerommel van de buitenboordmotoren die meer snelheid begonnen te maken.

'Rechtsaf,' zei Elena achter hem, terwijl de dunne lichtbundel van haar lantaarn de streepjes op de rotswand volgde; ze kwamen bij een bocht waar de tunnel scherp naar rechts liep, ja bijna rechtsomkeert leek te maken.

Harry trok hard aan de rechterriem en rondde de hoek te scherp. De linkerriem sloeg hierdoor tegen de grotwand en werd bijna uit zijn hand gerukt. Hij vloekte binnensmonds, herstelde zich, voelde hoe de linkerriem weer het water raakte en ze waren de hoek om.

Harry zette zich schrap en trok uit alle macht aan de riemen. Zijn handen waren rauw en het zweet liep over zijn voorhoofd, het stak hem in de ogen. Hij wilde stoppen, al was het maar even, om het priesterboordje los te rukken en weg te gooien zodat hij lucht kon krijgen.

'Zuster Elena!!!!!'

Salvatores kreet kwam opnieuw in een rollende echo die hen als een jagende golf door de vaargeul volgde.

Plotseling werd de gehele tunnel die ze zojuist hadden verlaten door een verblindende lichtbundel verlicht alsof het klaarlichte dag was. Harry zag de schaduw van de wand waar ze net omheen waren gedraaid en schatte dat ze hooguit tien seconden hadden voordat ook de motorboot hier zou zijn.

Hij keek wild om zich heen en zag dat de tunnel vóór hen bijna twintig meter doorliep voordat hij scherp naar links draaide. Er was weinig tot geen kans dat ze het zouden halen voordat de motorboot de hoek omkwam en bij hen was. En ondanks een rots die uit de vaargeul stak, was er evenmin een plek om zich te verbergen.

'Meneer Addison! Kijk, daar!' Elena boog zich opeens naar voren en wees.

Een meter of tien links vóór hen zag Harry waar ze naar wees. Een donkere schaduw die de ingang zou kunnen zijn van een grot of inham. Hooguit een meter of anderhalf hoog en niet veel breder. Misschien net groot genoeg voor de praam.

Achter hen doemde het geronk van de buitenboordmotoren plotseling op. Harry keek over zijn schouder. Het licht werd feller. Wie het ding ook bestuurde, hij gaf in ieder geval meer gas. Harry gooide zijn volle gewicht in de strijd en roeide in de richting van de grot.

'We gaan erin!' schreeuwde Harry over zijn schouder naar Elena. 'Klauter langs me naar voren en zorg ervoor dat zijn hoofd niets raakt.'

Heel even stopte hij met roeien en voelde de lichte aanraking van Elena's habijt, terwijl ze snel over hem heen klauterde. Daarna zette hij zich weer schrap. De rechterriem draaide in zijn handen en kwam het water uit. De praam maakte een scherpe draai naar links. Er klonk een gerasp van metaal op steen nu het bootje tegen de rotswand knalde, afschampte en weer midden in de vaargeul belandde. Hij herstelde zich en trok het bootje naar de ingang van de kleinere grot.

Op hetzelfde moment zag hij Elena opkijken terwijl de gestroomlijnde voorsteven van de motorboot langs de uit het water stekende rotspunt gleed en de tunnel in draaide waar ze zich bevonden. Onmiddellijk gevolgd door de felle bundel van het zoeklicht, die genadeloos hun kant op zwenkte nu de boot in zijn geheel hun vaarwater in kwam.

Harry wierp een blik over zijn schouder. Ze lagen pal voor de grot.

'Bukken!' schreeuwde hij.

Hij bukte zich voorover en trok de riemen binnenboord. De praam gleed de opening in, met boven en naast hen net meer dan een paar centimeter speling. Daarna zag hij dat Elena zich bukte en haar hand beschermend op Danny's hoofd legde. Nu gleed de achtersteven erdoorheen en ze waren veilig.

Harry lag meteen op zijn rug, plaatste zijn handen tegen het rotsplafond en duwde de boot zo verder. Dieper de grot in. Een hartslag later schoot de felle lichtbundel van het zoeklicht voorbij.

De motorboot nam plotseling gas terug en Harry hield zijn adem in. Een halve tel later zag hij hem voorbijdrijven. Het grimmige silhouet van een blonde man tekende zich af tegen de verre wand, een hand aan het stuurrad, de andere strak onder de keel van Salvatore Belsito. Het volgende moment waren ze verdwenen, het licht vervaagde met hen, het kielwater van de boot spoelde de grot binnen.

Onmiddellijk plaatste Harry zijn handen tegen de rotswanden aan weerszijden om ervoor te zorgen dat de praam nergens tegenaan botste. Met bonzend hart duwde hij zichzelf omhoog en luisterde. Eén seconde. Twee seconden. En hij hoorde het geluid van de buitenboordmotoren wegsterven. Een ogenblik later bedaarde het water en werd alles stil.

85

Thomas Kind liet de boot een ruime bocht maken en stopte, nu de boeg in tegengestelde richting lag vanwaar ze gekomen waren. Zijn ogen tuurden de ingang van de grot af die nu vóór hen lag: de glinsterende wanden met hun hoekige steenlagen, het groenzwarte water dat het licht van de zoeklamp in duizenden richtingen reflecteerde.

'Zitten...' Langzaam trok Kind het scheermes van Salvatores keel weg en knikte in de richting van het bankje langs het dolboord achter hem. De blik in de ogen van zijn gijzelnemer was voor de Italiaan meer dan genoeg en hij gehoorzaamde braaf. Daarna sloeg hij zijn armen over elkaar, hief zijn hoofd op en vestigde zijn blik op het onregelmatige plafond van de grot. Alles liever dan het lichaam te moeten zien van zijn vrouw die aan zijn voeten lag, het lichaam dat hij daar had neergelegd nadat Kind hem had bevolen haar met zich mee te dragen vanaf de ingang van de lift, de plek waar hij haar had vermoord.

Even staarde Thomas Kind achterom naar Salvatore en reikte vervolgens in zijn colbertzak. Hij trok een klein nylon–opbergzakje tevoorschijn, opende het en haalde er een klein ontvangertje uit. Hij duwde twee oordopjes in, bevestigde een klein microfoontje aan de boord van zijn colbert en plugde het snoertje in in een doosje aan zijn heup. Er klonk een bijna onhoorbaar klikje, waarna vanonder zijn vinger een rood controlelampje opgloeide. Zijn duim gleed over de volumeknop en hij hoorde meteen geluid. Alles werd versterkt, de echo's in de tunnel, het geklots van het water dat nu kraakhelder tegen de rotswanden te horen was. Aandachtig luisterend bewoog hij de microfoon voorzichtig van links naar rechts om zo de grot over de gehele breedte te scannen. Van de linkerwand naar de rechterwand.

Hij hoorde niets.

Opnieuw. Van de rechterwand naar de linkerwand.
Nog steeds niets.
Hij boog zich wat voorover, schakelde het zoeklicht uit, waarna de grot donker werd. Daarna wachtte hij. Twintig seconden, dertig, een minuut.
Opnieuw bewoog hij de microfoon heen en weer. Van links naar rechts, en weer terug. En opnieuw.
'... wachten...'
Bij het horen van de stem van Harry Addison verstijfde hij. Het was een stem, een fluistering. Hij wachtte of hij meer zou horen.
Niets.
Centimeter voor centimeter zwaaide hij de microfoon weer terug.
'... zonder infuus...' Het was pleegzuster Elena Voso die net als de Amerikaan met ingehouden stem fluisterde.
Ze bevonden zich daar ergens. Ergens in de duisternis vóór hem.

Ondertussen bij Villa Lorenzi.

Roscani knipperde met zijn ogen tegen het felle zonlicht dat Edward Moois slaapkamer binnenstroomde. De technische recherche was nog steeds bezig met de badkamer. In de gootsteen waren bloedsporen aangetroffen, en op de vloer een vage omtrek van een naakte voet.

Sinds hij na Roscani's zoektocht in de vroege ochtend naar zijn appartement was teruggekeerd, had niemand de dichter gezien, niemand van het personeel, van de twaalf carabinieri die het terrein bewaakten, niemand. Mooi was plotsklaps verdwenen, net als Eros Barbu's motorboot.

Door het raam kon Roscani twee van de patrouilleboten op het meer zien. Castelletti bevond zich daar nog steeds aan boord en leidde de zoektocht over water, die nog in volle gang was. Scala, een ex-legercommando, was met tien carabinieri, die allen een alpinetraining genoten hadden, aan land gegaan en kamden nu de kustlijn ten zuiden van de villa uit. Men nam aan dat Mooi niet in noordelijke richting was verdwenen, want dan zou hij regelrecht in Bellàgio belanden waar iedereen hem kende en veel politie op de been was. Daarom had Scala voor een zuidelijke koers gekozen waar inhammen en dichte overhangende begroeiingen het makkelijk maakten om een boot zowel vanuit de lucht als vanaf het meer onzichtbaar te verbergen.

265

Roscani liep weg van het raam, verliet de kamer en wilde net de gang in lopen toen een politieassistent verscheen. Deze salueerde, overhandigde hem een dikke envelop, draaide zich om en verdween. Roscani opende het en bekeek snel de inhoud. Op het bovenste vel prijkte het opschrift *Commission Internationale de Police Criminelle*, met direct daaronder het bekende Interpol-vignet. Op alle vellen was het woord URGENTISSIMO gestempeld.

De bladzijden vormden het antwoord van Interpol op zijn verzoek om informatie over mogelijke schuilplaatsen van bekende terroristen, plus een dossier met profielschetsen van moordenaars die zich nog steeds op vrije voeten bevonden, en waarschijnlijk in Europa.

Met de papieren in de hand keek hij nog eens achterom in de slaapkamer. Hij zag dat Edward Moois badjas nog steeds op de plek lag waar hij eerder op het bed was geworpen, zag door de openstaande deur van de badkamer dat de jongens van de technische recherche nog steeds bezig waren, en opeens kreeg hij het gevoel dat het misschien al te laat was. De man met de ijspriem was hen al voor geweest.

86

Harry hoorde in het donker het gekras van de romp tegen de rotswanden en wist dat de blonde man de boot met zijn handen in hun richting terugduwde door de geul. Hoe wist hij waar ze zaten, hoe kon hij zo dichtbij zijn in deze kilometers tellende doolhof van ondergrondse watergangen? Dankzij de enkele glimp die Harry van de passerende boot had opgevangen, had het erop geleken dat Salvatore gegijzeld werd door de man, maar zelfs als hij uit eigen vrije wil in die boot zat, zou het nog altijd bijna onmogelijk zijn te weten waar ze zaten. En toch leek hij dat wel degelijk te weten. Hij bevond zich slechts op enkele meters, decimeters misschien, van de ingang naar hun schuilplek.

Het enige wat in hun voordeel was, als je daar al van kon spreken, was dat de toegang tot de grot vanwege de in de vaargeul naar boven komende rotsen moeilijk te zien was. Elena had de opening alleen gezien dankzij de hoek die het zoeklicht maakte op het moment dat de motorboot de vaargeul in draaide. Zonder dat zou het alleen maar hebben geleken op de schaduw van een uitstekende rotspunt, een donkere vlek boven de waterlijn. Opnieuw dat geluid. Dichterbij nu. Hout of fiberglas dat langs de rotsen schraapte. En nog eens, nog meer dichterbij. Vervolgens stopte het en Harry wist zeker dat de boot pal voor de ingang lag, zo dichtbij dat Elena op de achtersteven van het bootje in het pikkedonker een hand kon uitsteken en de boot kon aanraken.

Harry hield zijn adem in, zijn zintuigen alert, zijn zenuwen tot het uiterste gespannen, het gebonk van zijn hart als dat van een grote trom. Hij wist zeker dat voor Elena hetzelfde gold, hulpeloos wachtend en biddend dat de boot met de twee inzittenden zou doorvaren.

Roerloos hield Thomas Kind één hand tegen de granieten wand om de boot stil te houden. Met zijn andere hand hield hij het oordopje tegen zijn oor gedrukt en hij luisterde. Langzaam draaide zijn bovenlichaam van links naar rechts en terug. Geen geluid te horen.

Misschien waren ze hier wel helemaal niet. Misschien had hij zich wel vergist door in deze vaargeul te blijven. Zowel de microfoon als het versterkertje was hypergevoelig. En de puntige rotswanden en het vlakke water waren harde oppervlakken die werkten als gigantische luidsprekers die het geluid naar alle kanten weerkaatsten. De stemmen konden net zo goed ergens anders vandaan komen, bijvoorbeeld uit de doorvaart die hij zojuist had verlaten of de tunnel achter hem waar hij zich nog niet in had gewaagd.

In de duisternis vlak achter haar klonk een zacht geknars en vervolgens voelde Elena een zucht frisse lucht langs haar lichaam gaan. De motorboot bewoog weg van de ingang van de grot. De blonde man ging weg. Opgelucht sloeg ze een kruisje en fluisterde: 'Hij is weg…'

'Geef hem een paar minu…'

Plotseling weergalmde er van enkele centimeters afstand een luid, doordringend gejammer vanuit de donkerte.

Elena was als bevroren. In afgrijzen sloeg ze een hand voor de mond.

Het gejammer klonk opnieuw op. Nu langer en harder.
'Jezus Christus!' fluisterde Harry.
Danny kwam bij.

87

Een schril gejengel weerklonk door de grot nu Thomas Kind op de startknop drukte. De tweemaal 250 paardenkrachten van de Yamaha-buitenboordmotoren kwamen bulderend tot leven, net als het zoeklicht dat nu op volle lichtsterkte in een wijde boog door de tunnel gleed, terwijl Kind de boeg van de boot scherp liet draaien en met volle vaart terugvoer. Snel zette hij daarna de motoren weer uit, liet de boot verder drijven en het zoeklicht langs de tunnelwanden glijden.

Harry klauwde zich vast aan de lage rotswand boven hem en trok de praam zo dieper de holte in. Liggend op zijn rug en starend over zijn borst heen zag hij in de verte hoe het zoeklicht naar de ingang van de grot zwaaide. Vlak voor hem had Elena zich dicht tegen Danny aangevlijd die op de ingeklapte brancard vlak onder de rand van de achtersteven lag. Hij maakte in ieder geval geen geluid meer, maar ademde weer net zo stilletjes als daarnet.

De lichtbundel zwaaide langs de opening en gleed voorbij. In die ene seconde ving hij een glimp op van de grot. De zijtunnel liep nog ongeveer drie tot vijf meter rechtdoor, waarna hij opeens een stuk lager en smaller werd. Vanaf dat punt kon je niet meer zien hoe het daarna verder liep. Het was het enige wat ze hadden. Tenminste, als de praam erdoorheen ging.

Opnieuw liet Thomas Kind het zoeklicht langs de rotsgesteenten dwalen. Niets dan schaduwen, afgewisseld door schaduwen. Maar die jammerkreet, of wat het ook was geweest, had hij wel degelijk gehoord. En ditmaal bestond er geen twijfel over de herkomst. Het was hier ergens, langs de wand in dit deel van de tunnel.

Hij zwaaide het zoeklicht terug en tuurde aandachtig. De diepe halen die Marta over zijn gezicht had getrokken, glinsterden in de gloed.

Achter hem sloeg de zittende Salvatore hem met een mengeling van fascinatie en afschuw gade, als een toeschouwer bij een spel. Salvatore kon niet anders, zo zat hij nu eenmaal in elkaar. Daar! Thomas Kind zag het nu. De lage richel, de donkere opening eronder. Zijn zelfingenomenheid trok een wrede glimlach over zijn gezicht terwijl hij de boot eropaf liet stevenen.

Met een luide schraap, gevolgd door een doffe bons kwam de praam opeens tot stilstand.

'De lantaarn, snel,' fluisterde Harry.

Het gedempte gebrom van de buitenboordmotoren werd harder en het licht werd merkbaar feller nu het over de granieten wanden hun richting op danste.

'Hier!' Ze boog zich voorover terwijl ze hem de lantaarn overhandigde. Eén moment keken ze elkaar in de ogen waarna hij de lantaarn aannam en de achterliggende holte bescheen.

De praam was tegen de nauwe doorgang aangebotst. Met een beetje manoeuvreren zouden ze erdoorheen kunnen. Maar hoe het daarna verder liep, wist niemand. De blonde man wist waar ze zaten en zou blijven wachten, net zolang totdat ze tevoorschijn moesten komen. Stel dat ze verder zouden zoeken... Stel dat ze inderdaad de uitgang vonden, dat zou geweldig zijn. Maar zo niet, wat dan?

Opeens waren ze gevangen in het felle licht van de zoeklamp.

'Aan de kant, nu meteen!'

Harry wierp zich in één beweging naar voren en opzij, voelde hoe zijn hand zich vulde met de stof van Elena's habijt. Te midden van een spervuur van kogels uit een automatisch machinepistool duwde hij haar over het dolboord het water in.

Terwijl hij haar onder water naar de doorgang bij de boeg van de praam duwde, keek hij achterom en zag hoe de regen van kogels het heldere, geelgroene water rondom de praam deed opspatten. Overal om hem heen schoten kogels stukjes van de rotswanden weg en ketsten met schrille geluiden af tegen het dikke aluminium van de achtersteven. Nog een paar seconden en ze zouden door het metaal heen dringen en Danny raken.

Hij dook onder water en probeerde de praam vanonderen een flinke duw te geven om de boot te kunnen draaien en Danny uit de moordende vuurlinie weg te krijgen.

Met longen die op knappen stonden zette hij zich af tegen het onderwatergedeelte van de rotswand en probeerde de praam in een goede positie te brengen, eerst met vereende krachten achteruit, daarna vooruit, de doorgang in. Opeens botste het vaartuig opnieuw ergens tegenaan waardoor Harry naar achteren deinsde. Hij zwom terug, zette zich schrap tegen de bodem om de praam los te krijgen.

Het lukte niet. Zijn borstkas stond in vuur en vlam. Hij móést naar lucht happen. Hij zette zich af en gleed omhoog, verbrak het wateroppervlak in het volle schijnsel van het zoeklicht, en dacht even het gezicht van de man achter hem te zien. Kalm. Emotieloos. Vurend met korte salvo's.

Kogels floten langs zijn oren en schoten de dunne aluminiumboeg bijna aan flarden. Dan maar met minder lucht. Hij dook opnieuw.

Ook nu maakte hij gebruik van de rotswand, ditmaal om met zijn schouder krachtig tegen de romp te duwen. Nog steeds geen resultaat. Hij probeerde het opnieuw. En nog eens. Nog één keer, maar daarna moest hij opnieuw lucht happen. Nu voelde hij hoe de boot iets meegaf en hij gaf nog een laatste ferme duw. De praam kwam vrij en schoot naar voren. Snel zwom hij erachteraan en zorgde ervoor dat de praam vaart hield. Daarna móést hij naar boven.

Hij voelde zichzelf door het wateroppervlak heen breken, voelde hoe zijn longen zich vulden met verse lucht. Op bijna hetzelfde moment hield het vuren op en zwaaide de lichtbundel weg. Waarna alles opeens pikzwart werd.

'Elena...' Harry's hese stem doorsneed de duisternis.

'Elena!' Harder nu, dwingender. In gedachten zag hij haar al vóór zich, geraakt door kogels, liggend op de bodem, haar longen vol water.

'Ik heb de boot vast... Met mij is alles goed...' Haar stem klonk dichtbij en ze hapte naar lucht.

'En Danny?'

'We bewegen!' riep ze opeens. Haar stem klonk angstig.

Harry voelde hoe het water opeens kouder werd en dat de praam zich van hem weg bewoog. Op de een of andere manier waren ze op een onderaardse stroom gestuit die hen nu met zich meesleurde.

In het donker schoot hij achter de praam aan, nu weer zwemmend, dan zich weer tegen de rotswand afzettend. Even wist hij aan te haken en de boot vast te grijpen die nu meer vaart kreeg. Ingeklemd tussen de boot en de granieten wand, tussen welke hij bruut heen en weer werd geslagen, vocht hij tegen het langsrazende water en werkte zich langs de dolboorden handje voor handje een weg naar de achtersteven.

'Elena!' riep hij uit boven het geraas van het water en het gebonk van de praam tegen de rotswand.

Geen antwoord.

'Elena! Waar ben je? Elena...!'

88

Thomas Kind sloeg zijn handen naar zijn keel. Salvatore bleek veel sterker dan hij eruitzag. Van de sjaal die hij uit het haar van zijn vrouw had gehaald, had hij de uiteinden om zijn handen gewikkeld. Hij had de stof nu als een worgtouw om de hals van de blonde man gekronkeld. De Italiaan trok nog eens harder en duwde zijn knie in de lendenstreek van Thomas Kind.

'*Bastardo,*' siste hij. '*Bastardo.*'

Hier had Thomas Kind niet op gerekend, zeker niet bij iemand die zo zwak en moedeloos leek als Salvatore Belsito. Maar hij liet zich niet kisten. Plotseling liet hij zijn lichaam slap worden en zakte voorover, waarmee hij de Italiaan verraste. Beide mannen belandden tegelijk op het dek. Met één enkele beweging rukte Thomas Kind zich los, rolde op zijn zij en kwam achter Salvatore overeind. Het scheermes flikkerde in zijn hand en hij greep de Italiaan bij het haar, trok diens hoofd naar achteren en legde de hals volledig bloot.

'Die plek – die grot waar ze zaten...' Thomas Kind hapte naar lucht en voelde zijn polsslag weer langzaam zakken naar normaal. 'Waar leidt die naartoe?'

Welbewust gleed de blik van de Italiaan omhoog en vestigde zich op de blonde man die over hem heen gebogen stond. Vreemd genoeg was hij niet bang. 'Nergens naartoe...'

In een flits gleed het scheermes over de brug van Salvatores neus. Hij gilde bij het zien van het rood dat plots over zijn lip gutste en in zijn mond stroomde.

'Waar leidt die naartoe?'

De Italiaan verslikte zich bijna en probeerde zijn eigen bloed uit te spugen.

'Zoals andere… hier… naar een ondergrondse stroom… en… daarna… terug… naar het meer.'

'Wáár? – Ten noorden van hier? Ten zuiden? Wáár?'

Langzaam kwam er een glimlach over het gezicht van Salvatore Belsito, een grootse, voorname glimlach waarmee hij in feite zijn ziel blootlegde.

'Dat… zeg ik… niet…'

89

Hij hield Elena stevig ingeklemd tussen hem en de boot die zich nu met de achtersteven vooruit tegen hen aan drukte en hen omlaagdwong door een nauwe, ziedende doorgang die steeds steiler omlaagvoerde. De pikzwarte duisternis, de kracht van de stroming. Zijn handen bloedden en waren rauw van zijn pogingen om hun vaart te minderen door houvast te zoeken tegen de onzichtbare granieten rotswand. Hij voelde hoe Elena zich tegen hem aan drukte, vechtend om, net als hij, haar hoofd boven water te houden. Danny's brancard schoof heen en weer langs de achterkant, maar of hij er nog lag… niemand kon het zeggen.

Opeens was alles leeg onder hen. Niets dan leegte. Hij hoorde Elena gillen waarna de praam hard tegen hem aan bonkte. Daarna de plons. In het diepe. En nog zwarter dan daarnet. De kracht van de val wierp hem omlaag, buitelend en tollend, een en al turbulentie. Vervolgens voelde hij hoe zijn voeten de bodem raakten waarna hij zich afzette en naar boven zwom.

Hij bereikte het wateroppervlak. Proestend en naar lucht happend kwam hij boven. Hij zoog zijn longen weer vol en zag licht dat als een wit lint door de duisternis sneed.

'Elena!' hoorde hij zichzelf schreeuwen. 'Elena!!'

'Ik ben hier.'

Haar stem kwam vanachteren. Het deed hem opschrikken en met een snelle beweging draaide hij zich om in het water. In het schijnsel van het licht zag hij haar naar hem toe zwemmen. Opeens voelde hij vaste grond onder zijn voeten en moeizaam waggelde hij naar een richel waarop hij zich hijgend en uitgeput achterover liet zakken. Hij zag dikke begroeiing en de weerkaatsing van het zonlicht op het meer bij de uitgang. Zijn gedachten waren opeens weer bij Elena en hij zag hoe ze naast hem op de richel klom. Maar ze keek langs hem heen, naar de plek in het water waar ze zonet nog hadden gezwommen. Hij besefte weer waar hij was en volgde haar blik. Op het moment dat hij zag waar ze naar keek, trok er een rilling door zijn lijf.

Danny lag erbij als een spook. Hij was lijkbleek, bijna doorzichtig. Zo mager als een skelet, met een baard en bijna naakt. Bijna al het verband was weggespoeld. Hij lag vlakbij, maar een paar meter verderop, en staarde hen aan.

'Harry,' klonk het opeens. 'Jezus Christus nog aan toe!'

Het geluid van Danny's stem hing als bevroren in de bedompte lucht van de watergrot nu de twee broers elkaar aanstaarden, half opgetogen en bijna ongelovig bij het besef niet alleen nog in leven te zijn, maar ook na al die jaren weer samen te zijn, elkaar in de ogen te kunnen kijken.

Ten slotte stond Harry op, liet zich van de richel glijden en waadde naar Danny. Hij zette zich schrap en reikte zijn hand.

'Pak mijn hand.'

Langzaam bracht Danny een arm omhoog. Twee handen grepen elkaar waarna Harry zijn broer op de richel trok, op het laatste moment nog even terug in het water glijdend om zich voor alles te kunnen ontfermen over de twee gebroken benen die wonderbaarlijk genoeg nog steeds in het gips bleken te zitten.

'Alles goed?' vroeg Harry nu hij naast zijn broer op de richel kroop.

'Ja...' knikte Danny zwakjes en probeerde te glimlachen. Harry zag hoe de uitputting zich van hem meester begon te maken. Op dat moment klonk er achter hen plotseling een hevig gesnik. Onmiddellijk keken beide mannen op.

Elena zat nog steeds op de richel waar Harry haar had achtergelaten. Ze zat met haar ogen dicht en haar armen stevig om zich heen geslagen. Haar hele lichaam schokte nu ze snikte van op-

luchting en de tranen die ze tevergeefs had geprobeerd te bedwingen over haar wangen liepen.

Na snel overeind te zijn gekomen, glibberend over de natte rotsen, kroop Harry naar haar toe.

'Alles is voorbij,' zei hij terwijl hij naast haar knielde. Voorzichtig sloeg hij een arm om haar heen en trok haar tegen zich aan.

'Het... spijt me,' wist ze nog uit te brengen, waarna ze haar
hoofd tegen zijn schouder liet vallen.

'Alles is voorbij,' zei hij opnieuw. 'Met ons is alles goed, wij alledrie.'

Hij staarde weer naar het water en zag hoe Danny, ineengedoken op de richel, terugkeek. Ja, met hen was alles goed, maar voor
hoe lang nog? En wat nu te doen?

90

*Rome. Ambasciata della Repubblica Popolare Cinese in Italia –
ambassade van de Volksrepubliek China. Nog altijd dinsdag 14 juli,
halfdrie in de middag.*

De donkere Cadillac draaide de Via Bruxelles op en reed langs de
negentiende-eeuwse stenen wal rond het terrein van het oude
Parco di Villa Grazioli, thans een verkaveling van appartementen-
gebouwen en grote particuliere woningen.

De limousine minderde vaart nu ze een pantserwagen van de
politie naderde die met zijn achterste op het trottoir geparkeerd
stond. Iets verderop stond er nog een. Ertussenin was nummer
56. Het gat indraaiend kwam de Cadillac tot stilstand voor een
hoog, groen hek. Een tel later gleed het hek open, de Cadillac
reed het terrein op en het hek werd weer gesloten.

Even later beklom de Amerikaanse ambassadeur in Italië,
Leighton Merriweather Fox, de treden naar het drie verdiepingen
hoge, uit baksteen en marmer opgetrokken beige bouwwerk dat
de Chinese ambassade huisvestte. In zijn gezelschap bevonden

zich Nicholas Reid, de plaatsvervangend *chef de mission*, Harmon Alley, de adviseur voor politieke aangelegenheden en James Eaton, Alleys eerste secretaris.

Binnen heerste een sombere stemming. Eaton zag hoe Fox een buiging maakte en de hand schudde van Tjiang Yoemei, de Chinese ambassadeur in Italië. Nicholas Reid deed hetzelfde bij Zjoe Yi, de gezant van Buitenlandse Zaken, terwijl Harmon Alley op zijn beurt wachtte voor de plaatsvervangend gezant Buitenlandse Zaken Dai Rui.

Het onderwerp van gesprek tussen de heren bleek in iedere hoek van de grote, groen- en goudkleurige ontvangstruimte hetzelfde: de ramp in de Chinese stad Hefei, waar het sterftecijfer door vervuild drinkwater inmiddels gestegen was tot een schrikbarende 62.000 en nog steeds opliep.

Gezondheidsfunctionarissen beschikten niet over schattingen over waar of wanneer het zou eindigen. Zeventigduizend. Tachtigduizend. Niemand wist het. De waterzuiveringsinstallaties waren stilgelegd. Vers water werd aangevoerd door de lucht, over het spoor en over de weg. Maar het verwoestende effect had al plaatsgevonden. Het Chinese leger was ter plekke, maar werd overweldigd door de omvang van zijn taak, door de meest rudimentaire logistiek van het omgaan met zoveel ziekte en dood. En ondanks pogingen van Beijing om de media te beteugelen, was de hele wereld op de hoogte.

Leighton Merriweather Fox en Nicholas Reid waren hier om hun medeleven te betuigen en hulp aan te bieden, Harmon Alley en James Eaton om de politieke consequenties in te schatten. Wereldwijd was hetzelfde beeld te zien: hoge diplomatieke functionarissen die een bezoek brachten aan de Chinese ambassade in het land waar zij werkten om enerzijds hulp aan te bieden en om anderzijds de politieke situatie in ogenschouw te nemen. Er werd gespeculeerd over de vraag of Beijing in staat was zijn volk te beschermen; over de angst dat een eenvoudige slok water in één klap de dood kon betekenen van jezelf, je gezin en duizenden mensen om je heen; en over de vraag of die angst voor de provincies genoeg zou zijn om zich terug te trekken en voortaan enkel op zichzelf te vertrouwen. Iedere buitenlandse regering wist dat Beijing op het randje van de afgrond balanceerde. De centrale regering zou de ramp van Hefei misschien te boven kunnen komen, maar als morgen, volgende week of zelfs volgend jaar ergens anders hetzelfde gebeurde, zou het de donderklap zijn die de Volksrepubliek op de rand van de totale ineenstorting zou brengen. Het was een nachtmerrie en China's grootste angst, zo wist iedere buitenlandse regering. Opeens was water zijn grootste bedreiging geworden.

Dat was de reden waarom de diplomaten zich, gezien het menselijk lijden en de tragedie, naar de Via Bruxelles nummer 56 en Chinese ambassades rond de wereld hadden begeven, wachtend op de dingen die komen gingen.

Met een beleefde buiging aanvaardde Eaton een kopje thee dat hem op een dienblad werd aangeboden door een jonge Chinese in een grijs jasje, en baande zich vervolgens een weg door het stampvolle vertrek; zo nu en dan stopte hij even om een bekende de hand te schudden. Als eerste secretaris voor politieke aangelegenheden was hij hier niet zozeer gekomen om zijn deelneming te betuigen aan de Chinezen, als wel eerder om vast te stellen wie er verder aanwezig was om hetzelfde te doen. Terwijl hij een praatje maakte met de adviseur voor politieke aangelegenheden van de Franse ambassade, ontstond er opeens enige commotie bij de hoofdingang en beide mannen wendden zich naar de deur.

Wat Eaton zag, was niet onverwacht: de entree van de staatssecretaris van Vaticaanstad, kardinaal Umberto Palestrina, gekleed in zijn bekende tenue, een eenvoudig zwart kostuum met wit boordje. Hij werd op de hielen gevolgd door drie andere vooraanstaande leden van de adelstand der Heilige Stoel, allen gehuld in hun ambtelijke gewaad: kardinaal Joseph Matadi, monseigneur Fabio Capizzi en kardinaal Nicola Marsciano.

Bijna onmiddellijk verstomde het geroezemoes en diplomaten stapten opzij, nu Palestrina op de Chinese ambassadeur af schreed, boog en diens hand in de zijne nam alsof ze de dikste maatjes waren. Dat er nauwelijks sprake was van betrekkingen tussen Beijing en het Vaticaan deed er nauwelijks toe. Dit was Rome en Rome stond symbool voor 950 miljoen rooms-katholieken wereldwijd. Het waren die miljoenen die Palestrina en de anderen in de naam van de Heilige Vader vertegenwoordigden. Ze waren hier om hun condoleances over te brengen aan het Chinese volk.

Eaton verontschuldigde zich tegenover de Franse diplomaat, liep langzaam door de kamer en keek ondertussen naar Palestrina en diens gevolg, terwijl ze met de Chinezen in gesprek waren. Hij keek zelfs met nog grotere belangstelling toe toen het groepje van zeven mannen gezamenlijk de ruimte verliet.

Sinds de moord op kardinaal Parma was dit de tweede openbare ontmoeting tussen het Vaticaan en hoge diplomaten uit China. En meer dan ooit wenste Eaton dat Daniel Addison hier was om hem te vertellen wat dit allemaal te betekenen had.

91

Vechtend om het hoofd koel te houden en tegelijkertijd vurig biddend tot God hem de weg te wijzen om een eind te maken aan deze verschrikking, betrad Marsciano het kleine, bleekgroene vertrek en nam plaats tussen de anderen: Palestrina, kardinaal Matadi, monseigneur Capizzi, ambassadeur Tjiang Yoemei, Zjoe Yi en Dai Rui.

Palestrina zat recht tegenover hem, in een goudgestoffeerde leunstoel, converserend in het Mandarijns met de aanwezige Chinezen. Alles aan hem, van zijn voeten die zwaar op de vloer rustten, de blik in zijn ogen, tot zijn expressieve handgebaren, straalde oprecht mededogen en een enorme bezorgdheid uit aangaande de ramp zoals die zich aan de andere kant van de wereld voltrok, alsof hij ermee wilde zeggen dat hij zo mogelijk het liefst zelf naar Hefei wilde gaan om zich te ontfermen over de zieken en de stervenden.

De pose was van een generositeit waarop de Chinezen hoffelijk en waarderend, ja bijna dankbaar, reageerden. Maar voor Marsciano – en ook voor Palestrina, wist hij – waren het slechts plichtplegingen. Hoeveel hun gedachten en zorgen ook uitgingen naar de bevolking van Hefei, ze waren bovenal politici met maar één doel: het overeind houden van de regering. Beijing en zijn politiek was inmiddels ten prooi gevallen aan het microscopisch oog van de rest van de wereld.

Hoe konden zij, in hun ergste nachtmerries, nu weten, laat staan bevroeden, dat niet de natuur of een aftakelend zuiveringssysteem de grote oorzaak achter deze ramp was, maar een reus met zilvergrijs haar die slechts enkele centimeters van hen vandaan zat en hun in hun eigen taal zijn medeleven betuigde? Of dat twee van de drie gedistingeerde prelaten in dit gezelschap zich in de afgelopen paar uur hadden ontpopt als fanatieke discipelen van het meesterbrein achter de catastrofe?

Mocht Marsciano heimelijk nog enige hoop hebben gekoesterd dat ofwel monseigneur Capizzi dan wel kardinaal Matadi alsnog wakker zou zijn geschud en zich krachtig tegen de staatssecretaris zou verzetten nu de verschrikkingen in gang waren gezet en Palestrina's 'offensief' zijn ware afschuwwekkende gedaante toonde, dan was deze dankzij de interne schriftelijke steunbetuiging inmiddels de grond ingeboord. De brief was die ochtend door beide mannen persoonlijk aan Palestrina overhandigd (ook Marsciano was gevraagd deze te ondertekenen, maar hij had geweigerd). Het was een steunbetuiging voor de principes van de staatssecretaris: ondanks de jarenlange toenaderingspogingen tot Beijing door Rome, had de centrale regering jarenlang niet thuis gegeven, en dat zou zo blijven zolang de huidige regering aan de macht bleef.

Voor Palestrina betekende de houding van Beijing maar één ding: de Chinezen genoten totaal geen vrijheid van godsdienst en zouden die nooit krijgen ook. Maar hij zou ervoor zorgen, dat was Palestrina's antwoord. Offers waren niet belangrijk. De slachtoffers van nu zouden de martelaren van morgen zijn.

Het was duidelijk dat Capizzi en Matadi zich helemaal in het plan konden vinden. De jacht op de pauselijke zetel was alles, en geen van beiden was zo stom om zich te verzetten tegen de man die hun die plek kon bezorgen. Met als gevolg dat menselijk leven nu nog slechts een middel was om mede dat doel te bereiken. En hoe verachtelijk dit op zich al was, het zou nog veel erger worden. Er stonden immers nog twee meren op de lijst om vergiftigd te worden.

'Mijne heren, wilt u zo vriendelijk zijn me te excuseren?' Wetend wat er zou komen, misselijk van die obscene hypocrisie zoals die zich voor zijn ogen voltrok, niet meer in staat er nog langer deel van uit te maken, stond Marsciano opeens op.

Palestrina schrok en keek met een ruk op, alsof hij verrast was. 'Voelt u zich niet goed, Eminentie?'

Palestrina's verbaasde reactie deed Marsciano beseffen hoe gestoord de staatssecretaris was. Hij speelde zijn rol zo perfect dat hij zijn eigen woorden echt geloofde. Op dat moment bestond zijn schaduwzijde zelfs niet eens. Een wonder van ultiem zelfbedrog.

'Voelt u zich niet goed, Eminentie?' vroeg Palestrina opnieuw.

'Nee...' antwoordde Marsciano zacht en keek Palestrina hierbij een paar tellen recht in de ogen. Het was een duidelijk blijk van zijn diepgewortelde verachting voor de staatssecretaris, die tevens geheel tussen hen bleef. Meteen daarna wendde hij zijn hoofd af en boog beleefd naar het Chinese gezelschap. 'De gebeden van Rome zijn met u,' sprak hij. Hij draaide zich om, liep in zijn eentje naar de deur, wetende dat Palestrina's ogen hem bij elke stap volgden.

92

In de limousine heerste stilte.

Marsciano keek met opzet naar buiten terwijl het groene hek achter hen zich sloot en ze de Via Bruxelles op draaiden – in de wetenschap, met het investeringsbeleid reeds in kannen en kruiken, dat zijn optreden in de Chinese ambassade zijn lot zo goed als bezegeld had.

Opnieuw dacht hij aan de drie meren die Palestrina had toegezegd, de meren die na Hefei aan de beurt kwamen. Wanneer, dat wist alleen de staatssecretaris zelf. Palestrina's geesteszieke toestand en wreedheid ging eenieders begrip te boven. Het zelfbedrog waar hij zojuist getuige van was geweest, grensde aan het onmogelijke. Wanneer en hoe kon een intelligent en gerespecteerd man zo zijn veranderd? Of had het monster altijd al in hem gezeten en was het nu ontwaakt?

Nu sloeg de chauffeur de Via Salaria in en raakten ze opeens verstrikt in de drukke middagspits. Marsciano voelde de aanwezigheid van Palestrina naast zich en de priemende blikken van Capizzi en Matadi tegenover hem, maar hij negeerde alles. Zijn gedachten gingen naar de Chinese bankier Yan Yeh, die hij zich niet herinnerde als een geslepen zakenman en tevens een autocratisch, levenslang lid van de Chinese Communistische Partij en vooraanstaand adviseur van de partijvoorzitter, maar eerder als een vriend en een filantroop, een man die het ene moment een terloopse politieke scheldkanonnade kon afsteken en het volgende moment kon praten over zijn persoonlijke bezorgdheid om de gezondheidszorg, het onderwijs en het welzijn van de armen in de wereld; en die een volgend moment weer hartelijk kon lachen en kletspraatjes kon houden over hoe Italiaanse wijnbouwers naar de Volksrepubliek moesten komen om hun te laten zien hoe ze dat toch deden.

'Pleegt u vaak telefoontjes naar Noord-Amerika?' klonk Palestrina's stem opeens scherp achter hem.

Marsciano wendde zich af van het raam en zag dat Palestrina hem aanstaarde; de plaats tussen hen werd voor het grootste deel ingenomen door zijn enorme gestalte.

'Ik begrijp het niet.'

'Canada met name.' Palestrina hield zijn blik strak op Marsciano gericht. 'De provincie Alberta.'

'Ik begrijp het nog steeds niet...'

'1011 403 555 2211,' zei Palestrina: hij kende de cijfers blijkbaar uit het hoofd. 'Herkent u het nummer niet?'

'Zou dat moeten?'

Marsciano voelde de wagen overhellen nu ze de Via Princiana op draaiden. Buiten lag het bekende groen van de Villa Borghese. De Mercedes trok opeens fel op in de richting van de Tiber. Spoedig zouden ze aan de overkant van de rivier zijn en Lungotevere Mellini inslaan, naar het Vaticaan. Ergens niet ver achter hen was Marsciano's appartement aan de Via Carissimi en hij wist dat hij het voor de laatste keer had gezien.

'Het is het nummer van Hotel Banff Springs. Op zaterdagochtend de elfde is er vanuit uw ambtelijke vertrekken tweemaal naartoe gebeld. En 's middags nog eens met een mobiele telefoon die op naam staat van de eerwaarde vader Bardoni. Uw privé-secretaris. De vervanger van de priester.'

Marsciano haalde zijn schouders op. 'Vanuit mijn werkvertrekken worden zoveel telefoontjes gepleegd, zelfs op een zaterdag. Pater Bardoni maakt lange dagen, net als ik, net als de anderen... Ik houd niet alle telefoontjes bij...'

'In aanwezigheid van Jacov Farel vertelde u mij dat de priester dood was.'

'Dat is hij...' Marsciano sloeg de ogen op en keek Palestrina pal in het gezicht.

'Wie werd er dan twee dagen geleden, zondagavond de twaalfde, overgebracht naar Bellàgio, naar Villa Lorenzi?'

Marsciano glimlachte. 'U hebt tv gekeken.'

'De telefoontjes naar Banff werden gepleegd op zaterdag en de priester werd op zondag naar Villa Lorenzi gebracht.' Palestrina leunde voorover tot zijn gezicht vlak voor het gezicht van Nicola Marsciano was, en waardoor de stof van zijn jasje strak werd getrokken tegen zijn rug.

'Villa Lorenzi is eigendom van de schrijver Eros Barbu. Eros Barbu is op vakantie en verblijft in het Banff Springs Hotel.'

'Eminentie, als u mij vraagt of ik Eros Barbu ken, hebt u gelijk. We zijn oude vrienden uit Toscane.'

Palestrina keek Marsciano nog een ogenblik vorsend aan. Ten slotte liet hij zich achteroverzakken. 'In dat geval zal het u verdriet doen te moeten horen dat hij zelfmoord heeft gepleegd.'

93

Het Comomeer. Halfvijf in de middag.

Hortend, stotend en half slippend, manoeuvreerde Harry de truck over de doorploegde landweg terug naar de inrit waar hij hoopte dat Danny en Elena op hem wachtten. Twee uur waren er verstreken sinds hij vanaf de oever van het meer omhoog was geklommen om de wagen te zoeken en inmiddels strekte de vroege avondschemering zich als een lange schaduw uit over het terrein waardoor alles opeens een heel andere aanblik kreeg.

Niet alleen vorderde hij traag en moeizaam, het was ook nog eens gevaarlijk. De oude truck had slechte remmen en bijna volkomen versleten banden, waardoor het voertuig moeilijk in de hand te houden was nu het zich glibberend een weg zocht over een pad dat je nauwelijks nog een landweg kon noemen. Bijna iedere bocht was een haarspeldbocht. En bij elke draai wist hij dat hij elk moment over de rand kon glijden om dwars door de zware begroeiing op zijn kant in het diepe ravijn te storten of anders als een baksteen in het meer te plonzen dat zich aan de andere zijde, zo'n honderd meter onder hem, uitstrekte.

Hij bevond zich net op een hoge top toen hij ten noorden van hem het groepje boten zag. Het waren er een stuk of dertig, veertig, voor anker liggend of langzaam heen en weer varend, met langs de oevers drie grotere vaartuigen die mogelijk kotters of patrouilleboten waren en hij realiseerde zich dat de politie de grot moest hebben gevonden. Op het moment dat hij aanstalten maakte om de volgende haarspeldbocht naar omlaag te nemen, zag hij hoe een helikopter plotseling oprees en vervolgens rond de klip cirkelde waar hij zich nog geen twintig minuten geleden had bevonden.

Opeens verdween het hele tafereel uit het zicht nu de truck over het losse grind vooruitschoof. Als een gek pompte hij op het rempedaal en rukte verwoed aan het stuur. Het had geen zin. De truck gleed gewoon verder, de rand doemde op, daarna restten slechts lucht en het water daar ver beneden. Maar nu raakte het rechtervoorwiel klem in een geul. Het stuur rukte zich los uit zijn handen. Alsof het voertuig op rails geplaatst was, zwenkte de truck met een ruk terug in zijn oude koers en vervolgde zijn weg die achter een steile richel omlaagvoerde en onder een bladerdak verdween.

Nog vijf minuten duurde het gevecht met de truck en de weg voort voordat hij beneden was. Hier liep de landweg nog zo'n twintig meter door om abrupt te eindigen tussen een stel struiken en hoge bomen aan de rand van de oever.

Hij parkeerde de truck op een heuvel achter een rij bomen zodat hij vanaf het meer niet te zien zou zijn, stapte uit, liep een eindje langs de oever en baande zich een weg tussen het struikgewas op de plek waar hij de donkere spelonk kon zien die de ingang van de grot markeerde. In de verte hoorde hij de helikopter rondcirkelen. Hij bad dat het toestel daar in de verte zou blijven.

Cirkelend en wel.

94

De grot. Hetzelfde moment.

Roscani stond op de aanlegsteiger en keek in de motorboot. Erin lagen een man en een vrouw. Dood. De vrouw had geluk gehad dat hij niet het scheermes had gebruikt – zoals bij de man naast haar, zoals ook bij Edward Mooi wiens bijna onthoofde lichaam drijvend was aangetroffen in de binnenste tunnel.

Edward Mooi.

'Verdomme!' riep hij hardop. 'Godverdomme!' Hij had moeten weten dat Mooi degene was die de priester had verborgen. Hij had terug moeten gaan en hem onder druk moeten zetten, nadat hij had geconstateerd dat de buitenboordmotoren nog warm waren. Maar hij had het nagelaten, omdat het telefoontje over de dode mannen in het meer was binnengekomen en hij zich naar de oever had gerept.

Hij wendde zich af van de steiger, liet de technische jongens hun werk doen en liep door de hoofdgang van de grot langs de oude stenen banken naar het vertrek waar de priester was bewaakt en waar Scala en Castelletti zich nu bevonden met het lichaam van een carabiniere dat hierheen was gebracht uit de doolhof van achterafdoorgangen – weer een slachtoffer van de man met de ijspriem van wie ze nu wisten dat hij blond was en een paar flinke schrammen naar zijn wang had.

'*Bionda*,' had de stervende politieman nog weten uit te brengen, de ogen glazig, zijn ene hand krampachtig in die van Scala en zijn andere zwakjes graaiend naar zijn eigen wang.

'*Staccare*,' had hij gehoest terwijl zijn vingers nog steeds aan zijn wang trokken. Staccare. Openhalen.

'*Bionda. Staccare.*'

Blond. En sterk. En snel. En, zo vermoedden ze, de huid op zijn gezicht was opengehaald, vermoedelijk door de nagels van de vermoorde vrouw.

De afgekrabde huidresten die vanonder haar nagels waren gehaald zouden naar het lab worden gebracht voor een DNA-analyse. De nieuwe technologie, dacht Roscani. Maar alleen nuttig wanneer ze een verdachte hadden en een bloedmonster konden nemen om te zien of de twee met elkaar overeenkwamen.

Roscani betrad het vertrek, liep langs Scala en Castelletti en opnieuw naar de kamer waar de persoonlijke bezittingen van de non waren aangetroffen.

Pleegzuster Elena Voso, 26 jaar, lid van de congregatie van franciscaner zusters van het Heilige Hart; klooster: het St. Bernardinus-ziekenhuis in de Toscaanse stad Siena.

Teruglopend naar de hoofdtunnel streek Roscani door zijn haar en probeerde wijs te worden uit de plek zelf. Uit alles sprak de enorme rijkdom van Eros Barbu, maar toch waren de mensen die zich hier hadden verborgen, een non en een priester, de dode mannen die hen hadden beschermd, niet rijk. Waarom had Barbu toestemming gegeven om zijn eigendom als schuilplaats te gebruiken?

Het was een vraag die Barbu zelf nooit zou beantwoorden. De Canadese politie was op dat moment bezig met het onderzoek naar deze kennelijke zelfmoord op een bergpad dat uitkeek over Lake Louise in Banff. Gedood door een jachtgeweer dat in de mond gestoken was. Alleen wist Roscani dat het hier geen zelfmoord betrof, maar moord; gepleegd, zo wist hij zeker, door een handlanger van de blonde man met de ijspriem die wist waar Barbu zich bevond en hoe je hem kon vinden, en hem vermoord had uit wraak voor zijn hulp bij de vlucht van Daniel Addison of in een poging erachter te komen waar deze zich bevond. Misschien was het zelfs dezelfde handlanger die Harry Addisons baas in Californië had vermoord. Klopte dit, dan was de samenzwering van grotere omvang en meer verreikend dan zo op het eerste oog leek.

In de verte hoorde Roscani de echo van de speurhonden en hun geleiders, die de politieteams voorgingen in hun zoektocht door de doolhof van tunnels naar Elena Voso, de voortvluchtige priester en – Harry Addison. Aanwijzingen had hij niet. Het was een voorgevoel, meer niet. Maar op een of andere manier had Roscani het gevoel dat de Amerikaan hier was geweest en zijn broer had geholpen om te vluchten.

De Italiaan haalde een halfopgegeten chocoladekoekje uit zijn zak, trok het zilverpapier eraf, nam een hap en keek op.

Hoog boven hem coördineerde een helikoptereenheid de teams van de Gruppo Cardinale op de grond die de kliffen boven de grot uitkamden. Vlak bij de liftschacht die naar boven voerde, waren enkele duidelijke voetafdrukken aangetroffen en ook bandensporen van een voertuig waarmee gereden, geparkeerd en vervolgens weer weggereden was. Het was nog te vroeg om te kunnen zeggen of een van deze dingen hen naar de blonde man of de voortvluchtigen zou leiden.

Wat er ook gebeurd was, of nog te gebeuren stond, één ding was ijzig duidelijk geworden: Roscani had niet langer eenvoudigweg te maken met een voortvluchtige priester en diens broer, maar met mensen die internationaal met elkaar in verbinding stonden, uitstekend getraind waren en zich absoluut niet bezwaard voelden om te moorden. En eenieder met zelfs maar het geringste idee waar de priester zou kunnen zijn of wat hij misschien zou kunnen weten, was een gewild doelwit geworden, dat ogenschijnlijk overal achterhaald kon worden.

95

Terug in de grot trof hij Danny in zijn eentje aan, iets voorbij de ingang, in kleermakerszit. Hij droeg Harry's zwarte jasje over de dunne ziekenhuispyjama die hij aan had op het moment dat de andere twee hem aan boord van de praam hadden gebracht. Meteen keek Harry om zich heen. Waar zat Elena? Hij keek achterom en zag dat Danny hem aanstaarde, alsof hij niet helemaal wist wie Harry was. De lichamelijke uitputting van de wildemansvaart door de nauwe doorgangen in de grot begon nu haar tol te eisen, merkte hij. Danny was teruggevallen in zijn oude mentale toestand en dat maakte hem bezorgd, want hoe ver hij teruggezakt was, kon hij niet zeggen. Ook niet of hij nog de kracht bezat om weer volledig bij zijn positieven te komen.

'Danny, weet je wie ik ben?'

Er kwam geen antwoord. Hij staarde nog altijd gewoon voor zich uit. Onzeker.

'Ik ben Harry, je broer.'

Eindelijk kwam er een aarzelend knikje.

'We zitten hier in een grot in Noord-Italië.'

Opnieuw een knik. Maar het bleef vaagjes, alsof hij de woorden wel verstond, maar hun betekenis niet begreep.

'Weet je waar de zuster is? Je weet wel, de non die voor je zorgt. Waar is ze?'

Secondenlang gebeurde er niets. Daarna gleden Danny's ogen langzaam en doelbewust naar links.

Harry volgde zijn blik door de grot naar een felle, zonverlichte opening achterin. Hij liet Danny alleen, liep naar de overzijde, vervolgens naar de plek zelf, en bleef staan. Precies op dat moment richtte Elena zich op. Ze was halfgekleed, haar habijt hing op haar heupen, hij zag haar borsten. Verschrikt bedekte ze zich.

'Het spijt me,' zei Harry, draaide zich om en liep terug, een tel later gevolgd door een volledig aangeklede Elena die vol schaamte probeerde het uit te leggen.

'Mijn verontschuldigingen, meneer Addison. Mijn kleren waren nog steeds nat. Ik heb ze hier op de rotsen laten drogen, net als uw jasje en de pyjama van uw broer. Hij lag net te slapen toen ik... niet... gekleed was.'

'Ik begrijp het...' Harry slaagde erin een glimlach te forceren, en dat stelde haar op haar gemak.

'U bent met de truck?'

'Ja.'

'Harry...?' Danny hield zijn hoofd wat schuin nu Harry en Elena zijn kant op liepen.

Het was Harry, Danny wist het zeker. Elena was bij hem en dat hielp, want ze was al zo lang in zijn buurt. Ze gaf hem op de een of andere manier houvast. Maar hij voelde zich nog steeds zwak. Gewoon nadenken – over waar ze zaten, hoe Harry hier opeens verzeild was geraakt – vergde een bijna bovenmenselijke inspanning. De beelden van Harry die zijn hand vastpakte en hem het water uit trok, verschenen opeens weer haarscherp op zijn netvlies. Net als het moment waarop ze elkaar hadden aangekeken en beseften dat ze na al die tijd weer samen waren.

'Ik...' Even bracht hij een hand naar zijn hoofd. 'Kan niet... helder... denken.'

'Geeft niet, Danny,' zei Harry zacht. 'Komt allemaal wel goed.'

'Het was te verwachten, meneer Addison,' sprak Elena opzettelijk en haar blik gleed naar Danny. 'En ik zeg dit waar de eerwaarde vader zelf bij is, want hij moet het begrijpen. Hij is ernstig gewond... Hij ging vooruit, maar deze hele toestand heeft hem teruggeworpen. Lichamelijk zal hij er wel bovenop komen, denk ik. Maar zijn spraak- dan wel zijn cognitieve vermogen, of beide, kunnen problemen opleveren. Hoeveel daarvan terugkomt zal de tijd ons leren.' Nu keek ze Harry aan.

'Hoe ver is het naar de truck, meneer Addison?' Met de steeds langer wordende schaduwen buiten de grot begon de tijd voor haar opeens te dringen. 'Hoe ver is het lopen?'

Harry aarzelde en keek naar Danny. Hij wilde zijn broer niet onnodig bang of bezorgd maken, en dus nam hij Elena bij de arm en leidde haar naar de uitgang van de grot, zogenaamd om haar vanaf die plek de weg naar de wagen te wijzen.

Nadat ze de uitgang hadden bereikt en al bukkend over de rotsen stapten om uit het zicht te blijven, draaide hij zich om en keek haar aan.

'De politie heeft de grot gevonden. Boven bij de liftschacht cirkelde een helikopter rond. Misschien is die blonde vent zo wel weggekomen, wie zal het zeggen. Maar ze weten nu dat Danny hier, levend en wel, is geweest...' Harry aarzelde even. 'Je hebt spullen van jezelf achtergelaten, Elena. Ze weten nu wie je bent... en waarschijnlijk ook dat ik erbij was, want ik was niet bepaald voorzichtig met wat ik aanraakte.

Ze zullen alle tunnels en gangen doorzoeken. En als ze ons niet vinden, zal het hele gebied worden uitgekamd.

De weg naar boven is bijna onbegaanbaar. Maar als het lukt in het schemerdonker weg te komen, en ik nog geen koplampen hoef te gebruiken, wie weet redden we het dan. In ieder geval naar de hoofdweg, zodat we in het verkeer kunnen opgaan. En dan maar hopen dat, zodra het echt donker wordt, we weer langs de controleposten kunnen glippen, net als vanochtend.'

'En waarheen dan, meneer Addison?'

'Met een beetje geluk bij Como de autostrada op en dan naar het noorden, naar de Zwitserse grens bij Chiasso.'

Heel even keek ze hem strak aan. 'En dan, meneer Addison?'

'Weet ik nog niet...' Opeens merkte hij dat Danny hem vanuit de grot aandachtig aanstaarde en hij zag wat er van zijn broer geworden was. Uitgemergeld en gebroken, maar nog steeds vol vechtlust. Precies zoals Harry zich hem altijd had herinnerd. Soms met een bord voor zijn kop, maar altijd een taaie. Desalniettemin was hij nu zo goed als hulpeloos.

Hij keek Elena weer aan. Er waren een paar dingen die ze moest begrijpen voordat ze ook maar ergens heen gingen.

'Je weet dat ik word gezocht wegens moord op een Italiaanse politiefunctionaris. En dat Danny een hoofdverdachte is in de moord op de kardinaal-vicaris van Rome.'

'Ja.'

Opeens keek hij haar indringend en vastberaden aan. 'Het is belangrijk dat je begrijpt dat ik die agent niet heb vermoord... Wat mijn broer al dan niet heeft uitgespookt, daarvan heb ik geen idee en dat zal zo blijven totdat zijn hoofd weer helder genoeg is en ik het hem zelf kan vragen... En zelfs dan weet ik niet wat hij zal zeggen, of niet... Maar wat er ook gebeurd is, iemand wil hem dood hebben... Omdat hij iets weet en uit de school kan klappen. En dat is precies waarom die blonde vent, en de politie ons volgen...

En nu ze weten dat hij nog leeft, zullen ze het niet alleen op hem gemunt hebben, ze zullen vermoeden dat hij alles wat hij weet, zal hebben doorverteld aan degenen die bij hem zijn.'

'U en ik, meneer Addison...'

'Inderdaad.'

'En of hij ons nu iets heeft verteld of niet...'

'...zullen ze ons niet vragen,' maakte hij de zin af.

Opeens klonk vanuit het niets het donderende geklapwiek van rotorbladen die de lucht doorkliefden. Harry pakte Elena bij haar arm en trok haar snel terug onder het overhangende gedeelte van de ingang, precies op het moment dat het toestel over de heuvelrug boven hun hoofd langsscheerde. De helikopter verdween boven het meer, maakte een wijde bocht, zwenkte terug in de richting vanwaar hij gekomen was en dook weg achter de boomtoppen, en daarmee verdween ook het geluid.

Meteen daarna gleden Elena's ogen weer naar Harry.

'Ik begrijp de situatie, meneer Addison. Wat er ook gebeurt, ik ben er klaar voor...'

Eén moment staarde hij haar aan.

'Oké,' zei hij, en liep de grot weer in naar Danny.

96

De helikopter zwenkte over de rotswanden en Roscani zag het meer en daarna de boomtoppen. Nog een laatste, zorgvuldige blik voor zichzelf, zoals zijn vader dat ook altijd deed, alsof het hem een kans bood te slagen waar anderen hadden gefaald. Maar hij slaagde niet, hij zag niets dan rotsen, bomen en het water links van hem.

'Verdomme,' vloekte hij binnensmonds. Ergens daarbeneden waren ze, allemaal: de pater Daniel, de non, de blonde man met de ijspriem en het scheermes en Harry Addison. Roscani's eerdere voorgevoel was juist geweest: de Amerikaan had zich in de grot bevonden. Dat bewezen de vingerafdrukken op een medicijnkistje in de kamer waar Daniel had gelegen.

Hij was niet van zins zich een voorstelling te maken van hoe de Amerikaan hun allemaal was ontglipt en de grotten eerder had gevonden dan zij, of hoe hij en de anderen erin geslaagd waren te ontkomen aan de blonde man, wat hun ogenschijnlijk dus gelukt was. Van de positieve kant bekeken had een landelijke klopjacht het zoekgebied nu teruggebracht tot een paar vierkante kilometer. Het negatieve was dat hij nu met twee soorten voortvluchtigen te maken had: de groep-Addison en de blonde moordenaar. Beide met buitengewoon talent om mensen te ontlopen, dan wel hulp van derden te krijgen of misschien hadden ze gewoon stom geluk. Het was zijn taak om alles stop te zetten, alle mogelijke vluchtroutes af te sluiten en er hier zo snel mogelijk een eind aan te maken.

Terwijl de piloot hen in de invallende duisternis naar het noorden vloog, zag Roscani verderop de toename van het enorme Gruppo Cardinale-leger dat hij op de been bracht om zijn taak uit te voeren – honderden manschappen van het Italiaanse leger, carabinieri en plaatselijke politiemensen; ze verzamelden zich op de tactische verzamelplaats boven op de steile rotsen boven de grot.

Plotseling beval hij de helikopter terug te vliegen naar het strategisch hoofdkwartier dat enige uren eerder was ingericht in Villa Lorenzi; hij verlegde zijn gedachten naar het volgende punt. De Gruppo Cardinale maakte jacht op twee afzonderlijke entiteiten, de Amerikanen en de non die hij kende, maar hij had geen idee wie die agressieve IJspriem kon zijn. Op dit moment was het van wezenlijk belang dat hij daarachter kwam.

97

Het stuur draaide genadeloos heen en weer in Harry's handen. De truck schudde alle kanten op en de wielen spinden rond over het grind op de steile helling. Meter voor meter klom de wagen omhoog, maar gleed daarbij telkens schuin weg, waardoor de rand van de weg en het meer in de diepte gevaarlijk dichtbij kwamen. Eindelijk maakte het grind plaats voor een verharde weg. De wielen kregen grip en Harry stuurde de wagen naar het midden van de weg.

'Houwen zo...,' zei hij met een half glimlachje en hij zag dat Elena, bijna net zo bleek als hij, zich tegen het andere portier aan gedrukt hield. Danny, die tussen hen in zat, staarde uitgeteld voor zich uit, zich schijnbaar onbewust van alles. Onmiddellijk wierp Harry een blik op het ouderwetse dashboard. Benzine. De tank was nog maar voor een kwart vol. Hij had geen idee hoever ze hiermee zouden komen.

'Meneer Addison, uw broer heeft zo snel mogelijk glucose en voedsel nodig.'

Inmiddels was het zo goed als donker geworden en in de verte konden ze de lichten van de auto's op de weg naar Bellàgio zien. De snelweg naar het zuiden zou hen langs het meer terug naar Como voeren, precies waar Harry heen wilde. Noch hij, noch Elena wist hoe lang het zou duren en hoeveel stadjes ze onderweg zouden passeren.

'Gelden kerken hier nog steeds als een toevluchtsoord?' vroeg hij, zich herinnerend dat godshuizen door de eeuwen heen altijd aan vluchtelingen en voortvluchtigen een wijkplaats en een veilige haven hadden geboden.

'Ik zou het niet weten, meneer Addison...'

'Zouden ze ons kunnen helpen, al was het maar voor vannacht?'

'In Bellàgio, bijna boven aan de trap, is de kerk van Santa Chiara. Het is een franciscanerkerk, vandaar dat ik het weet. Ikzelf behoor tot de congregatie van franciscaner zusters... Als er ergens een plek is waar ze ons kunnen helpen, dan is het daar.'

'Bellàgio...' Het kwam hem eigenlijk slecht uit. Het was te gevaarlijk. Ze konden beter gewoon zuidwaarts langs het meer rijden waar de politie nog niet was.

'Meneer Addison,' sprak Elena kalm, alsof ze Harry's gedachten kon lezen en ze opzij naar Danny staarde, 'we hebben geen tijd te verliezen.'

Ook Harry keek nu opzij naar Danny. Hij sliep, het hoofd voorover, rustend op zijn borst. Bellàgio. Elena had gelijk. Ze hadden geen tijd te verliezen.

98

In een zee van landingslichten en opstuivend stof zocht de helikopter met daarin Roscani vaste grond op de oprijlaan vóór Villa Lorenzi.

Bukkend voor de nog altijd zwiepende rotorbladen stak hij de geometrisch aangelegde tuin over en betrad de rokerige chaos van de commandopost die was ingericht in de prachtige balzaal van wijlen Eros Barbu. Veel verguldsel, pracht en praal en behangen met kroonluchters: echt een plek waar een binnenvallend leger zich zou kunnen stationeren, en in zekere zin wás het ook een leger.

Hij baande zich een weg door alle drukte, beantwoordde ondertussen een spervuur van vragen, wierp een blik op de gigantische muurkaart met daarop de Italiaanse vlaggetjes die de controleposten markeerden en vroeg zich af, zoals hij al eerder had gedaan, of ze het allemaal misschien niet wat ál te grootschalig, te luidruchtig en te log aanpakten, hoe noodzakelijk het misschien ook leek. Ze wáren een leger en dus dachten en handelden ze dienovereenkomstig, met alle beperkingen van dien; en dat terwijl hun doelwit in essentie uit guerrillero's bestond die de vrijheid genoten om gedurfd en creatief te handelen; dat laatste hadden ze tot dusver wel bewezen.

Hij betrad een klein kantoor aan het andere eind van de balzaal, sloot de deur en ging zitten. Er wachtten hem een paar telefoontjes: Taglia in Rome, Farel in het Vaticaan en zijn vrouw thuis.

Eerst maar zijn vrouw. Vervolgens Taglia, en Farel als laatste. Daarna twintig minuten even niemand, graag. Die tijd nam hij voor zichzelf. Voor zijn *assoluta tranquillità*, zijn moment van luisterrijke stilte. Om tot rust te komen en na te denken. En om vervolgens rustig de gegevens van Interpol door te nemen en te zien of hij daaruit de identiteit van de blonde man kon distilleren.

Bellàgio, Hotel Florence, tien over halfnegen in de avond.

Thomas Kind zat aan de toilettafel in zijn kamer en bekeek zijn spiegelbeeld. Met een bloedstelpend en samentrekkend middel had hij de diepe schrammen schoongemaakt die Marta's klauwende nagels in zijn gezicht hadden gekerfd en de huid was nu voldoende strak om de make-up aan te brengen die de wonden moest verhullen.

Iets voor vijven was hij terug in het hotel. Hij had van twee vakantie vierende Engelse studenten op de weg naar Bellàgio een lift gekregen. Hij had ruzie gehad met zijn vriendin, zo had hij hun verteld; zij had uitgehaald en hem in het gezicht gekrabd, waarop hij gewoon was weggelopen – hij was op de terugweg naar Nederland en wat hem betrof kon zij naar de maan lopen. Op bijna een kilometer van de politiecontrolepost had hij hun gevraagd of hij kon uitstappen zodat hij zijn woede van zich af kon lopen. Toen de studenten waren weggereden, was hij van de weg af gegaan en achter wat bomen een veld overgestoken om aan de andere kant van de controlepost weer bij de weg uit te komen. Daarvandaan was het naar Bellàgio nog geen twintig minuten lopen geweest.

In het hotel aangekomen had hij de trap aan de achterzijde naar zijn kamer genomen en vervolgens de balie gebeld om te laten weten dat hij vroeg in de morgen wilde vertrekken, dat de rekening kon worden doorgestuurd naar zijn adres in Amsterdam. Nadien had hij zichzelf bekeken in de spiegel en besloten dat hij beter eerst een douche kon nemen en zich dan moest omkleden. En zich omkleden, nou, dat had hij gedaan.

Naar de spiegel leunend bracht hij mascara aan op zijn wimpers en streek nog even de oogschaduw glad. Tevreden deed hij een stap achteruit en bekeek zichzelf. Hij droeg hoge hakken, een beige broek en een ruimzittende witte blouse onder een licht linnen blazer. Kleine gouden oorbellen en een parelketting voltooiden zijn uiterlijk. Hij sloot zijn koffer, wierp nog één blik in de spiegel, zette een grote strohoed op, gooide de kamersleutels op het bed, opende de deur en vertrok.

Thomas José Álvarez-Ríos Kind uit Quito, Ecuador, voorheen Frederik Voor uit Amsterdam, was nu Julia Louise Phelps, makelaar uit San Francisco, Californië.

99

Harry keek ademloos toe nu de twee carabinieri de witte Fiat gebaarden door te rijden in de richting van Bellàgio, vervolgens naar de volgende wagen in de rij keken, deze iets dichterbij lieten komen en in het felle schijnsel van de werklampen bij de controlepost tot stoppen maanden. Ook aan de overkant waren twee carabinieri bezig het verkeer dat het stadje verliet, te controleren. Vier andere agenten stonden in de schaduw van een pantservoertuig dat langs de weg geparkeerd stond, en keken toe.

Nog voordat het verkeer voor hem vaart minderde, had hij de lichten al gezien en wist wat er ging gebeuren. De vorige keer hadden ze meer dan geluk gehad toen alleen hij en Elena uit tegengestelde richting waren gekomen. Nu zaten ze hier met z'n drieën en, op het ergste voorbereid, hield hij de adem in.

'Meneer Addison...' Elena keek recht voor zich uit.

Hij zag hoe de wagen vóór hem wegreed en besefte dat ze er al waren. Plotseling gebaarde een agent hen dat ze naar voren moesten rijden. Zijn hart bonkte in zijn keel en opeens waren zijn handen nat van het zweet nu hij het stuur vastgreep. Opnieuw gebaarde de agent.

Met een diepe zucht liet hij de koppeling opkomen. De agent gebaarde hem nu dat hij moest stoppen. Hij trapte op de rem. In het paarswitte schijnsel van de werklampen naderde aan weerszijden een agent, allebei gewapend met een zaklantaarn.

'Shit!' De adem stokte in zijn keel.

'Wat is er?' vroeg Elena snel.

'Het is dezelfde vent.'

Op zijn beurt zag de agent Harry nu ook. Hoe kon hij het vergeten? De oude truck met die priester die hem diezelfde ochtend bijna had overreden.

'*Buona sera,*' groette de agent argwanend.

'*Buona sera,*' groette Harry terug.

De agent bracht zijn zaklantaarn omhoog en liet de lichtbundel door de cabine dansen. Danny lag tegen Elena aan geleund, nog altijd gekleed in Harry's jasje, nog altijd slapend.

De tweede agent stond nu voor Elena's portier en gebaarde haar het raam omlaag te draaien.

Elena negeerde het en richtte zich tot de carabiniere naast Harry.

'We moesten naar een begrafenis, weet u nog wel?' zei ze in het Italiaans.

'Ja.'

'We zijn op de terugweg. Dit hier is de eerwaarde vader Dolgetta.' Ze wees naar Danny en, alsof ze hem niet wilde wakker maken, fluisterde ze: 'Hij is helemaal uit Milaan gekomen voor de mis. U ziet wel hoe mager hij is. Hij is ziek. Hij had nooit moeten komen, maar hij stond erop. Dus wat gebeurde er? Hij stortte in. We willen hem zo snel mogelijk in bed hebben, voordat er ergere dingen gebeuren.'

Een paar lange tellen staarde de agent hen aan. Het licht van zijn zaklantaarn danste opnieuw over Harry's gezicht, en daarna over dat van Danny.

'Wat wilt u dan anders? Moeten we soms uitstappen? Hem wakker maken? Hem ook laten uitstappen?' Haar ogen lichtten boos op. 'Hoe lang duurt het voordat jullie een stel bekenden laten doorrijden?'

Achter hen klonk nu getoeter. Mensen werden ongeduldig, wachtend in de file die almaar groeide. Uiteindelijk knipte de agent zijn zaklantaarn uit, deed een stap naar achteren en gebaarde hen door te rijden.

100

Roscani brak een stukje chocola af, beet erin en sloot het dossier van Interpol.

Paragraaf Eén, 59 pagina's, beschreef 27 mannen en negen vrouwen als bekende terroristen met een verleden en met Europa als werkplek. Paragraaf Twee telde 28 pagina's over moordenaars die nog altijd op vrije voeten waren en zich vermoedelijk in Europa bevonden, veertien in totaal, allen van het mannelijk geslacht.

Allemaal konden ze de bus met bestemming Assisi hebben opgeblazen. En het verkoolde lichaam dat foutief geïdentificeerd was als dat van pater Daniel, de persoon die het Spaanse Llama-pistool bij zich droeg, kon dat van een van deze mannen zijn. Maar Roscani was van mening dat geen van hen hetzelfde vernuftige, erotische en puur sadistische gevoel bezat van zijn blonde man met de ijspriem, het scheermes en het geschonden gelaat.

Gefrustreerd – zichzelf vervloekend dat hij het roken eraan had gegeven – opende hij de deur van zijn kleine heiligdom en betrad opnieuw de grootse balzaal van Villa Lorenzi. Zich een weg banend door het rumoer en om zich heen kijkend besefte hij dat hij het eerder bij het verkeerde eind had gehad. Inderdaad, de Gruppo Cardinale was een leger. Het was te groot. Te log. Trok te veel aandacht. Beging vergissingen. Maar gezien de situatie was hij er blij mee. Dit was geen spelletje dat hij graag in zijn eentje gespeeld zou hebben: persoonlijk leiding geven aan de zoektocht, met de instelling van zijn vader, alsof alleen hij en hij alleen in staat was een oplossing te vinden. Dit was een arena waarin je een overweldigende macht nódig had, een duizendtal ogen, open, waakzaam, iedere centimeter land uitkammend. Het was de enige manier om je prooi in de val te laten lopen zonder dat deze ooit nog zou kunnen ontsnappen.

Bellàgio. De kerk van Santa Chiara. Kwart over tien in de avond.

In het donker van de geparkeerde truck zat Harry met Danny te wachten op Elena. Ze was al bijna een halfuur weg en hij voelde zijn onbehagen groeien.

Aan de overkant liep een stel tieners voorbij, een van hen tokkelde op een gitaar. Even daarvoor was een al wat oudere man langsgelopen, in zichzelf neuriënd en twee hondjes uitlatend. Nu stierf het geluid van de tieners weg en nam de stilte het over, waardoor het gevoel van isolement verhevigde en zijn bezorgdheid en angst dat ze gepakt zouden worden nog eens toenamen.

Harry draaide zich iets om en keek naar Danny, die op de plek naast hem lag te slapen, zijn benen in het blauwe gipsverband van fiber in een foetushouding onder zich opgetrokken. Hij zag er zo onschuldig en onwetend uit, zoals een kind zou kunnen slapen. Hij wilde hem aanraken, hem opnieuw zeggen dat alles goed zou komen.

Harry keek weer op naar de heuvel die naar de kerk voerde, hopend dat Elena inmiddels weer hun richting op kwam. Maar er waren alleen de verlaten straat en de aan weerszijden geparkeerde auto's. Plotseling werd hij overmand door een golf van emoties. Het kwam van ergens diep vanbinnen. Het besef van waarom hij hier was. Het was iets wat hij nog steeds verschuldigd was, het uitwerken van een karma.

Hij was bezig met de verwezenlijking van een belofte die hij jaren geleden had gedaan aan Danny toen hij op het punt stond naar de universiteit te gaan. Het was een periode dat Danny opstandiger was dan ooit, thuis, op school en met de politie voortdurend in de clinch lag. Harry's eerste jaar aan Harvard zou over twee dagen beginnen en hij stond met zijn koffer beneden in de gang, zoekend naar Danny om afscheid te nemen, toen deze binnenkwam. Zijn gezicht was vuil, zijn haar in de war, de knokkels van zijn rechterhand lagen open als gevolg van een vechtpartij. Danny wierp een blik op de koffer, vervolgens naar Harry en wilde zonder een woord te zeggen doorlopen. Harry herinnerde zich dat hij hem stevig vastgreep en tegen zich aan trok. Nog altijd hoorde hij zijn eigen woorden – 'Maak je school gewoon af, oké?' had hij op krachtige toon gezegd. 'Zodra je klaar bent, zal ik terugkomen en je met me meenemen... ik zal je hier niet achterlaten. Dat beloof ik je.'

Het was meer dan een belofte geweest, het was een uitbreiding van het pact dat ze jaren geleden hadden gesloten na het overlijden van hun zus en hun vader en het te vroege, onbezonnen hertrouwen van hun moeder: om elkaar te helpen ontsnappen uit dat leven, dat gezin en dat stadje om er nooit terug te keren. Het was een gelofte. Een vaststaand gegeven. Bezegeld, van broer tot broer.

Maar om allerlei redenen was het er nooit van gekomen. En hoewel er nooit over gepraat was – en wellicht omdat de omstandigheden waren veranderd en Danny na school bij de marine was gegaan – wist Harry niettemin dat het uitblijven van zijn terugkeer de echte reden vormde voor hun lange vervreemding. Hij had een belofte gedaan en was deze nooit nagekomen, en dat verweet Danny hem nog steeds. Welnu, dit was het moment dat hij zijn belofte nakwam. Uiteindelijk was hij naar Italië gekomen voor zijn broer.

22.25

Hij keek nog eens vluchtig naar de heuvel.

Nog steeds een donkere, verlaten straat. De trottoirs aan weerszijden lagen er nog hetzelfde bij. Geen spoor van Elena.

Plotseling doorkliefde het gedempte getjirp van een telefoon de stilte. Harry schrok op, keek om zich heen en vroeg zich af waar het geluid vandaan kwam. Op dat moment realiseerde hij zich dat het zijn mobiele telefoon was die hij had weggestopt in het handschoenenkastje toen hij met Elena de grot in was gegaan om Danny te zoeken.

Opeens hield het geluid op. Daarna begon het opnieuw. Hij rekte zich uit, opende het kastje, pakte het toestel en schakelde het in.

'Ja,' zei hij voorzichtig, wetend dat er maar één persoon was die wist hoe hij te bereiken was.'

'Harry...'

'Adrianna.'

'Harry, waar zít je?'

Iets van een buiging in haar stem, vissend naar iets. Geen bezorgdheid, warmte of vriendschap. Dit was puur zakelijk. Ze was terug bij de oorspronkelijke deal, de deal die ze voor Eaton en zichzelf had geregeld – eerst moesten zíj met Danny zien te praten, daarna was de rest aan de beurt.

'Harry?'

'Ik ben er nog.'

'Is je broer bij je?'

'Ja.'

'Zeg me waar je bent.'

22.30

Een snelle blik op de straat.

Nog steeds geen Elena.

'Waar zit jíj, Adrianna?'

'Hier in Bellàgio. Bij het Du Lac. Hetzelfde hotel als waar jij nog steeds staat ingeschreven.'

'Is Eaton bij je?'

'Nee. Die is vanuit Rome onderweg hiernaartoe.'

Plotseling verschenen boven aan de heuvel koplampen om de hoek van de straat. Motorpolitie. Twee mannen. Ze namen alle tijd voor hun surveillance, de straatlampen blonken in hun helm, ze keken naar de geparkeerde auto's, de trottoirs. Op zoek naar Danny en hem.

'Harry, ben je daar nog?'

Harry hoorde hoe Danny zich verroerde naast hem. Jezus, Danny, niet nu! Niet zoals eerder, in de grot.

'Zeg me waar je bent. Dan kom ik naar je toe.'

Danny bewoog zich weer. De politie was er haast. Nog een paar auto's. Minder.

'Verdomme, Harry. Praat tegen me. Zeg me waar…'

Klik.

Harry zette het toestel uit en boog zich in het donker over Danny heen, onder het raam, biddend dat hij stil zou blijven. Op dat moment klonk de telefoon ergens onder hem opnieuw.

Het was Adrianna die terugbelde.

'Jezus,' fluisterde Harry.

Het getjirp was luid. Schel. Alsof het uit een luidspreker schalde, zo oorverdovend hard. Wanhopig graaide hij onder zich, in het donker tastend naar de telefoon. Maar het ding zat ergens tussen de vouwen van zijn overhemd en Danny en de stoel. Hij trok zijn armen onder zich, probeerde het geluid te smoren met zijn lichaam, om de donder hopend dat de agenten het in de stilte van deze zomeravond niet konden horen.

Er verstreek een eeuwigheid voordat het geluid stopte. En toen was er alleen nog de stilte. Harry wilde opkijken, zien of de politie voorbij gereden was. Maar hij durfde niet. Hij hoorde het bonzen van zijn hart. Voelde het gebonk van zijn pols.

Plotseling was er een harde klop op het raam. Er schoot een koude rilling door zijn lijf. Zijn zintuigen waren als verdoofd. Er werd opnieuw geklopt. Luider nu.

Uiteindelijk, van schrik vervuld, richtte Harry gelaten zijn hoofd op.

Elena staarde hem in het gezicht. Naast haar stond een priester. Ze hadden een rolstoel bij zich.

101

De bar in Hotel Florence. Aan het tafeltje bij het raam zat een aantrekkelijke vrouw. Ze droeg een blauwe blazer en op haar hoofd prijkte een grote strohoed. Op deze plek had ze vrij uitzicht op de kade en de aanlegsteiger waar de draagvleugelboot zou aanleggen. Ook had ze goed zicht op de mensen van de Gruppo Cardinale die bij het loket en op de steiger nauwlettend de reizigers bestudeerden die op hun boot wachtten.

Ze draaide haar rug iets meer naar de gasten in het vertrek, haalde een mobiele telefoon uit haar handtas tevoorschijn en draaide een nummer in Milaan alwaar een speciaal schakelkastje haar doorschakelde naar de kuststad Civitavecchia en vandaar naar een geheim nummer in Rome.

'*Si*,' sprak een mannenstem.

'*S* hier,' meldde Thomas Kind.

'*Un momento.*'

Stilte. Daarna: 'Ja?' Een andere mannenstem, elektronisch bewerkt zodat hij onherkenbaar was. De rest van het gesprek verliep in het Frans.

S: 'Het doelwit is nog in leven. Waarschijnlijk gewond. En, zo moet ik helaas melden, ontsnapt.'

De stem: 'Ik weet het.'

S: 'Wat wilt u dat ik doe? Ik ben bereid me uit de operatie terug te trekken als u dat wilt.'

De stem: 'Nee. Ik waardeer uw vastberadenheid en expertise... De politie weet dat u daar zit en is naar u op zoek, maar tast daarbij volkomen in het duister.'

S: 'Dat nam ik al aan.'

De stem: 'Kunt u daar veilig wegkomen?'

S: 'Met een beetje geluk.'

De stem: 'Dan wil ik dat u hierheen komt.'

S: 'Vanaf deze positie kan ik het doelwit nog steeds volgen, ook al word ik omringd door politie.'

De stem: 'Maar waarom, als een motje uit zijn slaap is ontwaakt en naar een vlam kan worden gelokt?'

Palestrina drukte op een knopje van het kleine schakelkastje naast zijn telefoontoestel en gaf de hoorn aan Farel die hem aannam en ophing. Daarna staarde de staatssecretaris van het Vaticaan enkele lange ogenblikken voor zich uit naar de schilderijen, sculpturen, planken vol oude boeken die zijn spaarzaam verlichte kantoor opsierden, naar de eeuwen van geschiedenis die hem hier, in zijn verblijf, omringden. Boven hem bevonden zich de pauselijke verblijven in het paleis van Sixtus v waar de Heilige Vader nu sliep, lichamelijk en geestelijk uitgeput van het enorme scala van verplichtingen en taken, erop vertrouwend dat zijn adviseurs de werkzaamheden van de Heilige Stoel in goede banen zouden leiden.

'Als u mij toestaat, Eminentie,' sprak Farel.

Palestrina keek hem aan. 'Vertel me wat je op je lever hebt.'

'Die priester. Thomas Kind krijgt hem niet te pakken, en Roscani met zijn enorme politiemacht ook al niet. Hij is als een kat die zijn negen levens nog niet allemaal heeft verspeeld. Ja, misschien dat we hem in de val kunnen laten lopen... Maar stel dat hij daarvóór al uit de school klapt?'

'Je wilt zeggen dat we door toedoen van één man heel China kunnen verliezen?'

'Ja. En daar zouden we niets tegen kunnen doen. Behalve de hele zaak glashard ontkennen. Maar daar winnen we China niet mee, en de achterdocht zal eeuwenlang overheersen.'

Langzaam zwenkte Palestrina zijn stoel naar het antieke lage dressoir achter hem en de sculptuur erbovenop: het hoofd van Alexander van Macedonië, in de vijfde eeuw uit Grieks marmer gehouwen.

'Ik ben geboren als zoon van de koning van Macedonië.' Hij sprak tot Farel maar had zijn ogen gericht op het marmeren hoofd. 'Aristoteles was mijn leermeester. Op mijn twintigste werd mijn vader vermoord en werd ik koning, voortdurend omringd door mijn vaders vijanden. Het duurde niet lang voordat ik ze één voor één ontmaskerde en liet executeren. Ik verzamelde mijn trouwe aanhangers en trok eropuit om een eind te maken aan de rebellie die zij waren begonnen... In twee jaar tijd stak ik als opperbevelhebber van Griekenland met een legermacht van 35.000 Grieken en Macedoniërs de Hellespont naar Perzië over.'

Langzaam draaide Palestrina zich op theatrale wijze in zijn stoel om naar Farel. Door de hoek die zijn positie nu met het dressoir maakte en het licht van de lamp viel zijn hoofd vrijwel perfect samen met dat van Alexander de Grote. Zijn ogen vonden die van Farel en hij vervolgde zijn verhaal. Ondertussen voelde het hoofd van de Vigilanza hoe een ijskoude rilling van zijn schouders over zijn rug omlaagkroop. Bij elk woord werd Palestrina's blik nog duisterder en afweziger en verplaatste hij zich meer en meer in de rol van de figuur die hij vol overtuiging meende te zijn.

'Vlak bij Troje versloeg ik een leger van veertigduizend man. Zelf verloor ik slechts 110 van mijn eigen mannen. Daarna rukte ik op in zuidelijke richting en stond oog in oog met koning Darius III en het Perzische legioen van 500.000 man.

Darius vluchtte in de nasleep, zijn vrouw en kinderen achterlatend. Daarna nam ik Tyrus en Gaza in en trok ik Egypte binnen. Nu beheerste ik de gehele oostelijke Middellandse-Zeekust.

Daarna kwamen Babylon en het restant van het Perzische rijk dat zich van de zuidkust van de Kaspische Zee tot in Afghanistan uitstrekte… En daarna rukte ik verder op, in noordelijke richting naar wat nu Russisch Turkestan en Centraal-Azië heet. Dat was…' hier dwaalde zijn blik even af, '…in 327 voor Christus. En dat alles in drie jaar tijd.'

Plotseling staarde hij Farel weer indringend aan. Zijn afwezige blik was opeens helemaal verdwenen.

'Ik faalde niet, daar in Perzië, Jacov. En ook in China zal ik niet falen. Priester of geen priester.' Onmiddellijk daarna sneed zijn blik dwars door Farel en klonk het op indringende toon: 'Haal Bardoni. Nu.'

102

Bellàgio. Tien voor elf in de avond.

Elena lag in het donker en staarde naar het vierkant van licht dat hoog boven de muur boven haar door het kleine raam naar binnen viel.

Ze bevonden zich in het *convento*, het klooster achter de kerk dat diende als priesterverblijf. Met uitzondering van Renato, de kleine, vriendelijke priester die met haar naar de truck was gelopen, en twee of drie anderen, waren de overige geestelijken weg op retraite. Deze toevalligheid maakte dat zij gebruik konden maken van het kleine slaapkamertje waarin zij zich nu bevond, het kamertje ernaast waar pater Daniel sliep en een vergelijkbaar vertrek aan de andere kant van de gang waar Harry was.

Nog steeds had ze spijt van het feit dat het zo lang had geduurd voordat ze naar de truck was teruggekeerd en van de ongerustheid die dat bij Harry teweeggebracht had, maar ze had weinig keus gehad. Pater Renato was moeilijk te overtuigen geweest en pas toen ze haar moeder-overste had gebeld en hij persoonlijk met haar gesproken had, had hij zich laten vermurwen en was hij met Elena meegegaan om vervolgens met de rolstoel in de schaduw van de kerk te wachten totdat de motoragenten waren gepasseerd.

Ze hadden Daniel binnengebracht, hem thee en rijstpudding gegeven en hem in bed gestopt. Daarna was pater Renato hen voorgegaan naar de kleine kloosterkeuken en diende hun een gerecht van pasta met kip op, dat nog over was van het avondmaal. Hij had hun de kamers laten zien waar ze konden slapen en met de waarschuwing dat de priesters morgen zouden terugkeren en dat zij voor die tijd zouden moeten vertrekken, was hij naar zijn eigen kamer teruggegaan.

Vertrekken... dacht Elena bij zichzelf, terwijl ze haar ogen nog steeds op het vierkante lichtvlak hoog op het plafond boven haar gericht hield.

De gedachte, ofschoon weloverwogen, riep nog iets anders op – haar eigen gevoel van vrijheid, of beter, het gebrek daaraan. De ommekeer was gekomen tijdens haar zo emotionele instorting in de watergrot toen Harry zijn broer alleen liet om een arm om haar heen te slaan en haar te troosten, hoewel ze wist dat hij uitgeput was en zelf ook ten einde raad moest zijn. Een tweede moment was zelfs nog ondubbelzinniger geweest: na zijn terugkeer met de truck toen hij haar buiten de grot naakt had gezien. Zoals zij het zich voor de geest haalde – de wijze waarop hij zich zo snel verontschuldigde, zich omdraaide en weer de grot in liep – was het niet langer gênant, maar juist erotisch. Ze vroeg zich af of hij ondanks de ernst en urgentie van hun situatie zijn ogen wellicht iets langer op haar gericht zou hebben als ze geen non was geweest – ze was immers nog altijd een jonge vrouw en volgens haarzelf gezegend met een goed figuur.

Plotseling, en voor het eerst sinds ze in de ziekenzaal in Pescara over de intercom geluisterd had naar het geluid van Danny's ademhaling, raakte ze seksueel geprikkeld. De avond was nog steeds drukkend heet en ze had haar habijt uitgedaan en lag nu naakt onder de lakens. En nu het gevoel verhevigde, voelde ze hoe een warmte door haar lichaam trok. Ze raakte haar borsten aan.

Opnieuw zag ze hoe Harry uit de grot kwam lopen, ze voelde zijn blik. Op dat moment wist ze dat haar gevoelens echt waren: ze wilde een vrouw zijn in de ruimste zin van het woord, ook lichamelijk. Het verschil was dat ze nu niet langer bang was voor deze gevoelens. Als God haar op de proef had gesteld, was het niet zozeer dat Hij haar innerlijke kracht of haar afgelegde geloften van kuisheid en gehoorzaamheid wilde testen, als wel dat Hij haar wilde helpen bij haar zoektocht naar zichzelf. Wie ze écht was en wie ze wilde zijn. En wie weet vormde dat de reden voor dit alles. En waarom Harry in haar leven was gekomen: om haar voor eens en altijd te helpen bij het nemen van die beslissing. Alleen al zijn aanwezigheid en manier van doen raakten haar op een manier die ze nog nooit eerder had ervaren. Het was teder, nieuw en geruststellend, en bevrijdde haar op een of andere manier van het schuldgevoel en het gevoel van isolement waaronder ze haar hele leven al gebukt ging. Het was alsof je een deur opende en ontdekte dat het leven aan de andere kant veilig en vreugdevol was, en dat het goed was om te leven met dezelfde passies en emoties die andere mensen koesterden. Dat het goed was om Elena Voso te zijn.

Harry hoorde het zachte kloppen op de deur en zag deze toen opengaan in de duisternis.
'Meneer Addison?' fluisterde Elena.
'Wat is er?' Alert schoot hij overeind.
'Niets ergs, meneer Addison... Vindt u het goed als ik even binnenkom?'
Harry aarzelde, wist zich eigenlijk geen raad. 'Ja, natuurlijk...'
Hij zag de deur iets verder open gaan, vervolgens de contouren van haar figuur tegen het flauwe licht van de hal. Ze sloot nu de deur achter zich.
'Het spijt me dat ik u wakker heb gemaakt.'
'Geeft niet...'
Er was net genoeg licht om haar naar zijn bed te zien komen. Ze droeg haar habijt, maar was blootsvoets en leek opgewonden en nerveus tegelijkertijd.
'Ga alsjeblieft zitten,' zei hij en wees naar de rand van het bed.
Elena keek naar het bed en vervolgens snel naar Harry.
'Ik blijf liever staan, meneer Addison.'
'Harry,' zei hij.
'Harry...' Nog steeds nerveus glimlachte Elena.
'Wat is er?'
'Ik... ik heb een beslissing genomen waarover ik je wil vertellen...'
Harry knikte, nog altijd onzeker over wat hier aan de hand was.
'Kort nadat wij elkaar leerden kennen... vertelde ik je dat God me had opgedragen de zorg voor je broer op me te nemen.'
'Ja.'
'Goed, zodra die taak is volbracht, ben ik...' Hier stokte Elena

even en Harry zag hoe moeilijk ze het had om uiting te geven aan haar innerlijke overtuiging. 'Ik ben van plan mijn superieuren te verzoeken om ontheffing van mijn geloften en het klooster te verlaten.'

Een lang ogenblik zei Harry niets. Ten slotte: 'Vraag je mijn mening?'

'Nee, ik deel je een feit mee.'

'Elena...' zei Harry op zachte toon, 'voordat je de knoop definitief doorhakt, moet je misschien beseffen dat na wat wij hebben meegemaakt, geen van ons nog erg helder nadenkt.'

'Daar ben ik me bewust van. Ook weet ik dat wat wij hebben doorgemaakt me heeft geholpen bij het ophelderen van gedachten en gevoelens die ik al enige tijd koester. Al voordat ik hierbij betrokken raakte... Simpel gezegd wil ik met een man zijn... en hem in alle opzichten liefhebben, en ik wil dat hij net zo van mij houdt.'

Harry nam haar aandachtig op, zag hoe ze ademhaalde, zelfs in het schemerlicht zag hij de vonk en de vastberadenheid in haar ogen. 'Je vertelt me nu iets heel persoonlijks...'

Elena zweeg. Harry glimlachte: 'Wat ik misschien niet helemaal begrijp, is waarom je dit aan míj vertelt.'

'Omdat ik niet weet wat er morgen kan gebeuren en ik wil dat ik het iemand heb verteld die het zou begrijpen... en omdat ik het jóu wilde vertellen, Harry.' Ze keek hem lang aan, haar ogen strak op de zijne gericht.

'Welterusten en God zegene je,' fluisterde ze ten slotte, draaide zich om en liep de kamer uit.

Harry keek hoe ze in het donker door de kamer liep en ving net een glimp van haar op toen ze de deur opende en de gang inliep. Ze was gekomen om hem iets heel persoonlijks te vertellen, waarom precies wist hij nog steeds niet zeker. Wat hij wel wist, was dat hij nog nooit iemand zoals zij had ontmoet, maar ook wist hij dat als hij zich aangetrokken voelde tot haar dit niet het juiste moment was. Dat soort afleiding was nu wel het laatste wat ze konden gebruiken, het was veel te verstorend en daarom veel te gevaarlijk.

103

Een aantrekkelijke vrouw met een strohoed op wachtte in de rij met de andere passagiers nu de draagvleugelboot uit de duisternis opdoemde.

Boven aan de trap naar de kade waakten vier Gruppo Cardinale-agenten, bewapend met uzi's. Nog eens vier anderen patrouilleerden over de steiger beneden, op zoek naar de voortvluchtigen. Een willekeurige identiteitscontrole had inmiddels bevestigd dat bijna alle passagiers buitenlandse toeristen waren, Engelsen, Duitsers, Brazilianen, Australiërs, Amerikanen.

'*Grazie*,' antwoordde een jonge agent, nadat hij Julia Louise Phelps haar paspoort teruggegeven had, even de rand van zijn pet aantikte en glimlachte. Dit was geen blonde moordenaar met een gehavend gezicht, geen Italiaanse non, geen voortvluchtige priester, en ook niet diens broer. Nee, dit was een slanke, aantrekkelijke vrouw met een grote strohoed op en een opmerkelijke glimlach. En dat was precies de reden waarom hij haar had aangesproken, niet omdat ze verdacht leek, maar omdat hij graag even wilde flirten. Ze had hem laten begaan.

En nu, terwijl de boot aanlegde en de passagiers van boord gingen, liet ze haar paspoort weer in haar handtas glijden, glimlachte nog eens naar de agent en begaf zich samen met de anderen aan boord. Even later werd de loopplank binnengehaald, kwamen de motoren op toeren en gleed de draagvleugelboot weg.

De agenten op de steiger en boven aan de trap zagen hoe de boot vaart maakte en de boeg zich uit het water verhief nu het vaartuig in de duisternis verdween. Tremezzo en Lenno waren de eerste aanlegplaatsen, daarna Lezzeno en Argegno en dan voer de boot weer terug naar Como. De *Freccia delle Betulle* verzorgde de laatste afvaart voor deze avond. De boot nakijkend slaakten de agenten op de wal collectief een zucht van opluchting, omdat ze wisten dat ze hun taak naar behoren hadden uitgevoerd, vol vertrouwen in de wetenschap dat ze niet één voortvluchtige hadden laten ontsnappen.

Farel opende de deur van Palestrina's privé-werkkamer, waarna de jonge, bebrilde Bardoni binnentrad: zelfverzekerd, onaangedaan door het late uur of het verzoek zich hier te melden, slechts gehoor gevend aan een sommatie van een meerdere.

Palestrina zat achter zijn bureau en gebaarde Bardoni dat hij tegenover hem plaats moest nemen.

'Ik heb je gevraagd te komen om je persoonlijk mee te delen dat kardinaal Marsciano ziek is,' sprak hij, op het moment dat de jonge priester plaatsnam.

'Ziek?' Bardoni zat opeens op het puntje van zijn stoel.

'Hij kreeg een inzinking, hier, in deze ambtelijke vertrekken. Het gebeurde vanavond vroeg na een bijeenkomst op de Chinese ambassade. De artsen zeggen dat het gewoon oververmoeidheid kan zijn, maar ze weten het niet zeker. Daarom is hij ter observatie ergens ondergebracht.'

'Waar is hij nu?'

'Hier, binnen het Vaticaan, in het gastenverblijf in de St. Janstoren.'

'Waarom ligt hij niet in een ziekenhuis?' Vanuit zijn ooghoek zag Bardoni dat Farel een stap naar voren deed en dichterbij kwam staan.

'Omdat ik hem liever hier wil hebben. Omdat ik vermoed wat de oorzaak van zijn "oververmoeidheid" is...'

'En die is...?'

'Het almaar voortdurende dilemma omtrent pater Daniel.' Hierbij keek Palestrina Bardoni aandachtig aan. Tot nu toe vertoonde deze geen spoor van emotie, ook niet bij het noemen van de naam Daniel.

'Ik begrijp het niet helemaal.'

'Kardinaal Marsciano heeft gezworen dat hij dood is. En misschien kan hij, in tegenstelling tot de politie, nog niet geloven dat dat niet het geval is. Bovendien tonen nieuwe bewijsstukken aan dat pater Daniel niet alleen in leven is, maar dat zijn toestand goed genoeg is om de autoriteiten voortdurend te slim af te zijn. Dit alles betekent dat hij waarschijnlijk in staat is op de een of andere manier met iemand te communiceren...'

Hier zweeg hij even, keek de priester recht in de ogen ten teken dat zijn volgende woorden maar op één manier konden worden opgevat.

'Wat zou het voor kardinaal Marsciano toch heerlijk zijn om pater Daniel levend en wel te mogen ontmoeten, nietwaar? Maar aangezien hij onder behandeling is en dus niet in staat is om te reizen, volgt daaruit dat pater Daniel naar ons zal moeten komen – gebracht indien nodig – om hier, in de St. Janstoren, Marsciano te kunnen bezoeken.'

Dit was het moment waarop Bardoni een tel zijn zelfbeheersing verloor. Hij wierp een snelle blik opzij naar Farel. Het was een plotselinge, instinctieve reactie om te zien of Farel zich volledig achter Palestrina schaarde en Marsciano's gevangenneming steunde. En diens kille, emotieloze blik sprak wat dat betrof boekdelen. Zichzelf weer beheersend, maar vol woede, keek hij Palestrina aan.

'Wilt u soms suggereren dat ik weet waar hij zit? En dat ik hem deze boodschap kan overbrengen? Dat ik hem op de een of andere manier hierheen moet lokken?'

'Het dekseltje gaat open, een motje fladdert weg,' klonk het luchtig uit Palestrina's mond. 'Waar vliegt het naartoe? Veel mensen stellen zich die vraag en gaan op zoek. Maar ze vinden het nooit, want dan is het weer hier, en dan is het weer daar. En als je ziek en gewond bent, valt dat niet mee. Tenzij... je hulp krijgt... van een goedgezinde geest, zeg een beroemd schrijver, of iemand binnen de Kerk... en twee zachte, geschoolde handen zich over je ontfermen: een verpleegster, of een non, of een combinatie... een pleegzuster uit Siena, Elena Voso...'

Bardoni reageerde niet. Hij staarde slechts voor zich uit, alsof hij totaal geen idee had waarover de staatssecretaris sprak. Het was een opzettelijke poging zich te revancheren voor zijn blunder van zonet, maar het was te laat, en dat wist hij.

Palestrina boog zijn hoofd wat dichter naar hem toe. 'Pater Daniel moet hier ongezien komen, mag met niemand spreken... Mocht hij onderweg worden gegrepen, dan moet zijn antwoord – tegen de politie, de media en zelfs tegen Taglia of Roscani – zijn dat hij zich eenvoudig niets meer kan herinneren...'

Bardoni wilde protesteren, maar Palestrina stak een hand op en snoerde hem aldus de mond. Hij besloot zijn verhaal op een nauwelijks hoorbare fluistertoon.

'Besef dat voor iedere dag die voorbijgaat zonder dat pater Daniel opduikt, de geestesgesteldheid van kardinaal Marsciano zal verslechteren... En daarmee tevens zijn lichamelijke toestand, net zolang totdat...' – hier volgde een schouderophalen – 'het niet langer uitmaakt.'

'Eminentie.' Bardoni was opeens kortaf. 'U hebt de verkeerde man vóór u. Ik ben net zo onbekend met de verblijfplaats van pater Daniel, weet net zomin hoe ik hem kan bereiken, als u.'

Even staarde Palestrina hem nog aan en sloeg vervolgens een kruis. *'Che Dio la mandi buona a tu.'* Dat God zich over u moge ontfermen.

Onmiddellijk daarna beende Farel weg naar de deur en opende deze. Bardoni aarzelde even, stond op en liep langs Farel de pikdonkere gang in, precies op het moment dat de kerkklokken begonnen te luiden.

Palestrina keek hoe de deur weer in het slot viel. De verkeerde man? Nee. Hij was Marsciano's boodschapper en dat was hij al die tijd al geweest. Hij was de man die Daniel uit handen van het medisch personeel had gehouden, hem na de busexplosie naar Pescara had gebracht en hem sindsdien verder gidste. Ja, ze hadden hem gevolgd, zijn telefoon afgetapt, verdachten hem er zelfs van de draagvleugelboot in Milaan te hebben gehuurd. Alleen hadden ze niets kunnen bewijzen. Maar met zijn blik naar Farel had Bardoni zichzelf verraden, en dat was genoeg. Palestrina wist dat Marsciano op flink wat loyaliteit kon bogen. En als Marsciano pater Daniel voldoende vertrouwde om bij hem te biecht te gaan, dan zou hij tevens op Bardoni vertrouwen als hij deze zou vragen hem te helpen het leven van de Amerikaan te redden. En Bardoni zou dit vertrouwen niet hebben beschaamd.

En dus was hij niet de verkeerde, maar de júiste man. En daarom wist Palestrina zeker dat de boodschap verzonden zou worden.

Drie uur in de nacht.

Palestrina zat achter een klein schrijftafeltje in zijn slaapkamer. Hij was gekleed in een paarse zijden kamerjas en sandalen die hem, samen met zijn enorme lichaam en zijn enorme bos zilvergrijze haren, het grootse voorkomen van een Romeinse keizer gaf. Vóór hem lagen de ochtendedities van een stuk of zes kranten uit de hele wereld, die allemaal de nog altijd voortdurende ramp in China op de voorpagina hadden.

Het kleine tv-toestel rechts van hem stond afgestemd op World News Network, en vertoonde directe beelden vanuit Hefei, met op dat moment vrachtwagens vol manschappen van het Volksleger die de stad binnentrokken. Ze waren gekleed in overalls en droegen handschoenen, de polsen en enkels afgeplakt, gezichten verborgen achter fel oranje filtermaskers en beschermbrillen tegen besmettingsgevaar nu ze toesnelden om, zo verklaarde een identiek geklede verslaggever ter plekke, het nog altijd gestaag toenemend aantal doden af te voeren.

Daarna gleed Palestrina's blik over de batterij telefoons naast hem. Pierre Weggen, zo wist hij, bevond zich op dit moment in Beijing, verwikkeld in een collegiaal gesprek met Yan Yeh. Op imposante wijze – zonder ook maar de indruk te wekken dat het hele plan uit een andere koker dan de zijne afkomstig was – legde Weggen de kiem voor Palestrina's blauwdruk voor de renovatie van alle watersystemen in China. Hij vertrouwde erop dat de positie van de Zwitserse investeringsbankier en diens langdurige betrekkingen met de president van de Volksbank van China voor de Chinese zakenman voldoende garantie vormden het plan te omarmen en dit zo snel mogelijk aan de secretaris-generaal van de Communistische Partij voor te leggen.

Hoe dan ook, na de vergadering en alle hoffelijkheden zou Weggen hem bellen en verslag uitbrengen. Even staarde hij naar zijn bed. Eigenlijk zou hij moeten gaan slapen, maar hij wist dat dat onmogelijk was. Hij stond op, liep naar zijn kleedkamer en verruilde zijn kamerjas voor zijn vertrouwde zwarte pak met priesterboord. Even later verliet hij zijn privé-vertrekken.

Hij nam met opzet de dienstlift en wist zo ongezien de begane grond te bereiken. Daarna een zijdeur door en vervolgens was daar de duisternis van de geometrisch aangelegde tuinen.

Daar slenterde hij een uur, misschien langer, volledig in gedachten verzonken, van de Laan van de Vierkante Tuin naar het Centrale Bospad en terug, rustte even uit bij de zeventiende-eeuwse fontein van Giovanni Vasanzio, de *Fontana dell'Aquilone*, de adelaarsfontein. De adelaar bovenop vormde het heldhaftige symbool van het geslacht Borghese, waaruit paus Paulus V was voortgekomen. Maar voor Palestrina symboliseerde de vogel iets heel anders: hij bracht hem terug naar het oude Perzië, naar de wereld van zijn alter ego, raakte zijn hele wezen op een manier die alleen aan dit dieppersoonlijke, indringende symbool was voorbehouden. Hij putte er kracht uit, de kracht die hem de macht en de overtuiging schonk dat wat hij deed, goed was. Zo bleef hij een tijdje staren, geheel in de ban van de adelaar.

Al mijmerend slenterde hij weer weg in de duisternis. Even later passeerde hij de twee Intelsat-zendstations van Radio Vaticana en vervolgens het radiogebouw zelf. Hij wandelde verder, over het eindeloze groene laken dat door een heel legertje fulltime hoveniers werd onderhouden, door oude boomgaarden, langs de keurig verzorgde gazons, de magnolia's, de bougainvilles, onder pijnbomen en palmen, eiken en olijfbomen, langs de minutieus getrimde, ogenschijnlijk oneindige reeks heggen, zo nu en dan even opschrikkend van de gazonsproeiers die op boobytrap-achtige wijze hun werk deden, netjes in de pas lopend met hun elektronische timers, zonder vrije wil.

Opeens dwong een eenzame gedachte hem terug. In het zwakke ochtendlicht naderde hij de ingang van het gele bakstenen gebouw van Radio Vaticana. Hij opende de deur, beklom de trap van de toren en betrad de cirkelvormige balustrade.

Daar, met de reusachtige handen steunend op de rand, bleef hij staan en keek hoe de dageraad zich aandiende boven de heuvels van Rome. Vanhier kon hij de stad, de paleizen, de Sint-Pieter en bijna alle tuinen overzien. Het was een van zijn favoriete plekken en tevens een die, niet geheel toevallig, fysieke beschutting bood, mocht dat nodig zijn. Het gebouw stond op een heuvel even buiten het eigenlijke Vaticaan en was dus gemakkelijk te verdedigen. De balustrade waarop hij zich nu bevond, omcirkelde de hele toren en bood duidelijk zicht op eenieder die het gebouw wilde benaderen. En het bood hem een uitgekiende plek om van daaruit zijn verdedigingstroepen aan te voeren.

Een bizarre gedachte, wellicht, maar wel een die hij steeds meer ter harte nam. Vooral in het licht van die ene gedachte die hem hierheen had gebracht: de opmerking van Farel dat pater Daniel een kat was die zijn negen levens nog niet allemaal had verspeeld, de figuur die hem zijn China zou kunnen ontnemen. Al eerder was pater Daniel een kink in de kabel geweest, een etterende zweer die snel verwijderd moest worden. Het feit dat hij zowel Thomas Kind als Roscani's complete leger had weten te ontglippen – en nog steeds ontglipte – raakte bij hem een gevoelige snaar die hem een verontrustend gevoel bezorgde: zijn heimelijke geloof in een duistere, heidense onderwereld en de geheimzinnige, verdorven geesten die daar rondwaarden. En het waren deze geesten, zo wist hij zeker, die verantwoordelijk waren geweest voor de plotselinge, verlammende koortsepidemie die had geleid tot zijn eigen wrede dood op zijn 33ste toen hij nog Alexander was. Stel dat zij het waren die zich over pater Daniel ontfermden…

'Nee!' schreeuwde hij luid, draaide zich behoedzaam om op zijn havikshorst, verdween naar binnen, liep de trap af en belandde weer beneden in de tuinen. Deze geesten mochten niet langer in zijn hoofd rondspoken. Hij kon het niet toestaan, nu niet en nooit. Ze bestonden niet, ze waren slechts een bedenksel van zijn eigen fantasie. En hij stond niet toe dat zijn eigen fantasieën zijn ondergang zouden worden.

104

Hefei, China. Woensdag 15 juli, tien over halftwaalf in de ochtend.

Bureaucratie, verwarring en zijn eigen positie als controleur van de waterkwaliteit hadden Li Wen belemmerd om de waterzuiveringsinstallatie te verlaten. Maar uiteindelijk was hij gewoon weggelopen en had de boze opschudding van ruziënde politici en geleerden de rug toegekeerd. In de ene hand droeg hij de zware aktetas en met de andere drukte hij een zakdoek tegen zijn neus in een vergeefse poging de stank van rottende lichamen niet te hoeven inademen. Zo liep hij over Tsjangjiang Loe. Het ene moment midden op straat, het andere zich een weg banend over het trottoir. Beurtelings tussen een stroom geparkeerde ambulances en voertuigen van andere hulpdiensten en hordes doodsbange, verwarde mensen die wanhopig trachtten de stad te ontvluchten, op zoek waren naar verwanten of in angst wachtten op de eerste rillingen en misselijkheid als voortekenen dat het water dat ze eerder hadden gedronken en waarvan hun verteld was dat het veilig was, ook hen vergiftigd had. De meesten deden deze drie dingen tegelijk.

Nog een huizenblok en hij passeerde het Overseas Chinese Hotel waar hij had gelogeerd en zijn koffer en kleding had achtergelaten. Het hotel was inmiddels geen hotel meer, maar het hoofdkwartier Anti-Verontreiniging van de provincie Anhwei; het vorderen had slechts enkele uren in beslag genomen: gasten waren abrupt uit hun kamer gezet en hun bagage was haastig vlak bij de uitgang opgestapeld; sommige spullen waren al de straat op gerold. Maar al had hij de tijd, Li Wen zou er niet meer binnengaan. Er waren te veel mensen die hem zouden kunnen herkennen, aanhouden, om hem vragen te stellen en hem nog verder op te houden. En het enige wat Li Wen zich niet kon veroorloven, was verdere vertraging.

Zijn hoofd gebogen, deed hij zijn best om de van afgrijzen vervulde gezichten van de mensen om hem heen te negeren en liep de paar resterende blokken naar het station waar legertrucks in lange rijen gereedstonden voor de honderden soldaten die per trein arriveerden.

Doornat van het zweet en zijn aktetas meezeulend, wurmde hij zich langs soldaten en ontweek hij militaire politieagenten; iedere stap werd moeizamer. Ondertussen vocht zijn in slechte conditie verkerende, 46 jaar oude lichaam tegen de spanning van de afgelopen dagen, de aanhoudende warmte en de bedorven, onontkoombare lucht van rottende lijken die inmiddels overal in was doorgedrongen. Uiteindelijk bereikte hij de *jicoen tsjoe*, het bagagedepot, en haalde de gehavende koffer op, die hij maandag vroeg bij aankomst had gecontroleerd; een koffer met daarin de chemicaliën die hij nodig zou hebben om meer van zijn 'sneeuwballen' te bereiden.

Met zijn inmiddels dubbelzware last liep hij terug, het station in, wurmde zich door het toegangshekje naar het perron en liep nog eens vijftig meter langs het spoor waar het stampvol vluchtelingen stond die op de volgende treinen wachtten. Over een kwartier zou de zijne arriveren. De soldaten zouden er in drommen uitstromen, waarna hij en de anderen naar binnen zouden stuiven. Omdat hij een regeringsfunctionaris was, zou hij verzekerd zijn van een plaats en daarvoor was hij uiterst dankbaar. Daarna kon hij lekker onderuitzakken en zich even ontspannen. De trip naar Woehoe zou bijna twee uur vergen en vervolgens zou hij overstappen op een trein naar Nanking waar hij, zoals gepland, de nacht zou doorbrengen in het Xoeanwoe Hotel aan Zhongjang Loe. Daar zou hij uitrusten en het gevoel van voltooiing en vergelding tot zich laten doordringen; hij zou zich gewroken hebben op de gehate, dogmatische regering die zo lang geleden zijn vader vermoord en hem van zijn jeugd beroofd had.

Hij zou ervan genieten en wachten op het volgende bevel dat hem naar zijn volgende doelwit zou sturen.

105

Bellàgio, Villa Lorenzi. Het hoofdkwartier van de Gruppo Cardinale.
Woensdag 15 juli, tien voor zeven in de ochtend.

Roscani, de boord los, het jasje uitgetrokken, staarde voor zich uit in de enorme balzaal. Een kleine ploeg was al sinds middernacht in touw. Wegens het uitblijven van enige actie had hij besloten de allervermoeidsten onder hen naar de eerste verdieping te laten afmarcheren om daar een uiltje te knappen op de britsen waarin door het leger was voorzien. Buiten speurde men nog altijd verder en Castelletti was bij het eerste ochtendgloren in de heli gestapt. Daarvoor was Scala met twee Belgische speurhonden en hun geleiders alweer naar de grot vertrokken, nog altijd in de overtuiging dat ze niet alle plekken hadden doorzocht.

Om twee uur 's nachts, na eerst het leger om achthonderd man extra versterking te hebben verzocht, was ook Roscani zijn bed ingedoken om vijf kwartier later, gedoucht en wel, en in dezelfde kleren van de twee dagen daarvoor, alweer present te zijn. Toen het vier uur werd, besloot hij dat het ook voor alle anderen tijd was om op te staan.

Om zes uur werd via radio, tv en vanaf de kansels tijdens de ochtenddiensten in alle parochies bekendgemaakt dat het Italiaanse leger over precies twee uur, klokslag acht uur, een massale huis-aan-huiszoeking zou beginnen. De boodschap was eenvoudig en direct geweest: de voortvluchtigen hielden zich hier ergens in de streek verborgen en zouden gevonden worden. Mensen die onderdak hadden geboden zouden als medeplichtigen worden beschouwd en dienovereenkomstig worden aangeklaagd.

Roscani's zet was meer dan een dreigement. Het was een list om de voortvluchtigen het idee te geven dat ze nog een kans zouden hebben indien ze vóór het verstrijken van de deadline actie zouden ondernemen. Vandaar dat de agenten van de Gruppo Cardinale al een half uur voor de aankondiging overal hun positie hadden ingenomen; in stilte afwachtend en de omgeving bestuderend, in de hoop dat de voortvluchtigen hun schuilplaats zouden verlaten en het op een lopen zouden zetten.

6.57

Roscani wierp een blik op Eros Barbu's rococoklok aan de muur boven het lege podium en keek vervolgens naar de mannen en vrouwen achter de computers en rijen telefoons, druk bezig met het sorteren van gegevens en het coördineren van de Gruppo Cardinale-agenten te velde. Ten slotte nam hij een slok van zijn koude, zoete koffie, stapte naar buiten en wierp daarbij nog even een blik achterom, de rijkversierde zaal in.

Buiten was het Comomeer net zo verstild als de lucht. Hij liep naar de oever en keek achterom naar de imposante villa. Hoe iemand zich zo'n landgoed kon veroorloven. Tja, zoiets ging je boven je pet, vooral die van een politieman. Toch vroeg hij zich opnieuw af hoe het geweest zou zijn om hier te worden uitgenodigd voor een dansfeest, opgeluisterd met een orkest en, fantaseerde hij glimlachend, wellicht een vleugje decadentie.

De gedachte vervaagde al snel en terwijl hij verderliep over het grindpad langs de oever, dacht hij weer aan het dossier van Interpol dat hem helemaal niets had opgeleverd over de blonde man met de ijspriem of het scheermes. Op dat moment werd hij zich bewust van de sterke geur van wilde bloemen. De geur was eerder penetrant dan aangenaam en onmiddellijk voerden zijn gedachten hem terug naar de situatie vier jaar geleden, toen hij tijdelijk was aangesteld bij een departement van het door het ministerie van Binnenlandse Zaken in het leven geroepen antimaffiateam om een serie maffiamoorden op Sicilië op te lossen. Op een dag bevond hij zich in een veld buiten Palermo. Met nog enkele andere rechercheurs onderzochten ze een lichaam dat, op zijn buik in een sloot, door een boer was aangetroffen. Het was precies zo'n zelfde ochtend geweest als nu, helder en verstild, met de dominante, peperachtige geur van wilde bloemen. Op het moment dat ze het lichaam omdraaiden en zagen hoe de keel van oor tot oor was doorgesneden, slaakte het voltallige groepje een kreet van herkenning. Stuk voor stuk wisten ze nu wie de moordenaar was.

'Thomas Kind.' Roscani zei de naam hardop en een rilling trok door hem heen. Geen moment eerder was de naam in hem opgekomen. Kind was al dik drie jaar uit de openbaarheid verdwenen – misschien leed hij wel aan een ziekte – en men nam aan dat hij ergens in Soedan veilig van zijn pensioen genoot.

'Shit!' Met een ruk draaide hij zich om en rende terug naar de villa. Het was tien over halfacht in de ochtend. Nog precies twintig minuten te gaan voordat de huis-aan-huiszoeking zou beginnen.

106

Bellàgio. Aanlegplaats van de autoveerboot. Zelfde tijdstip.

Harry keek toe hoe de zwaarbewapende carabinieri de man en vrouw in de donkergekleurde Lancia vóór hen aan de tand voelden. Onmiddellijk werd de man uit de auto bevolen om de kofferbak te openen. De politie vond niets en gebaarde het paar dat het door kon rijden. Terwijl de Lancia over de drempel en het veer opreed, wendde de politie zich tot hen.

'Daar gaan we,' fluisterde Harry; zijn hart bonsde bijna hoorbaar in zijn keel.

Ze zaten met hun vijven in een witte Ford-transportwagen met het netjes gesjabloneerde logo van de Kerk van de Heilige Clara op de portieren. Pater Renato zat achter het stuur met Elena naast hem. Harry, Danny en Natalini, een jonge priester met een babyface, zaten achterin. Elena was gekleed in een mantelpakje en droeg een bril met schildpadmontuur, het haar strak achterovergekamd en in een knot gedraaid. De geestelijken waren gehuld in hun alledaagse zwarte kostuum met het witte priesterboordje. Ook Danny had een bril op, en hij en Harry, beiden nog steeds met baard, waren ook in het zwart. Lange, zwarte jassen die tot de keel waren dichtgeknoopt en zwarte kalotjes op hun hoofd. Ze zagen eruit als rabbijnen, wat ook de bedoeling was.

'Ik ken ze,' zei pater Renato zachtjes in het Italiaans, terwijl de carabinieri aan weerszijden van de wagen stapten.

'*Buon giorno*, Alfonso. Massimo.'

'*Padre* Renato! *Buon giorno.*' Alfonso, de eerste agent, was een beer van een vent, lang en fysiek intimiderend, maar hij toonde een brede glimlach toen hij de wagen, pater Renato en vervolgens pater Natalini herkende. '*Buon giorno, Padre.*'

'*Buon giorno,*' zei pater Natalini naast Danny en hij glimlachte.

Gedurende anderhalve minuut had Harry het gevoel alsof zijn hart stilstond, terwijl Renato en de politiemannen verder keuvelden in het Italiaans. Nu en dan ving hij een woord of frase op die hij verstond. '*Rabbino*'. '*Israele*'. '*Christiano/giudeo conferenza*'.

Het rabbijnengedoe was Harry's idee geweest. Zo uit de film gepikt. Dwaas en ongerijmd. En terwijl hij daar zo zat, ademloos, doodsbenauwd, wachtend tot de carabinieri plotseling zouden zwijgen en hun allemaal zouden bevelen uit te stappen zoals ze met de man in de Lancia hadden gedaan, vroeg hij zich af wat hem in godsnaam had bezield.

Maar toch, toen Elena al voor zonsopgang zijn kamer was binnengestormd en gezegd had dat haar moeder-overste voor hen net over de grens met Zwitserland een verblijfplaats had geregeld, hadden ze iets moeten doen en wel meteen.

Met goedkeuring van zijn abt had pater Renato ingestemd hen te helpen er te komen – maar hij had geen idee hoe. Pas tijdens het aankleden had Harry wat afwezig in de spiegel gestaard, zijn baardgroei gezien en zich die van Danny herinnerd. Het was gekkenwerk, maar als je naging dat ze zich al twee keer eerder langs politieposten hadden gebluft, zou het ook een derde maal kunnen werken; én omdat pater Renato en pater Natalini niet alleen geestelijken waren, maar ook plaatselijke inwoners die iedereen, inclusief de politie, kende.

En dan was daar nog L.A. Harry was dan misschien wel katholiek, maar in entertainmentkringen kwam je niet ver zonder joodse vrienden en cliënten. Jarenlang was hij uitgenodigd geweest op de avond van Pascha, het joodse paasfeest, en talloze malen had hij ontbeten in *Nate and Al's deli* in Beverly Hills, een oase voor joodse schrijvers en komieken; was met cliënten op familiebezoek regelmatig meegegaan naar de etnische wijken rond Fairfax en Beverly, Pico en Robertson. Meer dan eens had hij zich verwonderd over de gelijkenis van het keppeltje met het katholieke schedelkapje, het kalotje, van de zwarte jassen van de rabbijnen met die van bisschoppen en priesters. En nu, in voor- en tegenspoed, waren hij en Danny rabbijnen uit Israël die hier in Italië op bezoek waren als onderdeel van een lopende conferentie tussen christenen en joden. Elena was een Italiaanse gids en tolk uit Rome die met hen meereisde. God verhoede dat iemand haar, of hun, vroeg iets in het Hebreeuws te zeggen.

'*Fuggitivo*,' zei een van de agenten op scherpe toon. Waardoor Harry plotseling terug was in de werkelijkheid.

'*Fuggitivo*,' zei pater Renato en hij knikte, waarna hij er nog een bondige, vlammende reactie in het Italiaans aan toevoegde. Kennelijk waren beide carabinieri het met hem eens, want ze stapten opeens opzij, salueerden en gebaarden dat de wagen door mocht rijden.

Harry keek naar Elena, zag hoe Renato schakelde, voelde de

wagen in beweging komen. Tegen de drempel op, eroverheen en dan het ruim in van de ferry. Over zijn schouder kijkend zag hij hoe de twee politiemannen het volgende voertuig benaderden. Hoe de inzittenden moesten uitstappen en hun papieren moesten laten zien, terwijl het voertuig grondig werd doorzocht. In de Ford durfde niemand de ander aan te kijken. Ze keken tien afgrijselijke minuten zwijgend voor zich uit, tot de laatste auto aan boord kwam, de deuren van het gangboord werden gesloten en de veerboot afvoer.

Harry voelde het zweet langs zijn nek en onder zijn oksels vandaan lopen. Hoe vaak konden ze hier nog mee wegkomen? Hoe lang kon hun geluk, als het dat was, aanhouden?

De ferry was stap één geweest: om vier voor acht afvaren met bestemming Menàggio. Exact vier minuten voordat het Italiaanse leger begon met het uitkammen van het hele schiereiland, en een kwartier nadat Salvatore Belsito's truck was aangetroffen in een straat op nog geen kilometer van Santa Chiara. Pater Natalini had hem daar even voor zessen achtergelaten nadat hij eerst omzichtig zijn vingerafdrukken van het stuur en de versnellingshendel had afgeveegd en vervolgens snel naar Santa Chiara was gelopen.

Stap twee, het oversteken van de grens met Zwitserland, zou moeilijker, zo niet onmogelijk zijn geweest, omdat pater Renato noch pater Natalini iemand kende van de Gruppo Cardinale-eenheid bij de grenscontrolepost. Wat hen redde, was het feit dat Natalini was opgegroeid in Porlezza, een stadje iets landinwaarts van Menàggio, en bekend was – zoals alleen autochtonen daar bekend mee konden zijn – met de smalle landweggetjes die door de heuvels draaiden en kronkelden en de Alpen inklommen; weggetjes die hen in staat stelden de controlepost van de Gruppo Cardinale te omzeilen en hen ongehinderd naar Zwitserland te voeren waar ze om acht voor halfelf in de ochtend arriveerden.

107

De St. Janstoren, het Vaticaan. Elf uur in de ochtend.

Marsciano stond bij de glazen deur, de enige plek in de kamer waarin het daglicht kon doordringen en, afgezien van de bewaakte en afgesloten deur naar de gang, tevens de enige uitgang. Achter hem gloeide het tv-scherm op als een alwetend oog. Hij kon er niet langer naar kijken.

Hij zou het toestel natuurlijk kunnen uitzetten, maar hij had het niet gedaan en zou het ook niet doen. Het was een van Marsciano's karaktertrekken die Palestrina maar al te goed doorgrondd; vandaar dat hij het luxueuze eenkamerappartement van alle overbodige comfort had laten ontdoen zodat alleen nog het hoogstnoodzakelijke overbleef – een bed, een schrijftafel en een stoel – maar hij had bevolen de Nokia-tv achter te laten en daarna had hij de kamer hermetisch van de rest van het gebouw laten afsluiten.

Het dodental in Hefei heeft de zestigduizend bereikt en stijgt nog steeds. Prognoses omtrent het uiteindelijke dodental kunnen nog niet worden gegeven.

Achter hem klonk het heldere stemgeluid van de verslaggever ter plekke. Hij hoefde niet eens te kijken. Er zou weer dezelfde kleurengrafiek te zien zijn die om het uur werd vertoond met daarop weergegeven het aantal doden alsof het straatenquêtes tijdens verkiezingsuitslagen betrof.

Ten slotte trok hij de deur open en stapte het kleine balkon op. Frisse lucht streelde zijn neusgaten.

Hij greep de balkonreling en sloot zijn ogen. Alsof het zo op de een of andere manier een stuk minder erg zou lijken. Op zijn netvlies verscheen nu een ander beeld: het kille, samenzweerderige gezicht van kardinaal Matadi en dat van monseigneur Capizzi die hem tijdens de terugrit van de Chinese ambassade naar het Vaticaan in de limousine zo afstandelijk hadden aangestaard. Vervolgens zag hij weer hoe Palestrina de autotelefoon oppakte, kalm naar Farel vroeg en ondertussen zijn blik op Marsciano vestigde. En toen had de staatssecretaris zacht gesproken: 'Kardinaal Marsciano is ziek geworden en wordt nu afgevoerd. Maak een kamer gereed in de St. Janstoren.'

De huiveringwekkende herinnering maakte dat Marsciano opeens zijn ogen weer opende en om zich heen staarde. Een hovenier in dienst van het Vaticaan keek vanaf de grond een moment naar hem omhoog, en ging daarna weer door met zijn werk.

Hoe vaak, dacht Marsciano bij zichzelf, had hij deze toren al niet bezocht om buitenlandse hoogwaardigheidsbekleders te bezoeken die hier in deze luxeappartementen verbleven? Hoe vaak had hij beneden in de tuinen, net zoals die hovenier van daarnet, niet omhooggestaard naar dat merkwaardige balkonnetje waarop hij zich nu bevond, zonder ooit te beseffen hoe sinister deze plek was?

Op twaalf meter boven de grond, als een glazenwasserskooi aan een flatgebouw, vormden het balkon en de deur de enige opening in de ronde toren. Een uitgang naar het niets. Het balkon, omringd door een smalle ijzeren reling, was nauwelijks breder dan de deuropening en mat slechts zo'n zestig centimeter naar voren. De muur erachter liep nog eens tien meter verder door naar boven tot aan de scherp uitstekende vensterbanken van de hoger gelegen appartementen. Je kon er niet langskijken, maar Marsciano wist dat hij zich vlak bij de top bevond, met boven hem een cirkelvormige balustrade en het torentje met de kroon erop.

Met andere woorden, hij kon geen kant op en had dus niets aan het balkon, behalve dan om wat van de frisse lucht van Rome op te snuiven en van het groen van de Vaticaanse tuinen te genieten. En dat was alles. De rest van deze afgelegen uithoek van het Vaticaan was omgeven door een hoge stadsmuur uit de negende eeuw, gebouwd om de barbaren buiten en soms, zoals nu, om anderen binnen te houden.

Langzaam liet hij zijn handen van de reling glijden en zocht de beslotenheid van zijn kamer weer op waar de tv het middelpunt vormde. Wat hij op het scherm zag, was wat de hele wereld zag: Hefei, China – live-beelden vanuit een helikopter die eerst over het Tsjaomeer en daarna over een reeks enorme circusachtige tenten scheerde; de een na de ander gleed voorbij, in stadsparken, naast fabrieken, op braakliggende terreinen even buiten de stad; de commentaarstem die de kijker uitlegde waar ze voor dienden: het waren geïmproviseerde mortuaria.

Met een abrupt gebaar zette hij het geluid uit. Kijken ging nog wel, luisteren niet. Het voortdurende commentaar werd hem te veel. Het klonk als een scorebord waarop zijn persoonlijke wandaden – begaan, zo hield hij zichzelf voortdurend voor, als waren ze wanhopige pogingen om de greep op zichzelf niet te verliezen nu Palestrina hem tot gijzelaar van zijn eigen liefde voor God en de Kerk had gemaakt – één voor één werden opgeteld, en telkens tot in de kleinste details werden weergegeven

Ja, hij was medeplichtig, en ook Matadi en Capizzi. Allemaal hadden ze Palestrina deze misdaden laten begaan. En voorzover het nog erger kon dan wat hij nu zag, dan was het misschien de wetenschap dat Pierre Weggen op dit moment al druk bezig was Yan Yeh te manipuleren. De Chinese bankier, gevoelig en sociaal, zoals Marsciano uit eigen ervaring wist, zou oprecht geschokt zijn door wat ogenschijnlijk een gril van moeder natuur was die ondanks menselijk ingrijpen volledig uit de hand gelopen was. Hij zou zijn uiterste best doen om zijn superieuren in de Communistische Partij te enthousiasmeren voor Weggens voorstel om China's gehele waterleidingnet en zuiveringsinfrastructuur te renoveren. Maar zelfs dan nog zou de politieke afhandeling heel wat tijd opslokken, tijd die niet voorhanden was. En ondertussen dirigeerde Palestrina zijn saboteurs al naar het volgende meer.

108

Lugano, Zwitserland. Nog steeds woensdag 15 juli. Rond het middaguur.

Elena had Harry eigenlijk niet meer aangekeken sinds ze hem geholpen had Danny aan te kleden en in de wagen te krijgen. Hij vroeg zich af of ze in verlegenheid was gebracht door naar hem toe te komen en haar verhaal te doen, en zich nu geen raad wist met de situatie. Wat hem verraste was hoezeer deze hele kwestie hem had beïnvloed en dat nog deed. Elena was een opgewekte, mooie, moedige en zorgzame vrouw die zichzelf plotseling gevonden had en de vrijheid zocht om dit te uiten. En zoals ze zich had vertoond – toen ze in het holst van de nacht blootsvoets zijn kamer binnenkwam en haar hart uitstortte – leed het voor hem geen twijfel dat ze wilde dat hij haar zou helpen haar verlangens te verwezenlijken. Het probleem was, en zo had hij zich op dat moment ook voorgehouden, dat het daar voorlopig niet het geschikte moment voor was. Hij moest het uit zijn hoofd zetten; er waren dringender zaken. Vandaar dat hij nu – terwijl ze vanuit het noorden de heuvels afdaalden en om het Meer van Lugano reden om het gelijknamige stadje zelf binnen te rijden, over de Viale Castagnola, over de rivier de Cassarate en de Via Serafino Balestra op naar de kleine privé-woning aan de Via Monte Ceneri nummer 87 – welbewust zijn aandacht richtte op wat hun nu te doen stond.

Het was buiten kijf dat ze niet als opgejaagde criminelen van de ene plaats naar de andere konden blijven reizen, erop vertrouwend dat iemand hen wel weer zou helpen. Danny had een plek nodig die voldoende garantie bood om veilig te kunnen rusten en te herstellen, totdat hij met Harry een evenwichtig en samenhangend gesprek kon voeren over de moord op de kardinaal-vicaris van Rome. Bovendien, en dat was net zo belangrijk, moesten ze een sterke juridische vertegenwoordiger zien te vinden. Deze twee dingen, zo wist Harry, behoorden zijn eerste en voorlopig enige prioriteit zijn.

'Zijn we er?' vroeg Danny met zwakke stem, terwijl pater Renato de handrem aantrok en de motor tot zwijgen bracht.

'Ja, Eerwaarde,' antwoordde Renato met een flauwe glimlach, 'gelukkig wel.'

Elena stapte uit en zag hoe Harry even naar haar opkeek terwijl hij de schuifdeur opendeed en zich vervolgens omdraaide toen pater Natalini al met de rolstoel aan kwam rijden. Tijdens de rit had Daniel bijna geen woord gezegd. Hij had slechts uit het raam gestaard naar het voorbijglijdende landschap. Elena was ervan overtuigd dat hij nog steeds uitgeput was van de gebeurtenissen van de afgelopen 48 uur. Hij moest nodig iets eten en daarna gaan slapen, liefst zo lang mogelijk.

Elena stapte opzij en keek hoe Harry en pater Natalini Danny in de rolstoel tilden en hem vervolgens de trap op sjouwden naar de woonkamer op de eerste verdieping van het huis aan de Via Monte Ceneri. Wat er de afgelopen nacht was gebeurd, bezorgde haar eerder een ongemakkelijk gevoel dan dat ze zich ervoor geneerde. De waterval van gelukzaligheid tijdens het opbiechten in Harry's kamer had meer over haarzelf en haar gevoelens blootgelegd dan ze bedoeld had, of althans, meer dan passend was op een moment dat ze nog afstand moest doen van haar geloften. Toch had ze het gedaan en het was nu niet meer terug te draaien. De vraag was hoe ze zich nu moest gedragen. Het was de reden waarom ze de hele dag niet in staat was geweest hem rechtstreeks aan te kijken of meer te zeggen dan de paar noodzakelijke woorden. Ze wist het gewoon niet.

Plotseling ging de deur boven aan de trap open en verscheen hun gastvrouw.

'Kom snel binnen,' zei Véronique Vaccaro en maakte plaats voor hen.

Eenmaal binnen sloot ze onmiddellijk de deur en keek iedereen beurtelings aan, alsof ze precies wilde weten wat voor vlees ze in de kuip had. Véronique, klein van stuk, temperamentvol en van middelbare leeftijd, was een kunstenares en beeldhouwster die zich kleedde in aardse kleuren en wier rappe zinnen in een verbijsterende mix van Frans, Engels en Italiaans van haar tong rolden. Plots schoot haar blik naar pater Renato.

'Merci. Nu moet u gaan. *Capisce?*'

Niets geen aanbod om even uit te rusten of gebruik te maken van het toilet, zelfs geen glas water. Nee, hij en pater Natalini moesten gaan.

'Een voertuig van een kerk in Bellàgio, geparkeerd voor een particulier huis in Lugano? Dan zouden we net zo goed meteen de politie kunnen bellen en zeggen waar jullie zitten.'

Pater Renato glimlachte en knikte. Véronique had gelijk. En terwijl hij en pater Natalini zich omdraaiden om weg te gaan, verraste Danny iedereen door plotseling op te leven en zijn rolstoel naar voren te rijden om hun hand vast te pakken.

'*grazie. Mille grazie ,*' zei hij oprecht dankbaar, begrijpend wat de twee mannen hadden geriskeerd om hen hierheen te brengen.

Daarna waren de priesters verdwenen, en met de opmerking dat ze voor hen iets te eten ging bereiden, liep Véronique langs een stuk of vijf grote, abstracte beeldhouwwerken die als personages de kleine, zonnige kamer bevolkten, en verdween door een deuropening aan de andere kant van de kamer.

'De eerwaarde vader Daniel behoort te rusten,' zei Elena bijna direct toen de gastvrouw de deur uit was. 'Ik zal Véronique vragen of er een slaapkamer vrij is.'

Harry keek hoe ze door dezelfde deur verdween als Véronique. Nog even staarde hij naar de gesloten deur om zich vervolgens naar Danny om te draaien – de twee bebaarde mannen in het zwart, met op hun hoofd het zwarte kalotje, zagen eruit zoals ook de bedoeling was: als rabbijnen.

Tot nu toe had Harry zich terughoudend opgesteld en geprobeerd zijn broer zoveel tijd te schenken als hij maar nodig had om zowel lichamelijk als geestelijk te herstellen. Maar doordat Danny plotseling gereageerd had door de pristers te bedanken, rees bij Harry het vermoeden dat Danny veel meer op de hoogte was dan hij liet blijken. En nu hij alleen met hem was, voelde hij de woede in zich opkomen. Danny hoefde hem niet in onwetendheid te laten en hem van het lijf te houden, want hij had voor hem al genoeg doorgemaakt. Wat de waarheid ook mocht zijn, dit was het moment om erachter te komen.

'Danny, je belde me. Je liet een boodschap achter op mijn antwoordapparaat... Weet je dat nog?' Harry nam nu zijn kalotje af en stopte het in zijn zak.

'Ja...'

'Je was doodsbang voor iets. Mooie manier om na zoveel jaren "hallo" te zeggen – en dan nog wel op een antwoordapparaat... Waar was je bang voor?'

Langzaam zochten Danny's ogen Harry's gezicht af. 'Ik wil je om een gunst vragen.'

'Wat?'

'Maak zo snel mogelijk dat je hier wegkomt.'

'Wégkomt?'

'Ja.'

'Alleen ik, in mijn eentje?'

'Als je dat niet doet, Harry... zullen ze je vermoorden...'

Hij staarde zijn broer aan. 'Wie zijn "ze"?'

'Ga nu maar. Alsjeblieft.'

Harry wendde zijn blik af en keek de kamer rond. Vervolgens gleden zijn ogen weer naar Danny. 'Misschien dat ik je even moet bijpraten over wat je je niet meer herinnert of niet weet... We worden allebei gezocht voor moord, Danny. Jij voor...'

'De moord op de kardinaal-vicaris van Rome en jij voor het doodschieten van een Romeinse rechercheur,' maakte Danny voor hem de zin af. 'Ik zag een krant die ik helemaal niet mocht zien.'

Harry aarzelde en zocht naar de juiste woorden. Ten slotte zei hij het maar gewoon. 'Heb jij die kardinaal vermoord?'

'Heb jij die smeris vermoord?'

'Nee.'

'Zelfde antwoord.' Danny's antwoord was direct en zonder aarzelen.

'De politie beschikt over een hoop bewijzen tegen jou, Danny... Farel nam me mee naar jouw fl...'

'Farel?' onderbrak Danny hem fel. 'Kwamen die bewijzen van hém...?'

'Wat bedoel je?'

Danny zweeg lang en wendde zijn ogen af. Het was de blik van iemand die zich in zichzelf keerde, de blik van iemand die al te veel had gezegd en het hierbij zou laten.

Harry stak zijn handen in zijn zakken en keek naar Véroniques verzameling beeldhouwwerken. Ten slotte keek hij Danny weer aan.

'Je was betrokken bij een busexplosie, Danny. Iedereen dacht dat je dood was... Hoe ben je eruit gekomen?'

Danny schudde zijn hoofd. 'Weet ik niet...'

'Niet alleen kwam je eruit,' drong hij aan. 'Op een of andere manier slaagde je erin je Vaticaanse identiteitspasje, je paspoort en je bril in iemands jasje te stoppen...'

Danny zweeg.

'De bus was op weg naar Assisi. Weet je dat nog?'

'Daar... ga ik vaak heen, ja.' Danny's ogen schoten vuur van woede.

'Is dat zo?'

'Ja! ... Harry, maak dat je wegkomt. Direct. Nu het nog kan.'

'Danny... we hebben elkaar in geen jaren gesproken. Zeg niet dat ik nu al weg moet.' Hij pakte de stoel weer, draaide de leuning naar voren en nam plaats.

'Voor wie was je bang toen je mij belde?'

'Weet ik niet...'

'Farel?'

'Ik zei... dat ik het niet weet...'

'Danny, je weet het wél...' zei Harry zacht. 'Daarom probeerden ze je om te brengen, in die bus. En daarom volgde de blonde man je naar Bellàgio en daarna de grot in.'

Danny keek naar de grond en schudde zijn hoofd.

'Iemand loodste je het ziekenhuis in Rome uit en voerde je af naar Pescara, betrok Elena's moeder-overste erbij... En die betrok Elena erbij... En nu staat Elena's leven op het spel, net zoals dat van ons...'

Danny verloor nu plotseling zijn geduld. 'Neem haar dan mee!'

'Wie hielp jou, Danny?'

Danny reageerde niet.

Harry bleef aandringen. 'Kardinaal Marsciano?'

Met een ruk schoot Danny's hoofd omhoog, zijn ogen schoten vuur.

'Wat weet jij van kardinaal Marsciano?'

'Ik heb hem gezien, Danny. Meer dan één keer. Hij waarschuwde me uit de buurt te blijven. Niet op zoek te gaan naar jou. Daarvóór probeerde hij me ervan te overtuigen dat jij dood was.' Harry pauzeerde even om vervolgens weer aan te dringen. 'Het is Marsciano, hè? Die zit erachter...'

Danny staarde zijn broer aan. 'Ik kan me er niets van herinneren, Harry. Dat ik jou belde. Waarom ik naar Assisi ging. Wie mij hielp. Niets. Blanco. Noppes. Helemaal niets. Niks geen herinneringen. Is dat duidelijk?'

Harry aarzelde, maar liet zich niet vermurwen. 'Wat gebeurt er allemaal in dat Vaticaan?'

'Harry...' Danny's stem liet hem bijna in de steek. 'Maak in gódsnaam dat je wegkomt voordat je vermoord wordt.'

109

Roscani negeerde het gedempte geraas van de turbinemotor van de helikopter die nu een scherpe draai maakte over de grauwe Milanese stadswijken en in zuidoostelijke richting naar Siena verdween. Hij had slechts aandacht voor de zojuist ontvangen fax van Interpol. Met het merendeel van de inhoud was hij al vertrouwd.

THOMAS JOSÉ ÁLVAREZ-RÍOS KIND

PROFIELSCHETS INTERPOL: Een van 's werelds gevaarlijkste terroristen. Berucht als moordenaar van Frans antiterreurlid. Gewelddadig crimineel. Voortvluchtig. Verzoek om aanhouding en opsluiting.

STRAFBLAD: Moord, kidnapping, bomaanslagen, gijzelneming, kaping.

NATIONALITEIT: Ecuadoriaans.

Roscani sloeg even een stuk over.

KENMERKEN: Meester in het vermommen. Veeltalig: Italiaans, Frans, Spaans, Arabisch, Farsi, Engels, Amerikaans. Zeer individualistisch ingesteld; werkt alleen, maar wordt desalniettemin gesteund door wereldwijd communistisch netwerk.

OVERIGE KENMERKEN: Zogenaamd revolutionair.

LAATSTE VERBLIJFPLAATS: Khartoem, Sudan.

OVERIGE OPM.: Extreem psychopathische karakterstructuur. Huurmoordenaar. Werkt voor de hoogste bieder.

Tot zover de officiële beschrijving. Onderaan was een handgeschreven mededeling van iets persoonlijker aard te lezen: *Van verdachte is niet bekend of deze zich ook buiten Sudan heeft begeven. De Franse inlichtingendienst werkt aan onderzoek op uw verzoek. Bij bevestiging vermoeden volgt direct bericht.*

'Doe geen moeite,' mompelde Roscani terwijl hij het dunne dossier dichtvouwde en op de stoel naast hem legde. 'Hij zit niet in Sudan, hij zit hier, in Italië.'

Hij reikte in zijn colbertzak en haalde een groot stuk biscuit tevoorschijn, gewikkeld in plastic met daaromheen een elastiek. Met dezelfde afwezige gulzigheid nam hij een hap, precies zoals hij vroeger ook zijn sigaretten rookte. Ondertussen was hij in gedachten weer bij het stadsmortuarium van Milaan, dat hij een half uur geleden had bezocht.

Het lichaam van ene Aldo Cianetti, modeontwerper, leeftijd 26 jaar, was aangetroffen in de voorraadkast van een damestoilet van een wegrestaurant langs de A9, halverwege Como en Milaan. Zijn keel was doorgesneden en de wond dichtgestopt met toiletpapier. Vier uur later was zijn nieuwe, donkergroene BMW aangetroffen bij het Palace Hotel in Milaan.

'Thomas Kind,' was Roscani's reactie tegen niemand in het bijzonder geweest. Rechercheurs mochten misschien het tegendeel bewijzen, maar hij betwijfelde dat de moordenaar een andere was dan zijn man met de ijspriem of het scheermes. Op de een of andere manier moest hij tussen de mazen van de Gruppo Cardinale zijn geglipt en vanuit Bellàgio Milaan hebben weten te bereiken, onderweg geholpen door een lift van de jonge Cianetti, die hij vervolgens uit de weg had geruimd. Maar waar zat hij nu? Zat hij daar nog steeds en hield hij zich verborgen?

Belangrijker was echter de vraag waarom hij eigenlijk naar Italië was gekomen. Hier belandde hij immers midden in een klopjacht van de politie, terwijl hij net zo makkelijk vanuit het relatief veilige Zwitserland had kunnen opereren. Waarom? Wat was er zo belangrijk in Italië waarvoor hij alles op het spel zette?

Lugano, Zwitserland. Twee uur in de middag.

Harry trok een stoel naar achteren voor Elena. 'Dank u,' zei ze, nog altijd zonder hem aan te kijken. De tafel was gedekt voor twee, met verse meloen en *prosciuto* en een kleine karaf rode wijn.

Nadat ze Danny te eten hadden gegeven en hem in de slaapkamer boven hen op bed hadden gelegd, had Véronique hen naar het overdekte, met bougainvilles opgesierde terras geleid en had hen dringend verzocht plaats te nemen aan de gedekte tafel en was weer naar binnen gegaan. Voor het eerst sinds de vorige nacht toen Elena Harry's kamer was binnengekomen, waren ze weer alleen.

'Wat was dat daarnet tussen jou en je broer?' vroeg Elena nadat Harry tegenover haar had plaatsgenomen. 'Jullie hadden ruzie. Dat kon ik wel afleiden uit jullie reactie toen ik weer in de kamer verscheen.'

'Ach, niets. Broers onder mekaar, dat is alles... We hebben elkaar al heel lang niet gesproken...'

'Als ik in jouw schoenen stond, zou ik over de politie zijn begonnen, en over de moord op de kardinaal-vicaris van R...'

'Maar je staat niet in mijn schoenen, of wel soms?' Hij voelde niet de behoefte met haar te delen wat er tussen hem en zijn broer was voorgevallen. Niet op dit moment, in ieder geval.

Ze keek hem even aan, bond in, pakte haar mes en vork en begon te eten. Een briesje speelde door haar haren en ze bracht een hand naar haar hoofd.

'Het spijt me. Ik wilde niet tegen je uitvallen... Er zijn gewoon dingen die...'

'Je moet iets eten, Harry...' Nog altijd hield ze haar ogen strak op haar bord gericht. Ze sneed een klein stukje meloen af, en deed hetzelfde met de *prosciuto*. Vervolgens legde ze behoedzaam haar bestek neer, keek op en kalm veranderde ze van onderwerp.

'Ik wil, eh... mijn excuses aanbieden voor mijn ietwat "buitenissige" gedrag van afgelopen nacht...'

'Je uitte gewoon je gevoelens,' reageerde hij zacht.

'Nou, voor mij was het wel degelijk buitenissig en het spijt me.'

'Luister...' Hij wilde wat zeggen maar schoof zijn stoel naar

327

achteren en liep naar de rand van het terras om uit te kijken over een deken van oranje-en-witte daken die omlaagvoerde naar de stad en het Meer van Lugano.

'Waar je ook naar verlangt, wat je ook voelt, of...' – hij keek weer om naar haar – 'wat ik misschien voel, is nu even niet aan de orde. Ik zeg het voor mezelf' – zijn stem werd nu zachter – 'en ik zeg het nu ook tegen jou. Daarom snauwde ik zo-even tegen je. We zitten in de puree en daar moeten we uit zien te komen. Véronique mag dan een buitengewone vrouw zijn, maar ook hier zijn we niet veilig. Roscani weet inmiddels dat we hem ontsnapt zijn. Lugano ligt te dicht tegen de Italiaanse grens aan. Het zal niet lang duren voordat het hier wemelt van de Zwitserse politie. Als Danny kon lopen, zou het verhaal misschien anders zijn maar...' Opeens stopte hij.

'Wat is er?'

'Ik... moest opeens even denken aan...' Afwezig staarde hij in de verte. 'Vandaag is het woensdag. Afgelopen maandag stapte een vriend van me in Como uit de auto om te voet hierheen te komen, naar Lugano. Wat niet meeviel, want ook hij wordt gezocht door de politie en daarbij is hij nog eens kreupel en loopt op krukken.' Opnieuw draaide Harry zich om. 'Maar hij ging toch. Met een glimlach, want hij geloofde dat het zou lukken en hij wilde vrij zijn... Zijn naam is Hercules. Hij is een dwerg... Ik hoop maar dat hij het gehaald heeft.'

Elena glimlachte zacht. 'Ik ook...'

Een paar tellen staarde hij haar aan, draaide zich weer om en staarde over de stad. Hij hield expres zijn rug naar haar toegekeerd nu een plotselinge golf van emoties hem overviel. De optelsom van alle gebeurtenissen – Danny levend aantreffen, de ontmoeting met Elena en het beeld van Hercules die moedig wegstrompelde in de avondschemering van Como – maakte dat hij opeens hevig naar het leven verlangde – om tot in het diepst van zijn ziel te léven, tot aan het graf.

Tot op dat moment was het nooit tot hem doorgedrongen hoe wonderbaarlijk de mens kon zijn, of hoe oprecht mooi Elena was. Ze was zuiverder, echter en bezat een veel grotere aantrekkingskracht dan alle andere vrouwen die hij zich kon herinneren. Misschien was ze wel de eerste echte persoon die hij sinds zijn jeugd in zijn leven had gekend, of had toegelaten. Als hij niet uitkeek, zouden al zijn protesten voor niets zijn geweest, zou hij hopeloos verliefd op haar worden. En als dat gebeurde, dan kon het hen alledrie de kop gaan kosten.

Een luide bel vanuit de gang deed hem plotseling opschrikken uit zijn gemijmer. Hij draaide zich om, evenals Elena. Even werd het stil en daarna klonk opnieuw de bel. Beneden stond iemand aan de voordeur.

Véronique kwam binnen en liep naar de intercom, drukte op een knopje, vroeg wie er was, luisterde en drukte op de zoemer om de bezoeker binnen te laten.

'Wie is het?' vroeg Harry die nu achter haar in de gang verscheen, met Elena in zijn kielzog.

Véronique keek op.

'Iemand die je broer wil spreken,' klonk het zacht. Ze liep naar de deur en deed open.

'Hoe kan iemand nu weten waar hij verblijft?'

Hij hoorde voetstappen die de trap opkwamen. Eén man, misschien twee. Eén man. De stappen klonken te zwaar voor een vrouw. Wie kon het zijn? Die blonde vent? Een list, bedacht door de priesters uit Bellàgio: geef de moordenaar ruimte om te opereren, op veilige afstand van Roscani's mannen. Of misschien hadden ze een deal gemaakt met de Zwitserse politie en was het een rechercheur die de boel kwam uitzoeken. En waarom ook niet? Die priesters hadden het niet breed en er stond nog altijd een flinke prijs op hun hoofd. En ook al mochten zij het geld niet aannemen, Véronique mocht dat wel degelijk en kon daarna ieder een deel toeschuiven.

Snel keek hij over zijn schouder naar Elena en gaf een knikje in de richting van de kamer boven hen. Onmiddellijk glipte ze langs hem heen en verdween de trap op naar Danny's kamer.

De voetstappen kwamen dichterbij. Wie het ook was, hij bevond zich bijna boven aan de trap. Harry schoot snel langs Véronique om de deur op slot te doen.

'Dat hoeft echt niet.' Véronique hield hem tegen.

Nog een paar treden. Eén man, bijna een silhouet. Niet de blonde – iemand anders. Langer, gekleed in een spijkerbroek en trui. Hij stapte door de deuropening en Harry zag de donkere krullen, de vertrouwde, donkerbruine ogen achter het zwarte montuur.

Het was Bardoni.

110

De eerwaarde moeder Carmela Fenti was 63, een kleine en sierlijke vrouw. Haar ogen fonkelden en ze was in een beste stemming, maar tegelijk ook diepbezorgd. Zittend in haar krappe, sobere werkkamer op de eerste verdieping van het St. Bernardinus-ziekenhuis in Siena, uitte ze die bezorgdheid tegenover Roscani, zoals ze dat al eerder had gedaan tegenover de politie van Siena. Ze vertelde hem dat ze vroeg op de avond van maandag 7 juli een telefoontje had gehad van zuster Maria Cupini, directrice van het franciscaner ziekenhuis St. Caecilia in Pescara, die haar vertelde van een Ier, blijkbaar zonder familie, die gewond was geraakt bij een auto-ongeluk. Hij had een zware hersenschudding, brandwonden en andere ernstige verwondingen. Zuster Cupini kampte met personeelstekort. Of Moeder Fenti een helpende hand kon bieden?

Jawel, zo gezegd, zo gedaan. Dit was het enige wat ze wist, totdat de politie kwam om met haar te praten. Ze had niet de gewoonte om contact te onderhouden met haar pupillen zodra die naar andere ziekenhuizen werden gestuurd.

Roscani: 'Kent u zuster Cupini persoonlijk?'

Moeder Fenti: 'Nee.'

Roscani: 'Moeder Fenti...' Hier zweeg Roscani even om de directrice aandachtig op te nemen. 'Volgens de politie in Pescara heeft zuster Cupini verklaard dat telefoontje nooit gepleegd te hebben. Ook vertelde ze – en de ziekenhuisgegevens wijzen dat uit – dat ze niet ervan op de hoogte was geweest dat een dergelijk slachtoffer toentertijd in het Sint-Caecilia was opgenomen. Wel gaf ze toe dat er zonder haar medeweten een niet bij name genoemde, mannelijke patiënt voor ongeveer 72 uur opgenomen was geweest die had zijn eigen medische verzorgers. En wat wel zo gelegen komt: niemand lijkt te weten wie hem heeft opgenomen of hoe dit geregeld werd.'

Moeder Fenti: '*Ispettore Capo*, ik weet niets van de praktijken of de manier van werken van het St.-Caecilia. Ik weet alleen wat mij verteld is en wat ik moest geloven.'

Roscani: 'Mag ik daaraan toevoegen dat de politie van Pescara niets weet van een ernstig auto-ongeval dat tijdens die periode moet zijn gebeurd?'

Moeder Fenti: 'Ik weet alleen wat mij werd verteld door een franciscaner zuster en wat mij is wijsgemaakt...' Moeder Fenti opende een la en nam er een versleten kasboek uit. Ze sloeg enkele bladzijden om, vond wat ze zocht en duwde het boek naar Roscani. 'Dit zijn mijn eigen, met de hand geschreven telefoongegevens. Daar...' – ze wees ergens halverwege de bladzij – '... kunt u zien dat ik op 7 juli om tien over zeven 's avonds werd gebeld en om zestien over zeven ophing. Naam en functie van de beller staan helemaal rechts. Zuster Maria Cupini. Directrice, St. Caecilia-ziekenhuis, Pescara. Met de pen geschreven, zoals u kunt zien. Er is niets gewijzigd.'

Roscani knikte. Hij had al gegevens van de telefoonmaatschappij gezien, die hiermee overeenkwamen.

Moeder Fenti: 'Als het niet zuster Cupini was met wie ik gesproken heb, waarom zei ze dan haar naam?'

Roscani: 'Omdat iemand die de procedure begreep, een particuliere zuster trachtte te vinden om de voortvluchtige priester, de eerwaarde vader Daniel Addison, te verzorgen. Een zuster die uw zuster Elena Voso bleek te zijn.'

Moeder Fenti: 'Als dat klopt, inspecteur, waar is ze dan? Wat is er met haar gebeurd?'

Roscani: 'Dat weet ik niet. Ik hoopte dat u dat zou weten.'

Moeder Fenti: 'Ik weet het niet.'

Roscani staarde even voor zich uit, stond toen op en liep naar de deur. 'Eerwaarde moeder, als u er geen bezwaar tegen hebt, er is nog iemand die moet horen wat ik te zeggen heb.'

Roscani opende de deur en knikte naar een gestalte op de gang. Even later verscheen een agent, in gezelschap van een trotse, grijsharige man die ongeveer van moeder Fenti's leeftijd was. Hij droeg een bruin pak, wit overhemd en een das. En hoewel hij zijn best deed sterk en onbewogen over te komen, was het duidelijk dat hij van streek, zo niet bang was.

Roscani: 'Moeder Fenti, dit is Domenico Voso, de vader van zuster Elena.'

Moeder Fenti: 'Wij kennen elkaar, inspecteur.

Domenico Voso knikte en nam plaats op een stoel die de agent naar voren schoof.

Roscani: 'Moeder-overste, we hebben meneer Voso verteld wat er volgens ons met zijn dochter is gebeurd. Dat ze op dit moment ergens pater Daniel verzorgt, maar dat ze naar onze mening eerder een slachtoffer dan een medeplichtige is. Desalniettemin wil ik dat u beiden weet dat ze bijzonder veel gevaar loopt. Iemand probeert de priester te vermoorden en zal hoogstwaarschijnlijk ook eenieder in zijn gezelschap vermoorden. En deze persoon is daar niet alleen toe in staat, maar geldt tevens als een uiterst gewelddadig persoon.'

Roscani keek naar Domenico Voso en op dat moment sloegen zijn stemming en lichaamstaal helemaal om: hij werd weer de vader die hij was en besefte hoe híj zich zou voelen als een van zijn eigen kinderen aan Thomas Kind ten prooi zou vallen.

Roscani: 'Meneer Voso, wij weten niet waar uw dochter zich bevindt, maar de moordenaar zou dat heel goed wél kunnen weten. Als u weet waar ze is, verzoek ik u het me te vertellen. Voor haar bestwil...'

Domenico Voso: 'Ik weet niet waar ze is. Wist ik het maar.' Zijn ogen schoten smekend naar moeder Fenti.

Moeder Fenti: 'Ik evenmin, Domenico. Dat heb ik de inspecteur al gezegd.' Ze keek naar Roscani. 'Als ik iets hoor, als een van ons iets hoort, bent u de eerste die het zal weten.' Ze stond op. 'Dank u voor uw komst.'

Moeder Fenti wist waar Elena Voso zich bevond. Domenico Voso niet. Dat gevoel had Roscani toen hij twintig minuten later in het hoofdbureau van politie in Siena aan een bureau zat. Ze wist het. En ze ontkende het. Wat kon haar het schelen dat een vaders hart werd verscheurd.

Ondanks haar beminnelijkheid en fonkelende ogen was ze diep vanbinnen een harde, uitgekookte tante, onverbiddelijk genoeg om Elena Voso te laten vermoorden ter bescherming van degene aan wie ze verantwoording schuldig was. En dat ze aan iemand verantwoording schuldig was, was een feit; want hoe eminent haar positie ook was, ze was geenszins machtig genoeg om dit in haar eentje te doen. Een kloostermoeder in Siena liep niet zowel wat de katholieke Kerk als wat de natie Italië betreft, te koop met haar gezag.

En hoewel hij ervan overtuigd was dat de anonieme patiënt die was opgenomen in het ziekenhuis in Pescara wel pater Daniel geweest moest zijn, wist hij dat zuster Cupini zou volharden in haar bewering daarvan niet op de hoogte te zijn, omdat dit het verhaal was dat moeder-overste Fenti voor haar had voorgekookt. Het was duidelijk moeder-overste Fenti die hier de lakens uitdeelde. En ze zou niet zwichten. Wat hij moest doen, en snel ook, was proberen een manier te vinden om haar te omzeilen.

Achteroverleunend nam Roscani een slok koude koffie. Op dat moment schoot hem een manier te binnen, of liever gezegd een denkbare manier.

111

De Eurocity 55. Tien voor halfvijf in de middag.

Julia Louise Phelps glimlachte eventjes naar de man tegenover haar in de eersteklascoupé, draaide haar hoofd weer naar het raam en keek hoe het platteland langzaam plaatsmaakte voor huizen en wegen. Binnen enkele kilometers veranderde het open landschap in een vlakte met flatgebouwen, pakhuizen en fabrieken. Over een kwartier zou Julia Phelps, of beter Thomas Kind, in Rome arriveren. Daarna zou ze vanaf het station een taxi naar het Majestic Hotel aan de Via Veneto nemen om daar een paar minuten later opnieuw in een taxi te stappen. Ditmaal met bestemming het Amalia, het vroegere *pensione* aan de Via Germanico aan de overzijde van de Tiber: klein, gezellig en discreet. En ook nog eens aangenaam dicht bij het Vaticaan.

De reis van Bellàgio naar Rome had maar één kink in de kabel opgeleverd: de moord op de jonge modeontwerper die hij op de boot had ontmoet en van wie hij een lift naar Milaan had weten af te troggelen, toen hij hoorde dat de man in Como een wagen bezat. Wat op zich een korte, onschuldige autorit had moeten worden, was opeens een onaangename vertoning geworden op het moment dat de jongeman grapjes begon te maken over de ogenschijnlijke incompetentie van de politie en haar onvermogen de voortvluchtigen in de kraag te vatten. Hij had Thomas Kind iets te aandachtig bekeken, diens grote hoed bestudeerd, diens kleding, de overdaad van make-up die de halen over zijn gezicht moest verbergen, met de suggestie dat een van de voortvluchtigen best wel eens precies zo gekleed kon gaan, vermomd als vrouw: een moordenaar die op deze wijze ongestoord zijn gang kon gaan, vlak onder de neus van de politie.

Vroeger zou Thomas Kind hem waarschijnlijk hebben laten begaan. Maar in de gemoedstoestand waarin hij nu verkeerde, kwam daar niets van in. Dat de ontwerper wel eens een gevaarlijke getuige kon zijn, was nagenoeg irrelevant geweest. Nee, het vermoeden van gevaar was vooral gewekt door de onbeheersbare drang om te moorden, en de intense seksuele voldoening die ermee gepaard ging.

Deze sensatie, tot voorheen slechts sluimerend op de achtergrond aanwezig, had zich de laatste weken plots enorm gemanifesteerd; te beginnen met de moord op de kardinaal-vicaris van Rome en in passie en hevigheid toenemend met zijn daden in Pescara, Bellàgio en daarna in de grot. Hoeveel waren het er geweest? Zes, in enkele uren? De een na de ander na de een...

En nu, hier in de trein die Rome binnenreed, hunkerde hij wanhopig naar meer. Met al zijn emoties, zijn hele wezen, voelde hij zich opeens onverbiddelijk naar de medepassagier tegenover hem als het ware toe gezogen. De man glimlachte, was duidelijk aan het flirten, maar deed verder absoluut niets wat als bedreigend kon worden opgevat.

God, hij moest zich beheersen!

Abrupt wendde hij zijn hoofd af en staarde weer naar buiten. Hij was ziek. Geestesziek. Misschien wel krankzinnig. Maar hij was ook Thomas José Álvarez-Ríos Kind. Met wie kon hij praten? Waar op Gods planeet kon hij hulp krijgen zonder dat ze hem meteen in de cel zouden gooien? Of erger nog, zijn zwakte zouden ontdekken en hem voor de rest van zijn leven zouden mijden.

'Rome, eindpunt van deze trein,' kraakte de blikken stem door de luidspreker. De trein minderde vaart nu ze het station binnengleden en alle reizigers opstonden om hun bagage uit de rekken te tillen. Julia Louise Phelps kreeg niet eens de gelegenheid om haar eigen koffer te pakken. De glimlachende meneer was haar voor.

'Dank u,' bedankte Thomas Kind met een Amerikaans accent en op supervrouwelijke toon.

'*Prego*,' reageerde de man.

Daarna stopte de trein en iedereen verliet de coupé. Er volgde nog een laatste glimlach, waarna ze ieder hun eigen weg gingen.

112

Lugano, Zwitserland. Zelfde tijdstip.

Harry klopte op de slaapkamerdeur en opende deze, waarna hij en Elena naar binnen stapten. Danny was alleen en zat op de rand van het bed. Hij keek aandachtig naar het kleine tv-toestel op een antiek tafeltje.

'Waar is pater Bardoni?' vroeg Harry. Het was al meer dan twee uur geleden dat de priester naar boven was gegaan om met Danny te praten. Ten slotte was Harry het wachten beu. Hij zou zelf met pater Bardoni praten.

'Die is weg,' antwoordde Danny, nog steeds vol aandacht voor de tv.

'Waarheen?'

'Terug naar Rome.'

'Hij kwam het hele eind uit Rome en vertrok toen weer? Zomaar?'

Danny zweeg en bleef gewoon naar de tv kijken. De beelden kwamen live vanuit China. In Hefei was het nu nacht en er hing een akelige stilte. Mediaverslaggevers hielden hun mond en keken slechts toe, net zoals de gewapende soldaten met hun veiligheidsbrillen, maskers en beschermende kleding, die de media achter de versperringen hielden. In de verte waren tegen de zwarte hemel twee afzonderlijke, maar duidelijk oranjerode vuurhaarden zichtbaar. Woorden waren overbodig. Opnamen van iets dichterbij, onvoorstelbaar. Nu de reddingswerkers het niet meer konden bijbenen, was bevolen tot een massaverbranding van de lijken om ziekteverspreiding te voorkomen. Rechtsonder op het scherm een kille grafiek: *Laatste officiële dodencijfer: 77.606.*

'Mijn god...' fluisterde Danny; dit waren voor hem de eerste berichten over wat er in China gebeurd was. Hij was er bij toeval op gestuit nadat Bardoni was vertrokken en hij de tv had aangezet, op zoek naar nieuws over de politiespeurtocht naar Harry en hemzelf.

'Danny...?' Harry stond achter hem en stootte hem aan.

Plotseling pakte Danny de afstandsbediening van de bedrand en richtte deze op de tv.

Klik.

Het scherm werd donker.

Danny keek naar Harry en vervolgens naar Elena. 'Zou u ons even alleen willen laten, zuster?' vroeg hij zachtjes in het Italiaans.

'Natuurlijk, eerwaarde...' Elena wierp een vluchtige blik naar Harry en verliet toen de kamer.

Toen de deur in het slot viel, keek Danny zijn broer aan. 'Kardinaal Marsciano is ziek. Ik moet naar Rome... Ik heb je hulp nodig.'

'Rome?' Harry geloofde zijn oren niet.

'Ja.'

'Waarom?'

'Dat heb ik je net verteld.'

'Nee, je zei alleen dat kardinaal Marsciano ziek is; je vertelde me verder helemaal niets.' Harry keek zijn broer woest aan; ze waren ogenblikkelijk terug bij het gesprek dat ze eerder hadden gehad toen Danny volledig was dichtgeklapt.

'Ik zei al eerder dat ik er niet over kan praten...'

'Oké, dat kan dus niet. Laten we het eens over een andere boeg gooien... Hoe wist Bardoni dat je hier bent?'

'De moeder-overste van zuster Elena...'

'Goed. Ga verder.'

'Waarover?' zei Danny op vlakke toon. 'Ik móet naar Rome, dat is alles... Lopen kan ik niet. Ik kan niet eens zonder hulp naar de wc...'

'Waarom ging je dan niet mee met Bardoni?'

'Die moest terug. Hij nam een vliegtuig vanuit Milaan... Ik kan me toch nauwelijks op een luchthaven vertonen, Harry?'

Harry streek met een hand over zijn mond. Danny was niet alleen goed bij zijn verstand, hij was ook nog eens vastbesloten.

'Danny, onze foto's zijn constant op de tv. In iedere krant. Hoe ver denk je in Italië te komen?'

'We zijn hierheen gekomen, dan lukt het daarheen ook.'

Harry nam zijn broer aandachtig op, zoekend naar het antwoord dat hij maar niet kreeg. 'Zonet waarschuwde je me en moest ik vertrekken, voordat ze me zouden vermoorden. En nu vraag je me of ik me aan een nieuwe vuurproef wil onderwerpen. Wat is er veranderd?'

'Daarnet kende ik de situatie nog niet.'

'Wat ís de situatie dan?'

Danny zweeg.

Harry drong aan. 'Binnen het Vaticaan. Waar dit allemaal over gaat?'

Danny hield zijn mond dicht.

'Marsciano wilde dat ik en alle anderen zouden geloven dat jij dood was.' Harry bleef aandringen. 'Hij nam je in bescherming... Hij zei: "Ze zullen jullie allebei vermoorden. Je broer voor wat hij weet. Jij, omdat ze zullen geloven dat hij het je heeft verteld." Nu kun je Elena erbij tellen... Als je wilt dat ik mijn, jouw en haar leven op het spel zet, dan kun je me de rest verdomme ook wel vertellen.'

'Dat kan ik niet...' Danny's stem was nauwelijks nog een fluistering.

'Geef me een reden.' Harry was hard, grof zelfs, vastberaden om een antwoord te krijgen.

'Ik...' aarzelde Danny.

'Ik zei, geef me een reden, verdomme!'

Lange tijd was het stil. Toen sprak Danny eindelijk: 'Harry, in jouw vak noemen ze het beroepsgeheim, een vertrouwensrelatie tussen de raadsman en zijn cliënt. In mijn vak spreken we van het biechtgeheim... Begrijp je het nu?'

'Marsciano is bij jou te biecht geweest?' Harry stond versteld. Een biecht, dat was iets waaraan hij geen moment had gedacht.

'Ik zei niet wie of wat, Harry. Ik vertelde je gewoon waarom...'

Harry wendde zijn blik af en keek door het kleine raampje aan de andere kant van de kamer naar buiten. Voor één keer in hun volwassen levens wilde hij dat ze aan *dezelfde kant* stonden; de waarheid op zich was minder belangrijk. Waar het om ging, was dat Danny hem dingen vertelde. Hij wilde dat Danny hem vertróuwde. Nu was het maar al te duidelijk dat hij dat niet kon.

'Harry,' zei Danny zacht, 'kardinaal Marsciano heeft huisarrest in het Vaticaan. Als ik er niet heen ga, zullen ze hem vermoorden.'

Harry draaide zich om. 'Wie zijn ze? ... Farel?'

'De staatssecretaris van het Vaticaan. Kardinaal Palestrina.'

'Waarom?' fluisterde Harry.

Lichtjes schudde Danny het hoofd. 'Kan ik je niet vertellen...'

Harry beende nu opeens naar Danny's bed. 'Ze willen jou in ruil voor Marsciano; dat is de afspraak, ja toch?'

'Ja... Alleen zal het zo niet in zijn werk gaan,' zei Danny. 'Bardoni en ik gaan de kardinaal daar weghalen. Daarom is hij nu in zijn eentje terug, om alles voor te bereiden, en omdat we niet het risico konden lopen om samen te reizen en vervolgens gepakt te worden.'

337

'Jullie gaan Marsciano uit het Vaticaan bevrijden?' Harry staarde hem vol ongeloof aan. 'Twee man, van wie er een kreupel is, tegen Farel en de Vaticaanse staatssecretaris? Danny, dit zijn niet zomaar twee machtige figuren tegen wie je het opneemt, het is een hele staat.'

Danny knikte. 'Weet ik...'

'Je bent gek.'

'Nee... Ik ga methodisch te werk, ik denk de dingen goed door... Het kan lukken... Ik was bij de marine, weet je nog, ik leerde daar een paar trucjes...'

'Nee,' zei Harry op scherpe toon.

'Wat nee?' Danny zat snel overeind.

'Nee, punt uit!' Harry klonk onverbiddelijk, vastberaden. 'Het is waar, al die jaren heb ik verzuimd naar jou en Maine terug te keren, maar dat maak ik nu goed – van New York naar Rome, naar Como, naar Bellàgio, naar waar we nu zitten – nou, hier ben ik dan eindelijk... Ik ga proberen ons daarheen te krijgen en een overgave te regelen aan het Internationale Rode Kruis. En dan in godsnaam maar hopen dat alle publiciteit eromheen ons ten minste een redelijke mate van bescherming zal bieden.'

Hij beende opeens op de deur af. Hij had zijn hand al op de deurknop toen hij omkeek naar Danny. 'De rest kan me niets schelen, broerlief, jou ga ik níet verliezen... Niet voor Marsciano, noch voor de Heilige Stoel, en niet aan Farel of Palestrina of wie dan ook...' Op zachte toon voegde hij eraan toe: 'Ik ben niet van plan jou aan hen te verliezen, niet zoals ik Madeline aan het ijs verloor...'

Hij staarde Danny lang aan, om zich ervan te overtuigen dat de boodschap aankwam. Daarna opende hij de deur en maakte aanstalten weg te lopen.

'Ik ben wie ik ben!' doorkliefden Danny's woorden de lucht, als messteken in Harry's rug. Harry stond als aan de grond genageld. Toen hij zich omdraaide, zag hij dat Danny zijn ogen strak op hem gericht hield.

'Je dertiende verjaardag. Je zag het in de bossen op een rots gekalkt toen je uit school naar huis liep, dezelfde lange omweg die je altijd maakte wanneer je niet naar huis wilde. En met name die ene dag wilde je niet thuiskomen.'

Harry voelde hoe zijn benen het bijna begaven. 'Jíj schreef het dus...'

'Het was een cadeautje, Harry. Het enige dat ik je kon geven.

Je moest nodig wat zelfvertrouwen gaan ontwikkelen, want dat was het enige wat wij allemáál hadden. En dat deed je. En je ging ermee aan de haal. Je bouwde je leven eromheen. En dat deed je fantastisch...' Danny's ogen dansten over Harry's gezicht, namen hem aandachtig op. 'Terug naar Rome betekent alles voor me, Harry... Nu ben ik degene die een cadeautje nodig heeft... En jij bent de enige die me dat kan geven.'

Harry stond roerloos, een eeuwigheid lang, zo leek het. Danny had het hele spel kaarten uitgeplozen en nu de troefkaart eruit getrokken, zijn laatste. Ten slotte stapte Harry de kamer weer binnen en sloot de deur achter zich.

'Hoe komen wij in godsnaam dan in Rome?'

'Hiermee...'

Danny pakte een platte envelop van het nachttafeltje en liet de inhoud eruit glijden: lange, smalle, witte kentekenplaten, versierd met de zwarte letters SCV 13.

'Nummerborden van Vaticaanstad, Harry. Diplomatieke nummerborden. Zeer laag nummer. Niemand zal een auto met zulke plaatjes erop aanhouden.'

Langzaam sloeg Harry zijn ogen op.

'Welke auto?' vroeg hij.

113

Vijf voor halfzes in de avond.

De rabbijn-look was uit, de priester-look weer in. Wederom baande de de eerwaarde vader Jonathan Arthur Roe van de universiteit van Georgetown zich een weg door de straten van Lugano, waar het spitsuur inmiddels was losgebarsten, en zocht naar de gehuurde grijze Mercedes die Bardoni naar eigen zeggen in de Via Tomaso, op de heuvel tegenover het station, had geparkeerd. Harry had een grote schroevendraaier in zijn zak en de bruine envelop met de Vaticaanse nummerplaten onder zijn arm.

Véroniques aanwijzingen volgend nam hij de kabelbaan omhoog naar de Piazza della Stazione, het stationsplein, stak die vervolgens over en ging het stationsgebouw binnen. Met het hoofd gebogen om vooral geen mensen direct in de ogen te hoeven kijken, baande hij zich een weg door de wachtende reizigers, zoekend naar een plek waar hij het spoor kon oversteken naar de trap die naar de Via Tomaso leidde.

Rome beheerste nu zijn gedachten, en hoe er te komen zonder te worden opgepakt. En wat te doen met Elena? Zijn hoofd sloeg bijkans op hol en maakte hem totaal onvoorbereid op wat hem te wachten stond nu hij in het station een hoek omsloeg.

Uit de menigte vóór hem doemden opeens zes geüniformeerde agenten op. Met vastberaden tred beenden ze naar een trein die net gearriveerd was. Het was niet alleen de politie, maar vooral wie ze bij zich hadden: drie gevangenen, geboeid en wel. De tweede gevangene die Harry nu vlak voor zijn neus passeerde, was Hercules. De boeien maakten het hem bijna onmogelijk zich op zijn krukken te verplaatsen, maar toch deed hij het. Nu zag hij Harry en even keken ze elkaar in de ogen. Maar meteen wendde hij het hoofd af om Harry te beschermen tegen een toevallig hun kant op kijkende agent die zich zou kunnen afvragen waarom de priester een van hun gevangenen herkende. Inmiddels waren ze weer verdwenen; Hercules sloot zich aan bij de anderen en strompelde de trein in.

Even later zag hij hem weer toen een van de agenten zijn krukken aanpakte en hem in een zitplaats naast het raam hielp. Onmiddellijk baande Harry zich een weg door de drukte naar de wagon en het desbetreffende raam. Hercules zag hem naderen, schudde zijn hoofd en wendde zijn blik af.

Het vertreksignaal klonk en met Zwitserse precisie gleed de trein precies op tijd het station uit, en verdween in zuidelijke richting met bestemming Italië.

Geschokt draaide Harry zich om en afwezig zocht hij verder naar de trap die naar de Via Tomaso leidde. Het hele gedoe had niet meer dan een minuut geduurd. Hercules zag er bleek en uitgeblust uit, tot hij Harry had gezien. Op dat moment leek het alsof alles opeens anders werd en hij uit alle macht Harry probeerde te beschermen, in ieder geval alsof hij zijn levenslust weer terug had en het vuur in hem weer oplaaide. Hij had weer een doel, ook al was het maar voor even.

Siena, Italië. Hoofdbureau van politie, tien over halfzeven in de avond.

Een onaangestoken sigaret tussen twee vingers en die zo nu en dan een minuutje of twee in een mondhoek werd geduwd: zo diep was hij inmiddels gezonken. Maar, zo beloofde Roscani zichzelf, daar zou het bij blijven ook. Hoe frustrerender of penibeler de zaak ook zou worden, een brandende lucifer bleef uit den boze. Als een theatraal gebaar voor zichzelf, en gewoon als voorzorgsmaatregel, haalde hij zijn enige strip lucifers uit zijn colbertzakje, trok er één lucifer af, wierp de rest in een asbak, stak de ene lucifer aan en hield deze bij de andere. Even was er de spijt, maar meteen daarna richtte hij zijn aandacht weer op de uitdraaien van het telefoonbedrijf die op het bureau voor hem uitgespreid lagen. De gesprekken waren geregistreerd in de volgorde datum-tijd, ingaande of uitgaande gesprekken, van en naar het kantoor van moeder-overste Fenti en haar privé-nummer in haar appartement, vanaf de dag van de busexplosie tot nu. Elf dagen in totaal.

Zijn twee assistenten op de gang zagen hoe hij zich plotseling omdraaide, de telefoon oppakte en een nummer draaide. Even wachtte hij, sprak daarna iets in de hoorn en hing weer op. Meteen stond hij op vanachter zijn bureau en ijsbeerde door het kantoor, waarbij de onaangestoken sigaret in, uit, en weer tussen zijn lippen werd gestoken. Opeens rinkelde de telefoon. Snel draaide hij zich om, beende naar het toestel en nam op. Hij knikte en noteerde iets op een velletje, zette er een streep onder, sprak nog even een paar korte woorden en hing op. Nog geen seconde later smeet hij de sigaret in de prullenmand, griste het velletje weg en liep zijn kantoor uit.

'Eén van jullie tweeën moet me naar de heli brengen,' beval hij, terwijl hij de gang inliep.

'Waar moet je heen?' Eén van de twee assistenten stond al klaar en volgde Roscani door de gang.

'Lugano, Zwitserland.'

114

Lugano, zelfde tijdstip.

Een donkergrijze Mercedes met kentekenplaten van Vaticaanstad en twee priesters voorin verliet Lugano in de invallende avondschemering die nog eens verder werd verduisterd door de regen. De wagen passeerde de hotels langs het meer, draaide de Via Giuseppe Cattori op en sloeg vervolgens in westelijke richting naar de N2 die hen zuidwaarts zou voeren naar Chiasso en daarna Italië in.

Achterin keek Elena toe hoe Danny, turend op een kaart in het schijnsel van het kaartleeslampje boven de achteruitkijkspiegel, Harry aanwijzingen gaf. Er heerste een zekere spanning tussen de broers. Ze zag het en ze voelde het. Wat het precies was, wist ze niet; Harry had het er met haar niet over gehad. Hij had haar alleen de gelegenheid geboden om achter te blijven, maar dat had ze geweigerd. Samen uit, samen thuis. Dat stond voor haar buiten kijf en dat liet ze Harry weten ook, hem eraan herinnerend dat zij een verpleegster was en nog altijd de zorg droeg voor pater Daniel. Bovendien gingen ze terug naar Italië en was zij Italiaanse, iets wat, mocht Harry dat zijn vergeten, in het verleden al eerder nuttig was gebleken. En toen Harry bij al deze moed en vastberadenheid een flauwe glimlach niet had weten te onderdrukken, was het duidelijk dat ze met hen meeging.

Bij de snelweg aangekomen knipte Danny het kaartleeslampje opeens uit en liet zich onderuitzakken zodat hij vanbuiten niet meer te zien was. Plotseling kon Elena alleen nog maar Harry zien.

Verlicht door het flauwe schijnsel van het dashboard werd hij het middelpunt van haar aandacht. De gespannen bewegingen van zijn vingers over het stuur, zijn intense concentratie op de weg vóór hem. De onbehaaglijkheid groeide, nu hij zich achteruit liet zakken en vervolgens weer naar voren leunde, rebellerend tegen de autogordel die hem zijn bewegingsvrijheid ontnam, een ongemak dat niet zozeer met de auto te maken had, als wel met de bestemming: Rome. Duidelijk niet zijn idee.

'Alles goed?' vroeg Harry zacht.

Elena zag dat hij in het spiegeltje naar haar keek.

'Ja…' Haar ogen vestigden zich op die van hem en zwijgend keken ze elkaar aan.

'Harry.' Danny's stem waarschuwde hem opeens, boven het geluid van de ruitenwissers uit; het geluid had iets van een metronoom.

Direct lieten Harry's ogen Elena's blik los en richtten zich op de weg. Het verkeer voor hen minderde vaart. Vervolgens was daar de goed te onderscheiden roze-witte gloed van de kwikdamplampen tegen de vage avondhemel.

'De Italiaanse grens.' Danny ging rechtop zitten, de blik op scherp.

Elena zag hoe Harry's handen het stuur vaster omklemden, voelde de Mercedes vertragen nu hij zijn voet op het rempedaal plaatste. Nog één keer keek hij even naar haar, het kortste oogcontact, voordat hij zich weer concentreerde op de weg voor hen.

115

Beijing. Donderdag, 16 juli.

Het was even na enen 's nachts. Pierre Weggens chauffeur stuurde de zwarte limousine de Zjongnanhei-complex op. Hier bevonden zich de privé-verblijven van China's voornaamste leiders. Vijf minuten later werd de Zwitserse investeringsbankier door Yan Yeh, president van de Chinese Volksbank, plechtstatig in een grote zitkamer in de woning van Woe Sian binnengelaten.

De secretaris-generaal stond op om Weggen te begroeten, schudde hem oprecht de hand en stelde hem voor aan vijf vooraanstaande leden van het politbureau die klaar zaten om kennis te nemen van de details van zijn voorstel. Onder hen bevonden zich de hoofden van het ministerie van Verkeer en Waterstaat, het ministerie van Communicatie en het ministerie van Burgerlijke Zaken. Men wilde alles weten, de volledige omvang, hoe het ten uitvoer kon worden gebracht, wat de kosten waren en hoe snel het klaar zou zijn.

'Dank u voor uw gastvrijheid, mijne heren,' begon Weggen in het Chinees. Om vervolgens, na eerst nog zijn diepste medeleven te hebben betuigd – niet alleen met de aanwezigen, maar met heel China en vooral de bevolking van Hefei – te beginnen met zijn aanbevelingen voor een zeer snelle en grondige renovatie van China's waterhuishouding.

Yan Yeh pakte een stoel, zocht een plekje aan de rand van het gezelschap, ging zitten en stak een sigaret op. Nog altijd diepgeschokt door alle gebeurtenissen van die dag en volledig uitgeput, behield hij de hoop dat de mannen die hier op dit vroege uur bijeen waren gekomen, zouden begrijpen dat het plan dat Weggen hier voorlegde, van vitaal belang was voor de nationale veiligheid en de nationale belangen. Hij hoopte dat hiermee een eind zou komen aan het gechicaneer en gemarchandeer binnen de partij en hun argwaan jegens het Westen, en dat in plaats daarvan het project zou worden gesteund en het werk zo snel mogelijk een aanvang nam, voordat er zich opnieuw een ramp zou voltrekken.

Maar er was nog iets, iets veel persoonlijkers. Bij alle Chinezen die van de ramp in Hefei wisten, bestond inmiddels een al dan niet uitgesproken angst voor het drinkwater, vooral wanneer het uit een meer of waterbekken afkomstig was. En ondanks al zijn macht en invloed gold dat laatste ook voor Yan Yeh. Drie dagen daarvoor waren zijn vrouw en zijn tienjarige zoon naar de oeverstad Woesi vertrokken om haar familie te bezoeken. Het was pas enkele uren geleden dat hij haar had gebeld om haar te vertellen dat de ramp in Hefei een op zichzelf staand incident was en om haar te verzekeren, zoals alle Chinezen te horen hadden gekregen, dat het drinkwater in heel China streng gecontroleerd werd, dat de regering al over vergevorderde actieplannen beschikte die, zolang zijn adviezen maar werden opgevolgd, voor een snelle en complete renovatie van de landelijke watervoorziening zouden zorgen. Maar hij had vooral gebeld om zijn vrouw gerust te stellen, even met haar te kunnen praten en te zeggen dat hij van haar hield. En heimelijk hoopte hij dat hij gelijk zou krijgen, dat Hefei inderdaad een op zichzelf staand incident was.

Maar ergens diep vanbinnen wist hij dat dit niet het geval was.

Rome, Vaticaanstad. Woensdag, 15 juli, tien over zeven in de avond.

Palestrina stond achter het raam van zijn bibliotheek en keek om-

344

laag naar de menigte die nog altijd het Sint-Pietersplein vulde, genietend van de ambiance en de laatste zonnige uren.

Hij wendde zich af van het raam en wierp een blik door zijn kantoor. Bijna weemoedig keek hij naar het marmeren hoofd van Alexander de Grote dat eeuwig voor zich uit staarde op het lage dressoir achter zijn bureau.

Opeens sloeg zijn stemming om en hij liep naar zijn bureau, ging zitten en pakte de telefoon. Hij koos een lijn, drukte een toets in, wachtte en luisterde hoe een centrale in Venetië hem automatisch doorverbond naar een andere centrale in Milaan die automatisch doorschakelde naar een nummer in Hong Kong, waarna hij opnieuw automatisch werd doorgeschakeld naar *Beijing*.

Het getjirp van de zaktelefoon deed Tsjen Yin al snel opschrikken uit zijn diepe slaap. Bij de derde keer stond hij al in zijn blootje naast zijn bed in de pikdonkere slaapkamer boven zijn bloemenwinkel.

'Ja?' zei hij in het Chinees.

'Ik heb hier een bestelling voor een vroege bezorging in het land van vis en rijst,' sprak een elektronisch vervormde stem in het Chinees.

'Begrepen…' antwoordde Tsjen Yin en hing op.

Palestrina legde de hoorn weer op de haak, draaide langzaam zijn stoel om en staarde opnieuw naar het marmeren hoofd van Alexander de Grote. Hij had Pierre Weggens vriendschap met Yan Yeh benut – onschuldig informerend naar hoe het ging en naar de vrienden en familie van de Chinese bankier – om het tweede meer te kunnen bepalen: een vruchtbaar watergebied met een mild klimaat en een florerende industrie, bijgenaamd 'het land van vis en rijst'. Het lag iets ten zuiden van Nanking, voor gifmenger Li Wen een treinreis van slechts een dikke twee uur. Het meer was het Taihoemeer. De stad… was Woesi.

116

Bij het verlaten van de controlepost keek Harry in het spiegeltje en voelde de Mercedes accelereren. Achter hem zag hij de gloed van de kwikdamplampen, de achterlichten van de auto's die op weg waren naar het noorden en nu tot stilstand kwamen, de massa Italiaanse legervoertuigen en pantserwagens van de politie. Dit was een grote controlepost geweest, twee uur ten zuiden van Milaan. In tegenstelling tot de wegversperring bij Chiasso waar ze, met nauwelijks vaart te hoeven minderen, door konden rijden, waren ze hier aangehouden door zwaarbewapende soldaten die de auto aan weerszijden naderden. Dat wil zeggen: totdat een legerofficier plotseling naar de nummerborden wees, een blik wierp naar de priesters voorin en hun snel gebaarde dat ze door konden rijden.

'Wijsneus.' Danny grijnsde naar hem nu de duisternis de auto omhulde en ze veilig weg waren.

'Alleen omdat ik die vent gedag wuifde?'

'Ja, alleen omdat je die vent gedag wuifde.' Danny keek even om naar Elena en glimlachte opnieuw. 'Stel dat het hem niet aan had gestaan en hij ons had laten stoppen. Wat dan?'

Harry dacht even na. 'Dan had jíj hem kunnen uitleggen wat er aan de hand is en waarom we naar Rome moeten. Wie weet had hij meteen het leger met ons meegestuurd...'

'Het leger zou het Vaticaan niet binnengaan, Harry... Niet het Italiaanse leger, of welk leger dan ook...'

'Nee, alleen jij... en pater Bardoni.' Het klonk gedecideerd.

Danny knikte. 'Alleen ik en pater Bardoni.'

Rome. De kerk van San Crisogno in Trastevere.
Donderdag 16 juli, halfzes in de ochtend.

Palestrina verliet de achterbank van de Mercedes en begaf zich in de mistflarden die het eerste ochtendlicht vergezelden. Een van Farels mannen, gehuld in een zwart pak, liep voor hem uit, speurde voor de zekerheid de verlaten straat af en beende de stoep over om de deur naar de achttiende-eeuwse kerk te openen. Vervolgens deed hij een stap naar achteren, waarna de staatssecretaris in zijn eentje naar binnen ging.

Palestrina's voetstappen echoden door de ruimte, terwijl hij het altaar naderde, vervolgens een kruis sloeg en knielde om te bidden naast de enige andere aanwezige: een vrouw in het zwart met een rozenkrans in de hand.

'Eerwaarde, het is lang geleden dat ik voor het laatst te biecht ging,' zei ze zonder naar hem te kijken. 'Kunt u me de biecht afnemen?'

'Natuurlijk.' Palestrina sloeg opnieuw een kruis en kwam overeind. En vervolgens begaven hij en Thomas Kind zich naar de donkere afzondering van het biechthokje.

117

Lugano, Zwitserland. Het woonhuis op Monte Cereni 87. Dezelfde donderdag, 16 juli, zelfde tijd. Een heldere ochtend na regenval.

Roscani daalde de trap af en liep de straat op. Gekreukeld kon je zijn pak niet meer noemen, het was veel erger. Hij had stoppels op zijn wangen en was moe. Bijna te moe om nog goed te kunnen nadenken, maar bovenal geïrriteerd en het beu om telkens weer te worden voorgelogen, vooral door vrouwen van wie je dat op het eerste gezicht niet zou verwachten; moeder-overste Fenti, bijvoorbeeld, en hier in Lugano de beeldhouwster en schilderes *signora* Véronique Vaccaro, iconoclaste van middelbare leeftijd die zwoer niets van de voortvluchtigen af te weten en geen millimeter van haar verhaal afweek.

Op het heliplatform van het vliegveld van Lugano was hij afgehaald door de hoofdrechercheur die Véronique Vaccaro als eerste had ondervraagd. Daarna had hij het complete verslag van de ondervraging bestudeerd, plus de bevindingen van zijn mensen na huiszoeking. Niets wees erop dat het huis tijdens *signora* Vaccaro's korte afwezigheid was bewoond. De buren verklaarden echter te hebben gezien dat er de vorige middag een witte bestelbus met opschrift op de portieren korte tijd voor de deur geparkeerd had gestaan, en twee jonge knapen die na het avondeten hun hond in de regen uitlieten, vertelden dat ze een grote auto hadden gezien. Een Mercedes, zo wist de oudste van de twee vol trots te melden, die voor het huis stond op het moment dat zij hun huis verlieten. Toen ze terugkwamen, was de wagen verdwenen. Mevrouw Vaccaro's onmogelijk te staven alibi was dat ze vlak voor de komst van de politie net terug was van een kampeer-en-tekenvakantie in haar eentje in de Alpen.

Castelletti en Scala verging het al niet veel beter. Zij hadden het onderzoek in Bellàgio afgerond met de ondervraging van Jean-Bernard Dalbouse – een pastoor van Franse afkomst, verbonden aan de kerk van de Heilige Clarisse – en diens staf, geestelijken én leken. Met als eindresultaat dat alle ondervraagden stuk voor stuk hadden ontkend de vorige ochtend om tien voor halfvijf vanuit Siena een telefoontje te hebben ontvangen via een mobiel toestel dat geregistreerd stond op naam van moeder-overste Fenti.

Leugenaars waren het. Allemaal leugenaars.

Waarom?

Roscani werd er gek van. Al die lui riskeerden immers een fikse gevangenisstraf. Maar niemand had ook zelfs maar een moment peentjes gezweet. Wie, of wat, beschermden ze toch?

Na de woning van Véronique te hebben verlaten, liep hij in zijn eentje over straat. De buurt was rustig, iedereen sliep nog. Ook het Meer van Lugano, dat zich in de verte uitstrekte, lag er verstild bij. Op deze afstand leek het water een glasplaat; er was geen rimpeltje te zien. Wat deed hij hier eigenlijk? Op zoek naar aanwijzingen die anderen over het hoofd hadden gezien? Was hij opnieuw bezig zich te ontpoppen als een pitbull van zijn vaders nalatenschap? Net zo lang in kringetjes snuffelend en zich overal in vastbijtend tot hij iets van een antwoord had? Of was er misschien een gevoel dat hem influisterde dat hij hier goed zat, als een magneet die de spreekwoordelijke speld in de hooiberg aantrekt? Hij zette het uit zijn hoofd. Nee, hij was hier voor wat frisse lucht, voor wat broodnodige *assoluta tranquillità*. Uit zijn jasje haalde hij een verfrommeld pakje sigaretten tevoorschijn, wurmde een sigaret in zijn mondhoek en liep terug naar de woning.

Vijf passen verder zag hij het, langs de rand van de weg, onder een overhangende struik die als een paraplu tegen de regen had gewerkt: een platte, bruine envelop met daarop het natte profiel van een autoband.

348

Hij smeet zijn sigaret weg, bukte zich en raapte de envelop op: die was verfomfaaider dan zo-even had geleken, alsof hij aan een natte autoband was blijven kleven om pas na enkele omwentelingen door de versnelde vaart weer te zijn weggeworpen. Het papier voelde bobbelig aan, alsof er iets hards en stijfs in de envelop had gezeten.

Hij liep weer naar de woning, ging naar binnen en trof daar in de keuken Véronique Vaccaro – nog altijd zeer gepikeerd over de ondervraging en de nog altijd aanwezige politie. Ze zat, gekleed in een kamerjas, met in haar ene hand een kop koffie en met de vingers van de andere trommelend op de tafel alsof ze zo de autoriteiten voorgoed kon verjagen. Beleefd vroeg hij om een föhn.

'In de badkamer,' antwoordde ze in het Italiaans. 'Waarom neemt u niet ook meteen even een bad en doet u een dutje in mijn bed?'

Met een vage glimlach in de richting van Castelletti liep hij langs de rechercheur en verdween in Véroniques badkamer. Daar pakte hij de föhn en liet de warme lucht over de envelop dansen totdat deze droog was.

Ook Castelletti betrad nu de badkamer en keek over Roscani's schouder toe hoe deze de envelop op de rand van de wastafel gladstreek en de voorkant met een potlood begon te arceren. Stukje bij beetje onthulde zich het reliëf van de verdwenen inhoud op het papier.

'Jezus Christus.' Meteen stopte Roscani met arceren.

Op de envelop prijkten nu de zeer exclusieve letters en cijfers van een diplomatiek nummerbord.

scv 13

'Vaticaanstad,' concludeerde Castelletti.

'Yep.' Roscani keek hem aan. 'Vaticaanstad.'

118

Rome.

Het was even voor vijven in de ochtend en nog steeds donker toen Danny zijn broer gebaarde dat hij moest stoppen voor nummer 22 op de Via Nicolo v, een oud, goed onderhouden appartementencomplex van twee verdiepingen, gelegen aan een met bomen omzoomde straat. Nadat de Mercedes was afgesloten, reden Harry en Elena Danny in zijn rolstoel naar de kleine lift en gingen naar de bovenste verdieping. Daar haalde Danny uit een envelop die hij in Lugano van pater Bardoni had gekregen, een sleutel en opende de deur naar *Piano* 3a, een ruim appartement aan de achterzijde van het gebouw.

Eenmaal binnen was hij, zichtbaar vermoeid door de lange autorit, naar bed gegaan. Daarna had Harry snel de omgeving verkend, Elena gewaarschuwd vooral niemand binnen te laten, behalve hemzelf, en was hij weggegaan.

Danny's instructies opvolgend reed hij de Mercedes naar een straat enkele blokken verderop waar hij de kentekenplaten van Vaticaanstad verwijderde en de oude weer aanbracht. Vervolgens sloot hij de wagen af, liet de sleuteltjes erin en liep weg met de Vaticaanse nummerborden verborgen onder zijn jasje. Een kwartier later was hij terug op Via Nicolo v nummer 22 en nam hij de lift naar het appartement. Het was bijna zes uur in de morgen, ruim een halfuur voordat pater Bardoni bij hen zou zijn.

Het stond hem niets aan. Het idee dat Danny, in zijn toestand, en pater Bardoni erin slaagden Marsciano te bevrijden uit de plek waar hij huisarrest had, ongeacht waar precies in het Vaticaan, was krankzinnig. Maar Danny was vastberaden en pater Bardoni kennelijk ook. Voor Harry betekende het slechts één ding: Danny zou het hoe dan ook proberen en daarbij zou hij vermoord worden – wat duidelijk Palestrina's plan was.

Bovendien, stel dat Farel de moord op de kardinaal-vicaris expres in Danny's schoenen had geschoven en stel dat Farel voor Palestrina werkte, dan moest de laatste de moord zelf hebben georkestreerd. En Marsciano moest daarvan op de hoogte zijn geweest, anders zou hij nu niet Palestrina's gevangene zijn. Dit alles maakte duidelijk dat Marsciano de biechtganger moest zijn geweest. Dus met de liquidatie van Danny zou Palestrina het enige spoor dat naar hem terug zou kunnen voeren, uitwissen.

En bij wie moest Harry nu aankloppen met dit verhaal – Roscani? Adrianna? Eaton? En met welk verhaal? Hij had slechts vermoedens. Ook al beschikte hij over bewijzen, Vaticaanstad was nog altijd een soevereine staat die niet gebonden was door de wetten van Italië. Dus buiten het Vaticaan zelf bezat niemand het wettig gezag ook maar iets te ondernemen. Maar toch – en dit was Danny's grote angst – ondernamen ze niets, dan zouden Marsciano's dagen geteld zijn. En Danny zou alles doen wat in zijn macht lag om dit te voorkomen, ook al zou het hem zijn eigen leven kosten.

'Shit,' vloekte Harry in zichzelf, terwijl hij het appartement binnenkwam en de deur achter zich sloot. Hij zat net zo diep in de nesten als Danny. Niet alleen omdat hij zijn broer was, maar ook vanwege zijn plechtige belofte Danny niet te verliezen zoals hij Madeline had verloren. Waarom deed hij dat? Waarom beloofde hij verdomme steeds dat soort dingen aan zijn broer?

'Ik ben niet vaak in Rome geweest en wist dus niet zeker waar we waren...'

Harry's zelfbeschouwing werd plots onderbroken door Elena die enthousiast op hem af kwam gelopen.

'Wat bedoel je?'

'Ik zal het je laten zien.'

Ze ging hem voor naar de woonkamer, naar het grote raam aan de andere kant. Het fletse ochtendlicht onthulde iets wat ze bij aankomst in het donker onmogelijk gezien konden hebben: een uitzicht direct over een straat naar een hoge muur van geel geworden bakstenen die, zo ver Harry kon zien, in beide richtingen reikte. Rechts aan de verre zijde en nog diep in de schaduw stond een aantal onopvallende gebouwen en links iets wat leek op de toppen van bomen, alsof de muur een of ander groot park omsloot.

'Ik begrijp het niet...' zei Harry onzeker over Elena's belangstelling.

'Het is het Vaticaan, Harry... Althans, een deel van één kant gezien.'

'Zeker weten?'

'Ja, ik ben ooit door de tuinen vlak achter de muur rondgeleid.'

Harry keek weer naar buiten, deed zijn best een bekend punt

te herkennen en te begrijpen hoe hun verblijfplaats zich verhield tot de voor iedereen toegankelijke voorzijde en het Sint-Pietersplein. Hij kon zich nog altijd niet oriënteren en wilde haar net opnieuw aan de tand voelen toen hij opkeek en de koude rillingen over zijn rug liepen: wat hij had aangezien voor de skyline van Rome was een gigantisch gebouw dat nog in de schaduw stond, maar waarvan de top zich nu in het volle zonlicht baadde. Hij keek recht op de Sint-Pieter zelf uit.

'Jezus,' fluisterde hij. Niet alleen waren ze ongehinderd in Rome aangekomen, ook hadden ze de sleutels gekregen van een stuk onroerend goed op nog geen steenworp afstand van Marsciano's gevangenis.

Heel even liet Harry zijn hoofd tegen het glas rusten en sloot zijn ogen.

'Harry, je bent moe...' Haar stem was gedempt, troostend, zoals een moeder zou kunnen praten tegen haar kind.

'Ja,' knikte hij, om vervolgens zijn ogen naar haar op te slaan.

Ze droeg nog steeds het mantelpakje dat de priesters voor haar in Bellàgio hadden geritseld, en had nog steeds haar haar achterover in een knotje. Maar het viel Harry op dat hij haar nu voor het eerst zag als een vrouw in plaats van een non.

'Ik heb in de auto geslapen, jij niet,' zei ze. 'Er is nog een slaapkamer... Je zou even moeten slapen... in ieder geval tot pater Bardoni er is.'

'Ja...' wilde hij zeggen, maar toen realiseerde hij zich met een schok dat hij nu met een groot probleem zat: Elena. De ernst van wat Danny en pater Bardoni planden, was opeens gevaarlijk echt geworden en hij kon niet toestaan dat Elena bij hen bleef en er dieper bij betrokken raakte.

'Je ouders leven nog, hè...' zei hij voorzichtig.

'Wat heeft dat met slapen te maken?' Elena hield haar hoofd scheef en keek hem met dezelfde behoedzaamheid aan.

'Waar wonen ze?'

'In Toscane...'

'Hoe ver is dat van hier?'

'Hoezo?'

'Dat is belangrijk...'

'Met de auto ruwweg twee uur, op de autostrada reden we erdoorheen.'

'En je vader heeft een auto. Rijdt hij?'

'Hoezo?'

'Heeft hij een auto?' vroeg Harry opnieuw, op hardere toon en directer. 'Rijdt hij?'

'Natuurlijk.'

'Ik wil dat je hem belt en vraagt naar Rome te komen.'

Plotseling voelde Elena zich als door een bij gestoken. Ze leunde tegen de muur en sloeg haar armen uitdagend over elkaar. 'Dat kan ik niet doen.'

'Als hij nu wegrijdt, *Elena*,' sprak hij op nadrukkelijke toon, alsof hij haar protest tot zwijgen wilde brengen, 'kan hij om negen uur, halftien op zijn laatst, in Rome zijn. Zeg hem dat hij voor het gebouw moet stoppen en in de auto moet blijven, dat je naar beneden zult komen zodra je hem ziet en daarna zult instappen en dat hij dan direct moet wegrijden. Niemand zal ooit weten dat je hier was.'

Elena voelde zich nu nog dieper geraakt en haar verontwaardiging groeide. Waar haalde hij het lef vandaan? Ze had gevoelens en ze had haar trots. En ze was niet van plan om nota bene haar váder te bellen om zich te laten oppikken als een of ander rood aangelopen schoolmeisje dat 's ochtends met een katterig gevoel was achtergelaten in de grote stad.

Haar haren stonden overeind. 'Het spijt me, *meneer* Addison, maar het is mijn plicht om voor pater Daniel te zorgen. En ik zal bij hem blijven totdat ik formeel van die plicht ontheven word.'

'O, maar dat is zo geregeld, hoor, *zuster* Elena,' keek Harry haar woest aan. 'Hierbij bent u formeel ont...'

'Door-mijn-moeder-overste!' De aderen in haar nek tekenden zich duidelijk af.

Er volgde een verpletterende stilte. De twee staarden elkaar aan. Geen van beiden realiseerde zich dat dit hun eerste ruzie als minnaars was – en dat een van de minnaars zojuist een diepe scheidslijn in het zand had getrokken. Maar wie nu als eerste door de knieën zou gaan, werd nooit duidelijk.

Klap!

De keukendeur vloog opeens open en knalde hard tegen de muur erachter.

'Harry!...'

Onstuimig kwam Danny binnengejeesd. Met beide handen timmerend op de wielen van zijn rolstoel, zijn ogen wijd open van de schrik en een mobiele telefoon op schoot.

'Ik kan Bardoni niet bereiken. Ik heb drie nummers van hem. Eén daarvan is van een zaktelefoon die hij altijd bij zich draagt. Ik heb ze allemaal geprobeerd! Geen antwoord!'

'Danny, rustig nou.'
'Harry, hij had een kwartier geleden al hier moeten zijn! Als hij nog onderweg was, zou hij in ieder geval opnemen!'

119

Aangekomen bij de Via Parione sloeg Harry de hoek om en liep verder langs het huizenblok. Op zijn horloge was het inmiddels vijf voor halfacht, bijna een uur nadat ze Bardoni in het appartement hadden moeten ontmoeten. Al lopend toetste hij het nummer weer in op de mobiele telefoon die Adrianna hem gegeven had.

Nog steeds niets.

Zijn gezonde verstand fluisterde hem in dat Bardoni waarschijnlijk gewoon verhinderd was. Niets meer en niets minder.

Voor hem doemde nummer zeventien op, het appartementencomplex waar Bardoni woonde. Erachter was een steegje, had Danny verteld, met daarachter een houten hek naar de achteringang van het gebouw. Links van die ingang, onder een bloempot met een rode geranium, lag de sleutel verborgen.

Hij sloeg nu de steeg in, liep zo'n twintig meter verder en zag het hek. Hij opende het en liep over een smal grindpad. De geranium stond netjes op de beschreven plek, met onder de pot de sleutel.

Bardoni's flat was, net als de hunne, op de bovenste verdieping en snel beklom hij de trap achterom. Oppervlakkig gezien ging hij er nog altijd van uit dat er niets bijzonders aan de hand was en dat Bardoni's nalatigheid eenvoudig verklaard kon worden. Innerlijk koesterde hij echter hetzelfde voorgevoel als Danny toen deze met volle vaart in zijn rolstoel door de keukendeur was komen rijden.

Angst en vrees.

Boven aangekomen sloeg hij een smalle gang in en belandde voor Bardoni's deur. Met ingehouden adem liet hij de sleutel in het slot glijden en wilde hem omdraaien. Maar dat was niet nodig. De deur zat niet op slot en zwaaide open.

'Eerwaarde...?'

Geen antwoord.

'Pater Bardoni...' Hij betrad een donkere hal. Vóór hem was een kleine huiskamer, te vergelijken met die in Danny's flat en bijna net zo Spartaans ingericht.

'Pater...?'

Nog steeds geen antwoord.

Rechts was een smalle gang, halverwege was een deur en een tweede deur aan het eind. Beide waren dicht. Hij hield zijn adem in, legde zijn hand op de knop van de eerste deur en draaide eraan.

'Eerwaarde?'

De deur zwaaide open naar een kleine, benauwde slaapkamer. Achterin was een klein raam. Het bed was opgemaakt. Op het kleine nachtkastje stond een telefoon. Dat was alles. Op het moment dat hij zich weer omdraaide, viel zijn oog op een zaktelefoon op de grond naast het bed. Was dit het toestel dat hij 'altijd bij zich draagt'?

Opeens was hij zich bewust van zijn eigen aanwezigheid. Iets voelde helemaal verkeerd, alsof hij hier helemaal niet mocht zijn. Hij liep de kamer uit en draaide zich uiterst behoedzaam om naar de andere deur. Wat bevond zich daarachter? Zijn hele wezen dwong hem om te keren, de benen te nemen: laat die deur met rust.

Alleen, hij kon het niet.

'Pater Bardoni...' probeerde hij weer.

Stilte.

Hij pakte zijn zakdoek en legde deze over de deurknop.

'Pater Bardoni,' riep hij, nu hard genoeg, zodat het aan de andere kant van de deur zeker te verstaan zou zijn.

Geen antwoord.

Hij voelde het zweet op zijn bovenlip, voelde het bonken van zijn hart. Langzaam draaide hij de deurknop om. Vervolgens hoorde hij een klik waarna de deur ging open. Zijn ogen gleden van de versleten witte vloertegels van de badkamer naar de wastafel en de hoek van de badkuip. Hij bracht zijn elleboog omhoog en duwde de deur verder open.

Bardoni zat rechtop in bad. Hij was naakt. Zijn ogen waren open, zijn blik staarde vooruit in het niets.

'Pater?'

Hij deed een stap naar voren. Zijn voet raakte iets. Bardoni's bril lag op de vloer. Harry's blik gleed weer omhoog naar de bad-kuip.

Er zat geen water in.

'Pater?' fluisterde hij zacht, alsof hij nog steeds hoopte op iets van een reactie. Het enige wat hij kon bedenken was dat de priester net een bad had willen nemen, maar op het moment dat hij de kraan had willen opendraaien, een hartaanval had gekregen.

Nog een stap naar voren.

'Mijn God!'

Hij hapte naar lucht en deinsde meteen terug, de ogen wijd-open in opperste verschrikking. Bardoni's linkerhand was ter hoogte van zijn pols afgesneden. Er was bijna geen bloed te zien. Op de plek waar de hand gezeten had, restte nog slechts een stompje.

120

Milaan, zelfde tijdstip.

Onder hen zag Roscani de landingsbanen van luchthaven Linate en op hetzelfde moment voelde hij hoe de helikopter daalde. Zelfs na zijn vertrek uit Lugano was de informatiestroom op gang gekomen; nu kwamen er nog meer gegevens binnen. Op de plaatsen achter hem praatten Castelletti en Scala beurtelings over de radiotelefoon en verzamelden aantekeningen.

Het omgekrulde velletje papier in Roscani's hand was datgene waarop hij had gewacht, een kort, maar zeer onthullend faxbe-richt van het hoofdkwartier van Interpol in het Franse Lyon. Er stond: *De Franse inlichtingendienst heeft bevestigd dat Thomas José Álvarez-Ríos Kind zich, zoals eerder werd aangenomen, niet in Khartoem, Sudan, bevindt. Huidige verblijfplaats onbekend.*

Vanuit het hoofdbureau van de Gruppo Cardinale in Rome had Roscani direct een arrestatiebevel laten uitvaardigen naar alle politiediensten in Europa. Bovendien was in aller ijl de meest re-cente foto van Thomas Kind wereldwijd naar alle media gezonden, samen met de verklaring dat Kind een voortvluchtige was die door de Gruppo Cardinale werd gezocht in verband met de moord op de kardinaal-vicaris van Rome en de bomaanslag op de bus naar Assisi. Het deel over de bus was Roscani te binnen geschoten op het moment dat hij Kind begon te verdenken. Het was diens handelsmerk, bekend bij politie- en inlichtingendiensten wereldwijd, waarvan hij herhaaldelijk gebruikmaakte wanneer hij zich in een positie bevond dat hij een huurmoordenaar kon inschakelen in plaats van zelf de klus te klaren. Het was gewoon een kwestie van 'vermoord de moordenaar' – laat de man of vrouw het vuile werk opknappen en ruim hem of haar dan zo snel mogelijk uit de weg om geen sporen achter te laten die terug zouden voeren naar Kind of degenen die hem hadden ingehuurd.

Daarom ook was op de plek van de uitgebrande bus het Spaanse Llama-pistool gevonden. Kind had een moordenaar aan boord gehad om pater Daniel uit de weg te ruimen en vervolgens had hij de bus opgeblazen om de moordenaar te liquideren en geen sporen achter te laten. Het probleem was dat de huurmoordenaar zijn timing niet helemaal voor elkaar had gehad en de opzet dus niet gelukt was. Maar het wapen en de opgeblazen bus wezen tezamen onverbiddelijk in de richting van Thomas Kind.

En nu, met de informatie die Castelletti en Scala uit Milaan kregen, rondde de politie aldaar de zaak snel af. Aldo Cianetti, de modeontwerper die vermoord was aangetroffen op de autostrada tussen Como en Milaan, was aan boord geweest van de laatste boot uit Bellàgio en in gesprek gezien met een vrouw die een grote strohoed op had – een vrouw van wie een jonge agent uit Bellàgio nog wist dat zowel haar paspoort als haar accent Amerikaans was – waarna hij met haar van boord was gegaan bij het afmeren in Como.

Intussen hadden onderzoekers in Milaan de buurt rondom de straat nabij het Palace Hotel, waar de donkergroene BMW van Cianetti was gevonden, systematisch uitgekamd. Op een steenworp afstand lag Milaan Centraal, het hoofdstation van Milaan. Tijdstip van overlijden werd geschat op ergens tussen twee en drie uur 's nachts. Agenten die bezig waren met het ondervragen van kaartjesverkopers die tussen twee en vijf uur in de ochtend dienst hadden gehad, waren gestuit op een openhartige spoorwegbeambte, een vrouw van middelbare leeftijd, die even voor vieren een treinkaartje had verkocht aan een vrouw met een grote strohoed op. Haar bestemming was Rome geweest.

Vrouw? Nee, het was geen vrouw geweest, het was Thomas Kind.

Met een enorm geraas en een lichte schok raakte de heli de grond. De deuren gingen open en de drie politiemannen renden bukkend voor de rotorbladen over het platform naar een gecharterd straalvliegtuig dat hen naar Rome zou vervoeren.

'Die diplomatieke nummerborden van het Vaticaan, daar zijn we inmiddels uit,' schreeuwde Castelletti al rennend. 'Het zijn laaggenummerde kentekenplaten die worden toegewezen aan auto's waarmee de paus of kardinalen worden vervoerd. Ze zijn niet bestemd voor iemand in het bijzonder. SCV 13 is momenteel toegewezen aan een Mercedes van Vaticaanse bodem die nu een onderhoudsbeurt krijgt.'

De Kerk.

Het Vaticaan.

Rome.

Dit waren de woorden die door Roscani's brein speelden. Hij hoorde het geloei van de straalmotoren en voelde hoe hij in zijn stoel werd gedrukt nu het vliegtuig over de startbaan raasde. Binnen twintig seconden waren ze los en bevonden ze zich in het luchtruim; hij hoorde het bonkende geluid van het landingsgestel dat in de romp onder hen werd ingeklapt. Wat begonnen was met een onderzoek naar de moord op de kardinaal-vicaris van Rome, leek hier nu zijn beslag te krijgen. De cirkel was bijna rond.

Roscani ontdeed zich van zijn veiligheidsgordel, plukte de laatste sigaret uit het haveloze pakje, stopte het lege pakje terug in zijn jaszak, stak de sigaret tussen zijn lippen en keek naar buiten. Hier en daar weerkaatste het zonlicht vanaf de grond, een meer of een gebouw, nu heel Italië zich onder een wolkeloze hemel leek te koesteren. Een eeuwenoud land, fraai en sereen, maar toch zo vaak vertrapt door schandalen en intriges op ieder niveau. Was er eigenlijk wel een land of een verleden dat van dergelijke dingen gevrijwaard werd? Hij betwijfelde het. Maar hij was een Italiaan en het land daarbeneden was zijn land. En hij was een politieman, belast met het handhaven van de wet en hij moest erop toezien dat het recht zijn loop zou krijgen.

Hij zag Gianni Pio voor zich, zijn vriend en partner en peetoom van zijn kinderen, terwijl ze hem uit zijn auto haalden, doordrenkt van zijn eigen bloed, zijn gezicht weggeschoten. Zag het met kogels doorzeefde lichaam van de kardinaal-vicaris van Rome en het uitgebrande karkas van de bus met bestemming Assisi. Herinnerde zich de slachting, het werk van Thomas Kind in Pescara en Bellàgio. En vroeg zich af wat gerechtigheid inhield. Inderdaad, de misdaden waren gepleegd op Italiaanse bodem, waar hij de macht bezat er iets aan te doen. Maar binnen de muren van het Vaticaan bezat hij absoluut geen macht. Zodra zijn voortvluchtigen hun heil achter die muren hadden gezocht, restte hem niets anders dan zijn bewijzen over te dragen aan de aanklager van de Gruppo Cardinale, Marcello Taglia. En daarmee zou hij niet langer degene zijn die het recht liet zegevieren. Het zou in handen komen van de politici. En op de lange duur zou de zaak daarmee afgehandeld zijn. Hij herinnerde zich maar al te goed de woorden van Taglia over hun onderzoek naar de moord op de kardinaal-vicaris, met de waarschuwing voor 'de delicate aard van deze hele zaak en de diplomatieke verwikkelingen die kunnen ontstaan tussen Italië en het Vaticaan'.

Met andere woorden: het Vaticaan kon, indien het wilde, ongestraft blijven voor moord.

121

Harry's impuls was om terug te gaan naar de plek waar hij de Mercedes had achtergelaten, de ruit te forceren om zo de sleutels weer te bemachtigen, en Danny en Elena uit hun flat aan de Via Nicola v te evacueren.

'Hij is dood. Ze hebben hem verminkt,' meldde hij Danny via zijn zaktelefoon. 'Wie weet wat hij ze heeft onthuld. Wie weet zijn ze wel onderweg naar jullie!' Hij verliet het steegje achter Bardoni's flat en liep snel door om maar niet te veel de aandacht te trekken en begaf zich dezelfde weg terug zoals hij was gekomen.

'Harry,' sprak Danny kalm, 'kom nu maar gewoon hierheen. Bardoni zal ze niets hebben verteld.'

'Hoe weet jij dat nou, verdomme!'

'Dat weet ik gewoon…'

Nog geen halfuur later was Harry terug in het gebouw. Zorgvuldig controleerde hij de hal, staarde even naar de lift, en nam vervolgens de trap aan de voorzijde. Die leek hem iets veiliger dan de benauwde liftkooi waarin hij zo in de val kon lopen.

Op het moment dat hij binnenkwam, zaten Danny en Elena in de woonkamer. Hij voelde de spanning. Eventjes werd er niet gesproken. Daarna gebaarde Danny naar het raam.

'Ik wil dat je even naar buiten kijkt, Harry.'

Harry wierp een blik naar Elena en liep naar het raam.

'En waar moet ik naar kijken?'

'Naar links, volg de muur,' zei Danny. 'In de verte zie je de top van een ronde bakstenen toren. Dat is de St. Janstoren waar kardinaal Marsciano gevangen wordt gehouden. Hij zit in de middelste kamer ongeveer halverwege de achterkant. Zijn kamer heeft een glazen deur die toegang biedt tot een klein balkon. Het is de enige opening in de muur.'

De toren stond ongeveer vierhonderd meter verderop en Harry kon de bovenkant goed zien: een hoge, ronde toren, met een lage spits, en opgetrokken uit dezelfde baksteensoort als de muur waarbinnen hij stond.

'We zijn de enigen die de klus nog kunnen klaren,' constateerde Danny kalm.

Langzaam draaide Harry zich om.

'Jij, ik en zuster Elena.'

'Om... wat te doen?'

'Om kardinaal Marsciano te bevrijden...' antwoordde Danny. Alle emoties van daarnet, toen Bardoni onbereikbaar bleek, waren inmiddels verdrongen. Bardoni was dood; zij moesten verder.

Harry schudde het hoofd. 'O nee, niet met Elena erbij.'

'Maar ik wil het, Harry.' Ze keek hem recht in de ogen. Het was meer dan duidelijk dat ze het meende.

'Natuurlijk, en waarom ook niet?' Hij keek weer naar Danny. 'Ze is net zo gestoord als jij.'

'Er is niemand anders, Harry...' sprak Elena kalm.

Met een ruk draaide hij opnieuw zijn hoofd naar zijn broer. 'Waarom zijn jullie er zo zeker van dat we hier veilig zitten, dat Bardoni zijn mond niet heeft voorbijgepraat? Ik heb hem gezien, Danny. Als ík het was geweest, dan had ik ze alles gezegd wat ze hadden willen horen.'

'Je moet me geloven, Harry...'

'Het gaat niet om jou, het gaat om Bardoni. En zoveel vertrouwen heb ik niet.'

Een lang ogenblik staarde Danny hem zwijgend aan. Toen hij eindelijk sprak, was het duidelijk om zijn broer te laten begrijpen dat er meer achter zat dan de woorden deden vermoeden.

'De eigenaar van dit appartementengebouw is de baas van het grootste farmaceutische concern van heel Italië. Een verzoek van Marsciano om voor een tijdelijke, beschutte plek te zorgen was voor hem voldoende om dat meteen te regelen, zonder verdere vragen...'

'En wat heeft dat met Bardoni te maken?'

'Harry, de kardinaal is een van de meest geliefde figuren van Italië... En kijk eens wie hem heeft geholpen, en tegen welk risico... Ik...' – hier aarzelde hij even, – 'ik werd priester omdat ik me na mijn marinierstijd nog net zo verward en verloren voelde als daarvóór... En toen ik in Rome belandde, was het nog net zo erg. Daarna leerde ik de kardinaal kennen en hij toonde me een leven dat ín mij school en waarvan ik het bestaan nooit had kunnen bevroeden. Door de jaren heen begeleidde hij me, moedigde me aan mijn eigen overtuiging te zoeken, spiritueel en anderszins... De Kerk, Harry, werd mijn familie... en ik hield van de kardinaal als van een vader... Voor Bardoni gold hetzelfde. En daarom zal hij ze niets hebben verteld...'

Het beeld van Bardoni in de badkuip was te aangrijpend: een man die gefolterd was, maar desondanks had gezwegen. Aangedaan streek Harry een hand door zijn haar en hij moest even zijn hoofd afwenden. Op dat moment vonden zijn ogen die van Elena. Ze keken hem zacht en liefdevol aan en vertelden hem dat ze Danny's woorden begreep – en dat ze wist dat hij gelijk had.

'Harry...'

De scherpte van Danny's stem bracht zijn aandacht weer bij zijn broer. Pas nu zag hij dat op de achtergrond de tv aanstond.

'Er is nog iets... De moord op Bardoni vormt de bevestiging van wat ik anders eerder niet geloofd zou hebben... Je weet wat er op dit moment in China aan de hand is?'

'Een tragedie, met een hoop doden. Verder weet ik niks. Ik heb nou niet bepaald lekker voor de tv kunnen hangen. Waar wil je heen?'

'In Bellàgio, Harry, toen we in de truck moesten wachten totdat Elena ons zou komen ophalen, werd je gebeld... Ik werd er wakker door... en ving van jou twee namen op: Adrianna en Eaton.'

'En?' Harry begreep er nog altijd niets van.

'Adrianna Hall, James Eaton.'

Harry was verrast en verwonderd tegelijk. 'Die twee hebben me geholpen om jou te vinden. Hoe komt het dat jij die ook kent?'

'Is niet belangrijk. Waar het om gaat, is dat jij zo snel mogelijk contact met ze opneemt.' Met een ruk gaf hij zijn rolstoel een duw in de richting van Harry. 'We moeten een eind maken aan wat er gebeurt, daar in China.'

'Een eind maken aan wat?' Nog altijd begreep hij er niets van.

'Ze zijn bezig de meren daar te vergiftigen, Harry... Eentje is al verpest, en nog twee staan op de nominatie...'

'Waar heb je het over? Wie zit er dan achter? Ik weet alleen maar dat het om een natuurramp gaat.'

'Nee,' antwoordde Danny snel, keek even snel naar Elena, en vervolgens weer naar zijn broer. 'Het maakt deel uit van Palestrina's plan... om het Vaticaan over China te laten heersen.'

'Dus daar ging die biecht over, hè...?' Harry voelde de rillingen over zijn rug lopen.

'Ten dele, ja...'

Elena sloeg een kruis. 'Moeder Maria...' mompelde ze verschrikt.

'Een tijdje geleden zond WNN een samenvatting uit van een docu over Hefei,' vertelde Danny op dwingende toon. 'Om twee minuten en ongeveer twintig seconden na achten volgden er een paar korte beelden van de waterzuiveringsinstallatie daar – ik weet nog hoe laat het was, want ik keek op dat moment op mijn horloge. Daarin verscheen opeens het gezicht van een man die de dader zeker moet kennen, als hij het zelf niet is.'

'Hoe weet je dat?' fluisterde Harry.

'Afgelopen zomer heb ik hem gezien op een buitenverblijf ergens buiten Rome. Hij was daar met een andere man. Ze hadden een afspraak met Palestrina. Op Vaticaanse buitenverblijven worden doorgaans maar weinig Chinezen uitgenodigd, weet je...'

Nog nooit had Harry zijn broer zo gedreven gezien.

'Adrianna Hall kan de band naar de goede plek terugspoelen. De man die we zoeken, is klein en staat links in beeld, met een koffertje in zijn hand. Daarna moet ze de band meteen naar Eaton sturen.'

'Wat heeft Eaton er in vredesnaam mee te maken? Hij is gewoon een ondergeschikte op de ambassade!'

'Harry, hij is een CIA-man, gedetacheerd in Rome.'

'Wat?' Harry stond paf.

Maar Danny gaf geen krimp. 'Ik zit hier al vrij lang, Harry... Waar ik werk, heb ik te maken met verschillende echelons binnen de internationale diplomatie waar men weet wat er gaande is... Kardinaal Marsciano heeft me meegetroond in kamers waarvan de meeste mensen het bestaan niet eens vermoeden...'

Zowel Harry als Elena kon zien hoe Danny eronder gebukt ging. Met handen en voeten gebonden aan het biechtgeheim zette hij zijn eigen ziel op het spel door alles te onthullen wat hem daar allemaal ter ore was gekomen. Maar ja, er stonden honderdduizenden mensenlevens op het spel en hij móest iets doen. En om dat te kunnen, diende hij niet op het kerkrecht te vertrouwen, maar op God.

Danny duwde zijn rolstoel iets naar achteren, maar hield zijn blik op Harry gericht. 'Ik wil dat je hier meteen verdwijnt. Eerst bel je Adrianna Hall, vanuit een telefooncel. Daarna loop je naar een andere cel en bel je Eaton. Vertel hem wat ik jou heb verteld en dat Adrianna voor de beelden zal zorgen. Zeg hem dat hij de Chinese geheime dienst moet inschakelen – zeg hem dat ze de man met het koffertje moeten zoeken. Onderstreep nog eens dat snelheid geboden is. Want anders zullen de heren in *Beijing* nog eens een paar honderdduizend extra doden moeten verantwoorden...'

Harry aarzelde een ogenblik, en wees met zijn vinger. 'Je hebt hier een telefoon voor je neus staan, Danny. Waarom bel je Eaton zelf niet?'

'Hij mag niet weten waar jij of ik zit...'

'Waarom niet?'

'Omdat ik nog steeds Amerikaans staatsburger ben, en omdat een dreiging tegen China de nationale veiligheid in het geding brengt. Hij zal meer van me willen weten, en zal daar alles voor doen... Ook al moet hij ons daarvoor onrechtmatig opsluiten. En als het zover komt,' – Danny's stem veranderde nu in een hese en uitgeputte fluistertoon – 'dan zal kardinaal Marsciano zijn laatste dag hebben gehad.'

Elena zag de blik in Harry's ogen, zag hoe hij zijn broer lange tijd aanstaarde alvorens traag te knikken en te antwoorden: 'Oké.' Diep in haar hart wist ze dat Harry vond dat ze verkeerd, ja zelfs onbezonnen bezig waren. Maar ze had ook gezien hoe hij zwijgend Danny's speciale band met kardinaal Marsciano aanvaardde en begreep waarom hij alles op het spel wilde zetten om hem te redden.

Door in te stemmen met het plan liet Harry niet alleen zien hoeveel hij van zijn broer hield, het maakte tevens dat ze nu – waarschijnlijk voor het eerst van hun leven – een gemeenschappelijk doel hadden: het bevrijden van de gevangen prins in de toren om daarna levend te ontkomen. Het was ridderlijk, dapper, dwaas en zou, zelfs met Bardoni's hulp, al moeilijk genoeg zijn geweest. Maar Bardoni was dood, dus viel de hele last op Harry's schouders. Elena voelde hoe hij koortsachtig alles op een rijtje probeerde te zetten, te bepalen hoe de zaken er nu voor stonden, wat de opties waren. Hij keek haar even aan, hield haar blik een moment gevangen, deed de deur open en verdween, nog altijd gekleed zoals ze hem had leren kennen, als priester.

122

Beijing, China, Zjongnanhei-compound. Nog steeds donderdag 16 juli, vijf over drie in de middag.

Yan Yeh bracht de dag in ontsteltenis door. Even voor tienen die ochtend druppelden de eerste meldingen vanuit Woesi binnen. Een tiental ernstige gevallen van onbeheerste misselijkheid, diarree en braken was binnen een tijdsspanne van een kwartier gemeld aan volkshospitaal nummer 4. Bijna op hetzelfde tijdstip kwamen vergelijkbare meldingen binnen van de volkshospitalen nummer 1 en nummer 2. Rond halftwaalf coördineerde het hospitaal van Chinese Geneeskunde inmiddels een complete epidemie. Zevenhonderd gemelde gevallen, waarvan 271 doden.

Onmiddellijk was de watervoorziening stilgelegd en waren hulpdiensten en de politie in staat van paraatheid gebracht. De stad bevond zich op de rand van paniek.

Tegen één uur in de middag waren er al twintigduizend mensen vergiftigd. Van hen waren er inmiddels 11.450 gestorven. Onder hen ook Yan Yehs schoonmoeder en twee van haar broers. Dat had hij kunnen achterhalen. Waar zijn vrouw en zoon zich bevonden, of ze nog leefden of niet, daarvan had hij geen benul. Zelfs de overweldigende invloed van Woe Sian, de secretaris-generaal van de communistische partij, was vruchteloos gebleken in pogingen daar achter te komen. Maar wat er gebeurd was, was erg genoeg. Pierre Weggen was ontboden in de Zjongnanhei-compound.

Nu, even na drieën en nog steeds geen nieuws van zijn familie, nam een sombere, zwaargeschokte Yan Yeh samen met zijn Zwitserse vriend plaats aan een tafel met Woe Sian en tien andere hooggeplaatste, grimmig kijkende leden van het politbureau. Het gesprek was van korte duur en zakelijk. Overeengekomen was dat de Zwitserse investeringsbankier het consortium bijeen zou brengen van bedrijven die hij in een eerdere fase had voorgesteld om met onmiddellijke ingang een gigantisch tienjarenplan op te starten om China's gehele waterstelsel en energievoorziening drastisch te renoveren. Haast en efficiency, daar draaide het om. China en de wereld moesten weten dat Beijing de situatie nog altijd onder controle had en al het mogelijke deed om de gezondheid en het welzijn van zijn volk te beschermen.

'*Women sjenme sjihoe neng nadao hetong?*' zei Woe Sian ten slotte op zachte toon tegen Weggen.

Wanneer kunnen we het contract verwachten?

123

Harry's telefoontjes naar Adrianna en Eaton waren gepleegd vanuit twee telefooncellen in twee verschillende straten die twee huizenblokken van elkaar verwijderd waren. De gesprekken waren kort en kortaf geweest. Ja, had Adrianna gereageerd, ze kende de beelden die hij bedoelde. Ja, ze zou het desbetreffende stukje wel kunnen terugvinden. Ja, Eaton zou een kopie kunnen krijgen. Maar waarom? Wat was er zo belangrijk aan die beelden? Harry reageerde er niet op, maar verzocht haar gewoon te doen wat hij vroeg met de mededeling dat als Eaton wilde dat ook zij het wist, hij het haar wel zou vertellen. Met een 'bedankt' hing hij op, ook al hoorde hij haar nog roepen: 'Waar zit je, verdomme!'

Eaton had zich wat lastiger getoond. Hij hield Harry bijna letterlijk aan het lijntje, informeerde hoe het met zijn broer was, waar ze zaten. En Harry wist dat hij bezig was de telefoonlijn na te trekken.

'Luister nou alleen maar.' Harry had hem abrupt de mond gesnoerd en had daarna de beelden beschreven, zoals Danny dat eerder had gedaan, met de mededeling dat er een plan was om drie meren in China te vergiftigen, dat de Chinees met het koffertje op het stukje videoband van de waterzuiveringsinstallatie, hun man was, dat de Chinese geheime dienst meteen op de hoogte moest worden gebracht en dat Adrianna hem de beelden zou bezorgen.

'Hoe weet je dit allemaal? Wie zit er achter deze besmetting? Waarom?' Het mondde uit in een spervuur van directe vragen van Eatons kant. Harry antwoordde dat hij slechts een boodschap overbracht.

En ook nu had hij gewoon opgehangen, net zoals na het gesprek met Adrianna, was uit de telefooncel gestapt en weggelopen. Hij sloeg de Via Stazioni Vaticana op: een priester in zijn eentje, op een trottoir langs de Vaticaanse muren; daar was niets vreemds aan. Boven hem verrezen de bogen van wat waarschijnlijk een oud aquaduct was geweest waarover in vroeger tijden wellicht water naar het Vaticaan was getransporteerd. Nu hoopte hij maar dat het hoofdspoor zich hier ergens aftakte om via de enorme poort uiteindelijk voor het station van het Vaticaan te eindigen.

'Met de trein,' had Danny geantwoord op Harry's vraag hoe hij en Bardoni van plan waren geweest Marsciano uit het Vaticaan te smokkelen. Het station en de emplacementen werden nog maar zelden gebruikt, zo nu en dan door een Italiaanse bevoorradingstrein, maar dat was dan ook alles. Vroeger reisde de paus per trein vanuit het Vaticaan naar Italië, maar die tijd was allang voorbij. Wat restte waren de poort, het station, het emplacement en een roestende goederenwagon op een zijspoor bijna aan het eind, een soort betonnen tunnel die nergens heen voerde. Alleen God en de muren aldaar wisten hoe lang de goederenwagen daar al stond.

Voor zijn vertrek naar Lugano had Bardoni de stationschef gebeld met de mededeling dat kardinaal Marsciano zich ergerde aan de aanblik van de wagon en dat hij, ziek of niet, eiste dat deze onmiddellijk werd verwijderd. Even later werd hij door een medewerker teruggebeld met de boodschap dat vrijdagochtend om elf uur een rangeerloc de oude wagon zou komen weghalen.

Het plan was als volgt: zodra de wagon zou wegrijden, zou Marsciano zich erin bevinden. Simpel. Het feit dat de stationschef het slechts van een ondergeschikte medewerker had vernomen, vormde voor Bardoni de garantie dat het verzoek als een gewone, alledaagse taak zou worden beschouwd. De bewakingsdienst zou in kennis worden gesteld, maar enkel vanwege de komst van een rangeerloc. Ook weer iets dat het personeel zelf wel regelde en veel te onbeduidend was om naar Farel door te spelen.

Inmiddels liep Harry omhoog over de heuvel die op dezelfde hoogte was als het bovenste deel van het aquaduct. Hij liep verder en keek voor zich uit.

Aangekomen op spoorhoogte draaide hij zich om. Daar had je ze, de hoofdlijn die naar links afboog – rails die glommen in de zon vanwege het voortdurende gebruik – en de zijlijn naar rechts, roestig, en direct naar de Vaticaanse muren leidend.

Hij draaide zich om. Zijn blik volgde de hoofdlijn in de richting van station San Pietro. Hij had nog tien minuten om erheen te gaan en rond te neuzen om te bepalen of hij met het plan door zou gaan. Zo niet, dan kon hij nog verdwijnen voordat de anderen arriveerden. Maar hij zou blijven. Dat wist hij al op het moment dat hij dat telefoontje pleegde. Binnen in het station zou hij zo meteen, om kwart voor elf, een ontmoeting hebben met Roscani.

124

Het Vaticaan. De St. Janstoren. Zelfde tijdstip.

'Eminentie, u verzocht mij te spreken?' De deuropening van Marsciano's cel werd nagenoeg geheel opgevuld door Palestrina's reusachtige gestalte.

'Inderdaad.'

Marsciano deed een stap achteruit en Palestrina betrad het vertrek. Een van zijn zwartpakken volgde in zijn kielzog om de deur te sluiten en zich daar als een soort schildwacht voor te posteren. Het was Anton Pilger, de jongeman met de eeuwige grijns op zijn gemene tronie, die nog maar enkele dagen geleden Marsciano's chauffeur was geweest.

'Ik wilde u onder vier ogen spreken,' zei Marsciano.

'Zoals u wenst.' Palestrina bracht een enorme hand omhoog en Pilger was plotseling een en al aandacht, draaide op zijn hielen en verdween; het was het rechtsomkeert van een militair, niet dat van een politieman.

Een lang ogenblik staarde Marsciano naar Palestrina, alsof hij probeerde diens gedachten te lezen; vervolgens bracht hij langzaam een hand omhoog en wees naar een zwijgend tv-toestel. De beelden, een gruwelijke herhaling van opnamen gemaakt in Hefei – een konvooi legertrucks afgeladen met manschappen van het Chinese bevrijdingsleger, horden mensen die de straten bevolkten aan weerszijden van de soldaten, terwijl deze voorbijreden. De camera zwenkte naar een verslaggever die nagenoeg dezelfde outfit droeg als de militairen en wiens stem niet te horen was omdat het tv-geluid weggedraaid was, maar de man deed duidelijk zijn best te beschrijven wat er om hem heen gebeurde.

'Woesi is het tweede meer.' Marsciano's gelaat was asgrauw. 'Ik wil dat het het laatste is. Ik wil dat u er nu een einde aan maakt.'

Palestrina glimlachte, volkomen op zijn gemak. 'Eminentie, de Heilige Vader heeft naar u gevraagd. Hij wilde op ziekenbezoek komen. Ik vertelde hem dat u heel zwak bent en dat het beter is dat u voorlopig rust neemt.'

'Umberto, geen doden meer,' fluisterde Marsciano. 'Je hebt mij al... Stop de verschrikkingen in China. Stop het en ik zal je geven wat je van meet af aan hebt gewild...'

'Pater Daniel?' Palestrina glimlachte opnieuw, dit keer welwillend. 'Nicola, je vertelde me dat hij dood is...'

'Hij is niet dood. Als ik het hem vraag, zal hij hierheen komen. Blaas de actie met het laatste meer af en je kunt met ons doen wat je maar wilt... Het geheim van je "China-offensief" nemen wij mee in ons graf.'

'Een heel nobele gedachte, eminentie. Maar in beide opzichten helaas te laat...' Palestrina draaide zich om, wierp een vluchtige blik naar de tv en keek toen Marsciano weer aan.

'De Chinezen hebben gecapituleerd en reeds om de contracten verzocht... En dan nog,' glimlachte Palestrina wat afwezig, 'in tijden van oorlog is er geen sprake van terugtrekken, de veldtocht moet volgens plan worden afgesloten...' Hij aarzelde lang genoeg om Marsciano te doen beseffen dat verdere argumenten vergeefs

zouden zijn en vervolgde: 'Wat pater Daniel betreft, die hoeft niet te worden opgeroepen, want hij is al onderweg naar u. Hij bevindt zich misschien zelfs al in Rome.'
'Onmogelijk!' riep Marsciano. 'Hoe kon hij zelfs maar weten dat ik hier zit?'
Opnieuw glimlachte Palestrina. 'Van pater Bardoni.'
'Nee! Nooit!' Marsciano was witheet van woede. 'Hij zou pater Daniel nooit van zijn leven verraden...'
'Maar dat deed hij wél, Eminentie... Uiteindelijk raakte hij ervan overtuigd dat ik gelijk had en dat u en de kardinaal-vicaris het bij het verkeerde eind hadden. Dat de toekomst van de Kerk meer waard is dan het leven van een enkele man, ongeacht wie hij is – Eminentie...' De glimlach op Palestrina's gezicht verflauwde. 'Koester geen twijfel, pater Daniel zal komen.'
Nog nooit had Marsciano haatgevoelens gekoesterd, maar nu haatte hij, vanuit de grond van zijn hart.
'Ik geloof u niet.'
'Geloof wat u wilt...'
Langzaam liet Palestrina een hand in de zak van zijn priestergewaad glijden en haalde er een donkerfluwelen buidel met een trekkoordje uit. 'Als bewijs stuurt pater Bardoni je zijn ring...'
Hij legde de buidel op de schrijftafel naast Marsciano, fixeerde zijn blik op de kardinaal, draaide zich toen om en liep naar buiten.
Marsciano zag Palestrina niet vertrekken. Hoorde de deur niet open- of dichtgaan. Zijn ogen waren strak gericht op de donkerfluwelen buidel die voor hem lag. Langzaam pakte hij hem met trillende hand op en maakte hem open.
Buiten sloeg een hovenier zijn ogen op bij het plotselinge geluid van een afgrijselijke schreeuw.

125

Twaalf over halftien in de ochtend.

Roscani liep in zijn eentje over de Via Innocenzo III. Het was al heet en naarmate de zon hoger aan de hemel kwam, werd het alleen maar heter. In de verte zag hij het station San Pietro al. Een half blok terug was hij uit zijn auto gestapt en had Scala en Castelletti achtergelaten. Zij zouden het station van weerskanten afzonderlijk binnengaan, de een voor Roscani, de ander vlak daarna. Daar zouden ze Harry Addison proberen te vinden, maar hem niet aanhouden, tenzij hij de benen nam. Het plan was Roscani ruimte te geven voor een gesprek onder vier ogen met de voortvluchtige, om de zaak zo kalm en ontspannen mogelijk te houden. Daarnaast zouden de andere twee zich zo opstellen dat, mocht Addison de benen nemen, hij zich hoe dan ook in het schootsveld van de anderen zou bevinden. Er waren geen versterkingen. Alles was precies zoals Roscani had beloofd.

Harry Addison had het bekwaam gespeeld. Om tien voor halfelf was zijn telefoontje op het hoofdbureau binnengekomen. Zijn enige woorden waren: 'Mijn naam is Harry Addison. Roscani zoekt me.' Daarna had hij het nummer van zijn telefooncel doorgegeven en opgehangen. Dat was alles.

Vijf minuten later belde Roscani terug vanaf de plek waar hij meteen na zijn aankomst in Rome met Scala en Castelletti naartoe was gesneld: Bardoni's appartement, plek van een misdrijf.

Roscani: 'Roscani hier.'

Addison: 'We moeten praten.'

Roscani: 'Waar kan ik u vinden?'

Addison: 'In het stationsgebouw achter de Sint-Pieter.'

Roscani: 'Blijf daar. Ik kom eraan.'

Addison: 'En Roscani, u komt alleen. Ik ben niet te herkennen, ik zie er anders uit. Zodra ik politie zie, ben ik weg.'

Roscani: 'Waar in het station?'

Addison: 'Ik weet u wel te vinden.'

Roscani stak de straat over en naderde het station. Even dacht hij weer aan zijn oorspronkelijke plan om Harry Addison te pakken te krijgen. In zijn eentje, en met een wapen, om hem neer te schieten voor de moord op Gianni Pio. Maar de hele boel was in een stroomversnelling geraakt en bleek van een complexiteit die hij zich nooit had kunnen indenken.

Indien Harry Addison inderdaad, zoals afgesproken, in het stationsgebouw was, dan bevond hij zich buiten Vaticaans terrein. Zo ook misschien pater Daniel, hoopte hij. Misschien had hij nog een kans voordat de hele zaak als los zand tussen de vingers van Taglia en al die politici zou glippen.

Harry zag Roscani binnenkomen en zich door de stationshal naar het perron begeven. Het station San Pietro was maar klein, eigenlijk gewoon een depot dat voorzag in een kleine omweg door Rome. Er was maar weinig volk. Om zich heen kijkend zag hij een man in een colbert en met een stropdas om, misschien een agent in burger. Maar vóór Roscani's binnenkomst had hij de man al gezien, dus kon hij er niet zeker van zijn.

Hij verliet het station door een zijdeur, liep om naar de zijkant van het gebouw en langzaam, zonder zich druk te maken, liep hij het perron op vanuit een andere hoek: als een priester die hier op zijn trein wachtte, een priester die opzettelijk zijn valse identiteitspapieren onder de koelkast in de flat aan de Via Nicolo v had verstopt.

Door een openstaande deur zag hij een tweede man het station binnenkomen. Zijn overhemdsboord was los, maar ook hij droeg een colbertje, net als de eerste man.

Nu had Roscani hem gezien, en zag dat Addison op hem afliep. Op ongeveer vier meter afstand bleef hij staan. 'U had beloofd alleen te komen.'

'Ik ben alleen.'

'Nee. Er zijn nog twee kerels meegekomen.' Dat laatste giste Harry, maar hij ging ervan uit dat het klopte. Eén van de twee mannen bevond zich nog steeds in het stationsgebouw, de andere stond inmiddels op het perron en keek duidelijk in hun richting.

'Houd uw handen in het zicht.' Roscani hield zijn ogen op Harry gericht.

'Ik ben ongewapend.'

'Doe wat ik zeg.'

Harry nam zijn handen van zijn heupen. Het gaf hem een ongemakkelijk gevoel.

'Waar is uw broer?' Roscani's stem klonk vlak, totaal emotieloos.

'Niet hier.'

'Waar dan?'

'Hij is... ergens anders... In een rolstoel. Hij heeft beide benen gebroken.'

'Maar afgezien daarvan is hij in orde?'

'Min of meer.'

'En die zuster, zuster Elena Voso, is die nog steeds bij hem?'

'Ja...'

Op het moment dat Roscani Elena's naam uitsprak, voelde Harry een schok. Hij had dus toch gelijk gehad toen hij haar vertelde dat ze haar konden identificeren aan de hand van de spullen die ze in de grot had achtergelaten. Nu wist hij dat ze door de politie als medeplichtige werd beschouwd. Hij wilde niet dat ze er zo intens bij betrokken zou raken, maar het was nu eenmaal gebeurd en hij kon er verder niets aan doen.

Met een ruk keek hij achterom. Inmiddels was ook de tweede man op het perron verschenen en bleef, net als de eerste, op afstand. Verderop wachtte een groep tieners op een trein, druk kwekkend en lachend. Het was de politie die zich het dichtst bij hem bevond.

'Je gaat me heus niet arresteren, Roscani, voorlopig niet, tenminste.'

'Waarom hebt u mij gebeld?' Roscani bleef hem aanstaren. Hij ging recht op zijn doel af. Precies zoals Harry zich hem herinnerde.

'Dat heb ik al gezegd. We moeten praten.'

'Waarover?'

'Over hoe we kardinaal Marsciano uit het Vaticaan moeten krijgen.'

126

Ze reden dwars door het middagverkeer. Harry en Roscani op de achterbank, Scala voorin en Castelletti achter het stuur. Eerst langs de Tiber, daarna eroverheen en door de stad naar het Colosseum, over de Via San Gregorio langs de resten van de Palatijn – één van de zeven heuvels van Rome – en het eeuwenoude Circus Maximus, en vervolgens over de Via Ostiense naar de EUR, de *Esposizione Universale Roma* – een rondrit door Rome, een manier om ongezien met elkaar te praten.

En praten deed Harry; hij legde alles zo eenvoudig en bondig mogelijk uit.

De enige, zo vertelde hij hun, die op de hoogte was van de waarheid achter de moord op de kardinaal-vicaris van Rome, de moord op Gianni Pio – Roscani's partner – en hoogstwaarschijnlijk de bomaanslag op de bus, was kardinaal Marsciano, die in eenzaamheid en onder doodsbedreiging binnen het Vaticaan was opgesloten door kardinaal Palestrina.

Dat wist hij, omdat zijn broer, pater Daniel Addison, het hem verteld had. Meer wist hij niet, het was een onthulling van de ene broer aan de andere. Maar het was slechts het topje van een ijsberg; de wezenlijke inhoud, de details waren aan pater Daniel verteld tijdens de biecht van Marsciano, een biecht die Palestrina heimelijk had opgenomen.

Vanwege datgene wat pater Daniel had gehoord, had Palestrina Jacov Farel de opdracht gegeven hem te vermoorden; maar zelfs daarvoor had Farel, om invloed te kunnen blijven uitoefenen op Marsciano, pater Daniel erin geluisd door vals bewijsmateriaal te produceren, waardoor het leek alsof Daniel de moordenaar van de kardinaal-vicaris was. Later, toen Palestrina vermoedde dat Daniel nog steeds leefde, was hij hoogstwaarschijnlijk degene geweest die via Farel de moord op Pio had goedgekeurd; want direct daarop hadden ze Harry meegenomen en gefolterd in een poging achter de schuilplaats van pater Daniel te komen.

'Toen ook werd die video-opname gemaakt, toen u uw broer vroeg zich aan te geven,' merkte Roscani op zachte toon op.

Harry knikte. 'Ik verkeerde nog in een shock door de foltering; via een koptelefoon droegen ze me op wat ik moest zeggen.'

Roscani zweeg lange tijd en nam de Amerikaan slechts aandachtig op.

Ten slotte vroeg hij: 'Waarom?'

'Dat is een ander verhaal,' zei Harry. 'Een ander gedeelte van Marsciano's biecht...'

'Welk ander gedeelte?' Roscani leunde plotseling voorover.

'Het heeft te maken met de ramp in China.'

'China?' Roscani hield zijn hoofd scheef alsof hij het niet vatte. 'U bedoelt die massale sterfte daar?'

'Ja...'

'Wat heeft dat te maken met wat hier is gebeurd?'

Hier had Harry op gewacht. Hoezeer Danny ook om Marsciano gaf, het was gekkenwerk om te denken dat hij, Danny en Elena hem zonder hulp konden bevrijden. Maar met Roscani's steun zouden ze misschien een kans maken. Bovendien – alle liefde, relaties en emoties even buiten beschouwing gelaten – de waarheid was dat kardinaal Marsciano de enige was wiens getuigenis Danny, Elena en hemzelf van blaam kon zuiveren. Het was de reden van Harry's aanwezigheid hier, de reden waarom hij het risico had genomen om Roscani te bellen.

'Al wat ik zei, inspecteur, zou slechts van horen zeggen zijn en dus nutteloos... En als priester blijft mijn broer zwijgen... Het is Marsciano die alles weet...'

Roscani liet zich weer achteroverzakken en haalde een platgedrukt sigarettenpakje uit zijn jas tevoorschijn. 'Dus we vragen het aan kardinaal Marsciano, hij vertelt ons officieel wat hij anders alleen in het biechthokje zou zeggen, en alles is opgelost.'

'Misschien, ja,' reageerde Harry. 'Zijn situatie is nu heel anders dan die eerst was.'

'U spreekt voor hem?' vroeg Roscani snel. 'U zegt dat hij écht met ons zal praten, dat hij met namen en feiten zal komen?'

'Nee, ik spreek niet namens hem. Ik zeg alleen dat hij alles weet en wij niet... En nooit zullen weten ook, tenzij wij hem daaruit halen en hem de gelegenheid bieden.'

Roscani leunde achterover. Zijn pak was gekreukeld en hij moest zich nodig eens scheren. Hij was nog altijd een jonge vent, maar zag er vermoeid en ouder uit dan die keer dat hij en Harry elkaar voor het eerst ontmoet hadden.

'De politiemacht van de Gruppo Cardinale verzegelt het hele land,' zei hij zachtjes. 'Uw foto is op de tv en in alle kranten. Er is een aanzienlijke beloning uitgeloofd voor uw arrestatie. Hoe slaagde u erin van Rome naar het Comomeer te komen... en terug?'

'Gekleed zoals nu, als priester... Uw landgenoten hebben enorm veel ontzag voor geestelijken. Vooral als ze katholiek zijn.'

'U had hulp.'

'Sommige mensen waren aardig, ja...'

Roscani keek naar het verfrommelde pakje sigaretten in zijn hand en hield het stevig in zijn gebalde vuist.

'Laat me u een waarheid vertellen, meneer Addison... Alle bewijzen zijn tegen u en uw broer... Zelfs als ik zei dat ik u geloofde. Wie zou dat nog meer doen, denkt u?' Hij gebaarde naar de voorbank. 'Scala, Castelletti? Het Italiaanse hof? De mensen van Vaticaanstad?'

Harry hield zijn ogen op de politieman gericht, zich ervan bewust dat als hij iets anders deed, het de indruk zou wekken dat hij loog.

'Laat me ú eens een waarheid vertellen, meneer Roscani. Iets wat alleen ik kan weten omdat ik erbij was... De middag dat Pio werd vermoord, werd ik vanuit mijn hotel gebeld door Farel. Zijn chauffeur reed me naar het platteland, naar de plek waar de bus werd opgeblazen. Pio was daar. Er was een geblakerd wapen dat een paar jongens hadden gevonden. Farel wilde dat ik het zag en insinueerde dat het aan mijn broer had toebehoord. Ik werd onder druk gezet om Farel te vertellen waar Danny was... Het probleem op dat moment was dat ik niet eens wist of hij nog wel leefde, laat staan waar hij was...'

'Waar is dat wapen nu?' vroeg Roscani.

'Hebt u het niet dan?' Harry was verbaasd.

'Nee.'

'Het lag ingepakt als bewijsstuk in de kofferbak van Pio's wagen...'

Roscani zweeg, keek hem slechts uitdrukkingsloos aan, maar ondertussen maalden de gedachten door zijn hoofd. Jawel, om deze waarheid kon hij niet heen. Hoe kon Harry Addison van het pistool op de hoogte zijn als hij er niet geweest was? En hij was oprecht verbaasd geweest dat de politie het wapen niet in haar bezit had. En de andere dingen die hij beweerde, strookten aardig met het grootste deel van zijn eigen bevindingen – van het vermiste wapen tot de puzzelstukjes van een strijd die zich binnen het Vaticaan op hoog niveau afspeelde.

Wat hij zei beantwoordde ook de vraag waarom zoveel mensen pater Daniel hadden verborgen, verzorgd en beschermd en hierover gelogen hadden: omdat kardinaal Marsciano het hun had verzocht.

Marsciano's uitstraling en reikwijdte waren enorm. Een Toscaanse boerenzoon wiens wortels diep in de Italiaanse bodem zaten, een man van het volk die, lang voordat hij tot zijn hoge functie binnen de Kerk had weten op te klimmen, al geliefd en bewonderd werd als priester. Het was een gegeven dat, zodra een man van zijn kaliber om hulp vroeg, deze zonder meer zou worden geboden, zonder een 'waarom?' en dat dit verzoek ook nooit onthuld zou worden.

En als kwade genius van dit alles – om een of andere reden hoe dan ook betrokken bij de massale sterfte in China – en als belangrijke figuur binnen de mondiale diplomatie beschikte Palestrina beslist over connecties die hem in contact konden hebben gebracht met een internationale terrorist als Thomas Kind.

Bovendien was het kardinaal Marsciano die de echte financiële touwtjes van de Heilige Stoel in handen had; het soort enorme financiële basis die Palestrina uitstekend van pas zou komen om zijn mateloze ambities te verwezenlijken.

Harry zag hoe Roscani zijn woorden woog en zich afvroeg of hij hem moest geloven. Om Roscani definitief over te halen, om hem volledig en zonder enige twijfel aan zijn zijde te krijgen, moest hij hem nog iets anders prijsgeven.

'Een priester die voor kardinaal Marsciano werkte, kwam naar Lugano waar wij ons verborgen hielden,' zei Harry, terwijl hij Roscani strak in de ogen bleef kijken, 'en vroeg mijn broer terug te komen naar Rome. Dat deed hij omdat kardinaal Palestrina dreigde Marsciano te vermoorden als hij dat niet deed. Hij kwam dus en vertelde het ons. Hij regelde een Mercedes, Vaticaanse kentekenplaten en een plek waar we konden verblijven zodra we hier aankwamen... Vanmorgen ging ik naar zijn flat. Hij was dood. Zijn linkerhand was afgesneden... Ik was doodsbang en ben weggerend... Ik zal u het adres geven, dan kunt u...'

Roscani onderbrak hem. 'Meneer Addison, we zijn op de hoogte van de kentekenplaten en ook dat van pater Bardoni is ons bekend.'

'Wát is u bekend?' vroeg Harry nadrukkelijk. 'Dat het de eerwaarde pater Bardoni was die mijn broer levend aantrof te midden van de grote verwarring in het ziekenhuis na de ramp met de bus? Dat hij hem aantrof en hem met zijn eigen auto meenam naar het huis van een bevriende dokter buiten Rome en erop toezag dat hij verzorgd werd totdat hij regelingen getroffen zou hebben voor het ziekenhuis in Pescara en voor de mensen die hem daar zouden verzorgen? Is u dát bekend, *Ispettore Capo*?' Harry staarde Roscani aan, liet zijn woorden doordringen tot de rechercheur om vervolgens op een wat zachtere toon te eindigen. 'Over de rest vertel ik u ook de waarheid.'

Castelletti keerde nu om, reed over de Viale dell' Oceano Pacifico en terug naar de Tiber.

'Meneer Addison, weet u wie pater Bardoni vermoordde?' vroeg Roscani.

'Ik heb wel een sterk vermoeden. De blonde man die ons probeerde te vermoorden in de grot bij Bellàgio.'

'Weet u wie die man is?'

'Nee...'

'Zegt de naam Thomas Kind u iets?'

'Thomas Kind?' De naam had de uitwerking als van een messteek.

'Dus u weet wie hij is...'

'Ja,' zei hij. Alsof je iemand vroeg wie Charles Manson was. Thomas Kind was niet alleen een van de bekendste, wreedste en meest ongrijpbare misdadigers ter wereld, voor sommigen was hij ook een van de meest tot de verbeelding sprekende. Met 'sommigen' werd Hollywood bedoeld. De afgelopen maanden waren er vier grote film- en tv-projecten aangekondigd met een personage als Thomas Kind in de hoofdrol. En Harry wist dit uit de eerste hand, omdat hij betrokken was geweest bij de onderhandelingen over twee van die projecten: de één voor één ster en de ander voor een regisseur.

'Ook al zou uw broer niet aan een rolstoel gekluisterd zijn, dan nog bevindt hij zich in een levensgevaarlijke situatie... Kind is een meester in het vinden van mensen die hij wíl vinden. Dat bewees hij in Pescara en Bellàgio, en nu hier in Rome. Ik zou u willen aanraden mij te zeggen waar hij zich bevindt.'

Harry aarzelde. 'Als u Danny opbrengt, wordt het zelfs nog gevaarlijker. Zodra Farel weet waar hij is, zullen ze Marsciano ombrengen en vervolgens iemand achter Danny aan sturen, ongeacht de plek waar u hem vasthoudt. Misschien wel Kind, misschien iemand anders...'

Roscani boog zich iets voorover en richtte zijn blik op Harry. 'We zullen ons best doen om dat te voorkomen.'

'Wat houdt dat in?' Plotseling ging er bij Harry een alarmlampje branden. Zijn handpalmen werden klam en zweetdruppels parelden op zijn bovenlip.

'Dat houdt in, meneer Addison, dat er geen bewijs is dat het waar is wat u zegt. Er is echter wél solide bewijs om u en uw broer te vervolgen wegens moord.'

Harry voelde zijn hart in zijn keel bonzen. Roscani stond op het punt hem te arresteren. Dat kon hij niet laten gebeuren. 'U bent bereid de hoofdgetuige te laten vermoorden zonder enige poging te ondernemen om dit tegen te houden?'

'Ik kán niets ondernemen, meneer Addison. Ik beschik niet over de volmacht om mensen naar Vaticaans grondgebied te sturen, ik mag geen arrestaties verrichten, ook al zou ik...' Roscani's woorden, hoe hij ze zei, toonden Harry in ieder geval aan dat hij zijn verhaal wel degelijk geloofde. Dat wilde hij tenminste.

'Stel dat wij zouden proberen een van hen uitgeleverd te krijgen,' vervolgde Roscani, 'Marsciano, kardinaal Palestrina of Farel... Dan nog zou het niet lukken. In Italië is het de rechter die een verdachte "boven alle redelijke twijfel verheven" schuldig moet bevinden. Het mandaat van de onderzoeker, mijn mandaat' – hij gebaarde naar de mannen voorin – 'en dat van Scala, Castelletti en de anderen van de Gruppo Cardinale behelst het vergaren van bewijsmateriaal voor de aanklager, Marcello Taglia... Maar er is geen bewijsmateriaal, meneer Addison, en dus ook geen grond voor een aanklacht... En om nu het Vaticáán te beschuldigen zonder grond voor een aanklacht?' Roscani's stem stierf weg. '... U bent advocaat, u zou het moeten begrijpen.'

Roscani's ogen waren de hele tijd op Harry gericht geweest. En voor Harry spraken ze boekdelen: woede, frustratie, zwakheid, een gevoel van persoonlijk falen. Roscani vocht tegen zichzelf en tegen zijn eigen positie.

Langzaam liet Harry zich iets achteroverzakken en zag het silhouet van Scala en dat van Castelletti flets afsteken tegen het verblindende licht van de Romeinse middagzon. Hij bespeurde bij hen dezelfde soort gevoelens: ook zij waren aan het eind van hun Latijn. De politiek en de wet hadden de gerechtigheid terzijde geschoven. Het enige wat ze nog konden doen, was wat hun functie toeliet. En dat betekende het vervolgen van hemzelf en Danny. En van Elena.

Op dat moment besefte Harry dat het nu allemaal op hem neerkwam. Dat hij het tij op een of andere manier moest zien te keren, omdat ze anders allemaal verloren waren: hij, Danny, Elena en Marsciano.

Welbewust keek hij weer naar Roscani.

'Pio en de kardinaal-vicaris... De moorden in Bellàgio en de andere plaatsen... Al die misdaden werden gepleegd op Italiaanse bodem...'

'Ja,' knikte Roscani.

'Stel dat u kon beschikken over kardinaal Marsciano en dat hij u en de aanklager informatie zou verschaffen over die misdaden, compleet met namen en motieven. Zou dat dan voldoende zijn voor uitlevering?'

'Het zou dan nog altijd erg moeilijk zijn.'

'Maar het zou kunnen lukken.'

'Ja. Behalve dat we hem niet hebben, meneer Addison. En we kunnen ook niet bij hem komen.'

'Stel nou dat ik dat wél zou kunnen...'

'U?'

'Ja.'

'Hoe dan?'

Scala draaide zich om. Harry zag hoe Castelletti in het achteruitkijkspiegeltje naar hem keek.

'Morgenochtend om elf uur zal een rangeerlocomotief Vaticaanstad binnenrijden om een oude goederenwagon weg te slepen... Pater Bardoni heeft dit verzonnen om Marsciano uit het Vaticaan te krijgen... Misschien dat ik een manier vind om het plan alsnog te laten slagen. Daarvoor zal ik wel aan deze zijde van de Vaticaanse muren uw hulp nodig hebben.'

'Wat voor hulp?'

'Bescherming voor mijn broer, zuster Elena en mijzelf. Door u drieën. Niemand anders. Ik wil niet dat Farel erachter komt... U belooft mij dat er niemand gearresteerd zal worden totdat wij klaar zijn en ik zal u naar hen toe brengen.'

'Meneer Addison, u vraagt me om de wet te overtreden.'

'U wilt de waarheid toch, inspecteur? Nou, ik ook...'

Roscani wierp een vluchtige blik naar Scala, vervolgens keek hij Harry weer aan. 'Ga verder, meneer Addison...'

'Morgen, zodra de locomotief die goederenwagon uit het Vaticaan rijdt, volgt u hem totdat hij tot stilstand komt. Als het lukt, zullen kardinaal Marsciano en ik erin zitten. U voert ons af naar waar Danny en zuster Elena zich bevinden. Daarna geeft u Danny en de kardinaal de gelegenheid om elkaar onder vier ogen te spreken, zo lang ze maar nodig hebben, totdat hij bereid is een verklaring af te leggen. Vervolgens verschijnt u met uw aanklager.'

'Stel dat hij niets wil zeggen.'

'Dan is onze afspraak verleden tijd en doet u wat u moet doen.'

Een lang ogenblik staarde Roscani als versteend voor zich uit en Harry betwijfelde of hij hem zou geven wat hij vroeg. Ten slotte zei hij:

'Mijn aandeel is eenvoudig, meneer Addison... Maar ik heb zo mijn twijfels over uw aandeel. Het is niet alleen maar eventjes een man in een goederenwagon krijgen. Eerst moet u proberen hem te bevrijden, en daarbij zult u te maken krijgen met Farel en zijn mensen. En daarnaast waart Thomas Kind ook nog eens ergens rond.'

'Mijn broer zat bij de marine,' reageerde Harry zacht. 'Hij zal eerst alles met me doornemen.'

Roscani wist dat het gekkenwerk was. En dat Scala en Castelletti er net zo over dachten. Maar tenzij ze zelf met hem meegingen – wat onmogelijk was, omdat als ze gepakt werden dit een enorm diplomatiek incident zou opleveren – konden ze niets doen behalve een stap achteruit en hem het allerbeste wensen. Het was een gok, eentje met slechte vooruitzichten. Maar uiteindelijk was het het enige wat ze hadden.

'Goed, meneer Addison,' zei hij zacht.

Harry voelde zich opgelucht, maar deed zijn best dit niet te laten zien. 'Nog drie dingen,' zei hij. 'Ten eerste wil ik een handwapen.'

'Kunt u daarmee overweg?'

'Beverly Hills Gun Club. Halfjaarstraining in zelfbescherming. Een van mijn cliënten wist me over te halen.'

'En verder...?'

'Een klimtouw. Een flink stuk dat het gewicht van twee mannen kan dragen zonder te breken.'

'Dat is twee, wat is het derde?'

'U hebt een man in de gevangenis zitten. De politie vervoerde hem per trein van Lugano terug naar Italië. Hij wordt gezocht voor moord, maar een eerlijk proces zal uitwijzen dat het zelfverdediging was. Ik heb zijn hulp nodig. Ik wil dat u hem vrijlaat.'

'Wie is het?'

'Het is een dwerg. Hij heet Hercules.'

127

'*Piano* 3a.'

'Goed,' knikte Roscani naar Harry die vervolgens uitstapte. Hij wachtte even totdat de politiemannen wegreden en ging naar binnen. Hij had gedaan wat hij kon, Roscani wist dus nu waar ze zaten en nu moest hij het Danny vertellen.

'Adrianna Hall is op de hoogte, Eaton is op de hoogte. Precies zoals je...'

'En ook de politie, ja!' Geïrriteerd zwenkte Danny weg in zijn rolstoel, reed naar het raam en staarde kwaad naar buiten.

Harry bleef waar hij was en staarde onzeker naar zijn broer. 'Toe Harry, laat het even rusten...'

Elena legde een hand op Harry's arm. Ze wilde het liefst dat hij naar een van de slaapkamers zou verdwijnen om eindelijk eens wat te rusten. Hij had al in geen dertig uur geslapen en ze kon de rauwe stembanden horen, de emoties van de afgelopen hectische dagen in zijn ogen zien. Ze wist dat hij volkomen óp was. Na zijn terugkomst had hij verslag uitgebracht van zijn gesprekken met Adrianna en Eaton en zijn ontmoeting met de politie. Over de hulp waarom hij had gevraagd en die ze hem niet konden geven. Over Roscani's dreigement van een arrestatie en dat ze in plaats daarvan tot een akkoord waren gekomen. Over Hercules, en over Thomas Kind. Maar Danny leek slechts oor te hebben voor één ding: dat de politie en het Openbaar Ministerie hen zouden opwachten zodra ze met Marsciano verschenen. Alsof de kardinaal een of andere spion of krijgsgevangene was van wie werd verwacht dat hij netjes al zijn informatie over de vijand prijs zou geven.

'Danny...' Harry liet Elena even alleen en liep naar zijn broer. Zijn vermoeidheid maakte hem alleen nog maar geladener. 'Ik begrijp je boosheid, en ik respecteer je gevoelens voor de kardinaal. Maar accepteer in godsnaam nou eens dat Marsciano de enige is die ons een gevangenisstraf kan besparen. Als hij zijn mond houdt tegenover de politie en de aanklager, dan belanden we allemaal,' – hier schoot zijn hand in de richting van Elena – 'Elena incluis, een flinke tijd achter de tralies.'

Langzaam wendde Danny zijn hoofd af van het raam en keek zijn broer aan. 'Kardinaal Marsciano zal de Kerk niet ten val brengen, Harry,' klonk het kalm en bedaard. 'Niet voor jou, niet voor zuster Elena, ja zelfs niet voor zichzelf.'

'En hoe zit het dan... met de waarheid?'

'Zelfs niet voor de waarheid...'

'Misschien vergis je je.'

'Niks daarvan.'

'Dan lijkt het me, Danny,' zei Harry op dezelfde kalme toon als die van zijn broer, 'dat we hem het beste maar gewoon kunnen bevrijden en aan hém de keus laten... Is zijn antwoord nee, dan is het nee... Fair of niet?'

Er viel een lange stilte. 'Fair,' mompelde Danny ten slotte. 'Mooi...' Nu de uitputting zich meester van hem maakte, draaide hij zich om naar Elena. 'Waar kan ik slapen?'

128

Vaticaanstad. De St. Janstoren, zelfde tijdstip.

Kardinaal Marsciano zat in een leunstoel met rechte rug en staarde als in trance naar de tv, ongeveer anderhalve meter vóór hem. Het geluid stond nog steeds uit. Er was nu reclame. Een tekenfilmpje. Wat er verkocht moest worden, drong niet tot hem door.

Aan de andere kant van de kamer lag de fluwelen buidel die Palestrina had achtergelaten. De afschuwelijke inhoud vormde de bevestiging, alsof daar meer voor nodig was, van de aftakeling van de staatssecretaris tot aan de totale krankzinnigheid. Nauwelijks in staat ernaar te kijken, laat staan het aan te raken, had Marsciano getracht hen zo ver te krijgen dat ze het weer meenamen. Maar Anton Pilger had slechts in de deuropening gestaan en zijn verzoek geweigerd met de woorden dat er zonder specifieke orders, en die waren er niet, niets de kamer in of uit mocht. Daarna had hij zijn spijt betuigd en de deur afgesloten; het knarsende geluid van het slot dat vergrendeld werd leek bijna oorverdovend.

Plotseling verscheen er een grafiek in beeld. Afgebeeld over een kaart van China, waarop zowel Woesi als Hefei stond aangegeven.

Met ingang van 20.20 uur plaatselijke tijd in Beijing
WOESI, CHINA – AANTAL SLACHTOFFERS: 1700.
HEFEI, CHINA – AANTAL SLACHTOFFERS: 87.553.

Onmiddellijk werd overgeschakeld naar Beijing. Een verslaggever stond op het Tiananmenplein, het Plein van de Hemelse Vrede.

Marsciano pakte de afstandsbediening op.

Klik.

Het geluid klonk op. De verslaggever sprak Italiaans: er kon ieder moment een belangrijke mededeling volgen betreffende de rampen in Hefei en Woesi, zo meldde hij. De speculaties concentreerden zich op een mededeling aan de provincies van een ophanden zijnde, grootschalige herziening van China's volledige water- en energie-infrastructuur.

Klik.

Zwijgend sprak de verslaggever verder. Marsciano legde de afstandsbediening weer neer. Palestrina had gewonnen. Hij had gewonnen, maar er stond nog altijd een derde stad op zijn lijstje, nóg een massavergiftiging. Wat voor een hel was dit?

Wetende wat er al gebeurd was en wat nog zou komen, sloot Marsciano de ogen en wenste dat pater Daniel inderdaad was omgekomen bij de busexplosie, zodat hij nooit weet zou hebben gehad van de gruwelen veroorzaakt door Marsciano's weerzinwekkende zwakheid en inertie jegens Palestrina. Wenste dat hij was gestorven in plaats van hier te worden vermoord door Farels boeventuig toen Palestrina hem kwam opzoeken – nadat de ramp in China zich al had voltrokken.

Zich afwendend van de kille wreedheid van het tv-scherm keek Marsciano naar de andere kant van de kamer. Het vroege middaglicht straalde door de glazen deur, wenkte hem ernaartoe. Naast slaap en gebed was die deur zijn enige troost geweest. Hij kon er uitkijken over de Vaticaanse tuinen en een pastorale wereld van vrede en schoonheid aanschouwen.

Hij liep er nu heen, trok de gordijnen opzij om vanachter het glas te kunnen zien hoe het zonlicht door de bomen scheen om van het landschap eronder een prachtig clair-obscur te maken. Zo dadelijk zou hij van de deur naar het bed lopen om er te knielen en te bidden om Gods vergiffenis – zoals hij de afgelopen dagen en uren al zo vaak had gedaan – voor de verschrikkingen die hij had helpen scheppen.

Met zijn gedachten bij zijn gebeden stond hij net op het punt zich om te draaien toen de schoonheid van het uitzicht plotseling verdween. Wat hij nu zag, schokte hem tot diep in zijn ziel. Het was een beeld dat hij al ontelbare malen had gezien, maar nog nooit had het hem met zoveel weerzin vervuld als nu.

Over een kiezelpad kwamen twee mannen zijn richting uit. De ene was een enorme gestalte die in het zwart gekleed was. De andere was ouder en veel kleiner van stuk en ging gekleed in het wit. De eerste was Palestrina. De ander, de man in het wit, was de Heilige Vader, Giacomo Pecci, paus Leo de Veertiende.

Palestrina leek bezield te zijn. Hij kletste en gebaarde met een aanstekelijke geestdrift, alsof de wereld en alles erin vervuld was van blijdschap. De paus werd, zoals altijd, bekoord door zijn charisma en was een en al vertrouwen, en had daardoor absoluut geen oog voor de waarheid.

Naarmate de twee dichterbij kwamen, voelde Marsciano de koude rillingen als bevroren adem over zijn rug kruipen. Voor het eerst en met diepgevoelde afschuw zag hij wie deze *scugnizzo*, dit doodgewone straatjochie uit Napels, zoals Palestrina zichzelf noemde, echt was.

Hij was meer dan een voornaam, geliefd en overredend politicus, meer dan een man die was opgeklommen tot de op één na machtigste positie binnen de rooms-katholieke Kerk, meer zelfs dan een corrupte, almaar krankzinniger wordende, paranoïde gek, het meesterbrein achter een van de gruwelijkste burgerslachtingen in de geschiedenis. De glimlachende, blozende, grijze reus die met de als betoverde Heilige Vader aan zijn zij door het gespikkelde zonlicht van Eden wandelde, was de verdorvenheid zelve, een volledige en volmaakte vleeswording van het kwaad.

129

Vijf over halfnegen in de avond.

'Meneer Harry!' riep Hercules verrast, nadat Harry de deur van flat 3a had geopend en Roscani hem voor liet gaan. Compleet verrast strompelde de dwerg op zijn krukken samen met Roscani het appartement binnen, gevolgd door Scala en Castelletti.

Deze deed nu de deur dicht en op slot en bleef daar staan, terwijl Scala verderliep en, na een korte blik in de richting van Danny en Elena, de rest van het appartement verkende.

'Het touw waar u om hebt gevraagd, ligt op de gang,' liet Roscani weten.

Harry knikte en keek naar Hercules die tegenover Castelletti met open mond van verbazing nog altijd in zijn krukken hing.

'Kom, neem plaats, neem plaats... Dit hier is mijn broer, pater Daniel, en dit hier is zuster Elena...' zei hij tegen Roscani en Hercules, alsof beide mannen voor een etentje waren uitgenodigd.

Nog altijd overdonderd staarde Hercules naar Harry die zich aan de andere kant van de kamer bevond. Het enige wat hij wist, was dat hij opeens uit de werkplaats van de centrale gevangenis was afgevoerd, zogenaamd om te worden overgeplaatst, om een kwartier later op de achterbank van een donkere Alfa Romeo kriskras door Rome te worden gevoerd met naast hem de hoogste baas van de Gruppo Cardinale.

'Niemand anders aanwezig,' meldde Scala die weer in de kamer verscheen. Hij keek naar Roscani. 'Een deur leidt via de keuken naar een trap achter het huis. Eén deurvergrendeling. Stel dat iemand via het dak wil binnendringen, dan moet hij een ruit kapotslaan en dat geeft te veel herrie.'

Roscani knikte, wierp een aandachtige blik op Danny, alsof hij hem wilde taxeren, en keek vervolgens naar Harry. 'Hercules zal tijdens een overplaatsing naar een ander huis van bewaring "abusievelijk" een ontslagformulier tekenen. Een onfortuinlijke verwisseling van papieren, zeg maar... Morgen om deze tijd wil ik hem terug.'

'Wie weet hebt u ons morgen om deze tijd allemaal wel in de knip,' antwoordde Harry. 'En hoe zit het met mijn pistool?'

Roscani aarzelde even, keek naar Scala en knikte. Scala knoopte zijn jasje open, trok er een semi-automatisch pistool uit en gaf het aan Harry.

'Een Calico parabellum, 9 mm, goed voor zestien schoten,' klonk het in het Engels met een zwaar accent. Daarna trok hij een extra magazijn tevoorschijn en gaf ook dat aan Harry.

'De serienummers zijn weggevijld,' deelde Roscani op vlakke toon mee. 'Mocht u gepakt worden, dan bent u vergeten waar u het ding vandaan hebt. Klapt u toch uit de school over wat er allemaal aan de hand is hier, dan zal het allemaal worden ontkend en kunt u een rechtszaak tegemoetzien die uw stoutste nachtmerries overtreft.'

'We hebben elkaar pas één keer ontmoet, *Ispettore Capo*,' zei Harry. 'Namelijk op de dag dat u me van het vliegveld oppikte... De anderen hier hebben u nog nooit gezien...'

Roscani's ogen gleden door de kamer. Eerst naar Hercules, daarna naar Elena, vervolgens naar Danny en ten slotte naar Harry.

'Morgen,' begon hij, 'zal de goederenwagon vanuit het Vaticaan naar een zijspoor tussen station Trastevere en station Ostiense worden gebracht, om later weer te worden opgehaald. We zullen de hele rit volgen. Zodra de rangeerloc verdwenen is, komen we in actie.

'Wat de rest betreft... Ik raad jullie aan koste wat het kost uit de buurt van Farels mannen te blijven... Ze zijn in de meerderheid en beschikken over prima communicatiemiddelen.'

Hij trok nu een foto van ongeveer twaalf bij zeventien centimeter uit zijn binnenzak te voorschijn en gaf hem aan Harry.

'Dit is de Thomas Kind van drie jaar geleden. Ik weet niet of jullie er iets aan hebben, aangezien hij net zo vaak van uiterlijk verwisselt als wij van kleding. Donker, blond; man, vrouw; spreekt een stuk of zes talen. Als je hem tegenkomt, vooral niet nadenken, maar meteen vuren. En blijven vuren totdat je zeker weet dat hij dood is. Daarna omdraaien en wegwezen. Laat Farel maar met de eer gaan strijken.' Roscani keek nog eens de kamer rond. 'Een van ons zal de hele nacht voor de deur de wacht houden.'

'Ik dacht dat u ons vertrouwde...'

'Voor het geval Thomas Kind erachter komt waar jullie zitten.' Harry knikte. 'Bedankt.' Het was gemeend.

Nog eenmaal keek Roscani de anderen aan. *'Buona fortuna,'* wenste hij het gezelschap. Daarna knikte hij naar Scala en Castelletti.

Een moment later viel de deur achter hen in het slot en waren de drie mannen verdwenen.

Buona fortuna. Veel geluk.

130

Woesi, China. Vrijdag 17 juli. Tien minuten voor halfvier in de nacht.

Flits!

Li Wen trok een scheef gezicht bij het felle ploffen van de stroboscooplamp en probeerde zijn ogen af te wenden. Een hand duwde hem terug.

Flits! Flits! Flits!

Hij had geen idee wie deze mensen waren. Of waar hij was. Of hoe ze hem in de voortschuifelende, van schrik vervulde massa op Tsjezjan Loe eruit hadden weten te pikken, terwijl hij zich een weg baande naar het station. Hij had alleen geprobeerd Woesi te verlaten na een verhitte discussie met functionarissen bij Waterzuiveringsinstallatie nummer 2. Het water dat hij die ochtend even na het aanbreken van de dag had getest, had alarmerende hoeveelheden van blauwgroene algentoxines bevat, dezelfde waarden als in Hefei. En dat had hij ook gemeld. Maar het enige gevolg van zijn waarschuwing was een enorme toestroom van plaatselijke politici en veiligheidsinspecteurs naar de plek des onheils geweest. Tegen de tijd dat het geruzie over was en de stadswatervoorziening en het waterinvoersysteem vanuit het Taihoemeer, het grote kanaal en de rivier de Liangsi waren afgesloten, was er een grootschalige noodprocedure in werking getreden.

'Beken,' beval een stem in het Chinees.

Li Wens hoofd werd met een ruk naar achteren getrokken en hij keek in het gezicht van een officier van het Volksbevrijdingsleger, maar Li Wen wist meteen dat de man meer dan dat was. Hij hoorde bij het *Goeojia Ankwan Boe*, het ministerie van Staatsveiligheid.

'Beken,' zei de man opnieuw.

Plotseling werd Li Wen met zijn gezicht bijna in de papieren gedrukt, die uitgespreid voor hem op een tafel lagen. Hij staarde ernaar. Het waren pagina's met formules, in het Beijing Hotel ontvangen van de Amerikaanse hydrobioloog James Hawley, die bij zijn arrestatie in zijn aktetas waren aangetroffen.

'De recepten voor massamoord,' zei de stem opnieuw.

Langzaam keek Li Wen op. 'Ik heb niets gedaan,' zei hij.

Rome. Donderdag 16 juli, halftien in de avond.

Vanuit zijn stoel zag Scala hoe zijn vrouw en schoonmoeder zaten te kaarten. Zijn kinderen – één, drie, vijf en acht jaar oud – lagen te slapen. Voor het eerst in maanden, zo leek het, was hij thuis en hij wilde hier voorlopig wel blijven. Al was het alleen maar om de vrouwen te horen praten, de geur van het appartement op te snuiven en te weten dat de kinderen dicht bij hem waren. Maar hij kon niet blijven. Rond middernacht moest hij Castelletti aflossen buiten de flat aan de Via Nicolo V en de wacht overnemen totdat Castelletti om zeven uur zou terugkeren met Roscani. Daarna zou hij drie uur hebben om nog wat te slapen voordat hij hen om halfelf weer zou treffen en ze zouden wachten tot de locomotief de monsterlijke stalen ingang in de onmetelijke muren van het Vaticaan in en vervolgens weer uit zou rijden.

Scala wilde net overeind komen om de keuken in te lopen en verse koffie te zetten toen de telefoon rinkelde.

Razendsnel nam hij op en mompelde: '*Si*.'

'Harry Addison bevindt zich in Rome...' Het was Adrianna Hall.

'Weet ik...'

'Zijn broer is bij hem.'

'Ik...'

'Waar zijn ze, Sandro?'

'Ik weet het niet...'

'Dat weet je best wel, Sandro, niet liegen. Niet nu, na al die jaren.'

Al die jaren – zijn gedachten schoten terug naar de tijd dat Adrianna als jonge verslaggeefster net was aangesteld bij het bureau in Rome. Ze stond op het punt naar buiten te komen met een verhaal dat haar carrière een flinke stimulans zou hebben gegeven, maar tegelijkertijd een enorm gevaar zou hebben betekend voor een moordzaak die hij bijna kon afronden. Hij had haar verzocht het verhaal achter te houden, hetgeen zij met enorm veel tegenzin had gedaan. Hierdoor was ze *fidarsi di* geworden, iemand die je kon vertrouwen. Hij had haar vertrouwd en haar door de jaren heen heimelijk informatie toegespeeld, en zij op haar beurt had haar eigen bruikbare informatie doorgespeeld naar de politie. Maar dit keer was het anders. Wat zich hier afspeelde, was veel te gevaarlijk; er stond te veel op het spel. Mocht God hem bijstaan als de media erachter kwamen dat de politie de gebroeders Addison hielp.

'Het spijt me. Ik beschik niet over informatie... Het is laat, snap je...' zei Scala op zachte toon en hing op.

131

Vijf voor elf in de avond.

Gezeten aan de keukentafel luisterden ze naar Danny. Vóór hen lag zijn uit het hoofd getekende kaart van Vaticaanstad, omringd door koffiebekertjes, flesjes mineraalwater en de resten van de pizza die Elena in haar eentje voor hen had gehaald.

'Dit is het doel, de missie is als volgt,' recapituleerde Danny, terwijl hij met de anderen voor de twintigste keer het plan doorliep, precies zoals Harry al tegen Roscani had gezegd, en niet langer op priesterlijke toon, maar als een goedgetrainde marinier. 'Hier is de toren, daar het station.'

Opnieuw wees Danny met zijn wijsvinger naar de plek op zijn eigen kaart van Vaticaanstad en staarde vanuit zijn rolstoel naar de gezichten van Harry, Elena en Hercules om er zeker van te zijn dat ze hun hoofd erbij hadden en alle afzonderlijke stappen goed begrepen, alsof hij het hun weer voor het eerst uitlegde.

'Hier is een hoge muur,' ging hij verder, 'die in zuidoostelijke richting vanaf de toren ongeveer zestig meter langs een smal, geasfalteerd pad loopt. Niet verder. Rechts is de hoofdmuur – dezelfde die we hier vanuit het raam zien,' voegde hij eraan toe en keek weer naar de gezichten rond de tafel.

'Aan het eind van de muur loopt een grindpad dwars tussen de bomen naar de *Viale del Collegio Etiopico*, de laan waaraan het Ethiopisch seminarie ligt. Daarna sla je rechtsaf en kom je bij een lage muur en ben je bijna bij het station.

Alles staat en valt met een goeie timing. We mogen Marsciano niet te vroeg bevrijden, want voor we het weten krioelt het van de politie. Maar we moeten ook weer vroeg genoeg uit de toren en in de goederenwagon zijn vóórdat ze om elf uur de poort openzetten om de rangeerloc binnen te laten. Wat dus betekent dat hij om kwart voor elf uit de toren moet zijn en om vijf voor elf in de wagon moet zitten. En geen seconde later, want dan zullen de stationschef of één of twee van zijn mannen verschijnen om te controleren of de poort wel goed openstaat.

Goed.' Danny's wijsvinger gleed weer over de kaart. 'Stel, je komt uit de toren en om wat voor reden dan ook – Farels mannen,

Thomas Kind, de hand van God, wat dan ook – ben je niet meer in staat de muur te volgen. Dan neem je de weg direct vóór je, dwars door de Vaticaanse tuinen. Een paar honderd meter verder zul je een tweede toren zien waar Radio Vaticana zit. Zodra je die ziet, sla je rechtsaf. De doorgang zal je terugvoeren naar de boulevard van het Ethiopisch seminarie en de muur boven het station. Volg het pad langs de muur ongeveer dertig meter en je belandt op spoorhoogte. De goederenwagon staat dan recht voor je neus, tussen het station en de wissel bij de tunnel aan het eind. Je steekt de rails over, en loopt naar de achterzijde van de wagon, weg van de boulevard. Op die plek loopt slechts een tweede spoor met daarachter de muur. Daarna trek je de schuifdeur open – dat zal misschien wat moeilijk gaan, omdat die oud en verroest is – je klimt erin, sluit de deur en daarna is het wachten op de locomotief... Nog vragen?'

Opnieuw bestudeerde Danny de gezichten rond de tafel, en Harry kon niet anders dan genieten van de houding die zijn broer uitstraalde, zijn precisie, zijn doelgerichtheid. Van de neerslachtigheid die hem eerder misschien parten had gespeeld, restte nu geen spoor meer. Op zijn voorhoofd had nu net zo goed 'De uitverkorene' kunnen staan.

'Ik moet even pissen,' liet Hercules weten, stond op, pakte zijn krukken en zwierde de kamer uit.

Dit was geen moment om breeduit te glimlachen, maar Harry kon niet anders. Typisch Hercules. Boers, grappig en in- en inzakelijk, ongeacht om wat voor zaken het ging. Eerder, nadat de drie politiefunctionarissen waren vertrokken, had hij Harry aangestaard, niet in staat om meer uit te brengen dan: 'Wat is dít in vredesnaam?'

Daarna had Harry, in aanwezigheid van Danny en Elena, kalm uitgelegd hoe kardinaal Marsciano tegen zijn wil binnen het Vaticaan huisarrest had. Het maakte deel uit van een geheime coup en dat, als ze hem niet zouden bevrijden, het zijn dood zou betekenen. Ze moesten iemand binnen zien te krijgen, iemand die ongezien de toren kon bereiken. Die man, zo hoopten ze, zou Hercules zijn, en dat was de reden voor het klimtouw. Harry had zijn verhaal afgesloten met de opmerking dat als Hercules ermee instemde, hij daarmee zijn leven op het spel zou zetten.

Deze leek een eeuwigheid met een versteend gezicht voor zich uit te staren. Daarna had hij de anderen één voor één aangekeken. Ten slotte trok er een enorme grijns over zijn gezicht. 'Hoezo "leven"!' riep hij luid en met glinsterende ogen. En daarmee was hij een van hen.

132

Halftwaalf in de avond.

Scala verliet zijn appartement, keek even om zich heen en stak over naar een onopvallende witte Fiat. Na nog een vluchtige blik door de straat stapte hij in, startte de motor en reed weg. Een half huizenblok verderop trok even later een donkergroene Ford op van de trottoirband. Achter het stuur zat Eaton, met naast hem Adrianna Hall. Ze sloegen linksaf op de Via Marmorata en volgden Scala door het lichte verkeer naar de Piazza di Emporio en vervolgens via de Ponte Sublicio over de Tiber. Daarna gingen ze weer op in het verkeer en volgden hem in noordelijke richting langs de westoever van de rivier. Enkele minuten later sloeg Scala westwaarts door Gianicolo om vervolgens op de Viale della Mura Aurelie weer een noordelijke koers te rijden.

'Hij laat het er in ieder geval niet op aan komen dat hij gevolgd wordt...' Eaton voegde in achter een zilverkleurige Opel en hield voorzichtig afstand van Scala's Fiat.

Dat de Italiaanse rechercheur nu opeens niet thuis gaf en Adrianna informatie onthield, was op zich een teken dat er iets belangrijks en uiterst geheims aan de hand was. Het lag niet in zijn aard om haar buiten te sluiten – het was Scala zelf geweest die haar had getipt over pater Daniels vermoedelijke aanwezigheid in Bellàgio, uren voordat dit werd meegedeeld. Een paar dagen geleden rekende hij haar dus nog steeds tot zijn vertrouwelingen. Ook zijn opzettelijk ontwijkende rijbewegingen nu droegen slechts bij tot een reeks gebeurtenissen die zich razendsnel voltrokken en de indruk wekten dat wat zich binnen het Vaticaan afspeelde nu vlot een kritiek punt bereikte.

Eaton en Adrianna lieten alles nog eens de revue passeren: de plotselinge en raadselachtige ziekte van kardinaal Marsciano, die afgelopen dinsdag nog in ogenschijnlijk uitstekende gezondheid was gezien bij het verlaten van de Chinese ambassade. Zelfs hun gezamenlijke inspanningen leverden weinig meer informatie op dan het formele communiqué van het Vaticaan, waarin zijn ziekte werd medegedeeld en gezegd werd dat hij was toevertrouwd aan de zorg van de Vaticaanse artsen.

De plotselinge terugkeer vanuit Milaan naar Rome van Roscani, Scala en Castelletti.

De moord vanmorgen vroeg op Marsciano's privé-secretaris, pater Bardoni. Nog niet bekendgemaakt door de politie.

En nu deze morgen: Harry Addisons bondige telefoontjes die waren getraceerd naar de openbare telefooncellen nabij het Vaticaan en waarin hij het verband met de situatie in China had aangestipt. Daarop hadden ze direct gereageerd en dat had binnen enkele uren geleid tot de clandestiene arrestatie en ondervraging van een door de regering aangestelde waterkwaliteitsinspecteur, een zekere Li Wen.

En ook vanmorgen: de verrassende bekendmaking dat de beruchte terrorist Thomas Kind die zich lange tijd gedeisd had gehouden, vermoedelijk was opgedoken in Italië, en het aanhoudingsbevel dat de Gruppo Cardinale voor hem had uitgevaardigd.

Opeens nam Scala vóór hen een scherpe bocht naar links, sloeg na een half blok rechtsaf om vervolgens weer snel linksaf te gaan en flink op te trekken. Adrianna zag een flauwe glimlach rond Eatons mond verschijnen, terwijl hij Scala bijhield. Hij schakelde, accelereerde, liet zijn snelheid weer zakken en benutte hierbij de vaardigheid en training waarover hij als beroepsspion geacht werd te beschikken. Tot vanavond hadden hij en Adrianna lijdzaam moeten toezien en wachten in de hoop dat Harry Addison hen naar pater Daniel zou leiden. Nu deed de politie het. Over het waarom en over de dingen die zich hier ontvouwden, tastten ze vooralsnog in het duister. Maar nu de ramp in China en het gekonkel binnen het Vaticaan schijnbaar met elkaar te maken hadden, wisten ze zeker dat ze op de rand van een monumentaal breekpunt in de geschiedenis waren aanbeland.

'De politie wil het ons lastig maken...' Eaton minderde vaart. Vóór hen nam Scala een scherpe bocht naar rechts en sloeg een donkere woonstraat in.

Adrianna zei geen woord. Ze wist dat Eaton op een ander tijdstip en in een andere situatie twee of drie van zijn Italiaanse collega's zou hebben opgeroepen om pater Daniel te laten kidnappen. Maar niet nu, niet onder de ogen van de politie en niet met een stuntelige CIA die kampte met de naweeën van haar rol in de Koude Oorlog en lag te spartelen onder de meedogenloze microscoop van Washington en de hele wereld. Nee, ze konden slechts doen wat ze de hele tijd al hadden gedaan: afwachten en kijken wat er gebeurde. En hopen dat er iets zou gebeuren, dat ze pater Daniel in zijn eentje te pakken konden krijgen.

133

Vrijdag, 17 juli. Tien over twaalf 's nachts.

Met een schreeuw schrok Palestrina wakker, badend in het zweet, zijn armen uitgestrekt voor zich, nog steeds in een poging het ding van zich af te duwen. Dit was al de tweede nacht in successie dat duistere geesten hem in zijn dromen hadden bezocht. Het waren er heel veel en ze droegen een zware, smerige deken om hem te bedekken: een deken, zo wist hij, besmet met dezelfde ziekte, de ziekte die hem al eerder fataal was geweest, in de tijd dat hij nog Alexander was.

Het duurde even voordat hij besefte dat niet de verschrikking van zijn droom hem uit zijn slaap had gerukt, maar het gerinkel van de telefoon op zijn nachtkastje. Opeens hield het op, en begon het opnieuw. Het geheime nummer dat nu in de vorm van een lampje op het kastje van de kleine telefooncentrale oplichtte, kon maar van één iemand zijn: Thomas Kind. Snel nam hij op.

'*Si...*'

'Er zijn wat probleempjes in China,' meldde Kind op kalme toon in het Frans om Palestrina niet onnodig te verontrusten. 'Li Wen is gearresteerd. Ik ben in actie gekomen en heb de situatie onder controle. Geen zorgen. Voor u gelden slechts de beslommeringen van morgen.'

'*Merci*,' sprak Palestrina onthutst en hing op. Opeens rilde hij. De kilte was echt en zat diep in hem. Die geesten, dat had hij heus niet gedroomd, die waren echt, en ze kwamen dichterbij. Stel dat er nog iets zou gebeuren en Thomas Kind zou de situatie niet langer 'onder controle' hebben en de Chinezen zouden erachter komen. Dat was niet onmogelijk. Immers, het was dezelfde Thomas Kind ook niet gelukt om priester Daniel te liquideren.

Opeens joeg er een nieuwe verschrikking door hem heen: stel dat pater Daniel nog leefde, niet door een gelukkig toeval, maar omdat hij – en ook zijn broer – door de geesten waren gezonden. Ze waren handlangers van de Dood en ze kwamen hem halen. En niet alleen dat, want net zoals de mot naar de vlam fladdert, zo was Palestrina bezig hen met open armen binnen te halen.

Vijf over halféén in de nacht.

Harry opende de keukendeur en knipte het licht aan. Hij liep naar het aanrecht en controleerde nog even de batterijoplader om er zeker van te zijn dat er voldoende leven in de ultrasmalle batterijtjes van zijn mobiele telefoons werd gepompt. Ze hadden twee telefoons, een in het appartement, en een die hij van Adrianna had gekregen. Zodra ze de volgende ochtend naar het Vaticaan gingen, zou Danny de ene, en Harry de andere bij zich hebben. Het was hun communicatiemiddel zodra de bevrijdingsactie zou beginnen. Beiden vertrouwden erop dat het voor Farel moeilijk, zo niet onmogelijk zou zijn om gesprekken te ontcijferen tussen de massa's toeristen en de medewerkers binnen het Vaticaan, ook al wist hij dat ze zich binnen Vaticaanstad bevonden.

Tevreden constaterend dat de oplader zijn werk deed, knipte hij het licht uit en wilde de gang weer inlopen.

'Jij hoort te slapen...' Het was Elena. Ze stond in de deuropening van haar eigen slaapkamer, recht tegenover de kamer die Harry deelde met Danny. Ze had haar haren achterovergekamd en droeg een dun katoenen nachthemd. Verderop in de donkere gang was de zitkamer en ze hoorden het luide gesnurk van Hercules die op de bank sliep.

Harry deed een stap in haar richting. 'Ik wil niet dat je met ons meegaat,' zei hij kalm. 'Danny, Hercules en ik kunnen het wel alleen aan.'

'Hercules heeft al genoeg aan zijn eigen taak en iemand zal Daniel in de rolstoel moeten meenemen. Jij kunt nu eenmaal niet op twee plaatsen tegelijk zijn...'

'Elena... het is te gewaagd en te gevaarlijk...'
Het licht van haar bedlamp op het nachtkastje scheen door de stof van haar nachthemd. Eronder droeg ze niets. Ze kwam dichterbij en hij zag hoe haar volle borsten bij iedere ademhaling rezen en weer daalden.
'Elena, ik wil níet dat je meegaat,' sprak hij op dwingende toon.
'Stel dat er iets gebeurt...'
Ze bracht een hand omhoog en legde een vinger op zijn lippen. Daarna gleden haar vingers weg en in bijna één vloeiende beweging streek ze zacht met haar lippen over de zijne.
'Dit is ons moment, Harry,' fluisterde ze. 'Wat er ook gebeurt, dit blijft ons moment... Gebruik het om mij te beminnen...'

134

Tien over halftwee in de nacht.

Er was een kwartier verstreken sinds de laatste keer dat Danny op het klokje op zijn nachtkastje had gekeken. Of hij in de tussentijd nog geslapen had, kon hij niet zeggen. Hoewel Harry al een uur geleden de batterijlader had gecontroleerd, was hij pas een paar minuten geleden weer in de slaapkamer verschenen en onder de wol gekropen. Wat hij al die tijd verder had uitgespookt, wist Danny niet, maar hij vermoedde dat het iets met Elena te maken moest hebben.

Sinds hun belevenissen in Bellàgio had hij gezien hoe de hartstocht tussen hen was opgerakeld en hij wist dat het niet lang zou duren voordat de vonk definitief over zou springen. Dat ze een non was, maakte weinig verschil. Al van meet af aan had hij de indruk dat Elena niet het soort vrouw was dat een dergelijk contemplatief leven, opgesloten in een klooster, tot aan haar dood zou volhouden. Maar dat ze uitgerekend op zijn broer verliefd was geworden, dat had zelfs hij in zijn stoutste dromen niet kunnen bedenken. En de toestanden waarin ze nu verzeild waren geraakt – even grijnsde hij in het donker – waren zonder twijfel turbulenter dan de stoutste dromen die wie dan ook had kunnen voorspellen. Turbulent en – hier keerde de ernst weer in alle hevigheid terug – puur afschrikwekkend. In gedachten zag hij de man met het pistool in de bus naar Assisi, voelde hij opnieuw de kracht van de explosie. Herinnerde zich de vlammen, het geschreeuw, de verwarring, de bus die plotseling een paar maal om zijn as tolde, herinnerde zich zijn instinctieve reactie, toen hij opstond om zo veel mogelijk van zijn identificatiepapieren in de colbertzak van de schutter over te hevelen. Plotseling vervaagde het beeld om plaats te maken voor dat van Marsciano, gezeten achter het maaswerk van het biechthokje, het geluid van diens gekwelde stem: 'Heer, ontfermt U zich over mij, want ik heb gezondigd...'

Plotseling draaide Danny zich om en begroef zijn hoofd in zijn kussen om de rest te onderdrukken. Maar hij kon het niet. De hele biecht stond in zijn geheugen gegrift.

Adrianna werd wakker van het geluid en keek op. Eaton was bezig uit te stappen, streek zijn beige zomerjasje glad en verdween over het trottoir in de richting waar Scala geparkeerd stond. Ze zag hoe hij het schijnsel van een lantaarnpaal omzeilde, zijn ogen ondertussen gericht op het donkere silhouet van een appartementencomplex aan het eind van de straat. Daarna verdween hij in de duisternis. Onmiddellijk gleden haar ogen naar de doffe oranje gloed van het verlichte dashboardklokje. Ze vroeg zich af hoe lang ze had zitten soezen.

2.17

Nu verscheen Eaton weer en gleed naast haar achter het stuur.

'Zit Scala er nog?' vroeg ze.

'Die zit te roken in zijn wagen...'

'Er brandt geen licht binnen?'

'Geen licht.' Eaton keek haar aan. 'Ga maar weer slapen. Je hoort het wel zodra er iets gebeurt.'

Adrianna moest even glimlachen. 'Vroeger dacht ik dat ik van je hield, Eaton.'

'Je hield van de functie, niet van de man...' Eaton staarde weer naar het appartementencomplex.

'Ook van de man... een tijdje.' Adrianna trok haar wijde spijkeroverhemd om haar heen en nestelde zich in slaaphouding op de stoel. Lange tijd sloeg ze Eaton die aandachtig naar het gebouw tuurde, gade en viel ten slotte in slaap.

135

Beijing, China. Nog steeds vrijdag, 17 juli. Tien over halftien in de ochtend.

'James Hawley. Een Amerikaans hydrobiologisch ingenieur,' antwoordde Li Wen in het Chinees. Zijn mond was kurkdroog en hij baadde in het zweet. 'Hij... hij woont in Walnut Creek, Californië. Hij bedacht de hele procedure. Ik... ik... wist niet wat het was... dacht dat het om een nieuwe methode ging om wa... water op gif te testen...'

Aan de andere kant van de strakke houten tafel staarde de man in het legeruniform hem aan, dezelfde man die hem had gedwongen te vertellen wat hij zes uur daarvoor in Woesi had gedaan, dezelfde man die hem in de boeien had geslagen en hem tijdens de vlucht in het militaire toestel naar Beijing had vergezeld en hem hierheen had gebracht, een felverlicht, uit cementblokken opgetrokken gebouw op de luchtmachtbasis waar ze geland waren.

'Er bestaat helemaal geen James Hawley uit Walnut Creek in Californië,' deelde de man hem kalm mee.

'Jawel, dat móet. Die formules kwamen niet van mij, ze kwamen van hém.'

'Ik herhaal... er bestaat helemaal geen James Hawley. We hebben het nagetrokken met behulp van de formulieren die u ons gaf.'

Op dat moment voelde Li Wen dat hem de moed in de schoenen zonk en hij besefte dat hij al die tijd om de tuin was geleid. Zodra er ook maar iets verkeerd ging, was hij degene die daarvoor zou boeten.

'Beken.'

Traag keek hij op. Vlak achter de man aan de tafel bevond zich een videocamera. Het rode lampje brandde, ten teken dat alles wat hier gebeurde werd opgenomen. En achter de camera kon hij de gezichten van een half dozijn geüniformeerde soldaten zien – de militaire politie of, nog erger, mannen zoals zijn ondervrager, van het ministerie voor Staatsveiligheid.

Uiteindelijk knikte hij, staarde direct in de camera en onthulde hoe hij met zijn 'sneeuwballen' – dodelijke, niet traceerbare polycyclische, onverzadigde alcohol – het watervoorzieningssysteem had verontreinigd. Daarna gaf hij een uitvoerige wetenschappelijke uiteenzetting van de formule, welke de effecten waren en hoeveel slachtoffers er zouden moeten vallen.

Toen hij klaar was en met de rug van zijn hand het zweet van zijn voorhoofd veegde, zag hij hoe twee van de soldaten opeens op hem af liepen. In een oogwenk hadden ze hem van zijn stoel getrokken en marcheerden ze een deur en een smalle gang door. Zo'n zes à tien meter verderop zag hij een man uit een zijdeur verschijnen. Verrast hielden de soldaten halt. Meteen op dat ogenblik deed de man een stap naar voren. Hij had een pistool in de hand, voorzien van een demper. Li Wens ogen sperden zich verschrikt open. Het was Tsjen Yin. Zijn vinger spande zich om de trekker en hij vuurde van dichtbij.

Twee plofjes.

Li Wen werd achteruitgeblazen, zijn lichaam rukte zich los uit de greep van de soldaten, bloed spatte tegen de muur achter hem.

Tsjen Yin keek naar de soldaten, glimlachte en wilde zich uit de voeten maken. Maar nu veranderde zijn grijns in een uitdrukking van afschuw. De voorste soldaat richtte zijn machinegeweer. Nu deinsde ook Tsjen Yin achteruit.

'Nee!' schreeuwde hij. 'Nee! Jullie begrijpen het n...'

Snel draaide hij zich om en rende naar de deur. Er klonk een geluid als van een doffe drilboor. Bij de eerste treffers tolde het lichaam van Tsjen Yin eenmaal om zijn as. Bij de laatste voltreffer werd de bovenkant van zijn hoofd, net boven zijn rechteroog, weggeblazen. Net als Li Wen was hij al dood voordat zijn lichaam de grond had kunnen raken.

136

Rome, kwart over vier in de ochtend.

Harry stond in de badkamer. Hij was bezig zich te scheren, zich van zijn baard te ontdoen. Het zou niet zonder risico zijn, want daarmee kreeg hij het gezicht terug dat het publiek kende uit de kranten en van de 'opsporing verzocht'-spotjes door de Gruppo Cardinale. Maar hij had geen keus. Volgens Danny had bijna geen enkele Vaticaanse hovenier een baard.

Hercules zat aan de keukentafel en staarde naar de dampende kop koffie die hij tussen zijn handen hield. Elena zat tegenover hem, net zo stil als hij, haar koffie onaangeroerd.

Een kwartier geleden had Hercules de badkamer eindelijk verlaten – het was voor hem zo'n exclusieve luxe dat hij er een half uur voor had uitgetrokken om er eens flink van te genieten, zittend in een badkuip met warm water, om zich daarna te scheren, zoals Harry nu. En dat laatste verschafte hun tweeën opnieuw iets gemeenschappelijks: twee onverschrokken kruisvaarders die op het punt stonden op te marcheren naar een vreemd land, en frisgeschoren bovendien. Dat laatste was misschien een detail, maar net als een uniform voegde het iets toe aan het gevoel van kameraadschap en Hercules was in zijn nopjes.

Nu zag Scala de voordeur opengaan en de twee mannen verschijnen. Het enige verschil tussen Harry Addison en een gewone priester op weg naar de ochtendmis, was het lange, opgerolde klimtouw dat over zijn schouder hing. Dat, plus de dwerg op krukken die met sterke en soepele bewegingen als van een gymnast, met hem opliep.

Ze verlieten de Via Nicolo V en hij zag dat ze de Viale Vaticano insloegen, daarna in het donker linksaf gingen en in westelijke richting verder liepen, langs de Vaticaanse muur naar de St. Janstoren. Het was tien over halfvijf in de ochtend.

Ook Eaton, gezeten achter het stuur van de Ford, zag de twee mannen. Hij gebruikte een mono-nachtkijker. De kreupele dwerg verbaasde hem net zozeer als het stuk touw.

'Harry en een dwerg...' Adrianna was nu klaarwakker. Op het moment dat de twee een straatlantaarn passeerden om daarna in het donker te verdwijnen, had ze nog net een glimp van hen weten op te vangen.

'Maar nog geen teken van Daniel en Scala heeft nog geen actie ondernomen.' Eaton legde zijn nachtkijker weg.

'En waarom dat touw? Je denkt toch niet dat ze...'

'...Marsciano gaan bevrijden?' maakte hij haar zin af. 'En de politie laat ze hun gang gaan...'

'Ik snap er niks van.'

'Ik ook niet.'

137

Een wagen denderde voorbij met een lading brandhout in de laadbak. Daarna werd het weer donker in de straat. Harry en Hercules kropen tevoorschijn vanachter de hoek in de muur van het Vaticaan vandaan, waarachter ze zich verscholen hadden.

'Weet u waar dat hout voor dient, meneer Harry?' fluisterde Hercules. 'Dat is voor alle pizzaovens in de hele stad. Pizza,' knipoogde hij. 'Pizza.' Plotseling duwde hij zijn krukken in Harry's handen en draaide zich om naar de muur. 'Geef me even een zetje.'

Harry wierp nog even een snelle blik door de straat, pakte Hercules bij de heupen en tilde hem naar een richel die zich halverwege de muur naar beide kanten uitstrekte. Hercules strekte zijn armen om erbij te kunnen. Het lukte. In een oogwenk balanceerde hij op de richel.

'Eerst de krukken, daarna het touw.'

Na de krukken boven zijn hoofd te hebben aangereikt, wierp Harry het touw op. Hercules greep het, pakte een meter, maakte een lus rond zijn schouder en wierp het vrije uiteinde omlaag naar Harry.

Deze gaf een rukje en voelde hoe het touw strak kwam te staan. Glimlachend keek Hercules omlaag en gebaarde hem dat hij kon beginnen. Tien seconden later had Harry zich tegen de muur omhooggewerkt en stond nu naast de dwerg op de richel.

'Ja, slechte benen, maar de rest is van graniet.'

'Volgens mij vind je dit wel leuk, hè?' reageerde Harry half grijnzend.

'Wij zijn op zoek naar de waarheid. Wat is er mooier, meneer Harry?' Hercules' ogen vestigden zich op die van hem. Daarin zag hij een leven van ellende en pijn. Meteen daarna wendde Hercules zijn hoofd naar de top van de muur.

'Ik moet opnieuw een steuntje hebben, meneer Harry. Maar hier is het gevaarlijker. Zet u schrap en let op uw evenwicht, want anders vallen we allebei.'

Hij duwde zijn rug tegen de muur en plaatste zijn voeten stevig op de smalle stenen richel.

'Nu,' fluisterde hij. Meteen voelde hij hoe Hercules' handen zijn schouders grepen, en hoe de man zich aan hem optrok. Het touw gleed over zijn borst, gevolgd door Hercules' nutteloze voeten die tegen zijn gezicht botsten. Opeens was de druk op zijn schouders verdwenen. Snel keek hij op. Hercules knielde op de rand van de muur.

'Krukken,' klonk het.

'En?' vroeg Harry terwijl hij ze aangaf.

Met één arm door beide krukken gestoken tuurde Hercules over de andere kant naar de Vaticaanse tuinen beneden hem. Vanachter een stel bomen, nog geen dertig meter verderop, doemde de toren op. Hij draaide zich om en stak zijn duim op naar Harry.

'Succes.'

'Ik zie je daarbinnen,' knipoogde Hercules.

Daarna zag hij hoe Hercules een uiteinde van het touw over een uitstekende hoek van de muur wierp, een arm door zijn krukken stak en achter de muur verdween.

Zelf aarzelde hij heel even, keek omlaag naar de straat beneden hem en sprong. Hij raakte de grond, liet zich een keer omrollen en stond op. Hij sloeg zijn jasje schoon, zette zijn zwarte priesterbonnet weer recht op zijn hoofd en liep nu snel de Viale Vaticano weer af, precies zoals hij gekomen was. Scala's Calico, het automatische pistool, zat tussen zijn broekriem, Adrianna's mobiele telefoon in zijn zak. Vóór hem staken de pikzwarte silhouetten van de huizen messcherp af tegen het onheilspellende, bleke ochtendgloren.

138

Kwart voor zeven in de ochtend.

Gekleed in het uniform van Farels garde – zwart pak en wit overhemd – de haren zwartgeverfd en kortgeknipt, leunde Thomas Kind tegen de rand van de balustrade rondom de koepel van de Sint-Pieter en staarde over de stad. Twee uur daarvoor had hij vernomen dat de situatie in Beijing weer onder controle was, de moordopdrachten op Li Wen en Tsjen Yin waren naar behoren uitgevoerd. De eerste was uitgevoerd door een nietsvermoedende Tsjen Yin zelf, de tweede door een pion binnen de Noord-Koreaanse geheime politie die nauwe banden onderhield met het Chinese ministerie voor Staatsveiligheid. Li Wen was naar een militair vliegveld in Beijing afgevoerd voor verhoor. Een handlanger was betaald om een zijdeur open te laten en de andere kant op te kijken zodra Tsjen Yin zou verschijnen. Tsjen Yin had zich netjes van zijn taak gekweten, in de naïeve veronderstelling dat hij zich gewoon kon omdraaien en zich zonder ook maar een schrammetje uit de voeten kon maken. Dat was het startschot voor de tweede handlanger en daarmee was ook deze zaak afgedaan.

Wat nu nog restte, waren pater Daniel en zijn gezelschap. Op bevel van Palestrina, en met Farels zegen, had hij het grootste deel van de vorige dag met vijf leden van de in het zwart gehulde *Vigilanza*, de Centrale Veiligheidsdienst binnen het Vaticaan, doorgebracht die door de Vaticaanse politiechef hoogstpersoonlijk waren uitgekozen. Ogenschijnlijk bezaten ze allevijf dezelfde staat van dienst als alle speciale rekruten van de Zwitserse garde: ze waren van katholieken huize en Zwitsers staatsburger. Maar daarmee hield elke vergelijking op. Waar het voorheen toprekruten gold, betrof het hier vijf personen achter wier namen slechts de vage omschrijving 'militaire staat van dienst' te lezen viel. Secundaire dossiers toonden aan waarom. Allen waren door Farel zelf gerekruteerd om als zijn of Palestrina's privé-bewakers te dienen. Drie van hen hadden in het Franse vreemdelingenlegioen gediend en waren nog voor het eind van hun vijfjarig dienstverband ontslagen. De andere twee hadden een verstoorde jeugd gehad, er diverse gevangenisstraffen op zitten en later als soldaat wegens gewelddadig gedrag uit het Zwitserse leger ontslagen; een van hen, Anton Pilger, wegens poging tot doodslag. Bovendien waren de vijf in de afgelopen zeven maanden bij de *Vigilanza* ingelijfd waardoor Thomas Kind zich afvroeg of Palestrina dit probleem misschien had zien aankomen en daarbij de assistentie van deze vijf zwartpakken nodig had. Wat het motief van de kardinaal ook geweest mocht zijn, Kind had de keuze aanvaard, had de heren ontmoet om, na eerst wat foto's van de Addisons te hebben uitgedeeld, zijn plannen te ontvouwen.

De komst van de broers kon maar één doel hebben, zo had hij ze verteld, namelijk de bevrijding van kardinaal Marsciano. Het plan was om de toren op een afstand te observeren en de broers hun gang te laten gaan. Zodra ze eenmaal binnen waren, zouden ze in de val zitten en konden ze meteen geliquideerd worden. Met behulp van een onopvallende wagen konden de twee lichamen naar een boerderij op het platteland worden gebracht om daar te worden gedumpt. Het zou misschien een dag of twee duren voordat ze daar zouden worden gevonden, vermoord door onbekenden. Vanaf zijn uitkijkpost boven op de Sint-Pieter staarde hij naar het lege plein beneden. Over een uur zouden de eerste bezoekers verschijnen. Daarna zou de drukte met de minuut toenemen, wanneer toeristen uit de hele wereld zich in groten getale naar het plein begaven om deze heilige en historische plek met eigen ogen te aanschouwen. Toch was het merkwaardig te moeten constateren dat hij zich sinds zijn komst hier een stuk kalmer en minder wanhopig voelde. Misschien was dit dus toch een spirituele plek.

Of kwam het door de afstandelijkheid, het delegeren van de taak in plaats van eigenhandig te moorden? Geboeid door deze gedachte redeneerde hij dat, als hij stopte met moorden, er rigoureus mee kapte, hij daarmee zou kunnen genezen. Een beangstigend idee, want het impliceerde dat hij inderdaad ziek was, dat hij door de daad werd verleid en er tegelijkertijd aan verslaafd was. Maar zoals voor alle ziekten en verslavingsvormen geldt, wist hij dat de onderkenning ervan de eerste stap naar genezing was. En aangezien hij niet over een specialist beschikte tot wie hij zich kon wenden, moest hij dus zijn eigen geneesheer worden en zichzelf de noodzakelijke behandeling voorschrijven.

Hij keek op en liet zijn blik in de verte langs de oevers van de Tiber glijden. Het plan dat hij voor Farels zwartpakken had bedacht, was eerder adequaat dan opmerkelijk te noemen. Maar ja, het ging hier niet om een Derde Wereldoorlog, dus gezien de situatie zou het allemaal wel lukken. Voor het moment moest hij zijn ogen de kost geven en wachten totdat de twee broers in beeld zouden verschijnen.

En daarmee zou zijn eerste stap naar genezing gezet zijn: hij voerde het bevel over zijn plan, anderen voerden het uit.

139

Gerinkel van glas en de geur van rum en gemorst bier vulden de keuken. De gootsteen gorgelde nog een laatste maal nu Elena haar laatste flesje dubbelgegist bier van het merk Moretti omkeerde en de inhoud wegspoelde. Daarna zette ze de kraan open, spoelde de flesjes om, pakte de andere vier flessen die ze al had schoongemaakt en bracht ze naar de tafel waar Danny bezig was.

Vóór hem stond een grote porseleinen mengschaal met schenktuit. Erin bevond zich een evenredig mengsel, bestaande uit eenvoudige ingrediënten afkomstig uit de keuken: sterke rum voor keukengebruik en olijfolie. Rechts van hem lagen een schaar en een doosje afsluitbare plastic boterhamzakjes en rechts daarvan de resultaten van reeds voltooide arbeid: tien grote tafelservetten, in vieren geknipt, daarna gedrenkt in het rum-oliemengsel en vervolgens strak opgerold tot kleine tubetjes. Hij was nu bezig om ze met zijn met olie en rum besmeurde vingers in de afsluitbare plastic zakjes te stoppen. Veertig stuks, vier in een zakje, in totaal dus tien zakjes.

Eenmaal klaar veegde hij zijn handen af aan een stuk keukenpapier, nam de lege bierflesjes aan van Elena en zette ze vóór zich op de tafel. Hij pakte de mengschaal en verdeelde voorzichtig de resterende inhoud.

'Knip nog even een servetje voor me,' vroeg hij haar ondertussen. 'We hebben vijf droge lonten nodig van ongeveer vijftien centimeter lang en heel strak opgerold.'

'Oké.' Ze pakte de schaar en wierp ondertussen een blik op de klok boven het gasfornuis.

Roscani rukte zijn onaangestoken sigaret uit zijn mondhoek en duwde hem geïrriteerd in de asbak van zijn Alfa. Het was op het nippertje, want hij had op het punt gestaan om de aanstekerknop van het dashboard in te drukken. Even keek hij naar Castelletti naast hem, vervolgens in de achteruitkijkspiegel en daarna naar de brede avenue vóór hen. Ze reden in zuidelijke richting over de Viale di Trastevere. Roscani voelde zich onrustiger dan de hele afgelopen nacht toen hij geen oog had dichtgedaan. Hij dacht aan Pio, hoe hij hem miste en wenste dat hij nu bij hem was.

Voor het eerst van zijn leven voelde Roscani zich verloren. Hij kon met geen mogelijkheid zeggen of ze op de goede manier bezig waren. Pio's grote magie was dat hij een volledig unieke kijk op de dingen had, waarna ze de zaak bespraken om uiteindelijk tot een aanpak te komen, waarin iedereen zich kon vinden. Maar hij moest het zonder hem stellen en de magie waarop ze misschien hoopten, daar zouden ze nu zelf voor moeten zorgen. De banden van de Alfa gierden hard nu hij een scherpe bocht naar rechts nam, en nog een. Links was het spoor. Afwezig zocht hij de rangeerloc, maar zag niets. Nu waren ze er, reden de Via Nicolo V in en verder naar Scala's witte Fiat die aan het eind van de straat tegenover woning nummer 22 geparkeerd stond.

140

'Roscani en Castelletti,' constateerde Adrianna, nu de blauwe Alfa Romeo de straat inreed en achter de Fiat stopte.

Het portier van de Fiat ging open en ze zagen Scala uitstappen en zich naar de Alfa begeven. De mannen voerden een kort gesprek, waarna Scala weer in zijn auto stapte en wegreed.

'Ze bespraken de timing,' stelde Eaton vast. 'Harry Addison is twee uur geleden verdwenen en nog niet teruggekeerd. Nu verschijnt Roscani ten tonele. Hij moet nu wachten op Daniel voordat hij zijn volgende stap kan zetten en vooral om ervoor te zorgen dat er ondertussen niets gebeurt...'

Een schril getjirp sneed plotseling door de wagen. Het was Eatons pieper die afging. Snel pakte hij de mobilofoon op van de stoel naast hem en klikte hem aan.

'Ja.'

Adrianna zag hem op zijn kaken bijten terwijl hij luisterde.

'Wanneer...?'

Nu kon ze hem zelfs horen tandenknarsen.

'Geen woord van ons. Wij weten van niks... Goed.' Meteen verbrak hij de verbinding en staarde voor zich uit.

'Li Wen heeft bekend de meren te hebben vergiftigd. Een paar minuten later werd hij door een belager neergeschoten die vervolgens door de veiligheidsmensen werd neergemaaid. Klinkt uitgekookt. Aan wie moet je dan meteen denken?'

Adrianna voelde een rilling. 'Thomas Kind...'

Eaton staarde weer naar het appartementencomplex. 'Vraag me verdomme niet wat Roscani op dit moment denkt, maar als hij de anderen daar naar binnen laat gaan, bestaat er een grote kans dat ze allemaal om zeep worden gebracht, vooral als Thomas Kind ze daar opwacht.'

'James,' waarschuwde Adrianna opeens. Een plotselinge beweging in de straat had opeens haar aandacht getrokken.

Roscani was uitgestapt en keek nu om zich heen, een mobiele telefoon tegen zijn oor gedrukt. Ook Castelletti stapte nu uit en begaf zich over het trottoir, een automatisch pistool omlaag langs zijn been. Hij keek omhoog naar de gebouwen aan weerskanten van de straat, alsof hij iemand van de Geheime Dienst was.

Roscani praatte intussen in zijn telefoon, knikte, keek omhoog en gebaarde dat Castelletti terug moest komen. Onmiddellijk stapten ze allebei in de Alfa.

Op datzelfde moment werd de voordeur van Via Nicolo v nummer 22 geopend, waarna een jonge vrouw – gekleed in spijkerbroek en met een zonnebril – een bebaarde man in een Hawaii-shirt in een rolstoel de straat op duwde. In zijn schoot lag een cameratas. De vrouw droeg er een over haar schouder.

'Dat ís hem, verdomme,' fluisterde Adrianna. 'En die vrouw moet Elena Voso zijn.'

Opeens klonk het geluid van gierende banden nu Roscani de Alfa snel wegdraaide van zijn parkeerplek en met een ruk de straat overstak om met een ruwe zwaai voor het tweetal langs bij de stoep te belanden. Daarna bleef hij stapvoets naast hen rijden, terwijl ze naar het Vaticaan wandelden alsof ze twee toeristen waren die een ochtendwandeling maakten.

'Christus nogantoe, hij is van plan ze aan het handje de Sint-Pieter in te gidsen!'

Eaton startte de motor. Ondertussen gleed zijn hand al naar de versnelling. Behoedzaam stuurde hij de groene Ford weg van de stoeprand en reed de Via Nicolo v af. Hij was kwaad, gefrustreerd en voelde zich hulpeloos. Het enige wat hij nog kon doen zonder een internationaal incident te veroorzaken, was de Alfa niet uit het oog te verliezen.

Ze maakten nu een bocht; van de Largo di Porta Cavallegeri ging het naar de Piazza del Sant'Uffizio, op een steenworp afstand van de zuidelijke zuilengang en de ingang van het Sint-Pietersplein. Instinctief wierp Roscani een blik in de spiegel. Twintig, dertig meter achter hen reed een groene Ford. De wagen reed langzaam, met dezelfde snelheid als die van hen. Voorin zaten twee mensen. Op dat moment zag hij hoe de passagier van de Ford opeens omlaagkeek. Daarna zag hij hoe Elena de rolstoel linksom stuurde en direct op de zuilengang afliep. Opnieuw keek Roscani in zijn spiegel. De Ford was er nog steeds, week uit naar links, maar sloeg opeens rechtsaf en reed met volle vaart weg uit het zicht.

141

Eaton scheurde nog langs twee huizenblokken, sloeg snel linksaf en daarna, op de Via della Conciliazione, nog een keer. Met volle vaart reed hij langs een touringcar, voegde scherp in op de rechterrijbaan om precies tegenover het Sint-Pietersplein op een taxistandplaats op de rem te trappen.

In een oogwenk waren ze uitgestapt en negeerden de verontwaardigde kreten van een taxichauffeur over het inpikken van een taxistandplaats. Links en rechts het passerende verkeer ontwijkend renden ze naar het drukke plein. Daar aangekomen baanden ze zich wanhopig een weg tussen de vele toeristen door, speurend naar een vrouw met een rolstoel. Plotseling klonk er een waarschuwend geclaxonneer. Ze keken op en zagen hoe een kleine pendelbus op hen afstevende, bezig het plein te verlaten. Het opschrift op de zijkant meldde: *Musei Vaticani*; het was de museumbus van Vaticaanstad. Eronder prijkte het bekende blauwe logo met de witte rolstoel, het internationale symbool voor gehandicapten. Snel deden ze een stap opzij en lieten de bus passeren. Op dat moment ving Adrianna een glimp op van pater Daniel, voorin bij het raam. Daarna draaide de bus de straat op en stak het plein over waar ze hun auto hadden geparkeerd.

Zo'n vijftig meter verderop stak Harry, op weg naar de basiliek, het Sint-Pietersplein over. Het pistool van Scala zat achter zijn riem, zijn bonnet had hij bijna schuin over zijn voorhoofd getrokken en de papieren die Eaton voor hem had geregeld en die hem identificeerden als pater Jonathan Roe van de universiteit van Georgetown, zaten in zijn zak. Je kon immers nooit weten. Onder zijn priestergewaad droeg hij een stevige katoenen broek en een werkoverhemd. Het waren Danny's kleren uit het appartement aan de Via Nicolo V.

Hij bereikte een trap, liep met de menigte mee omhoog en bleef staan. Vóór hem wachtten nog eens enkele honderden mensen totdat de deuren opengingen. Het was nu vijf voor negen. Over vijf minuten zou de basiliek opengaan, precies twee uur voordat de rangeerloc zou verschijnen. Met het hoofd gebogen, biddend dat niemand hem opeens zou aankijken en hem zou herkennen, slaakte hij een diepe zucht en wachtte af.

142

Hercules zat ineengedoken tussen de kantelen van de oude vestingmuur. Hij had het punt bereikt waar de St. Janstoren de stadswal onderbrak, met ongeveer zes meter boven hem het ronde, van dakpannen voorziene dak.

Bijna drie uur had hij ervoor nodig gehad om langs de andere kant van de muur omhoog te klimmen, zich van het ene houvastpunt naar het andere werkend en de schaduwen van de ochtend benuttend om uit het zicht te blijven. Maar hij had de bovenkant weten te bereiken en had zich daarna snel naar de toren gehaast – verkrampt en dorstig, maar precies op de afgesproken plek en de afgesproken tijd.

Beneden kon hij zien dat twee van Farels zwartpakken zich in het struikgewas bij de ingang van de toren in een hinderlaag hadden opgesteld. Twee anderen stonden verdekt opgesteld achter een hoge heg aan de overzijde van een smal weggetje. De hoofdingang van de toren, direct onder hem, leek onbewaakt. Hoeveel

Vigilanza-zwartpakken zich binnen konden bevinden, daarvan had hij geen idee: één, twee, twintig, niemand? Hoe dan ook, zijn vermoeden klopte: de heren hielden zich uit het zicht, als spinnen die hoopten dat hun prooi nietsvermoedend in hun web belandde. *Danny!* Hercules grijnsde. Een priester bij zijn voornaam noemen, dat mocht hij wel, zoals meneer Harry het had gedaan. Het gaf hem het gevoel dat hij erbij hoorde, deel uitmaakte van een familie, eentje waar hij op de een of andere manier graag bij wilde horen. En voor nu, voor vandaag tenminste, zo kwam hij tot de slotsom, hoorde hij er ook echt bij. Het gevoel zat diep. De trouwe dwerg die kort na zijn geboorte te vondeling was gelegd, het leven nam zoals het zich aandiende, niet van zins eraan ten prooi te vallen, merkte opeens dat hij verlangde naar een thuis. Het verraste hem, want de pijn en het verlangen waren heel wat heviger dan hij zich tot nu toe had ingebeeld. Eén ding was nu buiten kijf: hij bleek menselijker dan hij had gedacht, ongeacht zijn uiterlijk. Harry en Danny hadden hem bij hun plannen betrokken, want ze konden zijn talent goed gebruiken, en dat laatste maakte dat hij voor het eerst van zijn leven een doel had, en zich waardig voelde. Ze hadden hun leven aan hem toevertrouwd, en ook dat van Elena en dat van de kardinaal. Hij zou hen niet teleurstellen, wat er ook gebeurde, wat hemzelf ook mocht overkomen.

Hij kneep zijn ogen tot spleetjes en tuurde tegen het zonlicht in omlaag naar het smalle weggetje dat naar het station liep, het weggetje waarover ze zich zo meteen zouden begeven. Bijna direct aan de overkant, achter de struiken waar het tweede groepje zwartpakken zich had verborgen, kon hij de pauselijke heliport zien. Rechts van hem, verscholen achter de bomen, was nóg een toren, die van Radio Vaticana. Hij keek op zijn horloge.

Het was zeven over negen.

Danny en Elena begaven zich nu door de hoofdingang van de Vaticaanse musea. Ze waren in gezelschap van de drie andere rolstoelparen uit de pendelbus: een gepensioneerd Amerikaans echtpaar – hij, gewapend met een baseballpet van de American Dodgers en voortdurend naar Danny en diens New York Yankeespet starend alsof hij hem ofwel herkende dan wel alle musea en het gereis zat was en gewoon eens lekker over baseball wilde kletsen; en zij, mollig, met een hartelijke glimlach op het gezicht en hem in zijn stoel voortduwend. Verder een vader met zijn zoon van rond de twaalf met beugels rond zijn benen, waarschijnlijk uit Frankrijk, en ten slotte een vrouw van middelbare leeftijd die zich over een oude, grijze vrouw, waarschijnlijk haar moeder, ontfermde en waarschijnlijk uit Engeland kwam, hoewel dat, gezien de bitse manier van doen van de laatste, moeilijk te zeggen was. Eén voor één ging het langs de kassa waarna ze werden geïnstrueerd te wachten op de lift die hen naar de eerste verdieping zou voeren.

'Ga daar maar staan, dichter bij die deur,' snauwde de grijze Engelse tegen haar dochter. 'En ik snap echt niet waarom je úitgerekend deze jurk aan moest, hoor. Je wéét toch hoe lelijk ik hem vind!'

Elena keek even omlaag naar Danny en schoof haar cameratas nog even wat meer over haar schouder. Het waren gewone tasjes van zwart nylon die iedere toerist zou kunnen dragen. Maar in plaats van camera's en filmrolletjes bestond de inhoud uit sigaretten en luciferstrookjes, de in olijfolie en rum gedrenkte, opgerolde servetjes in boterhamzakjes en de vier bierflesjes – twee aan twee bijeengebonden – voorzien van een lont en een kurk en gevuld met dezelfde ontvlambare vloeistof.

Er klonk een pingel, waarna een lampje oplichtte en de liftdeur zich opende. Even wachtten ze totdat het kleine groepje de lift had verlaten waarna enig gedrang ontstond nu de grijze vrouw wilde voordringen.

'Wij gaan eerst, als u het niet erg vindt.'

Hetgeen geschiedde. En dit leidde ertoe dat Danny en Elena als laatsten de lift betraden en zich tussen de anderen moesten persen waarna de deuren zich vlak achter hun rug sloten. Waren ze één van de eerste drie paren geweest, en hadden ze zich net als de anderen naar de deur omgedraaid, dan zou Danny hebben gezien hoe Eaton zich samen met Adrianna net bij het loket omdraaide om, net voordat de deuren zich sloten, een blik in de lift te werpen.

143

Traag slenterde Harry door de Sint-Pieter, vlak achter een groep-je Canadese toeristen die nu, Harry incluis, bleven staan voor Michelangelo's *Pietà*, zijn gepassioneerde beeldhouwwerk van Maria met de gestorven Jezus op haar schoot. Daarna liep hij langzaam weg van het groepje naar het middenschip, staarde rustig omhoog naar de onderkant van de enorme koepel boven hem en liet ten slotte zijn blik dalen naar Bernini's bronzen baldakijn boven het pauselijke altaar. Daarna liep hij, precies volgens Danny's aanwijzingen, in zijn eentje weg.

Zich naar rechts begevend, langs de houten biechthokjes, rustig de beelden van de aartsengel Michaël en Petronilla bestuderend, belandde hij bij het monument van paus Clemens X, met vlak daarachter een uitstulping in de muur. Met kleine stappen liep hij eromheen en stuitte op een wandgordijn dat ogenschijnlijk een stuk muur bedekte.

Snel keek hij om zich heen en toen hij zag dat hij alleen was, stapte hij rap achter het gordijn, betrad de smalle gang erachter en liep naar het eind ervan. Daar aangekomen opende hij een deur, liep een kleine trap af naar een tweede deur, opende deze en stond plotsklaps buiten, met zijn ogen knipperend in het felle zonlicht van de Vaticaanse tuinen.

Het was vijf voor halftien.

Twee minuten over halftien.

Elena duwde de deur van de nooduitgang open, blokkeerde deze met haar voet en bracht een stuk cellotape aan over de klink, zodat deze naar achteren werd geduwd en de deur achter haar niet in het slot zou vallen.

Tevreden trad ze het daglicht in en liet de deur achter zich dichtvallen. Daarna liep ze weg, nog even opkijkend naar de eerste verdieping die ze zojuist had verlaten, de plek waar ze een paar minuten geleden Danny in de gang voor het herentoilet vlak bij de ingang van de Sixtijnse kapel had achtergelaten, dezelfde gang waar ze over een paar minuten weer terug zou zijn.

Na opnieuw haar cameratas goed over haar schouder te hebben geschoven, stak ze snel een binnenplaats over en belandde op het centrale punt van waaruit netjes onderhouden paden, gazons en sierheggen zich uitstrekten. Dit was een van de vele ingangen naar de tuinen van het Vaticaan. Rechts vóór zich zag ze de in tweeën gesplitste trap naar de fontein van het Heilig Sacrament. Snel maar behoedzaam liep ze erheen, zo nu en dan even om zich heen kijkend alsof ze niet helemaal wist waar ze was, klaar om, zodra iemand haar tegenhield, te zeggen dat ze vanuit de musea een verkeerde deur had genomen en de weg kwijt was.

Ze beklom nu de trap naar de fontein rechts van haar. Daar aanbeland liep ze opnieuw naar rechts en zag nu een aantal grote bloembakken naast een haag van coniferen. Opnieuw keek ze wat om zich heen, verwonderd, alsof ze inderdaad de weg kwijt was. Nu ze zag dat er geen mens in de buurt was, trok ze een zwart nylon-heuptasje uit haar cameratas en verborg het veilig achter een van de bloembakken. Daarna stond ze op, keek opnieuw om zich heen en liep in dezelfde richting terug, stak de binnenplaats over, trok de deur open en verwijderde het cellotape van de klink. Ze betrad het gebouw weer, liet de deur achter zich in het slot vallen en beklom de trap naar de eerste verdieping.

144

Tien over halftien.

Behoedzaam opende Danny de deur van zijn toilet en staarde naar buiten. Twee urinoirs waren bezet. Een derde man was voor de spiegel bezig met een tandenstoker. Hij deed zijn deur nu verder open, duwde zich in zijn rolstoel naar de uitgang en probeerde de deur open te krijgen. Het lukte niet. Buiten was iemand net bezig hetzelfde te doen, vandaar. Danny keek achterom. De anderen waren er nog steeds. Geen van de mannen keek naar hem om.

'Hé!' klonk het opeens vanachter de deur.

Danny duwde zich wat naar achteren, niet wetende wat hem te wachten stond. Zijn hand gleed al naar zijn cameratas, klaar om het ding naar voren te werpen, mocht het nodig zijn.

De deur vloog open en een tweede rolstoelganger betrad nu het toilet. Het was de Amerikaan uit de pendelbus, de L.A. Dodgers-pet nog steeds op het hoofd. Midden in de deuropening bleef hij opeens staan zodat beiden elkaar, stoel tegen stoel, aanstaarden.

'Je gaat me toch niet vertellen dat je écht een Yankee-fan bent, hè?' Met een ondeugende twinkeling in zijn ogen staarde de man naar zijn baseballpet. 'Want dan ben je dus echt gestoord.'

Danny tuurde langs hem heen de hal in. Een gestage stroom mensen liep heen en weer. Waar hing Elena uit? De tijd drong. Harry zou inmiddels al buiten in de tuinen naar zijn heuptasje zoeken.

'O, ik ben gewoon een baseballfan. Ik verzamel petjes.' Hij duwde zijn rolstoel naar achteren. 'Na u.'

'Wat zijn je favoriete teams?' De man gaf geen krimp. 'Kom op, doe nou even mee. Wat zijn je teams? Welke *league*, nou? De American league of de National?'

Opeens verscheen Elena achter de rug van de Dodgers-fan.

Danny keek de man aan en haalde zijn schouders op. 'Aangezien we hier in het Vaticaan zijn, geloof ik dat ik de Padres tot mijn favorieten moet rekenen... Sorry, ik moet ervandoor.'

De man grijnsde breed. 'Natuurlijk, ga je gang.' Met een ruk reed de man naar binnen waarna Danny de toiletruimte verliet.

Elena nam het over en samen verdwenen ze. Maar opeens greep Danny de wielen en remde af.

'Stoppen.'

Verderop verplaatste een groepje zich door de hal. Met onder hen Eaton en Adrianna die aandachtig om zich heen tuurden en snel heen en weer liepen en duidelijk op zoek waren naar iemand.

Danny keek over zijn schouder naar Elena. 'Draai om, neem de andere weg.'

145

Als hier een telefooncel had gestaan, zou Harry zich net Superman hebben gevoeld. Maar er was geen telefooncel, alleen een lage wal met daarachter dicht struikgewas aan de overkant van de weg vanaf de Sint-Pieter die hij zojuist verlaten had. Hier was de plek waar hij snel uit het zicht wegdook en zich van zijn bonnet en priestergewaad ontdeed om vervolgens zijn werkbroek en werkoverhemd te onthullen.

Hij begroef zijn priesterkledij in het dichte struikgewas, nam een handvol zanderige aarde, besmeurde er zijn overhemd mee en gebruikte de rest om langs zijn bovenbenen te vegen. Daarna verdween hij uit het struikgewas, liet even een kleine zwarte Fiat over de smalle weg passeren en stapte weer tevoorschijn, ondertussen hopend dat hij geloofwaardig voor een hovenier kon doorgaan, mocht hij iemand tegenkomen.

Vastberaden liep hij over het geschoren gazon en stak het pad over naar de fontein van het Heilig Sacrament. Zich oriënterend liep hij de korte trap naar rechts op. Eenmaal boven bleef hij even staan en keek snel om zich heen. Niemand te zien. Direct vóór hem stonden de bloembakken en coniferen die Danny had aangegeven. Nu hij erheen liep, verdween zijn kalmte en voelde hij hoe zijn Calico-pistool onder zijn overhemd ongemakkelijk tegen zijn lichaam drukte en hoe zijn hart sneller begon te kloppen.

Hij stond nu bij de bloembakken onder de bewuste conifeer. Gespannen keek hij om zich heen en knielde. Zijn vingers voelden nylon en opgelucht slaakte hij een zucht. Het betekende niet alleen dat Danny en Elena er ook waren, maar ook dat het omvangrijke pakket, waarvan hij op het laatste moment afzag het te dragen uit vrees dat het door veiligheidsbeambten in de Sint-Pieter zou worden opgemerkt, veilig was klaargelegd.

Na nogmaals om zich heen te hebben gekeken, stond hij op en verschool zich onder de schaduw van de boom. Hij knoopte zijn overhemd los, gordde de nylon-heuptas om en stak zijn pistool terug onder zijn riem. Daarna stopte hij zijn overhemd weer in zijn broek, maar zo dat dit losjes over zijn broekriem viel, zodat de bobbel van zijn heuptas erachter niet zou opvallen. Hij kwam onder de boom vandaan en daalde de fonteintrap af. Het hele gedoe had nog geen halve minuut geduurd.

Het was drie minuten voor tien.

De St. Janstoren, zelfde tijd.

Het onverbiddelijke geluid van een sleutel die in een slot werd rondgedraaid. Daarna opende de deur van Marsciano's appartement zich, waarna Thomas Kind binnenkwam, met achter hem op de gang Anton Pilger, de handen voor zich gevouwen en naar binnen starend. Pilger bleef op de gang staan, terwijl Kind zich door de kamer begaf.

'*Buon giorno*, Eminentie,' groette hij. 'Staat u mij toe?'

Zwijgend deed Marsciano een stap naar achteren, nu Thomas Kind aandachtig het vertrek bestudeerde en naar de badkamer verdween. Even later verscheen hij weer en liep nu naar de glazen balkondeuren, opende deze en stapte het kleine balkon op. Hij legde zijn handen op de reling, keek omlaag naar de tuinen beneden hem, en vervolgens omhoog naar de stenen muur met daarboven het dak.

Tevredengesteld stapte hij weer naar binnen, sloot de deuren en keek Marsciano een tel vorsend aan.

'Dank u, Eminentie,' klonk het ten slotte.

Daarna liep hij de kamer uit en trok de deur achter zich in het slot. Marsciano huiverde bij het horen van de sleutel die nu voor de tweede maal in het slot werd gedraaid. Het geknars klonk hem inmiddels bijna ondraaglijk in de oren.

Hij draaide zich om, liep naar de glazen balkondeuren en staarde naar buiten. Wie was deze man, en waarom had hij binnen de afgelopen 24 uur hier al driemaal precies dezelfde handeling verricht?

146

'Bij de laatste deur ga je rechtsaf,' beval Danny, nu Elena hem door de pauselijke vertrekken, de laatste Borgia-appartementen, loodste.

De priester maakte opeens een gejaagde en bezorgde indruk die Elena verraste. Het plotselinge omdraaien in de hal voor het herentoilet, de dwingende manier waarop hij haar nu commandeerde, hij deed dit niet alleen uit concentratie. Het was uit angst. Na de deuropening te zijn gepasseerd, sloeg ze rechtsaf, zoals hij had gezegd. Ze reed hem nu door een lange gang. Halverwege was een lift.

'Hier stoppen.'

Elena drukte nu op de liftknop.

'Wat is er toch opeens aan de hand, Eerwaarde? Wat is er gebeurd?'

Even liet Danny wat bezoekers passeren, die op weg waren naar een volgende galerij. Daarna keek hij haar scherp aan. 'Eaton en Adrianna Hall zijn op zoek naar ons. Ze mogen ons niet vinden.'

Opeens gingen de liftdeuren open. Net op het moment dat Elena hem de lift in wilde duwen, hoorden ze een maar al te bekende stem achter hen.

'Wij gaan eerst, als u het niet erg vindt.'

Het waren de opdringerige grijze vrouw en haar dociele dochter van middelbare leeftijd uit de pendelbus. Voor de tweede keer stonden Danny en Elena oog in oog met twee leden van het busgroepje. Danny begon zich af te vragen of het een vloek was.

'Nu even niet, mevrouw, het spijt me,' antwoordde hij en wierp haar een vernietigende blik toe, waarna Elena hem de lift induwde.

'Wel heb ik ooit –,' fulmineerde de vrouw. 'Denkt u maar niet dat ik nog langer met u in één lift ga, meneer!'

'Dank u.'

Hij boog zich wat voorover en drukte op een knop waarna de deuren zich recht voor de ogen van de vrouw sloten. Terwijl de lift begon te dalen, trok hij de cameratas open en haalde er een sleutelbos uit, stak een van de sleutels in het slot onder het liftpaneel, en draaide deze een kwartslag.

Elena zag dat de lift de begane grond passeerde en verder daalde. Nadat de lift was gestopt en de deuren zich hadden geopend, stapten ze in een schaars verlichte dienstgang. Danny trok de sleutel weer uit het slot en drukte op een knop met het opschrift 'Vergrendeling'.

'Mooi. Rechtdoor, dan linksaf en daarna meteen rechts de gang in.'

Vijftien seconden later betraden ze een grote ruimte die het hart vormde van het enorme luchtverversingssysteem van het museum.

Het was tien over tien.

147

De marmeren vloeren, de kleine, beklede houten bankjes, het halfcirkelvormige roodmarmeren altaar met zijn bronzen kruisbeeld, het plafond en de glas-in-loodramen: de privé-kapel van de paus.

Hoe vaak was Palestrina hier al niet geweest om te bidden, samen met de paus en al dan niet vergezeld van het exclusieve groepje uitverkorenen: koningen, presidenten, staatshoofden.

Maar het was voor het eerst dat hij plotseling het verzoek had gekregen om alleen met de Heilige Vader te knielen en te bidden. Terwijl hij de kapel betrad, trof hij daar de paus aan, gezeten in zijn bronzen stoel voor het altaar, het hoofd in gebed gebogen.

Hij keek op en zag dat Palestrina hem naderde. Hij verwelkomde de kardinaal met gespreide armen, nam diens handen in de zijne en keek hem indringend aan, de ogen vol bezorgdheid.

'Wat is er, Uwe Heiligheid?' vroeg Palestrina.

'Dit wordt geen goede dag, Eminentie.' De stem van de paus was nauwelijks hoorbaar. 'Er hangt iets in de lucht. Iets wat mijn hart met afschuw en vrees vervult. Ik voelde het al bij het opstaan vanmorgen, en het plaagt mijn gedachten voortdurend. Ik weet niet wat het is, maar u maakt er deel van uit, Eminentie... van wat deze duisternis ook moge behelzen.' Hier aarzelde de paus even, en zijn ogen zochten diep in die van Palestrina. 'Vertel me wat het is...'

'Ik zou het niet weten, Uwe Heiligheid. Ik zie alleen een heldere dag, met een warme zomerzon.'

'Bid dan samen met mij dat ik het verkeerd heb, dat het slechts een voorgevoel is, en dat het slechts tijdelijk is... Bid voor het heil van de geest...'

De paus verrees uit zijn stoel waarna beide mannen voor het altaar knielden. Palestrina boog het hoofd, terwijl paus Leo XIV hem voorging in gebed, wetende dat wat de Heilige Vader ook mocht voelen, hij abuis was.

De onheilspellende sfeer zoals die zich die ochtend vroeg had gemanifesteerd, toen Palestrina uit zijn nachtmerrie van kwelgeesten, brengers van ziekten en epidemieën was ontwaakt, ja zelfs nadat Thomas Kind hem had gebeld over de toestand met Li Wen, had opeens en op onverklaarbare wijze plaatsgemaakt voor goede tijdingen.

Nog geen uur geleden had Pierre Weggen hem op een geheime lijn gebeld met de boodschap dat, ondanks de ontdekking dat beide meren opzettelijk vergiftigd waren door wat de Chinezen officieel omschreven als een 'geesteszieke waterzuiveringsingenieur in dienst van de overheid', Beijing toch besloten had akkoord te gaan met het omvangrijke plan het landelijke waterhuishoudingssysteem te renoveren. Het was bedoeld als een gebaar van troost naar een getraumatiseerde, nog altijd in angst en vrees levende, onrustige natie en tegelijkertijd een signaal naar de rest van de wereld dat de regering nog altijd greep op de zaak had. Het betekende dat Palestrina's 'China-offensief', ondanks alle perikelen, in kannen en kruiken was en niet kon worden teruggedraaid. Daarnaast had Thomas Kind zich aan zijn woord gehouden. Met het uit de weg ruimen van Li Wen en Tsjen Yin waren tevens alle mogelijke sporen van China naar Rome uitgewist. Onder Thomas Kinds vastberaden leiding zou het laatste hoofdstuk met betrekking tot de eliminatie van de allerlaatste schakels snel zijn beslag krijgen en wel hier, binnen de muren van het Vaticaan, als de mot die opfladdert naar de vlam. Noch pater Daniel noch zijn broer was een gezant van de Dood, ze waren slechts twee rotte kiezen die verwijderd moesten worden.

De Heilige Vader was dus abuis en datgene wat de paus parten speelde, was niet de voortuitgesnelde schaduw van Palestrina's dood, maar de emotionele en spirituele aftakeling van een oude, bange man.

148

Kwart over tien in de ochtend.

Rusteloos beet Roscani op een knokkel van zijn hand en keek hoe de rangeerloc langzaam over de rails in hun richting zwoegde. Het was een oude rammelkast vol olie en vuil die het grootste deel van de eens zo glimmende groene verf bedekten. 'Hij is vroeg,' merkte Scala op vanaf de achterbank. 'Vroeg, laat. Wees blij dat ie er is,' reageerde Castelletti die naast Roscani op de voorbank zat en zijn stropdas wat losser trok.

Roscani's blauwe Alfa, waarin de drie mannen zaten, stond geparkeerd langs de weg tussen de poort van de stadsmuur van het Vaticaan en het San Pietro-station daarbuiten. Nu de groene loc dichterbij kwam, hoorden ze het geknars van staal op staal terwijl de machinist aan de rem trok en de ronkende machine vaart minderde. Even later gleed de loc langs, harder remmend nu, en kwam ten slotte tot stilstand. De remmer sprong uit de cabine en liep over het spoor naar het zijspoor. Roscani en zijn mannen keken toe hoe hij een mechanische hendel ontgrendelde, zich weer oprichtte en een ruk gaf aan de stalen hefboom die verbonden was met de wissel. Daarna gaf hij het sein aan de machinist. Een wolk bruine dieselrook schoot omhoog uit de schoorsteen, waarna de loc langzaam over het zijspoor opreed. Daarna gaf de remmer een stopsein. Vervolgens zette hij de hendels van de wissel in de oude stand terug en klom weer aan boord.

Op de achterbank boog Scala zich naar voren. 'Ze beginnen nu al. Zo loopt het hele tijdschema in de war.'

Castelletti schudde het hoofd. 'Zullen ze niet doen. Dit is het Vaticaan. Ze wachten netjes het tijdstip af om de poorten te openen zodat ze precies om elf uur binnen zijn. De Italiaanse machinist laat het wel uit zijn hoofd de paus pissig te maken door te vroeg of te laat te zijn.'

Roscani wierp Castelletti even een blik toe en keek weer naar de rangeerloc. Steeds meer werd hij geplaagd door twijfels. Misschien was zijn verlangen naar gerechtigheid te groot geweest en had iets in zijn achterhoofd hem ingefluisterd dat de Addisons daarvoor konden zorgen. Maar hoe meer hij erover nadacht, hoe meer hij besefte hoe dwaas ze met zijn allen bezig waren, en vooral hijzelf, omdat hij het gewoon liet gebeuren. De Addisons mochten dan misschien wel denken dat ze er klaar voor waren, de waarheid was anders. Ze moesten het immers opnemen tegen de zwartpakken van Farels Centrale Veiligheidsdienst, Thomas Kind niet eens meegerekend. Het probleem was dat Roscani het te laat had beseft. Het plan was al in gang gezet.

Zeventien over tien.

Danny's rolstoel was leeg. Hijzelf bevond zich op de vloer, zijn benen, nog altijd omgeven door blauw gipsverband, staken vreemd naar voren. Vóór hem lag een groot tapijt van krantensnippers. Erop plaatste hij het laatste van de acht plastic zakjes met daarin de opgerolde en in olijfolie en rum gedrenkte servetten, ieder ongeveer twaalf centimeter van elkaar en precies voor de luchtinlaat van het centrale luchtverversingssysteem van de Vaticaanse musea.

'*Oorah!*' klonk het binnensmonds. '*Oorah!*' Klaar om te doden! Het was de oude Keltische strijdkreet die de Amerikaanse mariniers tot hun eigen yell hadden gemaakt. Een opwindende en tegelijkertijd angstaanjagende kreet die recht uit het hart kwam. Tot nu toe was alles slechts voorbereiding geweest. Hier en nu was de plek waar het allemaal echt ging beginnen. Emotioneel had hij zich opgepept tot de gemoedstoestand die hij nodig had, die van een krijger.

'*Oorah!*' herhaalde hij nu hij klaar was en vervolgens keek hij over zijn schouder naar Elena die achter hem bij een zinken gootsteen klaarstond met een oude zinken emmer met daarin een stuk of tien kletsnatte poetsdoeken.

'Klaar?'
Ze knikte.
'Oké.'
Met een blik op zijn horloge stak hij een lucifer aan en hield deze bij de doordrenkte servetten die meteen in brand vlogen, wat gepaard ging met een olieachtige, donkerbruine wolk, waarna ook de kranten vlam vatten. Snel draaide hij zich naar links, greep een extra handje krantensnippers en gooide ze op het vuur. In een paar seconden ontstond er een ziedende vuurzee.
'Nu!' riep hij.

420

Snel kwam Elena aangerend. Terugdeinzend voor de hitte en de rook namen ze de natte doeken uit de emmer en bedekten daarmee het vuur.

Bijna onmiddellijk doofden de vlammen zich om plaats te maken voor een dik rookgordijn van viesbruine en witte rookslierten dat geheel in de aanzuigschacht van het luchtverversingssysteem verdween. Tevreden duwde Danny zich achteruit, waarna Elena hem weer in zijn rolstoel hielp. Terwijl ze bezig was, keek hij over zijn schouder naar haar.

'Op naar de volgende,' zei hij.

149

Vijf voor halfelf.

Harry stond verdekt opgesteld in de rijke schaduw van een groepje dennenbomen iets ten noordoosten van het rijtuigmuseum, en wachtte totdat het elektrische wagentje met daarop enkele hoveniers voorbijgereden was. Toen de kust weer veilig was stapte hij tevoorschijn, vloekend en rukkend aan de tegenwerkende rits van zijn heuptas. Ten slotte kreeg hij hem open, greep erin en trok een plastic zakje tevoorschijn. Daaruit haalde hij een van de rolletjes tevoorschijn, deed het zakje weer dicht en stopte het terug in zijn heuptas.

In de verte, vlak bij de Sint-Pieter, zag hij twee van Farels mannen die langs de weg in de richting liepen van het *Ufficio Centrale di Vigilanza*, het hoofdbureau van de Vaticaanse Centrale Veiligheidsdienst, een gebouw, zo realiseerde hij zich nu, dat zich waarschijnlijk niet verder dan een kleine honderd meter van het station bevond.

'Shit!' vloekte hij hardop. Snel knielde hij, veegde een flinke hoop dennennaalden bijeen, legde het doordrenkte en opgerolde servetje in het midden en stak dit aan. Onmiddellijk schoten de vlammen omhoog en ook de eromheen liggende kurkdroge dennennaalden begonnen te branden. Hij telde tot vijf en smoorde het vuur door er nog meer dennennaalden op te gooien. Onmiddellijk maakten de vlammen plaats voor rook. Toen er nieuwe vlammen omhoogschoten, bedekte hij het vuur onder een grote berg bladeren die hij kort tevoren onder een pasbesproeide heg vlak bij hem had verzameld.

Op dat moment hoorde hij uit de richting van de Vaticaanse musea de eerste alarmsirenes loeien. Na nog een laatste hoop bladeren op het vuur te hebben geworpen en de rookwolken te hebben zien opstijgen, keek hij om zich heen en liep snel de heuvel op naar de centrale boslaan.

Elena staarde voor zich uit, wachtend totdat de lift zou stoppen. Ze probeerde zich af te sluiten voor het geloei van de sirenes, de paniek onder de bezoekers of de mogelijke schade aan de onbetaalbare kunstvoorwerpen – 'geen centje pijn,' had pater Daniel haar gerustgesteld. Opeens merkte ze dat de lift gestopt was en de deuren zich openden. Op dat moment roken ze de stank van rook en hoorden ze het gerinkel van alarmbellen en gillend brandalarm.

'Snel!' maande Danny en Elena duwde de rolstoel de gang op. Opeens werden ze omringd door een stormloop van paniekerige toeristen die werden opgejaagd door de mannen van de *Vigilanza* in hun witte overhemd.

'Naar de deuren helemaal aan het eind,' zei Danny.

'Goed,' antwoordde ze. Ze voelde hoe de adrenaline door haar lichaam joeg nu ze de rolstoel door alle paniek en de steeds dikker wordende rook voortduwde. Zonder enige aanleiding gleden haar gedachten opeens naar Harry en hoe hij haar zwijgend had aangekeken op het moment dat hij en Hercules in de vroege ochtendschemering het appartement verlaten hadden. Het was niet uit bezorgdheid of zelfs angst geweest, maar uit liefde. Een diepe, ja zelfs onpeilbare liefde. Het liet zich nauwelijks beschrijven, behalve dan dat het er was, speciaal voor haar, en ze zou het voor de rest van haar leven met zich meedragen, waar dan ook en wat er ook gebeurde.

'Hier naar buiten,' commandeerde hij plotseling.

Zijn dwingende stem rukte haar onmiddellijk los uit haar gedachten. Ze volgde zijn aanwijzingen op en duwde de rolstoel vastberaden door een stroom van mensen naar een binnenplaats. Daar werd het geschreeuw van bezoekers die uit alle hoeken en gaten naar buiten stroomden, overstemd door het geloei van de sirenes. Ze zag hoe Danny de cameratas opende en er drie rolletjes uit haalde, plus nog eens drie luciferboekjes, elk gevuld met een filterloze sigaret die als lont moest fungeren, met de kaftjes van elk boekje teruggevouwen om de sigaret stevig in te klemmen. 'Daarheen.' En hij wees naar de eerste van drie grote vuilcontainers die ongeveer twintig meter uit elkaar stonden.

Uit alle openstaande ramen en deuren waren inmiddels rookpluimen te zien. Overal haastten mensen zich naar buiten, bang, schreeuwend, onzeker.

Hij nam de luciferboekjes tussen zijn beoliede vingers en stopte ze stuk voor stuk in de doordrenkte servetrollen.

'Langzamer,' commandeerde hij, nu ze bij de eerste vuilcontainer waren. Elena vertraagde haar pas. Danny stak zijn eerste sigarettenlont aan, controleerde of deze wel goed ontbrandde, wierp een snelle blik om zich heen en liet de rookbom in de vuilcontainer vallen.

'Volgende.'

Ze begaven zich naar de tweede container en hij herhaalde de procedure. Ten slotte volgde ook de derde.

De sigaret van het eerste boekje was inmiddels opgebrand en had de lucifers bereikt. Achter hen hoorden ze een doffe knal, waarna het doordrenkte servetje vlam vatte en daarmee ook de vuilnisresten in de container.

'Terug naar binnen!' riep Danny boven de loeiende sirenes en het geblèr van de brandalarmbellen uit.

Elena duwde de rolstoel naar de eerste de beste openstaande deur van waaruit nog steeds mensenmassa's naar buiten stroomden, samen met rookpluimen die nu bijna ondoordringbaar leken.

Ze zagen hoe een stuk of zes mannen van de *Vigili del fuoco* – de Vaticaanse brandweer –, uitgerust met helmen, bijlen en rubberjassen, boven hen op de rand van het dak kwamen aangerend, speurend naar vlammen. Het betekende dat ze de oorzaak van de rook nog niet hadden gevonden. Een van hen bleef nu staan en schreeuwde iets. Ook de andere brandweerlieden bleven staan en allemaal keken ze in dezelfde richting. Op dat moment wisten Danny en Elena dat ook de andere twee vuilcontainers vlam hadden gevat.

Inmiddels hadden ze de deuropening bereikt.

'*Scusi! Scusi!*' riep ze tegen de menigte en perste de rolstoel tussen de mensenmassa. Wonderbaarlijk genoeg stapten de meeste mensen opzij om de weg voor hen vrij te maken. Nu waren ze binnen. Opgaand in de stroom van mensen snelden ze de gang door. Ze zag hoe Danny ondertussen zijn draagbare telefoon uit zijn overhemdzak trok en een nummer intoetste.

'Harry, waar zit je?!'

'Boven op de heuvel. Nummer twee brandt inmiddels.'

Snel sloop Harry onder een rij dichtbegroeide dennenbomen naar de noordwesthoek van de tuinen. Hij deed zijn best niet stil te staan bij het feit dat het plan werkte en dat zij het slechts met z'n drieën klaarden. Het succes van een guerrilla-aanval vereiste drie componenten, zo had Danny voortdurend benadrukt: planning, verrassing en de vastberadenheid van het individu. Tot dusver had hij gelijk.

Zo'n vijftig meter achter hem kon hij de toren van Radio Vaticana zien. Rechts van hem, zo'n vijftig meter heuvelafwaarts, stegen zware rookwolken op vanachter de hoge heg waar hij net nog had gezeten. Iets verder weg zag hij inmiddels ook al langzaam wat rookwolken van zijn eerste vuurhaard opstijgen.

'Het is windstil, Danny,' meldde Harry in zijn telefoon. 'Al die rook blijft gewoon hangen.'

'Zorg dat je in de buurt van de afsluitkleppen bent.'

'Goed.'

Harry duwde zich door een gat in de hegomheining, op zoek naar de 'kerstboom', het stukje pijplijn dat vanuit de grond omhoogstak en dat voorzien was van alle regelkleppen, waarmee de diverse vertakkingen konden worden bediend, onder andere de afsluitklep van de hoofdwaterleiding, zo leek het. Maar volgens Danny betrof het hier slechts een afsluitklep voor een tussenleiding, roestig en bijna nooit gebruikt. En tenzij de onderhoudswerkers al heel lang in dienst waren, wist waarschijnlijk niemand van deze kraan af. Draaide je deze echter dicht, dan raakte het hele Vaticaan vanaf dat punt omlaag, dat wil zeggen alle gebouwen beneden, met inbegrip van de Sint-Pieter, de musea, het paleis van de gouverneur en de bestuurlijke gebouwen, van water verstoken.

'Ik ben bovenaan. Twee afsluitkranen, recht tegenover elkaar.'

Elena trok de rolstoel een beetje schuin naar achteren en duwde Danny omlaag de trap af en dieper de rook in.

'Zijn ze erg verroest?' Danny kuchte hevig tussen alle rook.

'Is niet te zeggen,' kraakte Harry's stem door de telefoon.

Beneden aangekomen bleef Elena even staan en ritste haar cameratas open. Kuchend, haar tranende ogen droogwrijvend, trok ze twee bevochtigde zakdoeken tevoorschijn en vouwde ze open. Een ervan trok ze over Danny's neus en mond waarna ze de beide uiteinden achter zijn hoofd aan elkaar knoopte. Daarna deed ze hetzelfde ook bij zichzelf. Vervolgens duwde ze de rolstoel weer verder. Ze betraden nu de Chiaramonti-beeldengalerij. De bustes van Cicero, Heracles en zijn zoon, het beeld van Tiberius, het kolossale hoofd van keizer Augustus stonden als verloren te midden van de rook en de massahysterie van bezoekers die zich tegelijkertijd in tegengestelde richtingen door de lange, smalle gang haastten. Allemaal op jacht naar een uitgang.

'Harry...' Danny zat voorovergebogen met de telefoon dicht tegen zijn oor.

'De eerste is oké, de tweede...'

'Dichtdraaien! Nu!'

'Ik doe m'n best...'

De tweede afsluitkraan was verroest en met een verbeten grimas moest Harry zich tot het uiterste inspannen. Plotseling gaf de kraan mee, waardoor hij met een klap opzij tegen de leiding viel, zijn knokkels openhaalde en zijn telefoon drieënhalve meter wegvloog.

'Shit.'

Met hun zakdoek voor hun gezicht leken ze nu net twee bandieten uit het oude Wilde Westen. Elena draaide de rolstoel opzij en trok Danny naar achteren om het handjevol Japanse toeristen te ontwijken die hen hand in hand als een op hol geslagen trein tegemoetstormden, schreeuwend, kuchend, huilend van de rook, net als iedereen. Ondertussen wierp Elena een blik door een van de smalle ramen naar buiten en zag hoe een legertje mannen in blauwe overhemden en met baretten op en gewapend met geweren de binnenplaats opsnelden.

'Eerwaarde!' zei ze geschrokken.

Ook Danny keek nu. 'De Zwitserse garde.' Terwijl Elena hem verder duwde, drukte hij de telefoon weer tegen zijn oor.

'Harry... Harry...'

'Wat?!'

Harry had zich net gebukt om de zaktelefoon, die zojuist uit zijn handen was gevlogen, weer op te rapen en zoog op zijn opengehaalde knokkel.

'Wat gebeurt er daar allemaal, man?'

'Die rotleiding is nu afgesloten, goed zo?'
Aan het eind van de gang gekomen, stak Danny een hand op. Elena stopte. Ze stonden nu voor een gesloten hek naar de zaal erachter, de *Galleria Lapidaria*, de inscriptiezaal. Voorzover ze die konden overzien, was er niemand aanwezig.

Voor het eerst waren ze alleen. De meute, de stormloop, de paniek, alles bewoog zich in tegengestelde richting.

'Ik ben klaar voor brandhaard nummer drie. Zijn jullie weg daar?' vroeg Harry's stem door de telefoon.

'Nog twee haltes.'

'Schiet verdomme een beetje op dan.'

'Het wemelt hier van de Zwitserse garde.'

'Laat die twee laatste haltes maar zitten.'

'Als we dat doen, springen Farel en zijn jongens van de garde boven op je.'

'Hou dan je bek en ga aan de slag.'

'Harry...' Danny keek weer achterom door het raam. Hij zag brandweerlieden met zuurstoftanks en bijlen en de gardetroepen hun gasmasker opzetten.

'Eaton waart hier ergens rond. Adrianna Hall is bij hem.'

'Hoe kan dat nou w...'

'Geen idee.'

'Jezus Christus, Danny, laat die Eaton barsten. Zorg dat je daar wegkomt!'

150

'Een afleidingsmanoeuvre,' sprak Thomas Kind in zijn walkietalkie. Hij stond op de weg vlak bij de toren en keek naar de rookpluimen die vanuit het Vaticaan omhoogstegen. In de verte kon hij de sirenes van de hulpdiensten horen, die vanuit verschillende punten van de stad naar het Vaticaan snelden.

'Wat ga je nu doen?' klonk de stem van Farel.

'Mijn plannen blijven ongewijzigd. En de uwe ook, raad ik u aan.' Plotseling verbrak hij de verbinding en liep terug naar de toren.

Ondertussen zat Hercules weggedoken op zijn post, bezig de laatste knopen in het uiteinde van zijn klimtouw te leggen, en zag hoe Thomas Kind over het pad weer naar de toren liep, pratend in zijn walkietalkie. Beneden, aan de overkant van de heg, zag hij Farels zwartpakken. Hij wachtte totdat Thomas Kind om de hoek was verdwenen. Daarna schuifelde hij verder over de muur, de krukken bijeengebonden over zijn schouder, naar de toren. Even aarzelde hij, pakte vervolgens het uiteinde van het touw dat nu met knopen was verzwaard en zwaaide het rond boven zijn hoofd. Rechtopstaand, bijna balancerend in de lucht, wierp hij het touw omhoog over het dak. Daar bleef de knoop even haken achter een zware reling en viel weer terug. Nu het touw weer slap werd, keek Hercules opnieuw om zich heen. In de verte zag hij de rook uit de gebouwen opstijgen en ook boven op de heuvel achter de bomen rookte het flink.

Opnieuw zwaaide hij het touw boven zijn hoofd en wierp het weg. Ook nu weer viel het slap terug en vervloekte hij zichzelf, en opnieuw wierp hij het touw de lucht in.

Bij de vijfde worp bleef de knoop haken en hij testte de draagkracht. Het touw bleef strak en met een grijns en de krukken bungelend op zijn rug klom hij recht omhoog tegen de torenmuur. Een paar tellen later bereikte hij de rode en witte dakpannen, klom op het dak en verdween uit het zicht.

151

'Verdomme!' Eaton stikte bijna in de rook. Hij hield zijn zakdoek tegen zijn mond en vanachter het bovenraam van de *Galleria degli Arrazzi*, de galerij met wandtapijten, speurde hij de binnenplaats af, zoekend naar rolstoelen tussen de massale exodus. Hij had al twee gehandicapten gezien, en snel verder gezocht. Hij kon met geen mogelijkheid zeggen waar de priester en de zuster te midden van alle verwarring uithingen.

Maar alle rook, het gekuch, de tranende ogen en gekte weerhielden Adrianna er niet van om aan één stuk door in haar draagbare telefoon te ratelen. Ze had al twee cameraploegen laten aanrukken, een op het Sint-Pietersplein, een bij de ingang naar de musea. Twee extra cameraploegen waren onderweg en een in de haast opgetrommelde helikopter kon elk moment arriveren van de Adriatische kust, waar een marineoefening was gefilmd.

Plotseling gaf Eaton een ruk aan haar schouder, greep haar telefoon en dekte hem af met zijn hand.

'Zeg tegen ze dat ze moeten uitkijken naar een man met een baard in een rolstoel en een jonge vrouw,' beval hij haar op dwingende toon en staarde haar indringend aan. 'Vertel ze maar dat hij wordt verdacht van brandstichting, of zoiets. Zeg ze maar dat zodra ze hem vinden, ze hem niet meer uit het oog mogen verliezen en het meteen aan je melden moeten. Als Thomas Kind ze voor is, is het gedaan met ze.'

Adrianna knikte en Eaton overhandigde haar de telefoon.

Met een van pijn vertrokken grimas krabbelde Danny overeind uit zijn rolstoel en duwde zijn volle gewicht tegen het raamkozijn. Even gebeurde er niets, daarna klonk er een krakend gepiep. Het oude raamwerk zwichtte onder de grote druk en het raam zwaaide net voldoende open om naar buiten te kunnen kijken, en omlaag naar de *Cortile di Belvedere*, de binnenplaats van het zomerpaleis Belvedere. De brandweerkazerne bevond zich er direct tegenover. Vanuit deze hoek zou het een lastige worp worden, maar goed.

Hij ritste zijn cameratas open, haalde een van de met olie en rum gevulde bierflessen tevoorschijn, met bovenop de kleine lont die naar buiten stak. Hij keek op naar Elena. Haar gezicht was nauwelijks zichtbaar achter de zakdoek.

'Gaat het nog een beetje?'

'Ja.'

Danny wierp nog even een blik door het raam, bracht de fles omhoog en stak de lont aan.

Hij boog zich achterover en telde tot vijf.

'*Oorah!*' gromde hij en wierp de fles door het open raam naar buiten. Er klonk een daverende klap, gevolgd door een steekvlam, nu brandende olie in alle richtingen over de keien en naar de struiken onder het raam spatte.

'Andere kant,' commandeerde hij snel, trok het raam dicht en liet zich weer zakken in zijn rolstoel.

Drie minuten later explodeerde een tweede fles, ditmaal op de *Cortile del Triangolo* – de driehoekige binnenplaats die zich het dichtst bij de pauselijke vertrekken bevond – en ook nu schoot een zee van vlammen over het open terrein en zette de struiken rondom in lichter laaie.

152

In Farels kantoor heerste complete chaos. Aan de lijn hing de brandweercommandant die nu eindelijk wel eens wilde weten wat er verdomme allemaal aan de hand was en tierde dat op het moment van de eerste bomexplosie de druk op de waterleiding was weggevallen en ze het met een miezerig straaltje moesten stellen. Opeens klonk zijn stem kalm, maar dwingend. Betrof het hier soms een belegering door terroristen? Want hij peinsde er niet over zijn spuitgasten tegen gewapende terroristen in te zetten. Dat was Farels taak.

Dat laatste was voor Farel zelf meer dan duidelijk. Op dat moment was hij al druk bezig zijn zwartpakken te mobiliseren om de Zwitserse garde bij de musea assistentie te verlenen, zodat alleen de zes overige mannen, onder wie Thomas Kind en Anton Pilger, achterbleven bij de toren om ervoor te zorgen dat de valstrik zou werken. Op dat moment ontplofte de tweede zelfgemaakte brandbom.

Er mochten geen risico's meer worden genomen. Dit kon – wellicht – het werk zijn van de Addisons.

'De waterdruk is uw probleem, *Ufficio.*' Farel streek een plakkerige hand over zijn kaalgeschoren schedel. Zijn toch al donkere stem klonk dieper dan normaal.

'De *Vigilanza* en de Zwitserse garde zullen de mensen wel in veiligheid brengen. Ik heb slechts één taak: het waarborgen van de veiligheid van de Heilige Vader. Dat is het enige wat telt.' En daarmee hing hij op en liep naar de deur.

Vanaf zijn positie zag Hercules hoe Harry's vierde brandhaard letterlijk in rook opging. Daarna zag hij hoe Harry uit de rook opdoemde, in de richting van de toren rende, achter een stel olijfbomen dook en uit het zicht verdween.

Hij bevestigde het touw in een dubbele lus om de ijzeren reling boven op de toren, liet het tussen zijn vingers omlaagglippen en liet zichzelf vanaf het schuine dak omlaagglijden om over de dakrand een blik naar beneden te kunnen werpen. Ongeveer zes meter lager zag hij het kleine balkonnetje dat vanuit Marsciano's gevangenkamer naar buiten stak. Daaronder, zes tot tien meter lager, was de grond. Op zich een makkie, tenzij er natuurlijk op je geschoten werd.

Aan de overkant zag hij opnieuw een verse rookwolk, en nog een. De dikke rook filterde het zonlicht en schilderde de omgeving in een bloedrode kleur. De heldere ochtend was opeens in nevelen gehuld. De combinatie van Harry's brandhaarden, de rook uit de musea en de absolute windstilte had er de afgelopen paar minuten voor gezorgd dat het hele Vaticaan was veranderd in een onheilspellend, bijna onzichtbaar, nevelig droomlandschap, een verstikkend en spookachtig palet, waarop objecten verdwaald en doelloos rondzweefden, met nergens een plek waar het zicht meer dan één meter was.

Onder hem ving hij gekuch en kokhalzende geluiden op. Plotseling viel er even een opening in de rookflarden en hij zag hoe de twee *Vigilanza*-zwartpakken die zich het dichtst bij de voordeur bevonden, snakkend naar frisse lucht, snel wegstoven naar de plek waar de anderen zich schuilhielden.

Tegelijkertijd zag hij een figuur over de weg in de richting van het station rennen en daar tussen de hoge coniferenhaag wegduiken. Hercules liet zijn krukken vallen, kroop op zijn knieën omhoog, pakte zijn krukken weer op en zwaaide ermee boven zijn hoofd. Even later verscheen opeens het hoofd van Harry in de verte. Hercules wees met zijn krukken naar de plek aan de overzijde van de weg waar de vier zwartpakken zich hadden verschanst. Harry wuifde terug, waarna de rooknevels zich weer verdichtten en hij uit het zicht verdween. Vijftien seconden later schoot er een felrode steekvlam omhoog van de plek waar hij zich zojuist nog had bevonden.

Acht over halfelf.

Staande naast de blauwe Alfa staarden Roscani, Scala en Castelletti naar de rook en luisterden – en met hen de hele stad Rome – naar de sirenes. De politieradio bood meer: de voortdurende communicatie tussen de Vaticaanse politie en brandweer, en die van Rome. Ze hadden Farel in eigen persoon een helikopter voor de paus horen opeisen. Deze mocht niet landen op de heliport achter in de tuinen van het Vaticaan, maar op het oude dak van de pauselijke vertrekken.

Bijna op datzelfde moment zagen ze hoe de schoorsteen van de rangeerloc een pluim dieselrook uitbraakte. Daarna nog een, waarna de kleine groene loc langzaam in de richting van de poorten van het Vaticaan kroop. Dat de paus, samen met de rest van het Vaticaan, op het punt stond te worden geëvacueerd, deerde niet. Het spoor werd niet bedreigd door het vuur en niemand had hen teruggeroepen. En dus ging het voorwaarts, met als enig doel het ophalen van een oude, roestige goederenwagon.

Plotseling draaide Roscani zich om en keek zijn agenten aan. 'Heeft er iemand een sigaret?'

'Kom op, Otello,' reageerde Scala. 'Je bent gestopt. Nu moet je niet weer gaan beginnen...'

'Heb ik soms gezegd dat ik hem zal aansteken?' riposteerde Roscani.

Scala aarzelde even. Hij kon Roscani's ongemak voelen. 'Je maakt je zorgen over het hele gedoe, vooral over wat die Amerikanen misschien boven het hoofd hangt, hè?'

Nog even staarde Roscani naar Scala. 'Ja,' antwoordde hij half knikkend, draaide zich om en begaf zich naar de rails. Ten slotte bleef hij staan en keek naar de rangeerloc die langzaam in de richting van de Vaticaanse muur kroop.

153

Tien over halfelf.

In de schaduw van een heg bij de toren stond een donkere Mercedes-limousine geparkeerd. Het was de wagen waarin de lichamen van de gebroeders Addison uit het Vaticaan moesten worden weggereden.

Thomas Kind zat achter het stuur, niet langer geplaagd door de rookwolken. Al bij de eerste brandhaard wist hij dat de broers in aantocht waren. Aanvankelijk was hij uitgegaan van een kleine afleidingsmanoeuvre, maar er volgden steeds meer ontploffingen die uitgroeiden tot een dik rookgordijn en hij besefte dat hij te maken had met een tegenstander die een grondige militaire training achter de rug moest hebben. Hij wist dat pater Daniel een uitstekend scherpschutter was en lid was geweest van een elite-eenheid binnen de Amerikaanse marine. Maar uit het effect dat de rook sorteerde leidde hij af dat de priester ook bij de *Force Recon* die speciaal was opgeleid om chaos en oproer te kweken, moest hebben gezeten. In dat geval moest hij een training bij het elitekorps van de Amerikaanse marine hebben gehad, opgeleid om met een klein peloton hetzelfde resultaat te bereiken als een normale legereenheid, en waarbij alle teamleden volledig op zichzelf zijn aangewezen.

Waar het op neerkwam, was dat de Addisons veel inventiever en gevaarlijker bleken dan hij had gedacht, een gedachte die nog eens extra lading kreeg toen Harry Addison plotseling langs een opening in de heg schoot en weer in de rook in de richting van de toren verdween.

Kinds onmiddellijke impuls was meteen achter hem aan te gaan en de man eigenhandig te vermoorden. Hij had de portierhendel al beet toen hij zich bedacht en zijn hand terugtrok. Het was een onbeheerste reactie, te overhaast, niet strategisch. Zijn oude aandrang stak weer de kop op en die beangstigde hem. Dit was nu precies wat hij had bedoeld toen hij tegenover zichzelf had bekend dat hij ziek was en besloten had zich niet te bemoeien met de handeling.

Hij beschikte immers over mannen die er speciaal voor werden betaald om die klus te klaren. Die moesten het maar doen, hijzelf mocht er niet bij betrokken raken. Als dat lukte, dan zou hij het wel redden.

Snel bracht hij zijn walkietalkie naar zijn mond. '*S* hier,' meldde hij – '*S*' was nu zijn officiële commandocode – 'doelwit B is in burger en nadert in zijn eentje de toren. Laat hem naar binnen gaan en liquideer hem daarna onmiddellijk.'

Verscholen tussen de struiken aan de voet van de toren tuurde Harry omhoog door de rook. Hij kon nog net een glimp van Hercules opvangen. Opnieuw wees de dwerg naar de struiken aan de overkant van de weg waar de zwartpakken zich hadden verschanst. In een flits had Harry de dikke glazen deur van de toren bereikt, trok deze open en verdween naar binnen. Daarna deed hij de deur achter zich op slot, draaide zich snel om en verkende het interieur. Een kleine foyer met een smalle trap naar boven en een kleine lift.

Met nog een blik over zijn schouder drukte hij op de liftknop en wachtte totdat de deur opengleed. Hij reikte met zijn hand naar binnen en zette de vergrendelingsschakelaar om. Daarna liet hij de kolf van zijn pistool hard op de bovenkant van de schakelaar neerkomen, die daardoor meteen afbrak, waarmee de lift definitief was uitgeschakeld.

Snel draaide hij zich om, keek opnieuw even naar de deur en liep de trap op.

Hij was halverwege toen hij het geluid van het gebeuk op de toegangsdeur opving. Nog een paar tellen en ze zouden de glazen deur versplinteren en achter hem aan komen.

Hij keek omhoog. Nog een stuk of tien treden en dan opeens een scherpe hoek naar rechts. Snel rende hij omhoog. Aangekomen bij de bocht draaide hij zich voorzichtig naar rechts, zijn Calico in de aanslag, klaar om te vuren. Niets. De trap liep gewoon verder naar de volgende verdieping, zo'n twintig treden hoger.

Plotseling hoorde hij beneden het geluid van brekend glas. Daarna werd de deur opengerukt. Hij ving een glimp op van twee mannen in zwarte pakken die nu met getrokken pistolen de trap opkwamen. Snel stoof hij de hoek om en bleef staan. Hij stopte zijn pistool weer achter zijn riem, ritste zijn heuptas open en haalde het met olie en rum gevulde bierflesje tevoorschijn. Hij hoorde de snelle voetstappen van de mannen die achter hem de trap opstoven.

Hij streek een lucifer aan, hield hem tegen de lont in de fles, en telde. Eén, twee. Snel deed hij een stap naar voren en wierp de fles naar de voeten van de voorste man. Het geluid van het versplinterende glas en de explosie werd volledig overstemd door een regen van pistoolschoten. Kogels sloegen splinters van de treden achter hem, ketsten af tegen de muren en het plafond. Opeens hielden de schoten op. In plaats daarvan klonk nu het geschreeuw van de mannen beneden.

'Dit keer heb je minder geluk...' blafte een stem met een zwaar accent boven hem.

Snel draaide Harry zich om en trok zijn pistool tevoorschijn. Een bekende gestalte daalde vóór hem de trap af. Jong, een zwart pak, gretig, dodelijk: Anton Pilger. Zijn ene hand omklemde een groot pistool en zijn vinger gleed om de trekker.

Maar Harry was hem voor; zijn vinger rukte aan de trekker, nog eens, en nog eens. Het leek wel alsof Pilgers lichaam een dansje maakte op de trap, terwijl hijzelf vuurde naar de treden bij zijn voeten, met verbijstering en verbazing in zijn ogen.

Ten slotte zakte hij door zijn knieën en gleed achterover tegen de traptreden. Er klonk nog wat geruis uit de walkietalkie in zijn binnenzak, maar dat was alles. In de dodelijke stilte die volgde, wist hij opeens dat hij die stem eerder had gehoord. Opeens begreep hij wat Pilger bedoelde met 'geluk'. Hij had Harry al eerder willen vermoorden maar had gefaald. Het was in het riool geweest, nadat ze hem hadden gemarteld en voordat hij door Hercules was gevonden.

Harry boog zich over het lichaam, pakte Pilgers walkietalkie en verdwaasd vervolgde hij zijn weg naar boven. Nu pas drong de ware reden tot hem door waarom hij hier zat, waarom hij dit allemaal deed: het was uit liefde voor zijn broer en omdat zijn broer hem nodig had. Daarom, en nergens anders om.

Het was kwart voor elf.

154

Op het moment dat hij de sleutel in het slot hoorde draaien, drukte Marsciano zich stijf tegen de muur. De pistoolschoten op de gang, het geschreeuw, het brekende glas, hij had het allemaal gehoord. Zijn gebeden vormden een paradox: hij bad dat pater Daniel hem zou komen halen, en bad tegelijk dat dat niet zo zou zijn.

Daarna zwaaide de deur met een klap open en stond hij oog in oog met Harry Addison.

'Geen paniek...' sprak deze kalm en deed de deur achter zich op slot.

'Waar is pater Daniel?'

'Die wacht op u.'

'Er zijn mannen buiten.'

'Kan wel zijn, maar we gaan hier weg.'

Harry keek om zich heen, zag de badkamer en liep er naar binnen. Even later verscheen hij weer met drie natte handdoeken. 'Bind deze voor uw neus en mond,' zei hij en overhandigde Marsciano een handdoek. Daarna stapte hij snel naar de glazen balkondeuren en deed ze open. Dikke rook dreef naar binnen en op datzelfde moment daalde er opeens een spook uit de hemel neer.

Marsciano schrok. Een klein gedrocht met een enorm hoofd en een nog grotere torso stond nu op het balkon, met een touw om zich heen geslagen.

'Eminentie,' groette Hercules met een glimlach, en boog eerbiedig het hoofd.

De walkietalkie van Thomas Kind pikte de mededeling op hetzelfde moment op als de draagbare telefoon van Adrianna Hall, haar open communicatielijn met haar camerateams: 'Ik weet niet of het jullie op dit moment iets kan schelen, maar de spoorwegpoort in de Vaticaanse muur staat open en een rangeerloc rijdt er op dit moment op af.'

'Zeker weten, Skycam?' vroeg Adrianna aan de piloot van de helikopter, die net uit de richting van de Adriatische Zee was gearriveerd.

'Zeker weten.'

Snel keek ze naar Eaton. 'De treinpoort van het Vaticaan is open. Er komt een rangeerloc aan.'

Eaton staarde haar aan. 'Jezus! Zo willen ze Marsciano dus gaan ontvoeren!'

'Skycam, houd die loc in de gaten. Houd hem in de gaten!'

Daarna hoorde Thomas Kind hoe Adrianna de verbinding verbrak.

Snel startte hij de Mercedes. Van zijn mannen in de toren had hij tot nu toe niets meer vernomen en hij kon niet langer wachten om uit te vinden wat er allemaal gebeurde. Hij ramde de pook in de eerste versnelling, scheurde met gierende banden slippend weg van het grindpad en raasde over de smalle weg langs de torenmuur. Turend door de rook en de asregen drukte hij het gaspedaal verder in. Struikgewas schoot langs de ramen voorbij. Opeens was er een harde klap nu hij een boom ontweek en zijwaarts in een dikke heg belandde. Waar had hij de bocht gemist? Hij had geen idee. Hij gooide de wagen in zijn achteruit. De motor loeide, de banden gierden, de wagen schudde en trilde, maar er kwam geen beweging in. Hij gooide het portier open en zag hoe de wielen snel over de losgerukte struiken ronddraaiden alsof het een ijsvloer was.

Vloekend in zijn Spaanse moedertaal en rochelend tegen de rook stapte hij uit, en rende verder in de richting van het station.

155

Twaalf minuten voor elf.

Via een nooduitgang op de begane grond van de Apostolische Bibliotheek begaven Elena en Danny zich naar buiten door de rook.

'Linksaf,' commandeerde Danny vanachter zijn zakdoek, waarna Elena de rolstoel draaide en ze verdergingen over de smalle weg door de tuinen.

'Harry,' sprak Danny dringend in zijn draagbare telefoon.

Niets.

'Harry, kun je me verstaan?'

Er klonk wat geruis, alsof de lijn nog altijd open was. Opeens: klik.

De lijn was dood.

'Verdomme!' riep Danny.

'Wat is er?' wilde Elena per se weten, opgeschrikt door de angst dat Harry misschien in gevaar was.

'Al sla je me dood...'

Zwijgend zaten Harry, Hercules en Marsciano bijeengehurkt op het balkon en tuurden omlaag door de rook.

'Weet je zeker dat ze daar zitten?' vroeg Harry aan Hercules.

'Ja. Daarbeneden, vlak achter de deur.'

Op het moment dat Hercules zich van het dak naar het balkon

had laten zakken, had hij nog net kunnen zien hoe twee van Farels zwartpakken links en rechts van de deur hun positie innamen. Maar de neerslaande rook benam hun het zicht inmiddels volledig.

'Stuur ze weg.' Plotseling trok Harry de walkietalkie van Anton Pilger tussen zijn broekriem vandaan en gaf hem aan Hercules. Met een knipoog naar Harry klikte deze het apparaat aan. 'Ze zijn via een touw langs de muur omlaaggekomen!' riep hij paniekerig in het Italiaans. 'Ze zijn op weg naar de heliport!'

'*Va bene,*' begrepen, reageerde een stem.

'De heliport, de heliport!' blafte Hercules nog eens voor de zekerheid en verbrak snel de verbinding.

Beneden op de grond klonken wat snelle voetstappen, waarna ze een glimp opvingen van één, daarna twee mannen die wegrenden van de toren, op weg van het kastje naar de muur.

'Nu!' riep Harry.

'Eminentie...' Het touw hing als een lus in Hercules' handen. Hij legde het over Marsciano's schouders, daarna volgde een tweede lus om diens middel. Een paar tellen later balanceerde Hercules al op de balkonleuning en hielp Harry Marsciano op de reling. Daarna draaide hij het touw om een van de spijlen, zette zich schrap en deed een stap naar achteren, waarna hij beide mannen langzaam liet zakken.

'Meneer Harry!' De stem van Hercules dreef hem tegemoet. Harry zag nu dat het touw vanaf de grond werd strakgetrokken en wist dat Hercules beneden klaarstond. Hij zwaaide zich op de reling, pakte het touw beet en liet zichzelf omlaagzakken. Precies op dat moment klonk er een schot. De kogel raakte het touw dat nu half doormidden werd gereten. Als een baksteen viel hij zo'n viereenhalve meter omlaag, waarna het touw weer strak kwam te staan. Zo bleef hij een tel hangen, waarna het touw afbrak en hij viel.

Op de grond liet hij zich een keer omrollen. Hij hoorde een schreeuw en keek op. Aan de rand van de struiken had Hercules een van de zwartpakken te pakken. Zijn gespierde armen zaten als een bankschroef rond de nek van de man geklemd.

'Kijk uit!' riep Harry.

De man had nog steeds zijn pistool in zijn hand, iets wat Hercules niet kon zien. De man bracht het pistool naar de zijkant van Hercules' hoofd.

'Pistool!' schreeuwde Harry opnieuw, stond op en rende naar hen toe.

Er klonk een daverende knal nu het pistool afging, precies op het moment dat Hercules aan het hoofd van de man rukte. Ze hoorden een afgrijselijke kreet en beide mannen vielen achterover.

Harry en Marsciano bereikten de twee tegelijkertijd. De man in het zwarte pak lag roerloos op de grond, zijn hoofd geknakt. Hercules lag op zijn rug, zijn gezicht halfbesmeurd met bloed.

'Hercules!' Snel knielde Harry bij hem neer en keek hem aan. 'Jezus Christus...' fluisterde hij geschrokken en bracht zijn hand naar Hercules' hals om naar een hartslag te zoeken.

Op dat moment opende Hercules één oog, waarna hij zijn hand omhoogbracht om het andere oog schoon te vegen. Plotseling kwam hij overeind, nog wat bloedresten uit zijn ogen wegknipperend. Daarna nog een tweede veeg en daarmee was ook het grootste deel van het bloed van zijn gezicht verdwenen. Een verse vleeswond liep, samen met een spierwitte schroeiplek, als een pijl langs de zijkant van zijn hoofd omhoog.

'Zo gemakkelijk laat ik me niet omleggen,' waren zijn woorden.

In de verte klonk het fluitsignaal van een trein. Hercules greep naar een kruk en duwde zichzelf overeind.

'De locomotief, meneer Harry.' Bloed of geen bloed, Hercules' ogen twinkelden van plezier. 'De locomotief wacht!'

156

Adrianna liep naar buiten en zag nog net hoe Eaton in volle vaart over de weg achter de Sint-Pieter wegrende om daarna als een dwaallichtje in de rook te verdwijnen.

'Skycam, wat valt er te melden over de rangeerloc?' schreeuwde ze in haar telefoon terwijl ze nu zelf over de heuvel en de gazons in de richting van het paleis van de gouverneur van Vaticaanstad rende. Ze bevond zich op drie, misschien vier minuten lopen van het station.

Vlak bij de San Stefano-kerk trok Elena de rolstoel met Danny onder het bladerdak van een boom en verschool zich voor de helikopter. Deze vloog nu boven hen voorbij maar zwenkte opeens terug naar het station.

Op hetzelfde moment tjirpte Danny's draagbare telefoon. 'Harry...'

'We hebben Marsciano bij ons. Hoe staat het met die rangeerloc?'

Elena voelde hoe haar hart opeens bonkte bij het horen van Harry's stem. Hij mankeerde niets, op dit moment althans.

'Harry,' vervolgde Danny, 'we worden bespied vanuit de lucht. Ik weet niet wie het zijn. Neem de andere weg, ga via het gebouw van Radio Vaticana naar het Ethiopisch seminarie. Dan zijn we dichter bij elkaar en kan ik eindelijk de toestand overzien.'

Tien voor elf.

'Blijf daar!' riep Roscani tegen Scala en Castelletti. Daarna draaide hij zich om en rende de kleine groene rangeerloc achterna, die net door de geopende poort pufte en in het dikke rookgordijn uit het zicht verdween.

Even staarden Scala en Castelletti hem met open mond na. Stukje bij beetje had Roscani zich over het spoor achter de loc aan begeven, maar de plotselinge beweging en de snelheid ervan hadden hen verrast. Voor ze het wisten renden ze al achter hem aan, om ongeveer tien meter verder weer te stoppen nu ze zagen hoe hij de opening in de muur bereikte en in de rooknevel verdween. Vanaf hier leek het wel alsof het hele Vaticaan óf in brand stond óf belegerd werd.

Opeens scheerde een Italiaanse legerhelikopter vlak boven hun hoofd over. Op hetzelfde moment kraakte Farels stem luid over de radio. Hij identificeerde zich en beval de helikopter met de cameraploeg van WNN het luchtruim boven het Vaticaan onmiddellijk te verlaten.

'Verdomme!' vloekte Adrianna die het bevel ook had opgevangen. Ze hoorde het turbinegeluid aanzwellen, waarna de helikopter met haar team optrok en verdween.

'Blijf aan de zuidkant van de muur!' riep ze in haar telefoon. 'Zodra je die rangeerloc ziet, duik je erbovenop!'

Om de een of andere reden was de locomotief precies binnen de poort tot stilstand gekomen. Snel stak Roscani de rails over, rende naar rechts en langs het station. Kuchend, en met tranende ogen van de rook, deed hij zijn jasje open en trok zijn 9 mm Beretta uit zijn borstholster. Met ingespannen blik begaf hij zich over de weg in de richting van de toren. Hij was volledig in overtreding, maar het kon hem niets schelen. De wet deugde niet. Ze bekeken het maar. Rennend over het spoor in het kielzog van de rangeerloc aan en kijkend naar de enorme ijzeren poorten die nu opengingen, had hij zijn besluit in een oogwenk genomen. De geopende poort in de muur was het enige dat hij nodig had en blind stormde hij eropaf: een en al vuur en emotie en in het keiharde besef dat hij hoe dan ook íets moest doen.

En nu, terwijl hij vocht tegen de rook en de tranen en hoe dan ook probeerde door te ademen, bad hij tot God dat hij zijn oriëntatie niet zou verliezen en zou verdwalen, dat hij hoe dan ook de Addisons eerder zou vinden dan Farels schutters of Thomas Kind.

Thomas Kind rende verder, zijn Walther-machinepistool in de hand, zijn ogen droogvegend, vechtend tegen de bijtende rook, zich beheersend om niet te kuchen. Het was al moeilijk genoeg om iets te zien. Kuchen en rochelen verstoorden zijn oriëntatievermogen alleen maar nog meer.

Hij rende over een gazon, sprong over een lage heg, en opeens bleef hij volkomen gedesoriënteerd staan. Het was net alsof je je op een skivlakte bevond. Met voor je, achter je, links en rechts van je alles hetzelfde.

Links van hem hoorde hij in de verte de noodsirenes. Boven en ook links klonk het zware geklapwiek van helikopterbladen, vermoedelijk van de Italiaanse legerhelikopter die nu boven het dak van het pauselijk paleis cirkelde, klaar om te landen. Hij pakte zijn walkietalkie.

'Dit is *S*, over,' meldde hij zich in het Italiaans.

Stilte.

'Dit is *S*,' herhaalde hij. 'Over.'

Zwaaiend op zijn krukken beende Hercules naast Harry en Marsciano. Snel liepen ze verder over de smalle weg naar het gebouw van Radio Vaticana, de natte handdoeken strak voor hun gezicht gebonden. Uit de walkietalkie achter Hercules' broekriem knetterde opeens de stem van Thomas Kind.

'Wie is dat?' wilde Marsciano weten.

'Ik vrees iemand met wie we vooral niets te maken willen hebben,' antwoordde Harry, instinctief aanvoelend dat het Thomas Kind moest zijn. Hij kuchte en keek op zijn horloge.

10.53

'Eminentie,' sprak hij plotseling tot de kardinaal, 'we hebben nog maar vijf minuten om via het Ethiopisch seminarie bij het spoor te komen en in de goederenwagon te kli...'

'Meneer Harry!' riep Hercules opeens.

Hij keek op. Een van Farels zwartpakken stond nog geen anderhalve meter bij hen vandaan tussen de rooknevels. In zijn beide handen rustte een enorm vuurwapen – twee revolvers. Hij kwam een stap dichterbij. De man was lang, zag er jong uit en had golvend haar. Hij zou gemakkelijk voor een jonge Dirty Harry kunnen doorgaan. Het was Thomas Kinds laatste man.

'Leg je wapen op de grond,' commandeerde hij. Zijn Engels was doorspekt met een zwaar Frans accent.

'Ook de heuptas.'

Behoedzaam trok Harry zijn pistool vanachter zijn riem vandaan en legde het op de grond. Daarna deed hij zijn heuptas af en liet deze vallen.

'Harry...' Danny's stem klonk opeens haarscherp uit de draagbare telefoon achter zijn broekriem.

'Harry!'

Op dat moment gebeurde er iets waar ze zich allemaal wild van schrokken. Door een lichte bries trok de rook een beetje op. Op dat moment klonk in de verte het signaal van de rangeerloc die nu de poorten passeerde. Opeens glimlachte de man in het zwarte pak. De trein was in aantocht, maar voor het drietal was het definitief te laat.

Het was maar één moment, maar voor Hercules was het precies voldoende. Met één beweging bracht hij zijn volle gewicht op zijn linkerkruk en haalde uit met zijn rechter.

Geschrokken slaakte de man een kreet toen de kruk zijn rechterhand raakte en één revolver door de lucht vloog. Snel herstelde hij zich en richtte zijn andere wapen op Harry. Zijn vinger gleed om de trekker. Op dat moment wierp Hercules zich naar voren. Harry zag hoe de revolver terugkaatste in de hand, hoorde de harde knal en zag hoe Hercules boven op hem dook, waarna beiden op de grond vielen.

Harry's vingers vonden de Calico. Wat er daarna gebeurde,

speelde zich af in seconden, milliseconden. Fragmenten, flitsen. Hartstocht, woede. Hij lag boven op zijn belager, met zijn arm om diens nek, bezig hem van Hercules af te sleuren. Zijn Calico vloog omlaag naar diens hoofd. Maar opeens wrikte de man zich los.

In een oogwenk had hij Harry met beide handen bij de haren vast, trok hem met een ruk naar zich toe en beukte zijn voorhoofd hard in Harry's gezicht. Een keiharde kopstoot. Harry zag een verblindende flits en daarna werd alles donker. Nog geen seconde later kwam zijn gezichtsvermogen terug en staarde hij in de loop van zijn eigen Calico-pistool dat zich nu op centimeters afstand van zijn gezicht bevond.

'Fuck you!' schreeuwde de man in het zwarte pak. Zijn vinger beroerde de trekker.

Onmiddellijk daarna klonk een daverende knal, bliksemsnel gevolgd door nog drie oorverdovende explosies. Harry zag hoe het hoofd van de pakkendrager als in slowmotion volledig uiteenspatte. Daarna kromde zijn lichaam zich en viel hij achterover. Het Calico-pistool viel naast hem in het gras.

Het duizelde Harry. Hij keek op.

Roscani rende recht op hen af de heuvel af, zijn Beretta nog steeds op de man gericht alsof er nog een kans bestond dat hij zowaar weer zou opstaan.

'Harry, de rangeerloc!' klonk Danny's stem opeens tussen alle tumult vanaf zijn broekriem.

Harry krabbelde overeind. Ondertussen kwam Roscani dichterbij. Harry wilde iets zeggen, maar opeens verstijfde hij en staarde naar de heuvel achter Roscani.

'Kijk uit!' schreeuwde hij.

Roscani draaide zich vliegensvlug om. De twee zwartpakken die door Hercules om de tuin waren geleid richting heliport, kwamen nu op hen af gerend. Ze bevonden zich nog ongeveer op dertig meter afstand en kwamen door de rook naderbij.

Roscani wierp een blik naar Hercules. Zijn gezicht was asgrauw. Een cirkel van bloed dijde gestaag uit vanonder zijn hand die hij op zijn maag hield.

'Wegwezen jullie!' schreeuwde Roscani, draaide zich om en zakte door een knie in schuttershouding. Het eerste schot trof de voorste man in de schouder. Hij draaide opzij en viel naar achteren. De tweede man bleef naderbij komen.

Achter zich hoorde Harry nu een oorverdovend salvo losbarsten. Hij kon de kogels op centimeters afstand langs zijn hoofd horen fluiten, terwijl hij zich vooroverboog om Hercules van de grond te tillen. Op dat moment herinnerde hij zich Marsciano.

'Eminentie.' Hij keek op.

Maar er was niemand te zien. Marsciano was verdwenen.

157

Roscani lag op zijn buik in het gras. De eerste *Vigilanza*-zwartpak lag zo'n vijftien meter verderop wijdbeens en kreunend op zijn rug. De tweede lag nog geen tien meter van Roscani vandaan met het gezicht omlaag in het gras, de ogen geopend, maar levenloos, met een straaltje bloed dat door een gaatje tussen zijn ogen naar buiten sijpelde.

Erop gokkend dat ze slechts met hun tweeën waren geweest, liet Roscani zich opzij rollen en staarde de heuvel af in de richting waarin Harry Hercules had weggedragen. Het enige wat hij zag, was dat de rook niet oploste maar juist dikker werd.

Behoedzaam krabbelde hij overeind, speurde de omgeving af naar andere *Vigilanza*-mannen en liep naar de dode man vóór hem. Hij nam hem zijn wapen af en stopte dit achter zijn broekriem. Daarna begaf hij zich naar de andere aanvaller die verderop nog steeds in het gras lag te kreunen.

Vijf voor elf.

'Danny.' Harry's dwingende stem klonk uit de zaktelefoon. 'Waar zit je?'

'Vlak bij het station.'

'Klim de goederenwagon in. Ik heb Hercules bij me. Hij is gewond.'

Elena hield halt. Ze bevonden zich nu bij de bomenrij achter een heg aan de overzijde van het paleis van de gouverneur van Vaticaanstad en de mozaïekschool. Pal vóór hen was het station en rechts daarvan kon ze gedeeltelijk de goederenwagon zien. Plotseling klonk er een fluitsignaal, waarna een smerige, felgroene rangeerloc traag en zwoegend in beeld verscheen. Opeens stopte de loc en vanuit het stationsgebouw verscheen nu een man met grijs haar, een klembord in de hand. Hij liep naar de rails, leek het nummer te noteren dat op de loc was aangebracht, en klom aan boord.

'Ik vraag me af of Hercules het zal redden.'

Elena keek even naar Danny. Allebei hoorden ze de angst en de wanhoop in Harry's stem.

'Danny,' klonk het opnieuw, 'Marsciano is verdwenen.'

'Wat?!'

'Ik weet niet waarheen. Hij is er in zijn eentje vandoor gegaan.'

'Waar zaten jullie toen het gebeurde?'

'Bij Radio Vaticana. We passeren nu net het Ethiopisch seminarie... Elena, Hercules zal je nodig hebben.'

Ze boog zich iets voorover om in de telefoon te kunnen praten. 'Ik zie je zo meteen, Harry. Wees in ieder geval voorzichtig...'

'Danny, Roscani is hier. En Thomas Kind ook. Ik weet zeker dat hij van de trein af weet, dus kijk uit.'

'Geen beweging!' commandeerde Roscani. Op militaire wijze omklemden beide handen de kolf van zijn Beretta die hij op de kreunende man in het gras gericht hield.

Terwijl hij naderbij kwam, kon hij de man op zijn rug zien liggen. Eén been lag gedraaid onder hem en zijn ogen waren dicht. Nu zag hij ook hoe een bebloede hand over diens borstkas dwaalde. De andere hand bevond zich uit het zicht onder hem. Deze vent had het gehad. In de verte hoorde hij een fluitsignaal. Het was al de tweede keer binnen enkele seconden. Snel draaide hij zich om en tuurde door de rook in de richting vanwaar het geluid kwam. Dat was de plek waar Harry en Hercules heen wilden, en wie weet gold dat ook voor Marsciano, pater Daniel en Elena Voso. Wat dus inhield dat er een gerede kans bestond dat ook Thomas Kind ernaar op weg was.

Zijn instinct dwong hem zich weer om te draaien. De man had zich opeens omhooggewerkt, rustend op een elleboog, een automatisch pistool in zijn hand. Beide mannen vuurden tegelijkertijd. Roscani voelde een schok. Zijn rechterbeen begaf het en hij viel. Snel rolde hij zich op zijn buik en vuurde opnieuw. Maar dat laatste hoefde al niet meer, want de man was dood. De bovenkant van zijn schedel was weggeblazen. Met een van pijn vertrokken gezicht krabbelde Roscani overeind, slaakte een kreet en zakte weer ineen. Een rode vlek verspreidde zich snel door de beige stof van zijn pantalon. Hij was in zijn rechterdij geraakt.

Een oorverdovend gebulder deed het gebouw op zijn grondvesten schudden.

'*Va bene.*' Begrepen – klonk het door Farels walkietalkie.

Farel knikte en twee mannen van de Zwitserse garde, compleet met parachute-uitrusting en automatische geweren, duwden de deur naar het dak open en stapten naar buiten, de rook tegemoet. Daarna volgde Farel die de Heilige Vader stevig bij de arm hield en de in het wit geklede oude man naar buiten leidde.

Terwijl Farel en de paus zich op het dak begaven, haastten een stuk of twaalf zwaarbewapende gardeleden zich snel over het dak naar de Italiaanse legerhelikopter die langzaam klapwiekend op de rand van het terras balanceerde. In gezelschap van twee van Farels zwartpakken wachtten twee legerofficieren hen op voor de geopende schuifdeur.

'Waar is Palestrina?' vroeg de paus aan Farel en hij keek om zich heen, er helemaal van uitgaand dat zijn staatssecretaris klaar-stond om samen met hem te vertrekken.

'Ik moest doorgeven dat hij zich later bij u zal vervoegen, Uwe Heiligheid,' loog Farel. Hij had geen idee waar Palestrina uithing. Gedurende het afgelopen half uur had hij zelfs niet eens meer met hem gecommuniceerd.

'Nee.' Vlak voor de geopende schuifdeur van de helikopter bleef de paus opeens staan, de ogen strak op die van Farel gericht.

'Nee,' herhaalde hij, 'hij zal zich niet bij me voegen. Dat weet ik, en dat weet hij ook.'

En met deze woorden wendde Giacomo Pecci, paus Leo XIV, zich af van Farel en liet zich door Farels mannen aan boord hel-pen. Daarna volgden ook zij en de Italiaanse legerofficieren. De deur schoof dicht, Farel deed een stap terug en gebaarde naar de piloot. Een daverend gebulder, gevolgd door een enorme wind-hoos en Farel en de leden van de Zwitserse garde doken ineen, nu de machine zich in de lucht verhief. Vijf seconden verstreken. Tien. Daarna was het toestel uit het zicht verdwenen.

158

Door de rook heen had Marsciano de rijzige gestalte al gezien – het was op het moment dat Hercules een van zijn krukken naar de man in het zwarte pak had geworpen. Hij had gezien hoe de gestalte aan de achterkant van Radio Vaticana de heuvel opkwam en zich snel in de richting van het gebouw begaf. Op dat ogenblik werd het voor Marsciano overduidelijk dat hijzelf niet in die goederenwagon zou zitten zodra deze werd opgehaald. Wel of geen pater Daniel, wel of geen Harry Addison en die merkwaardige, wonderbaarlijke dwerg. Er waren belangrijker zaken te regelen, zaken die hij en alleen hij moest opknappen.

Palestrina was niet langer gekleed in zijn eenvoudige zwarte kostuum met zijn bescheiden witte priesterboord, maar droeg nu zijn liturgisch gewaad: een zwarte kardinaalsmantel met rode banden en knopen, een rode sjerp om zijn middel, een rood kalotje op het hoofd. Een gouden kruis hing aan een gouden ketting op zijn borst.

Onderweg was hij even blijven staan bij de adelaarsfontein. Hij had hem gemakkelijk kunnen vinden, zelfs in de dichte rook. Maar nu liet het heldhaftige symbool van het geslacht Borghese, waarvan de uitstraling hem altijd zo diep en persoonlijk had geraakt, waaruit hij kracht, moed en vastberadenheid had geput, hem voor de allereerste keer in de steek. Waarop hij zijn ogen liet rusten, behelsde niet langer magie, vormde niet langer, zoals vroeger, een stimulans voor de verborgen veldheer in hem. Waarnaar hij staarde was slechts een oud standbeeld van een adelaar. Een beeldhouwwerk. Een versiersel boven op een fontein. Meer niet.

Een enorme zucht steeg op uit zijn binnenste en met een hand voor zijn neus en mond tegen de akelige, prikkende rook, liep hij verder naar de enige schuilplaats die hij kende.

Hij voelde de enorme kracht die hem voortjoeg nu hij de heuvel opliep. Voelde deze zelfs toenemen nu hij de deur openrukte en de smalle, steile, marmeren trap beklom naar de bovenste verdieping van Radio Vaticana. Nóg meer zelfs, nu hij doorzette en met bonkend hart en met longen die op barsten stonden ten slotte de piepkleine kapel bereikte en vlak naast de lege en onbemande radiostudio's op de zwartmarmeren vloer voor het altaar knielde. Verlaten. Leeg.

Net als de adelaar.

Radio Vaticana was zijn adelaarsnest en zijn kansel. Zijn eigen verkozen plek. De plek vanwaar hij de verdediging van het koninkrijk zou leiden. De plek vanwaar hij de grootheid van de Heilige Stoel aan de rest van de wereld zou verkondigen. Een Heilige Stoel die zich nog nooit eerder in zo'n verheven status mocht verheugen, met zeggenschap over de aanstelling van bisschoppen, de gedragsregels voor priesters, de sacramenten – waaronder het huwelijk – nieuwe kerkgebouwen, seminaries en universiteiten. Een Heilige Stoel die in de komende eeuw stukje bij beetje meer en meer terrein zou winnen – van gehuchten tot steden – en aansluiting zou vinden bij een nieuwe schare volgelingen die een kwart van de wereldbevolking vertegenwoordigden en Rome opnieuw het centrum van 's werelds machtigste religieuze overheersing op aarde zouden maken. Om maar te zwijgen van de enorme financiële hefboomwerking die het beheer over de water- en energievoorziening van dat land met zich bracht en de macht waarmee uiteindelijk kon worden bepaald wie wat waar mocht bouwen of verbouwen. Wat nu nog een kil en verouderd gedachtegoed was, zou in recordtijd uitgroeien tot een nieuw en blijvend concept – en dat allemaal dankzij Palestrina's profetische gave en slimme geest: *Roma locuta est; causa finita est.* Rome heeft gesproken, de zaak is beslist.

Alleen, dat was niet zo. Het Vaticaan lag onder vuur, een deel stond al in brand. De Heilige Vader had de donkere wolken al zien hangen. De adelaar van het geslacht Borghese had hem niets geschonken. Hij had aanvankelijk dus toch gelijk gehad over pater Daniel en diens broer. Ze waren dus toch gezanten uit de onderwereld. De rook die hen vergezelde, bracht enkel duisternis en ziekten met zich, dezelfde ziekte die Alexander destijds fataal was geworden. En dus was het Palestrina die zich had vergist, en niet de paus. Wat hem plaagde, was niet de emotionele en spirituele aftakeling van een oude, bange man, maar dus toch de schaduw van de dood.

Opeens hief Palestrina het hoofd. Hij had gedacht dat hij alleen was. Maar dat was niet zo. Hij hoefde zich niet om te draaien. Hij wist wie het was.

'Bid met mij, Eminentie,' sprak hij zacht.

Marsciano stond achter hem.

'Bidden, Uwe Heiligheid, waarvoor?'

Langzaam stond Palestrina op en draaide zich om.

'De Heer heeft geïntervenieerd. De gifmenger is betrapt en vermoord. Een derde meer is nu uitgesloten.'

'Ik weet het.'

Palestrina glimlachte nog eens, draaide zich weer langzaam om en knielde opnieuw voor het altaar neer en sloeg een kruis. 'Nu je dat weet, vraag ik je om met me te bidden.'

Hij voelde dat Marsciano achter hem ging staan. Plots slaakte hij een grom. Opeens was er een verblindend licht. Feller dan hij ooit had gezien. Hij voelde hoe een lemmet het puntje van zijn nek binnendrong. Vlak boven zijn schouderbladen. Hij kon de kracht en de woede in Marsciano's handen voelen, nu deze het voorwerp verder naar binnen wrongen.

'Er ís geen derde meer, er kómt geen derde meer!' schreeuwde Palestrina. Hij hapte naar lucht, zijn enorme handen en armen klauwden in het rond, maaiden achter hem in een poging Marsciano vast te kunnen grijpen. Maar het lukte niet.

'Vandaag misschien niet, maar morgen wel. Morgen zou u vast wel weer een nieuwe verschrikking hebben weten te bedenken. En daarna nog een, en nog een.' In zijn gedachten zag Marsciano enkel de beklemmende afschuw op het gezicht dat hij in close-up op zijn tv had aanschouwd, vlak voordat Harry Addison zijn appartement was binnengedrongen. Het was het gezicht van zijn vriend Yan Yeh geweest. De Chinese bankier werd op een binnenplaats ergens in Beijing naar een wachtende auto geleid, na zojuist van de dood van zijn vrouw en zoon te hebben vernomen, vergiftigd door het water in Woesi.

Met een waas voor zijn ogen staarde Marsciano over de vlammende zilveren haardos van Palestrina naar het altaarkruis en voelde hoe zijn handen de versierde briefopener omklemden en het voorwerp nog verder naar binnen duwden, uit alle macht wrikkend en draaiend, bang dat het uit zijn handen zou glippen, die nu al besmeurd waren met het bloed van de staatssecretaris. Dieper en dieper in het lichaam dat kronkelde en sidderde als een monsterachtig serpent dat probeert te ontkomen.

Daarna kwam de doodskreet. Marsciano voelde de siddering door de briefopener trekken, waarna het lichaam van Palestrina opeens stilviel. Een enorme zucht ontsnapte uit zijn longen.

Marsciano liet zijn krachten varen en deed strompelend een stap naar achteren. Bebloede handen, een bonkend hart. Vervuld van afschuw over wat hij hier had aangericht.

'Heilige Maria, Moeder van God,' – zijn stem was een fluistering – 'bid voor ons zondaars, nu en in het uur van onze dood...' Opeens voelde hij dat er nog iemand aanwezig was en hij draaide zich om.

Achter hem stond Farel in de deuropening.

'U had gelijk, Eminentie,' sprak hij zacht en sloot de deur achter zich. 'Morgen zou hij een derde meer hebben gevonden...' Farels ogen gleden naar Palestrina en een lang ogenblik staarde hij ernaar alvorens Marsciano weer aan te kijken.

'Wat u deed, moest gebeuren. Ik had niet de moed... Hij was, zoals hij zelf zei, een *scugnizzo*, een straatjochie... Meer niet.'

'Nee, *Ufficio*,' zei Marsciano. 'Hij was een man en een kardinaal van de Kerk.'

159

Twee voor elf.

Buiten adem, zwetend en vechtend tegen een hoestaanval had Eaton zich geposteerd op de hoek aan de achterzijde van het stationsgebouw. Het lichte briesje dat was opgestoken hielp een beetje, maar niet voldoende, behalve dan dat het de lucht iets had opgehelderd. Voor hem was het voldoende om te zien wat hij nu zag: Harry Addison die rechts van hem de met gras begroeide helling af kwam, met in zijn armen de dwerg met wie hij het appartement aan de Via Nicolo V had verlaten. Hij haastte zich, nu lopend, dan weer rennend, ondertussen gebruikmakend van de beschutting van de rij bomen langs de weg, naar het station.

Vijftien meter verderop zag Eaton hoe de groene loc langzaam naar een oude en verroeste goederenwagon toe kroop. Hij wist zeker dat dat de vluchtwagon moest zijn. Even achteromturend, zag hij dat het roestige spoor via de geopende poort in de Vaticaanse muur naar buiten leidde. Hij draaide zijn hoofd om en zocht nu naar pater Daniel. Als hij hem kon vinden, dan zouden ze hoe dan ook via de opening ontsnappen, zelfs al moest hij hem dragen.

Hij rende om via de achterzijde van het station en belandde op de rails met zijn rug naar de geopende poort. Vóór hem zag hij de grijze stationschef in zijn witte overhemd, die vanaf het perron naar de loc keek die de goederenwagon naderde. Die man vormde een probleem, net als de twee spoorwegmannen die hij aan boord van de loc had gezien. Maar wat hij nu zag was nog veel erger. Plotseling verscheen Adrianna vanuit het niets en rende de groene heuvel af naar Harry en de dwerg.

Hij zag dat Harry bleef staan, nu hij haar zag. Daarna riep hij iets, alsof hij wilde zeggen, donder op! Maar het maakte allemaal niets uit. Ze rende gewoon door. Nu was ze bij hen en liep met de twee mannen mee, starend naar de dwerg, en vervolgens naar Harry. Wat ze ook zei, Harry Addison liep gewoon door, de heuvel af in de richting van het spoor.

'Verdomme!' siste Eaton binnensmonds. Zijn ogen zochten nu naar pater Daniel.

'Adrianna, wegwezen! Je weet niet wat je doet, verdomme!' riep Harry die met Hercules in zijn armen voortstrompelde.

'Ik blijf bij je, dat is wat ik verdomme doe!'

Bijna hadden ze de voet van de heuvel bereikt. Daar was het spoor al. Harry zag dat de locomotief en de wagon al neus aan neus stonden en dat de machinist en de remmer bezig waren ze aan elkaar te koppelen.

'Je broer zit in die wagon, hè? Die mannen weten van niks, maar hij zit erin.'

Harry negeerde haar. Vastberaden liep hij door, biddend dat de machinist en zijn helper niet zouden opkijken en hen zouden zien. Hercules kreunde en Harry keek naar hem. Op het gezicht van de dwerg verscheen een dunne glimlach.

'De zigeuners zullen de trein opwachten zodra we stoppen... Laat de politie me niet te pakken krijgen, meneer Harry. De zigeuners zullen me wel begraven...'

'Niemand gaat jou begraven.'

Opeens liepen de mannen weer naar de cabine.

'Ze zijn klaar om te vertrekken!'

Plotseling drukte hij Hercules stevig tegen zijn borst en rende nu het korte stukje naar de rails. Adrianna bleef vlak naast hem.

450

Tien seconden later waren ze er. Ze staken achter de wagon het spoor over, renden er nu naast en uit het zicht van de machinist en de remmer.

Harry's ogen traanden, zijn longen stonden in vuur en vlam door de rook en de inspanning van het dragen. Waar hingen Danny en Elena in vredesnaam uit? Wat was er met Roscani gebeurd? Ze waren bij de schuifdeur aanbeland en hij stopte. De deur stond gedeeltelijk open.

'Danny, Elena...'

Geen reactie.

Opeens klonk het fluitsignaal. Ze hoorden hoe de dieselmotor op gang kwam. Een bruine rookpluim schoot uit de schoorsteen omhoog.

'Danny...' riep Harry opnieuw. Niets. Opnieuw klonk het fluitsignaal. Snel keek hij op zijn horloge.

Precies elf uur.

Geen tijd meer. Ze moesten aan boord, en wel meteen.

'Jij eerst,' zei hij tegen Adrianna. 'Ik geef hem wel aan.'

'Oké.'

Ze zette beide handen op de vloer van de wagon en trok zichzelf naar binnen. Daarna draaide ze zich om, waarna Hercules in haar armen werd getild.

De dwerg kuchte en trok een pijnlijk gezicht, terwijl ze hem met veel moeite naar binnen wist te tillen. Nu klom ook Harry aan boord van de bijna pikdonkere wagon. Opeens verstijfde Adrianna.

Thomas Kind stond pal voor hen. Elena was bij hem, haar wijd opengesperde ogen vol angst, een machinepistool tegen haar hoofd.

451

160

Vier over elf.

Scala leunde op de motorkap van Roscani's blauwe Alfa en staarde door zijn verrekijker naar de poort in de verte. Het enige wat hij kon zien, was de flauwe bocht die het spoor aan de binnenkant van de muur maakte, met daarachter een stukje van het station. Verder was er alleen maar dikke rook, ondanks de lichte bries. Castelletti stond ergens halverwege en staarde naar dezelfde poort in de muur. Tussen het gegier van de sirenes door hadden ze de schoten opgevangen, en ondanks het feit dat het hun taak was om de trein op te wachten en deze daarna te volgen, moesten ze zich tot het uiterste bedwingen om Roscani niet te hulp te schieten. Maar dat mocht niet, en dat wisten ze. Het enige wat ze konden doen, was toekijken en afwachten.

'U draagt een pistool, meneer Addison. Ik zou graag willen dat u het aan mij overhandigt.'

Harry aarzelde, maar Kind schoof de loop van zijn machinepistool omhoog tot onder Elena's oor.

'U weet wie ik ben, meneer Addison... En waartoe ik in staat ben...' De stem van Thomas Kind was kalm. Een flauwe glimlach trok over zijn gezicht.

Langzaam reikte Harry naar zijn broekriem en trok zijn Calico tevoorschijn.

'Leg het op de grond.'

Harry deed het en zette een stap naar achteren.

'Waar is uw broer?'

'Wist ik het maar...' Zijn ogen gleden naar Elena.

'Zij weet het ook niet...' merkte Kind nog steeds even kalm op. Elena was in haar eentje naar de wagon gerend toen Kind opeens vanaf de rand van de muur sprong, haar vastgreep en eiste dat ze hem vertelde waar pater Daniel was. Ze had geen idee, had ze hem opstandig meegedeeld. De eerwaarde vader was de ene kant opgegaan, zij een andere. Ze was pleegzuster en de broer van pater Daniel was met een gewonde man op weg naar de wagon. En zij ook, om hen bij te staan.

Dat was het ogenblik, terwijl hij Elena bij de arm vasthield en de combinatie van angst en vurige vastberadenheid in haar ogen zag, waarop Thomas Kind plotseling de meedogenloze kick van zijn verslaving weer voelde opkomen. Hij proefde het in zijn mond en voelde de opwinding. Op dat moment wist hij dat het met zijn afkickpoging gedaan was.

'We zullen uw broer wel vinden, meneer Addison,' klonk het ijzig. Van de kalmte van daarnet was niets meer over.

Harry hoorde het nauwelijks. Zijn aandacht was volledig op Elena gericht. Hij staarde haar aan, probeerde haar hoe dan ook gerust te stellen en ondertussen een manier te bedenken om haar uit Kinds greep te verlossen. Plotseling verscheen er een man in de deuropening.

Het was Eaton. 'Ispettore fuoco.' 'Brandweercommandant' – klonk het snel en overtuigend.

'Wat doet u hier?' vroeg Eaton in het Italiaans op dwingende toon. Hij speelde het behoedzaam, keek vooral niet naar Thomas Kind, maar richtte zich tot het groepje in zijn geheel, alsof het machinepistool in Kinds hand helemaal niet bestond.

'We gaan een reisje maken,' antwoordde de glimlachende Kind ontspannen.

Eatons automatische Colt verscheen als uit het niets. Het was een beheerste, professionele en berekende manoeuvre met als doel één voltreffer tussen de ogen van de terrorist.

Thomas Kind hoefde niet eens met zijn ogen te knipperen. Een kort salvo uit zijn machinepistool bleek voldoende om Eaton vlak onder zijn neus te raken, hem achterwaarts de wagon uit te blazen zodat hij dwars op de rails in een plas van bloed en botgruis belandde, en de Colt ergens verderop te laten neerploffen.

Elena verstijfde van angst. Kind klemde zijn hand steviger om haar mond.

Adrianna bleef als bevroren staan, haar gezicht volledig uitdrukkingsloos. Hercules lag op de vloer precies in het midden van het groepje. Hij hield de adem in, wetend wat ook de andere wisten: Kind hoefde die trekker maar aan te raken en ze waren er allemaal geweest.

161

Opeens klonk de stem van de piloot van de cameraploeg door Adrianna's zaktelefoon in haar jaszak. 'Adrianna...' Het klonk blikkerig en van ver.

'Adrianna, we hangen nu net buiten de Vaticaanse muur stil op vijftienhonderd voet. De trein staat er nog. Wil je dat we in de buurt blijven?'

'Laat de vrouwen gaan... Met Hercules...' smeekte Harry.

Opeens bewoog Elena zich naar Hercules. Onmiddellijk zwaaide Kind met zijn machinepistool.

'Elena!' schreeuwde Harry.

Als versteend bleef ze staan. 'Als hij geen hulp krijgt, zal hij het niet redden.'

'Adrianna.' Opnieuw sprak de piloot.

'Zeg hem te verkassen naar de mensen op het Sint-Pieters-plein,' siste Kind. 'Vooruit.'

Een paar lange tellen staarde ze hem aan, bracht vervolgens de telefoon omhoog en deed wat haar gevraagd werd.

Kind deed een stap naar de schuifdeur, keek omhoog en zag dat de heli in oostelijke richting wegvloog om daarna naar het noorden af te zwenken en boven het plein uit te komen. Kind draaide zich weer om. 'En nu stappen we uit en gaan we naar het stationsgebouw.'

'Hij kan niet worden vervoerd...' Smekend staarde Elena omhoog naar Kind.

'Dan laat je hem liggen.'

'Hij zal het niet overleven.'

Harry zag hoe Kinds vinger nerveus langs de trekker gleed.

'Elena, doe wat hij zegt...'

Snel renden ze over de rails. Kind hield Elena dicht tegen zich aan, daarna volgden Adrianna en Harry. Opeens bewoog er iets aan de voorzijde van de loc. Twee paar voeten draaiden zich snel om en renden weg.

Thomas Kind deed een halve pas naar voren. De machinist en de remmer renden in volle vaart naar de poort in de Vaticaanse muur. Kind vestigde zijn blik op Harry en keek hem strak aan als een dodelijke waarschuwing om vooral niet te bewegen. Daarna draaide hij zijn pistool eenvoudig een stukje opzij, richtte even en vuurde twee korte salvo's af. Als twee zakken meel vielen de remmer en de machinist neer.

'Moeder van God!' riep Elena verschrikt en ze sloeg een kruis. 'Doorlopen,' commandeerde Kind en ze liepen voor de locomotief langs. 'Daarheen,' zei hij en wees naar een geverfde deur die naar het stationsgebouw voerde.

Terwijl ze verder liepen, zag Harry de geopende poort van de Vaticaanse muur met in de verte bij de wissel waar het oude spoor weer samenkwam met het huidige net, een geparkeerde wagen met twee mannen ernaast, kijkend in hun richting.

Scala en Castelletti.

Roscani was nog steeds ergens binnen.

Maar waar?

De pijn in Roscani's been was moordend. Hij liep telkens een stukje en rustte dan even, om daarna verder te lopen. Zijn rechterhand duwde hij hard tegen zijn been als tegendruk op de wond. Hij ging ervan uit dat hij in de richting van het station liep, maar zeker weten deed hij dat niet meer. De rook en zijn verwonding maakten dat hij volkomen gedesoriënteerd raakte. Maar met zijn Beretta in zijn vrije hand strompelde hij vastberaden verder.

'Halt. Handen omhoog!' blafte opeens een stem in het Italiaans.

Roscani bleef stokstijf staan. Daarna zag hij een stuk of zes mannen met karabijnen uit de duisternis tevoorschijn komen. Ze droegen een blauw overhemd en een baret. Het was de Zwitserse garde.

'Ik ben een politieman!' riep Roscani terug. Hij had geen idee of ze onder direct bevel van Farel stonden, maar hij moest het erop wagen dat ze niet tot dezelfde groep behoorden als de zwartpakken.

'Ik ben een politieman!'

'Handen omhoog! Handen omhoog!'

Roscani staarde de mannen aan en bracht langzaam zijn handen omhoog. Even later werd de Beretta uit zijn handen gerukt. Daarna hoorde hij een van de mannen in een walkietalkie praten.

'Ambulanza!' klonk het dwingend. 'Ambulanza!'

Thomas Kind sloot de stationsdeur achter zich en opeens bevonden ze zich in het kleine gebouw dat voor de paus ooit de met marmer beklede poort naar de rest van de wereld was geweest.

Door de ramen bovenin stroomde het daglicht naar binnen, felle lichtbundels die als theaterlampen een spoor over het midden van de vloer trokken. Maar afgezien daarvan en van het kleine beetje licht dat door het raam scheen dat uitzicht bood op het spoor, was het er donker en koel, en godzijdank rookvrij.

'Luister.' Kind liet Elena los, deed een stap naar achteren en keek naar Harry. 'Je broer was op weg naar de wagon. En aangezien die hier nog steeds staat, zullen we ervan uitgaan dat hij onderweg is.'

Langzaam liet Harry zijn blik langs Kind glijden, alsof hij diens zwakke plek zocht. Opeens zag hij achter Kind en door een openstaande deur snel een wit overhemd wegschieten. Het probleem was echter dat hij er te veel aandacht aan schonk.

'Kijk,' sneerde Kind. 'Wie weet hebben we daar de eerwaarde vader Daniel al...' Plotseling verhief hij zijn stem. 'Jij daar in dat kantoor, kom naar buiten!'

Er gebeurde niets.

Uiterst behoedzaam sloop Adrianna dichter naar Kind. Harry zag het en vroeg zich af wat ze van plan was. Ze keek naar hem en schudde haar hoofd.

'Kom naar buiten!' commandeerde Kind opnieuw. 'Anders kom ik je halen!'

De tijd leek te bevriezen. Maar opeens kwam er langzaam een pluk wit haar tevoorschijn, en daarna de rest van de stationschef. Wit overhemd, zwarte broek. Ruim in de zestig. Kind gebaarde hem dichterbij te komen. Langzaam liep de man in zijn richting. Doodsbang voor zich uit starend, en verward.

'Wie zit er nog meer daarbinnen?'

'Niemand...'

'Wie heeft de poort geopend?'

De man bracht een hand omhoog en wees naar zichzelf.

Harry zag hoe Kinds ogen wegdraaiden in hun kassen en hij wist dat hij op het punt stond te schieten. 'Nee!'

Kind keek hem aan. 'Waar is je broer?'

'Alsjeblieft, vermoord hem niet.'

'Waar is je broer?'

'Weet ik niet...' fluisterde Harry.

Een flauwe glimlach. Daarna haalde zijn vinger de trekker over en klonk het gedempte geluid van een drilboor.

Vol afschuw keek Elena toe hoe het witte overhemd van de stationschef in rood uiteenspatte. Even wist de oude man zijn evenwicht te bewaren, strompelde achteruit, draaide en viel zijwaarts in de deuropening van zijn kantoor tegen de grond.

Meteen trok Harry Elena tegen zich aan om haar de aanblik verder te besparen.

Opnieuw kwam Adrianna een stap dichter bij Thomas Kind.

'Jij wilt mijn broer? Goed, ik breng je erheen,' zei Harry plotseling. Het was volkomen duidelijk dat Thomas Kind volslagen gestoord was. Stel dat Danny plotseling verscheen, dan zou Kind hen allemaal met één beweging van zijn vinger vermoorden.

'Waar zit hij?' vroeg Kind en deed een nieuw magazijn in zijn pistool.

'Buiten, vlak bij de poort. De trein zou daar stoppen om hem op te pikken...'

'Je liegt.'

'Nee.'

'Jawel. De deuren van de poort verdwijnen tussen spleten in de muren. Er is daar niet eens plek om te staan of te wachten, helemaal niets.'

Opeens merkte Kind dat Adrianna dichter- en dichterbij kwam en hij draaide zich naar haar om.

'Kijk uit...' waarschuwde Harry.

'Wat heeft dat te betekenen?' wilde Kind weten.

'Niks...' Ze kwam nog ietsje dichterbij, een halve stap, meer niet. Ze keek Kind strak in de ogen.

'Adrianna, niet doen...' waarschuwde Harry haar opnieuw.

Ze bleef staan, hooguit anderhalve meter van Kind vandaan. 'Jij bent degene die de kardinaal-vicaris van Rome heeft vermoord.'

'Ja.'

'De afgelopen minuten heb je nog eens vier mensen om zeep geholpen...'

'Ja.'

'En zodra je pater Daniel vindt, zul je met hem hetzelfde doen... en daarna met ons...'

'Misschien...' glimlachte Thomas en Harry kon merken dat Kind met volle teugen genoot.

'Maar waarom?' vroeg Adrianna op scherpe toon. 'Wat heeft dit allemaal te maken met het Vaticaan en de vergiftigde meren in China?'

Harry keek naar haar en vroeg zich af waar ze in hemelsnaam mee bezig was. Waarom zette ze Kind onder druk, terwijl ze wist dat hij een pistool had en zij met lege handen stond?

Opeens wist hij het. En Kind ook.

'Je neemt het allemaal op, hè? Je hebt een lipstick-camera. Alles komt op video...' Op zijn gezicht verscheen een glimlach. Hij was in zijn nopjes, verrast over zijn eigen ontdekking.

Adrianna glimlachte. 'Waarom geef je niet gewoon antwoord op de vraag en dan kunnen we erover praten.'

Wat zich daarna voltrok, speelde zich af in een flits.

Thomas Kind bracht zijn pistool omhoog. Er klonk het geluid van de doffe drilboor. Haar blik was er een van complete verrassing. Ze struikelde en viel achterover.

Verstijfd van afschuw draaide Elena zich weg van Harry. Thomas Kind zag het niet. Hij ging volledig op in zijn eigen handelingen. Harry zag de gezwollen aderen op zijn voorhoofd en hals nu hij over Adrianna's lichaam stapte en opnieuw vuurde. Niet in salvo's, maar met enkele schoten. Hij liet zich door zijn knieën zakken en, aldus gehurkt, glimlachte en vuurde hij opnieuw, en nog een. Het was bijna alsof hij met haar de liefde bedreef.

Het was te gewelddadig, te pervers, het ging allemaal te snel. Voor Harry was er geen tijd om te reageren. Nu resteerden slechts hij, Elena en Thomas Kind. Zo stonden de zaken er nu voor, midden in een enorme ruimte, zonder meubilair, zonder uitweg, zonder dekking.

Maar plots bewoog Harry zich toch, recht op Kind af. Die zag het en deed snel een stap opzij en bracht tegelijkertijd zijn pistool omhoog.

'Harry!!'

Het was Danny's stem die door het lege stationsgebouw weergalmde. Harry versteende.

Net als Kind. Zijn ogen zochten het lege depot af.

Opeens begaf Harry zich in Kinds schootsveld, precies tussen Elena en de deur achter hen.

'Elena, wegwezen. Nu!'

Harry's ogen zochten opnieuw die van Kind. Zijn stem klonk nog dwingender.

Elena draaide zich om. Langzaam, aarzelend.

'Wegwezen!'

Plotseling maakte ze zich los en stoof naar de deur. Even later bereikte ze de overkant en verdween.

'Thomas Kind!' Danny's stem galmde opnieuw door de hal. 'Laat mijn broer gaan!'

Kind voelde zijn handpalm tegen de kolf van zijn pistool. Zijn ogen zochten verder. Van het donker naar het zonlicht op de vloer, en weer naar het donker.

'Ze is weg, Kind. En met jou is het toch al afgelopen. Met het neerschieten van mijn broer schiet je geen moer op. Ik ben degene die je zoekt.'

'Kom voor de dag!'

'Eerst laat je hem gaan.'

'Ik tel tot drie, Eerwaarde. En dan ga ik hem ontleden, stukje voor stukje. Eén...'

Door het raam zag Harry dat Elena het trapje naar de rangeerloc opstoof. Hij vroeg zich af wat ze van plan was.

'Twee...'

Opeens zinderde het station van enkele korte fluitsignalen. Kind negeerde het en richtte zijn machinepistool op Harry's knieschijven.

'Danny!' gilde Harry. 'Hoe gaat-ie ook weer! Laat het me horen, Danny!'

Snel keek hij weer naar Thomas Kind. 'Ik ken mijn broer beter dan-ie denkt.' Hij hield zijn ogen strak op de terrorist gericht. 'Kom op, Danny, hoe gaat het ook al weer? Het woord!' schreeuwde hij opnieuw. In duizend echo's sloeg zijn stem te pletter tegen de stenen muren van het station.

'*Oorah!*'

Plotseling verscheen Danny vanachter een afscheiding aan de overzijde, zijn rolstoel verborgen in een diepe schaduw. Harry zag hoe hij zich met beide handen voortduwde en nu verdween in een kring van ultrafel licht dat door de hoge ramen binnenstroomde.

'*Oorah!*' schreeuwde Harry terug. '*Oorah!*'

'*Oorah!*'

'*Oorah!*'

Maar wat Kind vóór zich zag, was slechts een verblindend licht. Harry kwam nu dichterbij.

'*Oorah! Oorah!*' scandeerde hij, zijn blik strak op de terrorist gericht. '*Oorah! Oorah!*'

Met een ruk zwaaide Kind zijn pistool naar Harry. Op datzelfde moment rolde Danny op hen af met zijn stoel.

'*Oooo-raaaah!*'

Danny's Keltische yell donderde en beukte van de marmeren muren en de rolstoel verscheen in het zicht.

'Nu!' schreeuwde Harry.

Kind richtte zijn pistool op Danny die op dat ogenblik zijn laatste bierflesjes lanceerde. Eerst het ene, en toen het andere. In een vuurzee sloegen ze voor Thomas Kinds voeten te pletter.

Heel even voelde Thomas Kind de terugslag van het machinepistool in zijn hand. Daarna zag hij niets meer. De vlammen waren overal. Hij draaide zich om en wilde wegrennen. Maar om dat te kunnen, moest hij eerst ademhalen, en zonder het te beseffen zoog hij zijn longen vol met de allesverzengende lucht, zoog de vlammen diep in zich op en zette daarmee zijn longen letterlijk in vuur en vlam. Het was een pijn zoals hij nog nooit had ervaren. Geen lucht om in of uit te ademen, ja zelfs niet om het uit te schreeuwen. Het enige wat hij wist, was dat hij in brand stond en wegrende. En daarna begon de tijd zich te vertragen. Hij zag buitenlucht, de hemel boven hem, de poort die voor hem opdoemde in de Vaticaanse muur. Vreemd genoeg voelde hij ondanks de pijn die nu in al zijn lichaamscellen leek te woeden, een diepe vrede over zich neerdalen. Wat er van hem was geworden, wat hij met zijn leven had gedaan, voor Thomas José Álvarez-Ríos Kind maakte het niet meer uit. Waar het om ging, was dat de ziekte die uiteindelijk zijn ziel had opgeslokt, nu werd uitgedreven. De hoge prijs deerde hem niet. Over een paar tellen zou hij echt vrij zijn.

Terwijl de rangeerloc nog altijd toeterde, stormden Scala en Castelletti over het spoor naderbij. De schoten, de fluitsignalen, terwijl er helemaal geen trein in zicht was, naar de duvel ermee. Ze gingen naar binnen. Een brandende man rende hen door de openstaande poort tegemoet.

De twee politiefunctionarissen hielden de adem in op het moment dat de man hen passeerde en verder rende. Drie meter, vijfenhalf. Daarna vertraagde hij zijn pas, strompelde nog een metertje verder en stortte ineen tussen de rails, hooguit dertig meter op Italiaanse bodem.

162

Harry hoorde de doffe dreun van de ijzeren poorten die nu in de muur tegen elkaar schoven. Vóór hem draaide een ambulance in volle vaart het stationsgebouw binnen en reed achteruit over het perron om naast de rangeerloc tot stilstand te komen. De arts en het ambulancepersoneel haastten zich naar de plek waar Elena naast Hercules geknield zat. In een oogwenk hadden ze hem op een brancard getild en een infuus aangebracht. Daarna werd de dwerg opgetild, de ambulance in geschoven en weg waren ze. Terwijl Harry de wagen nakeek, leek het wel of met de ambulance ook een deel van hemzelf verdween. Ten slotte wendde hij het hoofd af om te merken dat Danny hem vanuit zijn rolstoel gadesloeg. De blik in Danny's ogen vertelde hem dat ze allebei hetzelfde hadden gezien: het déjà vu van een dierbare die in een ambulance werd geschoven om te worden afgevoerd, terwijl zij hulpeloos moesten toezien. Het was 25 jaar na die bewuste zondag waarop het lichaam van hun zusje uit het ijskoude meer was opgevist en in dekens gewikkeld door de brandweercommandant in de ambulance werd gelegd en vervolgens in de rillerige avondschemering verdween. Het enige verschil in al die 25 jaar was dat dit Rome was, in plaats van Maine, en dat Hercules nog steeds leefde.

Opeens merkte Harry dat hij Elena compleet vergeten was. Hij draaide zich om en zag haar in haar eentje staan, met haar rug naar de rangeerloc, hen allebei gadeslaand, zich bijna niet bewust van de soldatenmacht rondom hen. Het was alsof ze iets begreep van dit indringende moment dat zich tussen beide broers voltrok en er deelgenoot van wilde zijn, maar desondanks aarzelde, er zelfs huiverig voor was om zich op te dringen. Dat was het moment waarop zij de dierbaarste vrouw in zijn leven werd.

Instinctief, zonder ook maar één bewuste gedachte, liep hij naar haar toe. En ten overstaan van Danny en de massa anonieme blauwhemden om hen heen, kuste hij haar voorzichtig en met alle liefde en tederheid die hij bezat.

163

Harry, Elena en Danny brachten de middag en de vooravond door in een kleine besloten wachtkamer van het St. Johannes-ziekenhuis. Harry hield Elena's hand in de zijne. Ondertussen tolde zijn hoofd van alle gebeurtenissen. Eigenlijk probeerde hij zo min mogelijk te denken. De mannen die hij had neergeschoten, of de mannen die door anderen waren vermoord: Eaton, ja zelfs Thomas Kind. Maar de dood van Adrianna was nog het ergst. Tijdens die eerste nacht dat ze samen waren, kreeg hij al het gevoel dat ze bang was om te sterven. Maar alles wat ze deed, elke reportage die ze maakte, leek op de een of andere manier met de dood te maken te hebben, van de oorlog in Kroatië tot de vluchtelingen die aan de bloedige burgeroorlog in Afrika wilden ontsnappen, tot aan de gebeurtenissen hier en de zaak rond de moord op de kardinaal-vicaris van Rome. Wat waren haar woorden ook al weer geweest? Zoiets als, als ze kinderen had gehad, was ze nooit in staat geweest te doen wat ze nu deed. Een huis, een gezin en een baan: wie weet was dat toch wat ze het liefst wilde, maar wist ze niet hoe ze het moest bolwerken. Alledrie was uit den boze, en dus koos ze voor datgene wat haar de kans bood het meeste uit haar leven te halen. En waarschijnlijk was ze daarin geslaagd. Totdat het haar letterlijk de das omdeed.

Vlak voor etenstijd voegde kardinaal Marsciano zich bij hen. Hij was gekleed in burger. Een uur later gevolgd door Roscani, die bleekjes en in een rolstoel door een verpleger vanuit een aangrenzende vleugel werd binnengereden.

Om vijf voor tien in de avond ging de deur van de wachtkamer open en verscheen de chirurg. Hij had zijn operatiehemd nog aan. 'Hij haalt het wel,' deelde hij het gezelschap in het Italiaans mee. 'Hercules zal blijven leven...'

Vertalen was niet nodig, Harry begreep het meteen.

'*Grazie*,' bedankte hij terwijl hij opstond. '*Grazie*.'

'*Prego*.' De chirurg liet zijn blik even door de wachtkamer glijden. Met de mededeling dat hij spoedig meer zou kunnen vertellen, draaide hij zich om en verdween. De deur viel weer dicht.

De collectieve stilte die volgde, was indringend en diep en

raakte hen allemaal. Dat de dwerg uit het riool erbovenop zou komen, was een geweldig positieve noot in een lange helse, dissonante symfonie die ieder op zijn of haar manier had moeten doorstaan. Het besef dat het nu voorbij was, voor het grootste deel althans, was iets wat zich nog moest aandienen. Maar het wás voorbij, en de grote schoonmaak was inmiddels al in gang gezet.

Bliksemsnel had Farel de teugels in handen genomen en zich gemanifesteerd als de grote regelneef, om zowel zijn eigen positie als die van de Heilige Stoel veilig te stellen. In slechts enkele uren had de hoogste baas van de Vaticaanse politie een persconferentie belegd die live op de Italiaanse televisie was uitgezonden. Daarin verklaarde hij dat de beruchte Zuid-Amerikaanse terrorist Thomas José Álvarez-Ríos Kind aan het eind van de ochtend op het terrein van het Vaticaan een schaamteloze reeks van moorddadige brandbomaanslagen had gepleegd in een vermoedelijke poging de paus te kunnen bereiken. Daarbij had hij twee dodelijke slachtoffers gemaakt: de World News Network-correspondente Adrianna Hall en een in Rome gedetacheerde CIA-man, James Eaton, die zich op dat moment in haar buurt bevond en haar te hulp was geschoten. In een poging de Heilige Vader te beschermen, was de geliefde staatssecretaris van het Vaticaan, kardinaal Umberto Palestrina, gestorven aan een zware hartaanval. Farel sloot de persconferentie af met een zakelijke verklaring dat Thomas Kind nu als enige verdachte gold in de moorden op de kardinaal-vicaris en de Italiaanse rechercheur Moordzaken Gianni Pio, de aanslag op de bus naar Assisi en ten slotte, dat Thomas Kind was overleden aan zijn verwondingen, opgelopen toen hij een brandbom wilde aansteken die vroegtijdig explodeerde. Over Roscani's aanwezigheid binnen de muren van het Vaticaan repte hij met geen woord.

Roscani liet zijn blik door de wachtkamer glijden. Hij had speciaal zijn ziekenkamer verlaten om Elena Voso en de Addisons persoonlijk verslag uit te brengen van Farels persconferentie en hun te vertellen dat er geen aanklacht tegen hen zou worden ingediend. Marsciano's aanwezigheid in de wachtkamer had hem verrast en eventjes aasde hij op een gesprek onder vier ogen met de prelaat over de ware feiten achter de moord op zowel de kardinaal-vicaris als op Palestrina, het inhuren van Thomas Kind en de ramp in China. Maar de kardinaal drukte die hoop meteen de kop in met het simpele excuus dat het hem speet: gezien de omstandigheden dienden vragen aangaande de actuele situatie van de

Heilige Stoel alleen via officiële kanalen binnen het Vaticaan te lopen. Het betekende dat Marsciano niet van plan was te onthullen wat hij wist, aan niemand, nu niet en nooit. Roscani kon het slechts aanvaarden, hij had geen andere keus. Hij draaide zich om en voegde zich weer bij de anderen.

Tot zijn eigen verrassing merkte hij dat hij niet de behoefte voelde om nu al afscheid te nemen. Ondanks zijn vermoeidheid na alle beproevingen, wachtte hij met de anderen op nieuwe berichten omtrent Hercules' toestand. Het was meer dan alleen uit beleefdheid, het was zijn eigen keuze. Misschien kwam het omdat hij zich net zoveel deelgenoot voelde als de anderen. Of misschien kwam het omdat hij op de een of andere manier gefascineerd was geraakt door Hercules en daardoor net zoveel met de dwerg begaan was als de anderen. Maar wat waren ze nu eigenlijk wijzer geworden, gezien de totale en algehele uitputting en verwarring? Hij was in ieder geval van het roken af, en dat was toch iets.

De verpleger reed hem de kamer rond. Zittend in zijn rolstoel schudde Roscani iedereen persoonlijk de hand met de mededeling dat mocht hij iets voor hen kunnen betekenen, ze hem vooral moesten bellen. Daarna nam hij afscheid. Maar hij was nog niet helemaal klaar. Hij had Harry opzettelijk als laatste in de rij aangesproken en vroeg hem nu even mee te lopen naar de deur.

'Waarom?' Harry voelde zich ongemakkelijk.

'Toe,' zei Roscani, 'het is iets persoonlijks...'

Met een korte blik in de richting van Danny en Elena, slaakte hij een zucht en liep mee. Bij de deur aangekomen, bleven ze staan.

'Die video die ze van u maakten,' begon Roscani, 'na de moord op Pio.'

'Wat is daarmee?'

'Helemaal aan het eind – wie die band ook heeft opgenomen, moet er een stuk tussenuit hebben geknipt. Een laatste woord of een laatste zin. Ik heb geprobeerd erachter te komen wat het was, heb er zelfs een expert op gezet. Ook zij kwam er niet uit... Herinnert u zich nog wat u aan het eind hebt gezegd...?'

Harry knikte. 'Ja.'

'En dat was?'

'Ze hadden me gemarteld en het duurde ontzettend lang voordat ik besefte waar ze mee bezig waren. Ik zocht hulp, en riep een naam.'

'Wiens naam?' Roscani tastte nog steeds volledig in het duister.

Harry aarzelde even. 'De uwe.'
'De mijne?'
'U was de enige die ik kende en die me kon helpen.'
Langzaam verscheen er een grijns op Roscani's gezicht.
En op dat van Harry.

Epiloog

Bath, Maine.

Hun pact had ooit behelsd dat ze zouden vertrekken om nooit meer terug te keren. Maar al op de tweede dag na de staatsbegrafenis van kardinaal Palestrina keerden Harry en Danny terug: Harry die het bagagekarretje voor zich uit duwde en Danny hobbelend op zijn krukken. Eerst naar New York, daar overstappen, en dan naar Portland, Maine, en vandaar verder met de auto in het mooie zomerweer.

Elena was teruggekeerd naar haar ouders om hun te vertellen van haar plan het klooster te verlaten, naar Siena te reizen met het verzoek om ontheffing van haar geloften en zich daarna met Harry in Los Angeles te verenigen.

Met Harry achter het stuur van de gehuurde Chevrolet reden ze door de vertrouwde steden Freeport en Brunswick en bereikten ten slotte Bath. De oude buurt was nauwelijks of eigenlijk helemaal niet veranderd. De witte, van dakspanen voorziene woningen en cottages glommen in de julizon, de grote olmen en eiken vol in het blad, statig en tijdloos als weleer. Na de Bath Iron Works, de scheepswerf waar hun vader zijn fatale ongeluk had gehad, gepasseerd te zijn, reden ze langzaam zuidwaarts verder in de richting van Boothbay Harbor. Daarna verliet Harry Highway 209. Bij de splitsing sloeg hij High Street in en even verderop rechtsaf Cemetery Road op.

Het familiegraf lag op een begroeide terp op een heuvel met uitzicht over de baai in de verte. Alles was nog precies zoals ze het zich herinnerden, goedverzorgd, rustig en vredig, met het getjilp van vogels in de nabije bomen als enige omlijsting. Na de geboorte van Madeline had hun vader het perceel van zijn spaarcenten gekocht, wetende dat er geen kinderen meer zouden volgen. Het perceel was gereserveerd voor vijf personen, drie rustten er nu: Madeline, vader en moeder die in haar testament had bepaald dat ze niet bij haar nieuwe echtgenoot, maar bij Madeline en de vader van haar kinderen begraven wilde worden. De overige plek was bestemd voor Harry en Danny, mochten ze dat wensen.

Vroeger zou het ondenkbaar zijn dat beide broers ook maar zouden hebben overwogen hier begraven te willen worden. Maar er was het een en ander veranderd, zoals ook zijzelf. En wie wist wat het leven verder nog in petto had? Hier was het heerlijk, hier was het sereen en de gedachte werkte op de een of andere manier geruststellend en maakte de cirkel weer rond.

En daar lieten ze het bij, als iets wat teder in de lucht bleef hangen, besproken en onbesproken tegelijk, de manier waarop broers over zulke dingen praten.

De volgende dag vloog Danny vanuit Boston naar Rome en Harry naar Los Angeles, vele ervaringen rijker, wijzer, maar ook getemperd, hun leven diepgaand veranderd. Allebei zouden ze proberen de draad weer op te pakken, samen met hun nieuwe familie: Danny met kardinaal Marsciano en de Kerk, Harry met de gekte die Hollywood heette en zijn leefwereld nu plotseling verrijkt met een fascinerend en fantastisch middelpunt: Elena. En allebei in de wetenschap dat ze opnieuw een broer hadden.

Het was vrijdag 17 juli, halfvier in de middag. In zijn zomerverblijf op Castel Gandolfo in de Albaanse heuvels buiten Rome werd Giacomo Pecci, paus Leo XIV, onder zware bescherming verslag uitgebracht van de gewelddadige gebeurtenissen die zich binnen de muren van het Vaticaan hadden voltrokken en hadden geculmineerd in de dood van kardinaal-staatssecretaris Umberto Palestrina.

Om halfzeven diezelfde avond, bijna acht uur nadat hij het Vaticaan per helikopter had verlaten, keerde de Heilige Vader per auto terug. Om zeven uur had hij zijn naaste adviseurs bijeengeroepen voor een gebedsdienst voor de overledenen.

Die zondag luidden in heel Rome rond het middaguur de kerkklokken als een eerbetoon aan kardinaal Palestrina. De woensdag daarop volgde een massale staatsbegrafenis in de Sint-Pieterbasiliek. Aanwezig daarbij was ook de nieuwe staatssecretaris van de Heilige Stoel, kardinaal Nicola Marsciano.

Vijf dagen later, op maandag 27 juli, was Hercules voldoende hersteld om uit het St. Johannes-ziekenhuis te worden ontslagen om naar een revalidatiecentrum te worden overgebracht. Drie dagen later werd de aanklacht wegens moord, die hem boven het hoofd hing, stilletjes ingetrokken. Een maand later werd hij uit het revalidatiecentrum ontslagen en kreeg hij een baan en een klein appartement in Montepulciano in Toscane, waar hij nog steeds woont en werkt als opzichter van een olijfboomgaard, beheerd door de familie Voso.

In september verklaarde Marcello Taglia, hoofdaanklager van de Gruppo Cardinale, dat de overleden terrorist Thomas José Álvarez-Ríos Kind de dader was van de moordaanslag op Rosario Parma, de kardinaal-vicaris van Rome, en dat hij daarbij niet was gesteund door andere groeperingen of regeringen. En met deze verklaring had de Italiaanse regering de Gruppo Cardinale officieel ontbonden en het onderzoek voor gesloten verklaard.

Het Vaticaan zweeg.

Op 1 oktober, precies twee weken na de formele verklaring van hoofdaanklager Taglia, vertrok Jacov Farel, *Capo del Ufficio Centrale Vigilanza*, voor zijn eerste vakantie in vijf jaar. Toen hij in zijn privé-wagen de Oostenrijkse grens wilde oversteken, werd hij gearresteerd en aangeklaagd wegens medeplichtigheid aan de moord op de Italiaanse hoofdinspecteur van politie Gianni Pio. Hij verkeert in afwachting van zijn proces.

Het Vaticaan onthoudt zich nog steeds van commentaar.

En dan was er nog iets...

Los Angeles, 5 augustus.

Te midden van de enorme werklast na zijn terugkeer – met onder meer het smeden van een contract voor het vervolg op *Dog on the Moon* – en de vele urenlange gesprekken met Elena, die zich in Italië mentaal en fysiek op haar verhuizing naar Los Angeles voorbereidde, was Harry meer en meer bezorgd geraakt over een gesprek dat hij met Danny onderweg van Maine naar Boston in de auto had gevoerd.

Het was ermee begonnen dat er voor Harry nog steeds enkele vragen onbeantwoord waren gebleven. Gezien zijn hernieuwde band met zijn broer en hun ervaringen en de geheimen die ze nog altijd met elkaar deelden, was het voor hem volkomen normaal Danny te verzoeken enige dingen voor hem op te helderen.

Harry: 'Je belde me vrijdag vroeg in de ochtend, Italiaanse tijd, en liet een boodschap achter op mijn antwoordapparaat. Je was bang en je wist niet wat je moest doen. "God, sta me bij!" Dat waren je woorden.'

Danny: 'Klopt.'

Harry: 'Ik neem aan dat je net Marsciano's biecht had gehoord en vol afschuw was over de inhoud en de gevolgen.'

Danny: 'Ja.'

Harry: 'Maar stel dat ik op dat moment thuis was geweest en had opgenomen. Zou je me dan over die biecht hebben verteld?'

Danny: 'Ik was volkomen van de kaart. Ik zou niet weten wat ik je zou hebben verteld. Dat ik een biecht had afgenomen, misschien, maar niet wat de inhoud was.'

Harry: 'Maar je kreeg me niet te pakken, en dus sprak je een boodschap in en zat je een paar uur later in een bus naar Assisi. Waarom naar Assisi? Na die aardbevingen daar in Umbrië waren de meeste kerken toch verwoest?'

(Dat was het moment waarop Harry zich herinnerde dat Danny geleidelijk aan wat nerveuzer leek te worden.)

Danny: 'Dat maakte niets uit. Het waren verschrikkelijke dagen, er ging een bus en Assisi bood me soelaas, dat heeft het altijd al gedaan... Waar doel je toch op?'

Harry: 'Dat het misschien niet alleen vanwege het soelaas was, maar dat er nog een andere reden was.'

Danny: 'Zoals?'

Harry: 'Zoals een afgesproken ontmoeting met iemand.'

Danny: 'Met wie dan?'

Harry: 'Met Eaton.'

Danny: 'Eaton? Waarom zou ik dat hele eind naar Assisi moeten rijden, enkel en alleen om Eaton te spreken?'

Harry: 'Vertel jij het me maar...'

Danny (grijnzend van oor tot oor): 'Je hebt het fout, Harry. Zo simpel is het.'

Harry: 'Hij deed anders verdomd hard zijn best je te pakken te krijgen, Danny. Hij stak behoorlijk zijn nek uit door mij valse identiteitspapieren te bezorgen. Als hij was gepakt, had het er slecht voor hem uitgezien.'

Danny: 'Dat had te maken met zijn werk...'

Harry: 'Hij werd vermoord, omdat hij naar jou op zoek was, je misschien wel wilde beschermen.'

Danny: 'Het had te maken met zijn werk...'

Harry: 'En als ik je nou eens zou zeggen dat de echte reden voor je jarenlange bezoekjes aan Assisi niet het soelaas was, maar om informatie te leveren... aan Eaton...?'

Danny (een vette, ongelovige grijns op het gezicht): 'Wil jij soms beweren dat ik een CIA-pion binnen het Vaticaan was?'

Harry: 'Nou?'

Danny: 'Wil je dat echt weten?'

Harry: 'Ja.'

Danny: 'Nee... Verder nog vragen?'

Harry: 'Nee...'

Maar de vragen bleven en Harry kwam tot de slotsom dat hij de antwoorden moest zien te achterhalen. Hij trok de deur van zijn kantoor dicht, pakte de telefoon en belde een vriend op de redactie van *Time Magazine* in New York. Tien minuten later hing hij aan de lijn met de CIA-deskundige van het tijdschrift in Washington.

Hoe groot was de kans, wilde hij weten, dat de *Central Intelligence Agency* een spion in het Vaticaan had zitten? Aan de andere kant van de lijn klonk gelach. Zeer onwaarschijnlijk, kreeg Harry te horen. Maar was het mogelijk? Ja, het was mogelijk.

'Vooral,' legde de correspondent van *Time Magazine* uit, 'als zo'n gedetacheerde zich zorgen zou maken over de invloed van het Vaticaan op de rest van Italië en vooral na de bankschandalen van begin jaren tachtig.'

'Bankschandalen – en/of waar ze' – hier koos hij zorgvuldig zijn woorden – 'in investeerden?'

'Precies... Stel dat het belangrijk bleek, dan kon er besloten worden om een infiltrant zo dicht mogelijk bij de bron te stationeren.'

Harry voelde hoe de rillingen over zijn rug begonnen te lopen. *Zo dicht mogelijk bij de bron* – bijvoorbeeld als privé-secretaris van de kardinaal, belast met het investeringsbeleid van de Heilige Stoel.

'En zou deze figuur,' vervolgde hij, 'wel eens de CIA-gedetacheerde in Rome kunnen zijn?'

'Ja.'

'Wie zou daarvan op de hoogte kunnen zijn?'

'Er bestaat een zeer geheime unit binnen de CIA, genaamd HU-MINTS – een acroniem voor *Human Intelligence*, spionnen met zware dekmantels. Ga je nog verder, en kijk je naar met name een gevoelige situatie als het Vaticaan versus de VS, dan kom je bij de NOCS, een acroniem voor *Non Official Cover*. Deze jongens opereren zo heimelijk en worden zo goed beschermd dat zelfs de baas van de CIA er niets van af hoeft te weten. Een NOC zal onder direct bevel staan van bijvoorbeeld een gedetacheerde die hem heel precies binnen een doeltreffend werkterrein kan inkaderen. Naar alle waarschijnlijkheid bekleden zulke spionnen dan al een tijdje een vertrouwelijke post om elke achterdocht te vermijden.'

'En zou zo'n spion wel eens… iemand binnen de geestelijkheid kunnen zijn?'

'Waarom niet?'

Harry herinnerde zich niet meer of hij had opgehangen, zijn kantoor had verlaten of zelfs de augustushitte en de smog boven Rodeo Drive was ingewandeld, en zelfs niet of hij Wilshire Boulevard was overgestoken. Het enige wat hij wist, was dat hij bij Neiman-Marcus zat en dat een zeer aantrekkelijke jongedame hem een aantal stropdassen toonde.

'Hmm, nee, die toch maar niet.' Hij schudde zijn hoofd nu de verkoopster een Hermes-das omhooghield. 'Zou ik misschien zelf even mogen rondkijken?'

'Natuurlijk,' glimlachte de jongedame met in haar ogen de bekende flirtige twinkeling waar hij voorheen wel raad mee wist. Maar niet nu, en misschien wel nooit meer. Vandaag was woensdag. Zaterdag zou hij naar Italië vertrekken om kennis te maken met Elena's familie. Ze beheerste zijn gedachten volkomen, bevolkte zijn dromen, lag in zijn adem bestorven. Dat wil zeggen, tot zonet na afloop van het telefoongesprek met de correspondent van *Time Magazine* en op weg naar de winkel, toen hij plotseling weer werd overvallen door het maar al te scherpe beeld van Thomas Kind pal voor zijn neus in de stationshal en hijzelf die, starend over de loop van diens moorddadige machinepistool, stoutmoedig sprak: 'Ik ken mijn broer beter dan-ie denkt.'

NOC: Non Official Cover. Ze opereren zo heimelijk en worden zo goed beschermd dat zelfs de baas van de CIA er niets van af hoeft te weten.

Danny. Jezus Christus nogantoe. Kénde hij zijn broer eigenlijk wel…?

Dankbetuiging

Voor alle technische informatie en adviezen ben ik vooral veel dank verschuldigd aan Alessandro Pansa, hoofd van de centrale recherchedienst van de Italiaanse politie; eerwaarde Gregory Coiro, hoofd public relations van het aartsbisdom van Los Angeles; Leon I. Bender, arts en Gerald Svedlow, arts; Niles Bond; Marion Rosenberg; Imara; Gene Mancini, biologisch adviseur; Andy Brown, hoofdsergeant artillerie en Douglas Fraser, stafonderofficier bij het Korps Mariniers van de Verenigde Staten, en dr. Norton F. Kristy.

Daarnaast ben ik ook zeer veel dank verschuldigd aan Alessandro D'Alfonso, Nicola Merchiori, Wilton Wynn en vooral Luigi Bernabo voor hun assistentie in Italië.

Ook gaat mijn dank uit naar Larry Kirshbaum en Sarah Crichton en, zoals altijd, naar de geniale Aaron Priest.

Ten slotte nog een speciaal bedankje aan Frances-Jalet Miller voor haar uitstekende suggesties en engelengeduld tijdens het redigeren van het manuscript.